Gerit Bertram

Das Gold der Lagune

Buch

Des Mordes und der Hexerei zu Unrecht beschuldigt musste Cristin einst über Nacht aus Lübeck fliehen und kehrte für immer ihrer Heimatstadt, die sie an den Pranger gestellt hatte, den Rücken. Nach drei Jahren der Wanderung und Entbehrung lebt sie nun mit Baldo Schimpf und ihrer kleinen Tochter Elisabeth in Hamburg. Dort betreibt Cristin eine kleine Goldspinnerei, während Baldo eine Kupferschmiede eröffnet hat. Der Neuanfang fällt der jungen Familie keineswegs leicht, und Cristin muss Tag und Nacht arbeiten. Bis sie einen Brief erhält, der ihr nicht nur neue Zukunftsperspektiven eröffnet, sondern auch alte Erinnerungen weckt. Doch sie ahnt nicht, dass dies erst der Anfang einer langen Odyssee ist, die sie über die Alpen bis nach Venedig bringen wird und sie nicht nur das eigene Leben kosten, sondern auch die Menschen, die sie liebt, in Gefahr bringen könnte …

Autorin

Gerit Bertram ist das Pseudonym eines Autorenpaares, das sich 2007 durch ein Internet-Schreibforum kennenlernte. Schnell entdeckten sie ihre gemeinsame Liebe zur Geschichte. Seitdem arbeiten sie erfolgreich zusammen. Iris Klockmann ist gelernte Arzthelferin und lebt mit ihrer Familie in ihrer Geburtsstadt Lübeck. Peter Hoeft war fast dreißig Jahre lang in der stationären Altenpflege tätig und wohnt mit Frau und Sohn in Bad Oeynhausen.

Von Gerit Bertram ebenfalls lieferbar:

Die Goldspinnerin (37839)

Gerit Bertram

Das Gold der Lagune

Historischer Roman

blanvalet

MIX
Papier aus verantwortungsvollen Quellen
FSC® C014496

Verlagsgruppe Random House FSC® N001967
Das für dieses Buch verwendete FSC®-zertifizierte Papier
Holmen Book Cream liefert Holmen Paper, Hallstavik, Schweden.

1. Auflage
Taschenbuchausgabe November 2013 bei Blanvalet,
einem Unternehmen der Verlagsgruppe Random House GmbH, München.

Umschlaggestaltung: bürosüd°, München
Umschlagmotive: plainpicture/Arcangel/John Foley; akg-Images
ED · Herstellung: sam
Satz: Uhl + Massopust, Aalen
Druck und Einband: GGP Media GmbH, Pößneck
Printed in Germany
ISBN: 978-3-442-38060-2

www.blanvalet.de

Für Gislind und Michael

Dramatis Personae

Hamburg

Cristin Schimpf	Goldspinnerin, Witwe von Lukas Bremer
Elisabeth	ihre Tochter
Baldo Schimpf	ihr Mann
Minna	ihre Lohnarbeiterin
Ludewig Stienberg	Bader
Veit Schuster	Schuhmacher
Gerlin	seine Frau

Lübeck

Emmerik Schimpf	Henker von Lübeck, Baldos Vater
Mirke Pöhlmann	Cristins ehemalige Lohnarbeiterin
Thaddäus Büttenwart	Lübecker Richteherr
Mechthild Bremer	Cristins Schwägerin
Lynhard Bremer	Cristins Schwager
Alheyd	Hübschlerin
Gislind Lüttke	Frau von Hilmar Lüttke, ein Freund Lynhards

Krakau und Umgebung

Jadwiga	Königin von Polen und Litauen
Jagiello	ihr Mann
Piet Kerklich	Cristins Bruder
Marianka	seine Frau
Konstanty	Mariankas Vater
Grazyna	Mariankas Mutter
Janek	ein polnischer Junge
Mariusz	ein polnischer Wächter
Roman	ein polnischer Wächter
Joschka	Anführer einer *Cygani*-Gruppe
Tamina	seine Frau
Arva	*Cygan, Taminas Bruder*
Velky	*Cygan*

Reise nach Venedig

Bastian Landsberg	Bernsteinhändler und Waldenser
Ulrych von Dormitz	Kaufmannssohn und Söldner aus Augsburg
Enrico Raffaele de Gaspanioso	Stoffhändler
Sebastiano Montebello	Mitglied des Großen Rates der Stadt Venedig
Elena Montebello	seine Frau
Giulia Montebello	ihre Tochter

Teil 1

1

Norddeutschland, anno 1399

Vor gut drei Stunden war die rötlich leuchtende Sonnenscheibe aus der Ostsee in den wolkenlosen Maihimmel emporgestiegen. Sie hatte mit ihren Strahlen die von Wind und Salzwasser gegerbten Gesichter der Männer in den Fischerbooten gewärmt, die vor den Küsten Wismars, Stralsunds und Rostocks ihre Netze auswarfen. Auch über die Kaufmannshäuser der stolzen Hansestadt Lübeck hatte sie sich erhoben und näherte sich nun den kupfergrünen Spitzen der Zwillingstürme von St. Marien. Von den Dächern und Türmchen der roten Backsteinkirche – einer der größten im ganzen Heiligen Römischen Reich – drang das Gurren der Tauben an die Ohren der Menschen. Mit Körben unter dem Arm eilten sie durch die Gassen und Straßen dem ausgedehnten Platz zwischen Marienkirche und Rathaus zu.

Schon kurz nach Sonnenaufgang hatten die Händler ihre Stände und Buden aufgebaut, in denen sie ihre Waren feilboten. Nun erfüllten der Geruch von frisch gebackenem Brot und eingelegtem Fisch, der Duft von Kräutern und Gewürzen die Luft, vermischt mit dem Meckern der Ziegen und dem Gegacker und Geschnatter des Federviehs. In den Gängen zwischen den Ständen trieben Gaukler ihre Späße und brachten nicht nur die umhertollenden Kinder mit ihren Kunststücken zum Staunen. Markttag. Eine willkommene Abwechslung im Leben der Menschen, etwas Kurzweil im täglichen Einerlei.

Das alles nahm die junge, zierliche Frau auf ihrem Strohlager in einer der Bretterbuden, die sich rechts und links der engen Gänge in der Gropengrove aneinanderdrängten, nicht wahr. Genauso wenig wie den Gestank, der den hinter den Behausungen ausgehobenen Sickergruben entströmte, über denen die Bewohner des Armenviertels ihre Notdurft verrichteten. Hier lebten Bettler, Krüppel und Hübschlerinnen wie Alheyd, eine Frau mit einer üppigen Figur und dunklen Locken, die ihre Lebensmitte längst hinter sich hatte. Mit ihr teilte sich die junge Frau mit dem runden, von blonden Haaren eingerahmten Gesicht die Hütte.

Sie hatte nicht immer hier gelebt, auch wenn es ihr zuweilen so vorkam, als ob es bereits ein halbes Leben lang her wäre, seit sie bei einem der angesehensten Geschäftsmänner der Stadt in Lohn und Brot gewesen war. Und doch lagen die furchtbaren Ereignisse, die dazu geführt hatten, dass ihr Leben nie wieder dasselbe sein würde, erst knapp ein Jahr zurück. Wenn die junge Frau an die Stunden dachte, die sie – den Schmähungen der Lübecker ausgeliefert – an den Schandpfahl gebunden gewesen war, zog sich ihr Magen zusammen.

Wie ein Stück Vieh war sie an einem Strick zum *Kaak* geführt und dort festgebunden worden. Ein paar Rotzlöffel hatten sie sogleich mit faulem Obst und Straßendreck beworfen. Doch das war nichts gegen die zwanzig Rutenhiebe gewesen, die der Gerichtsdiener ihr auf Geheiß des Richteherrn verabreichte, nachdem ihr zuerst der Zopf abgeschnitten und dann das Kleid heruntergerissen worden waren. Da der Büttel ihr die Hände hoch über dem Kopf an dem Pfahl festgebunden hatte, war es ihr nicht möglich gewesen, ihren nackten Oberkörper vor den Blicken der gaffenden Menge zu schützen. Schon durchschnitt ein Pfeifen die Luft, und der unmittelbar folgende Schmerz hatte sie nach Luft schnappen lassen. Wenn sie die Augen schloss, konnte sie immer noch spüren, wie die Schläge des grobschlächtigen Mannes die Haut ihres entblößten Rückens aufplatzen ließen.

Auf der anderen Seite des kleinen Raumes bewegte sich Alheyd auf ihrem Lager und schlug die Augen auf.

»Gut geschlafen?«

Die junge Frau nickte.

Die Hure erhob sich schwerfällig und fuhr sich mit gespreizten Fingern durch das verfilzte Haar. »Geh uns was zu essen besorgen. Ich habe Hunger.«

In Gedanken zählte das Mädchen den Inhalt seines Geldbeutels nach. »Was ich habe, reicht nicht einmal mehr für ein Brot.« Sie schluckte. »Tut mir leid.«

Die Ältere hielt in der Bewegung inne. »Hör zu, Deern, das geht so nicht weiter.« Sie beugte sich zu ihr hinunter. »Ich hab dich bisher hier wohnen lassen, ohne etwas dafür zu verlangen. Das kann ich mir nicht länger leisten.«

Die Jüngere erschrak. »Willst du mich etwa vor die Tür setzen?«

»Hab ich das gesagt?« Die Hübschlerin schob eine Hand in den Ausschnitt ihres verschlissenen Kleides. »Nein. Aber du musst wenigstens ein paar Witten zur Miete und zum Essen beitragen.« Sie kratzte sich an der erschlafften Brust. »Ich kann dich nicht immer mit durchfüttern. So gut laufen die Geschäfte nicht. Bin nun mal keine zwanzig mehr.«

Die junge Frau heftete ihre Augen auf ein kleines Loch in der Wand. Eine Schnauze mit langen, leicht zuckenden Barthaaren wurde sichtbar, und zwei dunkle Knopfaugen blickten sich um. Eine Maus huschte heraus, eine zweite folgte ihr quer durch die Hütte. Vor einem hölzernen Behältnis blieben die Tiere stehen und schnupperten. Die junge Frau wandte sich ab. Ihre Hände fühlten sich klamm an.

»Du weißt, was mir passiert ist. Einer wie mir gibt doch keiner Arbeit.«

Die Ältere schwang die Beine aus dem Bett. Ihre fleischigen Lippen verzogen sich zu einem Grinsen, während sie das Mädchen musterte.

»Wenn den Kerlen die *Bruche* eng wird, ist's ihnen gleich,

ob ein Weib mal am Schandpfahl gestanden hat. Und du hast 'nen schönen Körper… Wie ich früher«, setzte sie bedauernd hinzu.

»Du willst, dass ich…?«

Alheyd zuckte die Achseln. »Weißt du was Besseres, um unsere Kasse zu füllen?«

Die junge Frau wollte etwas entgegnen, doch die Hure winkte ab.

»Hör zu, ich stell dich noch heute einigen meiner Stammkunden vor.« Ihr Blick glitt über den schlanken Körper der Jüngeren und blieb an ihren wohlgeformten Brüsten haften. »Denen steigt der Saft in die Lenden, wenn sie dich bloß sehen, verlass dich drauf.«

»Ich… ich kann das nicht, Alheyd. Ich will mich nicht von Fremden…«

»…anfassen lassen?« Die Hure zeigte eine Reihe gelbe, aber überraschend kräftige Zähne. »Dumme Deern! Du solltest deinen Körper einsetzen, solange er noch in Form ist. Glaub mir, ist gar nicht schwer.«

Hamburg

Längst war es Abend geworden in dem Hamburger Haus mit der angrenzenden Goldspinnerei, die Cristin und Baldo Schimpf seit etwa acht Monaten betrieben. Frühlingswarmer Wind drang durch das geöffnete Fenster der Werkstatt.

»Herrje, Ihr seid ja immer noch auf!«

Minna betrat den Raum, die Arme über der mächtigen Brust gekreuzt. »Wollt Ihr nicht endlich Schluss machen? Morgen ist doch auch noch ein Tag. Nicht, dass Ihr mir noch vor Müdigkeit vom Stuhl fallt.« Ihr rundes Gesicht mit den vielen Sommersprossen nahm einen sorgenvollen Ausdruck an.

Die Hausherrin Cristin Schimpf nickte ihrer Lohnarbeiterin zu. »Keine Sorge, Minna, mir geht es gut«, versicherte sie der Frau, die sie mit zusammengezogenen Brauen betrachtete. »Nur noch ein kleines Weilchen, ja?«

Die andere schnalzte mit der Zunge. »Nichts da, Deern! Ich bestehe darauf: Ihr geht jetzt hübsch brav ins Bett!«

Cristin schmunzelte wegen des gespielt strengen Tons, den die Frau, die bestimmt doppelt so alt war wie sie selbst, ihr gegenüber angeschlagen hatte.

»Ja, du hast recht«, gab sie nach kurzem Zögern zu und wünschte ihrer Lohnarbeiterin eine gute Nacht, nicht ohne ihr das Versprechen abzunehmen, dass Minna sich ebenfalls bald zu Bett begeben würde.

Cristin wartete, bis sich die Tür hinter Minna geschlossen hatte. Es war Anfang Mai, und von dem geöffneten Fenster drang der letzte Gesang einer Amsel zu ihr herüber, bevor die Nacht sich über Hamburg senken würde. Jener Stadt, in der sie nun, nachdem sie ihre Heimatstadt Lübeck mit Baldo Schimpf verlassen hatte, zu Hause war. Der Abend war lau und vom Duft der Frühlingsblüten erfüllt. Tief sog sie ihn ein und lauschte einen Augenblick dem Lied des Vogels. Dann holte sie ein in den Falten ihres *Surcots* verborgen gehaltenes Gefäß hervor. Sie biss sich auf die Unterlippe, während sie die kühlende Salbe auf die schmerzenden Gelenke strich. Die schmalen Finger der jungen Frau mit den rotblonden, hochgesteckten Haaren waren vom stundenlangen Arbeiten angeschwollen. Sie stellte das Gefäß mit der Salbe auf ein kleines Tischchen neben sich.

Erst kurz vor der Eröffnung der Werkstatt war Cristin in die neu gegründete Zunft der Goldspinnerinnen aufgenommen worden. Dies war nicht leicht gewesen, denn bei aller Geschicklichkeit, die sie sich in den Jahren an der Seite ihres ersten Mannes angeeignet hatte, war Cristin keine Meisterin, ja noch nicht einmal Gesellin. Allein ihre damalige Witwenschaft hatte ihr die so dringend benötigte Mitgliedschaft in der Gilde ermöglicht, jedoch verbunden mit der Auflage, so bald wie möglich einen Zunftknecht einzustellen. Einen solchen zu finden, würde sicher noch einige Zeit dauern, zumal sie ihm nicht viel bezahlen konnte. Deshalb musste sie wohl oder übel vorerst ohne weitere Hilfe auskommen. Um ihre Mitgliedschaft in der Zunft nicht zu gefährden, hatten Baldo und sie mit der Hochzeit warten müssen, bis die Goldspinnerei schon eine Weile geöffnet war.

Mit einem Seufzer nahm Cristin die Handspindel vom Schrank. Aus der englischen Schurwolle, von der Baldo letzte Woche am Nikolaifleet einem Handelsschiffskapitän drei Ballen abgekauft hatte, wollte sie einen wärmenden Umhang fertigen. Etwas ganz Besonderes sollte es werden, staunen würden die Kunden, wenn sie den feinen Stoff in der Werkstatt zu sehen bekämen. Geschmückt mit einer der auffallenden Broschen, die ihr Gatte neuerdings in einem kleinen Häuschen neben der Goldspinnerei anfertigte, könnte sie die Leute endlich davon überzeugen, dass die ihre zu den besten und kunstfertigsten Spinnereien der Hansestadt gehörte.

Cristin massierte die Fingerknochen. Gut, dass Baldo nicht zu Hause ist, dachte sie. Ein Donnerwetter wäre ihr sicher, wenn er sie um diese Zeit noch mit der Spindel erwischte. Da war er Lukas ähnlich. Sie schloss die Augen. Einen Moment lang sah sie ihren ersten Ehemann vor sich, sein volles, dunkelbraunes Haar, die hochgewachsene Gestalt. Fast fühlte sie Lukas' Blick aus den blauen, von feinen Fältchen umgebenen Augen auf sich gerichtet, und sah seine schmalen Lippen, die sich zu einem Lächeln hoben.

Es versetzte ihr einen schmerzhaften Stich, als sich ein anderes Bild in ihr Gedächtnis schob – ihr Mann, nunmehr schweißnass, mit nach oben gerichteten Augen, sterbend in ihren Armen. Lynhard, sein eigener Bruder, hatte ihn aus Habgier vergiften lassen. Das wusste sie genau, auch wenn man ihm den Mord nicht hatte nachweisen können. Aber zumindest saß Lynhard im Lübecker Turm, verurteilt wegen mehrfachen Mädchenhandels. Erneut erfasste Cristin die Trauer. Sie schüttelte das Bild ab und ersetzte es durch ein anderes – Baldo, auch er hochgewachsen, doch mit seinen neunzehn Lenzen weitaus jünger als ihr erster Mann.

Baldo Schimpf, der Mann, der ihr das Leben gerettet hatte und mit ihr geflohen war. Geliebter Baldo. Sie erwartete ihn nicht vor Ende nächster Woche zurück. Er war auf dem Landweg nach Polen unterwegs, um bei Bastian Landsberg Bernsteine einzukaufen. Baldo fertigte daraus Schmuckstücke, die Cristin in ihrer Werkstatt ausstellte und verkaufte. Gern wäre er Kupferschmied geworden, doch dieses Handwerk blieb ihm verwehrt. Vor einiger Zeit waren sie zur Zunft der Kupferschmiede gegangen, um sich nach den Bedingungen für eine Aufnahme zu erkundigen. Dort hatte er erfahren, dass auch in Hamburg die Eltern des zukünftigen Mitglieds keinen unehrenhaften Beruf ausüben durften. Als Sohn eines Henkers waren Baldo damit alle Türen verschlossen.

Ihre Gedanken kehrten zu dem Bernsteinhändler zurück. Landsberg war nicht nur ihr Geschäftspartner, sondern ihnen auch ein echter Freund geworden. Mit einem Lächeln erinnerte sie sich an die erste Begegnung mit dem unauffälligen Mann. Baldo, ihr Zwillingsbruder Piet und sie waren kurz zuvor in Polen angekommen und hatten einen Spaziergang am Strand unternommen, als sie im Wasser diese seltsamen Steine entdeckt hatte. Kurz darauf war ihnen Landsberg über den Weg gelaufen und hatte ihnen den Fund abgekauft. Wie viel seitdem geschehen war!

Inzwischen hatte sich ihre zweijährige Tochter Elisabeth zu einem wahren Wirbelwind entwickelt. Nichts war mehr sicher vor ihren neugierigen Blicken und flinken Fingern. Minna und sie hatten ihre liebe Not, Elisabeths angeborene Neugier im Zaum zu halten. Erneut verzogen sich Cristins Lippen zu einem Lächeln. Den Drang, alles zu erkunden, musste das Kind von ihr geerbt haben. Ihr wurde ganz warm ums Herz, wenn sie an die Kleine und Baldo dachte. Er war ein wunderbarer Vater, selbst wenn er nicht der Mann war, mit dem sie Elisabeth gezeugt hatte.

Cristin horchte in die Stille hinein, die das Haus erfüllte. Längst schlief ihre Tochter in der kleinen Kammer, die ihr Mann und sie dem Kind im Obergeschoss des Hauses eingerichtet hatten, und auch Minna hatte sich zur Ruhe begeben. Wer hätte gedacht, dass ihr noch einmal ein derartiges Glück beschieden sein würde? Baldo war ein ungewöhnlicher Mensch, manchmal launisch bis ins Mark, doch sie konnte sich keinen hingebungsvolleren Ehemann vorstellen. Zwei Wochen, nachdem sie Lübeck verlassen hatten, waren sie Ende August 1398 miteinander eine *Friedelehe* eingegangen, doch anders als bei ihrer Hochzeit mit Lukas hatte es diesmal keine Brautmesse, keine Brautgabe, ja nicht einmal eine Feier gegeben. Als Angehörige unterschiedlicher Stände hatten sie keine andere Wahl gehabt, auch wenn in Hamburg kaum jemand wusste, welche Tätigkeit Baldo einmal ausgeübt hatte.

Wenn er nur schon wieder daheim wäre! Sie konnte nachts nicht ruhig schlafen, wenn er auf Reisen war. Cristin durfte sich die Gefahren einer derart langen Reise nicht ausmalen. Obwohl Baldos Verletzung gut verheilt war, war die Kraft nie wieder vollständig in seine Muskeln zurückgekehrt. Cristin wusste, wenn das Wetter umschlug, litt er unter Schmerzen. Müde rieb sie sich übers Gesicht und entschied, noch ein wenig weiterzuarbeiten. Nur noch diese Wolle wollte sie spinnen, dann würde sie in ihre Kammer hinaufgehen, bevor ihr die Augen zufielen, ihr die Handspindel entglitt und auf dem Boden zerbrach.

2

Lübeck

Die windschiefe Tür der Hütte öffnete sich knarzend. Alheyd, durchnässt von feinem Nieselregen, der schon seit den frühen Morgenstunden über Lübeck fiel, schob sich in den einzigen Raum der Hütte.

»Mistwetter«, stieß sie hervor und schüttelte sich wie ein nasser Hund. Sie trat an die Strohmatratze und tätschelte der jungen Frau, die mit angezogenen Knien an der Bretterwand lehnte, den nackten Oberarm. »Und? War doch gar nicht so schlimm, oder?«

Die andere würdigte die Hure keiner Antwort, sondern wandte den Kopf ab.

»Wirst dich schon noch dran gewöhnen«, brummte die Hübschlerin. Sie griff nach dem Holzteller, auf dem ein paar Münzen lagen. »Drei Witten, das ist gut. Da kann ich gleich zum Markt gehen, um Brot und etwas Fisch zu kaufen.«

Die junge Frau drehte sich um. »Kann ich das nicht machen?«

Alheyd schüttelte den Kopf. »Kriegst noch Besuch. Ein feiner Herr. Hab ihn am Hafen getroffen und angesprochen. Leider bin ich nicht das, was er sucht. Bin ihm wohl zu alt. Da hab ich ihm von dir erzählt.« Sie lachte rau. »Er müsste bald da sein.«

Hamburg

Cristin saß am Webrahmen und arbeitete in der Werkstatt. Lump, der Hovawart der Familie Schimpf, lag zusammengerollt zu ihren Füßen, als die Glocke läutete. Der Hund sprang auf und bellte.

Die junge Frau fuhr zusammen und hob den Kopf. Sie sah geradewegs auf ein Paar dreckverkrustete Stiefel. Erdklümpchen lösten sich bei jedem Schritt, als ihr ein Mann entgegentrat. Sein Mantel wirkte abgetragen, schien aber von guter Qualität. Das wettergegerbte Gesicht des Besuchers verzog sich zu einem höflichen Lächeln. Er nahm seinen Hut ab.

»Gott mit Euch! Habe ich die Ehre mit Agnes Schimpf?«

Agnes. Ihr Herz schlug schneller gegen die Rippen. Woher kannte der Fremde diesen Namen? Es war nicht einmal ein Jahr her, dass sie sich so genannt hatte, immer auf der Hut und von ständiger Sorge erfüllt, eines Tages erkannt, verhaftet und den Lübecker Richteherren übergeben zu werden. Sie erhob sich und wischte die feuchten Hände an ihrem Gewand ab.

»Ja, die bin ich«, antwortete sie. »Was führt Euch zu mir?« Der Geruch von feuchter Wolle und die Ausdünstungen von Pferden und Schweiß kitzelten sie in der Nase.

»Gestattet mir, Euch eine Botschaft der Königlichen Hoheit Jadwiga von Polen zu überbringen«, erwiderte der Fremde in gebrochenem Deutsch.

Unwillkürlich schnappte Cristin nach Luft und legte die Hand auf die Brust. Der Mann kam vom polnischen Königshof! Dort kannten sie viele nur unter dem Namen Agnes. Aus einer eingenähten Innentasche seines Mantels entnahm er einen Beutel, öffnete die Verschnürung und zog eine Pergamentrolle hervor. Sie war versiegelt.

»Die Königliche Hoheit versicherte mir, Ihr wärt des Lesens mächtig?«

»Ja, das bin ich«, brachte sie, immer noch aufgeregt, hervor.

»Mit dieser Botschaft soll ich Euch Grüße vom Wawel und den Segen Gottes übermitteln. Die Königin hofft, Euch und Eurer Familie möge es gut ergehen.«

Mit weit aufgerissenen Augen starrte Cristin auf das Pergament, das ihr der Bote entgegenhielt, und ergriff es. Freude wallte in ihr auf. Jadwiga hatte eigens einen Boten zu ihr geschickt. Es kribbelte ihr in den Fingern, am liebsten hätte sie die Rolle sofort geöffnet, um die Nachricht zu lesen. Doch die Höflichkeit gebot etwas anderes. Sie nahm eine kleine, von Baldo aus Kupfer gefertigte Glocke zur Hand, die sie stets neben dem Webstuhl stehen hatte, und läutete. Wenig später betrat Minna mit Elisabeth an der Hand die Werkstatt. Die Kleine riss sich von der Lohnarbeiterin los, lief ihrer Mutter in die Arme und setzte zu einem noch etwas undeutlichen Redeschwall an.

»Moment, mein Schatz. Du kannst mir gleich alles erzählen«, lachte Cristin und strich ihrer Tochter über das rotblonde Köpfchen. Dann wandte sie ihre Aufmerksamkeit der Lohnarbeiterin zu. »Minna, sei so gut und kümmere dich um das Pferd dieses Herrn. Sieh bitte nach, ob du frische Kleidung für unseren Besuch findest. Und richte ihm den Gästeraum her, ja? Der Mann hat eine weite Reise hinter sich.«

Minnas Augen wanderten von dem Pergament zu Cristin und weiter zu dem Boten. Von ihrer Miene war Verwirrung abzulesen.

»Natürlich, Frau Schimpf.« Sie streckte die Hände nach dem Kind aus. »Komm, Elisabeth, wir haben zu tun.«

Die rundliche Frau setzte sich die Kleine kurzerhand auf die Hüfte und ging gefolgt von dem Boten hinaus.

Nachdem Minna dem Besucher einen Zuber mit warmem Wasser gefüllt und alte, aber saubere Kleidung von Baldo bereitgelegt hatte – die beiden Männer hatten ungefähr die gleiche Größe –, kehrte in dem Haus endlich Stille ein. Cristin verriegelte die Werkstatttür, gab Elisabeth ein unbrauchbares Knäuel Wolle zum Spielen und setzte sich mit Jadwigas Botschaft ans Fenster. Doch bevor sie das Schreiben öffnete, schweiften ihre Gedanken zu dem Tag zurück, an dem sie, Baldo und ihr Bruder Piet der polnischen Königin das erste Mal begegnet waren.

Ihre Suche nach den Lübecker Menschenhändlern hatte

sie nach Polen geführt. Dort hatten sie Königin Jadwiga kennengelernt, die mit ihrem Gefolge in einem Spital erschienen war. Cristins Bewunderung für die Regentin kannte keine Grenzen. Jadwiga war nicht nur schön, sondern auch gebildet und freundlich. Ihr Einsatz für die Mittellosen, Kinder und Vernachlässigten ihres Volkes war beispiellos. Doch der Druck, einen Thronfolger zu gebären, und die wenig glückliche Ehe mit dem um viele Jahre älteren König Jagiello lasteten schwer auf den Schultern der Monarchin. Cristin hatte sie schließlich durch die geheimnisvollen Kräfte ihrer Hände von einem lästigen Magenleiden befreien können und war eine Zeit lang ihre Heilerin gewesen.

Die junge Frau blinzelte und kehrte in die Wirklichkeit zurück. Was konnte Jadwiga von ihr wollen? Vorsichtig, um die Rolle nicht zu beschädigen, brach sie das königliche Siegel auf. Sie hielt das Pergament näher an den schmalen Lichtstreif, der durch das Fenster fiel, denn der Tag war dunstig, und die Sonne zeigte sich nur selten. Erregung erfasste sie. Sie legte den Zeigefinger auf das erste Wort und begann zu lesen.

Liebste Freundin,
mein Herz jauchzt und jubelt. Gott der Allmächtige wird mir in Seiner Gnade ein Kindlein schenken. Bald schon. Mein Leibarzt denkt, es wird zum Ende des Julis zur Welt kommen. Der König ist außer sich vor Freude.
So möchte ich dich, liebe Agnes, und Baldo, deinen lieben Gemahl, die letzten Wochen, bevor das Kindlein kommt, um mich wissen. Mir wäre wohl zumute, meine beste Heilerin an meiner Seite zu haben.
In wenigen Tagen wird eine Kutsche bei dir eintreffen. Ein Bote, der für mich im Norden des Reichs unterwegs war, konnte glücklicherweise herausfinden, wo du dich mit deinem lieben Mann aufhältst. Ich weiß, ihr werdet mir meine Bitte nicht abschlagen und bald bei mir sein. Seid gewiss, ich werde es euch reich vergelten.
In der Hoffnung auf ein baldiges Wiedersehen auf dem Wawel …

Unterzeichnet hatte die polnische Königin lediglich mit einem schlichten *Jadwiga*.

Cristin ließ das Pergament sinken. Ihre Wangen röteten sich vor Freude. Jadwigas sehnlichster Wunsch würde nun endlich in Erfüllung gehen. Ihre Augen wurden feucht. Gar lebhaft konnte sie sich vorstellen, wie die Leibärzte, Zofen und Bediensteten sich mit ihren Bemühungen, es der verehrten Herrscherin so bequem wie möglich zu machen, gegenseitig zu übertrumpfen versuchten. Aus eigener Erfahrung wusste sie, wie aufmerksam alle den Gesundheitszustand der Königin beäugten. Das leiseste Anzeichen einer möglichen Schwangerschaft, und sei es nur eine vorübergehende Übelkeit, musste sich wie ein Lauffeuer auf dem Wawel verbreitet haben. Heiler waren im vergangenen Jahr auf der Burg ein und aus gegangen, jeder mit eigenen, neuen Heilmethoden, um der Kinderlosigkeit des Königspaares ein Ende zu bereiten.

Cristin lächelte. Elisabeth war andächtig damit beschäftigt, die Wolle in jeder Ecke der Werkstatt zu verteilen, und Lump hatte es sich neben dem neuen Spinnrad bequem gemacht. Den Kopf zwischen die Pfoten gesteckt, verfolgte er Elisabeths Taten ungerührt. Dem Hund hatte es nicht gefallen, als sein Herr ihm befohlen hatte, Haus und Familie zu bewachen, bis Baldo wieder daheim war. Cristin hatte das kräftige Tier kaum halten können, als Baldo das Haus verlassen hatte. Doch ihm schien es zu gefährlich, die Frauen schutzlos zurückzulassen. So treu und gutmütig Lump auch wirkte, er hatte ein kräftiges Gebiss, das er Fremden nur zu gern zeigte, wenn sie seiner Familie zu nahe kamen. Nun lag er mit halb geschlossenen Lidern da. Cristin hob die Mundwinkel. Die Laune des Hundes würde sich wohl erst bessern, wenn sein Herr heimkehrte.

3

Am folgenden Abend war Cristin eingeschlafen, sobald sie sich im Bett ausgestreckt hatte. Dann strich etwas federleicht über ihren nackten Arm. Eine zarte Berührung nur, und dennoch schreckte sie aus dem Schlaf.

»Ich bin es«, wisperte es an ihrem Ohr.

Schlagartig war sie hellwach, öffnete die Augen und drehte sich auf die andere Seite.

»Willst du deinen Gemahl nach der langen Reise nicht anständig begrüßen?«

Im Schummerlicht des nahenden Morgens erkannte sie Baldos Gestalt, die sich über sie gebeugt hatte – die etwas zu lang geratene Nase in dem scharf geschnittenen, von dunklen Haaren umrahmtem Gesicht, dieses Lächeln. Ihr Herz machte einen Hüpfer, und sie schlang ihm die Arme um den Hals. Seine Haare waren noch feucht und kringelten sich an den Ohren.

»Du bist schon zurück? Ich habe nicht vor der nächsten Woche mit dir gerechnet«, murmelte sie, noch immer schlaftrunken und zog Baldo zu sich herab, um ihn zu küssen.

Wortlos hob er die Decke an und ließ sich neben ihr nieder. Kurz zuckte sie zusammen, als seine kalten Füße die ihren streiften. Doch seine Lippen waren warm, rau und sanft. Glücklich schmiegte Cristin sich an seinen festen, drahtigen Körper und erwiderte seine Liebkosungen. Sie hauchte ihm einen Kuss in die Halsbeuge, die noch den Geruch nach Leder und Seife trug. Im schwachen Schein der Talglampe, die am Fenster stand, erkannte sie, wie ihm eine Gänsehaut über die Arme kroch. Sie lächelte in sich hinein und zog mit den Lippen eine Spur seinen Hals entlang. Baldo seufzte wohlig, sein Herz klopfte im selben Takt wie das ihre.

»War die Reise erfolgreich, Liebling?«

»Ja, das war sie. Die besten Grüße von Bastian soll ich dir ausrichten.«

»Ich hoffe, du hast ihn zum Christfest eingeladen?«

»Natürlich. Er kommt gern, sagte er.«

Baldo fuhr mit den Fingern ihre Wirbelsäule entlang, bis Cristin schnurrte wie ein Kätzchen.

»Leider waren diesmal keine ungewöhnlichen Bernsteine dabei. Ich werde sie alle bearbeiten müssen.«

»Sie werden gewiss sehr schön, wie alles, was unter deinen Händen entsteht.«

Er stützte sich auf die Ellenbogen. Cristin spürte seine Augen auf sich gerichtet. Ihr helles Nachtgewand gab eine entblößte Schulter frei. Sein Atem ging schneller.

»So? Werden sie das?« Baldos Stimme wurde weich. »Du solltest deinen Gatten nicht herausfordern, wenn er nach langer Zeit endlich an den heimischen Herd zurückkehrt. Wo bleibt dein Anstand, Weib?«

Cristin gluckste, warf den Kopf zurück und rollte sich im nächsten Moment herum, bis sie halb über ihm lag. Ihre rötlich schimmernden Locken umgaben sein Gesicht wie ein Schleier.

»Wer fordert hier wen heraus, mein werter Gatte? Vielleicht sollte ich dem Hausherren mal beweisen, wie sehr ich ihn vermisst habe?«

»Er wäre dir sicher dankbar«, murmelte Baldo heiser an ihrem Haar und zog sie über sich.

Auch wenn seine Züge von den Anstrengungen der Reise gezeichnet waren, blitzten seine Augen unvermindert schelmisch. Cristin beugte sich tiefer zu ihm herab und zeichnete mit der Zungenspitze aufreizend langsam seine Lippen nach. Sie hörte, wie er den Atem anhielt, um im nächsten Moment mit einem kleinen Seufzer die Hände in ihre Haare gleiten zu lassen. Das Blut jagte ihr schneller durch die Adern, als sich ihre Lippen zu einem langen, leidenschaftlichen Kuss fanden. Jede Pore ihres Körpers schien mit purer Freude erfüllt zu sein. Wie war es nur möglich, einen Menschen mit jeder Faser seines Herzens so sehr zu lieben, dass es beinahe schmerzte? Dass seine Berührungen, die zunächst zart und dann immer fordernder wurden, ihr das Gefühl gaben, als erwachte ihr Leib nach einem langen Schlaf zu neuem Leben? Sie betrachtete seine Finger, während er die Hände über ihre Rundungen wandern ließ. Sanft löste Cristin sich schließlich von ihm, zog sich das Nachthemd über den Kopf und ließ es achtlos zu Boden fallen. Mit halb gesenkten Lidern sah sie auf ihn hinunter.

»Sag, sind dir unterwegs viele hübsche Frauen begegnet, Baldo?«

»Nicht eine«, erwiderte er schmunzelnd und strich über ihre Brüste.

»Aber man munkelt, dass es in Polen viele schöne Frauen gibt.«

Baldo betrachtete genüsslich ihre Gestalt. »So, sagt man das? Ich jedenfalls bin nahezu blind für fremde Schönheiten.«

Mit einem Seufzen presste er sie an sich und verschloss ihr den Mund mit einem Kuss, der sie alles andere vergessen ließ.

»Noch ein wenig Brot, Elisabeth?«, fragte Baldo, als sie am Morgen gemeinsam beim Frühstück saßen.

Er hatte sich die Zweijährige auf den Schoß gesetzt und zwinkerte ihr zu, denn sie klatschte fröhlich in die Hände und zeigte auf eine Brotscheibe, die in einem Korb lag. Großzügig bestrich er sie mit Butter und reichte sie dem Kind.

»Verwöhn sie nicht so, Baldo«, rügte Cristin ihn.

»Väter sollten das tun, besonders wenn sie eine Weile von zu Hause fort waren«, erwiderte er trocken.

Sie lächelten einander an.

»Du tust gerade so, als wärst du eine halbe Ewigkeit unterwegs gewesen.«

In seinen Augen erkannte sie noch einen Hauch der Leidenschaft, die sie in der vergangenen Nacht miteinander geteilt hatten.

»Zu lange jedenfalls.«

Auf dem Flur wurde eine Tür leise geschlossen, und Cristin hörte Minna mit ihrem Besucher reden. Schritte näherten sich.

»Wir haben Gäste, Cristin? Wieso hast du mir das nicht gestern schon erzählt?« Zwischen Baldos Augenbrauen entstand eine Falte.

Hitze stieg ihr in die Wangen. »Entschuldige. Ich hatte bisher keine Gelegenheit, es …«

»Hier entlang, edler Herr. Ich bereite Euch ein gutes Frühstück zu, wie es sich für einen Sonntag gehört«, war Minnas resolute Stimme vernehmbar.

Schon betrat sie in Gesellschaft eines fremden Mannes die Küche.

»Wir haben hohen Besuch, Baldo«, erklärte Cristin. »Dieser Herr ist ein Bote des königlichen Herrscherpaares von Polen.«

»Jadwiga schickt uns einen Boten?«, raunte Baldo ihr zu, nachdem er den Gast begrüßt hatte.

Er setzte Elisabeth ab und schickte sie mit Lump zum Spielen in den angrenzenden kleinen Garten hinaus. Sie nickte nur und ignorierte die Verwirrung in Baldos Miene.

Bald nach dem Mahl verabschiedete sich der Bote, denn er wollte das gute Wetter für die Rückreise nutzen. Cristin begleitete ihn nach draußen, wechselte noch einige Worte mit ihm und sah dem Reiter nach, bis er am Ende der Gasse verschwunden war. Sie schritt durch den Flur und trat in den Garten hinaus. Baldo nahm ihre Hand, während sie Elisabeth und dem Hund beim Spielen zusahen. Lump wartete schwanzwedelnd, bis die Kleine ihm den Ball zuwarf.

»Nun rede schon! Oder wie lange willst du mich noch im Unklaren lassen?« Er musterte sie aus zu Schlitzen verengten Augen. »Ist Jadwiga krank?«

Cristin hielt seinem Blick ungerührt stand, doch um ihre Mundwinkel zuckte es verräterisch. »Nein, keine Sorge. Es geht ihr gut.« Dann berichtete sie ihm in kurzen Zügen von der Pergamentrolle und Jadwigas Einladung. »Jadwiga erwartet ein Kind, Liebster! Endlich! Sie möchte, dass wir beide bei ihr sind, wenn sie es zur Welt bringt.«

Baldo zog sie an sich. »Wie schön!« Dann hielt er inne. »Du sagtest, sie schickt uns eine Kutsche. Wann brechen wir auf?«

»In den nächsten Tagen.«

Er hielt sie ein Stück von sich ab, betrachtete ihr schmales Gesicht mit den strahlenden blauen Augen. »So bald schon?«

»Ja«, erwiderte Cristin kleinlaut.

»Das gefällt mir nicht, Weib! Nein, ganz und gar nicht!« Baldo machte sich von ihr los. »Wie stellst du dir das vor? Wir müssen die Goldspinnerei für eine Weile schließen, obwohl sie nicht mal ein Jahr besteht? Das kann nicht dein Ernst sein!«

»Minna kann sich um das Geschäft kümmern und die Aufträge entgegennehmen.«

Baldo schnaubte. »Und Elisabeth?«

»Wir nehmen sie mit.«

»Bist du denn von allen guten Geistern verlassen?« Seine Stimme schwoll an. »Das kommt nicht infrage!«

Er warf ihr einen wütenden Blick zu, drehte sich auf dem Absatz um und eilte mit langen Schritten zu seinem Schuppen hinüber.

Verblüfft sah sie ihm hinterher. Er ließ sie einfach stehen? Cristin schob die Unterlippe vor und beobachtete, wie die Tür zur Werkstatt geräuschvoll ins Schloss gezogen wurde.

»Wir haben also Streit, ja?«

Nachdem er sich eine Weile in seinen Schuppen zurückgezogen hatte, lehnte Baldo nun betont lässig im Türrahmen der Spinnerei, den Blick auf seine Frau geheftet.

»Oh ja«, erwiderte diese ungerührt, ohne die Arbeit am Spinnrad zu unterbrechen.

Auch wenn sie sich äußerlich in der Gewalt zu haben schien, musste Cristin sich beherrschen, um sich ihre Empörung nicht anmerken zu lassen. Ungehobelter Kerl! Während sie seine schlaksige Gestalt mit dem dunklen Haar aus den Augenwinkeln maß und den gelassenen Ausdruck auf seiner Miene wahrnahm, fragte sie sich, warum sie sich ausgerechnet in diesen Mann verliebt hatte. Sie zwang ihre Aufmerksamkeit auf den Wollfaden zurück.

»Mehr hast du mir nicht zu sagen, Weib?«

Sie hob den Kopf. »Ich werde hinfahren… mit Elisabeth. Ob du mich begleitest oder nicht. Und es ist mir gleich, wenn es dir nicht gefällt. Jadwiga braucht mich.«

Baldo machte einen Schritt auf sie zu, fasste sie am Arm. »Jetzt sei doch vernünftig! Eine junge Frau mit einem Kleinkind allein unterwegs… Außerdem dauert es noch ungefähr drei Monate, bevor Jadwigas Kind auf die Welt kommen soll.«

Mit einer knappen Handbewegung schnitt sie ihm das Wort ab. »Jadwiga wird ihre Gründe haben, warum sie mich jetzt schon zu sich bittet! Die Spinnerei wird geschlossen, bis ich wieder daheim bin. Die Königin wird uns reich entlohnen, das hat sie geschrieben.«

»Elisabeth bleibt hier!«

»Niemals!«

Baldo umfasste Cristins Schultern, zwang sie, ihn anzusehen. Plötzlich wirkten seine Augen beinahe so schwarz wie die Nacht.

»Du wirst die Kleine nicht in Gefahr bringen, hörst du? Das werde ich nicht zulassen! Du weißt doch selbst, was auf so einer Reise alles passieren kann. Kerle wie diesen Arnd von Krämer gibt es nicht nur auf den Meeren«, erinnerte er sie an den Überfall der Vitalienbrüder, die das Hanseschiff *Sturmvogel* geentert hatten, auf dem Cristin und er im vergangenen Jahr von Polen nach Lübeck zurückgereist waren.

Mit einem Ruck machte sie sich von ihm frei und warf den Kopf zurück. Ihre Wangen glühten. Jedes einzelne Wort bereitete ihr innere Schmerzen.

»Viel zu lange war ich von Elisabeth getrennt. Ich kann sie nicht allein lassen, verstehst du das denn nicht?«

Tränen nahmen ihr die Sicht. Cristin wehrte Baldo ab, als er sie in die Arme ziehen wollte.

»Lass mich bitte. Ich muss … ich habe zu tun.«

Sie nahm den Faden wieder auf, sah nicht mehr hoch, auch wenn ihre Finger zitterten wie Blätter im Herbstwind. Als Baldo endlich die Spinnerei verließ, atmete sie auf und lehnte den Kopf gegen die Lehmwand.

Erinnerungen aus der Zeit, in der sie nicht wusste, ob sie ihr Kind jemals wiedersehen würde, drängten sich ihr auf. Nie würde sie vergessen können, wie es gewesen war, fern von Elisabeth zu weilen, immer in der Sorge, ob die Kleine wohlbehalten aufwuchs. Doch die Sehnsucht nach der Tochter und der Wunsch, sie eines Tages wieder bei sich zu wissen, hatten ihr Kraft gegeben, die Suche nach Lukas' Mörder nicht aufzugeben.

Alles hatte sich letztlich zum Guten gewendet. Und dennoch, die Ereignisse hallten immer noch in ihr nach, beschäftigten sie selbst in ihren Träumen. Manchmal wurden die Ängste der Vergangenheit schon durch ein Gespräch wieder in ihr lebendig. Eines Tages würde sie über die zurückliegenden dunklen Jahre sprechen können, und die Bilder aus der Vergangenheit wären nichts weiter als Schemen und Eindrücke, die nach und nach verblassten. Sie hatte so viel Anlass, sich glücklich zu schätzen und dankbar zu sein. Cristin wartete, bis sich der Sturm in ihrem Inneren legte.

Unter ihren Fingern sollte ein liturgisches Gewand entstehen, im Auftrage des Klosters Frauenthal in Herwardeshude. Sehr reich und angesehen sei das Kloster, hatten Nachbarn ihr erzählt. So manche Hamburger Bürgerstochter aus den vornehmsten Familien erfüllte dort als Nonne ihre Gelübde.

Für Cristin als neue Goldspinnerin in der Stadt war der Auftrag ungemein wichtig und eine besondere Ehre zudem. Ihr durfte nicht der kleinste Fehler unterlaufen. Sie presste die Lippen aufeinander. In Gedanken zählte sie die verbleibenden Monate, bis das Gewand fertiggestellt sein musste, und seufzte. Der guten Minna konnte sie unmöglich die aufwendigen Goldstickereien überlassen.

Das Abendessen war ungewöhnlich still zwischen den Frischvermählten verlaufen. Die kleine Elisabeth streckte die Arme nach ihrer Mutter aus, und Cristin zog sie auf den Schoß. Das Kind war müde und lehnte das Köpfchen gegen ihre Brust, der Daumen war nahezu im Mund verschwunden. Sie wiegte Elisabeth und beobachtete, wie ihr Gatte, den Kopf über den Teller gebeugt, stumm das Essen zu sich nahm. Dabei hatte sie mit Eiern gefüllte Teigtaschen zubereitet, Baldos Lieblingsspeise, und frisches Brot dazugelegt, in der Hoffnung, damit sein eisiges Schweigen endlich beenden zu können. Doch er war sturer als jeder Ochse. Cristin fühlte sich unbehaglich, fasste sich jedoch ein Herz.

»Du hast ja recht, mein Lieber«, räumte sie ein. »Die Spinnerei zu schließen ist so kurz nach der Eröffnung gewiss nicht klug. Aber bedenke doch …«

Baldo hob den Kopf. »Ich?« Er legte den Löffel beiseite. »Du bist es, die nachdenken sollte! Wüsste nicht, was es da noch zu reden gibt.«

Cristin betrachtete seine schwieligen Hände. »Denkst du, mir ist wohl dabei, den weiten Weg nach Polen anzutreten und hier alles stehen und liegen zu lassen?« Ihre Stimme klang brüchig. »Aber wenn Jadwiga ruft, sollte ich da nicht folgen? Hast du schon vergessen, was sie alles für uns getan hat?«

Baldo schob den Teller von sich. »Natürlich nicht. Aber wir können Minna hier unmöglich allein lassen, oder wie hast du dir das gedacht?« Er erhob sich und ging zur Tür, ohne sie noch eines weiteren Blickes zu würdigen. »Ich bin in meiner Werkstatt, falls du mich suchen solltest.«

Eine Weile später unterbrach Cristin ihre Arbeit. Sie gab Minna Anweisung, derweil in der Spinnerei zu bleiben, und legte den kurzen Weg zu dem kleinen, an die Goldspinnerei angrenzenden Holzhaus zurück, in dem ihr Mann seine Werkstatt eingerichtet hatte. Durch den schmalen Spalt der angelehnten Tür lugte sie hinein. Baldo stand mit nacktem Oberkörper an der Werkbank und wandte ihr den Rücken zu. Stumm beobachtete sie das Spiel seiner Muskeln, während er im immergleichen Rhythmus auf ein glänzendes Stück Metall einschlug. Seine Haut glänzte vor Schweiß.

Baldo schien seine Frau nicht zu bemerken. Oder er hatte beschlossen, sie nicht zu beachten. Die Luft war schwer und heiß. Zögernd trat sie näher.

Baldo hielt inne, drehte sich zu ihr herum und ließ die Hände sinken. Worte waren nicht nötig, an den aufeinandergepressten Lippen und den Falten auf der Stirn waren seine Gefühle deutlich abzulesen. Er zog sie an sich, presste seine Wange gegen ihre. Erleichtert lehnte Cristin sich gegen seine Brust. Er hob ihr Kinn und sah ihr eindringlich in die Augen.

»Ich kann dich also nicht von dem Vorhaben abbringen, in wenigen Tagen schon die Reise nach Polen anzutreten?«

»Nein, Liebling, das kannst du nicht«, erwiderte sie und schluckte. »Mein Entschluss steht fest. Und Elisabeth kommt mit mir.«

Baldo hielt sie ein Stück von sich weg, er atmete hastig. »Wenn du dich in Gefahr bringen möchtest, ist es eine Sache. Aber meine Tochter bleibt hier bei mir, in Sicherheit!«

Mit versteinerter Miene blickte er auf sie hinab. Cristin wich vor seiner Kälte zurück.

»Das … das kannst du nicht von mir verlangen, Baldo.«

Er streckte die Hände nach ihr aus, doch sie schüttelte den Kopf und ließ sich auf einen Holzschemel sinken.

»Du weißt, ich werde sie hüten wie meinen Augapfel. Allein die Vorstellung«, sie wischte sich übers Gesicht, »unsere Tochter über Monate allein lassen zu müssen… Baldo, das kann ich nicht.«

Plötzlich konnte sie die stickige Luft der Werkstatt kaum noch ertragen. Schweiß brach ihr aus allen Poren.

»Verdammt, Weib! Komm zu Verstand! Bin ich etwa nicht gut genug für Elisabeth?« Mit einem gefährlichen Funkeln in den Augen stand er vor ihr, umfasste ihre Arme und schüttelte sie leicht. »Antworte!«

Cristin fuhr zusammen und blickte auf. Sie wusste nicht, was sie mehr erschreckte – der wilde Ausdruck in Baldos Miene oder der Griff, mit dem er ihr die Finger ins Fleisch grub.

»Natürlich bist du der beste Vater, den Elisabeth sich wünschen kann. Sie vergöttert dich geradezu.«

In seinem Gesicht erkannte sie nun neben Wut auch Furcht und Sorge. Sein tiefer Atem glich eher einem Seufzen, als er seinen Griff lockerte.

»Wir brauchen einen zuverlässigen Mann, der auf unser Hab und Gut achtet, Cristin. Den können wir uns aber nicht leisten, verstehst du? Und deshalb werde ich hierbleiben müssen.«

4

Krakow, im Süden des polnischen Königreiches

Es war beinahe Mittagszeit, und die Maisonne ließ ihre Strahlen verschwenderisch auf den Rynek scheinen, den größten Marktplatz der polnischen Stadt. Eine seltsam gekleidete Gestalt hatte sich dort eingefunden, ein junger Mann in einem feuerroten Hemd und einer Hose, deren eine Seite gelb leuchtete, während die andere in glänzendem Blau schimmerte. Der Narr lenkte seine Schritte zu den Tuchhallen hin, die den Platz in zwei Hälften teilten. Auf seinen schlohweißen, zu einem kurzen Zopf geflochtenen Haaren saß eine Mütze. An den herunterhängenden Spitzen hingen kleine Schellen, ebenso wie an den spitz zulaufenden Bundschuhen. Bei jedem Schritt des kostümierten und weiß geschminkten Mannes klingelten sie leise und lenkten die Blicke einer rasch wachsenden Zahl von Marktbesuchern auf die vielen bereits vertraute Gestalt.

Es war Victorius, der Gaukler, wie er sich nannte, wenn er in das Narrenkostüm schlüpfte und sich das Gesicht mit Bleiweiß hell färbte. Nur wenige Krakower kannten seinen wirklichen Namen, Piet Kerklich. Erst recht wusste niemand, woher der komische Kerl gekommen war. Plötzlich war er im letzten Jahr da gewesen, unterhielt die Leute seitdem fast täglich mit seinen lustigen, oft respektlosen Liedern und führte kleine Kunststücke vor. Doch nicht nur auf dem Rynek, so hieß es, trete er auf, sondern von Zeit zu Zeit sogar auf der Burganlage des Königs, dem Wawel.

Piet Kerklich wartete, bis sich eine kleine Traube von Zuschauern um ihn gebildet hatte. Dann ging er auf eine junge Frau zu, streckte die Hand aus und tat, als ob er unter ihre Haube griff.

»Was haben wir denn da?«, rief er aus. »Ihr werdet doch nicht etwa …«

In seiner geöffneten Hand lag ein braunes Hühnerei. Die Frau riss die Augen auf und starrte mit offenem Mund auf das Ei, zu dem sich kaum zwei Lidschläge später ein weiteres gesellte.

»Ihr habt doch nicht etwa den Bauern dort hinten bestohlen?«, sagte Piet in gespielter Entrüstung und wies mit dem Daumen auf einen Stand, an dem ein beleibter Mann Hühner und anderes Federvieh feilbot.

Die Leute folgten staunend seiner Handbewegung, und schon hatte der Gaukler ein drittes Ei zutage gefördert.

»Ts, ts«, machte er und schüttelte den Kopf. »Aller guten Dinge sind drei, was?«

Die Leute lachten, einige hatten diesen Trick bereits gesehen. Viele kannten die Frau und wussten, sie war keine Diebin. Doch weil sie inzwischen feuerrot angelaufen war, ergriff Piet schnell ihre Hand und verbeugte sich, wobei die Glöckchen an seiner Mütze fröhlich klingelten.

»Nehmt es mir nicht übel, dass ich Euch als Opfer meines kleinen Taschenspielertricks ausgewählt habe«, bat er mit einem Lächeln, das in seinen hellblauen Augen ein Strahlen hinterließ. »Bitte behaltet zum Dank die Eier.«

Die Frau nickte unsicher und trat zurück.

Einen Moment lang musste Piet daran denken, wie er einen ähnlichen Zaubertrick bei seiner Zwillingsschwester Cristin vorgeführt hatte. Damals im fernen Lübeck, als er sie endlich nach langer Suche auf dem Marktplatz bei einer Gauklertruppe wiedergefunden hatte. Ein Loblied auf Irmela, die schöne Seiltänzerin, hatte er gesungen, eine junge Frau, die ebenfalls zu der Gruppe gehörte. Als er nach Cristins Hand gegriffen hatte, um sie an seine Lippen zu führen, war es wie ein Ruck durch seinen Körper gegangen. Sie hatte ihm später erzählt, sie habe ganz ähnlich empfunden.

Er lächelte. Die Frauen, die ihm am meisten bedeuteten, hatte er stets auf Marktplätzen getroffen – zuerst seine Zwillingsschwester Cristin und dann hier auf dem Rynek seine geliebte Marianka.

Das erste Mal waren sie einander begegnet, als er nur wenige Schritte von dem Portal der Marienkirche entfernt seine Späße getrieben hatte, bis ein Priester ihn aufforderte, seine Narreteien anderswo zu treiben. Ein paar Tage später fiel ihm die junge Frau mit den weizenblonden, zu einem dicken Zopf geflochtenen Haaren, erneut unter den Zuschauern auf. Piet wusste kaum, wie ihm geschah. Immer wenn er in den nächsten Tagen das hübsche Mädchen inmitten der Menge entdeckte, schlug ihm das Herz heftig gegen die Rippen. Nie zuvor hatte ein Mädchen seine Gefühle derartig durcheinandergebracht wie Marianka. Mit großen Augen verfolgte sie, was »der komische Kerl«, wie ihr Vater Konstanty ihn zwei Wochen später bei seinem Antrittsbesuch in Mariankas Elternhaus nannte, da für seltsame Sachen aufführte. Konstanty und seine Frau Grazyna waren nicht eben begeistert, als Marianka ihn immer öfter mit nach Hause brachte. Einmal hörte Piet, ohne es zu wollen, mit an, wie Marianka und ihr Vater in der Werkstatt miteinander sprachen.

»Er hat nichts, und er ist nichts. Was willst du mit diesem Mann?«, rief Konstanty aus. »Er kann dir doch nichts bieten.«

»Ich liebe ihn, und er liebt mich, *Ojciec*«, antwortete seine Tochter mit fester Stimme. »Und er bringt mich zum Lachen.«

Erst als sie ihren Eltern erzählte, dass Piet auf dem Wawel wohnte und die Königin ihn und seine Schwester überaus schätzte, wurde die Meinung der beiden über ihn eine andere. *Ojciec* und *Matka*, so nannte er sie bald, denn der Kupferschmied und seine Frau wuchsen ihm rasch ans Herz.

»He, Spaßmacher, träumst du?«, riss ihn eine tiefe Stimme aus seinen Gedanken.

Ein gut gekleideter Mann in mittleren Jahren nickte ihm auffordernd zu. »Zeig uns noch ein Kunststück.«

»Verzeiht, edler Herr.« Piet legte eine Hand auf den Rücken und verbeugte sich. »Ich habe in der Tat geträumt. Von dem schönsten Weib der Stadt. Ach, was sage ich, von ganz Polenland!«

»Hört, hört«, rief jemand. »Sing uns ein Lied!«

Piet nickte.

»Von fernen Landen kam ich her, um euch hier zu beglücken. So spielt ich schon im Frankenland zu vieler Leut

Entzücken«, begann er und bewegte sich dabei tänzelnd auf einige der Umstehenden zu. Er tat, als strauchelte er, um sich im letzten Augenblick zu fangen, während er rasch den Text des Liedes veränderte, das er früher öfter gesungen hatte. »In Polen ist's besonders fein, hier wurd das schönste Mädchen mein, ich schwör bei Gott, es wird so sein.«

Hier legte er eine kurze Kunstpause ein.

»Na, was?«, wollte ein junger Mann wissen.

Piet verzog das Gesicht zu einem frechen Grinsen. »Ich will es stets beglücken!«

Die Menge lachte. Etliche der Zuschauer wollten sich nun davonmachen. Schnell nahm Piet die Mütze ab und hielt sie den Männern und Frauen entgegen.

»Ihr werdet doch einen ehrlichen Narren nicht um die Früchte seiner Arbeit bringen wollen«, rief er mit weinerlicher Stimme.

Einige fassten nach ihren Geldbeuteln, griffen hinein und warfen ihm schmunzelnd ein paar Münzen in die Mütze, die zusammen mit den Schellen lustig um die Wette klingelten. Als auch der letzte Zuschauer gegangen war, stimmte Piet ein kesses Lied an. Seine Stimmung war bestens, denn an diesem Tag hatte sich sein Einsatz wahrlich gelohnt. Mit einem prall gefüllten Leinensäckchen am Gürtel machte sich der Narr pfeifend auf den Weg nach Hause.

5

Hamburg, Mitte Mai 1399

Als der Zweispänner, flankiert von zwei stattlichen Reitern, eine gute Woche später kurz nach Morgengrauen vor dem Gebäude hielt, lagen die Kaufmannshäuser noch in Nebel gehüllt. Cristin hatte die Kutsche bereits durch das Küchenfenster nahen sehen und trat vor die Tür. Einen Moment lang musste sie an die Ausfahrt mit Jadwiga durch die winterlichen Wälder Polens in einer ähnlichen, von zwei prächtigen Rappen gezogenen Kalesche denken. Damals hatte die Königin sie nach ihrem ersten Treffen im Spital gemeinsam mit Baldo, Piet und Janek auf den Wawel eingeladen. Janek, der Junge, der bei einem Überfall der Deutschritter auf sein Heimatdorf das Gemetzel an den Dorfbewohnern und seiner Mutter hatte mit ansehen müssen und der als Folge des Schocks nur noch stockend sprach.

Cristin und ihre Begleiter fanden den Waisen völlig verstört in einem Verschlag und nahmen ihn kurzerhand mit. Sie kümmerten sich um Janek und schlossen ihn schnell ins Herz. Ihn nicht in ihre Heimat mitnehmen zu können, war ihr zu jener Zeit unendlich schwergefallen. Doch das Leben, das sie damals geführt hatte, war für einen Zehnjährigen viel zu gefährlich. Dank Jadwigas Vermittlung lebte Janek seitdem bei dem königlichen Hufschmied, und ein Leben im Waisenhaus blieb ihm erspart.

Cristin freute sich, ihn bald wiederzusehen. Sie kehrte mit ihren Gedanken zu der Königin und der Kutschfahrt zurück. Während der junge Jury, einer der Kutscher der Majestät, das Gefährt durch die winterliche Landschaft gelenkt hatte, sprachen die Königin und sie über Freiheit. Jadwiga ließ Cristin in ihr Herz schauen, bis diese sich ihrerseits der polnischen

Herrscherin anvertraute und ihr alles erzählte, was sie schon solange beschwerte. »Wenn ich dir helfen kann, will ich das gerne tun«, lautete Jadwigas Versprechen.

Cristin blinzelte sich in die Gegenwart zurück. Während der Kutscher, diesmal ein Mann jenseits der vierzig, vom Bock der Kalesche kletterte und die steifen Glieder reckte, stieg einer der beiden jüngeren Reiter aus dem Sattel und schritt auf sie zu. Er nahm seine schwarze Pelzmütze ab und klemmte sie unter den Arm.

»Seid Ihr die Heilerin Agnes?«

Königin Jadwiga und Cristin hatten damals beschlossen, dass sie und Baldo sich weiterhin mit den Namen Agnes und Adam anreden lassen sollten. Jenen Namen also, die sie während ihrer Flucht benutzt hatten. Cristin sollte selbst den Zeitpunkt bestimmen, an dem sie ihre wahre Identität preisgab.

Sie nickte. Der Mann deutete eine Verbeugung an.

»Königin Jadwiga von Polen schickt Euch diese Kutsche, wie durch ihren Boten angekündigt.«

Hinter sich hörte sie die Tür zur Werkstatt knarren. Baldo trat neben sie, gefolgt von seinem Hund.

»Ihr werdet meine Frau nach Krakow begleiten?«

»So lautet der Befehl meiner Königin.«

Der Mann legte die Hand auf den Griff des Schwertes, das in einer ledernen Scheide an seinem Gürtel hing. Sein Gefährte stieg ebenfalls vom Pferd und nickte Cristin und Baldo zu. Dieser musterte die beiden Polen.

»Dann gebt gut auf meine Frau und meine Tochter acht«, stieß er gepresst hervor. »Sie sind das Kostbarste, was ich besitze.«

Cristin wandte sich um. Einen Moment lang hielten die beiden sich wortlos umfangen. Baldo räusperte sich und sah die Männer an.

»Wann wollt Ihr aufbrechen?«

»Möglichst bald«, lautete die Antwort.

»Dann esst wenigstens noch eine Kleinigkeit und lasst mich die Pferde tränken«, erwiderte Baldo.

»Das ist sehr freundlich von Euch. Eine Mahlzeit werden wir allerdings unterwegs in einem Gasthaus zu uns nehmen.«

»Ich hole die Kleine«, murmelte Baldo und schlich davon.

Vor fünf Stunden hatte die Kalesche mit Cristin und Elisabeth auf der Rückbank die Mauern Hamburgs hinter sich gelassen. Nun rollte sie über eine ebenso holprige wie staubige Straße gen Süden, vorbei an weiten Feldern von grün schimmernder Gerste, deren Ähren sich sanft im Wind bewegten. Nur ab und zu wurde die flache Landschaft von einem Flüsschen oder einer Ortschaft unterbrochen, in der die Leute dem Reisewagen und den beiden fremdartig gekleideten Reitern neugierig nachsahen.

Bis zum Abend wollte Karol, der Kutscher, in Brunswick sein, der mächtigen Stadt Kaiser Ottos und Heinrichs des Löwen, dessen Gebeine im Dom nahe der Burg Dankwarderode beigesetzt waren. Die Stadt lag an der Oker, einem Fluss, der im Harzgebirge entsprang. An seiner Furt kreuzten sich zwei wichtige Handelswege. Der eine führte von Osten nach Westen, der andere vom Norden des Reiches hinab in den Süden. All das hatte der Kutscher Cristin erzählt, während sie sich Brunswick näherten, auch, dass er hier aufgewachsen war, bis seine Eltern mit ihm und den Geschwistern nach Polen gezogen waren. In einem Gasthaus wollten die Reisenden die Nacht verbringen, um am nächsten Tag nach Magathaburg weiterzufahren, ihrem nächsten Etappenziel.

Nicht weit von der Kutsche entfernt ritten die beiden Männer, die Jadwiga zu ihrem Schutz mitgeschickt hatte, und ließen Elisabeth und Cristin nicht aus den Augen. Sie waren Brüder und hießen Mariusz und Roman, wie die junge Goldspinnerin mittlerweile wusste. Die Kleine war inzwischen in ihren Armen eingeschlafen. Ab und zu fiel ein Sonnenstrahl auf die Dolche der beiden Wachen und ließ sie aufblitzen. Auch trugen sie Schwerter bei sich, die zusammen mit den entschlossenen Mienen der Männer jedem zeigen sollten, dass man sich besser nicht mit ihnen anlegte.

Cristin bettete Elisabeth auf die Bank und legte ihr eine wärmende Decke um. Anfangs hatte der kleine Mund kaum stillgestanden. Hierhin und dorthin hatte das kleine Mädchen gezeigt und war sogar einmal nach einer kurzen Rast auf den Kutschbock geklettert, um Karol mit glänzenden Augen zuzusehen, wie er die königlichen Pferde antrieb. Cristins Augen füllten sich mit Tränen. Viele endlose Wochen würden vergehen, bevor sie Baldo wiedersahen. Kurz vor dem Abschied hatte er ihr noch zugeflüstert, dass er so bald wie möglich nachkommen wolle. Sie zweifelte keinen Augenblick an seinem Entschluss, fragte sich aber, wie er das so rasch zu bewerkstelligen gedachte. Einen anständigen Mann zu einem geringen Lohn zu finden, zumal sie in der Stadt kaum jemanden kannten, erschien ihr wie die Suche nach der sprichwörtlichen Nadel im Heuhaufen.

Vor Baldos kantige Züge schob sich das schöne, ebenmäßige Gesicht der polnischen Königin, die es nun danach verlangte, sie wiederzusehen. Wie aufgeregt Piet gewesen war, als er der Königin das erste Mal gegenübergetreten war! Cristin lächelte. Jadwiga hatte ihn fasziniert. Sein Herz allerdings gehörte Marianka, jener Frau, deren Vater Baldo das Arbeiten mit Kupfer beigebracht hatte. Cristin freute sich auf das Wiedersehen mit den beiden Jungverheirateten. Im Geiste befand sie sich wieder im Speisesaal des Spitals. Dort hatte sie der Königin von ihren furchtbaren Erlebnissen auf dem Weg nach Slupsk berichtet. Und dann, urplötzlich, war Jadwiga kreidebleich zusammengebrochen. Immer wieder war die Königin in den kommenden Monaten erkrankt, und niemand hatte ihr helfen können. Doch Jadwigas Beschwerden waren nicht nur körperlicher Natur, auch ihre Seele krankte. Nun würde alles besser werden. Ein Kind wuchs unter ihrem Herzen heran, das Freude in Jadwigas Leben bringen und ihrer Ehe guttun würde.

Nachdem sie stundenlang durch einen dichten Laubwald gefahren waren, tauchte kurz vor Sonnenuntergang endlich die Silhouette der Löwenstadt vor ihnen auf.

Karol drehte sich zu ihnen um. »Brunswick«, rief er. »Jetzt wird es ein bisschen ungemütlich!«

Der Pole ließ die Peitsche knallen und auf den Rücken der Pferde niederfahren. Cristin musste sich mit einer Hand an der Sitzbank festklammern, um nicht hin und her geworfen zu werden. Mit der anderen hielt sie Elisabeth an sich gepresst, die durch die halsbrecherische Fahrt über das holprige Pflaster aufgewacht war und sie aus geweiteten Augen ansah.

Cristin beugte sich vor. »Muss das sein?«, rief sie dem Kutscher zu.

»Was denn?«

»Diese wilde Fahrt!«

Sie hörte ihn lachen. »Ich fürchte, ja. Oder wollt Ihr die Nacht vor den Mauern der Stadt verbringen?«

Cristin schwieg. Hoffentlich erreichten sie die Stadt, bevor die Tore geschlossen wurden. Je näher sie Brunswick kamen, desto deutlicher wurde Cristin die Größe dieser Stadt bewusst, von der sie bisher nur gehört hatte. Die massiven Türme der Burg Dankwarderode, die zwischen zahlreichen Kirchtürmen hoch in den zunehmend dunkler werdenden Himmel aufragten, ließen sie unwillkürlich den Atem anhalten.

Kurze Zeit später lenkte Karol die Pferde über eine Brücke, die einen schmalen, aber tiefen Wassergraben überspannte. Dahinter erhob sich eine über zwei *Klafter* hohe Stadtmauer, an deren Tor sich drei Männer zu schaffen machten, um die mächtigen Flügeltüren zu schließen. Im letzten Augenblick trieb der Kutscher die wiehernden Tiere hinter ihren beiden Begleitern hindurch, verfolgt von den empörten Rufen der Torwächter. Der Pole zügelte die Pferde und brachte die

Kalesche zum Stehen. Ein vierschrötiger Mann mit einer *Gugel* auf dem Kopf trat herzu. An dem Gürtel, der seinen knielangen, unten geschlitzten Mantel zusammenhielt, baumelte ein schellenbesetzter Beutel. Ein Zolleinnehmer.

»Da habt ihr aber noch mal Glück gehabt«, brummte der Mann, während Karol vom Kutschbock stieg und sich streckte.

Hinter ihm schloss sich knarrend das Tor aus eisenbeschlagenem Eichenholz. Der Vierschrötige hielt die Hand auf und nannte den Betrag, den der Kutscher als Torzoll zu bezahlen hatte. Dieser fasste nach seinem Geldbeutel und griff hinein. Während er die verlangte Summe Geld in die ausgestreckte Hand des Wächters fallen ließ, fragte Karol: »Kannst du uns ein gutes Gasthaus nennen?«

Der Zolleinnehmer zählte das Geld nach und ließ es in dem Beutel verschwinden. Er warf einen kurzen Blick auf Cristin und Elisabeth im hinteren Teil der Kutsche.

»Für Euch und das Kind?«

»Sowie für den Kutscher und die zwei Männer, die uns begleiten«, ergänzte Cristin.

Der Zolleinnehmer wandte sich Karol zu. »Fahrt die Sunnenstrate hinunter bis St. Martini. Dort gibt es mehrere Garküchen und Schänken. Fragt nach dem *Ochsen*, das ist eine gute Adresse.«

Karol bedankte sich, kletterte zurück auf den Kutschbock und ließ die Peitsche knallen. Die beiden polnischen Reiter folgten der Kalesche.

Cristin sah hinaus. Die Häuser rechts und links der Straße waren anders gebaut, als sie es aus Lübeck oder Hamburg kannte. Es waren Holzbalkenkonstruktionen, die Cristin an ein Skelett erinnerten. Einige der hölzernen Streben verliefen waagerecht, andere schräg. Die Zwischenräume hatten die Baumeister mit Backsteinen ausgefüllt.

Auf einem Platz hinter der Martinikirche brachte Karol die Kutsche zum Stehen und kletterte vom Bock. Zwei junge, gut gekleidete Männer und ihre Begleiterinnen schlenderten heran, blieben stehen und besahen sich neugierig die Kutsche und die Reiter in ihrer fremdländischen Kleidung.

Mariusz nickte einem von ihnen zu. »Könnt Ihr mir sagen, wo ich den *Ochsen* finde?«

Der Angesprochene zeigte auf den Eingang einer schmalen Gasse im Schatten des in den dunklen Himmel aufragenden Gotteshauses.

»Dort hinein müsst Ihr«, erklärte der junge Mann. »Ist nicht weit. Für die Kutsche dürfte es aber zu eng werden. Die werdet Ihr wohl hier stehen lassen müssen.«

»Das heißt also, ich muss die Nacht hier draußen verbringen«, brummte Karol und verzog das Gesicht, während die jungen Leute sich fröhlich schwatzend entfernten.

»Wir können uns abwechseln«, bot Roman an, »ich übernehme gern die erste Wache.«

»Ich löse dich ab«, versprach sein Bruder.

Mit geübten Handgriffen band er sein Reittier vor einem mehrstöckigen Fachwerkhaus an einem Holzpfosten an. Roman tat es ihm gleich.

»So kommt jeder von uns wenigstens zu ein paar Stunden Schlaf.«

»Gut, dann lasst uns zusehen, dass wir noch eine Schlafstatt ergattern«, erwiderte Karol.

Ein Nachtwächter, in der einen Hand einen Spieß, in der anderen eine Laterne und einen Strick, an dem er einen großen, struppigen Hund mit sich führte, trat aus der Gasse und kam geradewegs auf sie zu. »Gott zum Gruße«, sagte er, doch seine Stimme klang alles andere als freundlich. Argwöhnisch musterte der Mann die kleine Gruppe aus zusammengekniffenen Augen, warf ihnen einen letzten Blick zu und verschwand zwischen den Häusern.

Während die Männer bei einigen Krügen Bier noch eine Weile zusammensaßen, zog sich Cristin mit Elisabeth in ihre Kammer über der Gaststube zurück. Eben schlug die Glocke von St. Martini die dritte Abendstunde. Sie mussten wohl tatsächlich froh sein, noch vor Einbruch der Nacht ein Schlafquartier gefunden zu haben. Die winzigen Räume hatten nur jeweils zwei Lagerstätten, doch da Karol, Mariusz und Roman abwechselnd bei der königlichen Kalesche und den Pferden wachten, reichten die beiden Betten in der Kammer der Männer aus.

Elisabeth war schon den ganzen Nachmittag über unleidlich gewesen, aber als ihre Mutter versuchte, ihr mit einem feuchten Tuch wenigstens den gröbsten Schmutz vom Gesicht zu waschen, schrie sie auf. Cristin erschrak. Das war ungewöhnlich, denn normalerweise konnte es die Kleine gut leiden, einigermaßen sauber zu sein. Doch an diesem Abend schien dem Kind nichts recht zu sein. Ihre Wangen waren feuerrot, und sie schrie zum Gotterbarmen, während Cristin sie mit einer Hand festhielt und mit der anderen das von Tränen und Straßenstaub verschmierte Antlitz abwischte.

»Nun halt schon still, Elisabeth.«

Als sie fertig war, hielt sie ihre Tochter ein Stück von sich ab, um sie genauer betrachten zu können.

»Was hast du nur, du kleiner Quälgeist? Das sieht dir überhaupt nicht ähnlich.« Sie legte dem Kind eine Hand auf die Stirn und erschrak. Sie war warm, wärmer als gewöhnlich. Hatte Elisabeth etwa Fieber? »Schätzchen, es war ein langer Tag, wir sollten jetzt schlafen gehen«, sprach Cristin mit plötzlich zitternder Stimme auf die Zweijährige ein, ohne auf deren Gejammer einzugehen.

Sie reichte Elisabeth noch etwas zu trinken, hob sie hoch und legte sie auf dem Bett nieder.

»Nun schlaf schön. Morgen geht es dir sicher schon wieder besser.«

Cristin beobachtete, wie das Weinen der Kleinen allmählich in leises Schluchzen überging und sie sich den Daumen in den Mund schob. Sie hockte sich vor die Schlafstatt, strich Elisabeth eine feuchte Haarsträhne aus dem Gesicht und registrierte bald darauf, wie das Köpfchen sich zur Seite neigte und der Daumen aus dem Mund rutschte. Wie zart ihre Haut war, wie sich die feinen rötlichen Haare um die Ohren kringelten. Ein Bild voller Unschuld.

Wenn sie ihr Kind so betrachtete, konnte sich Cristin leicht vorstellen, wie Elisabeth als junge Frau einmal aussehen könnte. Sachte berührte sie die Wangen der Schlafenden. Auch sie waren zu warm. Cristin atmete tief ein. Kinder fiebern schnell, versuchte sie sich selbst zu beruhigen, doch sie konnte nicht verhindern, dass ihre Handflächen feucht wurden. War es richtig gewesen, die Kleine unbedingt auf diese Reise mitnehmen zu wollen? Grenzte ihre Weigerung, sich abermals von Elisabeth zu trennen, nicht an Selbstsucht? Was war, wenn das Mädchen ernstlich krank wurde und weit und breit kein Medicus aufzufinden wäre? Mit Baldo hatte sie erbittert gestritten, um ihren Willen durchzusetzen. Bekam sie nun die Rechnung für ihr leichtsinniges Verhalten?

Von Unruhe ergriffen erhob sich Cristin und trat an das kleine Fenster. Von hier aus hatte sie eine gute Sicht auf St. Martini und einige der hübschen Fachwerkhäuser, die der zunehmende Mond erhellte. Unzählige Möglichkeiten, was Elisabeth fehlen mochte, schossen ihr durch den Kopf. In der Kammer war es stickig, doch sie wagte nicht, das Fenster zu öffnen. In Gedanken ging sie den Beutel mit Kräutern und Salben durch, die sie mitgenommen hatte. Zur Behandlung eines aufgeschürften Schienbeins oder Schmerzen geringerer Art waren sie allemal ausreichend, und auch Material zum Vernähen von offenen Wunden fand sich in dem Beutel. Doch damit erschöpften sich auch ihre Möglichkeiten.

Cristin wendete sich zu der Kleinen um. Elisabeth schien tief und fest zu schlafen.

6

Am nächsten Morgen weinte Elisabeth, als Cristin ihr einen Becher mit Milch an den Mund hielt. Im hellen Tageslicht konnte sie ihr geschwollenes Zahnfleisch erkennen und atmete auf. Ein durchbrechender Backenzahn war also der Grund für das Unwohlsein. Sie schloss ihre Tochter in die Arme und machte sich mit ihr auf dem Weg zur Gaststube des *Ochsen*.

Die Wächter nahmen bereits ein reichhaltiges Frühmahl zu sich, bevor sie zu ihrem nächsten Ziel, der Stadt Magathaburg, aufbrechen würden. Die alte Messe- und Handelsstadt an der Elbe lag im Osten des Reiches, etwa zehn Meilen von Brunswick entfernt. Bis nach Krakow würden sie von dort aus noch fünf oder sechs Tage unterwegs sein, aber das hing von der Beschaffenheit der Straßen ab, die zur polnischen Hauptstadt im Süden des Landes hinunterführten.

Während die Kalesche an zahlreichen Dörfern und Bauernhöfen vorbei durch die flache, nur von wenigen Wäldchen unterbrochene Bördelandschaft rollte, wanderten Cristins Gedanken zu Baldo. Es wäre so schön, wenn er einen zuverlässigen Mann für die Werkstatt finden könnte, wünschte sie sich, als sie an einem Kloster etwas abseits der Straße vorüberfuhren.

Mit der Hand strich sie über die große Truhe, die zu ihren Füßen stand. In der schmucklosen Holzkiste befanden sich der Stoff für das Gewand der Zisterzienserin in Herwardehude, ihr Stickrahmen sowie die nötigen Garne und Werkzeuge. Cristin hoffte, im Laufe der nächsten Wochen auf dem Wawel genügend Zeit zu finden, um es fertigstellen zu können. Ende des Jahres erwartete die Oberin des Klosters Frauenthal bereits das gefertigte Gewand.

Viele Hamburger Bürger bedachten die Zisterzienserinnen in ihrem Testament, hieß es. Auch hatte sie gehört, dass dem Konvent ausgedehnte Ländereien rund um die Alster gehörten. Baldo zeigte für dieses Gebaren keinerlei Verständnis, für ihn grenzten derlei Geschäfte, die der Geistlichkeit mehr und mehr Reichtum bescherten, an Gotteslästerung. Baldo hatte noch nie ein Hehl aus seiner Abneigung gegen den Klerus gemacht, genau wie Piet, den die Geistlichkeit wie alle Narren als Verkörperung von Gotteslästerung, Tod und Teufel betrachtete.

Ein Lächeln umspielte Cristins Lippen. Piet. In wenigen Tagen würde sie ihn wiedersehen, den geliebten Bruder, mit dem sie schon lange eine unsichtbare Verbindung verband. Erst im vorletzten Jahr hatten sie einander wiedergefunden. Bis dahin hatte sie nicht einmal von der Existenz ihres Zwillingsbruders geahnt.

Elisabeth kuschelte sich an sie, und Cristin zog den kleinen Kinderkörper näher an sich heran. Die Kleine hob den Kopf und lächelte träge. Kurz darauf war sie eingenickt. Die lange Reise, die fremden Männer, die sie schützten, der quälende Zahn, all dies jagte ihr offenbar Angst ein. Ein ums andere Mal hatte sie an den Händen ihrer Mutter gezerrt und nach Baldo gefragt, sodass Cristin ihre liebe Not hatte, das Mädchen abzulenken und zu beruhigen.

Seit Baldo sie damals aus der dunklen Erde befreit hatte, waren sie nie länger als nötig voneinander getrennt gewesen. Wie selbstverständlich es für sie geworden war, ihn an ihrer Seite zu wissen, wurde Cristin nun bewusst. Sie seufzte leise, denn sie fühlte sich erschöpft und schmutzig. Das gleichförmige Geräusch der über die ungepflasterte Straße rollenden Wagenräder und das leichte Ruckeln der Kutsche versetzten sie bald in eine träumerische Stimmung. Jadwiga war gewiss überglücklich, bald ein eigenes Kind in den Armen halten zu können. Oh, sie war ja so gespannt darauf, all die Menschen, die ihr wichtig waren, wiederzutreffen. Ihr Herz schlug schneller. Besonders an Janek hatte sie in letzter Zeit viel gedacht und sich gefragt, ob er sich beim königlichen Hufschmied wohlfühlte. Die Tatsache, den Jungen bei Jaromir zu wissen, erfüllte sie mit stiller Freude und Dankbarkeit. Sie lächelte, während sie ihrem Ziel mit jeder Meile näher kamen.

Dunkelheit senkte sich über das Land. Vor ihnen ragten endlich die Mauern von Magathaburg auf. Karol trieb seine Rösser mit der Peitsche an, sodass die Kalesche nur so über die unebene, staubige Landstraße dahinflog. Neben dem Gefährt drückten Mariusz und Roman mit angestrengten Mienen ihren Pferden die Sporen in die Flanken.

Wenig später rollte die polnische Kalesche über das Pflaster einer breiten Straße auf eine mächtige Kathedrale zu, deren Türme sich augenscheinlich noch im Bau befanden. Auf dem ausgedehnten Domplatz konnte Karol die Kutsche abstellen, und gleich gegenüber lud ein durch das Fenster eines Gasthauses fallendes Öllampenlicht sie zum Eintreten ein. Eine weitere Etappe ihrer Reise hatten sie geschafft, doch der größte Teil – die Fahrt durch die Weiten des polnischen Reiches – lag noch vor ihnen.

Lübeck

Die junge Frau saß auf dem Bett. Die Luft in der Hütte war schwer vom Schweiß ihres Freiers. Sie blickte zum Fenster, von dem ein schmaler Lichtstrahl hereinfiel und ihr das Gesicht wärmte. Mit geschlossenen Augen ließ sie ihre Gedanken in die Vergangenheit wandern. Manchmal musste sie an das Kind denken, das sie unter dem Herzen getragen hatte, damals, als man sie angeklagt und verurteilt hatte. Als der Büttel sie endlich losgebunden hatte und sie sich mit weichen Knien hatte davonschleppen wollen, rann plötzlich etwas Warmes, Klebriges an den Innenseiten ihrer Schenkel hinab – Blut, das sich zu ihren Füßen sammelte. Während sie noch darauf starrte, ließ ein erneuter Schmerz, der ihr Innerstes zu zerreißen schien, sie auf das Pflaster sinken. Im nächsten Augenblick quoll etwas zwischen ihren Beinen hervor, ein rosiges Etwas, kaum ausgebildet, und dennoch deutlich als menschliches Wesen zu erkennen.

Sie schrie auf, und mehrere Leute, die bereits im Begriff waren zu gehen, drehten sich noch einmal um. Niemals würde sie den erschreckten Ausdruck in den aufgerissenen Augen einiger Frauen vergessen, als ihre Blicke sich auf das Kind geheftet hatten, das leblos in einer Blutlache auf dem Pflaster lag. Sie wäre verblutet, hätte der *Fiskal* nicht einen Medicus rufen lassen. Das Kind war nur wenige Wochen alt. *Sein* Kind. Das Kind des Mannes, der sie ein »dummes Weibsstück« nannte, als sie gegen ihn aussagte. Der Mord an seinem Bruder war ihm nicht nachgewiesen worden, doch für seine schändlichen Geschäfte, den Handel mit jungen Frauen, halben Kindern noch, hatte man ihn in den Turm geworfen. Sollte er doch dort verrotten.

Vielleicht war es gut so, dass sie das Kind verloren hatte. Wo hätte sie es zur Welt bringen sollen? In einer der schmutzigen, engen Hütten in der Gropengrove der ach so prächtigen Hansestadt vielleicht? Was hätte sie mit einem schreienden Balg anfangen sollen? Sie zog die Beine an, bettete den Kopf auf die Knie und stöhnte. Der Mann, der erst vor wenigen Minuten gegangen war, hatte sie hart rangenommen. Ihr Leib war wund von ihm. Nein, eine wie sie sollte kein Kind haben. Sie konnte sich ja selbst gerade so über Wasser halten, indem sie von Zeit zu Zeit in Alheyds Hütte für einen Kerl die Beine breitmachte oder sich am Hafen im Schatten eines Schuppens von einem der Seeleute oder Werftarbeiter stoßen ließ. Von Männern, die weder ihren Namen noch ihre Vergangenheit kannten. Männer, für die Frauen wie sie zu nichts anderem taugten, als ihnen abzuhelfen, wenn die Geilheit sie überkam.

Was war nur aus ihr geworden? All ihre Träume und Hoffnungen auf ein besseres Leben waren zerstoben, geplatzt wie die durchsichtigen Blasen aus Seifenlösung, die Kinder mit einem Strohhalm in die Luft pusteten. Sie dachte zurück an die Zeit, bevor ihre Welt aus den Fugen geraten war, damals, als sie in der Goldspinnerei der Bremers gearbeitet hatte, zusammen mit Johannes, dem Gesellen, und Minna, der alten Lohnarbeiterin. Eine schöne Zeit.

Zuweilen war der Bruder ihres Herrn in die Werkstatt gekommen und hatte ihr zugezwinkert. Wie dumm sie gewesen war! Geschmeichelt hatte sie sich gefühlt, weil er ihr schöne Augen gemacht hatte, der feine Herr. Rosig waren ihre Träume gewesen. Sie hatte geglaubt, er werde für sie und das gemeinsame Kind sorgen. Ja, und wenn er von seiner farblosen Gemahlin die Nase voll hätte, würde er sie vielleicht bevorzugen. Sie schnaubte. Wahrscheinlich hatte er sie von Anfang an bloß für seine finsteren Pläne benutzt. Dieser durchtriebene Unhold! Er hatte mit ihr gespielt wie mit jedem anderen, der ihm von Nutze sein mochte.

Auch sie konnte von Glück sagen, nur für ihre Buhlschaft bestraft worden und mit zwanzig Stockhieben davongekommen zu sein. Dabei hatte sie ihrem Herrn lediglich einen Becher von dem Wein gereicht, den sein Bruder für ihn abgegeben hatte. Wie hätte sie auch ahnen können, dass sie dem armen Mann damit den Tod brachte?

Sie zwang ihre Gedanken zurück in die Gegenwart. So mancher Kerl war ihr in den letzten Wochen zwischen die Beine gestiegen. Wenn es stimmte, was die alte Hure ihr erst gestern gesagt hatte, dann war sie, die junge, noch unverbrauchte Dirne mit den wohlgeformten Brüsten, inzwischen begehrter bei den Männern als viele andere Huren der Stadt. Doch sollte sie darauf etwa stolz sein?

Wenn sie durch die Gassen oder über die Marktplätze ging und die Leute sie wegen der schwarzen Bänder an ihrer Mütze als Hübschlerin erkannten, verzogen nicht wenige das

Gesicht und wendeten sich ab. Andere wieder musterten sie schamlos, sie wussten sicher längst, wer sie war. Das ist doch das Weib, das am Pranger stand?, konnte sie die Leute förmlich flüstern hören. Obendrein noch die Blicke der Priester, die ihren Weg vor St. Marien kreuzten.

»So jung und schon so verdorben«, hatte einer ihr erst vor ein paar Tagen unverblümt hinterhergerufen.

War sie das – verdorben? Weil sie die Gelüste der Kerle befriedigte, die zu ihr in die Hütte kamen? Sie erinnerte sich an den miesen Kerl, der sie vor einiger Zeit sogar geschlagen hatte. Zum Glück war so etwas nie wieder vorgekommen. Aber sollte dieses Leben für alle Zeit ihr Los sein? Sie schlug die Hände vors Gesicht. War nicht alles andere besser als dies? So mancher Kerl verlangte für ein paar Witten mehr richtig widerwärtige Dinge von ihr. Sie griff nach einem fadenscheinigen Tuch und schnäuzte sich.

Vielleicht sollte sie doch den Fischhändler aus Schlutup, der schon mehrmals bei ihr gewesen war, fragen, ob er eine Magd gebrauchen konnte? Dem etwa dreißig Lenze zählenden Mann war im vorigen Winter die Frau gestorben. Sollte sie dafür ab und zu mit ihm das Bett teilen müssen, dann sei's drum. Der Fischhändler war kein schlechter Mann. Dann könnte sie endlich aus dieser engen, nach Schweiß und Essen stinkenden Hütte ausziehen.

In der Bude nebenan plärrte ein Kind, bis ein lautes Klatschen dem Geschrei ein Ende setzte. Soweit sie wusste, lebte dort eine junge Mutter mit drei halbwüchsigen Jungen, deren Gesichter stets dreckverschmiert waren. Meist spielten sie vor der Tür der Hütte. Aus der Bretterbude gegenüber drang lang anhaltendes Husten an ihre Ohren. Dort hauste ein einbeiniger Mann, der oft auf einem Schemel vor seiner Behausung saß. Wenn sie vor die Tür trat, warf er ihr lüsterne Blicke zu.

Sie seufzte. Früher hätten keine zehn Pferde sie dazu gebracht, einen Fuß in die engen Gänge des Armenviertels zu setzen, das unmittelbar an das Heilig-Geist-Hospital angrenzte. Für verrückt erklärt hätte sie jeden, der ihr vorhergesagt hätte, dass sie einmal mit einer Hure zusammen in einer der Bretterbuden leben würde.

7

Vor etwa einer Woche hatten Cristin und ihre Tochter den Oderfluss – die Odra, wie Karol und ihre beiden Begleiter zu Pferd den breiten Strom nannten – überquert und waren nun im Westen von Jagiellos und Jadwigas Reich unterwegs. Die flache Landschaft wurde immer wieder von in Birken- und Ulmenwälder eingebetteten Seen unterbrochen, über denen die Frühnebel wie zarte Schleier hingen. An ihnen konnte sich Elisabeth gar nicht sattsehen, ebenso wie an den munter dahinfließenden Flüsschen, an denen sie vorüberkamen.

Einige Jungen, die in den staubigen Straßen der Bauerndörfer ihre Gänse hüteten, blickten ihnen neugierig hinterher, und das Mädchen winkte ihnen fröhlich zu. Inzwischen war die Landschaft hügeliger geworden. Seit einer Stunde rollte die Kalesche nun schon durch einen dichten Tannenwald über einen Weg dahin, der kaum breiter war als die Kutsche selbst. Immer wieder reckte Cristin den Hals und blickte auf. Nur ab und zu wurde zwischen den Baumwipfeln ein Stück des zunehmend dunkler werdenden Himmels sichtbar. Sie sorgte sich, wo sie die kommende Nacht verbringen würden. Als sie nämlich vor einiger Zeit Karol nach der nächsten Ortschaft gefragt hatte, lautete die mürrische Antwort nur: »Weiß ich auch nicht.«

Die junge Frau spürte Unbehagen in sich aufsteigen, wenn sie sich vorstellte, mitten in diesem dunklen Wald ihr Nachtlager aufschlagen zu müssen. Mariusz, Roman und der Kutscher würden sich ihrer Haut zu wehren wissen und nicht zulassen, dass ihr und Elisabeth etwas geschah. Dennoch, wohl war ihr nicht. Cristin zog den Mantel enger um sich. Rasch wurde es finster, und schließlich hielt Karol die Pferde an und stieg vom Kutschbock.

Er trat an den Rand der Kalesche. »Frau Agnes, es hat keinen Zweck«, erklärte er. »Schon bald werde ich die Hand nicht mehr vor Augen sehen. Wir können erst morgen früh weiterfahren.«

Die beiden Brüder, die hinter der Kutsche geritten waren, stiegen ab. Mariusz nickte Elisabeth zu, die furchtsam in die sich ausbreitende Dunkelheit starrte.

»Hab keine Angst, Roman und ich passen auf dich auf«, versprach er dem Kind. »Auf dich und deine *Matka*.«

Von ferne drang ein nicht enden wollendes Geräusch an Cristins Ohren. Es war ein lang gezogenes Heulen aus einer Tierkehle, das der Wind zu ihnen herübertrug. Sollte es in dieser Einsamkeit wirklich ein Dorf oder ein Gehöft geben?

Mariusz hatte ein Feuer entzündet. Sein Bruder saß mit angezogenen Knien neben ihm und hielt die zweite Nachtwache. Während Cristin in die Dunkelheit hinter den niedrig brennenden Flammen starrte, erklang weiteres Geheul. Eine zweite Tierstimme schien der ersten zu antworten. Leise öffnete sie den Wagenschlag und trat hinaus auf den Weg. Cristin spürte, wie sich die feinen Härchen auf ihren Armen aufrichteten. Neben Roman ging sie in die Hocke.

»Was ist das?«

»*Wilk*«, war seine knappe Antwort. »Ein Wolf.«

Mein Gott! Ein Zittern überlief ihren Körper. Hastig blickte sie zurück zu Elisabeth. In eine Decke gekuschelt lag das Mädchen in tiefem Schlaf.

Cristin hatte von diesen Raubtieren gehört, die in den Wäldern nach Beute jagten, nie allein, sondern stets im Rudel und deshalb so erfolgreich. Es hieß, sie rissen nicht nur Schafe,

Rinder und Schweine, sondern griffen auch Menschen an. Sie krallte die Finger in den Stoff ihres Mantels. Hatte der Leibhaftige seinen Gehilfen Isegrim gegen sie ausgesandt, weil sie der gottesfürchtigen Jadwiga beistehen wollte? Wie als Antwort auf ihre Befürchtungen ließ sich ein weiteres Tier hören, sein Heulen schallte durch die Stille des nächtlichen Waldes.

Auch Mariusz und Karol waren inzwischen erwacht und richteten sich auf ihren Decken auf, die sie neben der Kutsche ausgebreitet hatten. Roman erhob sich, klaubte ein paar Zweige zusammen und warf sie in das Feuer. Sein Bruder griff nach dem Schwert, das neben ihm auf dem Boden lag. Im Feuerschein konnte Cristin die zusammengekniffenen Lippen und das bleich gewordene Gesicht des Wächters erkennen.

Eine Zeit lang war alles ruhig. Nur ab und zu raschelte es im Unterholz rechts und links der Kalesche.

»Ich glaube, sie haben sich verzogen«, meinte Karol nach einer Weile. »Ich übernehme die nächste Wache.«

»Gut. Wenn du etwas Verdächtiges bemerkst, weck uns sofort«, antwortete Mariusz.

Die Brüder ließen sich wieder auf ihren Decken nieder. Cristin kletterte zurück in die Kutsche und legte sich gegenüber von Elisabeth auf eine der beiden Bänke. Doch zur Ruhe kam sie nicht, denn das Bild eines vierbeinigen Dämons stand ihr vor Augen, das Maul mit den spitzen Reißzähnen weit aufgerissen, um sie zu verschlingen. Ihr Herz pochte viel zu schnell.

Ein Geräusch wie von raschelndem Stoff und eine Bewegung nahe dem Feuer ließen sie hochfahren. Cristin hob den Kopf von dem zusammengerollten Mantel. Mit angehaltenem Atem spähte sie in die Richtung, aus der sie die Laute vernommen hatte. Aber es war nur der Kutscher, der sich vom Feuer entfernte und ein paar Schritte ins Unterholz machte. Kurz darauf hörte sie ihn seine Notdurft verrichten. Erleichtert wollte Cristin sich wieder niederlegen. Da ließ ihr nur einen Herzschlag später ein tiefes Knurren das Blut in den Adern stocken.

Es folgte ein unterdrückter Fluch Karols, der mit einem Satz zum Feuer zurückwich. Roman und Mariusz griffen nach ihren Schwertern und sprangen auf die Füße. Ein kehliges Knurren, diesmal hinter ihr. Cristin fuhr herum, blickte über den Kutschenrand. Zwei bernsteinfarbene Augen waren direkt auf sie gerichtet, und die junge Frau unterdrückte einen Schrei. Sofort war einer der Brüder an ihrer Seite. Sie sah sich angstvoll um. Den im Schein des Feuers leuchtenden Augenpaaren nach musste es sich um eine Gruppe von drei oder vier Wölfen handeln. Mariusz griff nach ihrer Hand, die sich um das Holz des Kutschenrands krampfte.

»Keine dieser … dieser Bestien wird Euch oder Eurer Tochter auch nur ein Haar krümmen«, raunte er ihr mit einem unüberhörbaren Zittern in der Stimme zu.

»Was macht Euch da so sicher?«, flüsterte sie zurück.

»Ihr dürft dem Wolf keinesfalls in die Augen sehen. Wir warten. Dann werden sie gehen.«

Cristin senkte die Lider, verfolgte jedoch aus den Augenwinkeln jede einzelne Bewegung der Wölfe. Eines der Tiere näherte sich. Höchstens fünf Schritte trennten sie noch voneinander. Sie meinte, das Herz müsste ihr stehen bleiben. Hinter sich hörte sie Elisabeth im Schlaf wimmern.

»Still, ganz still«, vernahm sie Romans Stimme.

Im Schein des Feuers sah sie, wie einem der Wölfe Speichel aus dem halb geöffneten Maul tropfte. Bloß keine Regung, nur nicht bewegen. Cristin schloss die Augen. Die Furcht lähmte ihren Verstand. Momente wurden zur Ewigkeit.

Doch dann geschah, was Mariusz vorausgesagt hatte.

Die Tiere schlichen noch einige Zeit um die Kalesche herum, hechelnd, leise winselnd, und stießen dabei immer wieder dieses furchterregende Knurren aus. Dann zogen sie sich endlich zurück.

Die Erleichterung und Erschöpfung standen allen Beteiligten noch ins Gesicht geschrieben, als sie in den frühen Morgenstunden ihre Reise fortsetzten.

8

Krakow, Polen

Piet Kerklich saß in der Küche seiner Schwiegereltern am Rande von Krakow, tauchte den Löffel in die köstlich duftende Gemüsesuppe und lauschte dem angeregten, in polnischer Sprache geführten Geplauder zwischen seinem frisch angetrauten Eheweib Marianka und deren Mutter. Mittlerweile lebte er lange genug in diesem Reich, um dem Gespräch mühelos folgen zu können, doch heute genoss er es, das Stimmengewirr an sich vorbeirauschen zu lassen. Er dachte an das Haus, das sie in unmittelbarer Nähe von Mariankas Elternhaus bauten. Bis es fertig war, wohnten sie bei ihren Eltern. Aber Piet sehnte sich danach, endlich ungestört mit seiner Frau zu sein, ohne die wachsamen Blicke der beiden Alten und das Lärmen ihrer jüngeren Geschwister, denen selbst ein flüchtiger Kuss nicht verborgen blieb.

Kann ein Mann zufriedener sein als ich?, überlegte er grinsend. Marianka war anschmiegsam wie ein Kätzchen. Er liebte ihren Geruch und das Gefühl ihres warmen Leibes an seinem. Wie es seiner aufgeweckten und hübschen Frau gelungen war, in ihm, dem Narr und Jongleur aus Leidenschaft, das Bedürfnis zu wecken, sesshaft zu werden, war ihm noch immer ein Rätsel. Kein noch so schönes Weib, das ihm auf seinen Reisen begegnet war, hatte ihn einfangen und an den Herd ziehen können – bis Marianka aufgetaucht war und sein Leben auf den Kopf gestellt hatte.

Seine Gedanken schweiften zu Cristin. Nach vielen Jahren der Suche war es ihm endlich gelungen, seine Zwillingsschwester wiederzufinden, von der er getrennt aufgewachsen war. Zwischen ihnen hatte stets eine geheimnisvolle Verbindung bestanden. Selbst als sie noch Kinder gewesen waren, hatte er in Visionen ihre Gedanken und Empfindungen wahrnehmen können, so klar, als wären es seine eigenen. Diese Gabe war ein Erbe ihrer Mutter, einer heilkundigen Kräuterfrau, die mit diesem Mysterium mit einer Selbstverständlichkeit umging, als wäre es ebenso natürlich wie der Wechsel der Jahreszeiten.

Piet schüttelte die schmerzlichen Erinnerungen ab und lächelte. Cristin lebte mit ihrem Mann und der kleinen Tochter aus ihrer ersten Ehe mit Lukas Bremer inzwischen wieder im Heiligen Römischen Reich, ihrer gemeinsamen Heimat.

Er warf seiner Frau einen verstohlenen Seitenblick zu. Ihre schmalen Schultern und schwingenden Hüften versetzten sein Blut sofort in Wallung. Er füllte sich den Teller abermals nach. Marianka war wirklich eine vortreffliche Köchin. Sein Blick fiel durch das Fenster, das zu dem kleinen Kräuter- und Gemüsegarten hinausging, den sein Schwiegervater Konstanty für seine Frau Grazyna angelegt hatte. Bei den meisten anderen Häusern der Gasse befand sich an der Stelle nur ein Hinterhof.

Der Wind war stürmisch an diesem Tag und bewegte die dünnen Stängel von Sellerie und Fenchelpflanzen ebenso wie das Kraut der Pastinaken kräftig hin und her, die zwischen zwei alten Apfelbäumen aus dem regennassen Boden wuchsen. Die Blüten an den Zweigen leuchteten rötlich im Licht der Maisonne. Auf einem Ast saß eine Drossel und schien ihn mit schief gelegtem Kopf zu betrachten.

Da überfiel ihn unvermittelt Schwindel, und die Umgebung verschwamm vor seinen Augen. Er griff sich an die Stirn. Eine Vision kündigte sich an, deutlich spürte er die ersten Anzeichen. Wie auf einem schwankenden Boot, hilflos dem tosenden Meer ausgesetzt, fühlte er sich plötzlich. Piet schloss die

Lider. Mit beiden Händen umklammerte er die Tischplatte, wartete auf die Bilder.

Piet öffnete die Augen und atmete auf, als der Schwindel nachließ und er wieder festen Boden unter sich spürte. Er sah hinaus und erstarrte. Doch das Bild, das sich ihm bot, blieb unverändert. Rübenkraut und Selleriestängel hingen schlaff herunter, die Fenchelpflanzen lagen flach auf dem ausgetrocknet wirkenden Boden. Dichte Wolken verbargen die Sonne, und still war es. Viel zu still. Das Apfelbäumchen trug keine Blätter mehr, die eben noch leuchtenden Blüten lagen auf dem Boden, dazwischen der Vogel, nunmehr leblos. Schauder erfasste ihn, und er keuchte auf.

Schweißperlen bildeten sich auf seiner Stirn. Das war doch nicht möglich! Aus dem eben noch blühenden, sonnenbeschienenen Gärtchen war ein Ort geworden, an dem der Tod Einzug gehalten hatte. Selbst der Wind hatte aufgehört zu wehen, und auch Piet hielt den Atem an. Die Zeit schien stillzustehen. Wie eine Ewigkeit kam es ihm vor, bis ein Geräusch die Lautlosigkeit durchschnitt. Zunächst kaum vernehmbar, doch dann immer deutlicher, war das Knarren von Rädern auf hartem Boden zu hören, das mit jedem seiner Herzschläge näher rückte. Ein Pferd schnaubte. Dann wechselte das Bild. Er befand sich plötzlich in einem Wald, durch dessen mächtige Baumwipfel gedämpftes Sonnenlicht fiel. Da war eine Kutsche. Rotblondes Haar, nur mühsam gebändigt, lugte unter einem Kopftuch hervor. Ein fein gezeichnetes Gesicht mit erwartungsvoll leuchtenden Augen und geröteten Wangen. Cristin! Der Kutscher hielt genau auf die Burg zu, die unweit von ihnen von einem Hügel aufragte. Es war der Wawel! Der Himmel verfärbte sich, wurde nachtschwarz. Von dem Hügel her erklang ein Seufzen, wurde lauter und gellte ihm wie Hammerschläge in den Ohren.

Piet fuhr zusammen. Stocksteif saß er auf seinem Stuhl. Cristin! Sie ist unterwegs? Sie fährt zur Burg. Wieso? Was ist geschehen?

Kälte erreichte sein Herz. Diese Finsternis rund um die Wawelburg, die kummervollen Töne und dazwischen seine Schwester. Das Gefühl eines nahenden Unheils lag in der Luft – und in der eigentümlichen Vision, die ihn heimgesucht hatte. Cristin war auf dem Weg hierher, sie konnte nicht mehr weit sein. Wärme erfüllte ihn. Aber zu seiner Freude gesellte sich jenes lähmende Gefühl, das ihn beim Anblick der Burg überfallen hatte. Denk nach, sprach er zu sich selbst, doch er konnte keinen klaren Gedanken fassen. Sein Mund wurde trocken. Er musste etwas trinken, griff nach dem Becher, aber seine Hände zitterten zu stark, um ihn halten zu können. Erst nach und nach gelang es ihm, die Eindrücke um sich herum wieder wahrzunehmen.

Jemand rüttelte ihn an der Schulter. »Ist dir nicht wohl, Piet?«

Er drehte sich langsam herum, begegnete Mariankas Blick. »Ich weiß nicht. Ich habe … etwas gesehen«, krächzte er und deutete auf das große Fenster ihm gegenüber.

»Was soll da sein?«

»Verdammt!«, fuhr er sie an. »Alles ist … *war* tot, der Apfelbaum, *Matkas* Gemüsepflanzen.«

Seine Schwiegermutter sah von ihrem Teller auf.

»Und dann …« Piet erhob sich ruckartig.

Auch Mariankas Miene zeigte Verblüffung. »Was ist denn nur mit dir, Liebster? Hast du Fieber? Sprich mit mir!«

Piets Lächeln geriet ein wenig schief. »Mir geht es … mir geht es gut, danke. Aber«, sein Blick wanderte wieder hinaus, »meine Schwester ist auf dem Weg hierher. Sie kommt in einer Kutsche.«

Mariankas strahlend blaue Augen maßen ihn eindringlich.

»Du hattest eine Vision, nicht wahr? Willst du mir nicht erzählen, was …«

»Nein!«, unterbrach er sie barsch. »Lass es gut sein. Meine Schwester kommt. Gewiss gibt es genug für dich zu tun.«

Sie zog einen Schmollmund, fuhr brüsk auf dem Absatz

herum und ging hinaus. Ihre beiden jüngeren Geschwister, die das Geschehen stumm verfolgt hatten, trotteten ihr wie Schatten hinterher.

In der folgenden Nacht lag Piet lange wach, starrte an die Zimmerdecke und wartete darauf, dass die Anspannung seines Körpers von ihm wich. Es drängte ihn, aufzustehen und umherzuwandeln, aber er wusste, Marianka besaß einen leichten Schlaf. Also verhielt er sich still.

Ohnehin war es ihm schwergefallen, seine zunehmende Besorgnis vor der Familie zu verbergen. Mehrmals hatte er Grazynas prüfenden Blick auf sich gerichtet gefühlt. Mariankas Mutter etwas zu verheimlichen, war beinahe unmöglich. Seiner Liebsten gegenüber hatte er nur angedeutet, gleich am nächsten Morgen zum Wawel reiten zu wollen. Schließlich komme seine Schwester nicht alle Tage zu Besuch, und er wolle sie begrüßen, sobald sie eintraf. Natürlich hatte Marianka gespürt, dass etwas nicht stimmte. Doch sie schwieg und ließ ihn gewähren.

So verbrachte er auch die letzten Stunden der Nacht grübelnd, bis endlich die Morgendämmerung einsetzte.

So leise, wie es ihm möglich gewesen war, hatte er sich aus Mariankas Umarmung gelöst, rasch seine Kleidung übergeworfen und das Gesicht mit eiskaltem Wasser bespritzt. Kurz darauf hatte er das Pferd aus dem Stall geführt und war durch die stillen Gassen zum Wawelhügel geritten. Die Luft war noch kühl, und von den Blättern der alten Bäume, die die Straße zum Hügel hinauf säumten, perlten Tautropfen zu Boden. Piet rieb sich die brennenden Augen und hielt auf die Burg zu, die sich in den morgendlichen Himmel erhob.

9

Seht nur«, drang wie von ferne Karols Stimme an Cristins Ohren, gefolgt vom Schnauben der Pferde.

Verschlafen öffnete sie die Augen, sie musste eingenickt sein. Der Kutscher hatte die Tiere auf einem sanften Hügel zum Stehen gebracht. Rechts und links neben der Kalesche saßen Roman und Mariusz hoch aufgerichtet in ihren Sätteln und blickten ebenfalls auf die Ebene hinab, die sich vor ihnen erstreckte. Morgennebel bedeckte die Landschaft, doch Cristin konnte die Umrisse von Mauern einer großen Stadt ausmachen. Ein breiter Fluss umgab sie, von dessen Ufern zahlreiche Holzbrücken auf die Tore der Stadtmauer zuführten. Über den Dächern der Häuser erhob sich ein gewaltiges Schloss in den Himmel: der Wawel, Sitz des polnischen Herrscherpaares.

Freudige Erwartung ergriff Cristin. Hier hatten Baldo und sie mehrere Monate lang gelebt, bevor sie im letzten Jahr schließlich nach Lübeck zurückgekehrt waren, um den Mörder von Lukas zu stellen. Bilder tauchten vor ihrem inneren Auge auf. Begegnungen und Gespräche mit Königin Jadwiga, die ihr mit der Zeit zu einer Freundin geworden war. Baldo, der ihr eine selbst gefertigte Brosche geschenkt hatte. Marianka, Piets liebenswerte junge Frau.

Karol schnalzte mit der Zunge, und die Kalesche setzte sich in Bewegung. Langsam rollte sie die gepflasterte Straße hinunter und tauchte in die Nebel ein, die über den Äckern hingen und die Stadt wie schimmernde Umhänge umgaben. Cristin schloss die Augen und faltete die Hände, um Gott und dem heiligen Christophorus für den Schutz zu danken, der ihrer Reisegesellschaft in den vergangenen Tagen zuteilgeworden war. Der gleichmäßige Hufschlag der Pferde und das Knarren der Räder auf den sandigen Wegen hüllten sie sanft ein.

Elisabeths kleiner Körper neben ihr strahlte Wärme aus. Ihr gleichmäßiger Atem verriet, dass sie eingeschlafen war. Während Cristin spürte, wie sich der kindliche Brustkorb hob und senkte, begann auch sie sich zu entspannen. Die Stimmen der beiden Wachen, die neben der Kutsche ritten, gaben ihr ein Gefühl von Sicherheit. Sie ließ den würzigen Geruch der Pferde und das Rauschen des Windes auf sich wirken. Wie schön es hier war, wie friedlich das Bild, das sich ihr bot – Wiesen, die sich bis zum Weichselfluss erstreckten, Insekten, die Margeriten und Butterblumen am Wegesrand umschwirrten, ein Raubvogel, der in luftiger Höhe seine Kreise zog.

»Mama?«

Cristin spürte, wie sich Elisabeths kleine Finger um ihre Hand schlossen. Sie strich ihr über das halblange rotblonde Haar, das ihrem eigenen so sehr glich.

»Jetzt dauert es nicht mehr lange, mein Liebling. Bald wirst du eine richtige Königin kennenlernen.«

»Eine Königin? Eine echte?«

Cristin lächelte und erzählte ihrer Tochter von Jadwiga.

Piet ließ den Blick zu der Burg auf dem Hügel schweifen. Von einer unerklärlichen inneren Unruhe getrieben, verharrte er regungslos auf dem Rücken des treuen Kaltbluts. Noch war das gewaltige Tor geschlossen, doch der Narr hörte, wie das Leben dahinter allmählich erwachte. Hähne krähten, Stimmen wurden laut, während er zusah, wie die Sonne über den Türmen und Dächern der königlichen Burg aufstieg. Er schnalzte und brachte das Pferd dazu, sich einmal um die eigene Achse zu drehen, damit er auf die Wälder und Weiden der Stadt hinabblicken konnte.

Blühendes, fruchtbares Land, dachte er, ganz anders, als die Bilder aus meiner Vision es mir gezeigt haben. Jäh erfasste ihn Grauen bei der Erinnerung an das leblose Szenario und jenes herzzerreißende Seufzen, welches über dem Land und der königlichen Burg aufgestiegen war.

Er kniff die Augen zusammen. Eine Kutsche bog um eine Wegkrümmung und rollte die steile Straße herauf, um gleich darauf wieder aus seinem Blickfeld zu verschwinden. *Cristin.* Er konnte spüren, dass seine Schwester sich näherte. Kamen die Töne in seiner inneren Schau der Warnung gleich, ihr könnte ein Unheil bevorstehen? Der Gedanke löste eine Flut von Empfindungen in Piet aus. Mit einem Satz sprang er aus dem Sattel und reckte sich, um seine verspannten Muskeln zu lockern. Die Kutsche musste jeden Augenblick auf dem Platz vor dem Burgtor erscheinen, das sich inzwischen geöffnet hatte.

Piet fuhr sich übers Gesicht. Wenn seine Schwester den weiten Weg zum Wawel auf sich nahm, musste sie gute Gründe für ihr Handeln haben. Inzwischen war es zunehmend wärmer geworden, und Piet streifte seinen Umhang ab. Mit den Händen schirmte er die Augen gegen das blendende Morgenlicht ab. Endlich hatte die von zwei Reitern flankierte Kalesche den Wawel erreicht.

Karol lenkte die Pferde über eine steile, kurvenreiche Straße den Wawel hinauf, auf dem das Schloss erbaut worden war. Bereits vor Hunderten von Jahren hatte es hier oben eine Burg gegeben, wie Cristin aus einem ihrer Gespräche mit Jadwiga wusste. Die Höhlen, die den Hügel durchzogen, sollten einst das Versteck eines Drachen gewesen sein, der hier gehaust hatte, bis der Ritter Krak gekommen war und das Ungeheuer durch eine List besiegt hatte. Die Königin hatte geschmunzelt, während sie Cristin die alte Legende erzählte.

Der Kutscher trieb die Pferde noch einmal an. Eine letzte Wegbiegung, und sie waren auf dem ausgedehnten Platz vor der hohen Mauer angekommen, die den Wawel vor unliebsamen Eindringlingen schützte. Aus dem geöffneten Tor kamen ihnen mit Fässern beladene Eselkarren entgegen. Die Kutscher lenkten ihre Tiere schimpfend um einen hochgewachsenen Reiter herum, der sich vorbeugte, als hielte er nach jemandem Ausschau. Im selben Moment erkannte Cristin die schlanke Gestalt ihres Bruders, die ihr mit langen Schritten entgegengelaufen kam.

Lachend fielen sich die Zwillinge in die Arme.

»Endlich sehen wir uns wieder!« Piet küsste sie herzhaft auf die Wange und nahm Elisabeth hoch, die ihn aufmerksam betrachtete. Er zog die Stirn kraus. »Wieso hast du die Kleine mitgenommen?«

Cristins Gesicht wurde ernst. »Das erzähle ich dir später. Aber sag, wo kommst du überhaupt her? Du siehst aus, als hättest du auf uns gewartet, oder täusche ich mich?«

»Eine Eingebung«, antwortete Piet.

»Eine Eingebung, soso. Wie könnte es auch anders sein. Dir scheint es prächtig zu gehen, Bruderherz. Die Liebe steht dir gut.«

Mit den Händen umschloss er ihr Gesicht und senkte seine Augen in die ihren, die von einem tieferen Blau waren als seine und vor Glück strahlten.

»Oh, ja. Marianka freut sich auch schon auf dich. Doch so schön es ist, dich so bald wiederzusehen, Cristin, bin ich dennoch überrascht. Sag, was führt dich hierher?«

»Jadwiga hat mich gebeten zu kommen. Sie möchte, dass ich ihr die letzten Wochen vor der Niederkunft Gesellschaft leiste.«

Piet versuchte seine Erleichterung hinter einer gleichmütigen Miene zu verbergen. »Das Volk ist schon vollkommen aus dem Häuschen, die Schwangerschaft der Königin ist in aller Munde.« Er maß seine Schwester neugierig. »Du bleibst also länger?«

Cristin nickte. In kurzen Zügen berichtete sie ihm von Jadwigas Nachricht und Baldos Plan nachzukommen.

»Wie ich Baldo kenne, hält es ihn nicht länger in Hamburg als nötig.« Piet zwinkerte ihr zu. »Du kommst doch hoffentlich heute zum Abendessen zu uns, Schwesterherz? Marianka kocht himmlisch.«

Cristin küsste ihn auf die Nase. »Liebend gern. Aber jetzt muss ich gehen. Jadwiga wird von meinem Eintreffen bereits Kunde haben, und ich möchte sie nicht warten lassen.«

Piet sah sie forschend an. »Geht es Euch auch wirklich gut? Ich meine...«

»Ja«, erwiderte seine Schwester ausgelassen. »Wir hatten eine sichere Reise hierher.«

Ihr nächtliches Erlebnis mit den Wölfen behielt sie vorerst für sich. Sie machte eine Kopfbewegung zu Mariusz und Roman hin, die Piet von ihren Pferden herab aufmerksam musterten.

»Diese guten Männer haben uns wohl behütet«, lachte sie. Dann wurde sie schlagartig ernst. »Was ist mit dir? Wenn du diesen Blick hast, stimmt etwas nicht.«

Er zog eine jener Grimassen, die beim Publikum ihre Wirkung nie verfehlten. Auch Cristin fing an zu kichern.

»Keine Sorge, Liebes«, antwortete er etwas zu hastig. »Es geht mir gut.«

Sie umarmten sich erneut. Dann stieg Piet in den Sattel und ritt zurück, um seiner Frau von Cristins und Elisabeths Ankunft zu berichten.

10

Wenig später rollte die Kutsche auf den gepflasterten Schlosshof, wo Karol die Kalesche vor dem Marstall zum Stehen brachte. Mariusz und Roman sprangen von ihren Pferden und streckten sich in der warmen Morgensonne. Cristin stieg aus, und das Herz ging ihr auf beim Anblick der vertrauten Gebäude, in denen sie und Baldo ein und aus gegangen waren. Der *Palas*, das lang gestreckte Hauptgebäude der Burg, die Kathedrale, in deren prachtvoller Basilika sie manchmal an den Eucharistiefeiern teilgenommen hatte – alles war noch wie vor einem Jahr, als sie den Wawel schweren Herzens verlassen hatte.

Bis auf einen Stallknecht, der aus einer Tür des Marstalls trat und sich zu Karol gesellte, war es überraschend leer und still. Wahrscheinlich hatte sich der Hofstaat zum Frühmahl begeben. Während die beiden Männer miteinander sprachen, nickte Mariusz Cristin zu.

»Ich zeige Euch jetzt Eure Gemächer. Für Eure Ankunft wurde bereits alles vorbereitet«, erklärte er kurz.

»Ich danke Euch. Doch zunächst möchte ich …« Cristin sah sich suchend um.

In diesem Moment hörte sie ihn. Ein Junge von etwa dreizehn Lenzen, dem das wirre Blondhaar bis auf die Schultern hing, kam auf sie zugestürmt. Ihr Herz machte einen Satz, und sie lief ihm entgegen.

»Janek!«

Mit seinen langen Armen umfing er sie stürmisch. »Habe gehört, du kommst.« Der Junge drückte ihr einen feuchten Kuss auf die Wange.

Cristin hielt ihn ein Stück von sich ab. An dem ersten, zarten Flaum am Kinn konnte sie erkennen, dass die Tage seiner Kindheit bald hinter ihm lagen.

»Geht es dir gut, mein Schatz? Und was macht Jaromir?«

Der Junge nickte eifrig. »Jaromir gut, ich auch.« Er küsste sie erneut.

Cristin fühlte Wärme in sich aufsteigen. Er hatte ihr geantwortet, wenn auch nur schleppend und mit wenigen Worten. Nach dem Überfall auf sein Dorf war er einsilbig geblieben, erst Monate nach diesem furchtbaren Erlebnis hatte er an Jadwigas Hof angefangen, sich anderen Menschen anzunähern. Aufmerksam betrachtete sie das Gesicht des Jungen. Janek machte erstaunliche Fortschritte. Vielleicht, dachte Cristin, wird er eines fernen Tages wieder sprechen, als wäre nichts geschehen.

Elisabeth zerrte an ihrer Hand.

»Darf ich dir meine Tochter Elisabeth vorstellen?« Sie strich der Kleinen übers Haar. »Das hier ist Janek.«

Der Junge beugte sich mit schief gelegtem Kopf zu Elisabeth herunter. »Wie du. Haare wie Gold.«

Mit runden Augen ließ das Mädchen die Musterung über sich ergehen. Ihr kleiner Mund stand offen. Cristin blickte von einem zum anderen, sah das feine Lächeln im Antlitz ihrer Tochter. Janek deutete erst auf Elisabeth und dann hinter sich zu den Ställen. Cristin verstand sofort.

»Möchtest du mit Janek zu den Pferden gehen, Liebes?«, fragte sie.

Die Kleine nickte, ließ den Jungen jedoch nicht aus den Augen. Cristin setzte sie ab und sah den beiden nach, die Hand in Hand über den Burghof schlenderten, um in einem der Ställe zu verschwinden. Hinter ihr erklangen Stimmen und Geräusche. Ein Stallknecht rieb die treuen Kutschpferde mit Stroh ab und tränkte sie, während Cristins Reisebegleiter ihre Habseligkeiten entlud.

»Haltet ein!«, rief sie und eilte zu Mariusz, der soeben ihre Holzkiste aus der Kutsche heben wollte.

Er hielt inne.

»Bitte. Diese Truhe lasst mich nehmen«, bat Cristin und streckte die Arme danach aus. »Sie ist nicht sehr schwer.«

Ihre Fingerspitzen prickelten. Das liturgische Gewand für das Hamburger Kloster.

Mariusz stutzte. »Ich werde sie gewiss vorsichtig behandeln, Frau Agnes«, versicherte er.

Cristins Wangen röteten sich. »Ich weiß, Mariusz. Trotzdem, lasst mich das bitte tun.«

»Wie Ihr wünscht.«

Erleichtert nahm sie die Holzkiste entgegen und folgte dem Polen über den Schlosshof zum Portal.

Der Anblick des großen Waschzubers, den eine der Dienerinnen mit dampfendem, wunderbar duftendem Wasser gefüllt hatte, löste einen wohligen Schauer in Cristin aus. Ihr Blick glitt bewundernd über den mit prächtigen Fliesen ausgestatteten Baderaum. Eilig entkleidete sie Elisabeth und danach sich selbst. Mariusz wartete vor der Tür auf sie. Wie gern hätte sie eine müßige Stunde in dem warmen Wasser zugebracht, doch Cristin begnügte sich damit, die Kleine und sich selbst gründlich vom Schmutz der Reise zu befreien und frische Kleider überzustreifen.

Die Haare noch feucht von der Wäsche, kamen sie vor der Eichentür an, die zu den königlichen Gemächern führte. Elisabeth umklammerte die Beine ihrer Mutter. Mariusz klopfte, und eine ältere Zofe in einer hellen Leinentunika öffnete. An ihrem schmalen Gürtel baumelten eine Schere, ein Messer und ein kleiner Beutel.

»Sagt der Königin, die Heilerin Agnes und ihre Tochter sind da«, befahl der junge Mann der Bediensteten.

Die Frau nickte und verschwand im Inneren. Durch die angelehnte Tür hörte Cristin sie mit Jadwiga sprechen. Kurz darauf kam sie zurück und öffnete die Tür weit.

»Tretet ein, die Königin erwartet Euch.«

Mariusz verabschiedete sich, und Cristin dankte ihm für seinen Schutz. Sie folgten der Frau in den Flur, von dem Jadwigas großzügig geschnittene Gemächer abgingen.

11

Die beiden Frauen begrüßten sich herzlich. Jadwigas Freude über den Besuch ihrer Vertrauten spiegelte sich in ihrer Miene wider. Voller Staunen bemerkte Cristin die Veränderungen, die sich an der Königin vollzogen hatten. Jadwiga war noch blühender, als Cristin sie in Erinnerung hatte. Die braunen Haare fielen ihr weich bis über die Schultern und umrahmten ein ausdrucksvolles Gesicht, das so schön war, dass sie nie müde wurde, es anzusehen. Die Königin jedoch hatte nur noch Augen für Elisabeth. Ohne auf ihre Kleidung zu achten, setzte sich die Monarchin auf den mit dicken Teppichen belegten Boden, um mit dem Mädchen zu spielen. Jadwiga hatte Gebäck und Erfrischungen bringen lassen. Der süße Duft von Honigkuchen hing verlockend in der Luft des königlichen Gemaches. Nachdem die Dienerin alles auf einen Tisch gestellt hatte, wurde sie hinausgeschickt.

Cristin lächelte, als sie die vor Aufregung roten Wangen ihrer Tochter sah, die sich sogleich eins der Küchlein vom Teller nahm und es in den Mund steckte. Die junge Frau ließ den Blick durch den prächtigen Raum schweifen. Sie hatte in einem mit Samt bezogenen Sessel Platz genommen, stellte ihren Becher ab und musterte Jadwiga, die nun in einem bequemen Liegesessel saß und sich mit einer Hand zärtlich über den Bauch strich. Das Gesicht der Königin schimmerte rosig im Licht der Kerzen. Der satte Braunton ihres fein gewebten und bestickten Gewandes ließ sie trotz ihrer Fülle schmal wirken. Jadwiga half Elisabeth, die klebrigen Finger an einem Tuch abzuwischen, um dann eine ihrer Puppen auf den Schoß zu nehmen und ihr ein anderes Gewand überzustreifen. Leise redete sie auf das Kind ein, dann wandte sie sich Cristin zu.

»Hast du Janek schon begrüßen können, liebe Freundin? Jaromir erzählte mir, dass der Junge vor Aufregung kaum ein Auge zugetan hat, seit er weiß, dass du kommst. Er hat sich so sehr auf dich gefreut.«

Die junge Mutter nickte. »Ja, wir haben uns schon gesehen.« Sie sah von der Königin zu ihrem Kind. »Elisabeth jedoch hat mir den Großteil seiner Aufmerksamkeit geraubt.«

»Sie ist bezaubernd, meine Liebe«, erwiderte Jadwiga warm. »Wer kann sich ihr entziehen? Ich gewiss nicht.«

Cristin ließ den Blick über die Gestalt der Vertrauten gleiten. »Wie lange habt Ihr noch bis zur Niederkunft, Hoheit?«

»Vielleicht vier oder fünf Wochen, so sagt mein Leibarzt.« Jadwiga lächelte. »Wer weiß das schon genau?«

Die Besucherin nickte, denn das deckte sich mit ihrer Beobachtung. Der Bauch ihrer Freundin war prall und rund, aber das Kind lag noch nicht im Becken.

»Und der König? Er muss doch überglücklich sein.«

Jadwiga erhob sich und drückte den Rücken durch. »Er ist… erfreut. Was ihn aber auch nicht dazu veranlasst, sich häufiger auf dem Wawel aufzuhalten als gewöhnlich. Zurzeit weilt er in Litauen und wird auch nicht vor nächster oder übernächster Woche zurückerwartet.«

Cristin wusste, was die Monarchin meinte. Im ganzen Reich wurde gemunkelt, wie sehr sich das Königspaar voneinander unterschied. Der Thronfolger war nun unterwegs, jedenfalls schien dies Jagiellos Hoffnung zu sein. Wahrscheinlich betete er täglich dafür. Nein, wohl eher nicht, dachte sie, denn der König war längst nicht so gottesfürchtig wie seine Gemahlin. Cristin erinnerte sich an ein Gespräch, in dem Jadwiga angedeutet hatte, wie wenig Freude die beiden sich zu schenken vermochten. Die kurzen, lieblosen Besuche in ihrem Schlafgemach ließ die Königin über sich ergehen, doch für lange Zeit war keine Leibesfrucht in ihr gewachsen. Selbst die Mittel, die Cristin ihr im letzten Jahr mehrmals verabreicht hatte, waren wirkungslos geblieben. Allein gegen die schlaflosen Nächte hatte sie mit einem Kräutersud etwas Abhilfe schaffen können.

»Darf ich Euch etwas fragen, Majestät?«

»Selbstverständlich. Es gibt doch inzwischen kaum etwas, über das wir beide nicht schon gesprochen hätten. Nur zu, meine liebe Freundin.«

»Es ist nur…« Cristin zögerte einen Moment. »Entschuldigt meine Neugier, aber ich habe mich schon im letzten Jahr gefragt, warum Ihr…« Sie brach erneut ab.

»Was meinst du, liebste Cristin?«

»Wart Ihr einander versprochen?«

Jadwiga trat an das hohe Fenster. Auf dem breiten, steinernen Sims hatte sich eine graublau gefiederte Taube niedergelassen. Mit kleinen Trippelschritten lief der Vogel vor dem Fenster auf und ab. Dann blieb er stehen, legte den kleinen Kopf schief und lugte in das königliche Gemach hinein. Stille erfüllte den Raum. Schon glaubte Cristin, mit ihrer Frage zu weit gegangen zu sein, da drehte sich die Königin zu ihr um.

»Nein. Bereits kurz nach meiner Geburt wurde ich mit einem anderen Mann verlobt. Nun ja, er war damals kein Mann, sondern nur ein Knabe, gerade einmal drei Lenze älter als ich. Er hieß Wilhelm und war der Sohn eines österreichischen Herzogs.« Sie schwieg einen Augenblick, und ihre Stirn umwölkte sich. Als sie weitersprach, hatte ihre Stimme einen rauen Ton angenommen. »Ich war zehn, als mein geliebter Vater starb. Wilhelm war inzwischen dreizehn, und seine Ratgeber drängten auf einen baldigen Heiratstermin. Als Wilhelm nach Krakow kam, verwehrte ihm unser Kastellan jedoch den Einlass, denn meine Mutter und der Adel waren gegen diese Verbindung. Sie hatten andere Pläne mit mir. Schließlich sollte der zukünftige König Polens sorgfältig gewählt sein. Der Ehevertrag mit Wilhelm wurde aufgelöst, bevor die Ehe vollzogen und dadurch rechtskräftig werden konnte. Zwei Jahre darauf erfolgte dann die Krönung zur Königin.«

Cristin stutzte. »Ihr hattet schon mit zwölf Jahren die Verantwortung für Euer Volk zu tragen?«

»Ja. Glaub mir, es war nicht einfach.« Erneut streckte die Königin den Rücken durch. Ihr Blick schweifte in die Ferne. »Von Tag zu Tag wurde mir das Leben auf dem Wawel schwerer. Eines Abends schlich ich mich aus dem Schloss. In einem der Stallgebäude fand ich eine Axt, mit der ich versuchte, das verschlossene Tor zu öffnen.«

»Ihr wolltet fliehen?«, stieß Cristin verblüfft hervor.

Elisabeth lief durch die offene Tür in das angrenzende Schlafgemach. Schnell stand Cristin auf, folgte ihr in den Raum mit der Schlafstatt, über der sich ein seidener Baldachin spannte, und nahm sie hoch. Dann setzte sie sich wieder neben die Königin, die in ihrem Sessel Platz genommen hatte.

Jadwigas Mund umspielte ein wehmütiges Lächeln. »Ja, ich wollte fliehen. Es gelang mir jedoch nicht. Ich war wohl zu schwächlich für diese große Axt. Du kennst das schwere Tor, das den Burghof vor Eindringlingen schützt. Da kommt niemand so schnell hinein. Und leider auch nicht heraus.« Die Königin wirkte abwesend, als hätte sie das Geschehen noch einmal vor Augen. »Nachdem ich die Axt zurückgebracht hatte und über den Hof lief, hörte ich jemanden meinen Namen rufen.«

»Man hat Euch erwischt.«

»Das glaubte ich zunächst auch. Doch da war niemand. Ich wollte ins Schloss zurückkehren, doch plötzlich verspürte ich den Drang, in die Kathedrale zu gehen. Mir war, als zöge mich etwas dort hin.« Jadwigas Gesicht zuckte. »Die Tür war nicht verriegelt. Ich war allein dort, setzte mich in die erste Reihe und blickte zum Kruzifix auf dem Altar. Du kennst es ja.«

Cristin nickte. Der gekreuzigte Heiland war eine meisterhafte Holzschnitzerarbeit.

»Mir war ganz seltsam zumute, Agnes«, sprach Jadwiga weiter. »Von dem Kreuz ging ein Leuchten aus.«

Cristin beugte sich vor. »Ein Leuchten, Hoheit?«

Die Königin lächelte abwesend und strich sich eine vorwitzige Haarsträhne aus der Stirn. »Ich weiß, es klingt unglaublich, liebste Freundin. Doch genau so war es. Ich habe mich ein wenig gefürchtet. Oh, es war wirklich unheimlich«, fuhr sie fort. In ihren Augen glühte nun ein inneres Feuer. »Aber auch wunderschön. Fremd, unwirklich.« Sie holte tief Luft, sah Cristin offen ins Gesicht. »Dem ersten Impuls folgend wollte ich hinauslaufen. Wie schnell mein Herz schlug! Aber dann …«

Cristin beugte sich noch tiefer über den Tisch. »Was geschah weiter?«, fragte sie mit vor Aufregung heiserer Stimme.

»Der Heiland sprach zu mir. Nicht hörbar und dennoch klar und deutlich. ›Heirate Jagiello, den Litauerfürsten. Und bringe seinem Land das Evangelium. Ich will, dass du mein Werkzeug bist.‹ Das waren Seine Worte.«

Cristin spürte einen Schauer über ihren Rücken kriechen. »Und Ihr habt…«

»…ihn noch im selben Jahr geheiratet, ja. Wer bin ich, mich dem Befehl des Herrn zu widersetzen?« Jadwiga hob die Schultern. »Meine Mutter stimmte ebenso zu wie der Adel. Noch im selben Jahr krönten sie meinen Gemahl zum Mitkönig Polens. Jagiello ließ sich taufen, nahm den Namen Wladyslaw an, und Litauen wurde christlich.«

»Aber er ist nicht so…« Cristin zögerte.

Die Augen der Königin ruhten freundlich auf ihr. »Sprich ruhig weiter. Was ist mein Gemahl nicht?«

Sie rang nach Worten, senkte den Kopf. »Er ist nicht so fromm wie Ihr, meine Königin.«

»Lassen wir doch die Förmlichkeiten«, unterbrach Jadwiga sie. »Ich bin nicht deine Königin, Agnes. Wenn wir unter uns sind, möchte ich nicht, dass du mich mit meinem offiziellen Titel anredest. So wie ich dich von nun an, zumindest wenn wir allein sind, mit deinem wahren Namen anreden möchte und nicht mit Agnes, wie du dich genannt hast, als wir uns kennenlernten. Wir sind schließlich Freundinnen.«

»Ich danke Euch, meine…«

Ein gespielt strenger Blick traf sie. »Nein, mein Gemahl ließ sich wohl taufen, weil es die höfische Etikette bei Eheschließungen so vorschreibt«, erzählte die Königin weiter. »Doch bedeutet ihm der Glaube an Christus nichts. Das musste ich sehr schnell erkennen.« Bitterkeit war aus ihrer Stimme herauszuhören. »Die christliche Taufe allein macht uns noch nicht zu Gläubigen. Unser Glaube muss sich durch Taten beweisen, sonst ist er nichts wert, und wir betrügen uns selbst. So steht es schon in der *Biblia* beim heiligen Jakobus.«

Cristin studierte die Miene ihrer Vertrauten nachdenklich und mit Bewunderung, denn derart stark war ihr Glaube nie gewesen. »Habt Ihr jemals daran gezweifelt, die Stimme unseres Herrn vernommen zu haben?«, wollte sie wissen.

Energisch schüttelte die Königin den Kopf. »Nein! Zweifel habe ich nie gehegt. Es war Jesus Christus, der zu mir sprach, und nicht die Einbildung eines dummen, zwölfjährigen Mädchens, das sich seinen Pflichten entziehen wollte.«

Cristin war aufgesprungen. Sie legte eine Hand auf die der Königin. »Ihr wart nicht dumm. Ihr wolltet nur Eure Freiheit!«

»Eine Königin läuft nicht davon. Meine Freiheit begann an jenem Abend vor fast vierzehn Jahren, als unser Herr sich mir offenbarte. Wir erlangen sie, wenn wir uns Ihm zur Verfügung stellen. Nur dann erkennen wir unsere Bestimmung und werden glücklich.« Wieder lächelte sie. »Ob nun als Herrscherin über ein ganzes Land, die sich um die Armen und Kranken ihres Volkes kümmert, oder als Heilerin, die anderen Menschen hilft, gesund zu werden. Allein unsere Taten zählen vor Gott, verstehst du?«

Cristin nickte.

12

Elisabeth war irgendwann auf Jadwigas Schoß eingeschlafen. Die Königin hatte sich erboten, auf die Kleine zu achten, damit Cristin zu ihrem Bruder zum Abendessen gehen konnte.

»Nein, keine Widerrede, meine Liebe. Dies ist ein Befehl«, wischte Jadwiga Cristins Protest mit einem Lächeln fort, »mir wird es ein Vergnügen sein, Elisabeths Schlaf zu bewachen. Nun geh und verlebe einen schönen Abend mit diesem verrückten Kerl, der mir schon so viel Freude bereitet hat.«

Cristin schmunzelte. Sie hob Elisabeth vorsichtig von Jadwigas Schoß und legte sie auf das königliche Bett. Dabei warf sie einen misstrauischen Blick auf den gewölbten Leib der Freundin.

»Seid Ihr sicher, Hoheit?«

»Mir geht es gut. Ich lass dir eine Kutsche kommen. Und nun eile dich.«

Mit diesen Worten war Cristin entlassen. Als sie kurze Zeit später in den Burghof trat, wartete die Kalesche bereits auf sie. Jaromir und Janek begrüßten sie mit einem breiten Lachen in den Gesichtern. Ihr wurde warm ums Herz, als sie den Schalk in Janeks Augen entdeckte.

»Wie schön! Du kommst also auch mit?«

Der Junge nickte, klopfte sich vielsagend auf den Bauch und huschte neben sie in die Kutsche. Cristin zog ihn an sich und genoss die kurze Fahrt. Wieder einmal stellte sie sich im Stillen die Frage, ob sie Janek mit sich nach Hamburg nehmen sollte. Als ahnte der Junge ihre Gedanken, schob er seine Hand in die ihre. Cristin biss sich auf die Unterlippe. Herz und Verstand kämpften in ihr miteinander wie Krähen um eine Beute. Doch dann verbot sie sich jeden weiteren Gedanken daran. Es wäre herzlos, Janek dem Schmied und seiner Frau wieder zu entziehen, nachdem der Junge nun solange bei ihnen lebte. Wie kannst du überhaupt über so etwas nachdenken?, schalt sie sich selbst. Du solltest dankbar sein, ihn in so guten Händen zu wissen.

Die Kutsche hielt mit einem Ruck und riss sie aus ihren Grübeleien.

»Ich hierbleiben und warten«, sagte Jaromir und lüftete seinen Filzhut.

Der Tisch in Konstantys Stube war mit einem Strauß aus Margeriten und leuchtend gelben Ringelblumen und einer Wachskerze geschmückt, deren Schimmer sich in den Augen der Anwesenden spiegelte. Marianka, Piet, seine Schwiegereltern, Janek und Cristin erhoben ihre Becher.

»Auf deine glückliche Rückkehr, Schwesterchen! Auf diesen Abend! Und auf Elisabeth, die heute Nacht in einem königlichen Bett schlafen darf!«, prostete Piet ihr mit belegter Stimme zu.

Die Becher klirrten gegeneinander, und eine wohlige Wärme breitete sich in ihm aus. Cristin an seiner Seite zu wissen war stets, als wäre ein fehlender Teil seiner selbst endlich nach Hause gekommen. In Kindertagen hatte er sich oft gefragt, wer dieses geheimnisvolle Mädchen war, von dem er so oft träumte und dessen Gedanken er auffing. Auf dem ersten Blick war die Ähnlichkeit zwischen ihnen nicht auszumachen. Doch der fragende Ausdruck in ihren veilchenblauen Augen, die sanften Linien ihres Gesichts sowie ihre Mimik hatten ihn zuweilen an seine Mutter erinnert.

Bis er eines Tages erfahren hatte, dass Cristin seine Zwillingsschwester war, die als Neugeborene von ihm getrennt worden war. In seinen Visionen hatte er ihren Weg verfolgt. Manchmal kam es ihm vor, als würde sich ein Schleier lüften. Er war ihr dann so nahe, dass er nicht nur ihr Gewand, sondern auch ihre Seele zu berühren und darin einzutauchen vermochte.

Meist hatten sich die Bilder völlig unvermittelt vor seinem inneren Auge gebildet und nur wenige Herzschläge lang angedauert, um dann genauso schnell zu verblassen, wie sie gekommen waren. Doch mit der Zeit hatte Piet gelernt, sich Cristins Erscheinung und die Orte, an denen sie sich befand, einzuprägen. Schließlich hatten ihn all die kleinen Zeichen zu seiner Schwester geführt. Sie wiedergefunden zu haben, war das große Mysterium seines Lebens.

Voller Zärtlichkeit betrachtete er ihre geröteten Wangen

und die Art, wie sie ihm zuzwinkerte. Wie sehr sie sich verändert hatte! Aus der verhärmt wirkenden und blassen jungen Frau, gezeichnet von den Qualen der Flucht und des Verlustes, war eine strahlende Person geworden, die ihr Leben trotz aller Widrigkeiten zu meistern verstand. Das Herz wurde ihm weit. Wenn es einen Schöpfer gibt, der über uns wacht, dann möge er meine Schwester auf all ihren Wegen beschützen, dachte Piet, beugte sich über den Tisch und gab ihr einen herzhaften Kuss auf die Wange. Bei der Berührung fuhr er zusammen. Die Erinnerung kam jäh über ihn. Eine Burg stand ihm plötzlich vor Augen, es war der Wawel. Diese kummervolle Stimme war zwar leise gewesen, aber deutlich zu hören. Dann wieder Dunkelheit.

»Was siehst du mich so eigenartig an, Piet?« Cristins Blick ruhte fragend auf ihm. »Stimmt etwas nicht?«

»Ähm… nein. Ja, ich meine…« Er wandte sich ab, dem Fenster zu, und schaute hinaus.

Eine Hand legte sich auf seine Schulter. »Piet?«

Er schluckte und drehte sich herum. »Cristin.« Nun umfasste er ihr Gesicht. »Kann es sein, ich meine… verschweigst du mir etwas, die Reise betreffend? Mir war so, als wärst du in Gefahr gewesen, verstehst du?«

»Gefahr? Nein!«, erwiderte Cristin hastig. »Wie du siehst, stehe ich wohlbehalten vor dir, oder?«

Piet kratzte sich am Hinterkopf. »Gewiss, aber…«

»Könnt ihr beiden mir mal sagen, was das alles zu bedeuten hat?«

Marianka, die inzwischen von Cristins und Baldos Geschichte wusste und gegenüber Fremden Stillschweigen gelobt hatte, strich Janek, der ebenfalls einen verwirrten Eindruck machte, über die Schultern und schob sich zwischen die beiden. Die Hände in die Hüften gestemmt, sah sie von einem zum anderen und musterte ihren Mann in gespieltem Ernst von Kopf bis Fuß.

»Piet Kerklich… ich höre!«

»Ach, komm schon, Schwesterchen«, brach es aus ihm heraus, ohne seine junge Frau zu beachten, »ich sehe doch, dass du schwindelst. Du kannst mir nicht in die Augen schauen.«

Er hob Cristins Kinn. Sie wich ihm aus, und ihre Wangen verfärbten sich.

»Na also«, entgegnete er zufrieden. »Und jetzt raus mit der Sprache!«

Cristins Miene verdunkelte sich. Sie sah zu Marianka. »Wie hältst du es bloß mit diesem Kerl aus? Vor ihm ist ja kein Geheimnis sicher!« Nun schmunzelte sie, doch das Lachen erreichte nicht ihre Augen. »Wölfe, Piet«, gab sie schließlich zu und senkte die Stimme. »Ich … hatte Angst um Elisabeth.«

Dann berichtete sie ihm zögernd von ihrer nächtlichen Begegnung mit dem Wolfsrudel. Piet betrachtete seine Schwester eindringlich, während er ihr aufmerksam zuhörte. Der Druck, der seit seinen Bildern von der Burg und den jammervollen Tönen auf seiner Brust gelastet hatte, ließ endlich nach. Das wird der Grund für die Warnung in der Vision gewesen sein, dachte er und atmete tief aus. Wölfe! Eine Bedrohung, die auf Cristins Reise zum Wawel lauerte. Auch dieses Mal schien er die Erklärung für seine Vision erst später zu finden, weit später, als ihm lieb war.

»Gut, dass die Wachen bei dir waren und euch nichts geschehen ist«, brach es schließlich aus ihm heraus.

Janek nickte heftig. In diesem Moment brachte Mariankas Mutter zwei Schüsseln mit dampfendem Essen herein und stellte sie auf den Tisch.

»Lasst uns diesen Abend feiern«, lächelte Piet mit heiserer Stimme in die Runde und hob seinen Becher, um ihn gleich darauf mit einem einzigen Schluck zu leeren.

Der Türmer der Krakower Marienkirche schlug bereits zur dritten Nachtstunde, als Jaromir, Janek und Cristin zum Wawel zurückkehrten. Nachdem sie sich von dem Schmied und dem Jungen verabschiedet hatte, folgte sie einem Diener, der sie mit einem Talglicht in der Hand zu ihrem Raum begleitete. Cristin hatte dieselbe geräumige Kammer zugewiesen bekommen, die sie schon im vergangenen Jahr bewohnt hatte.

In jener Nacht ließ der Schlaf lange auf sich warten. Über der Burg lag tiefer Frieden. Nur ein leises Knispeln – Mäuse, die in den Wänden nisteten und über die Flure huschten – unterbrach von Zeit zu Zeit die Stille. Sie verschränkte die Arme hinter dem Kopf und starrte an die Decke des nur schwach vom Mondschein erhellten Raumes. Wieder einmal hatte Piet sie mit seinem Spürsinn überrascht. Gelegentlich empfand sie die Bindung zwischen ihnen als unheimlich. Es hatte sie gedrängt, ihn näher danach zu befragen, ihm alle Geheimnisse zu entlocken, doch schien ihr das gemeinsame Abendessen nicht der passende Moment zu sein. Cristin schmiegte sich enger in die Kissen und zog die Decke fröstelnd bis zum Kinn. Mit geschlossenen Lidern versuchte sie, ihre angespannten Sinne zu beruhigen, aber das wilde Klopfen ihres Herzens wollte sich nicht besänftigen lassen.

Dabei war es ihr im Laufe des vergangenen Tages gelungen, das Erlebnis mit den Wölfen aus ihrem Gedächtnis zu verbannen. Nun holte es sie mit Macht wieder ein. Ruckartig schwang Cristin die Beine aus dem Bett, schlang sich einen Umhang um die Schulter und erhob sich, um eine der kostbaren Kerzen zu entzünden, die großzügig im Gemach verteilt standen. Der warme Schein ließ sie unwillkürlich aufatmen. Baldo würde mir ins Gesicht lachen, wenn er mich so sehen könnte, sinnierte sie. Eine Närrin würde er mich nennen, eine ängstliche Spökenkiekerin, die zu viel Fantasie besitzt. Sie hatte ihn förmlich vor Augen, wie er den Kopf schief legte, mit jenem herablassenden Ausdruck, den er immer zeigte, wenn er unsicher war und sich keinen Rat wusste. Vermutlich würde er sich dann auf die Schenkel klopfen, lauthals, und sie solange necken, bis auch sie selbst in Lachen ausbrechen würde. Baldo!

Cristin schaute aus dem Fenster hinauf in den Sternenhimmel. Vom Burghof drang das Wiehern eines Pferdes herüber. Ob er diese Nacht ebenso schlaflos verbrachte wie sie selbst? Wie gern würde sie ihm jetzt alles erzählen, was sie beschäftigte, den Kopf an seine Brust geschmiegt, auf seine Atemzüge lauschend. Mit einem leisen Seufzer auf den Lippen ging sie zurück zum Bett und legte sich wieder nieder. Bei nächster Gelegenheit werde ich Piet fragen, was er in seiner Vision gesehen hat, schwor sie sich und schmiegte sich in ihre Decke.

13

Zwei Tage vergingen, in denen Cristin und die polnische Königin viel Zeit miteinander verbrachten, um sich alles zu berichten, was sich seit ihrem letzten Beisammensein ereignet hatte. Jadwiga hatte der Deutschen schon im vergangenen Jahr von ihren Plänen erzählt, die Krakower Akademie ausbauen zu lassen.

»Die Menschen brauchen Bildung«, waren ihre Worte gewesen. »Denn nur gebildete Menschen treffen weise Entscheidungen.«

Trotz ihrer baldigen Niederkunft hielt Königin Jadwiga nicht in ihrem eisernen Bestreben inne. Die *Studia Generalia* am östlichen Rand des Rynek, Krakows riesigem Marktplatz, musste mit neuem Leben erfüllt werden. Bekannte Philosophen, Mediziner, Theologen und Astronomen sollten in die Stadt kommen und die von König Kasimir gegründete Akademie weit über das polnische Königreich hinaus bekannt machen. Dafür ließ Jadwiga sich regelmäßig über die Baufortschritte am neuen *Collegium Maius* Bericht erstatten und übte selbst mit sanfter, aber energischer Hand Einfluss aus, um auch die alten Gebäude wieder in neuem Glanz erstrahlen zu lassen.

Von den Zofen und Köchinnen erfuhr Cristin, dass die Herrscherin für die Verwirklichung ihres Lebenstraumes einen Großteil ihrer Juwelen verkaufte. Der König schien sie bei ihrem Vorhaben tatkräftig zu unterstützen. Cristin zollte ihm für diese Handlungsweise Respekt, selbst wenn den Regenten möglicherweise nicht dieselben lauteren Beweggründe für diese Wohltaten leiteten wie die Königin.

Hatte Jadwiga mal keine Gesandten oder Berater um sich geschart, so saßen die beiden Freundinnen beieinander, meist spät am Abend, wenn die Ritter und Bediensteten schon in tiefem Schlaf lagen. Nur dann bot sich die Gelegenheit, ungestört miteinander zu plaudern.

Eines Abends, Jadwiga und Cristin hatten es sich im königlichen Gemach bequem gemacht, gab die Königin einer der Dienerinnen, die sich diskret in eine stille Ecke zurückgezogen hatten, einen Wink. Sie sprach das junge Mädchen auf Polnisch an, woraufhin es eilig aus dem Raum schritt. Als die Dienerin wenig später zurückkehrte, übergab sie Jadwiga zu Cristins Überraschung eine Laute.

»Ihr beherrscht das Lautenspiel?«, entfuhr es der Besucherin, die verblüfft zusah, wie die Königin das Instrument an sich nahm und ihm mithilfe eines Federkiels einige sehnsuchtsvolle Töne entlockte.

Jadwiga blickte auf und lächelte. »Oh ja, ich spiele, seit ich ungefähr acht Jahre alt bin, denn täglich kamen Lehrer, um mich neben anderer Studien auch in verschiedenen Instrumenten sowie fremden Sprachen zu unterrichten. Immerhin sollte ich früh auf meine Aufgabe als spätere Herrscherin vorbereitet werden.«

»Ich verstehe. Vielleicht mögt Ihr uns etwas vorspielen?«

»Gern. Musik ist für mich die schönste aller Künste.«

Erfreut lehnte Cristin sich in ihrem Sessel zurück und lauschte der fremden Weise. Unaufdringlich betrachtete sie dabei die polnische Herrscherin, deren Antlitz im Licht einer

Kerze weich schimmerte. Jadwigas Blick war träumerisch und verlor sich in der Ferne, während sie mit leiser Stimme die Melodie begleitete.

»In welcher Sprache habt Ihr gesungen?«, wollte Cristin wissen, als die Königin geendet hatte.

»Es ist Italienisch, eine alte Melodie, die ich von einem Barden erlernte und sehr liebe.« Jadwiga lächelte. »Das Lied erzählt von der Pracht Venedigs.« Ihr Lächeln vertiefte sich. »Wobei selbst die Poesie nicht ausreicht, um Venezias Schönheit in die richtigen Worte zu kleiden.«

Cristins Augen weiteten sich. »Wart Ihr denn schon einmal in dieser Stadt?«

»Gewiss, liebste Cristin. Ich habe meinen Gemahl vor einigen Jahren bei einer Reise nach Venedig begleitet.« Die Königin legte die Laute beiseite. »Ich wünschte, ich könnte sie dir zeigen, meine Liebe. Weißt du, es mag viele prächtige Städte geben, doch Venedig hat sich mir ins Gedächtnis eingebrannt. Es besitzt einen eigenen Zauber, dem ich mich nicht entziehen konnte. Nie wieder hat mich Schönheit so sehr berührt wie damals, als ich die goldene Lagunenstadt vor mir sah.«

Jadwigas Blick schien durch Cristin hindurchzugehen, als sie weitersprach.

»Ich erinnere mich, dass Jagiello im Palast des Dogen weilte. So hatte ich Muße, um nach Tuchwaren, Seide und Glas Ausschau zu halten. Später besuchte ich noch eine kleine Klosterinsel und verfolgte, wie die Sonne über der Lagune unterging. Diese Farben, dieser goldene Schimmer auf dem Wasser und den Gräsern, dieser Frieden. Ach, Cristin, wie gern würde ich die Stadt malen, um sie auf ewig festzuhalten.«

Cristin hatte mit angehaltenem Atem dem Bericht der Königin gelauscht, die sich mit einem Seufzen in ihrem Sessel zurücklehnte und gedankenverloren durch das geöffnete Fenster blickte. Jadwigas Augen lagen nun tief in den Höhlen. Mit einer Hand massierte sie den vorgewölbten Bauch.

»Habt Ihr Schmerzen?«

»Nein, Cristin. Doch mein Bauch fühlt sich sehr hart an, und das Kind ist heute Nacht besonders munter.«

»Ihr solltet Euch mehr Ruhe gönnen und Eure Verpflichtungen für die nächste Zeit dem König übertragen«, hörte Cristin sich sagen und musste im nächsten Moment schmunzeln.

Kamen ihr diese Worte nicht vertraut vor? Nur zu gut erinnerte sie sich daran, damals von Lukas, Minna und Lynhard aus demselben Grunde gerügt worden zu sein.

»Nein, liebste Freundin!« Die Königin erhob sich und nahm eine Wanderung durch das Schlafgemach auf. »Nein, das kann ich nicht tun! Sieh nur, ich möchte bis zur Geburt alles geregelt wissen.« In die dunklen Augen der Herrscherin trat ein warmer Glanz. »Wenn mein Kindlein erst auf der Welt ist, werde ich einige Wochen pausieren und meinem Gemahl die Politik überlassen.« Ein Schatten huschte kurz über die ebenmäßigen Züge. »Damit kennt er sich vorzüglich aus.«

Es drängte Cristin nachzufragen, was die Freundin damit gemeint haben könnte, doch sie schwieg. Das Gesicht der Monarchin nahm einen gequälten Ausdruck an, und Cristin trat einem Impuls folgend neben den Sessel.

»Ich kann Euch ein wenig Erleichterung verschaffen, wenn Ihr es wünscht. Ihr sagtet, Euer Leib fühle sich hart und prall an. Wird Euch auch öfter die Luft knapp?«

Jadwiga nickte. »War es bei dir damals auch so?«

»Ja, genau so. Mein Leib war so hart, als hätte ich einen großen Stein im Bauch«, bestätigte diese.

Aufmerksam ruhten die Augen der Herrscherin auf Cristin. »Würdest du deine gesegneten Hände auf mich legen? Das wäre wunderbar.«

Sie bedeutete der Königin, sich in ihr Bett zu begeben und still liegen zu bleiben. Cristin zögerte, doch dann trat sie vor und ließ die Hände über Jadwigas Bauch schweben. Sie schloss die Augen und überließ sich dem großen Mysterium, das seit ihrer frühesten Kindheit in ihr wohnte. Tastend verharrten ihre Hände in der Luft. Wie ein Schmetterling seine Flügel entfaltet, so spreizte sie die Finger. Kurz darauf spürte sie Wärme und Leben. Pulsierendes Glück. Und einen zweiten Herzschlag. Hinter ihren geschlossenen Lidern konnte sie leuchtende Rot- und Orangetöne ausmachen. Cristins Fingerspitzen glühten, schienen Lichtstrahlen zu dem Körper unter ihr zu senden.

Ein tiefer Atemzug erreichte ihre Ohren. Dann ein Seufzen.

Als sie die Hände sinken ließ, war das Gesicht der Königin entspannt, der Mund leicht geöffnet.

»Ich danke dir«, murmelte Jadwiga etwas undeutlich. »Der Herr möge dich beschützen.«

14

Des Morgens, wenn die Sonne ihre ersten Strahlen über die Dächer des Wawel schickte, war Elisabeth meist nur mit Mühe zum Frühstück zu bewegen. Dann rutschte sie mit geröteten Wangen auf ihrem Stuhl herum und konnte es kaum abwarten, bis Ewa, die junge Kammerfrau, mit ihr zu den Käfigen der königlichen Menagerie ging. Dort hielten die beiden sich oft stundenlang auf und beobachteten die exotischen Vögel und andere seltene Tiere. Handelsreisende aus dem Heiligen Land und den südlichen Ländern des Römischen Reiches hatten sie dem Herrscherpaar geschenkt, wie Cristin von Ewa wusste.

Das Kind hatte die junge Dienerin, die Cristin bei ihrem ersten Besuch auf dem Wawel zugeteilt worden war, schnell ins Herz geschlossen. Am meisten hatte es Elisabeth allerdings Janek angetan, und sie strahlte übers ganze Gesicht vor Freude, wenn der Junge sie auf den Rücken einer prächtigen Trakehnerstute setzte.

Inzwischen hatte sich Dunkelheit über den Wawel gesenkt, und Elisabeth schlief längst friedlich in ihrem Bettchen. Der Abendwind wehte den kräftigen Geruch der Pferde durch das geöffnete Fenster in ihre Kammer. Von den labyrinthähnlich angelegten Fluren der Burg drangen die Töne einer Fidel, die zarten Klänge einer Harfe und zahlreiche Flöten zu ihrem Gemach herüber. Cristin hob den Kopf von ihrer Stickarbeit und lauschte. Königin Jadwiga, die selbst mehrere Instrumente zu spielen verstand, hatte Gäste aus aller Herren Länder zu sich geladen, um gemeinsam zu musizieren. Bereits am Tag zuvor waren Cristin Männer in fremdartig anmutenden Gewändern und Kopfbedeckungen begegnet. Mit Staunen hatte sie verfolgt, wie sie ihre Musikinstrumente von Dienern ins Schloss tragen ließen. Die dunkle Haut der Fremden schimmerte weich wie Samt, ihr Haar war kurz und kraus, und ihre Augen leuchteten wie Kohlen. »Mohren« wurden sie genannt, so hatte es ihr jedenfalls Ewa erklärt.

Cristin verfolgte den Trubel in der Burg mit Besorgnis, doch Jadwiga hatte fröhlich aufgelacht.

»Schau nicht so streng, meine Liebe. Musizieren ist für mich die schönste Art der Entspannung.«

Beim Anblick der glückstrahlenden Miene ihrer Freundin hatte Cristin geschwiegen.

Sie beugte sich nun wieder über den Stickrahmen mit dem aufgespannten Gewand, das sie eigens mit zum Wawel genommen hatte. Die Mutter Oberin hatte ihr genaue Anweisungen wegen der Motive erteilt, die sie auf dem Stoff wünschte. Weinreben und Brotlaibe sollten die Ärmel und den Saum schmücken. Das liturgische Gewand musste besonders schön werden, zu viel hing für die Goldspinnerei von diesem Auftrag ab. Cristin betrachtete prüfend ihr Werk. Bis zur Fertigstellung würden noch einige Wochen vergehen – wenn sie gut vorankam.

Liebliche Töne erfüllten diesen Teil der Burg bis in den letzten Winkel. Wer auch immer da spielte oder sang, musste ein Meister seines Faches sein. Einen kurzen Moment lang ließ Cristin sich von den sanften Melodien treiben, und die tiefen Töne schienen in ihrem Leib widerzuhallen. Ihre Gedanken gingen auf Reisen, zu dem Haus in Hamburg. Zu Baldo.

Wie sie ihren Gatten kannte, kam er noch weniger mit der Trennung zurecht als sie. Einzig Minna wäre imstande, Baldo ein Lächeln zu entlocken. Besonders wenn sie ihm seine Leibgerichte kochte. Die Lohnarbeiterin wusste, wie sie mit ihrem Herrn umzugehen hatte. Sie würde schon dafür sorgen, dass Baldo mit seinem oft wortkargen oder abweisenden Wesen nicht die Kunden der Goldspinnerei verscheuchte. Und Lump? Wenn ihr Mann nicht achtgab, trieb der Hund mit den Nachbarskatzen und den Hühnern sein Unwesen, bis selbst das letzte Lebewesen im Umkreis des Hauses begriff, wer dort das Sagen hatte. Ja, und des Nachts lag der Hund gewiss nahe Baldos Schlafstatt und wachte über seinen Herrn.

Cristin fuhr zusammen und leckte sich einen Blutstropfen vom Finger. Das hast du nun davon, wenn du beim Sticken unaufmerksam bist, rügte sie sich selbst. Ihre Augen brannten, denn sie hatte ihr Gemach nur schwach beleuchtet, um Elisabeths Schlaf nicht zu stören, die unweit von ihr in einem aus edlem Holz gefertigten Kinderbett lag, das zwei Diener am Tag nach ihrer Ankunft hereingetragen hatten.

Die sanfte Melodie trieb ihr Tränen in die Augen. Tief berührt stellte Cristin den Stickrahmen neben ihr Bett, verhüllte ihn mit einem Tuch und ließ sich auf einen Sessel sinken.

Sie schloss die Augen und versank in einen Traumzustand. *Baldo hielt sie mit beiden Armen umfangen, während sein vom Schlaf gelöst wirkendes Gesicht halb im Dunklen lag. Cristin schmiegte sich an seine Brust, lauschte den regelmäßigen Herzschlägen und seinem Atem, der ihren Nacken streifte. Harfenklänge drangen verschwommen zu ihr herüber und verbanden sich mit den tiefen Atemzügen ihres Geliebten zu einer gemeinsamen Melodie. Die Wärme seines Leibes übertrug sich auf ihren, mit rauen Fingern streichelte er Cris-*

tin schlaftrunken über den Rücken und zeichnete die Konturen nach. Dann murmelte er etwas Unverständliches und legte eine Decke um ihre Nacktheit.

»Herrin!«

Sie lächelte und ließ sich in die wohligen Nebel des Schlafes zurücksinken. Nur ein kurzer Misston in der lieblichen Melodie, dann wurde es wieder still. *Ein zweiter Körper neben ihrem, viel kleiner jedoch. Der süße Geruch von Milch umwehte sie, und eine kleine Hand legte sich in ihre.*

»Herrin! Herrin Agnes!«

Die Stimme drang aus unendlicher Entfernung zu ihr, schien vom Wind getragen zu werden und unterbrach mit hohen Tönen die Harmonie des Augenblicks.

»Bitte! Ihr müsst aufstehen! Herrin!«

Schrill hingeworfene Worte, die sie nicht verstand, gellten ihr in den Ohren. Cristin atmete tief, öffnete die Lider. Zunächst nahm sie nichts außer Schemen wahr, dann wurde ein rundliches Gesicht deutlich, das sich, direkt über sie gebeugt, bleich von der Dunkelheit abhob.

»Herrin! Hört Ihr mich? Bitte, Ihr … Ihr müsst kommen! Rasch!«

Mit einem Satz sprang sie auf und rieb sich das Gesicht. Sie musste tatsächlich im Sessel eingeschlafen sein. Eine der Hofdamen stand vor ihr und rang die Hände.

»Was ist denn? So sprecht endlich!«

»Unsere verehrte Königin. Sie … sie braucht … sie verlangt nach Euch!«

Jadwiga! Cristin machte sich nicht die Mühe, ihre rotblonde Lockenmähne zu bändigen, schlang stattdessen nur ein Band um die Haare und warf sich ihren Umhang über das Nachtgewand. Schon eilte sie mit der Hofdame zur Tür hinaus.

»Was ist mit der Königin?«, fuhr sie die Frau an. »Muss ich Euch denn jedes Wort aus der Nase ziehen?«

Im nächsten Moment, als sie das verräterische Blinzeln der Dame bemerkte, bereute sie bereits ihr unwirsches Verhalten.

»Bitte erzählt mir alles«, ergänzte sie versöhnlicher, während sie neben der Frau durch stille, schwach beleuchtete Flure hastete. Das Geräusch ihrer Schritte hallte unnatürlich laut in ihren Ohren wider. Nie war ihr der Weg bis zu den königlichen Gemächern weiter erschienen als in jener Nacht.

»Schmerzen«, keuchte die füllige Hofdame atemlos. »Sie klagt… über heftige Schmerzen im Rücken. Den Leibarzt habe ich schon gerufen. Aber die Königin hat nach Euch geschickt.«

Cristin biss die Lippen aufeinander. Ihre Gedanken überschlugen sich und machten es ihr schwer, Ruhe zu bewahren. Sie rief sich zur Ordnung und schluckte den Kloß in ihrem Hals hinunter. Gründe gibt es viele für einen plötzlichen Schmerz, redete sie sich gut zu. Dann stand sie endlich vor der schweren Tür, die zu Jadwigas Gemächern führte. Ein Diener, der davor Wache hielt, nickte zum Gruß und öffnete ihr wortlos.

Die Königin stand im Raum, gegen ihren Lehnsessel gestützt, eine Hand in den Rücken gepresst. Einige dicke Strähnen hatten sich aus ihrem Zopf gelöst und fielen ihr wirr ins Gesicht. Sie schien das Kommen ihrer Vertrauten gar nicht bemerkt zu haben, denn sie sah nicht auf.

Cristin erschrak. »Hoheit, Ihr habt nach mir rufen lassen?«

Sie legte Jadwiga eine Hand auf den Arm. Diese hob den Kopf. Auf ihrer Stirn standen Schweißperlen, der Mund war zu einem schmalen Strich verengt.

»Mein Rücken. Es tut so weh.« Ihre Stimme klang rau wie ein Reibeisen, als bereitete ihr das Sprechen große Mühe.

Cristins Blick wanderte zu dem gewölbten Bauch der Königin. »Wo schmerzt es Euch? Zeigt mir die Stelle genau!«

Jadwiga wies auf den unteren Rücken. Der Schmerz strahle von dort bis in den Bauch aus, erklärte sie.

»Wie lange geht das schon so?«

»Ich … weiß es nicht. Eine Stunde, vielleicht mehr«, keuchte die Königin, beugte sich vor und legte den Kopf auf die Lehne ihres Sessels. Kurz darauf entspannte sich Jadwigas Gesicht, und sie atmete tief.

»Ihr legt Euch am besten nieder, damit ich nach Euch und dem Kinde schauen kann«, sagte Cristin sanft, aber bestimmt.

Sie legte der Hochschwangeren einen Arm um die Schultern, um sie zu ihrer Schlafstatt zu geleiten. Auf eine Anweisung der Regentin hin verließen die Hofdamen das Gemach. Nur zwei Dienerinnen blieben und zogen sich nahe dem Kamin zurück, immerzu bestrebt, ihrer Königin jeden noch so kleinen Wunsch von den Augen abzulesen. Cristin ließ sich neben Jadwigas Bett nieder und wartete, bis die hastig davoneilenden Schritte der Hofdamen in den Fluren verstummten. Auf dem ausladenden Bett wirkte die Königin schmächtig und blass.

»So ist es gut, Hoheit.«

Ungefragt öffnete Jadwiga die Schnüre ihres Nachtgewandes. Ihre Brüste waren schwer und voll, als würden sie nur darauf warten, den Thronfolger endlich nähren zu dürfen. Cristin erinnerte sich an jenen unvergesslichen Moment, als sie Elisabeth das erste Mal an die Brust gelegt hatte. Vorsichtig tastete sie über den Bauch der Hochschwangeren. Mit geübten Fingern fuhr sie die sich abzeichnenden Umrisse des Kindes nach – und verharrte. Sie fühlte, wie sich die Bauchdecke zusammenzog. Jadwiga stöhnte leise auf. Wenn es nur kein Geburtsschmerz ist, dachte Cristin. Ihr Puls beschleunigte sich. Sie spürte die verängstigten Blicke der Dienerinnen im Nacken.

»Soll ich Weihrauch entzünden, Herrin?«, vernahm sie die dünne Stimme einer der Frauen.

»Nein, um Himmels willen!«, erwiderte Cristin scharf, ohne sich umzuwenden. »Wenn du etwas tun willst, dann lass frische Luft herein, beschaffe mir warmes Wasser und ...« Sie erhob sich und sah dem jungen Mädchen ins Gesicht. »Kannst du mir Lavendelöl bringen?«

»Gewiss, Herrin. Doch das wird eine Weile dauern. Ich müsste erst …«

»Nein, wir brauchen es jetzt«, unterbrach Cristin sie unwirsch. »Dann besorgt mir ein anderes Öl, gut angewärmt. So lauft schon!«

Die Dienerinnen eilten hinaus und schlugen die Tür hinter sich zu.

Eine Hand klammerte sich an ihren Arm. »Kommt das Kind schon, liebste Freundin?« Jadwigas Augen schimmerten feucht.

»Das will ich nicht hoffen, Majestät.«

»Du sollst mich doch nicht …«

»Verzeiht.«

Cristin schob der Königin ein Kissen in den Nacken und half ihr, sich etwas aufzurichten.

»Das Kind braucht Euren warmen Leib noch.« Sie versuchte ein aufmunterndes Lächeln. »Bedeckt Euch. Die Nacht ist warm, der Wind jedoch kräftig. Ich öffne das Fenster, ja?«

Jadwiga gehorchte, ließ sich einen Umhang um die Schultern legen und zog die Decke über sich. Cristin atmete befreit auf, als warme Frühsommerluft durch die Fenster hereinwehte. Sie nahm die Hand der Freundin in die ihre.

»Ihr werdet sehen, alles wird wieder gut.« Aufmerksam musterte sie das Gesicht der Schwangeren. »Habt Ihr noch Schmerzen?«

»Nur ein leichtes Ziehen im Rücken.«

Kurz darauf betrat die Zofe mit einem Tiegel in der einen und einem Krug in der anderen Hand den Raum und stellte die Utensilien auf einen kleinen Tisch. Cristin murmelte einen Dank und wandte ihre Aufmerksamkeit wieder der Königin zu.

»Ich werde Euch jetzt massieren, das wird Euch gewiss guttun.«

Jadwiga nickte und öffnete das Gewand erneut. »Was immer du für richtig hältst.«

Cristin schloss die Fenster wieder. Sie tunkte die Hände in

das warme Öl und verteilte es auf dem Bauch ihrer Freundin. Mit kreisenden Bewegungen rieb sie es in die Haut ein, sacht, um der Königin keine zusätzlichen Schmerzen zuzufügen. Immer und immer wieder, bis Jadwiga sich sichtlich zu entspannen begann.

»Seht nur«, entfuhr es Cristin erfreut, als sich unter ihren Fingern etwas bewegte, »wie kräftig Euer Kind tritt. Es scheint ihm gut zu gehen.«

»Meinst du wirklich?«

Jadwigas Wangen nahmen einen rosigen Ton an. Die Hoffnung, die sich plötzlich in ihrer Miene spiegelte, ließ Cristins Brust eng werden. Die Zeit verstrich nur zäh. Während sie mit der Massage fortfuhr, kam es ihr jedoch so vor, als würden die Abstände von Jadwigas Krämpfen sich vergrößern.

Die ersten Sonnenstrahlen färbten bereits den Morgenhimmel, und das Leben bei Hofe erwachte, als die Schmerzen endlich verebbten. Cristin rieb sich die brennenden Augen. Vermutlich waren es nur die Vorboten der nahenden Geburt gewesen.

»Ich sagte doch, alles wird gut«, flüsterte sie.

Aber die Königin war längst in einen gnädigen Schlaf gesunken und hörte die Worte nicht mehr. Cristin erteilte den Dienerinnen noch einige kurze Anweisungen und verließ wankend das königliche Schlafgemach.

15

Nach einigen Stunden tiefen Schlafes wusch sich Cristin gründlich und schlüpfte in ein einfaches Gewand, als sie vom Burghof her Stimmengewirr vernahm. Sie trat ans Fenster. Die Musikanten reisten ab, flankiert von einer Anzahl Ritter. Das königliche Wappen zierte die Umhänge der Männer, und die Pferde tänzelten erregt. Begleitet wurden sie von einem kleinen Tross Pferdewagen, der die kostbaren Instrumente der Musikanten und deren Reiseproviant transportierte. Cristin sah dem munteren Treiben zu.

Für den heutigen Tag hatte Jadwiga eigentlich zu einem weiteren Konzert eingeladen. Der Umstand, dass die hohen Gäste bereits abreisten, erfüllte die junge Frau mit Erleichterung. Offenbar war die Königin nach dem Schrecken der vergangenen Nacht zu der Einsicht gelangt, sich mehr Ruhe zu gönnen, um das Leben ihres Kindes und ihre eigene Gesundheit nicht zu gefährden.

Elisabeth war mit Janek zu den Stallungen gegangen. Mit strahlenden Augen hatte er in der Tür gestanden und stockend von dem neuen Hengstfohlen erzählt, das in den frühen Morgenstunden geboren worden war. Cristin hatte ihre Tochter nur mit großer Überredungskunst dazu bewegen können, noch schnell ein Stück Brot zu essen, das sie eilig aus der Küche besorgt hatte. Dann war die Kleine an Janeks Hand aus dem Raum gestürmt. Das stumme Verständnis zwischen dem Jungen und Elisabeth rührte sie. Cristin schmunzelte, während das Mädchen an seinen Lippen hing, als würde er das Evangelium verkünden. Bis zum Abschied bleibt ihnen ja noch etwas Zeit, dachte sie mit einem Anflug von Wehmut und machte sich auf den Weg zum königlichen Gemach.

Jadwiga war wohlauf. Ihr Leibarzt hatte bestätigt, dass kein Grund zur Sorge bestand. Allerdings hatte er ihr für die nächsten Tage absolute Bettruhe verordnet, wie die Königin mit resigniertem Gesichtsausdruck berichtete. Auch das Konzert für den kommenden Abend wurde ihr untersagt, ebenso alle anderen Verpflichtungen.

»Euer Medicus ist ein weiser Mann«, nickte Cristin und tastete den Bauch der Schwangeren ab, nachdem die Königin die Dienerinnen aus dem Raum geschickt hatte.

Sie stutzte, denn in ihren Fingern spürte sie plötzlich das

altbekannte Kribbeln, und ein heftiger Schwindel überfiel sie jäh. Vor ihrem geistigen Auge entstand ein Bild aus Licht, schimmernd in Rot- und Blautönen, die sich ständig veränderten, beinahe so, als könnte sie ins Innere der Königin schauen. Im nächsten Moment erkannte sie die Silhouette des Ungeborenen, umhüllt von einer zarten, schützenden Haut. Mit jedem Herzschlag wurde Blut durch die Adern gepumpt, hin zu dem Körper des Kindes, in einem stetigen Rhythmus. Da war ein zweiter Puls, viel schneller als der erste. Wärme. Kraft. Cristin zog die Finger zurück, schloss kurz die Augen und atmete auf.

»Liebste Freundin? Fehlt dir etwas?« Jadwigas Augen ruhten fragend auf ihr.

Cristin sah auf. »Nein, es geht mir gut. Und wie ich sehe, steht auch bei Euch alles zum Besten.« Cristin legte die Hände in den Schoß. »Kann ich noch etwas für Euch tun, Majestät?«

»Oh ja, das kannst du, indem du aufhörst, mich mit meinem Titel anzusprechen. Habe ich dich nicht mehrfach darum gebeten?«

Blut schoss in Cristins Wangen. »Gewiss, das habt Ihr, Maj…« Sie wagte nicht den Kopf zu heben. »Doch es scheint mir nicht richtig zu sein.«

»Seit ich ein kleines Kind war, hat man mich auf meine Rolle als Königin vorbereitet«, sprach Jadwiga wie zu sich selbst. »Ich wurde in Theologie und Sprachen unterrichtet, lernte mich angemessen zu benehmen. Alle möglichen Bediensteten meiner Eltern scharwenzelten ständig um mich herum und waren stets um mein Wohlergehen besorgt.« Das Gesicht der Königin umschattete sich. »Nur einen Freund konnte ich nie mein Eigen nennen. Jemanden, mit dem ich lachen und mich schmutzig machen konnte. Einfache Dinge wie im Heu schlafen, sich alberne Witze erzählen oder durch Pfützen laufen, davon habe ich als Mädchen immer geträumt.« Jadwiga lächelte, doch es wirkte traurig. »Dafür saß ich beinahe täglich an der Schalmey oder Harfe und übte oft stundenlang. Das schenkte mir Freude und ließ meinen Trübsinn verfliegen.«

Sie streichelte Cristins Hand, die ihrerseits die Hand der Freundin ergriff und sie in stillem Verständnis drückte.

»Die Zeit der Kindheit ist lange vorbei. Im Heu habe ich bis heute nicht geschlafen. Aber du, meine Liebe, stehst mir näher, als alle Menschen zuvor. Willst du mir nicht den Gefallen tun und das furchtbare *Hoheit* wenigstens lassen, wenn wir allein sind?«

Cristin schluckte, nickte nur zögernd, denn sie brachte kein Wort über die Lippen.

»Magst du mir ein Weilchen Gesellschaft leisten? Es langweilt mich sehr, hier so untätig zu liegen.«

»Gern, Ho... Jadwiga, nur ...«

»Nur was?«

»Ich müsste noch etwas arbeiten.«

Cristin berichtete der Königin von dem Auftrag des Klosters, ein liturgisches Gewand anzufertigen, und von dessen Bedeutung für ihre Goldspinnerei.

Die Königin wirkte erstaunt. »Du hast das Gewand mit auf den Wawel genommen, den ganzen Weg von Hamburg hierher nach Polen?«

»Natürlich. Unterwegs habe ich allerdings große Ängste ausgestanden, die Kiste könnte beschädigt oder gestohlen werden.«

Jadwiga lachte hell auf und hielt sich den Bauch. »Du bist eine Frau nach meinem Herzen! Wenn du dir etwas in den Kopf gesetzt hast, gibst du nicht auf, nicht wahr? Selbst wenn es darum geht, etwas so Kostbares wie dieses Gewand mit in die Fremde zu nehmen, weil du gerufen wurdest.«

Cristin kicherte hinter vorgehaltener Hand. »Mein lieber Mann hat damit auch so seine Nöte.«

In den Augen der Königin blitzte es. »So wie du mit ihm?« Sie strich ihr über den Arm. »Ihr seid so verschieden wie Tag und Nacht, und dennoch passt ihr prächtig zueinander.«

Sie läutete eine Glocke, die neben ihr auf einem Tisch stand. Die Tür öffnete sich und eine Dienerin betrat das Gemach.

»Geh in Agnes' Gemächer und bring uns den Stickrahmen und die Kiste.«

»Er ist mit einem Tuch bedeckt und steht neben dem Bett«, ergänzte Cristin.

Die Zofe nickte und verließ den Raum. Zwischen den beiden Frauen wurde es still. Jadwiga sah zum Fenster hinaus, streichelte mit einer ihrer beringten Hände zärtlich über den Bauch. Ihr Gesicht nahm eine träumerische Miene an. Cristin betrachtete fasziniert das Profil der Königin. Ihre Züge wirkten wie gemalt.

»Wie ist sie, die Liebe?«

Cristin stutzte. »Was meint Ihr?«

»Du hast richtig gehört.« Jadwiga lächelte ein wenig abwesend, ohne sie anzusehen. »Wie ist es zu lieben, Cristin?«

Mit geschlossenen Augen sann die junge Frau über die Frage nach.

»Wie soll ich es beschreiben? Für mich bedeutet Liebe die Gewissheit zusammenzugehören, ganz egal, wie ich mich fühle. Gleichgültig, was ich tue.« Sie konnte Baldo vor sich sehen, so deutlich, als stünde er tatsächlich vor ihr. »Es ist wie ein Feuer im Winter oder wie eine kühle Brise im Sommer.«

Cristin öffnete die Lider, beobachtete die Königin, die ihr nun offen ins Gesicht schaute. Ein Leben ohne Baldo war für sie kaum vorstellbar. Wie mochte ein Mensch leben, wenn er nie die Liebe und die ihr innewohnende Kraft erfahren hatte? Wie tragisch! Dabei war Jadwiga eine Schönheit, sie könnte ein ganzes Dutzend Liebhaber um sich scharen und sich vergnügen, wie es in ihren Kreisen durchaus üblich war. Doch sie tat es nicht. Oder sie hatte ihre Geheimnisse sorgsam hüten können.

Die Tür zu den königlichen Gemächern öffnete sich, und die Dienerin huschte mit der Kiste auf dem Arm herbei, um sie unweit der Schlafstatt abzusetzen. Jadwiga dankte ihr, wies sie mit einer einzigen Handbewegung an, ans Ende des Raumes zurückzukehren, und sah Cristin an.

»Lass dich nicht aufhalten. Ich werde mich, während du arbeitest, schon zu beschäftigen wissen.«

Mit einem müden Lächeln ließ sich Jadwiga tiefer in die Kissen sinken. Bedächtig stellte Cristin den mit einem Tuch bedeckten Stickrahmen nahe dem hohen Fenster auf und entnahm der Kiste Garn und ihre Goldspindel. Sie setzte sich auf einen Schemel vor den Rahmen und zog die schützende Hülle von dem kostbaren Leinenstoff. Anschließend begutachtete sie ihr Werk eingehend und nickte zufrieden. Während sie einen Stich nach dem anderen setzte und jeden weiteren Gedanken aus ihrem Kopf zu verbannen suchte, fühlte sie Jadwigas Blick auf sich ruhen.

Eine Zeit lang war nur das Rattern der Fuhrwerke auf dem Burghof zu hören, das durch eines der geöffneten Fenster zu ihnen heraufdrang. Bald signalisierten tiefe, gleichmäßige Atemzüge, dass die Königin eingeschlafen war. Cristin gab der Dienerin einen Wink, sich leise zu verhalten, und beugte sich wieder über den Stickrahmen.

Nachdem die erste Scheu verflogen war, Jadwiga auch während sie schlief Gesellschaft zu leisten, gefiel es Cristin sogar, bei ihrer Stickarbeit nicht allein zu sein. Sie warf einen Blick aus dem Fenster und entdeckte Elisabeth auf dem Burghof. Mit schräg gelegtem Kopf sah sie Janek beim Aufzäumen eines Pferdes zu. Der Junge winkte sie näher, hob sie auf den Arm, nahm ihre ausgestreckte Hand und legte sie auf die Nüstern des edlen Tieres. Elisabeth hielt ganz still. Baldo würde staunen, wenn er sehen könnte, wie glücklich seine Tochter auf dem Wawel war.

Nur mühsam riss Cristin sich von der kleinen Szene auf dem Burghof los und beugte sich wieder über den Stickrahmen. Das um eine seidige Sehne gewickelte Häutchengold in das komplizierte Muster einzusticken, erforderte besondere Aufmerksamkeit, denn es sollte gleichmäßig schimmern, wenn Licht darauf fiel. Ganz in ihre Arbeit versunken, bemerkte Cristin zunächst nicht, dass sie beobachtet wurde. Als sie den Kopf hob, begegneten sich Jadwigas und ihr Blick.

»Ich bin so neugierig, liebste Cristin. Magst du mir dieses Gewand vielleicht zeigen? Es sieht so ganz anders aus als die Arbeit am Webrahmen oder am Spinnrad.«

Die Wangen der Königin waren vom Schlaf noch zart gerötet. »Aber gern«, erwiderte Cristin erfreut.

Die Dienerin eilte herbei, doch sie winkte ab und stellte den Stickrahmen nahe der königlichen Schlafstatt auf.

Jadwigas Augen weiteten sich. Sie setzte sich in ihrem Bett auf und beugte sich vor.

»Mein Gott, wie wunderschön«, brach es aus ihr heraus. »Du bist ja eine richtige Künstlerin!« Andächtig fuhr sie mit den Fingern über den Stoff.

Cristin sah, wie Jadwigas Blick auf dem halb fertigen Motiv haften blieb.

»Diese Farben«, hauchte die Königin. »Ich habe so etwas noch nie gesehen. Wie … wie machst du das?«

Cristin neigte den Kopf zu der Königin und erklärte ihr geduldig einige der Stiche. Jadwiga folgte mit kindlichem Staunen den Schilderungen ihrer Freundin.

16

Lübeck

In der Nacht hatte es in Lübeck geregnet. Es war noch früh am Morgen, als die junge Frau sich auf eine zerschlissene Decke hockte und den Kopf gegen eine Hausmauer lehnte. Noch immer nieselte es ein wenig, und am Himmel zogen dicke Wolken herbei. Sie schaute zum Hafen hinüber. Selbst zu dieser frühen Stunde herrschte dort schon reger Betrieb. Der Fischhändler war nicht wiedergekommen, und längst hatte sie die Hoffnung auf ein besseres Leben begraben.

Am vorletzten Sonntag hatte sie zum ersten Mal mit gesenktem Haupt und tief in die Stirn gezogener Haube die aus dem weit geöffneten Portal des Domes strömenden Kirchgänger um eine milde Gabe gebeten. Am darauf folgenden Sonntag dann auf dem Koberg nahe St. Jakobi. Den Armen zu geben, war ein Akt der Nächstenliebe. So warfen nicht wenige der aus der Messe kommenden Männer und Frauen ihr ein, zwei Witten zu, und die junge Frau versprach ihnen, zum Dank drei Vaterunser oder Ave-Maria für sie zu beten. Dabei besaß sie gar keinen Rosenkranz mehr. Aber was sollte es – die Leute waren zufrieden, dass die junge Bettlerin sie in ihre Gebete einschloss.

Heute wollte sie es am Hafen versuchen. Sie zog den Umhang über, den Alheyd ihr geschenkt hatte, und näherte sich einem Schiff, das mindestens zwei Dutzend Schauerleute entluden. Die Rufe der Arbeiter gellten zu ihr herüber. Ein Mann in einem langen, teuren Mantel erteilte Befehle, während ein Jungspund, kaum ausgewachsen, eine Kiste auf dem Rücken herausschleppte, torkelnd unter der Last. Was auch immer sich in den Holzkisten befinden mochte, unzählige Möwen warteten schreiend auf leichte Beute.

Neugierig beobachtete die junge Frau das Treiben, das dem einer Ameisenschar glich. Vor nicht allzu langer Zeit war auch sie einer ehrenwerten Arbeit nachgegangen. Ihre Kleidung war schlicht, aber sauber gewesen. Nur ein einziger Mann hatte sie berühren und ihr Lust bereiten dürfen. Genossen hatte sie seine Liebkosungen, noch mehr jedoch die kleinen, ausgewählten Geschenke, mit denen er ihr seine Gunst bewies. Vorbei, alles vorbei.

Das Knurren zweier Hunde drang zu ihr herüber. Die

Tiere kämpften um Abfälle, die jemand auf die Gasse gekippt hatte. Sie stieß sich von der Mauer ab, gegen die sie sich gelehnt hatte, als sie sah, wie eine Gruppe fremdartig gekleideter Männer langsam zu ihr herüberschlenderte. Mühelos setzte sie ihr einstudiertes trauriges Gesicht auf und hielt ihnen mit bittendem Augenaufschlag eine alte Mütze entgegen. Sie wusste, dass ihr fleckiges Kleid um ihren schmal gewordenen Leib schlackerte. Die Haare hatte sie mit einem dunklen Tuch bedeckt, um nicht erkannt zu werden. Ihre ohnehin sehr helle Haut würde den Eindruck von Armut noch verstärken.

Einer der Männer blieb stehen, musterte sie. Er rief ihr in einer unbekannten Sprache ein paar Worte zu und warf eine Münze in den Hut. Zum Dank senkte sie den Kopf und sah ihnen nach, bis sie hinter einer Häuserecke aus ihrem Sichtfeld verschwanden.

Eine Witte! Davon konnte sie sich auf dem Markt ein halbes Dutzend Eier, ein paar Heringe und einen Laib Brot kaufen. Am Himmel trieben dicke Wolken in schneller Folge vorbei. Der Wind bauschte ihren Umhang und brachte den Geruch von Fisch mit sich. Der Magen drehte sich ihr um, denn sie hatte noch nichts gegessen.

Auf einmal stand ein Mann vor ihr. Sie erschrak, denn sie hatte niemanden kommen sehen. Dunkle Haare, im Nacken zu einem Zopf zusammengebunden, und ein ebenso dunkles Augenpaar, das sich in das ihre senkte. Die besten Jahre schien der Unbekannte bereits hinter sich zu haben, wie ihr seine ergrauten Schläfen zeigten. Stumm und ohne eine Miene zu verziehen, betrachtete er sie von oben bis unten. Ihre Hand zitterte, als sie ihm den Hut entgegenhielt.

»Eine milde Gabe, edler Herr. Ich leide Hunger.«

Sein Mantel roch nach feuchter Wolle. Noch immer sah er ohne ein Wort auf sie herab.

»Nur eine Witte, Herr«, stammelte sie und wich unwillkürlich einen Schritt zurück.

Er ließ eine Münze in die Mütze fallen. Wieso nur blieb er

stehen und hörte nicht auf sie anzustarren? Ein unbestimmtes Gefühl ergriff von ihr Besitz. Ihr Herz pochte, sie wollte fliehen, doch der Fremde versperrte ihr mit seinem kräftigen Körper den Weg.

»Lasst mich in Ruhe. Ihr macht mir Angst!«

»Du bist schmutzig.« Seine Stimme war tief und rau.

»Ich… ich habe nur dieses eine Kleid.« Hilflos schaute sie sich um. Der Kerl war ihr unheimlich.

»Komm mit«, brummte er und fasste sie am Arm. »Ich tue dir nichts.«

Niemand schien Notiz von ihnen zu nehmen. Die Hafenarbeiter waren damit beschäftigt, die Anordnungen der Händler zu befolgen, und die beiden Seeleute, die ihren Weg kreuzten, hatten sich jeder eins dieser willigen jungen Weiber gegriffen, die am Hafen auf Freier warteten.

Sie stemmte sich gegen den Griff des Mannes. »Lasst mich los! Ich will nicht mit Euch…«

»Halt den Mund! Ich sagte, ich tue dir nichts!«

Vor einem Backsteingebäude in der Fischergrove blieben sie stehen.

»Geh in die Schänke und warte dort auf mich.«

Unschlüssig trat sie von einem Fuß auf den anderen und schaute dem Fremden nach. Was hatte sie schon zu verlieren? Von dem erbettelten Geld würde sie sich etwas zu trinken bestellen und danach den Rückweg antreten, denn warum sollte der Kerl zurückkommen?

Die junge Frau öffnete die Tür und trat ins Halbdunkel. Der Raum war fast leer. Lediglich zwei alte Männer saßen an einem der Holztische und unterhielten sich leise. Sie wählte einen Tisch am Fenster und ließ sich nieder. Bei der drallen Wirtin bestellte sie sich einen Becher verdünnten Wein und schlug die Beine übereinander. Der abschätzige, verächtliche Blick der Frau wurde etwas milder, als das Mädchen eine Münze auf den Tisch legte.

Genau genommen hatte der Tag gut angefangen, zur Beunruhigung bestand kein Anlass. Der Mann hatte ihr nichts zuleide getan. Bloß recht eigenartig war er ihr vorgekommen. Diese harten Züge, denen anzusehen war, dass er nur selten lachte. Die hochgewachsene Gestalt mit dem Zopf, der im Wind flatterte. So stellte sie sich einen Piraten oder einen anderen Abenteurer vor. Gewiss wusste er viele aufregende Dinge zu erzählen, nur schien er nicht von der unterhaltsamen Sorte Mann zu sein.

Sie blickte aus dem Fenster und beobachtete zwei junge Mädchen, die kichernd und mit rosigen Wangen an der Schänke vorbeischlenderten. Auf den Hüften trugen sie Körbe, Leinenhauben zierten ihre Köpfe. Dann konnte sie die Gestalt des Fremden ausmachen, der über die Straße auf die Tür zuging. Einen Moment später betrat er den Schankraum.

»Hier.« Er zog ein Bündel aus seinem Mantel und legte es auf den Tisch.

Sie nahm es an sich und riss an der Verschnürung. »Wo habt Ihr das Kleid her?«, entfuhr es ihr, als sie das einfache Leinengewand in den Händen hielt.

»Was geht's dich an?«, gab er unfreundlich zurück und wies in eine Ecke des Raumes. »Komm mit. Mein Tisch ist dort drüben.«

Unsicher griff sie nach ihrem Becher, folgte dem Mann und setzte sich zu ihm.

Er winkte der Wirtin. Kurze Zeit später stellte diese einen Becher gewürzten Wein vor ihn auf den kleinen Tisch. Die junge Frau griff nach ihrem Becher und trank einen Schluck. Wieso befand sich der Platz des Kerls in dieser dunklen Ecke?

Schweigend saßen sie sich gegenüber, was ihr die Gelegenheit gab, ihn eingehender zu studieren. Ein finsterer Geselle, dachte sie. Die buschigen Augenbrauen waren in der Mitte beinahe zusammengewachsen. Seine sehnigen, an vielen Stellen narbigen Arme erzählten von harter Arbeit. Um die schmalen Lippen zuckte es so, als ob dieser Mann sein Innerstes zu verbergen suchte. Um vieles älter als sie, könnte er gewiss ihr Vater sein. Ob er eine Frau hatte? Kinder? Aber waren diese großen Hände dazu fähig, über einen Kinderkopf zu streichen? Andererseits schenkte er ihr, einer dahergelaufenen Fremden, einfach so ein Kleid. Sie senkte die Lider. Wäre seine Miene freundlicher, würde sie ihrem Drang nachgeben und ihn fragen, warum er das tat. Aber ein Mädchen in ihrer Lage nahm an, was es bekommen konnte, und stellte besser keine neugierigen Fragen.

Die Tür öffnete sich erneut, und eine kleine Gruppe gut gekleideter Männer, offensichtlich Kaufleute, betrat die Schänke. Unwillkürlich drehte sie ihnen den Rücken zu und lauschte auf ihre Stimmen. Auch der Fremde an ihrem Tisch wendete sich leicht ab. Ist er in dieser Schänke nicht erwünscht oder warum verbirgt er sein Gesicht vor den Neuankömmlingen?, fragte sie sich.

Gut gelaunt bestellte einer der neuen Gäste Getränke. Schon bald tönten das Klirren von Geschirr und Männerlachen zu ihnen herüber. Die junge Frau fühlte sich beobachtet, hob den Kopf und begegnete dem aufmerksamen Blick ihres Gegenübers. Diese durchdringenden, beinahe stechenden Augen … Ein Kribbeln breitete sich in ihrem Bauchraum aus. Schon die ganze Zeit über wurde sie das Gefühl nicht los, ihn zu kennen.

»Wie heißt du?«

Sie blickte auf, und ihre Hände wurden feucht.

»Ich? Ich heiße … Johanna. Ja, Johanna.«

17

Täglich verbrachten Cristin und Jadwiga viele Stunden miteinander. Eine Woche verstrich, und die Königin erholte sich zusehends. Während Cristin an ihrem Stickrahmen saß und arbeitete, ruhte Jadwiga oder ließ sich von der Freundin die Goldspinnerei und die Geheimnisse dieser Kunst erklären. Außerdem rief sie regelmäßig ihre Berater zu sich, die sie über alle Neuigkeiten im Reich auf dem Laufenden hielten. Täglich schaute der Leibarzt vorbei, um den Gesundheitszustand der Hochschwangeren zu kontrollieren. An einem Nachmittag war er schließlich hochzufrieden, bestand aber auf drei weitere Tage Bettruhe.

Als die Tür hinter dem Medicus ins Schloss gefallen war, setzte sich Jadwiga auf. »Noch drei Tage soll ich im Bett verbringen, ohne irgendetwas Nützliches tun zu können?«, schnaubte sie.

Cristin schwieg.

»Schau mich nicht so ernst an, liebste Freundin! Ja, ich weiß, ich soll vernünftig sein, aber …« Als Cristin immer noch nichts entgegnete, schlug die Königin mit der flachen Hand auf die Bettdecke und sah sie gespielt streng an. »Was ist? Sprichst du nicht mehr mit mir?«

»Verzeiht. Ich verstehe Euch ja.«

»Tatsächlich?«

Cristin lachte. »Natürlich. Ich kann mich noch gut an die Zeit erinnern, als ich ungeduldig war, weil mein lieber Mann immer darauf achtete, dass ich brav die Hände in den Schoß legte. Wer hält das schon aus?«

Die Königin presste eine Hand in den Rücken, verzog das Gesicht und erhob sich. »Ich ganz gewiss nicht! Sieh nur, Cristin«, sie wies mit dem Kopf zum Fenster. »In meinem Reich gibt es so viel Leid. Wie kann ich da untätig sein?«

»Ich bitte Euch: Lasst Euch noch bis morgen Zeit. Solange können die Geschäfte sicher warten, und Euer Kindlein wird es Euch danken. Wer weiß, wann Ihr wieder Muße haben werdet, und sei es einfach nur zum Plaudern mit einer einfachen Goldspinnerin?«

Jadwigas herzliches Lachen wärmte ihre Seele. »Gut, Cristin. Bis morgen werde ich mich noch an die Anweisungen halten, aber länger nicht.«

Die Königin hielt Wort und verbrachte die folgenden Stunden zumeist auf ihrer Schlafstatt. Als Cristin jedoch am nächsten Tag nach dem Frühstück mit Elisabeth an der Hand ins königliche Schlafgemach trat, bot sich ihnen ein anderes Bild. Jadwiga stand mitten im Raum, gekleidet in ein weich fallendes Gewand in der Farbe reifer Kornblumen, und ließ sich von einer ihrer Dienerinnen das Haar kunstvoll flechten. Eine zweite Dienerin puderte ihr das Gesicht.

»Gott mit euch«, begrüßte sie Cristin und ihre Tochter. »Tretet näher.«

Elisabeths Augen hingen an der Regentin und ihrer würdevollen Erscheinung. Zaghaft streckte sie die Ärmchen nach ihr aus. »Spielen, Mama? Möchte mit Königin spielen.«

»Schätzchen, das geht jetzt nicht«, flüsterte Cristin ihr zu. »Schau, die Königin wird angekleidet und muss ganz stillhalten.«

Die Kleine nickte ergeben.

»Ich will mich meinem Volk zeigen, Cristin. Viele Menschen sind in Sorge um meine Gesundheit. Ich bin es ihnen schuldig, verstehst du?«, beantwortete die Königin Cristins unausgesprochene Frage. »Ich lasse bereits eine Kalesche anspannen.«

Cristin verkniff sich einen Kommentar, setzte sich in einen Lehnsessel und nahm Elisabeth auf den Schoß, während sie die Prozedur des Ankleidens und Schminkens verfolgte. Abermals war sie mehr als froh, nicht dem Adel anzugehören.

Doch Jadwiga ließ alles geduldig über sich ergehen. In diesem Moment öffnete sich die Tür, und drei weitere Dienerinnen traten ein. Nur ihre Unterkörper waren zu sehen, denn sie hielten große, bauchige Vasen, gefüllt mit langstieligen weißen Blumen, in den Händen. Sofort erfüllte ein betörender Duft den Raum.

Cristin riss die Augen auf. »Welch wunderschöne Blumen. Kennst du ihren Namen? So etwas habe ich noch nie gesehen«, raunte sie einer der Bediensteten zu, die neben ihr stand.

»Lilien werden sie genannt«, flüsterte diese zurück. »Sie kommen aus dem Mittelmeerraum. Der König hat sie eigens hierherbringen lassen.«

»Wie schön!«, entfuhr es der Königin. In ihren Augen war ein Strahlen.

»Der König lässt Euch grüßen. Er hofft, dass es Euch gut ergehen möge«, sagte eine der Dienerinnen und stellte eine der Vasen auf einen Nachtschrank.

Jadwiga zog eine Braue hoch.

»Wo hält sich mein Gemahl gerade auf?«

»Seine Majestät ist schon vor einer Stunde mit ein paar Männern zur Hirschjagd aufgebrochen«, gab die Dienerin zurück.

Jadwigas Stirn umwölkte sich. Cristin wusste, ihre Freundin konnte der Jagd in den königlichen Wäldern nichts abgewinnen. Natürlich hatte auch Cristin nichts gegen ein gutes Stück Braten einzuwenden, doch Tiere zum reinen Vergnügen zu töten, war ihr zuwider. Schließlich waren die Speisekammern des Wawel gut gefüllt, Schweine und Hühner waren reichlich vorhanden, sodass an Fleisch wahrlich kein Mangel herrschte. Es schüttelte sie, wenn sie an das Gemetzel dachte, das die Jagdgesellschaft unter den Hirschen, Wildschweinen und anderen Waldtieren anrichtete. Baldo hatte ihr davon erzählt, denn bei ihrem ersten Besuch auf dem Wawel war er einmal zur Jagd eingeladen worden.

Cristin betrachtete die Herrscherin Polens und Litauens eingehend. Jadwiga hielt eine der Blumen in den Händen und roch mit zart geröteten Wangen an der Blüte. Offensichtlich hegte sie für Jagiello tiefere Gefühle, als ihr bewusst war. Auch sie selbst hatte einst die Erfahrung gemacht, dass aus einer arrangierten Ehe durchaus eine Liebesbeziehung erwachsen konnte, wenn das Paar sich mit der Zeit besser kennen- und schätzen lernte. Ihr Blick wanderte weiter zu Jadwigas gewölbten Leib unter dem kostbaren *Surcot*. Gewiss tat die Vorfreude auf den erwarteten Thronfolger zwischen den Eheleuten ihr Übriges.

Die Tür öffnete sich, und eine weitere Dienerin trat ein. »Hoheit, der Kutscher steht zu Euren Diensten.«

»Danke. Ich komme.« Die Königin wandte sich Cristin zu. »Mache dir bitte keine Sorgen, liebste Freundin. Am Nachmittag werde ich zurück sein und mich wieder folgsam ins Bett begeben.« Über ihr Gesicht huschte ein Lächeln. »Schau, es ist ein wunderschöner Tag und wie gemacht dafür, eine Spazierfahrt durch Krakow und das Umland zu machen.«

»Das Volk wird ebenso erfreut sein wie Ihr«, erwiderte Cristin warm.

Jadwigas Schritte wirkten schleppend, als sie sich Elisabeth näherte, um ihr mit einer Hand über das rotblonde Haar zu streichen, während die andere auf ihrem Bauch ruhte.

»Kommt nach dem Abendessen in meine Gemächer, damit wir noch ein wenig plaudern können, ja?«

Cristin verbeugte sich leicht und sah der Königin und ihrem Gefolge nach, bis ihre Schritte sich entfernten.

Warmer Wind strich über Cristins Wangen und spielte mit einer Haarsträhne, die sich aus dem Kopftuch gelöst hatte. »Halte dich gut fest, Schätzchen«, ermahnte sie Elisabeth und nahm ihre Hand.

Die Kleine saß auf einem gutmütig wirkenden Kaltblut und ließ sich von Jaromir über den Burghof führen. Die Augen der Zweijährigen strahlten mit der Junisonne um die Wette. Mit angestrengter Miene hielt sich das Kind an der Mähne fest. Auf dem Hof war Ruhe eingekehrt, jedermann schien mit seiner Arbeit beschäftigt. Cristin schaute hoch zu dem wolkenlosen Himmel. Es musste inzwischen später Nachmittag sein, denn die Schatten wurden allmählich länger. Von den Stallungen her wehte der kräftige Geruch von Pferdemist zu ihr herüber, und einer der Hähne krähte. Cristin lächelte und wünschte sich wieder einmal, Baldo wäre bei ihr und sie könnten diesen Sommertag gemeinsam genießen.

»Guck mal, Mama, was Betha macht!«, rief Elisabeth und holte Cristin in die Wirklichkeit zurück.

»Du machst das sehr schön, mein Schatz«, gab sie zurück. »Aber nun wird es Zeit für eine gründliche Wäsche, damit die Königin nicht erschrickt, wenn sie uns später sieht.«

Elisabeth zog einen Flunsch, doch Cristin ließ sich nicht erweichen. Sie wartete, bis Jaromir das Tier zum Stehen brachte, und zog die Kleine sachte von dem breiten Rücken des Pferdes.

Das Dröhnen von Pferdehufen auf dem gepflasterten Weg, der vom Wawel zum Schloss führte, war plötzlich zu vernehmen. Schon eilten Bedienstete von allen Seiten des Burghofes herbei.

»Das wird die Königin sein. Öffnet die Tore!«, rief einer der Männer, woraufhin zwei andere sich geflissentlich mit den schweren Riegeln abmühten. Gerade rechtzeitig, denn kaum waren sie geöffnet, galoppierte ein Ritter herein. Das Pferd wieherte und tänzelte.

»Zu Hilfe! Die Heilerin Agnes möge kommen! Rasch!«

Cristin erstarrte mitten in der Bewegung. »Ich bin hier. Was ist geschehen?«

»Keine Zeit für Erklärungen!«, rief der Mann. »Kommt!«

Cristins Herz machte einen schmerzhaften Satz. »Jaromir«, stieß sie an den Schmied gewandt hervor, »bitte achte solange auf meine Tochter.«

Bevor sie wusste, wie ihr geschah, hoben kräftige Hände sie auf den Rappen. Mit einem spitzen Schrei krallte sie die Fingernägel in das Gewand des Ritters. Der verlor keine Zeit und gab dem Pferd die Sporen. Cristin schloss die Augen und versuchte ihre aufkommende Furcht im Zaum zu halten.

»So sprecht doch endlich! Was ist mit der Königin?«, schrie sie gegen den Wind an.

Doch sie erhielt keine Antwort, stattdessen fiel das Pferd in gestreckten Galopp. Übelkeit überrollte sie, einer Welle gleich. Der Wind zerrte an ihrem Kopftuch und löste es. Bevor sie die Hand heben konnte, um es festzuhalten, flog es davon. Cristins Gedanken überschlugen sich. Etwas Furchtbares musste geschehen sein! Sie spürte ihre Halsschlagader pochen. Dann wurde das Tier langsamer und fiel in Trab, sie ritten auf gepflasterten Wegen in die Stadt hinein. Zaghaft hob sie die Lider und ließ den Blick durch die engen Straßen schweifen, durch die der Ritter das Pferd einem unbekannten Ziel zutrieb.

»Macht Platz!«, hörte sie den Reiter mit strenger Stimme rufen.

Menschen stoben auseinander, während ihr Begleiter sich geschickt einen Weg bahnte und schließlich vor einem zweistöckigen Gebäude das Pferd zügelte. Ihre Ankunft musste erwartet worden sein, denn sogleich wurde die Tür des Hauses aufgestoßen.

»Seid Ihr die Herrin Agnes?«

Eine ältliche Frau in einem bodenlangen Kleid, das graue, zu einem dünnen Zopf geflochtene Haar von einer Haube bedeckt, starrte zu ihr empor.

»Die bin ich.«

»Die Königin hat nach Euch rufen lassen! Kommt schnell, das Kind!«

Bei allen Heiligen! Mit weichen Knien saß Cristin ab und folgte der Alten, die noch erstaunlich gut zu Fuß war, in den staubigen Innenhof des Spitals. Auf dem Bock der königlichen Kalesche saß einer der Kutscher und musterte sie mit sorgenumwölkter Miene. Ihre Handflächen wurden kalt. Als die Frau eine Tür aufstieß und Cristin hinter ihr eine steinerne Treppe emporlief, hörte sie es. Der klägliche Laut ging ihr durch Mark und Bein. Ein Kind schrie. Schrie, wie nur Neugeborene es taten. Viel zu früh, schoss es Cristin durch den Kopf, während sie über einen kurzen Gang hinter der Schwester herlief. Diese riss eine Tür auf und schlug sogleich ein Kreuz über der knochigen Brust. Das Schreien des Kindes war in ein Wimmern übergegangen.

»Heilige Jungfrau Maria«, hörte sie die Alte flüstern.

Leise zog sie die Tür ins Schloss. Cristin trat vor. Jadwiga lag auf einem schmalen Krankenbett, umringt von drei weiteren Schwestern und einem Mann in grauem Rock. Es war einer der beiden Leibärzte, der die Königin neuerdings auf Anweisung König Jagiellos auf Schritt und Tritt begleitete. Die Luft war erfüllt von Schweiß, Angst und dem scharfen Aroma verschiedener Substanzen, die sie nicht gleich einzuordnen wusste. Obwohl die Königin zugedeckt war, konnte Cristin auch den Geruch frischen Blutes wahrnehmen, der ihrem Leib entströmte.

Zögernd trat sie näher und begegnete dem ernsten Blick des Medicus. Dann sah sie das Neugeborene. Eine der Schwestern hielt es in den Armen. Cristin erschrak. Wie klein es war, wie furchtbar klein. Hochrot war das von dunklem Flaum bedeckte Köpfchen. Sie schluckte, trat an das Bett und ergriff die Hand der polnischen Königin. Bleich war das lieb gewordene Antlitz.

»Es ist ein Mädchen«, flüsterte Jadwiga. Auf ihrer Stirn glänzten Schweißperlen, und ihre Miene zeugte von der Anstrengung. »Wie sehr ich mir ein Mädchen gewünscht habe. Wird sie es schaffen?« Ihre Augen wurden groß, der Blick ängstlich. »Liebe Freundin, bitte bete mit mir.«

Cristin nickte und schloss die Augen, während Jadwiga leise um Gottes Beistand bat. Als sie geendet hatte, sah Cristin zu der Schwester hinüber, die das Kind hielt. Um es zu wärmen, hatte sie es in eine Wolldecke geschlungen. So winzig, dachte Cristin wieder. Die Haut des Säuglings war durchscheinend wie Pergament und ließ die feinen Adern auf den zappelnden Ärmchen erkennen. *Aber es atmet und schreit.*

Sie versuchte, ihrer Stimme einen festen Klang zu geben. »Alles wird sich zum Besten wenden, Hoheit.«

Cristin wandte den Kopf, der Arzt machte eine stumme Handbewegung zum Ausgang hinüber.

»Ich bin gleich wieder bei Euch, meine Königin«, sagte sie mit einem leichten Lächeln zu Jadwiga, folgte dem Medicus in den Gang hinaus und blieb vor ihm stehen.

»Bitte sagt mir, was passiert ist. Die Regentin war ... war wohlbehalten, als sie vor wenigen Stunden den Wawel verließ.«

»Nun, Herrin«, begann der Arzt mit sorgenvoller Miene. »Ihre Majestät hat eine Sturzgeburt erlitten.« Er schüttelte den Kopf. »Ich habe getan, was ich konnte, doch alles ging so schnell.« Er wischte sich über das von einem kurz geschnittenen Bart bedeckte Kinn. »Wir haben alles versucht, um die Frühgeburt zu verhindern. Aber selbst die Heilstoffe des Mutterkorns haben nicht schnell genug wirken können.«

Cristin legte ihre Wange gegen die kühle Wand und sog die frische Luft, die aus einem geöffneten Flurfenster zu ihr herüberdrang, in die Lungen, um sich zu sammeln.

»Dem Allmächtigen hat es gefallen, dieses Kind jetzt schon auf die Welt zu schicken. Möge die Heilige Jungfrau ihre Hand schützend über unsere Herrscherin halten«, murmelte er.

Das Herz wurde ihr schwer, als sie die Resignation in der Stimme des Medicus wahrnahm. »Wird es überleben?«

»Es atmet gut, das ist alles, was ich für den Moment sagen kann. Ob es allerdings stark genug ist ...?«

Cristin und der Arzt sahen einander bedeutungsschwer an. Dann nickte sie und schritt auf die Tür zu, hinter der Königin Jadwiga und ihr Neugeborenes auf sie warteten.

Mit wachsender Sorge musste Cristin in den folgenden Tagen und Wochen mit ansehen, wie Jadwiga zunehmend unter schwermütigen Gedanken litt. Auch hatte sich die Nachgeburt nicht vollständig abgelöst. Die beiden Ärzte, mehrere Wehfrauen und Schwestern kämpften rund um die Uhr um die Gesundheit Jadwigas und ihrer kleinen Tochter, der das Herrscherpaar den Namen Liliana gegeben hatte – nach den fremdländischen Blumen, die Jagiello seiner Gemahlin geschenkt hatte.

Als sich die Nachgeburt abgelöst hatte, atmeten die Ärzte auf. Nun endlich befand sich die Königin auf dem Weg der Besserung. Doch die Hoffnung trog, denn Jadwigas Zustand erfuhr dieselben Höhen und Tiefen wie der Leib ihres kleinen Mädchens, das mit erstaunlicher Kraft um sein Leben kämpfte. Allerdings nahm das Kind kaum an Gewicht zu. Oft starrte die Königin ihre Vertraute nur teilnahmslos an, wenn Cristin diese in ihren Gemächern aufsuchte, um sie ein wenig aufzumuntern.

»Zu viel schwarze Galle«, wie ihr der nun ständig anwesende Medicus erklärte, »ein Ungleichgewicht der Körpersäfte.«

Cristin wusste es besser. Die Königin bangte um ihr Kind. Jadwiga hatte darum gebeten, die Kleine auf den Bauch zu binden, damit es immer bei ihr sein konnte, selbst wenn sie mal zu schwach sein sollte, um es zu halten. Anfangs schrie es oft zum Gotterbarmen. Dann wiegte Jadwiga die Kleine in ihrem Arm, strich ihr über den winzigen Kopf oder sang ihr etwas vor. »Gib nicht auf, mein Liebling«, hörte Cristin sie wieder und wieder flüstern. Es zerriss ihr das Herz, die Freundin so verzweifelt zu sehen.

Könnte ich doch nur eine kleine Weile mit der Königin allein sein, flehte sie stumm. Vielleicht würde die Gabe ihrer Hände etwas gegen Lilianas Schwäche ausrichten, sie genügend stärken, damit das Kind an Gewicht zunahm und wuchs. Der Gedanke ließ Cristin kaum zur Ruhe kommen. Natürlich, sie könnte Jadwiga bitten, sie möge ihre Dienerinnen fortschicken. Aber was sollte sie den Ärzten sagen, die in den Gemächern ein und aus gingen und jedes Wimpernzucken der Königin beobachteten? Das durfte Cristin nicht riskieren, zu groß war die Gefahr, dass jemand König Jagiello von ihrem sonderbaren Verhalten berichtete.

Währenddessen gönnte sich Jadwiga keinen Augenblick Schlaf. Jeden wohlmeinenden Befehl des Arztes, sie möge ruhen, um wieder zu Kräften zu kommen, schlug sie energisch aus.

»Wie kann ich schlafen, wenn Liliana weint?«

Doch bald wimmerte das Mädchen nur noch. Die Kleine trank schlecht, und das Wenige, das sie zu sich nahm, erbrach sie wieder, was den zarten Körper weiter schwächte. Mit Entsetzen beobachtete Cristin, wie auch Jadwiga von Tag zu Tag mehr von ihrer Lebensfreude, ihrem einstigen Strahlen einbüßte. Der ohnehin zierliche Leib der Königin wurde hager und matt. Unglücklicherweise begannen das Kind auch noch Durchfälle zu plagen. Am Nachmittag des 13. Juli 1399 schließlich – drei Wochen nach seiner Geburt in dem Krakower Spital – wurde ein Priester gerufen, um die Taufe vorzunehmen, die Jagiello eigentlich für den nächsten Monat in der Wawelkathedrale geplant hatte.

Auf ausdrücklichen Wunsch Jadwigas war Cristin zur Königin geeilt, um als Zeugin am Sakrament des Glaubens teilzunehmen, das die Erbsünde von dem Kind nehmen sollte.

Von mehreren Kissen gestützt, saß die Königin in ihrem Bett und verfolgte den heiligen Ritus aus geröteten, tränennassen Augen. Schweigend beobachtete Cristin, wie der Priester einen kleinen Becher dreimal in die Schale mit geweihtem Wasser tauchte und etwas davon über das nunmehr bleiche Köpfchen des Kindes träufelte.

»Liliana, ich taufe dich im Namen des Vaters, des Sohnes und des Heiligen Geistes«, murmelte er mit leiser Stimme.

Zuvor hatte er sich der kleinen Schar zugewandt, die sich

um das Bett der Königin versammelt hatte – zwei Zofen, der königliche Arzt und Cristin.

»Lasst uns Gottes Erbarmen herabrufen auf dieses Kind, das die Taufe empfangen soll. Und auf uns alle, die wir schon getauft wurden.«

Cristin schloss die Augen. Ihre Gedanken wanderten zu Jagiello. Polens König war vor zwei Tagen zu einer Reise in den Norden des Reiches aufgebrochen. Er hatte sich einen Jungen als Thronfolger gewünscht, wie Jadwiga ihr erst kürzlich anvertraut hatte. Doch die göttliche Vorsehung wollte es anders, und die Königin hatte »nur« ein Mädchen zur Welt gebracht. War Jagiello deshalb in den letzten Tagen kaum am Bett seiner Gemahlin anzutreffen gewesen?

Die junge Frau verbannte das Bild des Königs aus ihren Gedanken und heftete den Blick auf den alten Kirchenmann, der den Allmächtigen nun eindringlich bat, das Kind von der Herrschaft des Bösen zu befreien und in die Gemeinschaft der Kirche aufzunehmen. Es folgte ein gemeinsam gesprochenes Vaterunser.

Noch am selben Abend starb Jadwigas Tochter.

18

Starr ruhte Jadwigas Blick auf dem kleinen, mit weißem Damast bedeckten Körper in dem für alle Anwesenden gut sichtbaren, auf einem Gestell aufgebahrten offenen Sarg. Polens Königin saß in einem fahrbaren Sessel, offenbar war sie zu schwach, um den Weg zur nahegelegenen Wawelkathedrale zu Fuß zurückzulegen. Jagiello selbst hatte sie hineingeschoben. Mit gesenktem Haupt, die Züge versteinert, hatte er neben seiner Frau im Familiengestühl Platz genommen.

Cristin sah, wie Jadwiga die Augen schloss. Mit gesenktem Kopf schien sie den Worten des alten Priesters zu lauschen, der die Totenmesse hielt. Was mochte in ihr vorgehen? Seit dem Tag, an dem das Kind gestorben war, hatte Jadwiga sie nicht mehr zu sich gerufen. Drei Tage trauern wolle sie, hieß es. *Allein.* Nur der König hatte ihre Räume betreten dürfen. Cristin wandte den Blick von ihrer Freundin ab und ließ ihn durch den Altarraum schweifen. Der vordere Teil der Kathedrale war mit Dutzenden von Liliensträußen geschmückt, neben dem winzigen Eichenholzsarg brannten große, armdicke Kerzen, ebenso auf dem Altar dahinter.

Dann war die Zeremonie vorüber. Der Sarg wurde geschlossen und hinausgetragen, um auf dem kleinen Gottesacker hinter der Kathedrale in die geweihte Erde gesenkt zu werden. Schweigend erhob sich die Trauergemeinde. Als Jagiello den fahrbaren Sessel mit der zusammengesunkenen Königin durch den Mittelgang zum Eingang der Kirche schob, schlug Cristin unwillkürlich die Hand vor den Mund. Die Augen in dem eingefallenen Gesicht der ehemals so kraftvoll wirkenden Königin blickten stumpf, schlaff hingen die feingliedrigen Hände zu beiden Seiten des Gefährts hinab.

Ein Gedanke drängte sich in Cristins banges Herz, so grausam und übermächtig, dass sie ihn nicht mehr loswerden sollte. Jadwigas Lebenswille war erloschen. Zusammen mit den anderen verließ sie langsam das Gotteshaus und folgte den Trauernden, um sich in den Kreis einzureihen, der sich um den kleinen Friedhof bildete. In respektvollem Abstand verfolgten die Bediensteten des Wawel, wie der kleine Sarg in die Erde gesenkt wurde. Nach einem kurzen Gebet des Priesters reichte Jagiello seiner Frau eine Lilie. Jadwiga beugte sich vor, wollte die Blume in das kleine Grab werfen und sackte zusammen. Kraftlos öffnete sie die Hand und ließ die Blume zu Boden gleiten.

Nur mühsam konnte Cristin einen Aufschrei unterdrücken. Gleichzeitig trug der Wind ein gequältes Seufzen herüber. Hilflos wandte Jagiello den Kopf zu den Trauernden. Was mag in diesem Augenblick seine Gedanken am meisten beherrschen?, fragte sich Cristin. Die Sorge darüber, dass er – der alternde Herrscher – noch immer keinen Thronfolger besaß, oder die Sorge um den zusehenden Verfall seiner Königin? Jagiello, dessen Bestürzung sich in den tiefen Falten seines Gesichtes zeigte, rief etwas aus, was Cristin in dem Tumult nicht verstehen konnte. Schon stürzten die beiden Leibärzte auf die Königin zu, deren Kopf zur Seite gesunken war, und beugten sich über sie. Auf einmal glich die Trauermenge einem aufgescheuchten Bienenschwarm. Einige schrien entsetzt, als sie begriffen, andere stürzten auf ihre leidende Königin zu, um einen Blick auf sie erhaschen zu können.

»Beruhigt die Leute, hört Ihr?«, rief einer der Leibärzte einem der Ritter zu.

»Ihre Majestät muss so schnell wie möglich in ihre Gemächer zurückgebracht werden, damit sie untersucht werden kann!«

Cristin war wie versteinert. Die Szene glich einem Albtraum. Jadwiga, in sich zusammengefallen wie eine uralte Frau. Die Trauergäste, die nun nicht nur um das tote Kind weinten, sondern auch aus Angst um ihre Königin. Das Schluchzen aus vielen Kehlen und die Hilflosigkeit, die jeden von ihnen ergriffen hatte, senkten sich wie eine dunkle Wolke über sie.

»Bitte, Herr Medicus, lasst mich bei der Königin sein«, bat sie einen der Ärzte.

Der musterte sie kurz. »Sollte die Königliche Hoheit Eure Anwesenheit wünschen, lasse ich nach Euch schicken.«

Stumm sah Cristin mit an, wie Jagiello, gefolgt von den beiden Leibärzten und drei Zofen, den fahrbaren Sessel mit der Königin auf das Eingangstor des *Palas* zuschob. Jadwigas Kinn ruhte auf der schmalen Brust, die Erschöpfte war eingeschlafen. Schnell lief sie der kleinen Gruppe nach, schlüpfte durch das geöffnete Portal und verfolgte, wie Jagiello und der jüngere Arzt Jadwiga aus dem Stuhl hoben und die Treppen hinauf ins erste Geschoss trugen, wo sich ihre Gemächer befanden.

Als der alte Medicus das Geräusch ihrer Schritte hinter sich vernahm, drehte er den Kopf und blieb stehen. »Wartet, bis wir Majestät untersucht haben.«

Dann schloss sich die Tür. Die beiden Leibwächter, die gewöhnlich mit dem Rücken zur Wand stumm links und rechts der Tür standen, tuschelten aufgeregt.

Die nun folgenden Augenblicke kamen Cristin wie eine Ewigkeit vor. Bangen Herzens lief sie auf dem langen Gang auf und ab. Selbst die Augen der würdevollen, kostbar gekleideten Männer und Frauen auf den Gemälden an den weiß gekalkten Wänden schienen traurig auf sie herabzublicken. Endlich öffnete sich die Tür.

»Kommt, Herrin«, presste eine der Zofen hervor, ein junges Ding mit weizenblondem Haar. »Die Königin möchte Euch sehen.«

Cristin folgte der jungen Frau, vorbei an den beiden Ärzten, die im Vorraum leise mit dem König sprachen.

»… mit meinem Latein am Ende«, hörte sie den älteren der beiden Männer sagen. »Ich fürchte, ihr Lebenswille ist erloschen, mein König.«

Die Zofe öffnete die Flügeltüren des Schlafzimmers und trat zur Seite. Jadwiga war wach, ihr Blick jedoch verhangen. Als sie Cristin gewahr wurde, verzog sich ihr Mund zu einem leichten Lächeln.

»Komm, meine Liebe«, kam es schwach von ihren Lippen. Die junge Goldspinnerin trat an das Bett, legte ihre Hand auf die Jadwigas, die auf der Bettdecke ruhten. »Bleibe ein wenig bei mir.«

Die junge Frau schluckte. »Solange Ihr wollt.«

»Dann setz dich, Agnes.«

»Ja, meine Königin.«

»Und *Freundin*, hoffe ich.«

Cristin nickte. Ihre Augen wurden feucht. »Eure Worte machen mich stolz.«

Die Königin drehte den Kopf. »Wo ist mein Gemahl?«

»Vor der Tür, er spricht mit Euren Ärzten.«

Müde schloss Jadwiga die Augen. »Gut. Ich will ein wenig schlafen.«

»Herrin.«

Cristin zuckte zusammen, der Schlaf musste sie übermannt haben, während sie an Jadwigas Bett gewacht hatte.

Der jüngere Medicus hatte ihr die Hand auf die Schulter gelegt. »Ihr könnt jetzt gehen.«

»Verzeiht«, erwiderte sie benommen.

»Legt Euch ein wenig nieder. Es ist bald Mitternacht. Wenn die Königin erwacht und nach Euch fragt, lassen wir nach Euch schicken.«

Cristin sah zum Fenster hinüber. Ein bleicher Halbmond stand am wolkenlosen Himmel. Sie erhob sich und streckte den schmerzenden Rücken. Ein letzter Blick zum Bett der Königin. Jadwigas Brustkorb hob und senkte sich gleichmäßig, sie atmete mit leicht geöffnetem Mund. Auf Zehenspitzen verließ die junge Frau den Raum, um ihre eigene Kammer aufzusuchen.

Jadwiga sprach nicht mehr, starrte nur mit teilnahmsloser Miene aus dem Fenster, obwohl Cristin sich alle Mühe gab, die Königin mit kleinen Begebenheiten und Erzählungen von ihrem neuen Leben in Hamburg aufzuheitern. Selbst Piet, über den Jadwiga immer hatte lachen können und den Cristin deshalb rufen ließ, konnte der Königin nicht das kleinste Lächeln aufs Gesicht zaubern und musste den Wawel unverrichteter Dinge wieder verlassen. Oft nahm Cristin einfach Jadwigas Hände in ihre und wachte still an ihrem Bett oder sang ihr etwas vor, in der Hoffnung, die Freundin doch noch aus ihrer Lethargie reißen zu können. Aber vergebens, nicht einmal die eilends herbeigerufenen besten Ärzte des Landes konnten etwas ausrichten.

Am nächsten Abend, es war der 17. Juli, stand eine ältliche Dienerin in der halb geöffneten Tür zu Cristins Kammer und sah sie mit bekümmerter Miene an.

»Kommt bitte, Herrin. Ich fürchte, es geht zu Ende.«

Sie konnte, wollte es nicht glauben. Konnte Gott das wirklich zulassen? Cristins Nacht war schlaflos verlaufen, nachdem sie das Gemach der Königin verlassen hatte. In ihrer Kammer hatte sie auf Knien um ein Wunder gebetet und gefleht, Jadwigas Zustand möge sich wieder bessern, bis ihr endlich irgendwann gegen Morgen vor Erschöpfung die Augen zugefallen waren.

Sie folgte der Frau, die mit hängenden Schultern vor ihr herging, und betrat die Gemächer der Königin. Ihr Herz schlug dumpf und schwer gegen die Rippen. Nur unter Aufbietung all ihrer Kraft gelang es ihr, Haltung zu bewahren. Die Nachricht der Leibärzte, die Königliche Hoheit stehe an der Schwelle des Todes, hatte sich wie ein Lauffeuer verbreitet. Ein jeder, dem Cristin auf dem Weg zu Jadwigas Gemächern begegnete, schwieg betreten und mit gesenkten Lidern. Die Lebenslust und Fröhlichkeit, die sonst am Hofe herrschten, schienen auf dieselbe Weise zu schwinden wie die Lebenszeit der verehrten Königin. Wie still es überall war! Cristin schauderte. Der betäubende Geruch von Weihrauch und Myrrhe erfüllte die schicksalsschwangere Luft.

Dann stand sie im Schlafgemach Jadwigas, wo sich bereits ein halbes Dutzend Personen versammelt hatten. Der König saß auf einem gepolsterten Lehnstuhl. Jagiello wirkte übernächtigt und um Jahre gealtert. Hatte er die Nacht am Bett seiner Gemahlin verbracht? Es schien so, denn seine tief liegenden Augen zeugten von Erschöpfung und die mahlenden Kieferknochen von nur mühsam unterdrückter Verzweiflung. Der König schenkte Cristin keinerlei Beachtung, vielmehr wirkte er, als könnte er sich von dem Anblick seiner Gemahlin nicht losreißen. Einen winzigen Moment lang schien der Herrscher zu vergessen, wer er war, und die Art, wie er die Todkranke betrachtete, sprach von aufrichtiger Zuneigung und Trauer.

Abermals war Cristin verblüfft von Jagiello, und zum ersten Mal, seit sie ihn kannte, empfand sie so etwas wie Verbundenheit mit ihm. Niemand sagte einen Ton, nur das unterdrückte Schluchzen der jungen Zofe mit dem hellen Haar, die offenbar bei der Königin geweilt hatte und nun mit unsicheren Schritten das Gemach verließ, war zu hören. Cristin bemerkte, wie eine weitere Dienerin sich dem Krankenlager näherte. Eine Erkenntnis ließ sie vor Kälte erstarren. *Jadwiga sagt Lebewohl.* Cristin bekreuzigte sich. Mit einem Male erschien ihr die Luft stickig. Der Geruch von Krankheit, Kräuterdämpfen und Medizin machte sie schwindelig. Cristin atmete tief. Sie durfte jetzt nicht zusammenbrechen.

Die Anwesenden, die das Bett umringten, versperrten ihr die Sicht auf die Sterbende. Ihr Blick suchte den des alten Medicus. Doch der schlanke weißhaarige Mann schüttelte nur den Kopf, schwieg. Die Goldspinnerin trat näher.

Das Antlitz der Königin war leichenblass. Sie so daliegen zu sehen, wissend, dass Jadwiga schon bald vor ihren Schöpfer treten würde, schnürte Cristin die Kehle zu. Sie trat einen Schritt vor, als die Sterbende die Augen öffnete. Still ruhte ihr Blick auf der Freundin, dann öffneten sich die nunmehr blutleeren Lippen, doch die Worte, die nur mühsam über sie kommen wollten, waren kaum mehr als ein Flüstern. Cristin beugte sich vor und legte das Ohr an den Mund der Königin.

»Danke«, vernahm sie. »Danke, für alles, meine … Freundin.«

Tränen schossen Cristin in die Augen, und bevor sie den Kopf abwenden konnte, fiel eine hinunter und benetzte Jadwigas Hals. Wieder öffnete diese den Mund.

»Weine nicht um mich, ich gehe gern.« Tief sog die Regentin die Luft ein, bevor sie weitersprach. »Nun werde ich den sehen, der meines Lebens Kraft und Halt war…« Ein weiterer Atemzug, schon flacher.

Cristin griff nach der schmalen Hand. »Ja, meine Königin«, hörte sie sich selbst sagen, »dann werdet Ihr den Lohn erhalten für all das Gute, das Ihr in Seinem Namen gewirkt habt.«

Ein schwaches Lächeln umspielte die Mundwinkel in dem einst so heiteren, schönen Gesicht. Nun war es vom Tod gezeichnet. Er schien bereits den Raum betreten zu haben, nur noch wenige Schritte vom Bett entfernt, um die Hand nach der Sterbenden auszustrecken.

»Sei getreu bis in den Tod…« zitierte die Königin die Bibel, »so will ich dir die Krone des Lebens geben.« Das Lächeln erreichte die eben noch trüben Augen und ließ sie kurz aufleuchten. »Eine neue Krone, liebste Freundin.«

Der Anblick von Jadwigas abgemagertem Leib und der durchscheinenden Haut, unter der sich ihre Adern scharf abzeichneten, war kaum zu ertragen. Das lang ersehnte Kind zu verlieren hatte das Lebenslicht der Königin zum Erlöschen gebracht. Viel war ihr auferlegt worden, das sie mit bewundernswerter Stärke gemeistert hatte. Doch der Tod schien Jadwigas härtester Gegner zu sein. Ihm konnte auch sie nicht trotzen. Cristin nahm die schmale Hand in die ihre. Sie konnte sehen, wie schwer der Herrscherin das Sprechen inzwischen fiel, ja selbst die Lider zu heben bereitete ihr Mühe. Jadwigas Blick schweifte in die Ferne, an einen unbekannten Ort.

Cristin nickte. »Ihr werdet eine Königin sein im Reich Gottes, Majestät«, flüsterte sie. Ihre Sicht verschwamm, und sie wischte sich über das zuckende Gesicht.

Zwischen Jadwigas Brauen bildete sich eine schmale Falte. »Wo… wo bist du, mein Engelchen?« Suchend schweiften ihre Augen umher, kamen schließlich an einem Punkt hinter Cristin zur Ruhe.

»Da bist du ja.«

Ein überirdisches Leuchten ließ das Leid in den königlichen Zügen für einen kurzen Moment beinahe vergessen. Cristin fasste sich ans Herz. Herr, steh mir bei, sie spricht mit ihrem toten Kind!

Dann wurde Jadwigas Blick plötzlich klar und traf auf Cristins. Der schwache Druck ihrer Hand zeigte ihr, dass die Königin ihre Umgebung wieder wahrnahm.

»Sie… sie wartet… auf mich. Dort werden wir… für immer…«

Cristin hielt den Atem an.

»… immer vereint sein. Der Himmlische König… er segne mein Land.«

Jadwigas Kopf fiel zur Seite. Die Hand, die Cristin zwischen den Fingern hielt, erschlaffte. Aus dem Augenwinkel nahm sie eine Bewegung wahr. Der König eilte gesenkten Hauptes aus dem Gemach und schloss die Tür hinter sich.

Der Medicus trat neben Cristin, tastete nach Jadwigas Puls. »Exitus.«

Erst das Kind, nun die Mutter. Die Welt schien zusammenzubrechen. Warum?, schrie es in ihr. Warum gerade Jadwiga? Was sollte nun aus den vielen Heimatlosen, Kranken und Ausgestoßenen werden, um die sich die Königin so aufopfernd gekümmert hatte? Wer würde ihnen einige liebevolle Worte, wer Wärme und Zuversicht schenken?

Jadwigas Verhandlungsgeschick bei politischen Verwicklungen, ihr Einsatz, besonders für den jüdischen Teil der Bevölkerung, war legendär. Mit ihr starb nicht nur die allseits geliebte Königin Polens, sondern auch die Seele des Reiches. Cristin fuhr sich mit zitternden Händen über das Gesicht und schritt wie betäubt aus dem Gemach, begleitet vom Wehklagen der Anwesenden. Warum?, fragte sie sich abermals. Doch gleichzeitig ahnte sie, dass es auf diese Frage keine Antwort gab.

19

Cristin hob den Kopf und starrte aus tränennassen Augen auf den blumengeschmückten Eichensarg, in dem die tote Königin aufgebahrt dalag. Das vertraute Antlitz war bleich, doch Jadwigas Züge wirkten gelöst, fast entspannt. Ihre Haut schimmerte wie Marmor. Die schlanken, gefalteten Hände ruhten auf einer Decke aus kostbarem Stoff. Die Goldspinnerin versuchte den Kloß, der sich in ihrem Hals gebildet hatte, hinunterzuschlucken. Wie schön die Königin selbst im Tode ist, dachte sie und legte Elisabeth einen Arm um die Schultern.

Nach den Feierlichkeiten würde Jadwiga in einen steinernen Sarkophag in einer der Krypten umgebettet werden. Dort sollte sie ihre letzte Ruhestätte finden wie schon viele Regenten und Könige Polens vor ihr, die in der prachtvollen Basilika beigesetzt waren. So manches Mal hatte Cristin hier die heilige Messe besucht. Im Anschluss an eine dieser Eucharistiefeiern hatte Piet vor über einem Jahr in einer Vision gesehen, wo sich Elisabeth befand.

Während diese sich an ihre Mutter kuschelte, begann der Priester die Totenmesse zu zelebrieren. Cristin schloss die Augen und überließ sich ihren Gedanken. In den letzten Tagen hatte sie beinahe täglich die Basilika aufgesucht und Christus, die Heilige Jungfrau und sämtliche Heiligen bestürmt und angefleht, die Königin nicht sterben zu lassen – vergeblich. Nun saß sie wieder hier, das Herz schwer wie Stein. Bitterkeit erfüllte sie. Warum ausgerechnet diese Frau, die niemandem jemals etwas zuleide getan hatte? Deren Handeln von Güte und Liebe gegenüber ihrem Volk geprägt war. Ihr Tod war so sinnlos. Cristin hatte das Schloss seit zwei Tagen nicht mehr verlassen, doch sie wusste von Piet, dass nicht nur der Wawel, sondern ganz Polen trauerte.

»Lehre uns bedenken, dass wir sterben müssen, auf dass wir klug werden«, hörte sie den Priester die bekannten Worte aus dem neunzigsten Psalm zitieren.

In der langen Zeit, die sie vor einem Jahr auf dem Wawel verbracht hatte, hatte sie so viel von der polnischen Sprache gelernt, um sich einigermaßen verständigen zu können. Auch hatte ihr Piet, der als Gaukler viel herumgekommen war, ein wenig Polnisch beigebracht.

Während der Priester ein nicht enden wollendes Gebet sprach, spürte Cristin, wie sich eine Träne aus ihren geschlossenen Lidern löste und ihr über die Wange rollte. Sie wischte sie fort, öffnete die Augen und sah sich um. Um sie herum verliehen viele Menschen ihrem Schmerz über das unvermittelte Abscheiden Jadwigas mit lautem Schluchzen Ausdruck, andere – darunter König Jagiello – starrten blicklos vor sich hin. Sie schienen immer noch nicht begreifen zu können, dass ihre geliebte Königin sie für immer verlassen hatte. Eine Bankreihe vor ihr bebten Janeks schmale Schultern, und Jaromirs Frau legte ihren Arm um den weinenden Jungen.

Schweigend strömte die Trauergemeinde durch die geöffneten Holzflügel des Hauptportals ins Freie. Vorbei an der langen Walfischrippe, dem mächtigen Nashornschädelknochen und dem Schienbein eines weiteren urzeitlichen Tieres. Solange sich diese drei Gegenstände am Ausgang der Basilika befanden, würde diese Kathedrale bestehen, so lautete eine Legende. Heute jedoch hatte niemand Augen für die beeindruckenden Knochenfunde.

Draußen warteten Dutzende Menschen, die in dem bis auf den letzten Platz gefüllten Gotteshaus keinen Einlass mehr gefunden hatten. Unter ihnen erkannte sie Marianka und Piet. Die Züge ihres sonst so heiteren Bruders waren ernst, als er sich von seiner Frau löste, auf Cristin zuging und sie in die Arme schloss. Wortlos standen sie da, vereint in Schmerz und Trauer um einen der wertvollsten Menschen, den sie jemals kennengelernt hatten und der ein wichtiger Teil ihres Lebens gewesen war.

Am Abend, als Elisabeth schlief, saßen Piet, Marianka und Cristin im Gemach der Goldspinnerin, um noch einmal über die traurigen Ereignisse des Tages zu sprechen. Marianka hatte ihrer Schwägerin angeboten, die Nacht im Hause ihrer Eltern zu verbringen, doch sie hatte abgelehnt. Noch immer wie betäubt von der Trauer um Jadwiga, nippten sie nun an den Bechern mit Wein, die Ewa ihnen gebracht hatte.

»Morgen reisen wir ab«, erklärte Cristin mit einem Blick auf ihren Bruder, der bisher kein Wort gesprochen hatte und ungewohnt abwesend wirkte. »Hast du gehört, Piet? Morgen früh fahre ich mit Elisabeth zurück nach Hamburg.«

»Entschuldige, Schwester, ich war in Gedanken.«

Cristin musterte das fein geschnittene Gesicht des Gauklers. Unter seinen Augen, die von innerer Zerrissenheit zeugten, lagen tiefe Schatten. »Da ist noch etwas anderes, das dich beschäftigt, habe ich recht, Piet?«

»Ist jetzt nicht mehr wichtig, Schwesterchen. Lass es gut sein.«

Wenn er glaubte, damit wäre der Erklärung Genüge getan, hatte er sich in Cristin getäuscht.

»Piet, du solltest mich besser kennen. Red schon, oder soll ich dir jedes Wort einzeln aus der Nase ziehen?«

Sie stand auf, umrundete den kleinen Tisch und nahm sein schmales Gesicht in ihre Hände. Eisern hielt sie seinen Blick fest, bis Piet sich abrupt von ihr losmachte. Sichtlich erregt lief er in der Kammer auf und ab, um schließlich vor ihr stehen zu bleiben.

»Als du hierherkamst, um Jadwiga Beistand zu leisten, habe ich dir erzählt, ich hätte geträumt, du seist in Gefahr.«

»Ich erinnere mich, mein Lieber. Eigentlich habe ich dich immer fragen wollen, was genau du gesehen hast.« Cristin schluckte die aufsteigenden Tränen hinunter. »Doch dann kam alles anders, als Jadwiga krank wurde.«

Er nickte grimmig, während Marianka verständnislos von einem zum anderen sah.

»Jetzt weiß ich genau, was du gemeint hast, als du sagtest, dass du die Gabe des Heilens als eine Last empfindest, damals, als wir das erste Mal auf dem Wawel waren.«

»Was willst du mir damit sagen?«

»In der Vision habe ich die Burg gesehen, Schwester. Der Himmel war nachtschwarz, und da waren diese seltsamen Töne.«

Sie konnte erkennen, wie ihn ein Schauder überlief.

»Es waren die Laute eines Menschen, der Schmerzen leidet, und glaube mir, sie gingen mir durch Mark und Bein.«

Cristin starrte ihn an.

»Nachdem ich dann wusste, dass du auf dem Weg hierher warst, dachte ich erst, *du* wärst es, die in Gefahr schwebte. Aber das war falsch.«

Sie umklammerte seine Finger. »Du meinst…?«

Piet nickte. »Die Vision sollte mir den Tod von Jadwiga und ihrem Kind…« Seine Stimme brach, war kaum noch vernehmbar.

»Doch ich konnte es nicht deuten. Vielleicht, wenn ich es richtig verstanden hätte, könnte die Königin noch leben.«

»Das ist doch Unsinn!«, rief Marianka energisch aus. »Was geht bloß in deinem Kopf vor? Glaubst du, du hättest das Unglück verhindern können? Komm zur Vernunft, lieber Mann!«

»Marianka hat recht«, erwiderte Cristin sanft, und lehnte die Wange gegen seine Brust. Sie fühlte den schnellen, dumpfen Schlag seines Herzens. »Weißt du noch, was du damals zu mir gesagt hast?«

»Was meinst du?«

Sie löste sich von ihm und blickte in seine traurigen Augen. »Du sagtest, letztlich liege alles in Gottes Hand, hast du das vergessen?«

Piet schüttelte den Kopf, sie konnte sehen, wie es in ihm arbeitete. »Was nützen uns dann unsere Eingebungen, wenn wir dem Schicksal nicht entgehen können?«

Am Morgen nach Jadwigas Beisetzung verabschiedete sich Cristin von Ewa. Es gab keinen Grund, noch länger auf dem Wawel zu verweilen. König Jagiello hatte ihr zugesichert, sie und Elisabeth bis zur Grenze bringen zu lassen, »als Dank für alles, was Ihr für meine Gemahlin getan habt«, wie er ihr durch einen Diener ausrichten ließ. Später hatte Karol, der Kutscher, der sie aus Hamburg abgeholt hatte, an die Tür ihrer Kammer geklopft. Er werde sie und ihre Tochter mit einer Kalesche bis in die Nähe der Stadt Franckfurde an der Odra fahren, erklärte er. Von dort sei es nicht mehr weit bis Magathaburg.

»Leider erlaubt der König nicht, dass Roman und Mariusz uns begleiten«, erklärte er mit einem bedauernden Achselzucken.

So viel zu seinem Großmut und Dank, setzte Cristin in Gedanken hinzu. Die Erinnerung an das Wolfsrudel, das ihr in den polnischen Wäldern eine schlaflose Nacht bereitet hatte, ließ sie schaudern.

Nun hieß es auch von ihrem Bruder, seiner Frau und deren Familie Abschied nehmen, die sich im Schlosshof eingefunden hatten.

»Grüß mir Baldo«, bat Piet sie, nachdem die Geschwister einander umarmt hatten. »Ich hätte den alten Galgenstrick gern mal wieder gesehen!«

Trotz der Anspielung auf die frühere Beschäftigung Baldos musste Cristin schmunzeln, wusste sie doch, wie sehr ihr Bruder ihren Mann schätzte. Die beiden waren durch all die gemeinsamen Erlebnisse längst zu guten Freunden geworden.

»Ich hoffe, wir sehen uns in nicht allzu langer Zeit in Hamburg wieder«, gab sie zurück. »Ihr alle seid Baldo und mir jederzeit herzlich willkommen.«

20

Hamburg

Baldo hatte sich nach einem arbeitsreichen und heißen Sommertag sorgfältig gewaschen und umgezogen und saß nun am Tisch der behaglich eingerichteten Küche. Die Ellenbogen auf die Tischplatte gestützt, starrte er missmutig vor sich hin, als Minna eintrat und ihn kopfschüttelnd musterte. Er hatte die Schüssel mit dem heißen Mus, die sie ihm hingestellt hatte, von sich geschoben. Der Appetit fehlte ihm schon seit Tagen.

»Esst, Herr Schimpf. Davon, dass Ihr hungert, kommen die beiden auch nicht schneller nach Hause.«

»Wie lange ist meine Frau nun schon fort, Minna?«, brummte er und gab sich die Antwort gleich selbst. »Zehn oder elf Wochen. Jetzt haben wir Mitte August. Das Kind müsste doch längst auf der Welt sein.«

»Das wird es auch, Herr Schimpf. Sicherlich ist Eure Frau bereits auf der Rückreise.«

»Wenn ihr nur nichts geschieht. Der Weg ist weit und birgt viele Gefahren.«

Er zog die Schüssel heran und tauchte den Holzlöffel hinein, doch ein kräftiges Klopfen am Fenster der kleinen Küche ließ ihn innehalten. Er wandte den Kopf und erkannte hinter der Scheibe Ludewig Stienbergs breites Gesicht, auf dem ein Grinsen lag. Schnell erhob er sich, um in den Flur zu gehen und dem kräftigen Mann im grauen, knielangen Leibrock die Tür zu öffnen.

»Kommt herein, mein Freund«, forderte er Stienberg auf.

Der Bader war im Haus der Schimpfs ein gern gesehener Gast. Einst hatte er Baldo das Leben gerettet, ihn wieder zurechtgeflickt, nachdem ein Wildschwein ihn in einem Wald bei Lübeck angegriffen und fast umgebracht hätte. Cristin und er waren mehrere Monate in seinem Haus zu Gast gewesen, bis sie mit einer Gruppe Gaukler nach Lübeck weitergezogen waren.

Der Bader strich sich das schüttere Haar aus der hohen Stirn, folgte Baldo in die Küche und ließ sich auf der Bank nieder. Als Minna den Raum betrat, nickte er ihr freundlich zu. Baldo entging das leichte Lächeln auf dem Gesicht der alten Lohnarbeiterin nicht.

»Einen Becher Würzwein, Stienberg?«, fragte er den Freund. »Oder wollt Ihr lieber ein Bier? Ich hab ein frisches Fass im Keller.«

»Wenn Ihr mich so fragt… Letzteres.« Der Bader lächelte. »Bei der Wärme ist ein Becher kühler Gerstensaft immer noch das Beste, besonders wenn er einem von einer guten Frau dargereicht wird.«

Ob der freundlichen Worte des Gastes überzog eine leichte Röte das Gesicht seiner Lohnarbeiterin, und Baldo schmunzelte. Während Minna einen sauberen Krug aus dem offenen Spind nahm, um damit in den Keller hinunterzugehen, streckte der Bader die langen Beine aus.

»Ich nehme an, Cristin ist noch nicht zurück«, begann er das Gespräch.

»Leider nein. Langsam fällt mir hier die Decke auf den Kopf. Es ist ja nicht so, dass wir nicht ohne sie zurechtkommen. Doch irgendwann fehlt einem Mann sein Weib nun mal, wenn Ihr versteht, was ich meine.«

Minna trat ein und schenkte den Männern zwei Becher von dem goldgelb schimmernden Getränk ein. Stienberg nickte ihr zu und nahm einen Schluck. Er wischte sich den Schaum von der Oberlippe.

»Ja, ein Weib im Hause zu haben, das einen liebevoll empfängt und bewirtet, wäre etwas Schönes«, erwiderte der Bader ungewohnt nachdenklich. Vor vier Jahren hatte die Pest ihm die Frau und den einzigen Sohn genommen. Stienberg sah der Lohnarbeiterin hinterher, die nun die Küche verließ. »Meiner Kochkünste kann ich mich wahrlich nicht rühmen.«

»Das ist wohl noch untertrieben, Stienberg«, versetzte Baldo, und um seine Mundwinkel zuckte es. »Wenn mein Hund schon nicht…«

»Schon gut.« Der Bader winkte ab, doch auch seine Lippen umspielten ein Lächeln.

Selbst Lump hatte Stienbergs Essen mit eingezogenem Schwanz verweigert, als sie damals in seinem Haus gewohnt hatten. Daraufhin hatte Cristin die Zubereitung des Abendessens übernommen.

Baldo räusperte sich vernehmlich. »Habt Ihr schon mal darüber nachgedacht, wieder zu heiraten? Ihr seid nun seit vielen Jahren verwitwet. Wäre es da nicht nur natürlich, sich wieder ein Weib zu nehmen?«

Ludewig Stienbergs Brauen zogen sich zu einer Linie zusammen. »Mein lieber Freund, wer will denn einen Kauz wie mich zum Mann? Ich bin ja mehr mit meinen Patienten beschäftigt, als ich es mit dem besten Weibe sein könnte.«

»Es soll Frauen geben, die es uns Männern gern heimelig machen und sich freuen, gut versorgt zu sein, oder?«

Er schenkte dem Bader und sich erneut ein. Die Becher klirrten geräuschvoll, als sie anstießen.

»Auf die Frauensleute!«, rief Stienberg.

»Auf die Frauen!«

Nachdem sie die Becher bis zur Neige geleert hatten, beugte der Bader sich vor. »Sagt einmal, lieber Baldo, Eure Minna… war die eigentlich schon mal jemandes Eheweib?«

Baldo hob die Schultern. »Ihr stellt vielleicht Fragen«, erwiderte er. »Sie redet nicht viel darüber, aber soviel ich gehört habe, hat sie in Lübeck erwachsene Kinder.«

»Kinder, soso«, sinnierte Stienberg halblaut vor sich hin. »Sie muss Witwe sein.«

»Habt Ihr etwa ein Auge auf sie geworfen?«, fragte Baldo, doch Ludewig schwieg und füllte seinen Becher nach.

Nachdem Minna den Männern eine gute Nacht gewünscht hatte und die Treppe zum oberen Stockwerk hinaufgestiegen war, um sich zur Ruhe zu begeben, verabschiedete sich bald auch der Bader mit nicht mehr ganz deutlicher Aussprache, dafür aber umso wortreicher. Baldo ging in die Kammer und streckte sich auf seinem Bett aus, wo er alsbald in ein leichtes Schläfchen sank.

Plötzlich ließ ihn lauter Hufschlag, gefolgt von einem kräftigen Schnauben, aufschrecken. Er erhob sich, um durch das Fenster in das abendliche Dunkel zu spähen. Auf der Gasse stand eine kleine Kutsche, aus der gerade eine schlanke Gestalt ausstieg. Als sie sich umdrehte und ihm das vertraute Gesicht zuwandte, schlug sein Herz höher. Cristin! Mit wenigen Sätzen war er an der Haustür, riss sie auf und zog seine Frau an sich.

Auch Elisabeth kletterte aus der Kutsche. »Papa!« Schon flog sie in seine ausgestreckten Arme.

»Meine beiden Frauen sind wieder da!«, rief Baldo aus. »Was hab ich euch vermisst!«

Er setzte die Kleine ab und wandte sich einem Mann mit bauschigem Backenbart zu, der ihn vom Kutschbock herab anblickte.

»Wie viel bekommt Ihr?«, wollte Baldo wissen. Er fasste nach dem ledernen Geldbeutel an seinem Gürtel.

»Dreißig Kreuzer, mein Herr.«

»Ein halber Goldgulden? Das ist Wucher!«

»Umsonst ist nur der Tod…«

»… und der kostet das Leben. Verschont mich mit Euren Weisheiten.«

Der andere zuckte die Achseln. »Ist ein langer Weg von Franckfurde bis Hamburg.«

Baldo nahm ein paar Münzen aus dem Beutel und ließ sie in die geöffnete Hand des Mannes fallen. »Ich gebe Euch acht Witten.«

Der andere rechnete kurz um und nickte dann. »Kann ich wenigstens bei Euch übernachten?«

Baldo schüttelte den Kopf. »Geht in ein Gasthaus«, brummte er. »Ihr habt ja jetzt Geld genug.«

Der Mann warf ihm einen letzten Blick zu und schnalzte mit der Zunge. Die Kutsche setzte sich in Bewegung. Baldo folgte Cristin und Elisabeth ins Haus. Erst als er sich zu den beiden in die Küche gesetzt hatte, fiel ihm auf, dass die Miene seiner Frau mehr Ernst als Wiedersehensfreude zeigte.

»Was ist mit dir, Liebes?«, wollte er wissen. »Gibt es etwa schlechte Neuigkeiten? Ist etwas mit Piet?«

Sie schüttelte den Kopf. »Piet und Marianka geht es gut…« Sie brach ab. In ihren Augen schimmerten Tränen.

Baldo beugte sich vor und griff nach ihrer Hand. »Was ist geschehen?«

»Jadwiga…«

»Was ist mit ihr?«

»Sie ist tot! Das Kind ist drei Wochen nach der Geburt gestorben. Jadwiga hat es nur um vier Tage überlebt!«

Die Nachricht war für ihn wie ein Schlag in die Magengrube, und er stieß einen heftigen Fluch aus, doch anders als sonst traf ihn diesmal kein missbilligender Blick seiner Frau.

»Es ist so ungerecht«, stieß sie stattdessen hervor. »Warum gerade sie? Warum ein so wunderbarer Mensch?«

Hilflos hob er die Schultern. Die Küchentür wurde knarzend aufgestoßen. Minna, bereits im Nachthemd und das sonst stets unter einer Haube versteckte Haar offen, steckte den Kopf herein, gefolgt von Lump, der eifrig mit dem Schwanz wedelte.

»Frau Schimpf, hab ich also doch richtig gehört! Wie schön, dass Ihr wieder da seid!« Minna trat an den Tisch und drückte Cristins Hand. Dann strich sie Elisabeth über den Scheitel.

»Bring bitte meine Tochter zu Bett«, bat Cristin, herzte ihr Kind und küsste es auf die Stirn.

Als sie mit Baldo allein war, berichtete sie ihm, was sich auf dem Wawel zugetragen hatte. Schweigend hörte er ihr zu. Schließlich kam sie auf den Tag ihrer Abreise vor fast vier Wochen zu sprechen.

»Dieser Hundsfott.« Baldo schlug mit der Faust auf den Tisch, als Cristin ihm erzählte, warum ihr diesmal niemand zum Geleit mitgeschickt worden war und sie in Franckfurde eine Kutsche hatte mieten müssen.

»Ich hab noch nie viel übriggehabt für diesen ...« Er suchte nach einem passenden Wort, das in etwa beschreiben konnte, was er von König Jagiello hielt, doch Cristin winkte ab.

»Ich weiß schon, was du sagen willst.« Sie hob die Achseln. »Ich glaube kaum, dass man nun, da die Königin nicht mehr lebt, in Polen noch Wert auf meine Besuche legt. Das nächste Mal, wenn wir Janek besuchen, werden wir gewiss nicht mehr im Schloss nächtigen.«

Tränen verschleierten ihren Blick, und Baldo schloss sie zärtlich in die Arme.

»Lass uns zur Ruhe gehen, Liebling. Es ist schon spät, und ich möchte fühlen, wie es ist, mein Weib wieder neben mir zu wissen.«

Lang ausgestreckt lag er eine Weile später auf dem Bett und verschränkte die Arme hinter dem Kopf. Das kleine Fenster hatte er geöffnet, um den lauen Sommerwind hereinzulassen. Die Nacht war sternenklar und von dem Aroma sommerblühender Pflanzen erfüllt, als Cristin endlich die Schlafkammer betrat. Minna hatte ihr warmes Wasser bereitet und in den Waschzuber gefüllt, damit ihre Herrin sich von den Strapazen der Reise erfrischen konnte. Baldo maß sie mit halb gesenkten Lidern und wunderte sich einmal mehr, welche Flut an Gefühlen allein ihr Anblick in ihm auslöste. Cristin trug nur ein hauchzartes Nachtgewand am Leib, das ihre Feingliedrigkeit unterstrich. Ihre Haut schimmerte rosig.

Sie lächelte, aber das Lächeln erreichte nicht ihre Augen. Baldo lüftete die Decke, und sie schlüpfte darunter. Mit einem wohligen Seufzen zog er sie an sich, um sein Gesicht in ihre Halsbeuge zu schmiegen. Er sog den Duft ihrer Haut ein, wie er es unzählige Male zuvor schon getan hatte. Dieser bestimmte, ihr eigene Geruch sorgte immer dafür, dass es ihm vorkam, als wäre alles in seinem Inneren auf einmal weich und nachgiebig. Sie schlang die Arme um seinen Hals. Still verharrte er in der Freude, ihren Körper so nahe bei sich zu fühlen. Es war nicht nötig zu sprechen, Baldo wusste auch so, was in seiner Frau vorging. Er küsste sie sanft, während seine Hand unter Cristins Nachthemd glitt und ihr Rückgrat entlangfuhr. Sie bekam eine Gänsehaut und reckte sich ihm entgegen.

»Du hast mir so sehr gefehlt«, murmelte er heiser und presste sich enger an sie, um ihre verführerischen Rundungen näher zu erforschen.

»Und du mir erst«, war Cristins gepresste Antwort.

Baldo warf die Bettdecke beiseite, denn es war ohnehin zu warm in der Kammer. Er stützte sich auf die Ellenbogen und beobachtete, wie das Mondlicht gleich einer Liebkosung über ihre Haut strich. Dann lag sie auf einmal unter ihm, und in ihre Augen trat ein Schimmer. Er beugte sich zu ihr hinunter, suchte ihre Lippen. Sie waren warm und voller Verheißung. Wie eine Welle brach die Sehnsucht über ihnen zusammen und riss sie mit sich fort.

21

Das tägliche Einerlei holte die Familie Schimpf rasch wieder ein. Seit Cristin vor knapp zwei Wochen mit Elisabeth nach Hamburg zurückgekehrt war, hatte sie einige kleinere Aufträge von neuen Kunden erhalten. Vermutlich hatten Minna und Baldo dafür gesorgt, dass die Einladung der polnischen Königin den Hamburgern nicht verborgen geblieben war. Cristin war es nur recht. Sollten die Leute ruhig neugierig auf die Goldspinnerin werden, die sogar Verbindungen zum polnischen Hof unterhielt, solange es ihr und ihrer Familie das Überleben sicherte.

Nun saß sie in der Stube und hob den Kopf von der Stickarbeit an dem liturgischen Gewand, mit der sie sich des Abends zu beschäftigen pflegte. Es waren die letzten Stiche an dem kostbaren Stoff, am folgenden Morgen wollte Baldo es an das Kloster Herwardeshude ausliefern. Die Oberin war sicher hocherfreut, das Gewand bereits früher als vereinbart zu bekommen. Dann war ihre Arbeit vollbracht. Cristin breitete das Gewand auf dem Tisch aus und begutachtete es eingehend. Hatte sie wirklich keinen Stich vergessen? Waren auch alle Goldfäden richtig gesetzt? War ihr bei dem komplizierten Muster, das Brot und Wein zeigte, auch ja kein Fehler unterlaufen? Sie hielt es dichter an die Augen und fuhr mit dem Finger das Muster nach. Mit einem Lächeln ließ sie es schließlich sinken. Die Klosteroberin war ganz gewiss zufrieden, die Farben wirkten lebendig und das Motiv voller Kraft.

Jadwiga war von ihrer Arbeit fasziniert gewesen, und Cristin erinnerte sich der vielen Stunden, in denen sie im königlichen Gemach gestickt und mit ihrer Freundin geplaudert hatte. Sie wischte sich über die Augen und zwang ihre Gedanken zurück. Sorgfältig packte sie das Gewand in die Kiste, die sie schon auf der Reise zum Wawel begleitet hatte, und verschloss sie.

In diesem Moment horchte sie auf. Deutlich hatte sie das Pochen des Türklopfers vernommen. Wer mochte das noch sein zu dieser späten Stunde? Es dämmerte bereits, und Baldo würde sicherlich bald heimkehren, denn er war noch auf einen Krug Bier in die kleine Schänke am Ende der Gasse gegangen. Da klopfte es erneut.

Kurz darauf hörte sie ihre Lohnarbeiterin mit jemandem an der Haustür sprechen. Die Frauenstimme kam ihr bekannt vor. Cristin erhob sich und ging in den Flur.

»Seht nur, wer Euch besuchen kommt, Frau Schimpf.« Minna trat zur Seite und gab den Blick auf eine unscheinbar wirkende Frau in Cristins Alter frei.

Das glanzlose, hochgesteckte Haar wurde von einem *Hennin* bedeckt, ein halb durchsichtiger Schleier lag über dem schmalen Gesicht. Dennoch erkannte Cristin die Frau sofort.

»Mechthild! Wie schön, dich wiederzusehen!«

Sie ging auf ihre Schwägerin zu, um sie in die Arme zu schließen. Ihre Freude war aufrichtig. Noch vor einem Jahr war ihre Verachtung für Lynhards Frau abgrundtief gewesen, niemals hatte Cristin sie wieder sehen wollen. Mechthild, jene Person, die sie der Hexerei und des Mordes an ihrem Ehemann Lukas Bremer beschuldigt hatte. Vor Gericht hatte sie bezeugt, Cristin sei mit dem Teufel im Bunde. Nach dem Freispruch jedoch hatte sie lange Gespräche mit Mechthild geführt und erkannt, dass die abgöttische Liebe der Schwägerin zu Lynhard der wahre Grund für ihr Verhalten gewesen war. Mit seinen klug eingefädelten Ränkespielen hatte er Mechthild von Cristins angeblicher Schuld überzeugen können.

Doch in den Tagen vor und nach dem Prozess, in denen Elisabeth, Baldo und sie in Mechthilds Haus zu Gast gewesen waren, hatte sich das Verhältnis zu ihrer Schwägerin allmählich entspannt. Mechthild hatte ihnen mehr über die letzten Monate mit Lynhard berichtet, bevor dieser schließlich verhaftet und wegen Mädchenhandels verurteilt worden war. Der Beutel mit den zehn Goldgulden, den sie Cristin trotz deren anfänglicher Weigerung bei ihrer Abreise in die Hand gedrückt hatte, war Baldo und ihr gerade recht gekommen. Für einen Teil des Geldes hatte Baldo zwei Holsteiner Stuten und einen Pferdewagen gekauft, auf dem sie und ihr Mann mit Elisabeth und Minna die Stadt verlassen hatten. Seit ihrer Abreise aus Lübeck hatten die beiden Frauen nichts mehr voneinander gehört.

Cristin griff nach Mechthilds Arm und zog sie in den Flur. »Komm herein, Schwägerin.«

Diese wandte sich um und wies auf einen kleinen Pferdewagen, der im Halbdunkel vor dem Haus stand. »Lass mich zuerst den Mann entlohnen, der mich hergefahren hat«, sagte sie und griff nach der Geldkatze, die sie gemeinsam mit einem Parfümdöschen und einem Rosenkranz am Gürtel trug.

»Das kann Minna erledigen«, erwiderte Cristin und wandte sich an die Lohnfrau. »Und bring dem Kutscher und seinem Pferd etwas zu trinken hinaus«, fügte sie noch hinzu.

Minna nickte, nahm das dargebotene Geld entgegen und eilte hinaus. Cristin öffnete die Tür zur Küche und wies auf die gepolsterte Sitzbank. Ihre Schwägerin nahm Platz und entledigte sich der kegelförmigen Leinenkappe.

»Was führt dich zu uns?«, wollte Cristin wissen, während sie Mechthild und sich selbst einen Becher Würzwein eingoss.

»Lynhard wird erneut vor Gericht gestellt.«

Cristin hob die Brauen.

»Richteherr Büttenwart wird den Prozess gegen Lynhard neu aufrollen«, fuhr Mechthild fort. »Der Vogt war bei mir und berichtete, es gebe jemanden, der bezeugen könne, dass Lynhard deinen Mann umgebracht hat!«

Cristin saß da wie vom Donner gerührt. »Was sagst du da? Du meinst, es gibt…«

»…einen Zeugen, ja!«

Cristin stellte ihren Becher beiseite. »Wer ist es?«

»Das werden wir erst bei der Verhandlung erfahren.« Ihr Gast trank einen Schluck. In ihrem Gesicht zuckte es wie unter einem unterdrückten Schmerz. Eine tiefe Falte hatte sich um ihre Mundwinkel gegraben. »Wirst du nach Lübeck kommen?«

Cristin nickte. Selbstverständlich würde sie zum Prozess erscheinen. Sie musste! Obwohl sich alles in ihr weigerte, die mühsam aus ihrem Gedächtnis verdrängten Ereignisse durch eine weitere Verhandlung erneut aufzuwühlen. Doch wenn ihr Schwager sich für den Mord an Lukas verantworten musste, wollte sie dabei sein.

»Wann findet die Verhandlung statt?«

»Übermorgen.«

Cristin legte eine Hand auf ihr wild schlagendes Herz. »So

bald schon? Dann sei solange unser Gast und reise mit Baldo und mir gemeinsam nach Lübeck zurück«, schlug sie vor. »Oder hast du niemanden für deine Kinder?«

»Ich habe kürzlich eine Frau eingestellt. Sie wohnt in meinem Haus und gibt auf die Kinder acht.« Mechthild strich ihr über die Hand. »So klein wie deine Tochter sind sie ja nicht mehr. Wie geht es Elisabeth überhaupt?«

Cristin lächelte. »Möchtest du sie sehen? Sie schläft zwar schon, aber wenn wir ganz leise sind …«

»Furchtbar gern.«

»Dann komm mit mir nach oben.«

Vorsichtig öffnete Cristin die Tür des kleinen Raumes, in dem ihre Tochter friedlich in ihrem Bett schlummerte.

»Groß ist sie geworden«, flüsterte Mechthild, während die beiden Frauen einige Momente lang das kleine Mädchen betrachteten. Von unten waren Geräusche und Stimmen zu hören.

»Gott zum Gruße, Minna. Wo steckt mein holdes Eheweib?«

Rasch traten die beiden Frauen zurück in den Flur, und Cristin zog hinter Mechthild die Tür zu Elisabeths Kammer ins Schloss.

»Hier oben, mein Lieber«, erwiderte Cristin, während sie die Treppe hinunterlief. Baldo stand vor der ersten Stufe und blickte zu ihr empor.

»Sieh nur, wer uns besucht, Baldo!«, rief sie.

Er legte den Kopf in den Nacken und kniff die Augen zusammen. »Das ist doch …«

»Mechthild, ja.« Cristin stellte sich auf die Zehenspitzen und gab ihm einen Kuss. »Aber nun komm erst mal in die Küche und setz dich.«

Baldo folgte den beiden Frauen. Die drei versammelten sich um den Eichentisch in der Küche und tauschten die Neuigkeiten der letzten Wochen aus. Cristin nickte Minna zu und forderte sie auf, sich zu ihnen zu setzen.

Mechthild berichtete, was sich in der Zwischenzeit in Lübeck ereignet hatte. Nachdem sie geendet hatte, erzählte Cristin der Schwägerin von ihrer Reise nach Polen und ihren Erlebnissen in Krakow.

22

Lübeck

Seit der letzten Nacht tobte ein heftiger Sturm. Schon auf der Fahrt hatten Mechthild, Baldo und Cristin immer wieder entwurzelte Bäume und Häuser erblickt, deren Dächer abgedeckt worden waren. In Lübeck sah es nicht viel besser aus. Von der offenen See her wurde das Wasser die Trave hinaufgedrückt. Mittlerweile stand es bereits knöcheltief in den Straßen und Gassen.

Die Kapuzen ins Gesicht gezogen, machten sich die drei auf den Weg zum Marktplatz. Die meisten Händler hatten ihre Stände schon abgebaut und den Platz verlassen. Lediglich die Buden der Goldschmiede standen noch, denn sie befanden sich unter den Arkaden des Lübecker Rathauses, die Schutz vor Regen und Sturm boten. Unweit von ihnen drängten sich ein paar Bürger um die öffentliche Waage. Cristin atmete tief durch, als sie das mit Bronzeguss verzierte Portal des Rathauses erreichten. Fragen über Fragen bewegten sie, während sie an Baldos Seite durch das Foyer schritt.

Wer mochte nach all der Zeit dafür gesorgt haben, dass der Prozess gegen Lynhard Bremer wieder aufgenommen wurde? Selbst Mechthild wusste nichts über die Hintergründe für die neue Verhandlung. Sie betraten den Audienzsaal. Die Decke des großen Raumes war mit kostbar gearbeiteten Fenstern versehen, die den Blick zum Himmel freigaben, unter dem jedes Gericht stattzufinden hatte. Flüchtig dachte Cristin an ihren eigenen Prozess zurück, damals auf dem Marktplatz, nachdem sie tagelang in einer dreckigen Zelle in der Fronerei zugebracht hatte.

Während Cristin, Baldo und Mechthild zu den Stuhlreihen hinübergingen, die dem Publikum vorbehalten waren, prasselten erste dicke Regentropfen gegen die Scheiben. Die drei nahmen Platz, und Cristins Blick blieb an den beiden Türen am Ende des Saales hängen. Ihre Geschichte kannte sie, seit sie denken konnte. Wer nach der Verhandlung den Gerichtssaal als Unschuldiger verließ, durfte hocherhobenen Hauptes durch die höhere der Türen schreiten. Ein rechtmäßig Verurteilter jedoch musste den Sitten des Lübecker Rates entsprechend wie ein Tier auf allen vieren durch die niedrige Tür kriechen. Durch welche Tür würde Lynhard wohl den Gerichtssaal verlassen?

Baldo, Cristin und Mechthild, die zwischen den beiden saß, erhoben sich mit den anderen Anwesenden. Soeben hatte der *Fiskal*, der die Stadt bei Gerichtsverhandlungen vertrat, die Zuschauer und Schöffen aufgefordert aufzustehen, da Thaddäus Büttenwart den Saal betrat. Wie immer war der Richteherr mit einer langen Robe bekleidet, die sich über seinem dicken Leib spannte. Eine regennasse Filzkappe in der Hand, steuerte er auf den breiten Tisch zu, um sich schwerfällig in dem Lehnstuhl niederzulassen, der dem Richteherrn vorbehalten war. Der Vogt legte seine feuchte Kopfbedeckung auf dem Tisch ab und begrüßte den Stadtschreiber, der ein paar Schritte vom Richtertisch entfernt an einem schmalen Pult stand, mit einem Nicken. Über die dicken Gläser seiner Stegbrille hinweg musterte der schmalbrüstige Protokollant jeden Einzelnen im Raum.

Auch Cristin sah sich um. Der Saal war trotz des schlechten Wetters bis auf den letzten Platz gefüllt. Offenbar wollte sich niemand das Schauspiel entgehen lassen, wie Lynhard Bremer aus dem Kerker vor den Richtertisch geführt wurde. Die

Spannung in der Luft war für Cristin beinahe mit den Händen greifbar. Sie fing die Blicke etlicher Männer und Frauen auf, die schon beim ersten Prozess gegen Lynhard dabei gewesen waren und sich noch gut an sie erinnerten.

»Büttel, führt den Angeklagten herein!«, hörte sie die Stimme des *Fiskals*.

Kunolf Mangel, kaum älter als sie selbst, war ihr in schlechter Erinnerung geblieben. Er hatte sie damals des Mordes an Lukas und obendrein der Hexerei beschuldigt, zusammen mit Vogt Büttenwart. Anders als der Richteherr, der Cristin vor ihrer Abreise nach Hamburg in Mechthilds Haus aufgesucht hatte, um sich für die ungerechte Behandlung zu entschuldigen, hatte Mangel dies nie für nötig gehalten. Erneut öffnete sich die Tür, und zwei Büttel betraten, Lynhard in ihrer Mitte, den Raum. Auch aus der Entfernung von etwa zehn *Klaftern* konnte Cristin den gehetzten Ausdruck auf seinem Antlitz erkennen. Die Zeit im Kerker hatte sein Gesicht schmaler werden lassen, außerdem bedeckte ein halblanger Bart Wangen und Kinn. Lynhards Augen lagen tief in den Höhlen, und der scharfe Geruch von Schweiß umgab ihn. Während er vor den Richtertisch geführt wurde, hinter dem der Richterherr und der *Fiskal* saßen, hörte Cristin, wie Mechthild neben ihr scharf die Luft einsog. Die Goldspinnerin betrachtete Vogt Büttenwart, dem ein Arm fehlte, genauer.

Der Richteherr verzog das Gesicht, lehnte sich in seinem Stuhl zurück und presste die Hand auf den Leib. Wie damals, als sie ihn aufgesucht und gebeten hatte, mit ihr zu Lüttke, dem Lübecker Salzhändler und Kumpan Lynhards zu kommen, schien der Vogt noch immer leidend zu sein.

Einige Momente lang stand ihr wieder vor Augen, was ihrem Besuch bei Büttenwart vorausgegangen war. Sie sah sich selbst im Griff des Salzhändlers, der sie wie einen Sack Getreide mit sich zerrte, und auch den kalten Stahl des Dolchs meinte sie wieder an ihrer Kehle zu fühlen. Dann war alles plötzlich ganz schnell gegangen. Karolina, die junge Polin, hatte Lüttke niedergeschlagen, und Baldo war auf den Kerl zugestürzt und hatte ihn überwältigt. Der Mädchenhändler und Verbündete Lynhards hatte später gestanden, von dem geplanten Mord an Lukas gewusst zu haben. Wäre Lüttke noch am Leben, säße er jetzt sicherlich vor dem Richtertisch neben Lynhard, der mit gesenktem Blick vor seinen Anklägern wartete. Doch Lüttke hatte der Schlag getroffen, und er war kurz vor der ersten Verhandlung daran verschieden.

»Bürger Lübecks, ehrenwerte Ratsherren und Schöffen«, unterbrach *Fiskal* Mangels Stimme ihre Gedanken.

Cristin hob den Kopf.

»Wir sind heute, am 1. September im Jahre des Herrn 1399, zusammengekommen, um erneut Blutgericht gegen Lynhard Bremer zu halten. Die Stadt und der Hohe Rat klagen ihn an, seinen eigenen Bruder Lukas Bremer, den ehrenwerten Besitzer der Goldspinnerei in der Hunnestrate, entleibt zu haben.« Es folgte die Aufzählung der Schöffen, dann nickte der *Fiskal* einem hageren Priester in der ersten Zuschauerreihe zu. »Bruder Hieronymus, waltet Eures Amtes.«

Der Angesprochene erhob sich, trat einen Schritt vor und sprach ein salbungsvolles Gebet um eine Gott wohlgefällige Verhandlung und ein gerechtes Urteil durch die zwölf Schöffen.

»Erhebt Euch, Angeklagter, und tretet vor«, forderte Vogt Büttenwart Lynhard Bremer nun auf.

Einer der beiden Büttel, die rechts und links von Lynhard saßen, führte ihn vor den Richtertisch.

»Habt Ihr keinen Fürsprecher?«, wollte der Vogt wissen.

Lynhard schüttelte den Kopf. »Ich brauche keinen Beistand.«

»Wie Ihr meint.«

Wie schon bei seiner ersten Verhandlung verzichtete Lynhard also auf die Hilfe eines rechtskundigen Mannes, der ihn davor bewahrte, sich durch einen Versprecher oder unbedachte Äußerungen um Kopf und Kragen zu bringen. Er muss sich sehr sicher sein, den Prozess zu gewinnen, dachte Cristin, während der Richteherr weitersprach.

»Vor über zwei Jahren sollt Ihr Euren Bruder Lukas ermordet haben. Ihr habt das damals vor dem Allmächtigen und diesem Gericht geleugnet. Wegen anderer Untaten saßt Ihr bis heute im Turm und hattet somit genügend Zeit, in Euch zu gehen und darüber nachzudenken, ob Ihr nicht doch ein Geständnis ablegen wollt. Dazu gibt Euch das Gericht nun Gelegenheit, Bremer.«

Aufmerksam betrachtete Cristin ihren Schwager. Ließ sich aus seiner Miene zumindest ein Hauch seiner Gemütsregungen herauslesen? Als ob Lynhard spürte, dass sie ihn musterte, wandte er den Kopf zur anderen Seite. Einige Momente lang war es still im Saal, bis der *Fiskal* erneut das Wort ergriff.

»Bremer, habt Ihr verstanden, was der Richteherr gesagt hat?«

Lynhards Haltung war kerzengerade, und in seinem Blick konnte Cristin ein ungebrochenes Feuer ausmachen. Klar und deutlich hallte seine Stimme durch den Saal, als er erhobenen Hauptes ausrief: »Ich habe nichts zu sagen!«

Cristin erkannte in Mechthilds Miene dieselbe Entrüstung, die auch sie selbst ergriffen hatte. Sie musste an sich halten, damit sie nicht aufsprang und die einsetzende Stille nutzte, um Lynhard all das ins Gesicht zu schleudern, was sie ihm nur zu gern schon lange gesagt hätte. Dass er nicht nur das Leben ihres verstorbenen Gatten auf dem Gewissen hatte, sondern auch das ihrer und seiner Familie. Doch als sich Baldos Hand auf die ihre legte, biss sie sich auf die Zunge und schwieg.

Büttenwart beugte sich vor. »Wie Ihr wollt, Bremer. Ihr könnt Euch wieder setzen.«

Während der Büttel den Angeklagten zu seinem Platz zurückführte, sprach der Vogt weiter.

»Bei der letzten Verhandlung konnte Euch das Gericht dieses abscheuliche Verbrechen nicht nachweisen, aber inzwischen hat sich eine Zeugin gemeldet, die bereit ist, ihre Aussage zu machen!«

Ein Raunen ging durch den Saal.

»Gislind Lüttke, tretet vor.«

Baldo und Cristin sahen einander verblüfft an. Ihre Gedanken überschlugen sich. Gislind Lüttke. Nur einmal waren sie dieser Frau begegnet, damals, als sie den Salzhändler aufgesucht hatten. Seine Witwe erhob sich und ging langsam zum Richtertisch.

»Frau Lüttke, Ihr seid vor einigen Tagen zu mir gekommen, weil Euch Euer Gewissen keine Ruhe mehr ließ. Nun wiederholt hier und heute vor den Schöffen, dem hohen Gericht und im Angesicht Gottes, was Ihr mir an jenem Abend gestanden habt.«

Die Zeugin nickte zögernd und schlug die Augen nieder. Ihre Haut hatte die Farbe von Kalk. Gislind Lüttke war es also, die das Gericht dazu gebracht hatte, Lynhard erneut den Prozess zu machen! In ihrem Gesicht arbeitete es.

»Es muss zwei Jahre her sein, da kam der Angeklagte in unser Haus«, begann sie zögernd und fingerte dabei an ihrem Rosenkranz herum, den sie wie jede anständige Frau stets am Gürtel trug. Das Sprechen bereitete ihr offensichtlich große Mühe. »Mein Mann und Bremer gingen in die *Dornse*. Hilmar sagte, sie wollten nicht gestört werden. Sogar die Tür hat er verschlossen. Ich konnte sie dennoch miteinander reden hören. Außerdem wollte ich, nun ja, ich habe …«

»Ihr habt gelauscht.«

»Ich weiß, natürlich schickt sich das nicht. Aber ich habe mich gefragt, was es mal wieder Geheimes zu besprechen gab. Das Gespräch kam mir unheimlich vor.« Gislind Lüttke schaute geradeaus, als ob die Erinnerung wieder lebendig in ihr wurde, und schluckte. »Es machte mir Angst.«

»Was habt Ihr damals mit angehört?«

»Es ging darum, dass jemand aus dem Weg geschafft werden sollte.« Sie brach ab, kämpfte mit den Tränen.

Cristin hielt den Atem an. Wie mutig von Gislind Lüttke, sich der Schmach auszusetzen, über den eigenen verstorbenen Mann zu richten! Ihr Herz hämmerte heftig in ihrer Brust. Cristin nahm einen tiefen Atemzug. Die Hände im Schoß gefaltet, wartete sie, bis ihr Herzschlag sich wieder beruhigt hatte. Baldo mahlte mit den Kieferknochen. Mechthild dagegen saß bewegungslos wie eine Statue neben ihr.

»Dieser Satz ist tatsächlich gefallen?«

»Ja. Ich dachte zunächst, ich hätte mich verhört, aber dann antwortete Hilmar, dass sie das alle an den Galgen bringe, wenn es herauskäme.«

»Wie könnt Ihr es wagen, derartige Lügen zu verbreiten?« Lynhard Bremer war aufgesprungen, das Gesicht zu einer Fratze verzogen. Die wächserne Bleiche seiner Haut stand in krassem Gegensatz zu seinen in einem irren Licht funkelnden Augen. »Ihr seid ein genauso verlogenes Weibsstück wie meine Schwägerin!«

Cristin erschrak. Hätten die Büttel Lynhard nicht mit eisernem Griff umklammert, er hätte sich gewiss auf Gislind Lüttke gestürzt. Cristin ergriff Baldos Hand und drückte sie, denn sie spürte, dass auch er kurz davor war aufzuspringen.

Den Vogt schien Lynhards Ausbruch nicht sonderlich zu beeindrucken. Er gab dem Büttel einen Wink, und sie drückten den Angeklagten auf seinen Stuhl nieder. Büttenwart wandte sich nun wieder der Zeugin zu und nickte. »Noch etwas, Frau Lüttke?«

Die Zeugin sammelte sich und sprach weiter. »Bremer beruhigte meinen Mann. Er sagte, Küppers, der Medicus, werde ihm ein tödliches Gift mischen können. Eines, das später nicht nachzuweisen sei. Bremer lachte, ich konnte es deutlich hören, und versprach Hilmar und Küppers ein rauschendes Fest, wenn alles gelänge.« Gislind Lüttke räusperte sich. »Sie … sie kennen sich schon seit Kindertagen.«

»Kannten«, korrigierte der *Fiskal* sie. »Konrad Küppers ist ebenfalls nicht mehr am Leben. Oder wisst Ihr etwa nicht, dass man seinen Leichnam im letzten Jahr aus der Wakenitz gezogen hat?«

Aufgebläht wie eine Schweinsblase. Cristin erinnerte sich wieder an die Worte eines Gauklers, der den Toten gesehen hatte. Der Salzhändler hatte den Medicus schwer belastet, bevor ihn der Schlag getroffen hatte.

Gislind Lüttke nickte. »Mein Mann hat es mir gesagt.«

23

Die junge Frau schlenderte die Hunnestrate hinunter, dem Rathaus zu. Das dunkle Kleid, welches der Mann ihr geschenkt hatte, passte wie angegossen.

»Ich will dich wiedersehen«, waren seine letzten Worte gewesen, bevor er die Schänke verlassen hatte. Zwei Tage war das nun her.

Sie wich einer breiten Pfütze aus und ging weiter. Ihre Gedanken wanderten zu dem Mann, der sie angesprochen hatte. Wer war der Fremde? Seinen Namen hatte er nicht genannt, doch seine Art sich zu bewegen, die befehlsgewohnte, raue Stimme, all das erinnerte sie an jemanden. Sie erreichte den Marktplatz. Nur ein paar junge Leute strebten dem Portal des Rathauses zu. Ein Büttel, der davor postiert war, stellte sich ihnen entgegen.

»Der Saal ist voll«, meinte sie zu verstehen. »Da geht niemand mehr rein.« Der Mann schloss die Türen.

Sie trat näher und gesellte sich zu der kleinen Gruppe.

»Dann warten wir eben draußen«, schlug ein hochgewachsener Bursche mit flachsblonden, auf Kinnlänge gestutzten Haaren vor. »Bin ja gespannt, ob sie ihn diesmal drankriegen.«

»Verlass dich drauf«, nuschelte ein anderer, dem zwei

Vorderzähne fehlten. »Morgen früh legt ihm Emmerik die Schlinge um den Hals. Jede Wette.« Seine runden Augen funkelten.

Der Blonde wiegte zweifelnd den Kopf. »Der Kerl ist schlau. Kann gut sein, dass er sich wieder herauswindet.«

»Glaub ich nicht. Was gilt's? Drei Witten, dass Bremer morgen vor seinen Schöpfer tritt!«

Lynhard Bremer! Die junge Frau schnappte unwillkürlich nach Luft. Einige Herzschläge lang schien sich das Pflaster unter ihren Füßen zu bewegen.

»Was ist mit dir? Du bist ja bleich wie der Tod!« Ein Weib mit einem Mausgesicht griff nach ihrem Arm.

»Lasst mich, es ist nichts.«

Rasch entfernte sie sich von der Gruppe. Lynhard Bremer! Sie hatten ihn also aus dem Turm geholt, um ihm erneut den Prozess zu machen.

Als wäre es gestern gewesen, sah sie seine hochmütige Miene vor sich, wie er sie im Angesicht von Richteherrn, Schöffen und Zuschauern der Lüge bezichtigt und ein dummes Weibsstück genannt hatte.

Was hatte der Mann noch mal gesagt? Morgen früh werde ihm Emmerik die Schlinge um den Hals legen. Der Henker, natürlich. Er war es, der ihr das Kleid geschenkt hatte! Seinen Namen hatte er nicht genannt, aber jetzt war sie sich sicher: Ihr unbekannter Wohltäter war Emmerik Schimpf, Lübecks Scharfrichter. Zwei- oder dreimal war sie mit anderen Neugierigen auf dem Köpfelberg gewesen, als er sein Handwerk ausgeübt hatte. Auch wenn er dort seinen Kopf vor den Opfern und Schaulustigen durch eine Kapuze verborgen hielt, war seine Gestalt in der ganzen Stadt bekannt.

Graue Regenwolken trieben von der Trave herüber und schoben sich über die grünen, hoch aufragenden Türme von Marienkirche und Rathaus hinweg. Schon öffnete der Himmel erneut seine Schleusen, und dicke Tropfen prasselten auf das

Pflaster. Sie trafen die nackten Unterarme der jungen Frau, den nur mit einem dünnen Tuch bedeckten Kopf und liefen ihr in den Nacken. Einen Fluch unterdrückend, lief sie über den Platz. Bevor sie sich in den kaum zwei *Klafter* breiten Eingang einer Gasse flüchten konnte, war sie bis auf die Haut durchnässt; selbst in ihren Holzpantinen hatte sich Wasser gesammelt.

Eine schwarze Katze suchte ebenfalls Schutz vor dem plötzlichen Regenguss. Das magere Tier wandte ihr den Rücken zu.

Sie trat mit dem Fuß nach ihm. »Verschwinde!«

Fauchend fuhr die Katze herum. Ihr Mäulchen war blutverschmiert. Offensichtlich hatte sie das Tier beim Fressen einer jungen Ratte gestört, denn die Überreste lagen noch neben ihm.

»Du sollst verschwinden!«, wiederholte sie drohend. Katzen brachten Unglück, das wusste jeder.

Das Tier schlug die spitzen Zähne in seine Beute und lief mit dem Kadaver im Maul weiter in die Gasse hinein. Angeekelt drehte sie sich um. Während die junge Frau auf das Ende des Regengusses wartete, zupfte sie an dem dünnen, feuchten Leinenstoff, der an ihren vollen Brüsten klebte und mehr offenbarte als verbarg. Wenn nur niemand sie so sah. Sie musste zurück in die Gropengrove.

Wieder wanderten ihre Gedanken zu dem Henker. Unheil verhieß es, wenn er einen nur ansah! Und sie trug ein Kleid, das er mit seinen Händen berührt hatte. Am liebsten hätte sie es sich auf der Stelle vom Leib gerissen. Emmerik Schimpf. Sie war sich nicht sicher, ob sie ihn schon mal ohne Kapuze gesehen hatte. Deshalb war ihr auch nicht sofort klar gewesen, wer der Mann war, der sie angesprochen und mit in die Schänke genommen hatte. Niemals wäre sie mit ihm gegangen, wenn sie es gewusst hätte. Andererseits, auch sie hatte ihm nicht ihren wahren Namen verraten. Sie hieß Mirke Pöhlmann. Für ihn war sie jedoch Johanna, die Bettlerin.

Im Gerichtssaal entstand Tumult. Die Zuschauer flüsterten miteinander, wiesen hinter vorgehaltener Hand auf den Angeklagten. Büttenwart schlug mit der Faust auf den Tisch. Auf seiner breiten Stirn bildeten sich Unmutsfalten. Augenblicklich kehrte Ruhe ein.

»Angeklagter, was habt Ihr dazu vorzubringen? War es so, wie die Zeugin behauptet? Ihr habt den ehrenwerten, seligen Medicus Küppers beauftragt, einen Mord zu begehen? Erhebt Euch gefälligst!«

Mechthilds Körper neben Cristin war wie eine Sehne gespannt. Die Blicke der Anwesenden mussten wie Feuer in ihrem Rücken brennen.

Lynhard sprang auf die Füße. »Was wollt Ihr hören, Richteherr?« Seine Stimme scholl durch den Saal. »Dass ich es getan habe?« Er lachte heiser. »Niemand hier bei Gericht würde mir meine Unschuld glauben, habe ich recht?«

Langsam, sich seiner Wirkung bewusst, betrachtete er nacheinander die Leute und verharrte schließlich bei Mechthilds Antlitz. Der Moment, als sich die Blicke der beiden begegneten, ließ Cristin eine Gänsehaut über die Arme kriechen. In Mechthilds Miene waren die Gefühle für ihren Mann so deutlich zu erkennen, als würde sie mit ihm sprechen. Flehend sah sie zu ihm auf, schien ihn an die gemeinsamen Kinder, ihre einstige Liebe und sein Gewissen zu erinnern.

Lynhard verstand, schluckte. Plötzlich wirkte sein Gesicht fast wie das eines Greises. Er bat leise um einen Schluck Wasser. Einer der Büttel reichte dem Angeklagten einen Becher, den er mit zitternden Händen leerte, ohne ihn abzusetzen. Noch einmal sah er über die Köpfe der Anwesenden hinweg.

»Ja!«, hallte es durch den Saal. Lynhard sah Büttenwart an. »Ja, ich habe ihn ermorden lassen! Ja, Gott stehe mir bei!«

Mechthild stöhnte leise auf.

»Lukas … er war geizig«, fuhr der Angeklagte fort. »Dabei aber reich genug, um eine Hand voll Familien zu ernähren.

Was war denn schon dabei, mir ab und an mit ein paar Goldgulden auszuhelfen?« Lynhard fuhr sich über das strähnige blonde Haar. »Ich… befand mich in Schwierigkeiten, schuldete einer Reihe von Geschäftsleuten Geld. Doch der sture Pinsel war sich ja zu fein, um…«

»… um Euer ausschweifendes Leben länger zu finanzieren?« Büttenwarts Stimme klang gefährlich ruhig. »Und da lag der Gedanke nahe, Euch der Goldspinnerei des Bruders zu bemächtigen. Ist es nicht so, Herr Bremer?«

»Ja.«

Ein Schrei der Empörung aus vielen Mündern wurde laut. Cristins Blut rauschte in den Ohren. Küppers, Lynhard, Lüttke. Wie oft waren ihr diese Namen durch den Kopf gegangen? Der Medicus war bei ihr gewesen, als Elisabeth auf die Welt gekommen war. Er hatte Lukas behandelt, scheinheilig und wohl wissend, das Gift würde seine Wirkung nicht verfehlen.

»Verdammter Hurensohn«, hörte Cristin Baldo zwischen den Zähnen hervorpressen.

Mechthild neben ihr erbleichte.

Vogt Büttenwart musterte den Angeklagten, maß ihn kühl von oben bis unten.

»Ihr tut wohl daran, endlich die Wahrheit ans Licht zu bringen, Bremer. Doch sagt mir eines: Klug, wie Ihr seid, müsst Ihr doch gewusst haben, dass Cristin Bremer als rechtmäßigem Eheweib das Erbe der Spinnerei zusteht?«

Lynhard Bremer fuhr sich über den halblangen Bart. »Gewiss, Richteherr. Natürlich war mir dieser unglückliche Umstand bekannt. Beide sterben zu lassen, hätte mich jedoch sofort in Verdacht gebracht.«

Cristin sprang auf, die Hände zu Fäusten geballt. Ihre Wangen glühten, und die Worte sprühten wie eine Fontäne aus ihr heraus. »Deshalb hast du deinen Einfluss bei Mechthild genutzt, um ihr einzureden, ich hätte Lukas behext und umgebracht.« Baldo wollte sie auf den Stuhl zurückdrücken, doch sie entwand sich ihm.

»So konntest du mich loswerden, und das Erbe fiel nach meiner Verurteilung an dich. War es so, Lynhard? Ich möchte es aus deinem Mund hören!« Am Ende glich ihre Stimme einem heiseren Krächzen.

»Ich habe Euch nicht das Wort erteilt!« Büttenwarts Stimme war scharf. Er wandte sich zu den Zuschauerbänken um, auf denen heftig diskutiert wurde. »Ruhe, sonst lasse ich den Saal räumen!«, donnerte er, und als sich die Unruhe gelegt hatte, sagte er an Cristin gerichtet: »Setzt Euch wieder.«

Tränen des Zorns verschleierten ihren Blick. »Bitte entschuldigt.« Sie ließ sich auf den Stuhl sinken.

»Zurück zu Euch, Bremer. Beantwortet die Frage Eurer Schwägerin«, befahl Büttenwart nach einer kurzen Pause. »Hat es sich so zugetragen? Ich rate Euch, redet! Sonst lasse ich Euch zwingen!«

»Verdammt, ja.« Lynhard schwankte leicht, schielte zu Boden. »Sie hat es mir leicht gemacht, dachte wohl, das Geheimnis ihrer heilenden Hände vor mir verbergen zu können. Ich lugte in die Schlafkammer, damals, als Lukas schon mit dem Tod rang, und sah, wie Cristin die Hände über ihn hielt.« Er hob die Schultern, straffte sich. »Der Rest war ein Kinderspiel.«

»Gut, Angeklagter. Ihr könnt Euch setzen.«

Einige Augenblicke lang war das Prasseln der Regentropfen gegen die aufwendig gearbeiteten Fenster in der Decke des Gerichtssaales das einzige Geräusch im Saal. Cristin sah zu der Frau des Salzhändlers, die das Geschehen mit weit aufgerissenen Augen verfolgt hatte.

»Habt Ihr noch mehr mit anhören können, Frau Lüttke?«, unterbrach Büttenwart die Stille.

Gislind Lüttke schüttelte den Kopf.

»Nun, ich denke, es reicht auch so«, nickte der Richteherr. »Nehmt wieder Platz.«

»Frau Lüttke, auf ein Wort.« *Fiskal* Mangel trat vor. »Warum habt Ihr Euch erst jetzt zu einer Aussage durchgerungen? Dem Gericht wäre viel Arbeit erspart geblieben, hättet Ihr beim ersten Prozess schon die Wahrheit gesagt.«

Die Witwe wollte zu einer Antwort ansetzen, doch Büttenwart winkte ab.

»Lasst gut sein, Mangel. Ich nehme an, die Zeugin hat sich geschämt.« Der Vogt ließ während all der Zeit den Angeklagten nicht aus den Augen. »Eins verlange ich allerdings noch zu wissen, Bremer. Gehe ich recht in der Annahme, dass der Medicus Konrad Küppers nicht zufällig ertrunken ist?« Schneidend wie Dolchhiebe prasselten die Worte auf Lynhard nieder.

Cristin konnte nicht anders, sie starrte mit offenem Mund auf den Mann, den sie einst zu kennen geglaubt hatte und dem sie zugetan gewesen war. Nicht ein Atemgeräusch war im Gerichtssaal zu hören.

»Nur ein einziges Wort, und er hätte uns alle verraten.«

Lynhard schüttelte bedauernd den Kopf. »Das konnten wir wahrlich nicht riskieren.«

Einige der Anwesenden schlugen die Hände vors Gesicht oder drehten sich angewidert ab.

»Der Kerl gehört an den Galgen!«, rief jemand. Andere stimmten ein.

»Alles zu seiner Zeit«, mahnte der *Fiskal*. »Wie habt Ihr es getan?«

Büttenwart wischte sich mit einem Tuch Schweißperlen von der Stirn.

»Nichts leichter als das, nicht wahr?« Um Lynhards Augen zeigten sich eine Reihe feiner Fältchen. »Genau genommen hat er sich seinen Tod selbst gemischt. Ich habe ihm gesagt, ich könne nachts nicht schlafen.« Er verdrehte die Augen. »Konrad hat nicht einen Moment Verdacht geschöpft. Im Gegenteil. Allerlei Ratschläge erteilte er mir, redete mir gut zu, ich solle mir mehr Kurzweil gönnen und die Nächte wieder daheim verbringen, um mich zu erholen.«

Mechthild schnappte nach Luft.

»Er bot mir an, etwas zum Schlafen für mich anzumischen. Ich suchte ihn auf, um mir meine Medizin abzuholen. Auch Hilmar war anwesend. Gemeinsam überredeten wir Konrad, nachdem er den Behandlungsraum geschlossen hatte, uns einen Becher Wein zu genehmigen. Schließlich müssen Freundschaften gepflegt werden.« Sein Blick wanderte in die Ferne. »Er hatte mir ja vorher genau erklärt, wie lange es dauert, bis die Wirkung des Schlafmittels einsetzt. Wir brauchten also nichts weiter zu tun, als uns an seine Anweisungen zu halten.« Lynhard stockte.

Cristin erkannte, wie die vornehme Fassade des einstigen Lebemannes immer mehr bröckelte. Schimmerten seine Augen tatsächlich feucht oder narrte sie ihre Fantasie?

»Wie ging es dann weiter, Bremer?«

Büttenwarts Stimme holte Cristin in die Wirklichkeit zurück.

»Ich habe ihm das Mittel in den Wein gemischt. Nach dem ersten Becher wollte ich spazieren gehen. Ich sagte ihm, auch er brauche nach einem mühevollen Tag ein wenig Bewegung und frische Luft.« Er streckte sich. »Konrad hat nichts mitbekommen. Möge er in Frieden ruhen.«

Büttenwart strich sich mit der Hand über den mächtigen Bauch. Wer ihn näher kannte, konnte die Bestürzung hinter der gerunzelten Stirn erahnen. Er wandte sich an die zwölf Männer, die als Schöffen berufen worden waren.

»Zieht Euch nun zur Beratung zurück und überdenkt gut, was Ihr soeben von dem Angeklagten und der Zeugin erfahren habt. Ihr habt sein vollständiges Geständnis. Euer einstimmig gefasstes Urteil soll nun darüber entscheiden, was mit diesem Mann geschieht.«

Die Männer verließen den Raum. Die Spannung hing wie ein nahendes Gewitter über dem Gerichtssaal. Cristin konnte in den Mienen mancher Umstehender Betroffenheit und bei einigen anderen auch die Gier nach einer Sensation erkennen. Lynhard sackte unter den verächtlichen Blicken der Zuschauer zusehends in sich zusammen. Mechthild hielt sich erstaunlich aufrecht, doch Cristin spürte, ihre Beherrschung konnte in jedem Moment wie ein Kartenhaus in sich zusammenfallen.

Nach kurzer Zeit öffnete sich die Tür, und die Schöffen kehrten zurück. Das Klacken ihrer Schuhe auf dem Fußboden klang Cristin schmerzlich laut in den Ohren. Einer von ihnen, ein stattlicher, vollbärtiger Mann in kostspieliger Kleidung, hielt ein zusammengerolltes Pergament in der Hand.

»Steht auf, Angeklagter, und vernehmt das Urteil!« Vogt Büttenwart nickte in Richtung der Bank, wo Lynhard mit gesenktem Kopf zwischen den Bütteln saß.

Als dieser sich nicht rührte, zogen ihn die beiden Bewacher kurzerhand in die Höhe. Der Richteherr gab dem Mann, den die Schöffen zu ihrem Sprecher bestimmt hatten, ein Zeichen.

»So tretet vor und verkündet, was Ihr für gerecht haltet.«

Dieser tat wie geheißen und entrollte das Schriftstück. »Wir, die Schöffen, ausgewählt vom Richteherrn und Rat der Stadt Lübeck im Prozess gegen Lynhard Bremer, sprechen den *Blutbann* aus«, las er mit lauter Stimme vor. »Der Angeklagte ist schuldig des Mordes an seinem eigenen Bruder Lukas Bremer sowie des Verbrechens an Konrad Küppers. Dafür soll er am Strick hängen, bis dass der Tod eintritt. So lautet unser Urteil. Möge es dem Allmächtigen wohlgefällig sein.«

»Und möge der Angeklagte seinen Frieden mit Ihm machen, bevor es an den Galgen geht«, ergänzte der Priester.

»Mein Gott«, entfuhr es Mechthild.

Gerade noch konnte Baldo sie auffangen, bevor Cristins Schwägerin lautlos in sich zusammensank.

»Dann soll das Urteil morgen früh vollstreckt werden«, erklärte Büttenwart.

Der *Fiskal* nickte. »Ich werde alles Nötige veranlassen, Richteherr.«

»Tut das, Mangel«, antwortete der und ergänzte an die Zuschauer gewandt: »Damit ist die Verhandlung beendet. Der

Angeklagte wird morgen nach Sonnenaufgang zum Köpfelberg gebracht.«

Lynhard Bremers Lippen entwich ein heiserer Laut, als er zu der niedrigeren der beiden Türen gedrängt wurde. Er verließ den Gerichtssaal in tief gebeugter Haltung.

Vogt Büttenwart hatte die kleine Gruppe in einem der Flure des Gerichtsgebäudes erkannt und steuerte auf sie zu. »Frau Bremer, wollt Ihr noch mit Eurem Mann sprechen, bevor die Fronknechte ihn zum …«

»Ich weiß es nicht«, erwiderte Mechthild leise. »Dieser Mann hat mir so viel Leid zugefügt … Ich denke, ich werde jetzt nach Hause zurückkehren. Zu meinen Kindern.«

Der Richteherr nickte und wandte sich Cristin und Baldo zu. »Sicher kommt Ihr zum Köpfelberg, um Euch von der ordnungsgemäßen Vollstreckung zu überzeugen?«

Cristin schüttelte den Kopf. »Ich lasse meine Schwägerin nicht allein. Sie und die Kinder werden mich brauchen. Aber wir haben gerade entschieden, dass mein Gatte bei der Hinrichtung anwesend sein wird.«

»Ihr habt inzwischen geheiratet?«

»Ja, bald nachdem wir nach Hamburg gegangen sind. Ich führe dort wiederum eine Goldspinnerei, nachdem ich die meines verstorbenen Gatten verkauft habe.«

»Dann lasst mich Euch alles Gute wünschen.«

Der Richteherr streckte die rechte Hand aus, und Baldo ergriff sie.

Als sich die Türen des Portals öffneten, hatte der Regen endlich nachgelassen. Mirke trat mit weichen Knien aus dem Eingang der Gasse auf das nasse Pflaster. Gewiss fiel es nicht weiter auf, wenn sie sich unter die Schaulustigen mischte. Sie näherte sich der kleinen Gruppe, die vor dem Rathaus auf den Ausgang des Prozesses ausgeharrt hatte. Niemand achtete auf ihr immer noch am Körper klebendes Kleid.

Die Aufmerksamkeit der Männer und Frauen galt den zwei kräftigen Bütteln, die mit dem Verurteilten in ihrer Mitte vorübergingen, der Fronerei auf der anderen Seite des Marktplatzes zu. Mirke musterte den in Ketten gelegten Mann. Sein Gesicht war schmal, das Haar stand ihm wirr vom Kopf ab, ein ungepflegter, halblanger Bart bedeckte Kinn und Wangen. Er wirkte ausgezehrt, sein Gang war gebeugt wie der eines Greises. Einst war dieser Mann eine Erscheinung gewesen, die ihr Blut immer wieder von Neuem in Wallung gebracht hatte.

Ihr Herz tat einen schmerzhaften Satz. Nur einen winzigen Augenblick lang war sie versucht, ihm entgegenzulaufen. Doch über die Lippen, die sie einst so gern geküsst hatte, waren damals im Gerichtssaal, als man sie vorgeführt hatte, nichts als Beschimpfungen gekommen. Wie oft in den vergangenen Monaten hatte sie von seinen abfälligen Worten geträumt. Sie sah ihm nach und spürte eine brodelnde Hitze in sich aufsteigen. Er sollte endlich für das bezahlen, was er ihr angetan hatte. Und sie würde dabei sein, wenn sein letztes Stündlein schlug. Immer mehr Leute strömten nun aus dem weit geöffneten Portal des Rathauses. Zwei gut gekleidete Männer gingen an ihr vorüber.

»Habt Ihr es mitbekommen?«, hörte sie den einen sagen. »Cristin Bremer hat wieder geheiratet.«

»So? Wer ist denn der Glückliche?«, wollte der andere wissen.

»Ihr werdet es nicht glauben: Baldo Schimpf.«

»Der Sohn von Emmerik? Ihr scherzt!«

»Hab's den Richteherrn selbst sagen hören.«

Schon waren die Männer vorüber und steuerten eine Gasse zwischen zwei hohen Giebelhäusern an.

Die Bremer – verheiratet mit dem Sohn des Henkers?

24

Es waren höchstens zwei Dutzend Schaulustige, die sich an diesem Septembermorgen auf den Weg zur Richtstätte im Norden der Stadt begeben hatten. Zu heftig fegte der Sturm über die brachliegenden Felder, zu kräftig fiel der Regen auf den lehmigen Erdboden. Während Baldo den schlammigen Hügel erklomm, auf dem der Galgen stand, hielt er nach seinem Vater Ausschau. Da stand er, in einen knöchellangen Mantel aus grobem, dunklem Stoff gehüllt. Wie immer, wenn er ihn sah, kämpften Freude und Widerwillen in seinem Inneren miteinander. Wie üblich trug Emmerik Schimpf eine Kapuze über dem Kopf.

Seit sie vor über einem Jahr voneinander Abschied genommen hatten, waren sich Baldo und sein Vater nicht mehr begegnet. Der Scharfrichter trat unter den Galgen und überprüfte den Strick. An seiner Seite stand ein junger Mann mit dünnem Haar und einem fliehenden Kinn. Mein Nachfolger, dachte Baldo. Die Zuschauer tuschelten, drängten sich näher an den Ort des Geschehens heran. Der Wind zerrte an Baldos Umhang, als auch er sich vorwärtsschob. Verdammt, dabei hatte er sich geschworen, niemals wieder den Köpfelberg zu betreten, nachdem er mit Cristin aus Lübeck geflüchtet war – auch, um die blutige Nachfolge seines Vaters nicht antreten zu müssen. Doch das Blatt hatte sich gewendet. Er wollte mit eigenen Augen sehen, wie der Strick sich um Lynhards Hals zuzog, fester und fester, bis der Mann wie ein Blatt im Wind am Galgen baumelte. Dieses Schwein trug die alleinige Schuld an all dem Leid, das seiner Frau und der Kleinen widerfahren war. Für Lynhard Bremer machte er gern eine Ausnahme.

Das Geräusch von knarrenden Rädern riss ihn aus seinen Gedanken. Ein von einem kräftigen Braunen gezogener

Pferdewagen näherte sich, auf dem Lynhard Bremer mit an einen Pfahl gefesselten Händen stand. Den Kopf hoch erhoben hielt er den Blick stur geradeaus gerichtet. Einst war der Verurteilte ein angesehener, allseits beliebter Pelzhändler gewesen, bekannt dafür, ein liebender Ehemann und Vater zu sein. Einer, dem die Weiber hinterhersahen. Doch er hatte ein Doppelleben geführt. Nun waren seine Verbrechen offenbar geworden, und Lynhard Bremer nur noch eine tragische, verachtete Figur. Hinter dem Wagen schritten Büttenwart und der *Fiskal* sowie der Priester, gefolgt von einem halben Dutzend mit Goldketten behängter Ratsmitglieder. Einige von ihnen schimpften lautstark über den schlammigen Boden, der ihnen die Schuhe verdreckte.

Baldo beobachtete reglos, wie ein Fronknecht Lynhard von dem Pfahl losband, ihn herunterzerrte und den Hügel hinaufführte. Den Mann, der Mädchen aus Polen und Litauen nach Lübeck gelockt hatte, um sie zu Hübschlerinnen zu machen. Den Mann, der aus Habgier seinen eigenen Bruder hatte umbringen lassen. Und der somit auch Cristins Unglück verschuldet, ja sogar ihren Tod gewollt hatte. Die Hände in seinen Umhang vergraben starrte Baldo auf den gebeugten Rücken Lynhards. Er spuckte neben sich aus.

Der feine Nieselregen drang durch Baldos Kleidung, aber er spürte es kaum. Hinter dem Fronbüttel blieb er stehen. Wie es üblich war, hatte man den zum Tode Verurteilten mit einem Leintuch geknebelt, um den Anwesenden das Geschrei und die Verwünschungen zu ersparen, mit denen viele Angeklagte die Zuschauer überschütteten, bevor das Leben aus ihren erschlafften Leibern wich. Der Büttel schob Lynhard vorwärts, bis er vor dem Galgen stand, und entfernte das Tuch aus dem Mund des Angeklagten.

Der Priester trat neben ihn. »Wollt Ihr noch etwas sagen, Lynhard Bremer?«

Das Gesicht des Verurteilten verzerrte sich. Mit weit aufgerissenen Augen ließ er den Blick über die Köpfe der Anwesenden schweifen, suchte sie ab wie im Fieber. Kurz schloss er die Lider. Schimmerte da ein Hauch von Trauer in seiner Miene oder war es nur ein Schatten, der da gerade über das eingefallene Gesicht huschte?

Der Verurteilte holte tief Luft. »Soll Euch alle doch der Teufel holen! Auch ich werde in die Hölle hinabsteigen.«

»Fürwahr, das werdet Ihr.« Der Kleriker wandte sich ab.

Der Richteherr nickte einem der Büttel zu, der Lynhard erneut den Knebel in den Mund stopfte.

»Gericht gegen Lynhard Bremer haben wir gehalten und ihn zum Tod verurteilt«, rief der Vogt gegen den Sturm an. »Zum Tod durch den Strang.« Seine Stimme hallte gespenstisch auf dem Hügel wider. »Dieses Urteil soll nun vollstreckt werden. Möge Gott seiner Seele gnädig sein. Walte deines Amtes, Henker!«

Ein Ausruf der Erregung folgte. Die Schaulustigen drängten weiter vorwärts, um nicht die leiseste Regung Bremers zu versäumen. Auch Baldo trat vor.

»Jawohl, Richteherr.«

Emmerik Schimpf packte den Angeklagten an einem der gefesselten Arme. Mit einer schnellen Bewegung riss er ihn nach hinten, und sein Gehilfe griff sogleich nach dem im Wind hin- und herschwingenden Hanfstrick. Der Scharfrichter streifte dem Verurteilten die Schlinge über den Kopf und legte sie ihm um den Hals.

Just in dem Moment traf Lynhards hasserfüllter Blick den von Baldo.

Blitzschnell zog Emmerik die Schlinge zu.

»Warte!«, hörte Baldo sich selbst rufen.

Mit zwei Sätzen war er beim Henker und seinem Gehilfen, die ihre Hände schon an den Strick gelegt hatten, bereit, den nun um sich tretenden, nach Luft schnappenden Pelzhändler in die Höhe zu ziehen.

»Bitte, lass mich das tun«, stieß Baldo mühsam hervor.

Er und sein Vater sahen einander an, dann nickte der Henker unmerklich. Baldo legte die Hände über die seines Vaters, wie sie es früher immer getan hatten. Zu dritt zogen sie an dem Strick. Lynhards nackte Füße hoben sich drei Handbreit von dem lehmigen Boden. Zappelten in der Luft. Erlahmten schließlich. Urin lief an seinen Beinen hinab und tropfte auf den Erdboden. Dann entleerte sich sein Darm. Baldo versuchte nicht zu atmen. Reglos und mit hervorgetretenen Augen hing der scheinbar entseelte Leib am Galgenstrick. Baldo trat ein paar Schritte zurück, während sein Vater eine auf dem Boden liegende Stehleiter aufhob, sie neben den Galgen stellte und hinaufstieg. Er griff unter die Achseln des im Wind hin- und herschwingenden Körpers und zog ihn ruckartig empor. Die Menge hielt den Atem an. Und tatsächlich, der Gehängte stieß ein Röcheln aus. Einige Frauen schrien auf. Andere verließen die Richtstätte.

»Mörder! Mörder!«, schrie jemand.

»Mach schon, Henker«, rief ein anderer. »Zieh das Schwein höher!«

Emmerik Schimpf wuchtete den Pelzhändler mit aller Kraft in die Höhe, um ihn dann fallen zu lassen.

Baldo wandte sich angewidert ab. Da hörte er den *Fiskal* fragen: »Ist er tot, Emmerik?«

»Jetzt ja«, brummte dieser.

»Dann schneidet ihn vom Galgen und verscharrt ihn auf dem Schindacker.«

Baldo nickte seinem Vater zu und wollte schon den Rückweg antreten, als ihm etwas abseits der Menge, die sich zu zerstreuen begann, ein junges Frauengesicht auffiel. Die Unbekannte beobachtete ihn aus schmalen Augen aufmerksam. Er erwiderte ihren Blick. Einen Herzschlag lang las er etwas darin, was ihm eine Gänsehaut über den Rücken laufen ließ, dann wandte sich die Frau zum Gehen.

Schleppenden Schrittes, die Hände tief in seinem Umhang vergraben, kehrte Baldo zu Mechthilds Haus zurück. Sie und Cristin hatten bereits auf seine Ankunft gewartet.

»Ist es vorbei, Liebling?« Cristin legte eine Hand auf seinen Arm, als er eintrat, und sah voller Sorge in seine verzerrte Miene.

Regentropfen perlten an seinem Umhang herab. Wortlos hängte er ihn an einen Haken.

»Oh ja«, brach es dann aus ihm heraus, und er streckte ihr beide Hände entgegen. »Sieh sie dir an! Hiermit habe ich ihn vom Leben in den Tod befördert.«

Sie wich zurück. »Du? Wieso? Ich verstehe nicht…«

Sein Gesicht zuckte. »Ich musste es tun, Cristin. Eigenhändig.«

Sie ließ den Kopf gegen seine Brust sinken. Mit den Fingern fuhr er in Cristins Haar und schmiegte den Kopf gegen ihren Scheitel.

»Nie wieder wird er dir wehtun. Nie wieder!«

Einige Momente lang hielten sie einander fest. Wie lange habe ich auf diesen Augenblick gewartet, dachte Cristin und seufzte. Und nun, da alles vorbei ist, empfinde ich nichts, nicht einmal Befriedigung. Als sie zu ihrem Mann aufblickte, waren seine Züge weicher geworden.

»Ich muss nach Mechthild sehen, Baldo.« Sanft löste sie sich von ihm. »Und nach den Kindern.«

Mechthilds Ältester nahm die Nachricht vom Tode seines Vaters gefasst auf. Mit seinen beinahe fünfzehn Lenzen war Dietrich alt genug, um die ganze Wahrheit zu erfahren. Tapfer schluckte der Junge seinen Kummer hinunter.

Zwar hätte seine Mutter es gern gesehen, wenn er den Pelzhandel seines Vaters übernommen hätte, doch war er dafür noch ein wenig zu jung, außerdem fehlten ihm das kaufmännische Geschick und die Redekunst des Vaters. Da er aber ein helles Köpfchen besaß und schon als kleiner Junge gern in der Spinnerei seines Onkels zugesehen hatte, schickte sie ihn wenige Tage nach Lynhards Tod zu einem Gewandschneider in die Lehre.

Am Abend vor ihrer Rückreise nach Hamburg, die beiden jüngsten Kinder Mechthilds schliefen schon friedlich in ihren Betten, saßen die drei in der *Dornse* noch bei einem Becher Würzwein zusammen.

»Ein Händler aus Nowgorod möchte den Pelzhandel kaufen. Er hat mir eine anständige Summe dafür geboten«, eröffnete Mechthild das Gespräch.

»Du willst verkaufen?« Baldo beugte sich vor. »Davon hast du noch gar nichts erzählt.«

Cristin sah ihre Schwägerin forschend an. Mechthild ordnete ihr Haar, das sich aus dem Zopf zu lösen begann. Ihre Augen trugen die Spuren durchwachter Nächte.

»Der Handel hat mir nie Freude bereitet. Außerdem müsste ich ein paar Männer zusätzlich einstellen, die all die Dinge für mich erledigen, denen ich mich nicht gewachsen fühle.« Sie schenkte Cristin nach, die ihr den Becher entgegenhielt. »Ich möchte etwas Lohnenswertes tun, wisst ihr?«

Cristin nickte. »Was hast du vor?«

»Ich möchte ein Armenhaus eröffnen, ein Heim für geschundene junge Frauen und deren Kinder.«

Baldo und Cristin wechselten einen raschen Blick.

»Unser ehemaliges Lagerhaus ist groß genug, um ein Dutzend Frauen beherbergen zu können«, fuhr Mechthild fort. Ein zartes Lächeln ließ ihr Gesicht rosig erscheinen.

»Hast du dir das gut überlegt? All das Leid, das dich umgeben wird... wirst du das alles ertragen können?«, fragte Cristin vorsichtig.

»Es ist mir ein Bedürfnis, meine Liebe.«

Mechthild erhob sich, um ein neues Holzscheit ins Feuer zu legen. Als sie sich wieder niedersetzte, lag ihr Gesicht im Dunkeln, doch Cristin nahm das Zittern in ihrer Stimme deutlich wahr.

»Lynhard hat den armen Mädchen aus der Fremde viel Unheil angetan. Vielleicht wird der Schaden, der ihren Seelen zugefügt wurde, nie ganz verheilen.« Sie brach ab, nahm einen

Schluck aus ihrem Becher. »Vor dem Allmächtigen möchte ich einen Teil der Schuld wiedergutmachen, die mein Mann auf sich geladen hat.«

Ihre Worte versetzten Cristin einen Stich. Wie gut sie Mechthild verstehen konnte! Aber die Schwägerin, selbst zart und geschwächt von den Ereignissen, mutete sich Großes zu. Wie wollte sie all die Arbeit bewältigen, zumal sie selbst zwei kleine Kinder hatte, die ihre Mutter gerade in diesen schweren Zeiten dringend brauchten?

»Ich werde mir eine Köchin und ein Hausmädchen nehmen«, beantwortete sie Cristins unausgesprochene Frage. »Bei mir sollen die Mädchen alles lernen, was eine anständige Frau wissen muss. Ich … ich kenne eine ganze Reihe von Kaufleuten und Bürgern, die mit Lynhard Geschäfte gemacht haben. Meinen Einfluss werde ich nutzen, um den jungen Mädchen ein besseres Leben zu ermöglichen.« Mechthild seufzte. »Bleibt nur zu hoffen, dass mein Mann, dieser Verbrecher, meinen Ruf nicht vollends zerstört hat.«

Betretene Stille trat ein.

»Ich bin sicher, die Menschen werden sich an dich als eine Frau erinnern, die immer redlich war«, warf Baldo sanft ein.

Doch Cristin zweifelte heimlich an seinen Worten. Hatte sie nicht selbst am eigenen Leib erfahren, wie rasch die Leute einen Menschen verurteilten, mit dem sie am Tage zuvor noch gelacht und Geschäfte gemacht hatten? Allerdings lag der Fall hier ganz anders. Mechthild war keine Verurteilte, sondern das Opfer ihres Gatten. Cristin betrachtete ihre Schwägerin eingehender. Nie hätte sie vermutet, Mechthild einmal so entschlossen zu sehen. Nur wenige Jahre zuvor war sie eine geradezu ergebene Ehefrau gewesen, die nie aufbegehrte oder sich beklagte. Selbst Lynhards Verschwendungssucht hatte sie hingenommen. Bis zu jenem Tag, an dem seine Verbrechen nach und nach ans Licht gekommen waren. Die Wirklichkeit zu erkennen muss hart für sie gewesen sein, doch an dieser Prüfung ist sie offenbar gewachsen, sinnierte Cristin und ergriff über den Tisch hinweg Mechthilds Hand.

»Du wirst es schaffen, wenn es wirklich dein Wunsch ist.«

Die Schwägerin erwiderte den Druck ihrer Hand, lächelte und schwieg.

25

Als Mirke am späten Nachmittag vom Köpfelberg zur Gropengrove zurückkehrte und die Tür von Alheyds Hütte öffnete, erwartete die Alte sie bereits.

»Hör zu, Deern, so geht das nicht weiter. Die paar Witten, die du beisteuerst, reichen einfach nicht.«

Die paar Witten? Mirke setzte zu einer scharfen Antwort an, verkniff sie sich jedoch um des lieben Friedens willen und presste die Lippen zusammen. Alheyd brachte in letzter Zeit immer weniger Männer mit. Soll sie doch froh sein, dass sie mich hat, sonst käme sie gar nicht über die Runden, dachte Mirke.

Am nächsten Morgen fing die Alte jedoch wieder davon an, und da war es mit ihrer Selbstbeherrschung vorbei.

»Soll ich etwa den Leuten die Geldbeutel vom Gürtel schneiden und mir dafür die Hand abhacken lassen oder was?«, schleuderte sie ihr entgegen und setzte hinzu: »Nur weil dich kaum noch ein Kerl anrühren mag!«

Alheyds Gesicht lief rot an. »Wie redest du eigentlich mit mir? Andere wären froh, wenn ich sie bei mir aufnehmen würde! Pack deine Sachen und verschwinde, du undankbares Weibsstück.«

Kurz darauf stand Mirke am Hafen, unschlüssig, was sie tun und wo sie die nächste Nacht verbringen sollte. Längst waren die Stimmen der Arbeiter verklungen, und kein Hammerschlagen oder Sägen war von der nahen Schiffswerft mehr zu hören. Sie rümpfte die Nase, denn das Wasser stank brackig nach der Beize, die die Gerber und Kürschner ins Wasser der Untertrave laufen ließen. In der trüben Brühe trieb mit dem hellen Bauch nach oben ein toter Fisch.

»Was machst du hier?«

Es war Emmerik, der Henker. Unwillkürlich trat sie einen Schritt zurück, doch schon fasste er nach ihrem Arm und hielt sie fest.

»Vorsicht, willst du etwa ins Wasser fallen und das neue Kleid ruinieren?« Er zog sie von der Kante des Kais fort, ließ sie los und musterte sie von oben bis unten. »Steht dir wirklich gut.«

War das etwa ein Lächeln, das seine schmalen Lippen umspielte? Was wollte der Mann von ihr? Eine Gegenleistung hatte er für sein Geschenk bisher nicht eingefordert. Auch wenn er den Wunsch geäußert hatte, sie wiedersehen zu wollen. Ob sie ihm bei Lynhards Hinrichtung aufgefallen war? Sie wusste inzwischen, wen sie vor sich hatte, aber wusste er auch, wer *sie* war?

»Hör zu«, unterbrach seine raue Stimme ihre Überlegungen. »Ich könnte jemand gebrauchen, der mir den Haushalt führt.«

Sie schüttelte stumm den Kopf.

»Warum nicht?«

»Du bist Emmerik Schimpf!«

»Na und?« Seine dunklen Augen senkten sich in ihre. Wenn er eben tatsächlich gelächelt hatte, so war davon nichts mehr zu erkennen. Seine Züge wirkten wie in Stein gemeißelt. »Verachtest du mich nun, da du weißt, dass ich Lübecks Scharfrichter bin? Du, eine Bettlerin und Hure?«

Mirke wich seinem Blick aus.

»Dachtest du, ich hätte dich noch nie bemerkt, bevor ich dich angesprochen und in die Schänke mitgenommen habe?«

Er verbeugte sich. Der Ton seiner Stimme war spöttisch. »Wir sind vom gleichen Stand, Mädel.«

Krakow, September 1399

Über den Dächern und Zinnen von Krakow hatte an diesem Morgen feiner Dunst gelegen, der die Bäume, Büsche und Weiden der Umgebung mit einem feuchten Schleier bedeckte. Doch nun, da die Sonne höher stieg, würde sie mit ihren Strahlen bald den Boden erwärmen. Piet hatte sich für seine erste Vorstellung an einem der Marktplätze rund um den Wawel eingefunden. Seine im Sonnenlicht bunt schimmernde Hose und das diesmal mit einer Paste aus Weizenschrot hell geschminkte Gesicht ließen die Leute schon von weitem erkennen, was er war. Ein Narr, geübt darin, die Menschen zum Lachen und Staunen zu bringen.

Piet – oder Victorius, wie er sich auch nannte – summte ein Lied vor sich hin. Cristin hatte ihm über einen Boten mitteilen lassen, dass Lynhard auf dem Richtplatz Lübecks gehängt worden war. Piet wusste, wie schwer die Vergangenheit auf Cristins Seele lastete, wie oft sie nach all der Zeit immer noch unter Albträumen litt. Ein Lächeln stahl sich in seine Mundwinkel. Endlich würde sie alles hinter sich lassen können, mit Baldo an ihrer Seite, der ihm zum Freund geworden war. Und mit der kleinen Elisabeth, von der seine Schwester solange getrennt gewesen war.

Obwohl es noch nicht allzu lange her war, seit sie sich voneinander verabschiedet hatten, vermisste er Cristin bereits schmerzlich. Piet war mit Leib und Seele Narr und Jongleur, und in Polen hatte er eine zweite Heimat gefunden. Dennoch waren da immerzu dieses Gefühl eines ständigen Verlustes und eine gewisse Traurigkeit darüber, sie nicht in seiner Nähe zu wissen. Des Nachts, wenn Marianka neben ihm schlief, gingen seine Gedanken auf Reisen zu seiner Zwillingsschwester, und er richtete seine ganze Aufmerksamkeit auf das geliebte Antlitz. Er malte sich aus, wie sie an ihrem Spinnrad arbeitete oder das Abendessen zubereitete. Oft versuchte er sich ihre Stimme vorzustellen, wollte vor seinem inneren Auge sehen, wie sie lachte und dabei die Nase krauszog. Doch nichts geschah. Wären es auch nur kurze, bruchstückartige Bilder, das würde ihm schon genügen.

In der Vergangenheit waren die Visionen stets unvermittelt über ihn gekommen, trotzdem hatte er sich darauf verlassen können. Nun aber blieb seit einer Weile alles stumm in ihm. Er seufzte und lenkte seine Gedanken zu Marianka. Wenn er die Hände über ihren biegsamen Körper wandern ließ, schenkte sie ihm Freuden, die er nie zuvor kennengelernt hatte. Er vermisste den Klang ihres Lachens und ihre warmen Arme, kaum dass er sie frühmorgens verließ. Die Arbeit an dem kleinen Haus, das sie in der Nähe von Mariankas Eltern bauten, schritt gut voran. Piet strich sich eine Haarsträhne aus der Stirn. Geschickt schlüpfte der Narr in seine Schuhe mit den kleinen Glöckchen, die bei jeder Bewegung klingelten, und stimmte ein fröhliches Lied an.

Der Marktplatz nahe dem Wawel war an diesem Morgen schon gut besucht. Gehüllt in leichte Umhänge, um den frischen Morgenwind abzuhalten, eilten die Menschen herbei, um an den Fleisch- und Gemüseständen einzukaufen. Vorräte mussten angelegt werden. Die Ernte war in diesem Jahr mehr als gut ausgefallen, selbst der ärmste Bauer mitsamt seiner Familie würde den nahenden Winter überstehen, ohne Hunger leiden zu müssen. Frauen trugen Körbe mit Rüben und Kohlköpfen, Säcke voller Getreide wechselten die Besitzer.

Ein üppig beladener Eselkarren fuhr heran. Beim näheren Hinsehen erkannte Piet die beiden Männer auf dem Kutschbock wieder. Es waren die jüdischen Schäfer, denen er bei einer Audienz von König Jagiello und seiner Gemahlin Jadwiga im vergangenen Jahr begegnet war.

Der Großvater, damals schon betagt, konnte inzwischen nur noch mithilfe des jüngeren Mannes vom Wagen klettern. Wie es schien, hatten auch sie einen guten Sommer gehabt. Die Schäfer hatten mit der Bitte um einen Teilerlass der auferlegten Steuern bei Hof für einen Eklat gesorgt. Sie waren daraufhin von den Günstlingen des Königspaares verspottet und beschimpft worden. Allein der Großmut Jadwigas hatte sie davor bewahrt, mit Stöcken und wüsten Flüchen aus dem Wawel gejagt zu werden. Den Blick, mit dem ihr Gemahl sie damals bedacht hatte, würde Piet wohl nie vergessen können.

Jadwiga. Liebreizende, gütige Königin Polens. Noch immer konnte er nicht fassen, dass sie nicht mehr am Leben war. Sie war die Seele dieses Reiches gewesen, die Sonne dieses Volkes. Nun ruhte sie in einer Gruft der Kathedrale des Wawel. Längst waren die Kundschafter Jagiellos unterwegs, um nach einer geeigneten Nachfolgerin Ausschau zu halten, die dem Herrscher endlich den ersehnten Thronerben gebären sollte. Jagiello war fast fünfzig Jahre alt, die Zeit drängte. Niemand würde Jadwiga je ersetzen können. Ohne ihre Gunst und Freundlichkeit hätten Cristin, Baldo und er wohlmöglich nie den Ring von Menschenhändlern aufgedeckt.

Die Königin hatte seine Schwester, Baldo, ihn selbst und Janek den Winter über in der Burg aufgenommen. Ohne sie wäre er seiner Marianka niemals begegnet. Ruhe sanft, geliebte Königin, dachte er und warf sich den fein gewebten Umhang um, den Jadwiga ihm als Abschiedsgeschenk überreicht hatte. Piet blinzelte, um die aufsteigenden Tränen zurückzuhalten. Ein Narr hatte lustig zu sein, Späße zu treiben. Seine Augen mussten blitzen, zwinkern und mit den hübschen Weibern schäkern.

Mittlerweile sammelten sich Schaulustige um ihn und bildeten einen Kreis. Kinder zeigten mit dem Finger auf ihn und riefen ihm etwas in polnischer Sprache zu, was er im Stimmengewirr nicht verstand. Zwei Männer, die sich schwer auf Gehstöcke stützten, nickten zum Gruß. Eine junge Frau in einem feinen Gewand lächelte schüchtern. Piet atmete aus, nahm seine Jonglierbälle aus dem Lederbeutel, den er in einer eingenähten Tasche seines Umhanges verbarg, und verwandelte sich mit der ersten komischen Grimasse, dem ersten Lachen in Victorius, den Hofnarren des Königs und angesehenen Könner seiner Zunft.

»Oh!« und »Ah!« riefen die Zuschauer, als er erst mit drei, dann mit vier und schließlich mit fünf Bällen jonglierte, sie immer wieder hochwarf und dazu einen Hofknicks nach dem anderen vorführte. Doch obwohl die Leute sich vor Lachen die Bäuche hielten, blieb es in seinem Inneren kalt. Victorius sehnte das Ende der Vorstellung herbei, den Moment, in dem er seine Kostümierung ablegte und wieder zu Piet Kerklich wurde, dem Mann, dessen Gefühle zwischen Trauer und Freude schwankten wie ein in Seenot geratenes Schiff.

Ja, wäre Jadwiga hier inmitten dieser begeisterten Menge, mit Freuden würde er sie die nächsten Stunden belustigen! Die Königin wäre glücklich, wenn sie wüsste, dass der Mörder von Cristins Mann gerichtet und ihre Freundin mit ihrer kleinen Familie in Sicherheit war, durchfuhr es ihn. Victorius verscheuchte den Gedanken, zwinkerte einem kleinen Mädchen mit geröteten Wangen zu und stimmte ein Lied an.

»Schöner Edelstein Polens, geliebt wirst du sein für alle Zeiten.
Deine Güte, dein Licht werden über uns strahlen, uns erinnern,
wie es einst war, als du uns deine Liebe und Hoffnung schenktest.
Arme und Kranke hast du getröstet, alles für uns gegeben. Doch
nun bleibst du stumm, dein Licht ist erloschen. Gesegnet seist du,
Jadwiga, geliebte Königin.«

Ein Raunen ging durch die Menge. Viele stimmten in die einfache, selbst erdachte Melodie ein, andere schlugen ein Kreuz über der Brust. Eine runzelige Alte wischte sich Tränen aus dem wettergegerbten Gesicht und ging gesenkten Hauptes davon. Piet blickte ihr einen Augenblick lang nach. Dann verbeugte er sich und verließ den Platz.

Den beiden Reitern, die ihn bei seinem Auftritt beobachtet hatten und die nun in die entgegengesetzte Richtung davonritten, maß er keine Bedeutung bei.

26

Hamburg

Der Nachmittag neigte sich dem Ende zu. Ein Strahl Septembersonne fiel auf die Tischdecke, die Cristin vor sich ausgebreitet hatte, und ließ die feinen Goldfäden in den eingestickten Ornamenten aufleuchten. Sie lächelte zufrieden. Wochenlang hatte sie daran gearbeitet. Die Auftraggeber wollten sie am folgenden Tag abholen. Einen Moment hielt sie mit der Arbeit an der Decke inne, welche die Frau eines angesehenen Kaufmanns bestellt hatte, und blickte aus dem Fenster. Das muntere Vogelgezwitscher im Garten des Nachbarn sowie Elisabeths helles Lachen lockten sie ins Freie, doch sie wollte auf jeden Fall noch die Stickereien fertigstellen. Also senkte sie den Kopf wieder über den Stickrahmen und summte eins der Lieder, die Piet so gerne sang.

Da klopfte es an die Tür der Spinnerei. Als Cristin den Bader Ludewig Stienberg erkannte, war die Freude groß, denn sie hatten sich schon eine Weile nicht mehr gesehen.

»Kommt mit mir in die Küche, Ludewig. Minna wird uns ein schmackhaftes Abendessen bereiten.«

Mit dem Kind an der Hand machte sich Cristin auf den Weg in die Küche. Der Bader folgte ihr.

Minna stand an dem neuen Herd, den Baldo von einem Steinmetz hatte mauern lassen. Sie wischte sich die Hände an einem Tuch ab, nickte dem Gast zu und wies auf einen Topf, der auf dem eisernen Rost über der Öffnung der Feuerstelle stand.

»Gott zum Gruß, Herr Stienberg. Bleibt Ihr zur Vesper?«

Er nickte. Die Lohnarbeiterin sah zu Cristin und kniff die Augen zusammen. »Ist Euch nicht wohl? Ihr seid so blass, Frau Schimpf.«

Elisabeth lief zu Lump hinüber, der sich unter dem Tisch ausgestreckt hatte und kroch zu ihm.

Die Hausherrin lächelte. »Nein, nein, Minna, es ist nichts. Mach dir keine Sorgen. Unser guter Ludewig wird bis morgen unser Gast sein, dann fährt er weiter in den Süden der Stadt, wie er mir eben erzählte. Dort soll es Fälle einer ansteckenden Krankheit geben, um die er sich kümmern möchte.«

Minna bekreuzigte sich schnell. »Doch nicht die Pestilenz, oder?«

»Gott bewahre!«, rief der Bader aus. »Habt keine Angst, gute Frau. Gebt mir lieber einen Becher von Eurem Wein.«

»Ja, tu das, Minna«, erscholl Baldos Stimme, der die Küche betreten hatte und seine Mütze auf die Bank warf. »Und mir bitte auch.«

Bald darauf saßen sie in der *Dornse* beieinander und aßen. Cristin bekam jedoch vor Aufregung kaum einen Bissen von dem köstlichen Kohleintopf hinunter, den sie zusammen mit Minna zubereitet hatte. Sie konnte es kaum erwarten, bis Baldo und Ludewig sich endlich gesättigt auf ihren Stühlen zurücklehnten und sie ihnen von der wundervollen Neuigkeit berichten konnte, die seit Tagen ihre Gedanken beherrschte. Als Elisabeth genug hatte, kletterte sie vom Schoß der Mutter, um sich an Baldo zu kuscheln. Cristin trommelte mit den Fingerspitzen auf den Holztisch und wartete, bis die Lohnarbeiterin abgeräumt und sich wieder gesetzt hatte. Sie hob den Becher.

»Lasst uns diesen Abend festlich begehen, lieber Mann!«

»Gibt es etwas zu feiern, Cristin, oder warum strahlst du wie die Sonne selbst?«

»Rate mal, mein Lieber!«

»Ich habe keine Lust auf Ratespiele«, winkte er ab und wandte sich Ludewig zu. »Wisst *Ihr*, was es zu feiern gibt?«

Ludewig schüttelte den Kopf.

Baldo kratzte sich am Hinterkopf. »Hast du vielleicht diesen bestickten Umhang verkauft, den unsere Nachbarin bestellt hat?«

»Nein, der Umhang wird erst in ein paar Tagen fertig sein.« Sie lächelte. »Es ist viel schöner. Wir werden zum nächsten Frühling ein Kind bekommen, mein Lieber!«

Baldo verschluckte sich, und Ludewig klopfte dem Freund gutmütig auf den Rücken.

»Was … was hast du da gesagt? Ein Kind?«

Minna klatschte in die Hände, Elisabeth tat es ihr gleich. Cristin nickte. Schon war Baldo aufgesprungen, um den Tisch gelaufen und riss sie in die Arme.

»Ist das wahr, Liebes? Wie … woher weißt du das? Wir bekommen tatsächlich …?«

So fassungslos hatte sie ihren Gatten noch nie erlebt. Sie küsste ihn auf die Nasenspitze und umarmte ihn stürmisch. »Natürlich ist es wahr«, versicherte sie ihm lachend. Hinter sich hörte sie das Klirren der Becher, als Minna und Ludewig sich zuprosteten. »Ich weiß es schon seit einigen Tagen, wollte aber auf eine passende Gelegenheit warten, um es dir zu erzählen.«

Baldo hob Elisabeth hoch. Seine Züge wirkten im Schein des Kaminfeuers weich. Um seinen Mund zuckte es. Er wandte sich zu den anderen um. »Lasst uns heute Abend miteinander fröhlich sein!«

Lange nachdem Minna und Elisabeth zur Ruhe gegangen waren, saßen die drei Freunde noch beieinander und genossen die willkommene Abwechslung.

»Ihr solltet unbedingt einen Zunftknecht einstellen, Deern, bevor man Euch mit einer Strafe der Gilde droht«, gab der Bader zu bedenken. »Außerdem wird es Zeit, dass ein kräftiger und geschickter Bursche Euch entlastet. Ihr wisst selbst, wie beschwerlich die letzten Wochen vor der Niederkunft sind.«

Baldo nickte nachdenklich. »Gleich morgen will ich versuchen, jemanden zu finden.«

»Ich komm ja schon, meine Güte!«

Während Piet barfuß und auf Zehenspitzen durch die Diele von Mariankas Elternhaus zur Tür schlich, dabei die Bänder seiner dünnen Stoffbeinlinge verschnürte und das Hemd richtete, klopfte es erneut laut und mit Nachdruck.

»Bin ja schon da.«

Er öffnete und blinzelte in das erste fahle Morgenlicht. Eine frische Bö fuhr ihm durch das zerzauste Haar. Auf der steinernen Stufe stand ein kräftig gebauter Mann, der Kleidung nach ein Bediensteter des Königshofes. Seinen grauen Tarpanhengst hatte er an einem Pfosten festgebunden. Piet traf ein kühler, abschätziger Blick.

»Victorius, der Narr?«

»Oder Piet Kerklich, ganz wie es Euch beliebt. Was wollt Ihr?«

Der Mann musterte ihn eingehend. »Ihr sollt auf den Wawel kommen.«

»Jetzt sofort?«

»Ja. Sattelt Euer Pferd und folgt mir.«

Piet grinste. »Mein Weib wartet auf mich. Was ist so wichtig, dass Ihr mich in aller Herrgottsfrühe aus dem Bett holt?«

Der Mann verzog keine Miene. »Das wird man Euch dort erklären.«

Ein ungutes Gefühl ergriff von Piet Besitz. »Wartet. Ich kleide mich rasch an.«

Er ging zurück in die Kammer, wo Marianka – das Gesicht noch gerötet von dem Liebesspiel, dem sich die beiden nach dem Erwachen hingegeben hatten – ihn mit einem neugierigen Blick bedachte.

»Was ist, Liebling?«

Ihre Lippen glänzten feucht. Wusste sie eigentlich, wie verführerisch ihre Haut im Schein des Talglichtes schimmerte? Seine Finger kribbelten, so sehr wünschte er sich, wieder aufs

Bett sinken und dort fortfahren zu können, wo sie aufgehört hatten.

»Ich soll zum Schloss kommen«, erklärte er, während er nach einem Wams griff und hineinschlüpfte.

Marianka stützte sich auf die Ellenbogen. Ihre Augen waren noch immer verhangen. »Warum? Was will man von dir?«

»Ich weiß es nicht.« Er beugte sich zu ihr hinab und küsste sie. »Schlaf noch ein wenig. Ich bin sicher bald zurück.«

»Hör zu, Narr.«

Der beleibte Mann, zu dem man ihn nach seiner Ankunft im Schloss geführt hatte, ein Kerl mit teigiger Haut und dünnen, bis über den Kragen fallenden Haaren, beugte sich in seinem gepolsterten Sessel vor. Piet wusste nicht, wer der Mann war, allerdings empfand er körperliches Unbehagen, seit er den Raum betreten hatte.

»Seine Majestät wünscht nicht, dass du weiterhin in deinen Liedern die Königin besingst!«

»Ich verstehe nicht …«

»Die Trauerzeit des Königs ist vorüber«, unterbrach der andere ihn brüsk. »Seine Hoheit sieht sich längst nach einer geeigneten Nachfolgerin für die Verstorbene um.« Der Mann griff nach einem Becher und setzte ihn an die fleischigen Lippen.

Piet schluckte. Jadwiga war erst seit zwei Monaten tot, und der König wollte bereits eine andere zur Frau nehmen?

»Damit wir uns recht verstehen: Du wurdest wiederholt dabei beobachtet, wie du auf dem Marktplatz die Schönheit und Tugenden der Königin gepriesen hast. Seine Majestät wünscht ab sofort nicht mehr die Erwähnung ihres Namens«, fuhr der Mann fort.

Er griff nach einer geräucherten Schweinswurst und biss hinein. Piet schüttelte sich beim Anblick der Mengen an Köstlichkeiten. Ein halbes Dutzend mit Honig bestrichene Weizenbrotscheiben, Äpfel und Birnen, Käse sowie drei fetttriefende Würste und dazu ein großer, sicher mit edlem Wein gefüllter Becher – kein Wunder, dass der Mann so fett war.

Als hätte dieser seine respektlosen Gedanken gelesen, sah er von seinem Mahl auf und musterte Piet, der wie festgewachsen dastand, aus schmalen Augen. Zwei dünne Fettspuren liefen von den Mundwinkeln bis zu den Speckfalten seines behaarten Doppelkinns und versickerten darin.

»Aber ich möchte doch nur die Erinnerung an Eure wunderbare Königin wachhalten«, kam es lahm über Piets Lippen.

Sein Gegenüber griff nach einem Mundtuch und wischte sich über das Gesicht. »Schweig, Narr. Du bist in Ungnade gefallen. Seine Majestät wünscht dich nicht mehr zu sehen. Weder auf dem Wawel noch auf den Marktplätzen der Stadt. Treib woanders deine Späße, unser Land ist groß, doch hier bist du nicht mehr willkommen!« Der Dicke erhob sich ächzend. »Und jetzt fort mit dir!« Er wedelte mit der Hand durch die Luft, als wäre sein Gegenüber von einer ansteckenden Krankheit befallen. »Geh schon! Oder muss ich die Schlosswachen rufen?«

In Piets Brust breitete sich ein jäher Schmerz aus. Gesenkten Hauptes und ohne ein weiteres Wort stürzte er hinaus. Erst, als das Tor zur Burg sich hinter ihm schloss, sah er wieder auf. Er ließ den Blick über die Burganlage und den Garten schweifen. Wie nur sollte er Marianka begreiflich machen, dass nun all ihre Pläne zunichte waren, der Traum vom eigenen Häuschen begraben? Die regelmäßigen Vorstellungen auf dem Wawel waren seine Haupteinnahmequelle gewesen. Wenn die nicht mehr sprudelte und er auch nicht mehr in der Stadt auftreten durfte … Würden der Narr Victorius und sein hübsches Weib wie Vagabunden durch die Lande ziehen müssen, um sich abends – wenn das Glück ihnen hold und die Zuschauer ihnen wohlgesonnen waren – den Bauch mit einer warmen Mahlzeit füllen zu können? Oft genug hatte er die letzten Jahre am Hungertuche nagen müssen. Marianka aber hatte etwas Besseres verdient.

Schweren Schrittes legte er den kurzen Weg bis zu dem Pflock zurück, an dem er sein Pferd angebunden hatte. Es schnaubte zur Begrüßung. Geistesabwesend stieg Piet in den Sattel und ritt mit düsteren Gedanken die Straße hinab.

27

Lübeck

Als Mirke an einem lauen Septembermorgen auf den Markt ging, stellte sich ihr ein gut gekleideter, glatt rasierter Mann in den Weg und packte sie am Arm. »Da bist du ja, Metze! Dachtest wohl, ich finde dich nicht!« Eisern war sein Griff, wütend der Blick aus stahlgrauen Augen.

»Her mit meiner Geldkatze, sonst rufe ich die Büttel, und du landest am Schandpfahl! Oder man hackt dir die Hand ab, damit du deine diebischen Finger nie wieder in eine fremde Geldbörse steckst! Also, her mit meinem Geld!«

Schon wurden die ersten Marktbesucher aufmerksam und näherten sich dem ungleichen Paar. Kälteschauer jagten durch Mirkes Leib und ließen sie wie festgewachsen stehen bleiben.

»Nicht der Pranger!«, widersprach sie hastig.

Sie hatte nichts getan. Wie kam der Mann dazu, sie zu beschuldigen? Sie kannte ihn ja nicht einmal. Ein Wimmern stieg in ihr auf.

»Ich habe Euch nicht bestohlen, Herr.« Ihre Lippen bebten.

Der dürre Heringshändler, vor dessen Tisch sie standen, entblößte eine Reihe schwärzlicher Zahnstümpfe. »Soll ich meinen Jungen die Büttel holen lassen?«, erbot er sich, »damit sie die Beutelschneiderin mitnehmen, Herr?«

»Das wird das Beste sein.« Der Mann nickte.

Mirkes Zähne begannen aufeinanderzuschlagen.

»Lasst sie los, Geerts!«

Hinter dem Mann wurde die Gestalt des Henkers sichtbar. Die junge Frau sog scharf die Luft ein.

»Emmerik Schimpf, misch dich nicht in Sachen ein, die dich nichts angehen«, erwiderte der andere unwillig. »Tritt beiseite!«

Ein grimmiger Ausdruck legte sich auf die Züge des Henkers. »Ich sagte, du sollst sie loslassen.«

»Das Weib ist eine …«

»… eine Bettlerin, ich weiß.«

»Und eine Diebin obendrein! So was gehört an den Schandpfahl und ausgepeitscht. Oder bist du da etwa anderer Meinung, Schimpf?«

Der Henker schüttelte den Kopf. »Nein.« Mirkes Kehle entrang sich ein Stöhnen, doch der Scharfrichter sprach weiter: »Wenn sie es denn gewesen ist. Könnt Ihr es beweisen? Sonst lasst die Frau ihrer Wege ziehen!«

»Seit letztem Sonntag, als ich die Messe verließ, ist meine Geldkatze mit einem Silbergulden und zehn oder zwölf Groschen verschwunden. Wer soll es denn sonst gewesen sein als dieses Weib? Ich habe ihr zwei Witten gegeben.« Angewidert verzog er das Gesicht. »Sie hat mir die Hand geküsst. ›Ich bete für Euch, edler Herr‹, hat sie gesagt. Pah!«

Jetzt erinnerte Mirke sich wieder. »Ich schwör's bei allen Heiligen! Ich hab Euer Geld nicht genommen. Das müsst Ihr mir glauben, Herr!«

Emmerik Schimpf räusperte sich vernehmlich. »Hört zu, Geerts, ich gebe Euch fünf Witten, und Ihr lasst die Sache auf sich beruhen. Ihr könnt den Diebstahl ohnehin nicht beweisen. Also nehmt das Geld und lasst sie in Frieden.« Er griff in einen Lederbeutel und entnahm ihm ein paar Münzen.

»Also gut. Aber dass mir dieses Weib nie wieder unter die Augen kommt!«

Geerts steckte das Geld ein, warf Mirke einen letzten verächtlichen Blick zu und drehte sich um. Die Menge zerstreute sich, und die junge Frau folgte ihrem Retter zu einem kleinen Haus an der Stadtmauer, das er allein bewohnte. Sie erinnerte sich an seine Worte: »Wir sind von gleichem Stand.« Als der Henker am Hafen diese spöttischen Worte ausgesprochen hatte, war sie wie erstarrt gewesen, bevor sie schließlich schweigend davongeeilt war. Doch hinter sich hatte sie noch sein heiseres Lachen gehört.

»Wir sehen uns wieder, Mädchen. Überleg es dir gut, ob du nicht bei mir einziehen willst«, hatte er ihr nachgerufen.

Niemals. Sie mochte tief gesunken sein, tiefer, als sie je geglaubt hätte, sinken zu können.

Das hatte sie zumindest angenommen. Aber hatte er sie nicht vor diesem Geerts gerettet?

Eine Woche später. Im fahlen Licht des Mondes, das durch das kleine Fenster ins Innere der Kammer fiel und ein schmales Viereck auf den steinernen Boden zeichnete, betrachtete Mirke den halb nackten, muskulösen Körper des schlafenden Mannes neben sich. So übel war der Kerl eigentlich gar nicht. Emmerik hatte sie nicht wie ein Tier genommen, wie viele andere vor ihm. Freundlich war er zu ihr gewesen, hatte mit ihr geredet, nachdem er sich, offenbar befriedigt, von ihr heruntergerollt hatte. Außerdem stank er nicht so widerlich und schien vor allem keine Läuse zu haben.

Mirke drehte sich auf die Seite und zog die Decke höher. Vielleicht bleibe ich eine Weile bei ihm, überlegte sie, zumindest bis zum Frühling. Sie betrachtete seinen breiten Rücken. Besser als Alheyds schmuddelige Kammer war es allemal. Er gibt mir ein Dach über dem Kopf und eine ordentliche Mahlzeit. Warum also nicht? War dies nicht ein klares Geschäft? Essen und Bett gegen ihren willigen Leib? Wenigstens würde sie sich nun nicht mehr von jedem Kerl für ein paar Witten begrapschen und zwischen die Beine steigen lassen müssen.

Cristin litt unter anhaltender Übelkeit, etwas, das sie noch von der ersten Schwangerschaft her kannte. In ihrem Magen rumorte es ähnlich wie damals auf der Schiffsreise von Polen zurück nach Lübeck, als sie so seekrank gewesen war, dass sie nichts hatte zu sich nehmen können. Mit einem pochenden Schmerz hinter den Schläfen kroch sie täglich vor Sonnenaufgang aus der Schlafstatt, um Elisabeth zu versorgen, bevor sie die Goldspinnerei öffnete. Baldo sah es mit Sorge, doch Cristin versicherte ihm, die Übelkeit werde bald vergehen.

Auch an diesem Morgen saß sie in ihrer Werkstatt und arbeitete. Gerade als sie die letzten Stiche am Kragen eines Umhanges ausführte, fing Lump zu winseln an. Cristin blickte auf. Baldo betrat die Werkstatt, näherte sich mit großen Schritten und wedelte mit einem verschnürten Päckchen. Sein Gesicht war unnatürlich bleich. Sie ließ den Umhang sinken. Entgegen seiner Gewohnheit, schenkte Baldo der überschwänglichen Freude seines Hundes keine Beachtung. Wortlos legte er das in festes Leder verschnürte Paket auf die Bank neben Cristin ab.

»Was ist denn los? Hast du etwa einen Geist gesehen, Liebling?«

Baldo setzte sich auf einen Schemel. »So etwas Ähnliches, ja.«

»Ich verstehe kein Wort.«

Er wies auf das Bündel. »Dies ist… es ist vom Wawel. Von Jadwiga.«

»Das kann nicht sein, Baldo. Du musst dich irren!«

»Oh nein.«

Dann begann er stockend zu sprechen. Von seiner Fahrt zum Hafen, wo er Leinen und Wolle hatte kaufen wollen.

»Das weiß ich alles«, unterbrach Cristin ihn ungeduldig. »Aber woher hast du das Paket?«

Er schien durch sie hindurchzusehen, wischte sich Schweißperlen von der Stirn. »Unterwegs bin ich einem Reiter begegnet. Er trug das polnische Wappen auf seinem Mantel. Ich sprach ihn an, ob ich ihm helfen könne.«

»Und?« Cristin musterte ihren Mann beunruhigt.

»Er suchte unsere Goldspinnerei.«

Es hatte sich herausgestellt, dass der Bote von König Jagiello persönlich beauftragt worden war, das Bündel bei ihnen abzugeben. Als letzten Gruß seiner verstorbenen Gemahlin. Cristin stockte der Atem. Unfähig, auch nur eine Silbe hervorzubringen, blickte sie zu Baldo auf.

»Hörst du? Sie hat dir etwas hinterlassen.«

Cristin wartete, bis die Betäubung allmählich aus ihren Gliedern wich, und nahm das Paket entgegen, das Baldo ihr reichte.

»Pack es aus.«

Zaghaft löste sie die Verschnürung und faltete das Leder auseinander. Zum Vorschein kamen zwei ineinandergerollte Pergamente. Im Inneren befand sich noch etwas. Cristin spürte, wie ihr das Blut in die Wangen schoss. Es handelte sich um einen hellen Leinenbeutel. Die Kordel, die ihn verschloss, trug ein rotes Siegel. Vorsichtig entfernte sie es, öffnete den Beutel und schüttelte den Inhalt auf ihre Handfläche. Drei in Gold gefasste Steine, jeder einzelne von der Größe eines Daumennagels, lagen vor ihr. Einer war schwarz wie Kohle, ein weiterer bestach durch seine hellviolette Farbe, während der letzte durchscheinend klar wie ein Bergsee im Sonnenlicht war.

»Sieh nur! Mein Gott!«

»Liebes, die müssen ein Vermögen wert sein!«, keuchte Baldo auf, während er die Schmuckstücke behutsam in die Hände nahm und sie mit großen Augen betrachtete. »Wo sollen wir sie nur aufbewahren?«

»Aufbewahren?«, wiederholte Cristin.

Er sah auf. »Ja, ohne in ständiger Furcht zu leben, sie könnten entdeckt und gestohlen werden.«

Sie konnte den Blick nicht von den Kunstwerken wenden.

»Ich weiß es nicht, Baldo. Das kann ich unmöglich annehmen, verstehst du? Jadwiga beschämt mich.« Ihre Augen füllten sich mit Tränen.

»Doch, du kannst es annehmen«, widersprach er sanft. »Dir diesen Schmuck zu überlassen, war schließlich ihr ausdrücklicher Wunsch.«

Die junge Frau vergrub ihr feuchtes Gesicht an Baldos Schulter und atmete seinen vertrauten Duft ein, und er strich ihr über den Rücken. Einige Herzschläge lang standen sie reglos da. Als Cristin ihre Fassung zurückerlangte, betrachtete sie Jadwigas Geschenk, das nun auf einem Tisch lag. Das einfallende Dämmerlicht ließ die Edelsteine in Regenbogenfarben funkeln.

»Lies vor, Cristin«, bat Baldo leise an ihrem Ohr.

Sie atmete tief durch und löste sich aus seiner Umarmung. Nach einem Räuspern entrollte sie den ersten Pergamentbogen und hielt ihn dicht vor die Augen.

Liebste Freundin,
wenn dich diese Nachricht erreicht, werde ich nicht mehr auf dem Wawel weilen, sondern bereits bei unserem Herrn in der Ewigkeit sein. Für diesen Fall habe ich veranlasst, dass dir mein Schreiben zusammen mit dem Bündel überbracht wird.
Lange habe ich darüber nachgedacht, wie ich dir die Fürsorge und Freundschaft, die du mir stets entgegengebracht hast, vergelten kann. Da ich weiß, dass du die Edelsteine sowie das beiliegende Schreiben sonst niemals angenommen hättest, betrachte dieses Geschenk als meinen letzten Wunsch, liebste Cristin.
Ich bitte dich, diese Gabe gut zu verwahren und sie zu nutzen, solltest du sie eines Tages benötigen. Mögen unser Herr und die Heilige Jungfrau dich und die Deinen segnen und vor allem Bösen bewahren.
Das zweite Schreiben, das du in dem Bündel findest, ist für einen meiner hochgeachteten Tuchhändler gedacht. Seine Stoffe sind das Feinste, das in meinem Reich zu erwerben ist. Nur ein auserlese-

ner Kreis darf sich glücklich schätzen, Enricos Kostbarkeiten zu besitzen. Mit seiner und Gottes Hilfe wird es euch gelingen, mit deiner Goldspinnerei einen blühenden Handel aufzubauen. Ich habe Enrico schon vor geraumer Zeit mit der Nachricht betraut, sich deine wunderschönen Arbeiten anzusehen. So wirst du Venedig, die Stadt, die ich am meisten geliebt habe, nun auch besuchen, wenngleich ohne mich. Doch sollte dir das goldene Licht der Lagune begegnen, dann gedenke meiner.
Bitte behaltet mich in guter Erinnerung. Ich habe gern gelebt und scheide ohne Gram.
Eine in italienischer und eine in polnischer Sprache verfasste Abschrift dieser Nachricht liegt sicher verwahrt bei einem meiner Hofadvokaten.
In ewiger Dankbarkeit
Jadwiga, Königin von Polen und Litauen

Cristin schlug die Hand vor den Mund. Wie durch einen Schleier hindurch las sie das Datum, an dem Jadwiga das Schreiben unterzeichnet hatte. Es war der 18. Juni 1399, nur vier Tage vor der Geburt des königlichen Kindes. Jadwiga hatte die Möglichkeit ihres Todes offenbar damals schon in Betracht gezogen und dennoch ihrer gedacht.

Baldo legte den Arm um sie, während sie die zweite Pergamentrolle zur Hand nahm. Stockend begann sie zu lesen. Es war ein Empfehlungsschreiben des polnischen Königshofes für einen Tuchhändler namens Enrico de Gaspanioso aus Venedig, in der die besondere Kunstfertigkeit der Goldspinnerin Cristin Schimpf gewürdigt wurde. Darunter ein Wachsstempel mit Jadwigas Initialen – und ihre eigenhändige Unterschrift. Zitternd ließ Cristin den Bogen sinken. Venedig!

Baldos Kehle entrang sich ein heiseres Röcheln. Sie sahen einander an, völlig gefangen in dem Augenblick. Nur allmählich drang die Bedeutsamkeit von Jadwigas Vermächtnis zu Cristin durch. Die Königin hatte ihnen nicht nur ein kleines Vermögen hinterlassen, sondern ihnen auch Tür und Tor für die Zukunft der Goldspinnerei geöffnet. Was das bedeuten mochte, wagte sie sich kaum auszumalen.

28

Während der folgenden Tage fiel es Cristin schwer, sich auf die Spinn- und Stickarbeiten zu konzentrieren. In ihr war ein stetiges Kribbeln, als ob Tausende von Ameisen unter ihrer Haut wohnen würden. In den Nächten schreckte sie immer wieder hoch und vermochte danach nicht mehr einzuschlafen, zu viele Gedanken wirbelten ihr durch den Kopf. Am Morgen hielt die Übelkeit sie nach wie vor in den Klauen, wenn auch nicht mehr so heftig. Zu den Mahlzeiten stocherte sie auf ihrem Teller herum und aß nur so viel, wie sie musste, um nicht auch noch Baldos Aufmerksamkeit auf sich zu ziehen. Minna war schon misstrauisch genug und beobachtete sie fortwährend mit strenger Miene.

Nun saß Cristin vor ihrem ganzen Stolz, einem Spinnrad, das sie von Mechthilds Geld erstanden hatten, das neueste Modell derzeit, und versuchte Elisabeths Singsang sowie ihr Gepolter beim Hüpfen auf dem Boden zu überhören. Nur mit Mühe konnte Cristin einen Seufzer unterdrücken. Hatte sie Minna nicht schon hundertfach gebeten, die Kleine bei sich zu behalten, damit sie in Ruhe arbeiten konnte? Wenn das Garn nicht geriet, wie es sollte, würde sie es nicht verarbeiten können. Dann war es nur eine Frage der Zeit, bis sie die Goldspinnerei schließen musste.

Den Kopf über das Spinnrad gebeugt, nahm sie die Wolle auf und fuhr mit dem Spinnen fort. Die Kleine hatte einige der farbigen Garnrollen vom Werktisch genommen und warf sie mit einem strahlenden Lachen durch den Raum. Begeistert klatschte sie in die Hände, während die roten und bräunlichen Fäden sich wie Spinnengewebe um das Spinnrad, den Tisch und die zwei Hocker wanden und ungleichmäßige Muster auf dem Lehmboden bildeten. Cristin starrte auf die glitzernden Fäden. Hitze wallte in ihr auf.

»Elisabeth, lass das Garn los und geh sofort zu Minna!«

Das Kind hielt in der Bewegung inne. Seine Augen weiteten sich und wurden feucht, wobei es eine handgefertigte Puppe an sich drückte. Minna trat ein und warf ihrer Herrin einen bedeutungsschweren Blick zu.

»Komm, Elisabeth. Ich brauch noch ein paar Kräuter aus dem Garten. Magst du mir helfen?«

Elisabeth nickte, ließ jedoch ihre Mutter nicht aus den Augen. Eine dicke Träne rollte ihr über die Pausbacken, während sie Minnas Hand ergriff.

»Es tut… tut mir leid, Schätzchen«, stieß Cristin hervor. »Ich spiele mit dir, sobald ich fertig bin, ja?«

Sie sah den beiden nach, als sie die Werkstatt verließen. Mit der Hand fuhr sie sich übers Gesicht. Nun war es schon so weit gekommen, dass sie Elisabeth anherrschte. Dabei, gestand sie sich ein, war sie selbst der Grund für ihre wachsende Unruhe. Baldo würde es natürlich auf die Schwangerschaft schieben, doch Cristin wusste es besser. Wenn sie schlief, träumte sie meistens von kostbaren Tuchen und Venedig, der fernen, mächtigen Stadt. Wenn sie jedoch erwachte und Elisabeth im Schlaf betrachtete, ließen die Gewissensbisse sie nicht in Ruhe.

Cristins Hals wurde eng. Bleibt mir denn eine andere Wahl, als sie allein zu lassen? Ich tue es doch auch für sie, überlegte die junge Frau. Selbst wenn sie an diesem Punkt ihrer Überlegungen angelangt war, wollten die Stimmen in ihrem Inneren nicht verstummen. Sie erinnerte sich an Zeiten, in denen sie lange getrennt gewesen waren, dachte an die vielen tückischen Krankheiten, die kleine Kinder befallen konnten und sie binnen kurzer Zeit dahinrafften. Aber wenn sie jetzt nicht nach Venedig fuhren, würden sie Jahre warten müssen. Noch stand sie am Anfang der Schwangerschaft. Eine spätere derartig weite Reise mit einem Kleinkind und einem Säugling schien ihr undenkbar. Natürlich konnte sie sich auf Minna verlassen, sie würde Elisabeth wie ihren größten Schatz hüten. Dennoch, die Lohnarbeiterin hatte mit der Spinnerei ohnehin schon alle Hände voll zu tun, und Cristin sorgte sich, ob das quirlige Kind nicht eine zu große Belastung für sie darstellte. Sie erhob sich von ihrem Schemel und streckte die verspannten Glieder. Es muss sein, beschloss sie. Jadwiga hat meine Spinnerei nicht bei dem venezianischen Tuchhändler empfohlen, damit ich diese Möglichkeit ungenutzt verstreichen ließe. Missmutig begann sie die Fäden nach und nach wieder aufzuwickeln, löschte die Talglichter, um sich in die Küche zu begeben, wo sie gewiss schon erwartet wurde.

Krakow, Anfang Oktober

»Sag mir, dass das nicht wahr ist, Piet!«

Er hob die Schultern. »Ich wünschte, ich könnte es, mein Liebes.«

Hilflos erwartete er das Unvermeidliche, wusste nicht, wo er seine Finger lassen sollte. Er schielte zu seiner Frau hinüber. Marianka lehnte, die Hände zu Fäusten geballt, an dem kleinen Küchenspind, in dem ihre Mutter Becher, Krüge und Teller aufbewahrte. Er sah, wie sie zitterte.

»Seit wann weißt du es?«, fragte sie ihn mit einer Stimme, die ihn eher an das Krächzen eines Vogels erinnerte als an den melodiösen Singsang, mit dem sie sonst zu sprechen pflegte. Ihr Gesicht hatte den Farbton der Wand hinter ihr angenommen.

»Seit dem Tag, als dieser Bote vom Wawel an unsere Tür geklopft hat.«

Marianka machte einen Schritt auf ihn zu. »Aber, das ist eine Woche her! Warum hast du solange geschwiegen?«

Piet griff nach dem Becher mit Bier, doch es schmeckte plötzlich schal. Er stand auf und trat ans Fenster. Auf der Gasse duckten sich zwei Sperlinge in den Staub, der das ausgetretene Pflaster bedeckte. Mit gespreizten Flügeln bewegten sich die kleinen Vögel hin und her, um sich anschließend zu schütteln und dabei feine Staubwölkchen aufzuwirbeln. Dann erhoben sie sich in die Luft und entzogen sich seinem Blickfeld.

»Ich höre, Piet Kerklich.«

Er drehte sich um und sah ihr in die funkelnden Augen. »Glaubst du wirklich, es fällt mir leicht, meiner Frau eine derartige Nachricht zu überbringen? Ihr zu sagen, dass sie von nun an das Weib eines im ganzen Land umherziehenden Gauklers sein und ihn wahrscheinlich nur alle paar Monate mal zu Gesicht bekommen wird?« Er zog eine Grimasse. »Ich habe es einfach nicht über die Lippen gebracht. Glaub mir, ich habe es versucht. Nenn mich ruhig einen Feigling, zetere mit mir wie ein Marktweib, aber steh nicht da mit diesem Ausdruck in den Augen.«

Sie wandte ihm den Rücken zu und hantierte mit den Bechern und Gefäßen im Spind. »Was soll nun werden? Mit unserem Leben, mit dem Haus, in dem wir mit unseren Kindern eines Tages leben wollten?«

»Bitte verzeih. Ich … ich habe mir nichts Böses dabei gedacht, als ich dieses Loblied auf Jadwiga gesungen habe. Konnte doch nicht ahnen, dass die Geier des Königs mich beobachten.«

Sie senkte den Kopf.

»Ich werde notgedrungen auf Reisen gehen müssen, um uns durchzubringen«, fuhr Piet fort. »So wie früher. Oder willst du mich etwa begleiten?«

Marianka schwieg, aber dann ergriff sie seine Hände.

»Wenn es sein muss … Ja, du Narr!«

»Das kann und will ich dir nicht zumuten.«

»Ach nein?« Ihre Brauen schossen in die Höhe. »Aber

mich hier monatelang warten lassen, bis du für einige Nächte heimkommst, bevor du wieder verschwindest, um andere Leute zum Lachen zu bringen – das willst du mir zumuten, ja?«

Er fasste ihr an die Schulter und senkte die Stimme.

»Du weißt nicht, wie hart das Leben auf der Straße ist.«

»Du bist wirklich ein Narr, Piet Kerklich. Ich habe dich nicht geheiratet, um dich gleich wieder zu verlieren.«

»Du verlierst mich ja nicht«, gab er lahm zurück.

Sie verschränkte die schlanken Arme vor der Brust. »Jedenfalls müssen wir sofort mit meinen Eltern über alles sprechen.«

»Worüber wollt ihr zwei mit uns reden?«, erscholl Konstantys tiefe Stimme hinter ihnen. Der kräftige Mann beäugte sie mit gefurchter Stirn.

»*Ojciec*!« Marianka löste sich von Piet und trat auf ihren Vater zu. »Piet darf nicht mehr im Wawel auftreten und auch nicht auf den Marktplätzen der Stadt!«

Konstantys Miene verfinsterte sich. »Von wem kommt dieser unsinnige Befehl?«

»Von eurem König höchstselbst«, antwortete Piet, »diesem verdammten…« Er grub die Zähne in die Unterlippe und starrte vor sich hin, bis Marianka ihm die Hand auf den Arm legte.

Mit kurzen Worten erklärte sie ihrem Vater die Situation. Konstanty schwieg, nachdem sie geendet hatte. In seinem Gesicht zeichneten sich Furchen ab, welche die Jahre auf ihm hinterlassen hatten.

»Steht es uns zu, die Befehle unseres Königs zu kritisieren?« Er wandte sich an Piet. »Nun, wie siehst du das?«

Piet wich dem Blick des Älteren aus. »Natürlich nicht.«

Mariankas Vater klopfte ihm auf den Rücken. »Was das polnische Volk von den Entscheidungen seines Regenten hält, mein lieber Piet«, er lachte bitter auf, »ist für den derzeitigen Herrscher des Wawel nicht von Bedeutung, besonders seit unsere geliebte Königin tot ist.« Eindringlich maß er seinen Schwiegersohn. »Ich schlage vor, wir gehen ein paar Schritte und unterhalten uns. Allein.«

Konstanty wartete Piets Antwort gar nicht erst ab, sondern schritt gemessenen Schrittes aus der Küche. Durchs Fenster verfolgte Piet, wie sein Schwiegervater seinen mit Quendelkraut gefüllten Lederbeutel und die helle tönerne Pfeife hervorholte und sie stopfte. Marianka nahm das schmale Gesicht ihres Ehemannes in beide Hände und hauchte einen Kuss auf seine Lippen. »Geh. Vater mag es nicht, wenn man ihn warten lässt.«

Piet betrat den Innenhof, von dem es in den Garten ging. Marianka hockte vor einem der Kohlbeete und blickte zu ihm auf.

»Was hat *Ojciec* von dir gewollt?«

»Was glaubst du denn? An meine Pflichten, anständig für dich zu sorgen, hat er mich erinnert.« Piet schnaubte, doch der Ton klang eher heiser in seinen Ohren.

Marianka erhob sich. Ihre Finger waren erdverkrustet. »Trag es ihm nicht nach, er sorgt sich eben um uns.«

Er verschränkte die Hände hinter dem Rücken und schaute zu dem kleinen Haus hinüber, dessen Mauern sich hinter den beiden alten Apfelbäumen erhoben. Einen Moment lang stand ihm wieder die Vision von letztem Frühling vor Augen, die Bilder von Tod und Verfall, die blütenlosen Äste, der leblose Vogel. Dann schüttelte er sie ab. Erneut heftete er den Blick auf die Mauern des Hauses, das hier entstehen sollte. Den kommenden Winter hatten sie schon hier verbringen wollen.

»Konstanty ist ein guter Mann. Ich verstehe ihn ja.« Er blinzelte zu seiner Frau hinüber. »Wir können bei deinen Eltern bleiben, solange wir möchten, Liebes.«

»Aber du möchtest es nicht, habe ich recht?«

»Nein! Nicht länger als nötig.«

Als Marianka die Arme um ihn schlang, vergrub er die Finger in ihren blonden Haaren.

»Vielleicht gibt *Ojciec* uns ja den Eselkarren«, sagte Marianka schließlich. »Wir werden ihn nach dem Abendessen fragen.«

»Du willst also wirklich mit mir kommen?«

»Ein Weib gehört zu seinem Mann«, antwortete sie mit fester Stimme. »In guten wie in schlechten Tagen.«

Eine Woche später brachen sie auf, mit nichts als drei Silbergulden im Beutel, etwas Brot, geräucherter Wurst und einem Schlauch mit verdünntem Wein als Wegzehrung für die nächsten drei, vier Tage, sowie der Hoffnung, dass das Schicksal es gut mit ihnen meinen möge. Auf dem zweirädrigen Karren war kaum Platz für mehr als das junge Paar, ein kleines Zelt und den Leinenbeutel, in dem Piet sein Narrenkostüm aufbewahrte.

Als das kleine Gefährt das Ende der Gasse erreicht hatte, wandte sich Marianka ein letztes Mal um. Ihre Eltern und Geschwister standen vor der Tür des Hauses, in dem sie einst geboren worden war. In ihren Augen sah Piet Tränen schimmern. Kurz war er versucht, den Karren zu wenden, doch dann hob auch er die Hand zu einem letzten Gruß. Den anderen Arm legte er Marianka um die bebenden Schultern und zog sie an sich.

»Wir werden sie so bald wie möglich besuchen«, versprach er.

Dabei ahnte er, dass eine lange Zeit vergehen würde, bis sie nach Krakow zurückkehren würden. Dann schnalzte er mit der Zunge, und der Esel setzte sich wieder in Bewegung.

29

Lübeck

Der Scharfrichter und seine neue Gefährtin aßen in der Küche.

»Warum willst du das wissen?« Emmerik legte den fingerdicken Strick, den er auf seine Festigkeit überprüft hatte, auf den Küchentisch und drehte sich zu Mirke um.

Sie stand an der aus kleinen Ziegelsteinen ummauerten Feuerstelle und rührte mit einem Holzlöffel in einem darüber hängenden Kessel mit Haferbrei, den es zum Mittagessen geben sollte. Gerade hatte sie den Henker beiläufig gefragt, ob er wisse, wo Cristin Bremer und Baldo inzwischen lebten.

Er maß sie eindringlich. »Was gehen dich die beiden an?«

Mirke zog einen Flunsch, wohl wissend, wie sehr es ihm gefiel, wenn sie sich ein wenig unbedarft gab. »Man wird doch wohl mal fragen dürfen. Musst deshalb nicht gleich böse werden.«

Sie trat hinter ihn, fuhr mit den Fingern seinen kräftigen Nacken hinauf bis zum Haaransatz, strich wieder hinunter bis zu den Schultern und massierte sie.

»Du wirkst so angespannt.«

Er fuhr herum, packte sie am Arm und zog sie auf seinen Schoß. Schon schoben sich seine Hände unter ihr Kleid, wanderten über die gespreizten Schenkel, verweilten kurz auf den wohlgeformten Hüften und umfassten dann ihre Backen. Als sie sich bewegte, fühlte sie durch den Stoff seiner Hose sein Geschlecht hart werden.

»Weißt du eigentlich, wie sehr du mich erregst?«, hörte sie ihn stöhnen, doch sie entwand sich ihm.

»Die Bremer ist mit deinem Sohn weggegangen, damals nach dem ersten Prozess gegen ihren Schwager.«

»Ich weiß.«

»Es heißt, die beiden sind verheiratet.«

Er zog die Hände unter ihrem Kleid hervor. »Wer sagt das?«

»Ein paar Leute, die vor dem Rathaus standen, am Tag von Lynhard Bremers Blutgericht.«

»Und wenn schon. Soll er doch glücklich werden mit der Frau.«

»Er hat dir bei der Hinrichtung von Lynhard Bremer geholfen, nicht wahr?«

Ein Schatten huschte über Emmeriks kantige Züge. »Du warst auf dem Köpfelberg?«

»Ich wollte das Schwein sterben sehen.«

Sein Mund verzog sich spöttisch. »Solch hässliche Gedanken in so einem hübschen Köpfchen? Denk jetzt nicht an diesen Kerl. Lass uns lieber in die Kammer gehen.«

»Ich hasse diese Bremers, allesamt! Sollen sie doch verrecken und im Höllenfeuer schmoren!«

»Dass du den Pelzhändler hängen sehen wolltest, verstehe ich. Aber warum Cristin Bremer?«

Inzwischen kannte er Mirkes wirklichen Namen ebenso wie ihre Geschichte. Deshalb musste sie sich nicht mehr zurückhalten.

»Das Weib hat erst dafür gesorgt, dass ich vor Gericht erscheinen musste.« Mirke sprang auf die Füße und spie auf die Feuerstelle. »Dieses hochnäsige Gesicht hättest du sehen müssen! Sie hat sich ja schon immer für etwas Besseres gehalten, die feine Dame! Pah!« Sie fuchtelte mit den Händen in der Luft und schluckte die Tränen hinunter, die sich ihr aufdrängten. »Ich hab gar nichts von dem Gift gewusst! Als hätte ich je vorgehabt, den Herrn, der immer gut zu mir gewesen war, umzubringen! Und hätte die Bremer vor Gericht nicht meine Liebschaft mit ihrem Schwager herausposaunt, wäre mir erspart geblieben, was ich durchmachen musste!«

»Erzähl mir davon«, forderte er sie mit ungewohnt weicher Stimme auf.

Sie schüttelte den Kopf und wandte sich ab. Nicht noch einmal wollte sie die Erinnerungen heraufbeschwören, zu schmerzlich, zu erniedrigend waren sie. Aber sie waren längst wieder da, diese Bilder, die sie seit Langem heimsuchten und nicht verblassen wollten, obwohl seit jenen schrecklichen Tagen mehr als ein Jahr ins Land gegangen war.

Erneut sah sie den Gerichtsbüttel vor sich.

»Ihr sollt vor Gericht erscheinen«, hatte er geknurrt, ohne den kräftigen Griff, mit dem er ihren Oberarm umfasste, zu lockern, während er sie durch die regennassen Gassen mit sich zog.

Den ganzen Morgen hatte es wie aus Eimern geschüttet, sie erinnerte sich noch genau daran, wie an jedes weitere Detail, was an diesem Tag geschehen war. Sie gingen über den Marktplatz, vorbei an etlichen Männern und Frauen, die wohl keinen Einlass mehr gefunden hatten und sie unverhohlen neugierig anstarrten, während ein weiterer Büttel die Rathaustür öffnete und ihr einen Wink gab einzutreten. Der Mann, der sie abgeholt hatte, lockerte endlich seinen Griff und stieß eine hohe Flügeltür auf. Die Blicke der gaffenden Menge waren schneidend wie die Klinge eines Dolches, und sie nahm das Getuschel der Anwesenden überdeutlich wahr.

Auf einer Bank saßen einige Männer, denen man ihren Wohlstand ansah. Ihre teuren Mäntel waren feucht vom Regen, ebenso die Filzhüte, die sie in den Händen hielten. An ihren Hälsen hingen dicke Ketten aus schimmerndem Silber. Auf der anderen Seite erkannte sie Cristin Bremer. Kurz trafen sich ihre Blicke, und Mirke wandte den Kopf ab. Dann sah sie ihn. Lynhard Bremer. Sie schlug die Augen nieder. Mit weichen Knien stolperte sie die letzten Schritte den schmalen Gang hinunter und blieb vor einem breiten Tisch aus Eichenholz stehen. Den fülligen, einarmigen Mann in Richterrobe, der in einem Sessel dahinter thronte und ihr zunickte, kannte sie – Büttenwart, einer der beiden Lübecker Vögte. Neben ihm saß ein jüngerer Mann mit dünnem, seitlich über den schmalen Schädel gekämmtem Haar.

Büttenwart drehte sich zu ihm herum. »Befragt sie, *Fiskal.*«

»Mirke Pöhlmann«, sein Blick war undurchdringlich. »Hast du mit Lynhard Bremer gebuhlt? Wenn du schweigst, muss ich das als ein Ja deuten«, fügte er hinzu und wies auf den Angeklagten.

Panik wallte in Mirke auf, denn sie fühlte die erwartungsvollen Blicke der Zuschauer und Schöffen auf sich ruhen.

»Ich frage dich nochmals: Hat dieser Mann dort Ehebruch mit dir getrieben? Antworte!«

Sie nickte zaghaft.

»Nun, dafür wirst du mit Ruten am Pranger gezüchtigt werden!«

Laut aufschluchzend senkte sie den Kopf. Ihre Wangen glühten. Sie trat von einem Fuß auf den anderen, suchte nach den richtigen Worten. Verzweifelt griff sie zu einer Notlüge. »Er hat mir nachgestellt und mich verführt. Ich bitte Euch um Gnade!«

»Darüber wird an einem anderen Tag entschieden werden«, unterbrach Büttenwart sie. »Glaub mir, Mädchen, du wirst noch dankbar sein, dass du mit zwanzig oder dreißig Rutenschlägen davonkommst. Heute geht es um etwas viel Schlimmeres, nämlich den Mord an Lukas Bremer, bei dem du als Lohnarbeiterin angestellt warst. Hast du uns etwas dazu zu sagen?«

Sie schwieg, bis der Richteherr ihr aufmunternd zunickte und sie sich ein Herz fasste und zögernd zu sprechen begann. Davon, wie Lynhard an dem Abend, an dem die Bremers ihr Fest gegeben hatten, noch einmal zurückgekommen war, in der Hand einen kleinen Krug.

»Gib meinem Bruder diesen Wein als Dank für den gelungenen Abend«, trug er ihr mit diesem charmanten Lächeln auf, das ihr Herz stets zum Hüpfen gebracht hatte. »Es ist ein besonders guter Tropfen.«

Im weiteren Verlauf des Verhörs schwor sie bei der Jungfrau Maria und allen Heiligen, nichts davon gewusst zu haben, dass der Wein, den sie Bremer gebracht hatte, Gift enthielt. Sie heulte wie ein Schlosshund, wurde von Lynhard Bremer beschimpft und verflucht, doch am Ende ließ der Richteherr sie gehen. Jedoch nicht ohne die Warnung, die Stadt ja nicht zu verlassen, da man sie noch wegen ihrer Buhlschaft mit Bremer bestrafen werde. Ein letzter hasserfüllter Blick von Lynhard traf sie, als sie an ihm vorbei durch den Saal stolperte, die Augen tränennass, die Kehle wie zugeschnürt.

Die folgenden drei Tage harrte sie voller Angst in ihrer Kammer aus, bis man sie erneut abholte und nach einer kurzen Verhandlung auf dem Marktplatz, bei der Cristin Bremer ihren Ehebruch bezeugte, zum Schandpfahl brachte.

Seit jenem Tag loderte ein Feuer in ihr, das nie erloschen war, dessen Flammen vielmehr von Tag zu Tag höher schlugen. Als sie von ihrer Schwangerschaft erfuhr, war sie überglücklich, Lynhard ein Kind zu schenken. Wie naiv zu glauben, er werde sich freuen! Im Gegenteil, es hatte ihn nicht gekümmert. Wahrscheinlich liefen noch mehr Bälger von ihm in der Stadt herum. Nachdem sie einsehen musste, dass er dieses Kind nicht wollte, war sie versucht, die Frucht abzustoßen. Nachts sann sie auf Rache, wälzte sich schlaflos und mit wundem Herzen im Bett. Heimzahlen wollte sie es dem feinen Herrn Bremer, dem selbstgefälligen Schnösel!

Irgendwann musste sie sich jedoch zähneknirschend eingestehen, dass sie immer wieder neue Ausreden für sich erfand, warum sie weder an diesem noch an einem anderen Tag den Weg zu einer der Engelmacherinnen von Lübeck einschlug, um das Kind loszuwerden. War sie nicht auch ohne diese missliche Schwangerschaft eine Ausgestoßene, nachdem nun alle Bürger der Stadt von der Liebschaft mit Lynhard wussten? Je länger sie jedoch darüber nachsann, umso mehr verfestigte sich in ihr der Wunsch, das Kind auszutragen. Als ihre Familie sie obendrein noch verstieß, weil sie Schande über sie gebracht hatte, erwachte in ihr ein unbändiger Trotz. Endlich würde es ein Wesen geben, das sie lieben könnte. Sie wäre nicht mehr allein. Nachdem die Entscheidung gefasst war, das Kind zu behalten, fiel ihr eine Zentnerlast von der Seele und gab ihr neue Zuversicht. Aber dann hatte sie das Kind verloren und alle Hoffnung auf ein schöneres Leben war dahin.

Während Emmerik die junge, abwesend wirkende Frau beobachtete, die nach dem Tod seiner lieben Marie Tisch und Bett mit ihm teilte, schweiften seine Gedanken immer wieder ab zu Baldo. Gern hätte er noch ein paar Worte mit dem Jungen gesprochen, dort am Köpfelberg, nachdem sie Lynhard Bremer gemeinsam aufgeknüpft hatten. Doch Baldo war ebenso schnell verschwunden, wie er aufgetaucht war. Wie mochte es ihm in Hamburg ergehen, zusammen mit der Frau, die er einst selbst in die Grube gestoßen hatte, die nun den Namen Schimpf trug und seine Schwiegertochter war. Wie seltsam das Leben manchmal spielte.

Ob Cristin Bremer, dieses verteufelt hübsche Weib, sich wohl jemals hätte träumen lassen, einmal einen Henker zum *Schwäher* zu haben? Ihn, den eigenen Vater, hatte das Brautpaar jedenfalls nicht zur Hochzeit eingeladen. Sicher schämten sich die beiden seiner, dabei war Baldo auch nicht besser angesehen. Er würde es nicht leicht haben, sollte in Hamburg bekannt werden, wer der Mann der neuen Goldspinnerin war. Baldo würde seine Vergangenheit sein Leben lang verleugnen müssen, wenn er zwischen all den Pfeffersäcken und feinen Leuten der Hansestadt ein achtbares Leben führen wollte.

30

Hamburg

Baldo stieß die Haustür auf und trat in den Flur. Er nahm die Mütze ab, hängte sie an einen Haken und schlüpfte aus der Jacke.

»Was für ein Sturm draußen!«

Cristin erschien in der offenen Küchentür. »In Italien soll es selten stürmisch sein, und die Sonne scheint auch meistens, heißt es.«

»Cristin!« Zwischen seinen Augenbrauen bildete sich eine steile Unmutsfalte. »Ich lasse dich ganz bestimmt nicht noch einmal eine Reise machen, ohne dich zu begleiten. Noch dazu eine so weite! Schlag dir die Sache aus dem Kopf, Weib! Oder glaubst du, ich will mit einer Schwangeren im Winter unterwegs sein? Hast du eine Ahnung, wie leichtsinnig das ist? Nein, das muss warten, bis unser Kind auf der Welt ist und alt genug, um uns begleiten zu können.«

»Nenn mich nicht immer Weib«, erwiderte sie scharf, aber schon im nächsten Augenblick umspielte ein Lächeln ihre Mundwinkel.

Ihr Lächeln brachte ihn zur Raserei. Seit einer Woche ging es in ihren Gesprächen fast nur noch darum, dass Cristin nach Venedig reisen wollte, um diesen Enrico de Gaspanioso zu treffen. Venedig! Diese Frau hatte mehr Unsinn im Kopf als eine Horde Halbwüchsige!

»Denkst du, der Mann schickt dir eine Begleitung, wie Jadwiga es getan hat?« Er verschränkte die Arme vor der Brust und bemühte sich um einen väterlichen Tonfall. »Außerdem können wir die Werkstatt nicht solange schließen.« Unwillkürlich schweifte sein Blick zu ihren reizvollen Rundungen. »Oder willst du das Leben unseres Kindes gefährden?«

»Ich werde fahren. Ich verspreche dir, vorsichtig zu sein. Baldo, wir können nicht noch Jahre ins Land ziehen lassen. Jadwiga hat mich bei de Gaspanioso empfohlen. In absehbarer Zeit wird er meinen Namen vergessen haben. Verstehst du denn nicht, was dieser Tuchhändler für unsere Zukunft bedeuten könnte?«

Sie trat auf ihn zu und schlang die Arme um seinen Nacken. Spielerisch knabberte sie an seinem Ohrläppchen. Baldo zog sie an sich und erwiderte ihre Liebkosungen ungestüm. Doch Cristin machte sich von ihm los und registrierte mit Befriedigung seinen beschleunigten Atem.

»Nie wieder werden wir eine derartige Möglichkeit bekommen, unsere Goldspinnerei auch über die Grenzen hinweg bekannt zu machen.« Cristin sah ihm tief in die Augen. »Schau, du hast immer gefordert, ich solle nicht mehr so hart arbeiten. Wenn wir erst mal den einen oder anderen Auftrag von dem italienischen Tuchhändler in der Tasche haben, könnte ich endlich Lohnarbeiter einstellen.«

Baldo blieb ihr eine Antwort schuldig, sein Blick jedoch wurde starr. Liebevoll fuhr sie über seine Züge und zeichnete die Linien seines Mundes nach.

»Aber du kannst dich beruhigen, Liebling. Ich werde nicht allein reisen.«

»So? Wen nimmst du mit … Minna etwa?«

»Ach, Baldo.« Sie fuhr ihm zärtlich durch das feuchte Haar. »Bastian Landsberg hat sich bereit erklärt, mit mir nach Italien zu fahren.«

»Landsberg? Ich verstehe nicht.« Baldo machte sich von ihr frei und kratzte sich am Hinterkopf. »Wie kommst du darauf, dass er mit dir kommen wird?«

»Weil er die Bitte einer hübschen Frau nicht abschlagen kann.«

Baldo fuhr herum. Ein kräftiger Mann mit braunen, auf die Schultern fallenden Haaren, stand in der offenen Küchentür. In der Hand hielt er einen schmucklosen Filzhut. Er lächelte, und dieses Lächeln war so einnehmend, dass es sein sonst eher unauffälliges Äußeres attraktiv erscheinen ließ.

»Landsberg!« Baldos Augen wurden groß. »Wie kommt Ihr denn hierher?«

Auf dem bartlosen Gesicht wurde das Lächeln breiter. »Da staunt Ihr, was?«

»Allerdings.« Der Hausherr ergriff die ausgestreckte Hand des Besuchers und schüttelte sie herzlich.

Hinter ihnen lachte Cristin hell auf. »Die Überraschung ist offenbar gelungen. Ich habe unserem Freund sofort eine Nachricht zukommen lassen und ihn gebeten, uns zu besuchen. Und kurz bevor du eben zur Tür hereinkamst, ist er eingetroffen. Du siehst, er hat sich beeilt.«

»Darauf muss ich erst mal einen Becher Wein trinken«, erwiderte Baldo kopfschüttelnd. »Setzt Euch bitte.«

Er ließ sich auf einen der Stühle fallen, und Landsberg tat es ihm gleich.

»Ihr habt den langen Weg nach Hamburg auf Euch genommen, um Cristin nach Venedig zu begleiten?«, fragte er, griff nach dem Krug mit Würzwein und füllte zwei Becher.

Der andere nickte. »Außerdem wollte ich Euch zwei endlich einmal wiedersehen. Obendrein spreche ich leidlich Italienisch, was Eurem Weib zum Vorteil geraten dürfte. Einen Beutel voller wunderschöner Bernsteine habe ich ebenfalls dabei, die ich beabsichtige, den Venezianern zu verkaufen. Somit schlage ich zwei Fliegen mit einer Klappe, wenn ich Cristin begleite, mein Freund.« Er lächelte abermals. »Erzählt, wie ist es Euch ergangen, nachdem wir das letzte Mal voneinander schieden, Baldo? Habt Ihr aus meinen Bernsteinen schöne Schmuckstücke anfertigen können?«

»Oh ja, einige sind allerdings noch übrig. Ich möchte daraus Knöpfe herstellen.«

Mit lebhaften Gesten beschrieb Baldo, wie er die verbliebenen Steine bearbeiten wollte. In seinen Augen entdeckte sie einen besonderen Glanz. Wärme durchflutete Cristin, als sie ihn beobachtete. Baldo war ein anderer geworden, seit er seine Leidenschaft für das Kupferschmiedehandwerk entdeckt hatte. Wie schade nur, dass er ohne eine anständige Lehrzeit seine Werke nicht auf einem Markt feilbieten durfte. Eine Weile lauschte sie dem angeregten Geplauder der beiden Freunde.

»Erinnert Ihr Euch, Cristin? Ihr wolltet mir damals weismachen, ihr wärt Geschwister. Agnes, Adam und Piet.« Landsberg lachte. »Meine Güte, was habt Ihr für ein Geheimnis um Euch drei gemacht. Dabei hab ich mir damals gleich gedacht: Mit denen stimmt was nicht.« Er nahm einen tiefen Schluck. »Baldo hat mir bei seinem letzten Besuch von Eurer Eheschließung berichtet. Das ist gut. Es ist nicht richtig, wie Mann und Frau zusammenzuleben, ohne den Segen Gottes.«

Der Bernsteinhändler war ein tiefgläubiger Mann und gehörte zur Gemeinschaft der Waldenser, die von der Kirche erbarmungslos als Ketzer verfolgt wurden. Am Strand der Ostsee hatte er sie damals während ihrer Reise nach Polen angesprochen und ihnen zwei prächtige Bernsteine abgekauft, die Cristin gefunden hatte. Er hatte sie bewirtet, bevor sie gen Süden weitergezogen waren.

»Wie wahr, Herr Landsberg«, lächelte Cristin. »Von der Eheschließung jedoch musste ich Baldo zunächst überzeugen. So weit hat mein lieber Gemahl damals nicht gedacht.«

»Schweig still, liebes Weib«, konterte Baldo. »Gut Ding will eben Weile haben.«

Landsberg sah zufrieden von einem zum anderen. »Ich sehe, es hat alles seine schöne Ordnung. Sagt, Cristin, wie laufen die Geschäfte, nun, da Ihr schon einige Monate in Hamburg lebt?«

Sie öffnete den Mund, doch Baldo ergriff das Wort.

»Wie es läuft? Sie arbeitet bis spät in die Nacht, wenn ich nicht eingreife! Unsere Lohnarbeiterin ist bisher die einzige Angestellte.«

»Es ist schwierig«, erklärte Cristin. »Die meisten, ob Adel, Bürger oder Kleriker, haben seit langer Zeit ihre Hausspinnerei oder -weberei, an die sie ihre Aufträge vergeben. Außerdem sind wir noch neu in der Stadt, und unser Können muss sich erst herumsprechen.«

Der Bernsteinhändler schnalzte mit der Zunge. »Ich verstehe. Darum ist die Reise nach Italien für Euch auch so wichtig, nicht wahr?«

»So ist es, lieber Freund«, nickte Cristin.

Von der Treppe her war ein fröhliches, helles Lachen zu hören, und Minna betrat mit Elisabeth an der Hand die Küche. Gefolgt von Lump, der kurz vor Landsberg stehen blieb, an dessen Stiefeln schnüffelte und sich dann unter dem Tisch zusammenrollte.

»Das ist Elisabeth«, erklärte Cristin, »die Tochter von meinem ersten Mann und mir. Und dies ist unsere gute Minna.«

Die Lohnarbeiterin begrüßte den Gast mit einem Nicken, doch der erhob sich und reichte ihr die Hand.

»Ihr seid also die gute Seele des Hauses, von der Cristin mir in ihrem Brief berichtet hat.«

Minna schmunzelte und wandte sich der erhöhten Feuerstelle zu, über der ein eiserner Topf mit Gemüse vor sich hin köchelte. Daneben brutzelten in einem Tiegel, umgeben von Knoblauchzehen und Rosmarinzweigen, mehrere Stücke Lammfleisch, die Minna am Morgen auf dem Markt gekauft hatte.

Der Tisch wurde gedeckt. Während die Lohnarbeiterin Elisabeth einen Latz um den Hals band, bat Cristin den Bernsteinhändler, das Tischgebet zu sprechen. Ihr Gast faltete die Hände und dankte Gott für Speis und Trank und die sichere Reise, auf der Er ihn bewahrt hatte.

Baldo ließ die Hände sinken. Beten war ihm ohnehin immer lästig gewesen. Er klopfte auf den Tisch. »Da fällt mir ein, wir hätten Euch wunderbare Neuig…« Cristins leichter Tritt gegen das Schienbein ließ ihn verstummen, und sie warf ihm einen warnenden Blick zu.

»Sprecht nur weiter, lieber Baldo«, ermunterte Bastian Landsberg ihn und griff nach seinem Löffel, um sich von dem Fleisch zu nehmen. »Gibt es etwas Neues zu berichten?«

»Den Gemüsebrei müsst Ihr unbedingt versuchen«, beeilte sich Cristin einzuwerfen und füllte dem Gast eine großzügige Portion auf den Teller. »Es gibt tatsächlich einiges zu erzählen. Aber zunächst lasst es Euch munden.«

Baldos zu Strichen verengte Augen waren eine deutliche Antwort. Doch sie bedeutete ihm mit einer kleinen Geste zu schweigen.

»Möchtest du auch, mein Lieber?« Mit einem Lächeln füllte sie auch ihm auf.

Nachdem die Teller geleert und selbst Topf und Tiegel restlos ausgekratzt waren, wandte sich der Bernsteinhändler an Baldo, während Minna den Tisch abräumte und mit Elisabeth die Küche verließ.

»Ihr wolltet mir Neuigkeiten berichten? Erzählt schon!«

Erneut warf Cristin ihrem Mann einen warnenden Blick zu und erhob sich. »Es geht um etwas, das wir kürzlich erhalten haben«, rief sie, während sie in die kleine Stube hinüberlief. »Wir möchten Euch bitten, es Euch anzusehen. Schließlich kennt Ihr Euch mit edlen Steinen aus.«

»Das will ich meinen.«

Landsberg leerte seinen Becher, schob den Stuhl zurück und streckte die Beine aus. Schon war Cristin zurück, in der Hand den kleinen Stoffbeutel. Sie zog die Kordel auf, nahm die drei Schmuckstücke heraus und legte sie auf den Tisch. Sie schimmerten im anheimelnden Schein des Talglichts, das auf dem Tisch stand.

Landsberg beugte sich vor. »Woher habt Ihr das?« Seine Stimme klang belegt, während er die Steine mit angestrengter Miene musterte.

»Nur zu, seht sie Euch genauer an.«

Landsberg nahm den violetten Stein zwischen Daumen und Zeigefinger und betrachtete ihn genauer. »Ja, ich kenne mich mit Steinen aus«, murmelte er, »und ich glaube auch zu wissen, um welche es sich bei diesen dreien handelt. Der hier ist ein Amethyst, dieser grüne, fast durchsichtige ein Smaragd und äußerst selten, und der dort«, er wies auf den schwarzen Stein, »dürfte ein Onyx sein. In Litauen heißt er *nagà*, weil er an einen Fingernagel erinnert. Die Steine sind wirklich herrlich. Woher habt Ihr sie?«

»Seht Euch das Siegel an, Landsberg.« Baldo schob ihm den Beutel zu. Ein breites Lächeln lag auf seinem Gesicht. »Dann wisst Ihr, woher das Geschenk kommt.«

»Zeigt her, Ihr macht mich neugierig.«

Der Bernsteinhändler nahm das leere Leinensäckchen und betastete das wächserne Siegel. Nachdem Cristin es vor einigen Tagen erbrochen hatte, um das Beutelchen öffnen zu können, hatte sie es an der Bruchstelle vorsichtig erhitzt und wieder zusammengefügt. Während ihr Gast die in rotes Wachs geprägte Darstellung des auf einem Thron sitzenden, von sieben Wappen umgebenen gekrönten Mannes betrachtete, wurden seine Augen weit.

»Das Siegel des polnischen Königs«, flüsterte er schließlich und sah auf. »Ihr habt diese Schmuckstücke von Jagiello bekommen?«

»Nicht von Jagiello«, korrigierte ihn Baldo. »Meine Frau erhielt sie zusammen mit einem Schreiben, das Königin Jadwiga vor ihrem Tod verfasst hat.«

»In ganz Polen und Litauen trauern die Menschen immer noch um sie. Jadwiga war eine großartige Herrscherin und wunderbare Frau, heißt es«, sagte Landsberg.

Cristin nickte. »Das war sie. Ich bin stolz, dass sie mich ihre Freundin nannte. Lest diesen Brief.«

Sie reichte ihm das Pergament mit Jadwigas Zeilen. Der Bernsteinhändler überflog sie.

»Dieses Geschenk dürfte gut und gerne dreißig Gulden wert sein! Es sind nicht nur drei edle Steine, auch das Gold hat seinen Wert. Dreißig, vielleicht auch vierzig Gulden… vorsichtig geschätzt.«

Baldo pfiff durch die Zähne. Für dreißig Gulden konnte man drei Pferde kaufen. Oder mindestens zehn Kühe. Oder eine ganze Schafherde. Ihm wurde ein wenig schwindelig, wenn er darüber nachdachte, was sie mit dem Erlös aus dem Verkauf der Steine alles erwerben konnten.

Nachdem sie mit ihrem Besuch einen anregenden und fröhlichen Abend verbracht hatten und Landsberg sich in die Gästekammer zurückgezogen hatte, begaben sich auch Baldo und Cristin zur Ruhe. Der Hausherr beugte sich über das halbhohe Wäscheschränkchen des ehelichen Schlafraumes und blies das Talglicht aus. Mit zwei Schritten war er am Bett, hob die schwere Wolldecke an und schlüpfte darunter. Im Dunkeln tastete seine Rechte nach dem Leib seiner Frau. Als er ihren Busen berührte, drehte Cristin sich zu ihm auf die Seite. Im schwachen Licht des Vollmondes, das durch die kaum fingerdicken Ritzen des Fensterladens fiel und schmale Striche auf das Bett zeichnete, sah er sie lächeln. Aber als seine Finger begannen, ihren Körper tiefer hinabzuwandern, fasste sie nach seiner Hand und hielt sie fest.

»Nicht!«

»Was ist los?«

»Wir haben einen Gast, Baldo.«

»Das ist mir nicht entgangen. Er liegt nebenan und schläft wahrscheinlich schon tief und fest.«

Sie ließ seine Hand los. »Und wenn er noch wach ist?«

»Na und? Meinst du, Bastian Landsberg hat noch nie mit einem Weib das Bett geteilt?«

Er zog sie näher an sich heran und ignorierte ihren schwachen Protest. Spielerisch fuhr er ihr durch das gelöste Haar, um dann die Hände erneut tiefer gleiten zu lassen, bis er unter seinen Fingern die Rundungen ihres Gesäßes spürte, die er so unwiderstehlich fand.

Sanft löste sich Cristin von ihm. »Ich weiß nicht. Er ist so ein…« Sie suchte nach dem passenden Wort. »… so ein frommer Mann. Ich kann ihn mir nur schwer in den Armen einer Frau vorstellen.« Ein Glucksen stieg in ihrer Kehle auf.

Er lachte leise, rutschte näher, rollte sich auf sie und fuhr mit seiner Entdeckungsreise über ihren Körper fort. »Glaub mir«, erklärte er mit schon etwas heiserer Stimme. »Selbst ein noch so frommer Mann ist und bleibt ein Mann, den es genau wie jedem anderen auch mal zwischen den Beinen juckt.«

»Du bist unmöglich, Baldo Schimpf.«

Sie kicherte, als er sie an der Seite kitzelte.

»Ich weiß. Gib zu, das liebst du doch an mir, neben vielen anderen Dingen.«

Er presste sich an sie, betrachtete unter halb geschlossenen Lidern ihren nackten Körper und die Lockenpracht, die wie Kupfer im Mondlicht schimmerte. Cristin schüttelte den Kopf und entzog sich ihm energisch.

»Ich möchte wirklich nicht. Nicht, solange unser Freund, nur durch eine Holzwand von uns getrennt, jedes Wort und jedes andere Geräusch mit anhören kann.«

Etwas verstimmt ließ er sich auf den Rücken fallen. Eine Weile schwiegen beide, bis Cristin sagte: »Ich hoffe, du hast nichts mehr gegen meine Reise nach Italien einzuwenden, jetzt, da du weißt, dass Bastian mich begleitet?«

»Oh doch«, erwiderte er heftiger als beabsichtigt. »Da du Landsberg anscheinend deine Schwangerschaft verschweigen willst, wird er kaum Rücksicht auf dich nehmen. Weißt du überhaupt, wie beschwerlich so ein Unterfangen ist?«

Cristin stützte sich auf die Ellenbogen. »Baldo, ich bin erst vor wenigen Monaten nach Polen gefahren.«

Er stieß scharf die Luft aus. »Ach komm, Cristin! Das kann man doch nicht vergleichen. Wer nach Venedig will, muss über die Alpen! Außerdem wird bald der erste Frost einsetzen.«

»Du verbietest mir also immer noch zu fahren, obwohl Bastian mich begleitet?«

Ihre Wangen nahmen eine unnatürliche Röte an, was er selbst im Dämmerlicht der Kammer wahrnehmen konnte.

Mit einer ungeduldigen Handbewegung schnitt er ihr das Wort ab. »Ich bin noch nicht fertig! Morgen werde ich mich auf die Suche nach einem Zunftknecht machen, der die Goldspinnerei führt, während wir drei auf Reisen sind. Wir können Minna nicht die ganze Verantwortung aufbürden.«

»Oh, Baldo!« Cristin setzte sich mit einem Ruck auf. Das Mondlicht ließ den aufgesperrten Mund und das Leuchten ihrer Augen erkennen. »Du kommst mit? Du wirst sehen, wir werden eine aufregende Zeit erleben.«

»Mit Bastian Landsberg neben uns.« Er schnaubte. »Wie lange werden wir unterwegs sein? Fünf, sechs Wochen?«

»Ich befürchte länger.«

Sein Gesicht nahm einen gequälten Ausdruck an. »Das kann ja heiter werden.«

»Ach, Liebling.« Er hörte sie leise kichern. »Wir werden schon Gelegenheiten finden, um alleine zu sein.«

»Das will ich hoffen. Sonst trocknet mir am Ende da unten noch alles ein, und du hast nie wieder etwas von deinem unmöglichen Mann. Herrje … wofür war der denn?«

Sie hatte ihm blitzschnell einen Kuss auf die Nasenspitze gegeben.

»Für den besten Mann, den ich mir nur wünschen kann. Und jetzt gib endlich Ruhe, ich bin müde!«

31

Am nächsten Tag begab sich Baldo in die Deichstrate. Dort, ganz in der Nähe der Nikolaikirche im Süden Hamburgs, kannte er einen Schuhmacher, der vor einiger Zeit in der Goldspinnerei gewesen war und Stoff für seine Frau gekauft hatte. Die beiden etwa gleichaltrigen Männer waren ins Gespräch gekommen und hatten sich danach mehrmals getroffen, um im *Einbeck'schen Haus,* wo es das gute Einbecker Bier gab, ein paar Krüge miteinander zu trinken. Sein neuer Freund Veit Schuster hatte seine Werkstatt genau wie Baldo und Cristin erst im vorigen Jahr eröffnet.

»Schön, dass du mich auch mal mit einem Besuch beehrst.« Der junge Mann mit dem offenen Gesicht reichte Baldo die Hand. »Was kann ich für dich tun?«

Baldo hob den rechten Fuß. »Sieh dir bitte mal meine Stiefel an, Veit. Der hier fällt mir bald auseinander.«

Der andere lachte. »Stimmt. Lange machen die nicht mehr.«

»Zumal ich eine längere Reise vor mir habe«, ergänzte Baldo.

»Dann solltest du dir lieber ein paar neue Stiefel gönnen.«

»Deshalb bin ich hier«, nickte Baldo.

Sein Blick schweifte über die Regale, in denen Ahlen und Messer, Scheren und Hämmer sowie verschiedene andere Werkzeuge lagen, die der Schuhmacher zum Flicken und Herstellen der Schuhe benötigte. An mehreren Wandhaken hingen neben Rollen von Hanfzwirn zwei lederne Beinkleider, auf einem langen Tisch lagen verschieden große Lederstücke.

»Wohin soll's denn gehen?«, wollte Veit Schuster wissen, während er auf einen Stuhl wies.

Baldo ließ sich darauf nieder. »In den Süden«, lautete seine knappe Antwort. »Ziemlich weit in den Süden.«

»Soso.« Der Schuhmacher beugte sich vor und fasste mit beiden Händen nach Baldos rechtem Stiefel. »Dann wollen wir erst mal Maß nehmen.«

Damit zog er seinem Gegenüber den Schuh vom Fuß und stellte ihn auf dem Boden ab. Der zweite folgte sogleich, und Baldo saß mit nackten Füßen da. Was für eine Wohltat, dachte er, denn seine Schuhe waren ihm im Laufe der letzten Jahre zu eng geworden.

»Mach die neuen ruhig etwas größer«, bat er den Schuhmacher.

Der begann, mit einem Schuhmaß die Länge von Baldos Füßen auszumessen. »Wie du willst.« Der Schumacher wies mit dem Kopf auf die Stapel mit Lederstücken. »Welche Farbe sollen sie denn haben? Hell oder lieber dunkel? Schweinsleder oder vom Rind?«

»Was ist mit denen da?« Baldo hatte auf einem der Regale ein paar dunkle, halbhohe Stiefel entdeckt. »Sehen aus, als könnten sie mir passen.«

Veit Schusters Blick war dem des Freundes gefolgt. »Die sind schon verkauft. Werden heute oder morgen abgeholt.«

»Schade. Dann mach mir genau solche, ja?«

»Die kosten aber mindestens zehn Witten.«

»Einverstanden.« Während Baldo seine Füße wieder in die alten Stiefel quetschte, kam ihm plötzlich ein Gedanke. »Sag mal, Veit… Wäre es möglich, die Schuhsohlen hohl zu machen? Bekommst du das hin?«

»Natürlich. Du hast es hier schließlich nicht mit irgendeinem Flickschuster zu tun, sondern mit einem der besten Schuhmacher seiner Zunft. Aber sag, wozu brauchst du den Hohlraum?« Der Mann kratzte sich am Hinterkopf. »Das ist wirklich eine ungewöhnliche Bitte. Raus damit, ich sehe dir doch an, dass du etwas im Schilde führst!«

»Tatsächlich?« Baldo erhob sich und setzte eine möglichst gleichmütige Miene auf. »Ich will eine *Gnippe* darin verstecken, verstehst du? Schließlich kann man nie wissen, oder?

Und mein liebes Weib würde sich zu Tode erschrecken, wenn es das Schnappmesser zu sehen bekäme.«

»Ja, die Weibsbilder, die ängstlichen«, schmunzelte der Schuster. »Meine Frau geht jeden Abend bewaffnet mit unserem Besen ums Haus, aus Angst vor Dieben oder Räubern.«

Die Männer lachten herzlich, um sich dann voneinander zu verabschieden.

Am Nachmittag machten sich Cristin und Baldo auf den Weg zur Goldspinner-Zunft. Sie hatten Glück, Hinrick Hohusen, der Zunftmeister, kannte tatsächlich einen jungen Mann, der erst vor kurzem die Gesellenprüfung abgelegt hatte und nun auf der Suche nach einer Anstellung war. Hohusen empfahl ihnen den Burschen als zuverlässig. Die beiden suchten den Gesellen in seiner Kammer am Rödingsmarkt auf und wurden sich rasch einig. Friedhelm Weber würde die Goldspinnerei weiterführen, solange seine Herrin und ihr Mann außer Landes waren. Elisabeth wussten sie bei Minna in guten Händen, auch wenn allein der Gedanke, das Kind in Hamburg zu lassen, Cristin einen Stich ins Herz versetzte.

So kam der Tag, an dem Baldo und Bastian Landsberg je einen, von einem kräftigen Pferd gezogenen Planwagen durch die Straßen lenkten, vorbei an St. Catharinen und schließlich durchs mächtige Winsertor aus den Mauern der Hansestadt hinaus. Cristin und die beiden Männer wussten, eine anstrengende Reise von vielen Wochen lag vor ihnen, bis sie die prächtige, für ihren Tuchhandel berühmte Stadt jenseits des gewaltigen Alpengebirges erreichten.

Cristin saß neben ihrem Mann auf dem Kutschbock und betrachtete die Felder, an denen sie vorüberfuhren. Es war Erntezeit, und jeder, der alt genug war, um laufen zu können, half tatkräftig mit. Sie ließ die friedlichen Bilder auf sich wirken und spürte einen Hauch von Wehmut in sich. Wenn wir wieder zu Hause sind, werden die Bäume kahl und die Erde frostig sein, überlegte Cristin, während sie versuchte, sich den Anblick mit den letzten rot leuchtenden Früchten der Apfelbäume einzuprägen, die die Straße säumten.

Sie dachte an die vergangene Nacht. Baldo und sie waren durch das stille Haus gelaufen, auf der Suche nach einem geeigneten Versteck für Jadwigas Juwelen.

»Warum bringen wir sie nicht einfach zu Ludewig, Liebes?«, hatte er geflüstert. »Ihm können wir vertrauen. Er würde niemals …«

»Kommt nicht infrage. Wir verstecken sie hier.«

»Wieso nicht beim Bader?«

»Was glaubst du, was passieren würde?« Manchmal war ihr Mann wirklich schwerfällig im Denken. »Wir müssten ihm alles von der Reise erzählen. Und ich kann mir Ludewigs Reaktion lebhaft vorstellen.«

»Du fürchtest seinen Wutausbruch, weil schwangere Frauen an den heimischen Herd gehören?« Er grinste bis zu den Ohren. »Das geschähe dir recht, Cristin Schimpf.«

Sie knuffte ihn in den Bauch, ersparte sich eine Erwiderung, und zog ihn stattdessen über den dunklen Flur.

Cristin musste schmunzeln, als sie das Bild von vergangener Nacht vor Augen hatte. Nun lagen die Juwelen, gut in Tücher eingewickelt und verschnürt, unter einer Holzbohle im Vorratsraum. Baldo hatte ihr gesagt, er habe einen Sack mit getrockneten Früchten daraufgestellt, um die kleine, kaum sichtbare Öffnung im Fußboden vor den Blicken Neugieriger zu verbergen.

32

Hamburg

»Goldspinnerei Schimpf«, verkündete das Schild über der Eingangstür des roten Backsteinhauses. Die grünen Augen in Mirke Pöhlmanns rundem Gesicht wurden schmal. Es war so leicht gewesen, Emmerik zu belügen.

»Ich muss nach Ahrensborg. Ein Bruder meines Vaters hat mich eingeladen«, hatte sie behauptet. »Er will mir helfen, Frieden mit meinen Eltern zu schließen.«

Der Henker wusste aus ihren Erzählungen, dass Mirkes Familie sich von ihr abgewandt hatte, seit ihre Buhlschaft mit Lynhard Bremer bekannt geworden war. Sie sei gewiss in ein oder zwei Wochen zurück, hatte sie versprochen, doch stattdessen war Mirke nach Hamburg gereist. Ein Lübecker Händler war so freundlich gewesen, sie auf seinem Wagen mitzunehmen. Die letzten Meilen musste sie allerdings zu Fuß zurücklegen, weil der Kerl plötzlich die Hand auf ihren Schenkel legte und sie unter ihren Rock schob. Blitzschnell sprang sie vom Kutschbock und lief davon. In der Hansestadt angekommen, fand sie in einer nahegelegenen Schänke eine Arbeit. Frühmorgens trieb sie sich in den Gassen und auf den Plätzen herum und hielt dabei immer wieder Ausschau nach der Goldspinnerei der Schimpfs. Doch niemand kannte die beiden. Fast war sie versucht, aufzugeben und zurückzureisen, als ihr vier Tage nach ihrer Ankunft in Hamburg der Zufall zu Hilfe kam.

Auf dem Markt standen Cristin Schimpf und sie sich unvermittelt in einem der Gänge gegenüber, aber ihre ehemalige Herrin war zu beschäftigt, die Waren eines Gemüsehändlers zu begutachten, und bemerkte sie nicht. Rasch wendete

Mirke sich ab und zog das Tuch tief in die Stirn. Dennoch folgte sie ihrer ehemaligen Herrin äußerst vorsichtig, bis diese in einer gepflasterten Gasse vor einem zweistöckigen Kaufmannshaus stehen blieb und darin verschwand. Unauffällig sah Mirke sich um und entdeckte schließlich das angrenzende Gebäude, in dem sich die Werkstatt befinden musste. Immer wieder schlenderte sie die Gasse hinab, magisch angezogen von dem Haus, in dem Cristin und ihr Mann wohnten. Was sie wohl an diesem Baldo Schimpf fand? Lukas Bremer, *das* war ein Mann gewesen, noch besser aussehend als Lynhard, sein Bruder.

Am vergangenen Morgen hatte sie Emmeriks Sohn und einen zweiten, gedrungenen Mann unbemerkt aus einiger Entfernung beim Beladen zweier Pferdewagen beobachtet. Am Nachmittag näherte sich dann ein Wagen der Spinnerei. Ein hochgewachsener Mann mit dunklen Haaren stieg vom Kutschbock und verschwand im Haus.

Weder Kunden noch die Hausherrin selbst hatten die Werkstatt während der gesamten Zeit ihres Wartens betreten. Das war seltsam. Doch sie konnte warten. Zum Glück fand sie hinter der vorspringenden Ecke eines Hauses, kaum einen Steinwurf von den Schimpfs entfernt, ein treffliches Versteck. Dort hatte sie in der feuchten Nacht ausgeharrt, ohne Hunger, Durst oder den klammen Stoff ihres Kleides auf ihrem Leib zu spüren.

Cristin *Schimpf* – sie würde sich an diesen Namen erst noch gewöhnen müssen – und ihr neuer Ehemann hatten am vergangenen Abend erst spät die Lichter gelöscht.

Nun tauchten die ersten Strahlen der aufgehenden Sonne die Gasse in ein unwirkliches Licht. Mit brennenden Augen starrte Mirke auf die Fenster des Hauses, hinter denen sich eine weibliche Gestalt bewegte. Zwei Männer traten ins Freie. Ein dünnes Lächeln legte sich auf Mirkes Züge. Sie blickte sich nach allen Seiten um. Nein, in ihrem Versteck war sie nahezu unsichtbar. Sie wandte ihre Aufmerksamkeit wieder den Männern zu, die soeben eine Kiste in einen der Wagen hievten. Emmeriks Sohn, der bei Lynhards Hinrichtung kräftig Hand angelegt hatte, hatte sie so eigenartig angesehen, neulich auf dem Köpfelberg. Den anderen erkannte sie als den Kerl wieder, der vergangenen Abend angekommen war. Die beiden mussten Freunde sein, das verrieten ihre vertraulichen Gesten.

Die Geschäftigkeit der Männer, die vielen Kisten und Behältnisse, die auf die Wagen geladen wurden, ließen nur eine Vermutung zu: Hier wurden Vorbereitungen für eine längere Reise getroffen. Sollte sie tatsächlich zum rechten Zeitpunkt in Hamburg angekommen sein? Erregung wallte in ihr auf.

In diesem Augenblick öffnete sich die Tür, und eine schlanke Gestalt, gehüllt in einen Umhang, trat hinaus. Sie ballte die Hände und betrachtete die Frau eingehender. Mirke spie auf den Boden. Cristin Schimpfs rotblondes Haar war nur knapp mit einem Kopftuch bedeckt. Sie sagte etwas zu den Männern und lächelte. Noch einmal drehte sich die Schimpf um, und plötzlich nahm ihr Gesicht einen traurigen Ausdruck an. Sie winkte in Richtung Fenster, dann ging sie auf den Wagen zu, und die drei stiegen auf.

Nachdem die Pferdewagen aus ihrem Blickfeld verschwunden waren, verzerrten sich die Züge der jungen Frau.

Sie näherte sich dem Gebäude und trat auf Zehenspitzen an eines der Fenster. Dahinter bewegte sich jemand. Eine ältere, füllige Person ging durch den Raum und wandte ihr den Rücken zu. Die Frau kam ihr bekannt vor. Jetzt drehte sie sich um und stellte einen Teller auf den großen Stubentisch. War das nicht Minna? Mirke presste die Lippen zusammen. Hatten die beiden die alte Schwatzbase also mit nach Hamburg genommen! Die Goldspinnerei war nicht geschlossen, also musste sich Minna um die Werkstatt kümmern. Und um Cristins Balg.

Mirke schlich weiter zum nächsten Fenster und spähte hindurch. Ihr Blick heftete sich auf die Feuerstelle in der Ecke des kleinen Raumes. Die Flammen leckten an einem Topf, der an einer Kette darüberhing. Eine Idee nahm von ihr Besitz und jagte Wellen der Erregung durch ihren Leib.

33

Das Haus der Familie Schimpf lag in vollkommener Dunkelheit. Nur eine schmale Mondsichel warf mattes Licht auf die Dächer Hamburgs. Minna schlief in ihrer Kammer im ersten Stock des Hauses. Da drang ein hässliches kratzendes Geräusch durch die Nebel ihrer Träume in ihr Bewusstsein, und sie schlug die Augen auf. Erst vor drei Stunden hatte sie sich hingelegt, nachdem sie zwei Becher Met geleert und ihr der schwere Honigwein zur nötigen Bettschwere verholfen hatte.

Benommen starrte sie ins Halbdunkel, verharrte regungslos und lauschte. Da war es wieder, dieses eigenartige Geräusch, in das sich nun ein zweites mischte. Einen Moment lang war nichts zu hören, dann drang leises Winseln an ihre Ohren. Lump, du Gauner, dachte sie, ich weiß genau, was du willst, aber dein Schlafplatz ist unten. Sie drehte sich zur Wand, schloss die Augen und sank zurück in einen unruhigen Schlaf. Nur, um gleich darauf hochzuschrecken, denn der Hund kratzte nun an ihrer Tür, begleitet von lautem Gebell, das in ein lang gezogenes Fiepen überging.

»Also gut, du hast gewonnen«, murmelte die Lohnarbeiterin und warf die Decke zurück. »Ich lass dich bei mir schlafen.« Sie schwang die Beine aus dem Bett, lief zur Tür und riss sie auf, als von unten aufgeregte Männerstimmen an ihre Ohren drangen.

Der Hund sprang an ihr hoch und winselte. Da sah sie es: Dichter weißer Rauch quoll die Treppe herauf und kroch über den Flur. Schon hüllte er ihre nackten Füße ein. Stieg höher, wurde dichter und dichter. Sie konnte kaum die Hand vor Augen erkennen. Ihr Puls begann zu rasen, als sie begriff. Minna stieß einen derben Fluch aus.

»Guter Junge«, wisperte sie dann, ohne den Hund anzusehen, und tätschelte ihn flüchtig. Die Knie wurden ihr weich, als sie nach unten blickte. Das Erdgeschoss stand in Flammen, sie schlugen bereits hoch bis zu den Deckenbalken. Schon leckten erste Feuerzungen an dem schmalen Treppengeländer. Die Holzbalken knisterten und knackten bedrohlich. Heilige Jungfrau Maria – das Kind! Mit wenigen Schritten war sie an der Tür am Ende des kurzen Flurs, hinter der Elisabeth schlief. Sie drückte die Klinke herunter und eilte an das Bett.

»Elisabeth, wach auf!«

Mit beiden Händen fasste sie nach dem Hemd der Kleinen und zerrte daran. Das Mädchen schlug die Lider auf, und im Dämmerlicht konnte Minna seine Verwirrtheit erkennen.

»Das Haus brennt, Mädel! Wir müssen hier raus!«

Minna hustete, außerdem nahm ihr der Qualm, der nun auch die Kammer erfüllte, die Sicht. Ihre Augen brannten.

Die Kleine richtete sich auf, blickte Minna aus vor Schreck geweiteten Augen an. Diese zog eine Schublade auf, riss ein Tuch heraus und presste es auf Nase und Mund. Sie griff nach Elisabeths Hand und zog das nun ebenso hustende Kind mit sich in den Flur.

Inzwischen hatte das Feuer das gesamte Treppengeländer erobert, und einzelne Flammen züngelten an den Stufen empor. »Komm!«, schrie Minna dem Mädchen zu und zerrte es die heißen Treppenstufen hinunter, dem unteren Flur entgegen, wo alles lichterloh brannte. Einen Augenblick lang zögerte sie und starrte tränenblind auf das schreckliche Bild, das sich ihr bot, dann lief sie mit einem Stoßgebet auf den Lippen weiter bis zur Haustür. Auch daran leckten mannshoch goldgelbe Flammen.

Ein jäher, stechender Schmerz ließ Minna aufstöhnen. Sie sprang hoch und sah, wie ein rot glühendes Stück Holz von ihrem Fuß fiel und auf der Treppenstufe liegen blieb. Neben sich hörte sie Elisabeths schrille Rufe nach der Mutter. Mit aller Kraft warf Minna sich gegen die brennende Tür, stürmte mit dem Kind ins Freie und wäre beinahe in einen Mann hineingerannt, der mit einem ledernen Wasserschlauch über den Schultern vor dem Eingang des Hauses stand.

»Ist da noch jemand drin?«, brüllte er gegen das Knacken des Holzes und das Prasseln des Feuers an.

Sie entdeckte Lump neben sich und schüttelte den Kopf, stumm von dem pochenden Schmerz in ihrem Fuß.

»Dann geht zur Seite!«

Er öffnete den prall gefüllten Schlauch und füllte den Inhalt in einen großen Ledereimer. Inzwischen waren immer mehr Männer aus der Nachbarschaft mit Wassereimern und -schläuchen herbeigeeilt und versuchten das brennende Haus zu retten. Minna zog sich mit Lump und Elisabeth in sichere Entfernung zurück, drückte das bebende Kind an sich und sah dem verzweifelten Treiben zu.

»Heiliger Florian, hilf!«, betete sie. Dabei ließ sie keinen Moment lang die Hand der Kleinen los. Erschöpft sank Minna auf das Pflaster, keuchte und streckte ihre schmerzenden Beine aus. Elisabeths Husten wollte nicht enden, doch dann setzte sie sich neben ihre Kinderfrau, umklammerte deren Beine und weinte.

»Tut dir etwas weh, mein Schatz?« Minnas Stimme glich mehr dem Krächzen einer Dohle als der eines menschlichen Wesens.

Sie beugte sich über das Mädchen und betrachtete es im flackernden Schein der Flammen. Ein Ärmel seines langen Nachtkleides war angesengt. Am rechten Unterarm bemerkte Minna eine Rötung von der Größe eines Guldens. Die Haut darüber war leicht angeschwollen, doch sonst schien die Kleine unverletzt zu sein. Elisabeth steckte sich einen schmutzigen Finger in den Mund, verzog das Gesicht und nahm ihn wieder heraus.

»Minna«, stammelte sie und wies mit ihrem Finger auf eine feuerrote Stelle auf dem Fußrücken der älteren Frau. »Hast du da ein Aua?« Schon streckte sie die Hand danach aus.

Die Lohnarbeiterin zuckte zusammen, als Elisabeth mit ihren Fingern über die Verletzung strich.

»Ja, Schatz«, brachte sie mühsam hervor. »Das tut weh. Bitte nicht anfassen.«

Ernst ruhten die blauen Augen der Zweijährigen einen Moment auf ihr, dann nickte sie und schmiegte sich in Minnas Arm. Gemeinsam starrten sie, Lump an ihrer Seite, wortlos auf das Dach des Hauses, von dem inzwischen meterhohe Flammen in den nächtlichen Himmel emporschlugen. Jeden Augenblick konnten sie auf das der Goldspinnerei gegenüberstehende Gebäude überspringen, dessen oberstes Stockwerk weit in die Gasse hineinragte und direkt an das Haus der Schimpfs grenzte.

Das hatten längst auch die Männer erkannt, die ihre Anstrengungen nun nicht allein der Spinnerei, sondern auch den Häusern in unmittelbarer Nachbarschaft widmeten. Bald schon trafen weitere Helfer ein. Im Schein der Flammen konnte Minna einige Männer ausmachen. Es waren Dachdecker, Schmiede und andere Handwerker samt ihrer Gesellen. Einen Wassereimer nach dem anderen schütteten sie gegen die Mauern.

Mirke Pöhlmann hockte gut verborgen hinter einer Hecke, die die Grundstücke voneinander trennte, und blickte zu dem vielleicht dreißig *Klafter* entfernten brennenden Haus hinüber. Ihre Lippen verzogen sich zu einem Lächeln. Im Schutz der Dunkelheit und einer wachsenden Schar von Neugierigen beobachtete sie, wie etwa zwei Dutzend Männer das Feuer zu löschen versuchten, das zuerst auf ein an die Werkstatt grenzendes Holzhaus und dann auf das Wohnhaus der Schimpfs übergesprungen war. Nun bedrohten die Flammen auch die beiden Gebäude gleich daneben.

Die Rufe der Männer vermischten sich mit dem Knistern und Knacken des brennenden Holzes. Sie laufen herum wie Hühner, in deren Stall der Fuchs eingebrochen ist, dachte sie und kicherte in ihren Umhang. Welch köstliche Vorstellung! Seit Langem schon hatte sie nicht so viel Kurzweil empfunden wie in diesem Augenblick. Mirke spürte weder die Feuchtigkeit, die ihre Kleidung benetzte, noch die rauchgeschwängerte Luft, die mit jedem Windzug zu ihr herübergetragen wurde. In ihr war Frieden, das erste Mal seit langer Zeit. Tief sog sie den Brandgeruch ein, bis sie husten musste.

Sie wollte sich schon abwenden, da nahm sie aus dem Augenwinkel eine Bewegung an der Tür des brennenden Hauses wahr. Es war Minna, die ins Freie stürmte, an der Hand ein kleines Mädchen, und dabei fast mit einem Mann zusammengestoßen wäre, der einen prall gefüllten Wasserschlauch über der Schulter trug. Diese dämliche Vettel! Mirke hatte sie noch nie leiden können, aufgespielt hatte die sich immer, als wäre sie die Herrin selbst gewesen.

Nun schien Minna allerdings jeden Hochmut verloren zu haben. Mit strähnigen, aufgelösten Haaren, den fülligen Leib nur mit einem Nachtgewand bedeckt, stürzte sie auf eine vom Feuerschein erleuchtete Gasse, schwankend wie eine Betrunkene. Das Kind an ihrer Seite weinte, und ein Hund lief mit eingezogenem Schwanz hinter ihr her. Nun ließ sich die Alte auf das Pflaster sinken, sprach mit dem Mädchen und untersuchte es nach Verletzungen. Es musste Cristin Bremers Tochter sein. Ein derart niedliches Kind hatte dieses eingebildete Weibsstück gar nicht verdient.

Noch einmal ließ sie die Ereignisse der letzten Stunden an sich vorüberziehen, und ein Prickeln lief durch ihren Körper.

Es war einfacher gewesen, als sie gedacht hatte. Als hinter

den Scheiben des Hauses endlich kein Licht mehr zu sehen gewesen war, hatte sie sich auf den Hof hinter die Werkstatt geschlichen. Es war ihr wie ein Wink des Schicksals erschienen, das einzige Fenster des an das Wohnhaus grenzenden einstöckigen Gebäudes nur angelehnt vorzufinden. Zum Glück war ihr Leib schlank genug, um sich hindurchzwängen zu können. Im Inneren fand sie nach kurzem Suchen alles, was sie brauchte, um ihr Werk auszuführen. Ein großes Stück Zunderpilz, ein Schlageisen und einen scharfkantigen Feuerstein. Brennmaterial, das Wichtigste, was sie für ihr Vorhaben brauchte, lag genügend in den Regalen. Schon nach wenigen Schlägen des gebogenen Eisens auf die Kante des Feuersteins fielen ein paar glühende Funken auf das Zunderstück und setzten es in Brand. Mit spitzen Fingern hob Mirke es auf, warf es auf einen großen Wollballen und sah zu, wie sich die Flammen weiter ausbreiteten und die farbigen Stoffe ergriffen. Danach war sie, diesmal durch die Tür in der Werkstatt, lautlos wieder verschwunden.

Sie strich ihren Umhang glatt und heftete erneut den Blick auf die Frau mit dem Kind, die sich nun auf sie zubewegten. Mirke wandte den Kopf ab, als die beiden unweit ihres Versteckes an ihr vorbeistolperten. Immer mehr Schaulustige strömten herbei. Es wurde Zeit zu verschwinden, entschied sie. Morgen würde sie wiederkommen und ihr Werk bei Tageslicht noch einmal in Ruhe begutachten.

Sie lief die Gasse hinab, Richtung Mariendom. Der Turm des dreischiffigen, von hölzernen Gerüsten umgebenen Kirchenbaus erhob sich hoch in den nächtlichen Himmel. Nun ging Mirke an den stinkenden Wassergräben vorbei, die die ganze Stadt durchzogen und in denen bei Tag zahllose Möwen zwischen Abfällen nach Nahrung suchten.

In einer eingenähten Tasche ihres Umhanges klimperte es bei jedem Schritt. Fünf Witten zahlte Hinrich, der Wirt, seinen Schankmädchen in der Woche, dazu Kost und Logis. Mirke fuhr sich mit der Zunge über die vollen Lippen. Sie waren trocken. Die Hitze des Feuers hatte die junge Frau durstig gemacht. Es war wirklich an der Zeit zurückzukehren, ehe der Wirt bemerkte, dass ihre Kammer leer stand. Sie stellte sich vor, wie ein guter Schluck Würzbier ihr prickelnd durch die Kehle lief, und lächelte.

34

Minna spürte die Zeichen des nahenden Alters in jedem Knochen. Kämen sie doch nur schneller voran! Schweißperlen rannen ihr die Schläfen hinab und vermischten sich mit ihren Tränen. Schnaufend blieb sie stehen und streckte den schmerzenden Rücken. Außerdem brannte ihr Fuß wie Feuer. Eine schlafende Zweijährige zu tragen, die mit jedem Schritt schwerer zu werden schien, war sie nicht mehr gewohnt. Irgendwann hatte sie Elisabeth auf den Arm genommen, in der Hoffnung, die Kleine möge sich endlich beruhigen, und tatsächlich war sie schließlich vor Erschöpfung eingenickt.

Minna sah sich um. Linker Hand erkannte sie im schwachen Mondlicht zwischen einer Reihe windschiefer Häuser eine Schänke, aus deren Fenster schwaches Licht auf das Pflaster fiel. Sie lief weiter, den erhitzten Kinderkörper fest an sich gepresst, vorbei an der niedrigen Kaimauer eines Fleets. Das schwärzliche Wasser stank nach den Fäkalien, die die Leute aus den Fenstern ihrer Häuser in den Wassergraben kippten. Ganz in der Nähe schrie eine Möwe, und die Luft roch brackig. Wenn sie sich in dem Gewirr der engen Gassen und *Twieten* im Kaufmannsviertel rund um St. Catharinen nicht völlig verlaufen hatte, musste sie sich in der Nähe des Nikolaifleets befinden, dessen Wasser der Elbe zufloss.

Neben sich hörte sie Lump hecheln. Unheimlich war es,

mit einem verängstigten Hund und einem Kleinkind ziellos durch die Nacht zu laufen. Nur fort von dem Ort des Grauens, war ihr erster Gedanke gewesen, als sie aus dem brennenden Haus geflüchtet waren. Doch nun, in sicherer Entfernung, wurde es Zeit, den Verstand arbeiten zu lassen. In Gedanken ging sie sämtliche Kunden der Goldspinnerei durch. Da tauchte ein grobes Antlitz vor ihrem geistigen Auge auf: der Bader Ludewig Stienberg. Der Mann mit dem dröhnenden Lachen, der trinken konnte wie ein Bauer.

Herr Stienberg würde gewiss nicht zögern, ihnen zu öffnen, denn als Bader waren ihm nächtliche Störungen sicher vertraut. Verflixt, woher sollte sie bloß wissen, wo dieser Mann wohnte? Minna entfuhr ein Stöhnen.

In der Ferne erkannte sie im schwachen Licht der Mondsichel das Rathaus, davor die Trostbrücke, die die Altstadt rund um St. Petri und den Dom mit der gräflichen Neustadt verband. Bei Tage boten hier die Geldwechsler ihre Geschäfte an. Sie blieb stehen und stellte den schmerzenden Fuß auf einen aus dem Pflaster ragenden Stein. Der Rist war angeschwollen, und über der Wunde hatten sich mehrere pralle Blasen gebildet. Als Elisabeth mit einem Husten die Stille durchbrach, fuhr sie zusammen. Glücklicherweise wurde die Kleine nicht wach. Minna wischte sich den Schweiß aus dem Gesicht. Es half nichts. Sie musste die Zähne zusammenbeißen, tiefer in die Stadt hineingehen und darauf vertrauen, einem Nachtwächter oder Frühaufsteher zu begegnen, den sie nach dem Weg fragen konnte.

Was für ein Segen, dass ihre Herrin nicht hatte mit ansehen müssen, wie alles, was die Schimpfs sich mühevoll aufgebaut hatten, zu Asche zerfallen war. Sie schniefte. Was sollte nun aus ihnen werden? Dazu die bange Frage, die ihr wieder und wieder durch den Kopf schoss: Was sollte sie tun, wenn sie den Bader nicht fand oder er nicht daheim war?

Eine Frau kam ihr entgegen. Das schwarze Band an der hellen Mütze verriet, dass es sich um eine *Buhlschwester* handelte, wie man die Huren in Hamburg nannte. Ein Weib, an das Minna unter anderen Umständen niemals das Wort gerichtet hätte.

»Gott zum Gruße«, sprach sie die Frau an. »Ihr kennt Euch gewiss aus in der Stadt?«

Die Hübschlerin blieb stehen und musterte Minna mit dem Kind auf dem Arm und dem Hund an ihrer Seite. »Was wollt Ihr?«

»Ich bin auf der Suche nach einem Bader. Vielleicht könnt Ihr mir sagen, wo ich ihn finde.«

Das Weib lachte kehlig. »Bader gibt's viele in Hamburg.«

»Natürlich. Der, den ich meine, heißt Ludewig Stienberg. Ein kräftiger Kerl in den besten Jahren. Vorn fehlen ihm zwei Zähne.«

Die Erinnerung an jenen Tag drängte sich ihr auf, als Stienberg eines Abends zu Besuch gekommen war und genuschelt hatte. Später erzählte er ihnen dann ungerührt, dass er sich die Zähne selbst gezogen habe, da sie ihn schon tagelang gepiesackt hätten. Ihr schauderte allein bei dem Gedanken.

»Ach, der.« Die Frau nickte. »Da seid ihr hier ganz falsch. Der wohnt in der Johannisstrate, ganz am Ende. Wisst Ihr, wo die is?«

Minna verneinte.

»Über die nächste Fleetbrücke und dann immer weiter. Das *Einbeck'sche Haus* kennt Ihr aber?«

»Ja.«

»Daran vorbei. Von da isses nich mehr weit.«

»Ich danke Euch.«

»Da nich für.« Schon ging die Frau weiter und verschwand um eine Ecke.

Minna setzte sich in Bewegung und überquerte eine schmale Brücke. Gegenüber erkannte sie die Fassade des zweistöckigen Stadtbierhauses. Darunter befand sich der Ratsweinkeller. Als sie in die Johannisstrate einbog und die Gasse hinablief, hämmerte ihr das Herz in der Brust. Elisabeth weinte leise, hob mehrmals die Lider, um im nächsten Moment wieder einzunicken. Die Arme taten Minna vom Tragen weh, und in ihren Fingern kribbelte es unangenehm. Diese Anstrengung war nichts für eine Frau, die nicht mehr die Jüngste war, wahrlich nicht! Ihre müden Knochen und Gelenke sollte sie an einem prasselnden Kaminfeuer wärmen, und nicht durch die finstere Nacht stolpern müssen. Lediglich die Angst um die Kleine ließ ihre Füße weitermarschieren.

Wie es sich für eine anständige Frau gehörte, hegte sie eine Abneigung dagegen, mitten in der Nacht bei einem nahezu fremden alleinstehenden Mann an die Tür zu klopfen und um Einlass zu bitten. Vor der Tür des Baders angekommen, pustete sie sich eine feuchte Haarsträhne aus der Stirn. Der hölzerne Klopfer schlug gegen die Tür.

Elisabeth öffnete die Augen. »Mama?«

»Deine Mutter kommt bald wieder, mein Schatz. Alles wird gut.«

Elisabeth machte jedoch keine Anstalten, sich auf ihre eigenen Füße zu stellen. Bange Momente vergingen. Endlich näherten sich schlurfende Schritte, und ein Mann öffnete gähnend einen Spaltbreit die Tür.

»Wer ist da?«, murmelte er mit halb geschlossenen Lidern.

»Herr Ludewig, ich bin's, Minna. Ihr müsst uns helfen!«

Der Bader musterte sie von oben bis unten. »Potzblitz! Jetzt erkenne ich Euch! Wie seht Ihr denn aus?«

Er ließ den Blick über ihre Gestalt und das Kind in ihren Armen wandern. Sie war barfuß, trug ein schmutziges Nachtkleid, und ihr Gesicht war mit einer eigenartigen, dunklen Schicht überzogen. Der Hund der Schimpfs hockte mit eingezogenem Schwanz neben ihr.

»Seid Ihr verletzt?«

Minna wehrte energisch ab. »Ist nichts weiter, nur ein paar Blasen. Der Lütten ist auch nichts geschehen, dem Himmel sei Dank.«

Der Bader atmete auf. »Gut. Aber wo sind Baldo und Cristin? Außerdem ist es bannig kalt. Was macht Ihr mitten in der Nacht da draußen, Minna?«

»Etwas Furchtbares ist geschehen«, stieß sie atemlos hervor, ohne auf seine Frage einzugehen.

Ludewig Stienberg öffnete die Tür weit. »Kommt erst mal herein.«

Minna betrat leicht schwankend das Haus, gefolgt von Lump.

»Gebt mir das Kind«, sagte der Bader und streckte die Hände nach Elisabeth aus.

Die ältere Frau wollte protestieren, doch der kräftige Mann brachte sie mit einem strengen Blick zum Schweigen und nahm ihr das Mädchen ab. Mit dem Fuß stieß er eine weitere Tür auf.

»Mein Behandlungsraum«, erklärte er und legte die Kleine auf ein schmales Bett.

Im Flur fasste er Minna am Arm und zog sie mit sich in die Küche. Schwer sank die Lohnarbeiterin auf einen der Stühle, und Lump ließ sich neben ihr nieder.

»Nun sagt mir, was geschehen ist.«

»Es … es hat gebrannt, Herr Ludewig«, brachte sie mit schwacher Stimme hervor. »Weder von dem Haus noch von der Spinnerei sind mehr als die Grundmauern übrig geblieben. Ich … ich wusste mir keinen Rat und …«

»Was sagt Ihr da? Gebrannt?« Daher also die Nachtkleidung und die gelösten Haare! Beim genaueren Hinsehen erkannte er die dunklen Spuren in ihrem Gesicht als Rußflecken. »Das ist ja fürchterlich! Wo sind Baldo und Cristin?«

»Sie sind zu einer längeren Reise aufgebrochen, Herr Ludewig. Ich war mit dem Kind allein.«

Fassungslos schüttelte er den Kopf.

»Ihr wart allein im Haus?« Einige Strähnen an ihrem Haaransatz waren verkohlt, eine Augenbraue nahezu verbrannt. »Fehlt Euch wirklich nichts? Zeigt mal her.«

»Mir geht es gut!«, entgegnete Minna scharf, senkte jedoch

gleich darauf den Kopf. »Entschuldigt.« Sie fuhr sich mit der Hand über die Augen. »Die Schimpfs, wenn sie heimkommen… Mein Gott.«

Der Bader antwortete nicht, stellte stattdessen zwei Becher mit stark riechendem Inhalt auf den Tisch.

»Trinkt, Minna, und dann erzählt von Anfang an.«

Die Lohnarbeiterin schüttete das Gebräu in einem Zug hinunter und japste nach Luft. In ihrem Inneren breitete sich eine wohltuende Wärme aus. Stumm schenkte der Bader ihr nach. Seine Hände zitterten ebenso wie ihre, aber er verschüttete keinen einzigen Tropfen.

Noch immer atemlos begann sie zu erzählen. »Das Feuer kam aus der Werkstatt, Herr Ludewig. Es ging… alles so schnell.«

»Gutes Mädchen. Hast sie alle gerettet«, erwiderte er heiser, nachdem sie geendet hatte, und verfiel kurz in die vertraute Anrede. Über den Tisch hinweg tätschelte er ihr die Hand.

»Trinkt noch einen, Minna! Wird Euch guttun.«

Sie nickte und sah zu, wie er den Rest der bauchigen Flasche in ihren Becher goss. Zwischen ihnen wurde es still. Der Bader erhob sich, ging zum Fenster und verschränkte die Arme hinter seinem breiten Rücken. Sie hob den Becher an die Lippen und trank einen weiteren Schluck.

»Bevor ich schlafen gegangen bin, habe ich noch mal überall nachgesehen, ob die Türen auch verschlossen und die Lichter gelöscht waren. Das mache ich immer, müsst Ihr wissen. Es war alles in bester Ordnung.« Sie zog die Stirn in Falten. »Ich kann mich allerdings nicht erinnern, ob auch die Fenster alle verschlossen waren. Herrje, falls noch ein Licht geglommen hat, vielleicht ist alles meine Schuld?« Minna schniefte und wischte sich das feuchte Gesicht am Ärmel ihres Gewandes ab.

»Aber, aber, nun beruhigt Euch.« Der Bader war mit wenigen Schritten bei ihr. »Es wird sich gewiss alles aufklären. Ihr bleibt vorerst hier. Ich schlage vor, wir richten eine der Kammern für Euch her. Morgen sehen wir dann weiter.«

Minna dankte ihm und erhob sich stöhnend.

»Also doch! Der Fuß, nicht wahr? Nun stellt Euch nicht so an, verdammt.« Ludewig kniete sich vor Minna nieder, griff nach ihrem Fuß und hob ihn an. »Oje, da habt Ihr Euch aber eine schöne Verbrennung zugezogen! Ich habe eine Salbe, die wird Eure Schmerzen lindern. Moment, ich hole sie.« Schon machte er Anstalten, ins Behandlungszimmer hinüberzugehen.

»Nicht nötig, Herr Stienberg. Es tut fast gar nicht...«

Ungeachtet ihres Kommentars eilte er aus dem Raum. Minna blickte auf ihren Fuß und verstand nicht, was sie sah. Die Blasen waren nahezu verschwunden.

Der Bader kehrte zurück und drückte ihr einen Tiegel in die Hand. »Tragt die Salbe rund um die Verletzung mehrmals am Tag auf, damit die Haut geschmeidig bleibt, und kühlt die Stelle. Mehr kann ich im Moment nicht tun. Das Bett richte ich Euch gleich her. Die Kammer ist oben.«

»Danke, aber es tut gar nicht mehr weh«, erwiderte sie tonlos.

Dann wankte sie einer Betrunkenen gleich aus der Küche, vor Müdigkeit und Erschöpfung kaum fähig, noch einen Fuß vor den anderen zu setzen. Doch bevor sie sich hinlegen konnte, musste sie noch einmal nach dem Kind sehen.

35

Hamburg

Schweigend saßen Ludewig Stienberg und Minna sich in der nur spärlich erleuchteten Küche am Esstisch gegenüber. Der Schein der beiden Talglampen warf Schatten auf ihre Züge. Beide hatten die vierzig längst überschritten. Bleich und übernächtigt nippte Minna an ihrem Becher Wein, der nur mit einem Hauch Wasser verdünnt war. Angesichts der Tatsache, dass der Tag noch nicht angebrochen war, schien ihr dies pure Verschwendung zu sein, aber der Bader hatte darauf bestanden.

»So wie Ihr heute Morgen ausseht, liebe Minna, werdet Ihr es brauchen«, hatte er erwidert und sich im selben Augenblick vor die hohe Stirn geschlagen. »Was bin ich doch für ein alter Esel! Bitte entschuldigt, das war nicht sonderlich galant. Ich meinte nur …«

Doch sie hatte nur eine wegwerfende Handbewegung gemacht.

Der Bader musterte sie. Tiefe Ringe hatten sich um Minnas Augen gegraben, und ihr sonst stets rosiges Gesicht war immer noch bleich.

»Wie geht es Eurem Fuß? Habt Ihr die Salbe, die ich Euch gegeben habe, aufgetragen?«

Minna nickte.

»Lasst mich mal sehen.« Schon ging er vor der alten Frau in die Knie und heftete den Blick auf den Fußrücken. »Sieht sehr gut aus«, murmelte er verwundert ob der verschwundenen Brandblasen und der deutlich helleren Haut. »Kommt selten vor, dass eine solche Wunde so schnell heilt.« Er erhob sich und setzte sich wieder auf den Stuhl Minna gegenüber, die ihm seltsam geistesabwesend erschien. »Greift nur tüchtig zu. Das Brot ist frisch«, forderte er sie auf und reichte ihr einen Korb, den sie dankend ablehnte.

»Was unsere Deern wohl sagen wird, wenn sie …« Ihr Blick wanderte zum Fenster hinaus.

»… zurück nach Hause kommt«, vervollständigte er kauend den Satz. Der Gedanke bereitete auch ihm Sorge, wusste er doch, wie glücklich Cristin und Baldo in ihrem Haus mit der angeschlossenen Werkstatt waren. Es dauerte ihn, wenn er darüber nachdachte, was der Brand für das junge Paar bedeutete. Er biss in eine Brotscheibe. »Wo sind die beiden überhaupt? Wann rechnet Ihr mit ihrer Heimkehr?«

»Sie wollten nach Venedig und sind erst vor kurzem aufgebrochen.«

Ludewig verschluckte sich prompt an seinem Brot. »Wie bitte?« Seine Stimme schwoll an und ähnelte einem Donnergrollen. »Ihr sagtet Venedig?« Mit der flachen Hand schlug er auf den Tisch.

Minna zog die Schultern ein und senkte die Lider.

»Ihr wollt mir sagen, Cristin lässt sich auf eine derart lange und anstrengende Reise ein? Ja, sind die beiden denn von allen guten Geistern verlassen?«

Sie schwieg einen Moment und wartete, bis sich die Zornesfalten zwischen seinen Augenbrauen ein wenig geglättet hatten. Dann berichtete sie dem Bader in allen Einzelheiten von Jadwigas großzügigem Geschenk, dem Empfehlungsschreiben für den venezianischen Tuchhändler und von Bastian Landsbergs Angebot, sie zu begleiten, da er etwas Italienisch sprach. »Frau Schimpf meinte, wenn sie jetzt nicht fährt, kann sie es später, wenn das Kind erst mal auf der Welt ist, für Jahre nicht mehr.«

Ludewig verzichtete zunächst auf einen Kommentar, denn er musste sich eingestehen, dass Minna seinen Wutausbruch am wenigsten verdiente. Mit Cristins Unvernunft würde er sich noch beschäftigen, nun galt es, sich um Wichtigeres zu kümmern. Nur mit Mühe konnte er den Gedanken abschütteln und musterte die Frau, die mit schräg gelegtem Kopf und abwesender Miene durch ihn hindurchsah, als wäre sie in einem bösen Traum gefangen. Trotz ihrer reifen Jahre waren Minnas Züge beinahe faltenlos und strahlten Wärme und Sanftmut aus. Sogar die meisten Zähne besaß sie noch.

Ludewig unterdrückte ein Grinsen. Auch ihre scharfe Zunge hatte er inzwischen kennengelernt. Er griff nach einer weiteren Brotscheibe, die er großzügig mit Butter und Honig bestrich. Lump bellte und hob eine Pfote. Der Bader warf ihm einen Knochen hin, den er vom letzten Abendessen übrig hatte. Der Hund fing ihn blitzschnell auf und zog sich damit unter den Tisch zurück. Ludewig richtete seine Aufmerksamkeit wieder auf Cristins Lohnarbeiterin und Kindermädchen.

»Verehrte, nun grämt Euch nicht so. Zum jetzigen Zeitpunkt kennen wir das Ausmaß des Schadens noch gar nicht. Vielleicht kann das Haus der Schimpfs ja wieder aufgebaut werden.«

Trotz ihrer stämmigen Erscheinung wirkte Minna plötzlich klein und gebrechlich. Aus einem Impuls heraus legte er seine Hand über ihre, die noch immer den Becher umklammerte.

Sie ließ es geschehen, denn im Geist erlebte sie jene Schreckensmomente ein weiteres Mal, als der treue Lump sie aus dem Schlaf geweckt und sie das Feuer entdeckt hatte.

»Da war so viel Rauch, ich… ich konnte kaum etwas sehen«, flüsterte sie und wischte sich mit der anderen Hand über die Augen. »Ich verstehe nicht, wie ich so unachtsam sein konnte. Gewiss habe ich ein Fenster nicht richtig verschlossen, und der Wind hat eines der Lichter umgestoßen.«

»Mit Gewissensbissen müsst Ihr Euch wahrlich nicht plagen«, entgegnete der Bader ruhig. »Ohne Euer rasches Handeln wärt Ihr jetzt schließlich alle tot!«

Sie schüttelte seine Hand ab und erhob sich von ihrem Stuhl.

»Wo wollt Ihr hin?«

»Nach Elisabeth sehen.«

»Nach den Aufregungen der letzten Nacht schläft die Kleine gewiss friedlich.«

Vermutlich hat er recht, pflichtete sie ihm insgeheim bei. Elisabeth hatte, wie sie an den geschwollenen Lidern des Baders ablesen konnte, vermutlich als Einzige ruhig geschlafen. Minna betrachtete ihr Gegenüber genauer. Sie kannte den Freund der Schimpfs als lauten und zuweilen recht eigenbrötlerisch wirkenden Mann, der das Herz jedoch auf dem rechten Fleck trug. Doch die Feinfühligkeit, mit der er sie behandelte, offenbarte eine ganz neue Seite an ihm.

»Mag sein, dass die Lütte noch schläft«, gab sie zurück.

»Aber ich kann hier nicht untätig herumstehen. Ich muss etwas tun.«

Er nickte mitfühlend.

»Also gut, dann nehmt diesen Lump von einem Hund mit. Es ist schon fast hell, und ich denke, er braucht einen Spaziergang, um seine Blase zu leeren. Ich achte solange auf das Kind. Die Praxis werde ich heute nur für Notfälle öffnen.«

»Das ist wirklich nett von Euch«, stammelte Minna und schlug sachte mit der Hand gegen ihren Oberschenkel, um Lump an ihre Seite zu rufen.

36

Minnas Füße führten sie wie von selbst zu der Stelle, an der am vergangenen Tag noch die Spinnerei und das Wohnhaus gestanden hatten. Einige Krähen erschraken von den Lauten ihrer Schritte und erhoben sich in die Luft. Schon von weitem vernahm sie Stimmengewirr, und sie erkannte die Nachbarn der Schimpfs, die sich allesamt eingefunden hatten, um die Schäden des Brandes zu begutachten. Sie war dankbar für das schlichte Gewand und die Schuhe, die der Bader ihr am vergangenen Abend besorgt hatte. Das Kleid zwickte zwar ein wenig am Ausschnitt und an den Schultern, aber es war sauber und nur wenig geflickt.

Zögernd ging sie auf eine kleine Gruppe zu, die mit dampfenden Bechern vor dem ehemaligen Eingang der Werkstatt stand. Unter ihnen war auch Friedhelm, der neue Geselle. Als er der Lohnarbeiterin gewahr wurde, trat er, ganz bleich um die Nase, auf sie zu.

»Was ist denn hier passiert?«

Minna seufzte und berichtete ihm in wenigen Sätzen von dem Unglück. Dann wandte sie sich ab und richtete ihre Aufmerksamkeit auf die Werkstatt, von der fast nichts als die Mauern und ein paar Balken stehen geblieben waren, die beinahe trotzig in den blauen Himmel ragten. Vom Wohnhaus standen nur noch die Grundmauern, wobei der Boden von allerlei verkohlten Überresten übersät war, die aussahen, als hätte ein wütender Riese sie wahllos herabgeschleudert.

Die ältere Frau erkannte Teile der Treppe und den zerborstenen Rahmen eines Fensters. Sie gab dem Hund einen Wink, sitzen zu bleiben und auf sie zu warten, straffte die Schultern und trat näher. Der Gestank war unerträglich und schien durch jede Pore zu dringen. Die Stimmen der Nachbarn, die sich taktvoll für eine Weile entfernt hatten, nahm sie kaum noch wahr. Mit dem Fuß stieß sie einen blechernen Topf beiseite und stieg vorsichtig über Tonscherben, einst das Geschirr der Familie. Da entdeckte sie den guten Krug für den Wein, von dem nur am oberen Rand eine Scherbe abgebrochen war. Sie hob ihn auf, schniefte geräuschvoll und stellte ihn etwas abseits auf das Pflaster.

Auf einem Haufen Unrat schimmerte etwas Helles. Mit spitzen Fingern schob sie einige Stoffteile beiseite. Von den halb fertig gewebten und bestickten Decken und Umhängen, die ihre junge Herrin im Auftrag der Kunden hatte anfertigen wollen, waren nur noch Fetzen übrig. Minna biss die Zähne zusammen, blinzelte und blickte erneut auf das helle Holzstück. Das Spinnrad! Sie bekreuzigte sich. Ein Teil des Holzes war versengt, aber mit etwas Geschick könnte man es vielleicht wieder herrichten. Sie befreite das lädierte Spinnrad behutsam, um es sich mühsam unter den Arm zu klemmen, ebenso wie die Türglocke, die Herr Schimpf hergestellt hatte, und machte sich auf den Rückweg.

Ludewig Stienberg staunte nicht schlecht, als er Minna die Tür öffnete. »Ja, was habt Ihr denn da? Zeigt mal her!«

Er nahm ihr das Spinnrad sowie die anderen Überbleibsel ab, während Lump mit eingezogenem Schwanz an ihm vorbeischoss und das Weite suchte.

»Ich weiß nicht, Herr Stienberg, aber vielleicht ist es ja noch zu retten? Cristin war so stolz auf das gute Stück.« Minna hob in einer Geste der Hilflosigkeit die Schultern. »Die Deern hat es sich nach ihrer Ankunft in Hamburg gekauft.« Sie sah zu Boden. »Meint Ihr, man bekommt es wieder hin?«

»Schon gut, meine liebe Minna, tretet erst mal ein.« Ludewig tätschelte ihren Arm und führte sie sanft, aber bestimmt in die Küche, wo Lump sich nahe der Feuerstelle zusammengerollt hatte.

Meine liebe Minna. Sie maß ihn kurz und ließ sich widerstandslos auf einen Stuhl drücken. »Ist nicht mehr viel übrig von dem Haus. Es ist ein Jammer!«

Ludewig setzte sich ebenfalls. Sie schwiegen, und nur das leise Schnarchen des Hundes unterbrach die dumpfe Verzweiflung, die wie eine dunkle Wolke den Raum erfüllte. Minna strich gedankenverloren über die kupferne Türglocke, die bis vor wenigen Tagen immer nahe dem Webrahmen gestanden und Frau Schimpf Besuch angekündigt hatte.

»Wir sollten den beiden diesen Anblick ersparen«, sagte der Bader wie zu sich selbst und kratzte sich am Nacken. »Auch wenn dieses eigensinnige Mädel mich wirklich verärgert hat. Dabei wollte ich den beiden in den nächsten Tagen einen Besuch abstatten, wir haben uns ja längere Zeit nicht mehr gesehen. Aber sei's drum, das ist jetzt unwichtig, wir müssen ihnen helfen.«

Minna hob den Kopf. »Zumal die Deern in anderen Umständen ist«, ergänzte sie, ohne den Blick von der Glocke in ihren Händen zu wenden. »Aber wie sollen wir das anstellen?«

»Ich kenne einige fleißige Burschen hier, die jede Witte gebrauchen können. Sie kommen öfter in mein Badehaus. Die werde ich fragen, ob sie uns zur Hand gehen. Der neue Geselle der Schimpfs soll auch ordentlich mit anpacken. Und was Cristin angeht, die wird sich einiges von mir anhören müssen, wenn sie erst wieder zu Hause ist. Dieses verrückte Frauenzimmer! Wer hat so etwas je gehört? Eine große Reise unternehmen, wenn man ein Kind unter dem Herzen trägt! Wenn ich das nur vorher gewusst hätte!«

»Wem sagt Ihr das? Wie gegen Wände habe ich geredet, das könnt Ihr mir glauben. Selbst der Herr Schimpf konnte sie nicht umstimmen. Andererseits kann ich sie auch verstehen, sie will ja nur das Beste. Wie gut, dass der Bernsteinhändler sie begleitet, wäre ja sonst nicht auszudenken.« Sie erhob sich. »Die Kleine weint, ich muss zu ihr.«

Der Bader murmelte Zustimmung und sah ihr nach, wie sie mit hängenden Schultern die Küche verließ. Das gute Mädchen ist wirklich zäh, überlegte er nachdenklich. Alles schien Minna ertragen zu können, nur die Schuldgefühle lasteten schwer auf ihren Schultern. Als Nächstes werde ich neue Kleider für Elisabeth und Minna kaufen, beschloss er, denn die alten taugten nicht einmal mehr zum Fußbodenscheuern.

Nachdem Minna mit Elisabeth in die Küche zurückgekehrt war, besprachen der Bader und die Lohnarbeiterin, wie es nun weitergehen sollte. Minna und das Kind durften vorerst bei ihm leben. Ludewig wollte sich um Arbeiter bemühen, die den Unrat und die Überreste des Hauses fortschafften, während er die Praxis geöffnet hielt. Abends würden Minna und er, sofern es noch hell genug war, selbst Hand an der Brandstelle anlegen. Die Lohnarbeiterin erklärte sich indessen bereit, sich um Ludewigs Haushalt und das Badehaus zu kümmern, bis die Schimpfs von der Reise zurückkehrten und wussten, wo sie fortan leben würden.

»Habt Ihr es schon gehört, Hinrich? Im Norden hat es letzte Nacht gebrannt!«

Die an den Wirt gerichteten Worte des Gastes, der soeben den Schankraum betrat, ließen Mirke aufhorchen. Ihr Herz schlug schneller.

Hinrich Peters stellte einen bis zum Rand gefüllten Becher mit Wacholderbier auf die Tischplatte. »n'Abend, Runge«, begrüßte er den Mann. »Gebrannt, sagt Ihr? Wo denn?«

Die Fingerspitzen der jungen Frau kribbelten, während sie Krüge ausspülte und abtrocknete, um sie wieder ins Regal zu stellen. Sie spitzte die Ohren. Der andere, der Kleidung nach ein Bürger der Hansestadt, griff nach dem Becher, nahm einen kräftigen Schluck und wischte sich den Schaum von den Lippen.

»Kennt Ihr die Goldspinnerei in der Breiten Straße am Pferdemarkt? Die Werkstatt und das Wohnhaus daneben… beides bis auf die Grundmauern niedergebrannt!«

Der Brand hatte sich also schon herumgesprochen. Das geschah der Hochnase recht. Mirke warf den Männern einen verstohlenen Blick zu. Der Wirt mit der rot geäderten Nase verschränkte die Arme über dem prallen Leib. Seine Schürze wies Flecken unterschiedlichster Herkunft auf.

»Kanntet Ihr die Besitzer?«

Der Rothaarige nickte. »Gute Leute«, meinte er und griff erneut nach dem Becher. »Ich glaube, sie stammen aus Lübeck.«

»Ist jemand zu Schaden gekommen, Runge?«

»Ich glaube nicht. Es heißt, die Besitzer seien derzeit auf Reisen.«

»Dann ist ja gut. Wollt Ihr etwas essen?«

»Habt Ihr einen Braten auf dem Spieß?«

Hinrich Peters nickte. »Ein Ferkel, frisch geschlachtet.«

Der andere leckte sich die Lippen. »Dann her damit. Und vergesst nicht, großzügig mit Eurer guten grünen Soße zu sein.«

»Weiß schon, Runge, die mit den vielen Kräutern und Gewürzen.« Der Wirt wandte sich zu Mirke um, die der Unterhaltung aufmerksam gelauscht hatte. »Steh hier nicht herum und halt Maulaffen feil, Mädel. Geh lieber in die Küche und sag meinem Weib, es soll dem Herrn eine ordentliche Scheibe von dem Spanferkel abschneiden.«

Mirke wollte auf dem Absatz kehrtmachen, doch Peters fasste nach ihrer Schürze und hielt sie fest.

»Bring ihm auch noch einen Becher Bier. Meine gute Soße wird ihn durstig machen.«

Der andere lachte.

Sie lief durch die sich stetig füllende Schankstube in die Küche, wo über der Feuerstelle das Ferkel auf einem Spieß steckte. Sie hoffte, dass niemand ihre wachsende Erregung bemerkte. Gerade fasste die Köchin nach der Kurbel und drehte sie ein wenig. Fett tropfte zischend in die Flammen.

Mirke griff nach einem der bereitstehenden Holzteller. »Eine dicke Scheibe«, bat sie, ohne das Beben in ihrer Stimme ganz verstecken zu können.

Doch ihre Gedanken waren bei der abgebrannten Goldspinnerei. Gleich am folgenden Morgen wollte sie noch einmal hingehen. Und dann nach Lübeck zurückkehren, um dem guten Emmerik eine rührselige Geschichte von dem Treffen mit ihrem Onkel aufzutischen.

An zwei Torwächtern vorbei schritt die Gefährtin des Henkers durch das Spitaltor. Die kräftigen, mit einer Hellebarde bewaffneten Männer musterten sie von Kopf bis Fuß. Als einer der beiden einen leisen Pfiff ausstieß, tat sie, als bemerkte sie es nicht, und ging einfach weiter. Erst nachdem sie die Stadtmauer ein ganzes Stück hinter sich gelassen hatte, blieb sie auf der gepflasterten Straße stehen und sah sich ein letztes Mal um. Die Herbstsonne warf gleißende Lichtpunkte auf die Dächer und Turmspitzen der Kirchen. Es versprach, ein schöner Tag zu werden.

Ihre Lippen hoben sich zu einem Lächeln. Sie hatte nicht widerstehen können, ihr Werk noch einmal zu betrachten, zumal die Breite Straße auf dem Weg lag. Sie hatte gründliche Arbeit geleistet: Da gab es nichts mehr, was es zu retten lohnte. Wo die Alte wohl mit dem Kind Obdach gefunden hatte? Zügig und beschwingt schritt sie aus. Es war noch früh und die Straße menschenleer, nur einige Vögel pickten zwischen den Pflastersteinen herum.

Als sie hinter sich das Geräusch von Wagenrädern vernahm, trat sie zur Seite. Es war ein Ochsenkarren, der langsam an ihr vorbeirollte. Auf dem Kutschbock saßen zwei Männer, der jüngere mochte kaum älter als sie selbst sein, und ihre Gesichter waren offen und freundlich.

»Seid ihr auf dem Weg nach Lübeck?«, rief Mirke ihnen zu.

Der ältere der beiden Männer schüttelte den Kopf. »Nein, zum Markt nach Brectehegel. Willst du mitfahren?«

»Gern.«

»Dann steig auf.«

Der Mann hielt den Karren an, und Mirke erklomm die Ladefläche, um sich zwischen mehrere mit Leinentüchern abgedeckte Weidenkörbe zu setzen.

»Was verkauft ihr denn?«

»Ich bin Hutmacher. Der Junge hier ist mein Lehrling«, erklärte der ältere der Männer.

Der andere grinste. »Noch. Im nächsten Frühjahr fertige ich mein Gesellenstück an, und der Zunftmeister spricht mich frei. Dann geht's auf Wanderschaft. Und du?«

»Hab mich bei einem Wirt in Hamburg als Schankmädchen verdingt. Aber jetzt will ich zurück nach Lübeck, wo mein Liebster auf mich wartet.«

Wie das klang. »Mein Liebster.« War Emmerik das? Zumindest war er eine durchaus angenehme Gesellschaft. Mirke lächelte.

Bis Brectehegel hatte sie genügend Muße, um sich fein zurechtzulegen, was sie angeblich bei ihrem Onkel in Ahrensborg alles erlebt hatte. Natürlich musste sie vorsichtig sein, denn es war immerhin möglich, dass der Henker mit einem ihrer Verwandten zusammentraf. Wobei sie daran zweifelte, ob sich die Familie trauen würde, bei der Hütte des Scharfrichters anzuklopfen. Ihr Lächeln verbreiterte sich unwillkürlich.

»Ein wirklich schöner Tag ist das heute«, rief sie den beiden Männern zu.

In Brectehegel angekommen, lenkten die Hutmacher den Ochsenkarren an den Rand eines ausgedehnten Platzes, an dem bereits weitere Händler ihre Fuhrwerke entluden. Andere bauten Tische auf und errichteten Podeste. Mirke wollte vom Wagen klettern, da hielt der Ältere sie fest.

»Reich mir doch die Kober herunter, sie sind nicht schwer.« Er lächelte. »Sind ja nur Filzhüte darin.«

Als er die Arme hob und den ersten Korb entgegennahm, fiel Mirkes Blick auf den prall gefüllten Beutel an seinem Gürtel. Der Mann nickte seinem Lehrling zu, der neben ihn getreten war, und stellte den Korb auf den Boden. Er zog das Band seines Geldbeutels auf, nahm ein paar Münzen heraus und drückte sie dem Jungen in die Hand.

»Geh zum Marktaufseher und entrichte die Standmiete.«

Der Lehrling verschwand in der stetig zunehmenden Menge. Mirke hob den nächsten Korb an und reichte ihn dem Hutmacher, da begann dieser plötzlich zu zittern. Im selben Moment öffneten sich seine Hände, und der Kober fiel zu Boden. Filzhüte unterschiedlichster Farben und Formen purzelten durch den Staub.

Mirke sprang vom Wagen. »Was ist mit Euch?«

Der Mann, dessen Hände immer noch wie Espenlaub bebten, stöhnte auf. »Verdammte *Hutmacherkrankheit.*«

Schon sank er in die Knie und kippte zur Seite wie ein gefällter Baum. Mit großen Augen sah er sie an, unfähig zu sprechen oder sich gar zu bewegen.

Mirkes Blick wanderte zum Gürtel des Mannes, heftete sich auf den Beutel. Wie magisch angezogen griffen ihre Hände danach, fassten hinein und brachten eine Hand voll Silbermünzen hervor. Von den Lippen des wie gelähmt Daliegenden kam ein Lallen. Ein weißer Speichelfaden lief ihm den Mundwinkel hinab. Angeekelt wandte sie sich ab.

Niemand hatte von ihr Notiz genommen. Sie erhob sich, klopfte den Staub von ihrem Kleid und entfernte sich schnellen Schrittes.

Teil 2

1

Seit gut zwei Wochen waren Cristin, Baldo und Bastian nun schon unterwegs. Die goldene Herbstsonne ließ die gelblich verfärbten Blätter an den Bäumen leuchten. Vor einigen Tagen hatten sie Lipzic hinter sich gelassen, wo einmal jährlich eine große Handelsmesse stattfand. Die Nacht verbrachten sie in einer Herberge, die direkt auf ihrer Reiseroute lag. Ihre Tiere standen sicher und gut versorgt in einem hölzernen Verschlag, und die drei freuten sich über die frisch aufgeschüttelten Strohbetten und das einfache, aber gute Essen.

Mit einem seligen Seufzer streckte sich Cristin nach dem Abendessen auf ihrem Lager aus und sah ihrem Mann zu, wie er seine Hose zu Boden fallen ließ. Ein Glucksen stieg in ihrer Kehle hoch.

»Du bietest einen wirklichen reizvollen Anblick, Liebling, wie du so dastehst mit nichts als einem Hemd und deinen Stiefeln bekleidet. Willst du dich nicht ausziehen?«

»Die Stiefel sind bequem und bleiben an.« Seine Miene glich der eines trotzigen Kleinkindes. Allmählich machte sich Unmut in ihr breit. »Willst du tatsächlich weiterhin jede Nacht in deinen Stiefeln schlafen?«

»Mir ist kalt, Weib.«

Seit wann fror er so leicht? Selbst in kalten Nächten war er es meist gewesen, der *sie* gewärmt hatte. »Ich verstehe ja, dass du sie magst, aber …«

Sein Blick ließ sie verstummen. Er setzte sich auf die Bettkante, und sie hob die Decke ein wenig, damit er sich zu ihr legen konnte. Sie war viel zu erschöpft, um längere Zeit mit ihm streiten zu wollen. Kaum hatte er die Decke über sie beide gezogen, rückte er näher an sie heran und fuhr mit seinen Fingern über ihre Rundungen. Cristin spürte das harte Leder seiner Stiefel an ihren Waden und setzte sich auf.

»Baldo, zieh endlich diese Stiefel aus. Das ist mehr als unbequem«, entfuhr es ihr heftiger als beabsichtigt. »So kann ich nicht schlafen!«

»Schon gut«, knurrte er.

Wenn sie nicht so verärgert gewesen wäre, hätte sie seine Reaktion vielleicht sogar lustig gefunden. Momente später streifte er die Schuhe von den Füßen, jedoch nur, um sie unter sein Kissen zu legen. Cristin wollte schon etwas erwidern, rollte aber stattdessen nur mit den Augen und legte sich wieder nieder.

Ihr nächstes Ziel an der *Via Imperii*, der bekannten, bereits von den Römern gebauten Handelsstraße, war Nürnberg. Die freie Reichstadt unterstand keinem Fürsten, sondern dem Kaiser selbst, wie Landsberg zu erzählen wusste. Während die Planwagen über das nasse Pflaster holperten – in der Nacht hatte es heftig geregnet –, kamen ihnen immer wieder andere Handelsreisende mit Ochsen- und Pferdegespannen entgegen. Doch es gab auch Männer, die auf *Schusters Rappen* unterwegs waren, Handwerksgesellen auf der Wanderschaft und Pilger, die unterwegs zu den Wallfahrtsorten im Norden des Reiches waren. Inzwischen war es Abend geworden, und der stete Strom von Fuhrwerken und Wanderern hatte merklich abgenommen. Die Sonne würde bald untergehen, und Landsberg hoffte, dass sie vor dem noch ungefähr drei oder vier Meilen entfernten Nürnberg ein Dorf erreichten, wo sie die Nacht verbringen konnten.

Baldo, der den ersten Wagen lenkte, zügelte die Gäule, denn etwa zwei Steinwürfe vor ihnen hatte er einen träge dahinfließenden Fluss entdeckt. Die Brücke, die ihn überspannte, war schmal, sodass nur ein Gefährt sie passieren konnte. Da ein sich auf der anderen Seite näherndes Fuhrwerk nur wenige

Klafter von der Brücke entfernt war, zügelte er sein Pferd und drehte sich zu Bastian um.

»Gegenverkehr«, rief er dem Bernsteinhändler zu.

Dieser hob die Hand zum Zeichen, dass er verstanden hatte. Das andere Gefährt überquerte die steinerne Brücke und rollte langsam auf sie zu. Auf dem Kutschbock saß ein junger Mann, bekleidet mit einer Hose, deren Beinlinge in mehreren Farben leuchteten, und einem roten Wams. Auf dem Kopf trug er eine *Gugel*, aus der an der Stirn ein heller Haarschopf hervorlugte. Seiner Kleidung nach schien der Kerl ein Gaukler zu sein, doch seine ernsten Züge wollten nicht zu der fröhlichen Gewandung passen. Unter der Plane, die den hinteren Teil des Wagens bedeckte, drangen leise Männerstimmen an Baldos Ohr.

Jetzt hielt der Fahrer die Pferde an. »Gott zum Gruße, werte Herren«, rief er ihnen zu, und als Cristin den Kopf hervorstreckte, fügte er hinzu: »Seid auch Ihr mir gegrüßt, schöne Reisende!«

Der Buntgekleidete sprang vom Kutschbock. »Wir sind Spielleute und wollen nach Bayreuth, wo wir auf einer Hochzeit erwartet werden. Wie weit ist es noch?«

Landsberg war ebenfalls abgestiegen und kam näher. »Zu der Hochzeit werdet Ihr wohl zu spät kommen«, meinte er. »Bis Bayreuth sind es noch mindestens fünf Meilen.«

»Heilige Scheiße!«, stieß der Mann hervor, »fünf Meilen noch? Das schaffen wir nie.« Der Gaukler fuhr sich mit der Hand über das unrasierte Kinn. »Da geht uns ja ein schöner Batzen Spielmannslohn durch die Lappen.«

Er trat an Baldos Wagen, blickte unter die nach hinten offene Plane und musterte Cristin. Dabei ruhte seine rechte Hand auf dem Griff eines langen Dolchs, der an einem Ledergürtel baumelte. Ihr Körper versteifte sich. Instinktiv legte sie eine Hand auf ihren Bauch. Sie hatte noch keinen Gaukler gesehen, der so schwer bewaffnet war.

Im nächsten Moment traf sie die Erkenntnis wie ein Blitzschlag. Als hätte der Mann ihre Gedanken gelesen, verengten sich seine Augen. Entsetzt musste sie mit ansehen, wie sich seine Hand um den Griff der Waffe schloss und er das Kurzschwert aus dem Gürtel riss. Schon schoss seine linke Hand auf sie zu und krallte sich in den Stoff ihres Kleides. Cristin stieß einen Schrei aus. Mein Kind, oh Gott, durchfuhr es sie.

»Pscht, schönes Weib!«, zischte der Mann, während er sie unerbittlich zu sich heranzog. »Ihr müsst keine Angst haben. Euch und Euren Begleitern wird kein Haar gekrümmt, solange Ihr uns Eure Ladung übergebt! Auf der Stelle!«

»Verdammter Hundsfott!«, bellte Baldo. »Lasst sofort meine Frau los!«

»So reißt Euch doch zusammen, werter Herr. Glaubt mir, niemand will, dass hier ein Unglück geschieht.«

»Nimm den Dolch weg, du Dreckskerl, sonst…«

Die Spitze der Kurzschwertklinge war nun nur noch eine Fingerbreite von Cristins Brust entfernt. Ihr Blick flog zu Baldo, in dessen Miene sich Wut und Ohnmacht spiegelten, und suchte dann Bastians. Ihr wurde kalt. Vor dem Bernsteinhändler stand ein barhäuptiger Bursche von vielleicht achtzehn Lenzen. Die Spitze des Schwertes, dessen Griff der Kerl mit beiden Händen umklammert hielt, zeigte genau auf Bastians Adamsapfel. Und als ob es damit noch nicht genug war, kamen zwei weitere Wegelagerer unter der Plane des Fuhrwerks hervor, das der falsche Spielmann gelenkt hatte. Sie sprangen auf das Pflaster, bereit, ebenfalls nach ihren Dolchen zu greifen, sollte Baldo irgendwelche Anstalten machen, sich auf den Buntgekleideten zu stürzen. Der ließ nun Cristins Kleid los und umfasste stattdessen den Rand des Wagens. Mit einem Sprung erklomm der Mann die Ladefläche. Sofort zeigte seine Klinge wieder auf Cristin.

»Ihr seid wirklich ein hübsches Weib.«

Sie wich bis in die Ecke des Wagens zurück, drückte sich gegen einen Stoffballen und zog die Beine an.

»Hör zu«, hörte sie Baldo mit gefährlich ruhiger Stimme fauchen. »Ich geb dir, was du willst, aber lass meine Frau in Ruhe!«

Der Wegelagerer sank auf die Knie und kroch zu Cristin hinüber. Im Halbdunkel sah sie ihn die Lippen zu einem schmalen Lächeln verziehen.

»Ich fürchte, Ihr verkennt die Lage«, rief er. »Ich will beides. Eure Ladung *und* Euer Weib!« Schon war er bei ihr, und die Klinge seines Dolchs legte sich kalt an ihre Wange.

»Ich bitte Euch bei Eurer unsterblichen Seele, rührt die Frau nicht an!«, vernahm sie Bastians Stimme.

»Heilige Scheiße, ein Pfaffe!«

Der Mann grinste wieder. »Macht Euch keine Sorgen um meine Seele. Ich tu es auch nicht! Dreh dich um, Weib.«

Der Druck der Klinge auf ihrer zarten Haut verstärkte sich.

»Ich bitte Euch ...«

»Du sollst dich umdrehen, sag ich!«

Sie gehorchte. Mit einer Hand fasste er nach ihrem Gesäß. Ein Wimmern stieg in ihr auf, während das Bild eines anderen Mannes vor ihr entstand: Gero Momper, der Fronknecht, der sie in der dreckigen Zelle der Lübecker Fronerei brutal von hinten genommen hatte. Ihre Lippen formten ein stummes Gebet.

2

Die ersten Novembertage waren noch angenehm mild, nur abends wurde es recht kühl. In den vergangenen drei Wochen war Piet auf den Marktplätzen rund um Polens Hauptstadt aufgetreten. Von dem Wenigen, was die Zuschauer in seine Mütze warfen, hatten er und Marianka mehr schlecht als recht leben können. So war er schließlich von Tag zu Tag übellauniger geworden. Seine

Frau hatte ihn schließlich einen *Ponurak* – einen Griesgram – genannt und ihn gebeten, doch ein fröhliches Gesicht zu machen, denn einen traurigen Narren wollten die Menschen nicht sehen. Gelingen wollte es ihm jedoch nicht.

Immer weniger Leute blieben stehen, um ihm zuzuschauen, und so manche Nacht kam Piet nicht in den Schlaf. Nicht nur, weil seine Narreteien kaum Geld einbrachten, zu allem Übel verfolgten ihn auch noch wilde, unzusammenhängende Träume, an die er sich am folgenden Morgen kaum noch zu erinnern vermochte. Lediglich Cristins Gestalt blieb ihm im Gedächtnis haften. Verdammt, warum entglitten ihm die Erinnerungen ständig wieder? Einzig eine unerklärliche Unruhe blieb übrig, die sich nicht abschütteln ließ.

Wenn er nur ihr Haus in Hamburg kennen würde. Vielleicht wäre es dann möglich, sich wieder an einen dieser Träume zu erinnern. Oder hatte ihn die Gabe des Sehens etwa für alle Zeit verlassen und die Verbindung zu seiner Schwester war abgebrochen?

Auch Marianka war nicht verborgen geblieben, wie sehr Piet sich um sie und Cristin sorgte, und sie hatte sich darüber Gedanken gemacht, was sie noch tun konnte, um ihren beinahe leeren Geldbeutel zu füllen. Piet hatte sich jedoch wenig begeistert von ihren Überlegungen gezeigt.

»So weit kommt's noch, dass sich meine Frau vor den Leuten zur Schau stellt.«

Damit war für ihn die Sache erledigt, und Marianka hatte es für klüger gehalten, das Thema zunächst fallen zu lassen.

Als sie jedoch an diesem Tag auf dem Marktplatz einer kleinen Stadt namens Lódzia auf eine Gauklertruppe trafen, zu der auch eine Seiltänzerin gehörte, ließ sich Marianka in einem unbeobachteten Moment von ihr zeigen, wie man auf der Kante eines Karrens balanciert. Piet würde es nicht gutheißen, das wusste sie, doch er war in ein angeregtes Gespräch mit den Spielleuten vertieft und achtete nicht auf sie. Als sie ihm etwas später ihr erstes kleines Kunststück zeigte, wurden seine Augen weit vor Staunen. Bald schon konnte sie auf einem zwischen zwei Bäumen gespannten Seil laufen und dabei in die Höhe springen, ohne auch nur einmal herabzustürzen. Bei seinem spontanen Ausruf »Du bist ja besser als Irmela!«, und der kleinen Weise, die er anstimmte, sprang sie mit einem Satz von dem kaum mehr als fingerdicken Seil auf den festgestampften Boden.

»Soso, ein Loblied auf die schöne Irmela also?« Mit funkelnden Augen sah sie ihn an und stach ihm mit dem Zeigefinger in die Brust. »Piet Kerklich! Muss ich mir etwa Sorgen machen, weil ein anderes Weib dich betört hat?«

Er lachte und zog sie an sich. »Es gibt keinen Grund, eifersüchtig zu sein, mein Liebes!«

Obwohl Marianka längst die Geschichte kannte, wie er seine Zwillingsschwester wiedergefunden hatte und danach noch einige Wochen mit einer Gauklergruppe unterwegs gewesen war, erzählte er ihr nun von den Männern und Frauen, die damals zu den Spielleuten gehörten. Unter ihnen war auch eine zierliche junge Frau namens Irmela gewesen, die gemeinsam mit der einäugigen Duretta auf einem Seil getanzt und dabei auch noch mit drei kleinen Bällen jongliert hatte.

Dies wollte Marianka nun ebenfalls versuchen. Am Rande des ausgedehnten Platzes spannte Piet das Hanfseil zwischen zwei Bäumen stramm. Wenn er mit seiner Vorstellung fertig war, sollte Marianka hinaufklettern. Dann würde er ihr nacheinander drei Eier zuwerfen, mit denen sie auf dem Seil stehend jonglieren wollte.

Immer mehr Marktbesucher hatten sich inzwischen eingefunden und staunend Piets kleine Taschenspielertricks verfolgt. Ein altes Muttchen, unter deren Haube Piet die Eier hervorgeholt hatte, entfernte sich schimpfend. Der Narr Victorius verbeugte sich tief vor seinem Publikum.

»Und jetzt, hochverehrtes Publikum hier im wunderschönen Lódzia, habe ich die Ehre, Euch eine besondere Attraktion ankündigen zu dürfen!« Mit einer ausladenden Handbewegung trat er zur Seite und gab den Blick auf Marianka frei, die sogleich einen der beiden Bäume erklomm und, in halber Höhe angekommen, einen Fuß auf das Seil stellte. Aus vier *Klaftern* Höhe lächelte sie den Zuschauern zu, die mit offenen Mündern zu ihr emporstarrten.

»Bitte einen herzlichen Begrüßungsapplaus für die schöne Marianka!«, bat Piet mit seinem für ihn so typischen schelmischen Grinsen. »Für Euch zeigt sie heute zum ersten Mal ihre Künste auf dem Seil!«

Er zwinkerte seiner Frau zu. Mit anmutigen Bewegungen machte sie ein paar Schritte vorwärts, dann wieder zurück und hüpfte auf dem federnden Seil in die Höhe – alles begleitet von der stetig zunehmenden Zuschauermenge. Schon waren es wohl drei Dutzend Leute, die Mariankas Darbietung beobachteten.

»Wie ein Vöglein auf dem Dachfirst«, sagte er und blickte in die Runde. »Doch das ist noch längst nicht alles!«

Er grinste, griff nach dem ersten der drei Eier und warf es Marianka zu, die es geschickt auffing. Ein zweites folgte. Nun wollte Piet ihr das dritte Ei zuwerfen, da überfiel ihn unvermittelt Schwindel. Die Umgebung verschwamm vor seinen Augen. Kraftlos öffnete sich seine Rechte, und wie durch einen Nebel hörte er das Ei auf dem Boden zerbrechen.

Auf einmal war ein Rauschen in seinen Ohren, wie ein stürmischer Wind, der heulte und pfiff, bis er zu einem Orkan anzuschwellen schien. Gequält hielt sich Piet die Ohren zu. Um ihn war völlige Finsternis, als würde ihn tiefschwarze, undurchdringliche Nacht umgeben. Sein Herz schlug schneller. Aus weiter Ferne vernahm er Laute, Marianka rief ihm etwas zu, doch er konnte sie weder verstehen noch fühlte er sich in der Lage, ihr zu antworten. Er war den Empfindungen wehrlos ausgeliefert.

Momente später lichtete sich auf einmal die Nacht, und das Rauschen verstummte, als wäre es nie da gewesen. Schemen wurden erkennbar. Die Umrisse von Gestalten waren es, drei an der Zahl, die sich seiner inneren Sicht aufdrängten. Rotblonde Strähnen blitzten aus einem Kopftuch hervor und kringelten sich um ein schmales Gesicht. Piet glaubte, sein Herz müsste stehen bleiben, als er Cristin erkannte. Ihre Augen waren weit aufgerissen, sie schienen direkt in sein Innerstes zu blicken. Blankes Entsetzen stand in ihrer Miene geschrieben. Aber bei allen Heiligen, wer waren die Schatten hinter ihr?

Plötzlich fühlte er eine Hand auf seiner Stirn und erkannte Mariankas vertraute Züge. Sie stand ganz dicht vor ihm.

»Liebling, was ist mit dir?«

»Cristin.« Seine Stimme klang hohl. »Ich habe sie gesehen. Ich glaube, sie ist in Gefahr.« Er fuhr sich mit der Hand durch die Haare. »Ich weiß nicht, ob Baldo bei ihr ist, ich weiß nur, sie hatte entsetzliche Angst. Da waren Schatten, die sie bedrohten.«

Marianka schlug die Hand vor den Mund.

»Verdammt«, entfuhr es Piet. »Ich hoffe nur, ich habe mir das alles bloß eingebildet.«

Einige Augenblicke lang standen sie eng umschlungen da, während sich die Menge bis auf ein paar Neugierige, die die beiden weiter beobachteten, zerstreute.

Dann sagte Marianka entschlossen: »Lass uns den heiligen Christophorus und St. Martin um ihren Schutz anrufen.«

Sie schloss die Augen und senkte den Kopf, um zu den Schutzheiligen aller Reisenden zu beten.

3

Baldo presste die Kiefer aufeinander, bis er das Knirschen seiner Zähne hörte. Ohnmächtig, Cristin in der Gewalt dieser miesen Ratte zu wissen, konnte er sich nur mühsam beherrschen, nicht auf den Wagen zuzustürzen und dem Kerl seinen Dolch in den Rücken zu stoßen. Als ahnte einer der beiden Bewacher, welche Gedanken dem aufgebrachten Reisenden durch den Kopf schossen, sagte er: »Vergiss es! Sonst ist dein Weib tot, ehe du bis drei zählen kannst.«

Der zweite Mann, ein Kerl mit kupferroten Haaren und einem struppigen Vollbart, schlenderte zu dem Planwagen hinüber, in dem sich sein Anführer mit Cristin befand. Baldo wollte sich nach vorne werfen, doch da spürte er die Spitze eines Dolchs zwischen seinen Schulterblättern.

»Der hier macht Ärger. Soll ich ihn zum Schweigen bringen?«

»Stich ihn ab«, kam es gedämpft unter der Plane hervor.

Der andere, immer noch am Wagen wartende Straßenräuber stieß ein heiseres Lachen aus. Dann drehte er den Kopf und riss die Augen auf. »Pass auf!«, brüllte er. »Da ist noch einer!«

Schon spürte Baldo, wie sich der Schmerz in seinem Rücken verstärkte, aber nur einen Wimpernschlag später drang ein gequältes Stöhnen an seine Ohren, und der stechende Schmerz ließ augenblicklich nach. Stattdessen ergoss sich ein warmer, feuchter Schwall in seinen Nacken, und der Geruch von Eisen stieg ihm in die Nase. Er fuhr herum und sah sich einem wahren Hünen gegenüber. Sein dichtes, kastanienbraunes Haar trug er schulterlang, das Kinn zierte ein Spitzbart. Die Lippen in dem scharf gezeichneten Gesicht waren schmal, ebenso wie die Augen. Dann trat der Mann zurück.

Zwischen ihm und Baldo hockte der Kerl, der ihm eben noch die Klinge in den Rücken hatte treiben wollen. Sein Blick war ungläubig, aus den halb geöffneten Lippen lief Blut. Dasselbe Blut, das Baldo den Nacken hinabrann und in seinem Hemd versickerte. Der auf dem Pflaster Kniende stieß ein heiseres Röcheln aus und fiel zur Seite.

»Wer… seid Ihr?«, kam es stockend über Baldos Lippen. Doch der Mann, der ihn um mindestens anderthalb Köpfe überragte und vierzig Lenze zählen mochte, beachtete ihn nicht. Er wandte sich stattdessen Bastian und dem jungen Kerl zu, der sein Kurzschwert hatte sinken lassen und den Fremden anstarrte. Unschlüssig stand er da, ohne sich zu rühren.

Bis der Hüne einen Schritt auf ihn zumachte, drohend die Hand mit dem Schwert erhob und rief: »Hau ab, wenn dir dein Leben lieb ist!«

Da löste sich der Barhäuptige aus seiner Erstarrung und rannte die Straße hinunter, als wäre der Leibhaftige hinter ihm her.

»Da waren es nur noch zwei.« Die Stimme des Fremden war dunkel und wohltönend.

Erst in diesem Moment nahm Baldo die dünne Narbe wahr, die vom Haaransatz des Mannes bis zu seiner linken Augenbraue verlief.

Der Fremde ging an ihm vorbei, ein Stück auf den ersten der beiden Wagen zu, und blieb in etwa drei *Klaftern* Entfernung vor dem Mann mit dem Vollbart stehen.

»Jetzt wäre der richtige Zeitpunkt, sich zu verdrücken. Was meinst du?«

Der Angesprochene griff nach seinem Dolch. Doch als der Fremde mit gezogenem Schwert auf ihn zukam, schien der Mann die Ausweglosigkeit seiner Lage zu erkennen – gegen diesen Hünen und dessen Schwert von nahezu zwei Ellen Länge würde er nichts ausrichten können.

Mit einem unflätigen Fluch drehte er sich um und suchte

ebenfalls das Weite. Baldo würdigte den Flüchtenden keines weiteren Blickes, sondern folgte dem Fremden, der nun an das hintere Ende des Wagens trat und ihm mit einer Kopfbewegung bedeutete, zur Seite zu gehen. Er nickte und schlich vorwärts. Das Pferd schlug unruhig mit dem Schweif und schnaubte. Beruhigend strich Baldo ihm über die Flanke. Dann stellte er sich auf die Zehenspitzen und lugte ins Innere des Wagens.

Seine Frau hockte auf dem Boden, der Mann in dem Gauklerkostüm neben ihr. Er hatte den linken Arm um ihre Schulter gelegt. Als sie sich bewegte, sah Baldo den Dolch, den er in der Rechten hielt. Die Spitze zeigte auf die Stelle zwischen Cristins Kinn und ihrer Kehle.

»Man muss wissen«, durchschnitt die Stimme des Fremden die bedrohliche Stille, »wann es Zeit ist aufzugeben.« Seine Gestalt verdunkelte die halbrunde Öffnung des Wagens.

»Zurück, wer immer du bist! Wäre doch schade, wenn ich dem hübschen Vögelchen hier die Kehle durchschneiden müsste«, höhnte der andere. Baldo spürte, wie sein Blut heiß wie Feuer durch seine Adern jagte. »Und jetzt verschwindet … alle beide!«

Er zerbiss einen Fluch zwischen den Zähnen. Der Kerl hatte ihn bemerkt. Er ballte die Hände zu Fäusten, bis die Knöchel weiß hervortraten.

»Lasst meine Frau frei«, knirschte er, »dann ziehen wir uns zurück, Ihr könnt den Wagen nehmen und …«

»Die Forderungen stelle ich«, unterbrach ihn der Räuber barsch. »Weg vom Wagen, sag ich. Mindestens zwanzig Fuß! Und Eure Waffen bleiben hier!«

Scheppernd landete das vom Blut des toten Wegelagerers besudelte Schwert auf den Steinen, gefolgt von Baldos Dolch. Das Klirren gellte ihm höhnisch in den Ohren. Nachdem der Fremde und Baldo sich zurückgezogen hatten, kletterte der Straßenräuber, der Cristin hinter sich herzog, aus dem Wagen. Die eine Hand krallte sich in ihr Kleid, die andere hielt weiterhin die Klinge auf sie gerichtet, während er sich nun ebenfalls von dem Planwagen entfernte.

»Und jetzt ladet Eure Waren auf mein Fuhrwerk!«

Bastian trat vor. »Haben wir Euer Wort, dass Ihr die Frau dann freigebt?«

Der Mann stieß ein Lachen aus. »Selbstverständlich.«

War Landsberg wirklich so naiv, etwas auf das Wort dieses Dreckskerls zu geben? Zähneknirschend ging Baldo zum Wagen und leistete der Aufforderung des Wegelagerers Folge, genau wie der Mann mit der Narbe.

»Ich fürchte, er wird versuchen, mit Eurer Frau zu fliehen«, raunte Landsberg ihm zu.

»Ich werde sie auf keinen Fall in der Gewalt dieser stinkenden Ratte lassen«, erwiderte der tonlos.

Der Bernsteinhändler ergriff einen Ballen Stoffe und nickte. »Dann betet besser, dass Euch etwas einfällt, wie wir diesen Kerl daran hindern können, Cristin mit sich zu nehmen!«

Einige Zeit später hatten die drei Männer alles, was von Wert war, auf den Wagen des in sicherer Entfernung stehenden Straßenräubers umgeladen.

Der versetzte Cristin jetzt einen Stoß. »Auf den Kutschbock, wenn ich bitten darf!«

»Ihr habt uns Euer Wort gegeben!«, rief Bastian Landsberg aus.

»Das ich auch halte, Pfaffe! Aber ich werde meine hübsche Begleitung erst freilassen, wenn ich genügend Abstand zwischen uns gebracht habe.«

»Warum nur fällt es mir schwer, Euch das zu glauben?«, hörte Baldo den Bernsteinhändler murmeln.

In diesem Augenblick wurde ein Wimmern hörbar. Ihm fuhr ein gewaltiger Schreck in die Glieder, als er sah, wie Cristin plötzlich die Augen verdrehte und sich wie unter heftigen Schmerzen krümmte.

»Liebes!«

Er wollte einen Schritt auf sie zumachen. Kurz bevor sie in

sich zusammensackte, bemerkte er jedoch ihr Zwinkern. Er wechselte einen raschen Blick mit dem Hünen, der sich neben ihn gestellt hatte. Da begriffen sie. Auch Landsberg schien die Lage zu durchschauen, denn er setzte eine erschrockene Miene auf, trat vor und hob die Hand.

»Auf ein Wort noch, mein Sohn! Wie Ihr seht, ist die Frau dort krank.«

»Was geht es mich an?« Der Straßenräuber würdigte Cristin keines Blickes, obwohl sie offenbar regungslos im Kutschbock lag.

Einer inneren Eingebung folgend stürzte Baldo auf den Wagen zu. »Herr, sei uns gnädig!«, stieß er hervor, eine Hand auf den Mund gepresst. »Schon wieder ein Anfall. Lieber Bruder Bastian, bitte kommt! Rasch!«

Der Kerl auf dem Kutschbock beugte sich vor. »Ihr wollt mich verarschen, habe ich recht?«, tönte er. »Weg da, Pfaffe! Steh mir nicht im Weg!«

Der Bernsteinhändler nickte gemächlich. »Ich kann's Euch nicht verdenken, wenn Ihr das glaubt. Warum sollte Euch das Schicksal dieser armen Besessenen etwas angehen?«

»Besessene?«, rief der Wegelagerer. »Ihr meint wirklich, der Teufel hat von dieser Frau Besitz ergriffen?«

»Leider ja.« Bastian Landsbergs Miene nahm einen bekümmerten Ausdruck an. An Baldo gewandt meinte er. »Der Leibhaftige ist wieder in sie gefahren.« Er tätschelte den Arm seines Begleiters. »Ihr kann nur noch unser lieber Herrgott helfen.«

Cristin zuckte und stöhnte, dass es Baldo kalt den Rücken hinunterlief. Der Bernsteinhändler und der Fremde standen nun direkt vor dem Kutschbock.

»Gebt gut auf sie acht! Niemand kann wissen, was geschieht. Beim letzten Mal hat sie … hat sie einem … Hund die Kehle durchgebissen. Ihr solltet mich wirklich für die Ärmste beten lassen. Schon um Euretwillen.«

Der Mann sah seine Geisel an, in deren Augen tatsächlich

nur noch das Weiße zu sehen war, während ein Röcheln aus den Lippen drang und ihr Kopf hin- und herschwankte.

»Gut, dann kommt her!«, gab er widerwillig nach.

Landsberg trat neben den Kutschbock und streckte die Hand aus, um sich hinaufzuziehen. Stattdessen umfasste er jedoch den Stiefel des Straßenräubers und zerrte daran, um ihn vom Wagen zu ziehen. Der Wegelagerer trat sogleich unter wildem Fluchen mit dem anderen Fuß nach dem Bernsteinhändler und traf ihn mitten ins Gesicht. Landsberg stöhnte auf, stürzte hintenüber und blieb auf den Boden liegen. Im nächsten Augenblick sprang Cristin mit einem Schrei vom Wagen.

»Hat das Schwein dich angefasst?«, hörte sie Baldo neben sich raunen.

Sie schüttelte nur den Kopf. Schon hatte ihr unbekannter Helfer den Kutschbock erklommen und dem Straßenräuber das Kurzschwert entwunden. Ein Fausthieb mitten ins Gesicht setzte ihn endgültig außer Gefecht.

»So sagt mir doch, bei wem wir uns für unsere Rettung vor diesen Kerlen bedanken können«, bat Cristin, nachdem sie sich einige *Klafter* entfernt hatten. »Mein Mann und ich werden für immer in Eurer Schuld stehen.«

Der Mann deutete eine Verbeugung an. »Ulrych von Dormitz ist mein Name«, erklärte er. »Was ich getan habe, ist eine Selbstverständlichkeit. Jeder andere Mann von Ehre hätte genauso gehandelt, besonders wenn eine schöne Frau wie Ihr in Gefahr schwebt.«

Eine leise Röte stieg Cristins Hals hinauf. Baldo hatte die ganze Zeit über den Gefangenen im Auge behalten und die Hasstiraden, die er ihnen entgegenschleuderte, ungerührt ignoriert. Während der Kerl sie mit den wüstesten Ausdrücken bedachte, zerrte er unaufhörlich an den Seilen um seine Handgelenke, als könnte er sie auf diese Weise lockern. Baldos Mundwinkel hoben sich amüsiert. Die Seile waren stark genug, um drei Männer zu bändigen. Sein Blick suchte den ihres Retters.

»Was machen wir jetzt mit dem Dreckskerl? Ich hätte nicht übel Lust, ihn an Ort und Stelle aufzuknüpfen!« Er bückte sich nach seinem Dolch, der immer noch auf dem Pflaster lag, steckte ihn in den Gürtel und wandte sich erneut dem Gefangenen zu.

Der riss die Augen auf. »Aber das könnt Ihr doch nicht tun!«

Baldo ging auf den Baum mit dem gefesselten Straßenräuber zu. »Ob du Hundsfott nun in der nächsten Stadt am Galgen baumelst oder gleich hier deinen letzten Atemzug machst… wen kümmert's!«

»Wartet.« Von Dormitz trat ihm in den Weg und legte ihm die Hand auf die Schulter. »Wir werden keinen Wehrlosen töten!«

»Aber vorhin habt Ihr nicht gezögert, einen Menschen ins Jenseits zu befördern!«

Der Gefangene wimmerte und flehte um sein Leben. Baldo maß ihn von oben bis unten und spie auf den Boden. Vater hat recht, dachte er. Wenn's ans Sterben geht, sind sie alle gleich. Er gab von Dormitz einen Wink, auf ihn zu warten, und trat noch näher auf den Gefesselten zu.

»Habt Erbarmen!«, stieß dieser hervor. »Ihr werdet doch nicht einen wehrlosen Mann zur Hölle schicken!« Seine Stimme drohte sich zu überschlagen.

Baldo zog ein beflecktes Tuch aus seinem Wams. »Halt's Maul, dein Gejaule widert mich an!«

Mit einer raschen Bewegung stopfte er dem Wegelagerer den Lappen in den Mund. Nun drangen nur noch unverständliche Laute dahinter hervor, während er zu seinen Begleitern zurückschlenderte.

Von Dormitz hielt ihn an den Schultern fest und zwang ihn, ihm ins Gesicht zu sehen. »Ihr habt recht, vorhin habe ich nicht gezögert zu töten«, nahm er das Gespräch wieder auf.

»Doch das war etwas anderes. Ich musste schneller sein als der Kerl, der Euch seinen Dolch in den Rücken jagen wollte«, sagte er leise. »Sonst stündet Ihr jetzt nicht mehr hier! Aber einen Mann, der sich nicht verteidigen kann, töte ich nicht.«

»Ihr braucht Euch nicht damit belasten, ich erledige das. Ein Strick ist schnell geknotet!« Baldo erwiderte den eindringlichen Blick des Fremden.

Bastian Landsberg trat zu ihnen. »Baldo, versündigt Euch nicht«, mahnte er leise. »Du sollst nicht töten, lautet das göttliche Gebot!«

»Aber das Schwein hat nichts anderes verdient«, stieß Baldo grimmig hervor.

Der Bernsteinhändler nickte. »Das mag sein, aber Gott wird am Jüngsten Tag sein Richter sein, nicht wir.«

»Wie ihr wollt. Schenken wir ihm das Leben. Was soll mit ihm geschehen? Wir lassen ihn doch nicht etwa laufen?«

Von Dormitz schüttelte den Kopf. »Das wohl kaum«, erklärte er. »Aber wir könnten ihn, natürlich gut verschnürt, nach Augsburg mitnehmen.«

»Ihr reist nach Augsburg?«

»Ja. Zufällig ist mein Vater dort einer der drei Vögte …«

»… der dem Kerl den Prozess machen könnte«, ergänzte Bastian. »So sollten wir vorgehen, Herr von Dormitz. Das wäre gottgefällig. Gleiches mit Gleichem vergelten dagegen nicht.«

»Also gut.« Baldo ergriff Cristins Arm. »Hat er dich auch wirklich nicht angerührt?«

»Nein, dazu ist es dank unseres Retters nicht gekommen, Liebster.«

Von Dormitz schlug sich plötzlich in die Büsche, um wenig später mit einem prächtigen, im Licht des durch die Wolken fallenden Vollmondes leuchtenden Schimmel zurückzukehren.

»Mein treues Pferd habe ich weiter hinten an eine Birke gebunden, als ich aus einiger Entfernung mitbekam, was gerade geschah«, erklärte er und streckte seinen langen Rücken. »Wir können morgen früh weiterreisen. Nürnberg ist nicht mehr weit, wir sollten die Stadt gegen Mittag erreichen. Lasst uns die Nacht hier verbringen.« Er wandte sich Cristin zu. »Eure Vorstellung als Besessene war übrigens sehr überzeugend.«

»Allerdings«, pflichtete ihm Bastian bei.

»Ihr wart aber auch nicht schlecht, Landsberg«, meinte Baldo und schlug dem Freund auf die Schulter. »›Beim letzten Mal hat sie einem Hund die Kehle durchgebissen!‹ Darauf muss man erst mal kommen! Ohne Euch beleidigen zu wollen, Bastian, Ihr wart besser als jeder *Spilman*, den ich bisher gesehen habe.«

»Keine Sorge, Baldo, Ihr beleidigt mich nicht. Zuweilen heiligt der Zweck eben die Mittel.«

Die beiden Männer brachen in befreites Gelächter aus, in das auch von Dormitz einfiel.

4

Nürnberg

Schon von weitem erkannte Cristin die Türme einer gewaltigen Feste und sah bald darauf auch die Mauern des *Palas* in den strahlend blauen Himmel über Nürnberg aufragen. Es war der Wohnsitz des Burggrafen und des Kaisers, wenn dieser in der Stadt weilte, wie Ulrych von Dormitz, der die meiste Zeit neben Baldos Wagen ritt, ihnen erklärte. Das breite Tor in der Stadtmauer, auf das die schnurgerade Straße zuführte, wurde Tiergärtnertor genannt, wegen eines Wildgeheges, das einer der Burggrafen im Stadtgraben angelegt hatte.

Von Dormitz, Baldo, Bastian und Cristin waren nicht die

Einzigen, die zu dieser Mittagszeit in die Stadt hineinwollten. Vor den weit geöffneten eisenbeschlagenen Eichenholzflügeln des Tores warteten bereits etliche Pferdefuhrwerke und Ochsenkarren, außerdem Männer und Frauen mit Kiepen auf dem Rücken und schwer beladenen Eseln. In Nürnberg schien Markttag zu sein. Als sie endlich den Torzoll bezahlt hatten, brachte Baldo den Wagen an einem großen, auf einem Hügel gelegenen Platz unweit der Burgmauern zum Stehen. Von dort aus führten etliche Gassen strahlenförmig hinab. Er kletterte vom Kutschbock und streckte die verspannten Glieder. Bastian Landsberg tat es ihm gleich und trat neben ihn.

»Ihr kennt Euch offenbar aus in dieser Stadt«, wandte sich Baldo an von Dormitz. »Sicher könnt Ihr uns für die kommende Nacht ein Gasthaus empfehlen.«

»Das will ich meinen«, erwiderte dieser und schlug vor, die Nacht im *Weißen Ross* zu verbringen, einem Gasthaus unweit der Pegnitz, dem breiten Fluss, der Nürnberg in zwei Hälften teilte.

»Gut, dann reitet voran«, sagte Baldo und erklomm den Kutschbock, wandte sich jedoch noch einmal um. »Sagt einmal, Ulrych, wollen wir uns wirklich noch bis Augsburg mit dem Hundsfott belasten, nur um ihn dort Eurem Vater zu übergeben? Ich bin dafür, ihn in die hiesige Fronerei zu bringen, dann sind wir ihn los.«

Auch Cristin verspürte wenig Lust, sich das Gezeter und die unflätigen Flüche des Kerls anzuhören, die von Zeit zu Zeit aus Bastian Landsbergs Wagen drangen, seit sie den Gauner von dem Knebel befreit hatten.

Von Dormitz' Lippen wurden schmal. »Ihr habt wohl recht. Fahren wir zum Rathaus und übergeben ihn den Bütteln.« Er schnalzte mit der Zunge und ritt los.

Während die Wagen die leicht abschüssige Gasse hinabrollten, ließ Cristin den Blick schweifen und betrachtete die weiß getünchten Häuser mit den schwarzen Fachwerkbalken, in deren Erdgeschoss sich oft kleine Läden befanden, wie die Schilder über den Türen verkündeten. Nach kurzer Zeit wurde die Gasse von einer breiten Straße gekreuzt, die auf ein mächtiges Gotteshaus zuführte. Hoch ragten die beiden grünlich schimmernden Türme in den bewölkten Novemberhimmel.

Sie passierten den Kirchplatz und bogen in eine weitere gepflasterte Gasse ein. Dann standen sie auf einem von zahllosen Menschen bevölkerten Marktplatz, der von einer weiteren reich verzierten, aber wesentlich kleineren Kirche und hohen Häusern, denen man den Reichtum ihrer Besitzer ansah, eingerahmt wurde. In der Luft lag der Geruch von Tieren und ihren Ausscheidungen, auf dem Pflaster trippelten Tauben hin und her und suchten eifrig nach Fressbarem. Nun erkannte Cristin auch einige der Fuhrwerke und Eselkarren wieder, die vor ihnen durch das Tiergärtnertor gerollt waren. Mit gewohnten Handgriffen waren ihre Besitzer dabei, Stände und Buden aufzubauen.

Am Rand des Platzes erblickte Cristin einen steinernen, sechseckigen Trog, aus dessen Mitte sich eine Säule erhob. Zwei Löwen zierten sie und spien Wasser in den Brunnen. Auf seinem Rand, genau wie auf den Giebeln der Häuser, hockten ebenfalls Dutzende grauer, gurrender Tauben. Von Dormitz hatte sein Pferd vor einem mehrstöckigen Gebäude gezügelt und schwang die langen Beine aus dem Sattel. Baldo lenkte seinen Wagen neben Ulrychs Schimmel und ließ das Pferd anhalten.

»Da wären wir.« Der hochgewachsene Mann mit der Narbe im Gesicht wies auf das Portal des aus großen grauen Steinen erbauten Hauses. »Bringen wir den Kerl hinein.«

Baldo nickte, während Bastian Landsberg vom Kutschbock stieg. Die beiden Männer traten an den Wagen und hoben die Plane an, hinter der ihr Gefangener mit gefesselten Beinen und Händen auf dem Boden hockte.

Baldo bestieg die Ladefläche und kroch zu dem Wegelagerer. »Hier ist die Reise für dich zu Ende«, knurrte er und streckte die Hände aus, um dem Kerl die Fesseln an den Knöcheln zu lösen. »Runter vom Wagen.«

Mit grimmig verzogener Miene leistete der Wegelagerer dem Befehl Folge. Doch als er auf dem Pflaster stand und das Tor des Rathauses erblickte, schwante ihm wohl, was nun mit ihm geschehen sollte. Schon wollte er zu einer seiner wüsten Beschimpfungen ansetzen, doch im nächsten Moment holte Landsberg aus und versetzte dem Kerl zwei schallende Ohrfeigen, die den Mann wie ein junger Baum im Sturm schwanken ließen und ihn schlagartig zum Verstummen brachten.

Baldo pfiff durch die Zähne. »Mein lieber Freund, so einen Schlag hätte ich Euch gar nicht zugetraut«, sagte er grinsend, während der Bernsteinhändler sich die Hand an der Hose abwischte, als habe er sich schmutzig gemacht.

»Ich mir auch nicht, glaubt mir. Ich mir auch nicht«, erwiderte der und fasste den Gefangenen fest am Arm. »Und jetzt hinein mit ihm.«

Nachdem sie den Wegelagerer einem Büttel übergeben und berichtet hatten, was dieser alles auf dem Kerbholz hatte, machten sie sich auf den Weg zum *Weißen Ross*. Wie Ulrych erzählt hatte, befand sich der Gasthof in unmittelbarer Nähe der Pegnitz. Auf einer Wiese, die sich hinter dem Gasthaus bis ans leicht abfallende Ufer des träge dahinfließenden Flusses erstreckte, konnten sie die Wagen abstellen. Ein halbes Dutzend an zwei junge Linden gebundene Pferde warteten auf ihre Besitzer und hoben neugierig die Köpfe, als die vier an ihnen vorüber auf das Gasthaus zusteuerten.

Bei dem Geruch der Würste, die der Wirt über einem großen Becken mit glühender Holzkohle röstete, lief Cristin das Wasser im Mund zusammen. Eine junge Schankmagd, unter deren Haube eine weizenblonde Haarsträhne hervorlugte, schob sich zwischen den eng stehenden, glatt polierten Tischen hindurch, stellte zwei leere Bierkrüge auf den Tresen und wandte sich dann den neuen Gästen zu.

Mit einem fröhlichen »Grüß Euch Gott« wies sie in eine Ecke des Schankraumes. »Da hinten ist noch ein kleiner Tisch frei.«

»Dann bring uns gleich ein paar Becher Bier dorthin«, erwiderte Bastian und lächelte ihr freundlich zu.

Doch das Schankmädchen hatte nur Augen für den größten der drei Männer, die nun an ihr vorübergingen und dem letzten freien Tisch zustrebten.

Schmunzelnd beobachtete Cristin, wie die junge Frau den Blick auf von Dormitz' breiten Rücken heftete, um mit halb geöffneten Lippen auf dem Gesäß und den kräftigen, in einem eng anliegenden Beinkleid steckenden Schenkeln des Mannes zu verweilen. Wenig später brachte das Mädchen die bestellten Getränke, nicht ohne Ulrych mit einem kessen Augenaufschlag zu bedenken.

»Möge es Euch wohl bekommen, edler Herr«, säuselte sie. »Gewiss habt Ihr eine lange Reise hinter Euch.« Ihr Blick wanderte über das kantige, von schulterlangen Haaren eingerahmte Gesicht und ruhte kurz auf der Narbe an von Dormitz' Stirn.

»Ja«, antwortete dieser knapp. »Frag deinen Herrn, ob er zwei Kammern für uns hat, in denen wir die Nacht verbringen können.«

Als die Schankmagd keine Anstalten machte, seiner Bitte Folge zu leisten, machte von Dormitz eine wedelnde Handbewegung, als wollte er eine Fliege verscheuchen. »Troll dich, Mädchen«, brummte er unwirsch.

Die Magd zog einen Schmollmund und entfernte sich.

»Ihr scheint eine Eroberung gemacht zu haben«, lächelte Cristin.

Von Dormitz winkte ab und griff nach seinem Becher. Stumm starrte er einen Moment lang in die goldgelbe Flüssigkeit, um ihn dann in einem Zug zu leeren. Irrte sie sich oder war in seinen Augen ein Anflug von Traurigkeit zu lesen? Als das Mädchen einige Zeit später erneut an ihren Tisch trat, um die vier nach weiteren Wünschen zu fragen, wandte Ulrych den Kopf ab. Sein Verhalten schien so gar nicht zu seinem bisherigem Benehmen zu passen. Während Baldo für alle etwas zu essen bestellte, beobachtete sie das nunmehr verkniffen wirkende Mienenspiel im Gesicht des Mannes, der jeden anderen in der Schankstube um Haupteslänge überragte.

Nachdem sie gesättigt waren und Bastian eine weitere Runde Bier bestellt hatte, beugte sie sich zu Ulrych. »Darf ich Euch etwas Persönliches fragen?«

»Nur zu, Frau Schimpf.«

»Das Schankmädchen, Ihr habt es ...«, setzte sie an.

Er unterbrach sie schroff. »Ich möchte nicht darüber sprechen!«

»Verzeiht, ich wollte Euch nicht zu nahe treten.«

Ulrych von Dormitz' Augen wurden schmal. Im nächsten Moment erhob er sich und schob den Stuhl zurück. »Ich brauche frische Luft.«

Mit langen Schritten strebte er, die erstaunten Blicke mehrerer Männer auf sich gerichtet, auf die Tür der Schänke zu, stieß sie auf und war verschwunden.

»Was war das denn?«, fragte der Bernsteinhändler kopfschüttelnd.

Cristin zuckte die Achseln. »Ich weiß es nicht.«

Zeitig am nächsten Morgen verließen sie Nürnberg, um ihre Reise in Richtung Augsburg fortzusetzen. Nach einer unruhigen Nacht fühlte sich Cristin erschöpft. Die Zeit verging nur schleppend, und sie sehnte die nächste Rast herbei. Dann brach endlich der Nachmittag an, wie sie am Stand der Sonne ablas, die man hinter den tief hängenden Wolken nur erahnen konnte. Der Wind war vermutlich zu stürmisch, um Regen zu bringen. Was Cristin mit Erleichterung feststellte, denn ihr war ohnehin kalt und ihr Rücken schmerzte von der harten Holzbank des Wagens.

Die Männer setzten sich auf eine Decke, die sie auf einer

Wiese ausgebreitet hatten, und beobachteten den regen Betrieb auf der gepflasterten Straße. Die Gesichter von Baldo und Ulrych waren ebenso umwölkt wie der Himmel. Deshalb zog Cristin es vor, sich etwas abseits gegen einen Baum zu lehnen und die Glieder auszustrecken, während sie eine Scheibe Brot und eine der kalten Bratwürste aß. Könnte ich doch nur ein Weilchen schlafen, einfach nur gegen diesen Baum gelehnt, dachte sie und trank einen Schluck verdünnten Wein, den sie ebenfalls gekauft hatten. Ihre Lider waren schwer wie Blei und brannten, als hätte sie mehrere Nächte keine Ruhe gefunden.

Cristin strich sich eine feuchte Strähne von der Wange, die aus ihrem Kopftuch hervorlugte, und sah sich um. Sie waren nicht die Einzigen, die hier rasteten. Unweit von ihnen hatte sich eine Familie niedergelassen. Die Eltern entfachten gerade ein Feuer und stellten ein Dreibein auf. Zwei junge Mädchen von höchstens fünfzehn oder sechzehn Lenzen liefen ausgelassen wie Fohlen über die Wiese. Ihre langen Haare flatterten im Wind, und sie lachten unbekümmert. Cristin erhob sich ein wenig schwerfällig und schritt lächelnd zu ihren Begleitern zurück. In diesem Moment kämpfte sich die Sonne durch die Wolken und ließ die feuchten Gräser und Halme glitzern.

Baldo erwiderte ihr Lächeln und wandte sich von Dormitz zu. »Schaut Euch nur diese beiden blonden Schönheiten an, Herr von Dormitz?«

»Die Eltern sollten besser auf sie achten«, erwiderte dieser nur und spielte mit den sich im Wind wiegenden Grashalmen.

»Was soll ihnen schon geschehen, mein Freund? Zumindest solange Ihr ihnen keine schönen Augen macht. Junge Mädchen können gut gebaute Kerle wie Euch gewiss gut leiden.«

»Schweigt!« Von Dormitz sprang auf. »Über Dinge, von denen Ihr nichts versteht, solltet Ihr besser das Maul halten!«

Baldo hob die Hände. »Aber, aber, Herr von Dormitz, das sollte doch nur…«

»…ein dämlicher Scherz sein, ich weiß.« Von Dormitz räusperte sich, und seine Stimme klang nun etwas versöhnlicher. »Nichts für ungut, junger Freund, bloß kann ich daran nichts Lustiges finden.«

Cristin fing einen verstörten Blick von Bastian auf. Sie trat einen Schritt auf den Hünen zu. »Mein Mann hat es nicht böse gemeint. Niemand hier«, sie wies auf ihre Begleiter, »möchte Euch kränken oder Euch etwas unterstellen.«

Der Mann nickte, wenngleich seine Miene immer noch grimmig wirkte. Seine kerzengerade Haltung und die Schnelligkeit, mit der er auf Baldo zugestürzt war, erinnerten Cristin an einen versierten Krieger, der jederzeit bereit war, seinen Gegner anzugreifen. Cristin hatte solche Männer am polnischen Königshof gesehen, und sie war von ihnen beeindruckt gewesen. Sie wandte sich um und beobachtete, wie die jungen Mädchen lachend zu ihren Eltern liefen und sich am Feuer niederließen. Baldo klopfte von Dormitz auf die Schulter und sprach leise mit ihm, sodass sie das Gespräch nicht mitverfolgen konnte. Wer war dieser Mann, der von einem auf den anderen Moment imstande war, sich derart zu verwandeln? Er schien immer noch innerlich auf der Hut zu sein.

»Wir sollten aufbrechen, denn wir haben noch ein ganzes Stück des Weges vor uns«, mahnte Landsberg und unterbrach damit ihre Gedanken.

Rasch packten sie ihre wenigen Habseligkeiten zusammen und setzten ihre Reise fort.

5

Drei Tage, nachdem sie Nürnberg hinter sich gelassen hatten, erreichten sie am Abend Augsburg, die Stadt, in der Ulrych von Dormitz von ihnen scheiden würde, um seinen Vater wiederzusehen. Das Stadttor war allerdings bereits geschlossen. Baldo und Bastian sahen sich gezwungen, die Wagen zu wenden und die Nacht auf einem ausgedehnten Platz unweit der in den Nachthimmel aufragenden Stadtmauer zu verbringen.

In dem von einem wolkenverhangenen Halbmond nur spärlich erhellten Halbdunkel erkannten sie, dass sie nicht die Einzigen waren, die keinen Einlass mehr gefunden hatten. Ein halbes Dutzend Ochsenkarren und Pferdegespanne standen auf dem von zahllosen Rädern zerfurchten Platz. Zwischen den Wagen brannten Lagerfeuer, über denen die Reisenden Fleisch und Brot rösteten, und Cristin hörte, wie zwischen ihnen Scherzworte hin und her flogen.

Nachdem Landsberg und Baldo die beiden Wagen nebeneinander gelenkt und zum Stehen gebracht hatten, formte der Bernsteinhändler aus herumliegenden Steinen einen Kreis. Baldo sammelte ein paar Hände voll trockene Zweige zusammen und häufte sie zwischen den Steinen aufeinander. Schnell war ein Feuer entzündet, der mitgenommene Dreibein darübergestellt, und eine Kohlsuppe, in die Cristin die Wurst hineingeschnitten hatte, köchelte in dem Topf über den Flammen. Ulrych von Dormitz' Laune hatte sich nicht gebessert und einmal mehr fragte sich Cristin, was es mit diesem Mann auf sich hatte.

Nach und nach wurde es ruhig in dem Lager. Die Männer und Frauen um sie herum verschwanden in ihren Wagen, und auch Bastian, von Dormitz, Baldo und Cristin begaben sich müde von der Reise zur Ruhe.

Wenn Cristin allerdings gehofft hatte, in einen erholsamen Schlaf gleiten zu können, hatte sie sich geirrt. Schon bald drang gleichmäßiges Schnarchen aus dem Wagen, in dem Landsberg und von Dormitz lagen, und auch Baldo schlief tief und fest. Nur sie starrte mit offenen Augen in die Nacht. Mücken hatten den Weg unter die Plane gefunden, umschwirrten sie und stachen mehrmals sogar zu. Es kam ihr vor, wie eine Ewigkeit, bis das Sirren der Plagegeister endlich verstummte. Todmüde hatte sie sich in Baldos Arm geschmiegt, als sie im Wagen nebenan plötzlich jemanden sprechen hörte.

»Vergebt mir meine Sünden. Lasst mich nicht auf ewig in der Hölle schmoren. Was geschehen ist, tat ich auf Geheiß.« Angestrengt und mit angehaltenem Atem horchte Cristin auf die heiser klingende Stimme, die der von Ulrych ähnelte.

»Es tut mir so leid, so furchtbar leid…« Von Dormitz' Stimme klang verwaschen, so, als ob er im Traum sprechen würde.

Sie verstand immer nur einige wenige Worte, doch mit einem Mal war sie hellwach.

»Ich wollte das nicht«, drang es gedämpft zwar und trotzdem deutlich an ihre Ohren. »Anka, mein Gott… Jeni.«

Baldo regte sich neben ihr. »Was ist denn da drüben los?«

Cristin setzte sich auf. »Ich weiß es nicht. Von Dormitz redet im Schlaf.«

»Scheint ja kein besonders angenehmer Traum zu sein«, flüsterte Baldo und zog sie an sich.

Beim Frühmahl wandte sich Cristin an von Dormitz. »Ihr habt nicht gut geschlafen?«, fragte sie behutsam, während sie ihm das Brot reichte.

Er fuhr sich mit Hand über die rot geäderten Lider. »Ich fühle mich wie gerädert«, gab er zu. »Ich glaube, ich hab die ganze Nacht kaum ein Auge zugetan.«

Landsberg räusperte sich. »Doch, doch, geschlafen habt Ihr

schon«, meinte der Bernsteinhändler. »Allerdings habt Ihr im Schlaf gesprochen. Nichts Gutes übrigens.«

Cristin trank einen Schluck. Bastian hatte es also auch mitbekommen.

Als von Dormitz nicht antwortete, stand Bastian auf, streckte die Glieder und fügte hinzu: »Von Sünden und von der Hölle habt Ihr fantasiert.«

Der Mann mit der Narbe auf der Stirn sprang auf, sein Becher kippte um, und der Rest seines Weines versickerte im Gras. »Ich will nichts davon hören, Landsberg!«

Cristin erschrak wegen der Heftigkeit seiner Worte.

Bastian trat näher. »Gibt es in Eurem Leben etwas, das Euch belastet, von Dormitz? Mit mir könnt Ihr darüber reden und Euer Herz erleichtern. Es heißt, ich sei ein guter Zuhörer.«

Schweigen breitete sich zwischen ihnen aus, bis von Dormitz Bastians ausgestreckte Hand ergriff..

»Ich danke Euch für Euer Angebot, Landsberg, aber ich denke, meine Sünden wiegen zu schwer, als dass sie mir in diesem Leben erlassen werden können.«

»Ihr irrt Euch«, gab Bastian ruhig zurück. »Es gibt keine Sünde, die unser Herr nicht vergibt.«

»Ich wünschte, Ihr hättet recht.«

Einen Moment lang ruhte der Blick des hochgewachsenen Mannes auf dem Bernsteinhändler, um dann zu Cristin und Baldo zu wandern. Ein Ruck schien durch seinen Körper zu gehen.

»Also gut.«

Er setzte sich wieder ins Gras und wartete, bis auch die anderen Platz genommen hatten. Sein Blick schien nach innen gewendet zu sein, an einen fernen Ort, den sie nicht kannten.

»Ich bin nicht der gute Mensch, für den Ihr mich haltet, weil ich Euch gerettet habe, sondern ein … « Kurz zögerte er und fuhr dann fort: »Ein Abtrünniger bin ich, ein von Gott Abgefallener.«

Seine Stimme hatte sich zu einem Flüstern gesenkt, und Cristin rutschte näher zu ihm heran, um ihn verstehen zu können.

»Ein Abtrünniger?« Bastian Landsberg beugte sich vor. »Wer seid Ihr, dass Ihr so verbittert sprecht?«, fragte er, und als von Dormitz nicht antwortete, fügte er hinzu. »Ihr befindet Euch in einer Gemeinschaft, die Geheimnisse noch für sich behalten kann. Seid also unbesorgt.«

Ulrych fuhr sich durchs Haar. Er streckte seine langen Beine aus und suchte sichtlich nach Worten. »Im vergangenen Jahr schlossen mein Bruder Lorenz und ich uns einer Gruppe Söldner an, die mit einer Abteilung *Deutschritter* im Süden Pomesaniens unterwegs waren, etwa dreißig Meilen von der Marienburg entfernt.«

Cristin spürte, wie jeder Blutstropfen aus ihrem Gesicht wich.

»Dem Sitz des Deutschen Ordens«, sagte Bastian. Er starrte in das allmählich erlöschende Feuer.

»Ja.« Von Dormitz wandte sich um, als wollte er sichergehen, dass es keine weiteren Zeugen ihres Gespräches gab. Doch es war noch früh und kaum jemand auf den Beinen. »Wir waren überzeugt, das Richtige zu tun. Ein Onkel von uns, den ich schon als Kind bewundert habe, war Mitglied des Deutschritterordens. Er hatte mir und meinem Bruder Geschichten über seinen Vater erzählt, der im Heiligen Land am Kampf um Akkon teilgenommen hatte.«

»Was ist in Pomesanien geschehen?«, wollte Baldo wissen, während sich Kälte in Cristins Innerem ausbreitete.

»Unser Auftrag lautete, Ungläubige zu vertreiben, notfalls mit Waffengewalt. ›Jeder tote *Heyde* ist ein guter *Heyde*‹, sagte einmal ein Kamerad zu mir.«

Von Dormitz krempelte seine Hemdsärmel hoch. In diesem Moment kämpfte sich die Sonne durch die Wolkendecke und beleuchtete schwach seine kräftigen Unterarme. Sie waren von einem feinen Netz wulstiger Narben überzogen, das Cristin zuvor nicht bemerkt hatte.

»Uns erschien alles richtig. Wir fühlten uns zu diesem Auftrag berufen. Endlich konnten wir etwas wirklich Bedeutendes tun, versteht Ihr?«

Baldo und Cristin schwiegen, doch Landsberg bedeutete ihm weiterzusprechen.

»So wurden Lorenz und ich Mitglieder einer Gemeinschaft, die für eine gute Sache kämpfte. Das glaubte ich zumindest. Selbst dann noch, als mein Bruder in meinen Armen starb.«

Von Dormitz schloss die Augen. »Bald hatte ich mir den Ruf erworben, ein lautloser und schneller Kämpfer zu sein, der Beste der Truppe.«

Cristin fuhr zusammen, als er seinen Blick unerwartet und fest auf sie richtete.

»Was ich zu erzählen habe, ist nichts für schwache Gemüter, werte Frau Schimpf. Vielleicht möchtet Ihr lieber …?«

»Nein, ich bleibe.«

»Wie Ihr meint.« Gedankenverloren spielte er mit einem Grashalm. »Wenn ich jemals Skrupel gehabt hatte zu tun, was die Ritter uns befahlen … nach Lorenz' Tod war nichts davon geblieben. Der Hass auf diese Wilden fraß mich an manchen Tagen regelrecht auf, und meinen Kameraden schien es ähnlich zu ergehen, sodass wir es kaum erwarten konnten, den nächsten Befehl auszuführen und eine ihrer Siedlungen zu überfallen. Diese *Heyden* beten die Sonne, den Mond und die Sterne an, außerdem alle möglichen Tiere und Göttinnen. Eine Hölle und einen Teufel gibt es für sie nicht. Als dann die Weisung kam, niemanden am Leben zu lassen, der nicht dem wahren Glauben angehörte, waren wir begierig auf Blut. Dreckiges Prußenblut.«

Vor Cristins inneren Augen erschien das Bild einer jungen Frau, verwundet und geschändet, nur noch von dem Wunsch am Leben gehalten, den Sohn behütet und versorgt zu wissen. Cristins Atem kam in keuchenden Stößen. Die Prußen.

Janek. Seine Mutter, der sie einst das Versprechen gegeben hatte, sich um den Jungen zu kümmern. Die Bewohner des Dorfes waren allesamt rechtschaffende Bauern, Väter und Mütter, die nichts wollten, als die hungrigen Mäuler ihrer Kinder zu stopfen. Sie waren einst mit Gewalt zum römischen Glauben gezwungen worden, hatten sich aber wieder davon abgekehrt. Sollte von Dormitz eines jener Scheusale gewesen sein, die das Gemetzel verursacht hatten? Sie presste eine Hand auf ihren rebellierenden Magen und wagte nicht, den Kopf zu heben.

»Ihr meint, Ihr habt polnische Dörfer geplündert.« Bastian Landsbergs Stimme klang tonlos.

»Nicht nur das. Gemordet und geschändet haben wir, bis es dort nichts weiter gab als Tod und Verwüstung.«

»Sagt, dass das nicht wahr ist!«, zischte Baldo..

Cristin konnte förmlich spüren, was in ihm vorging, welche Szenen aus der Erinnerung sich in ihm formten. Das heisere Krächzen der Krähen, die sich damals an den Kadavern gütlich getan hatten, klang in ihr nach. Baldos Züge waren verzerrt, die Hände zu Fäusten geballt.

»Ruhig, mein Lieber«, beschwichtigte Landsberg ihn. »Lasst den Mann reden und hört zu, das haben wir ihm versprochen.«

Cristin stand das Antlitz des Jungen wieder vor Augen. Janek hatte verstört in einem Verschlag gehockt, mit einer Miene, auf der sich das Grauen widergespiegelt hatte. Der Junge hatte alles mit ansehen müssen und konnte seitdem nur mühsam und stockend sprechen. Möglicherweise würde er nie wieder vollständig genesen.

»Ich danke Euch«, erwiderte von Dormitz stockend. »Während wir in Mokre, einem Dorf südlich von Marienwerder auf den nächsten Auftrag warteten, verbrachten wir die meisten Abende in einer Schänke. Sie wurde von einer jungen Witwe und ihrer halbwüchsigen Tochter betrieben.« Jedes Wort, das ihm über die Lippen kam, schien ihm unendlich schwerzufallen. »Ihr könnt Euch denken, dass uns nicht nur das gute Bier und das deftige Essen dorthin gelockt haben, nicht wahr? Wir waren ausgehungert nach Lachen und Leben, nach Weib und Gesang. Und Anka war hübsch und sanft und freundlich. Ihr Mann war vor Jahren gestorben und hatte sie mit der Wirtschaft zurückgelassen.«

Cristin spürte Baldos Blick auf sich ruhen, und sie hob langsam den Kopf. Die Liebe und Besorgnis, die sie in seinen Augen entdeckte, legten sich warm um sie. Sie nickte zum Zeichen, er möge sich keine Sorgen machen.

»Anka erinnerte mich an meine Schwester«, redete von Dormitz weiter.

Bastian trank seinen Becher leer und stellte ihn auf den Boden. »Ihr habt Geschwister?«

Der andere nickte. »Philipp wird einmal das Geschäft unseres Vaters übernehmen. Er ist nicht nur Vogt, sondern einer der bedeutendsten Weinhändler der Gegend. Maria lebt im Kloster St. Ursula zu Augsburg.«

Baldo beugte sich vor. »Was ist in dem Dorf geschehen?«

»Anka war die erste Frau, in die ich mich Hals über Kopf verliebte, obwohl sie zunächst mit keinem Wink zu erkennen gab, ob sie meine Gefühle erwiderte. Mir war es genug, in ihrer Nähe zu sein und vielleicht ab und zu ein scheues Lächeln geschenkt zu bekommen. Doch ich spürte irgendwann, dass auch sie mich mochte.« Von Dormitz sah auf seine Stiefelspitzen. »Wir verbrachten mehrere Wochen in diesem Dorf, und ich war beinahe täglich in Ankas Wirtschaft. Dennoch traute ich mich nicht, sie anzusprechen. Dann wurden wir über Nacht abbeordert, und ich sah sie erst mal nicht wieder.«

Seine Miene glich einer Maske. Die Sonne schien ihm direkt ins Gesicht.

»Einige Wochen vergingen, in denen wir uns in anderen Teilen des Landes aufhielten. Dann kam der Befehl, einige jener Dörfer im Süden zu *säubern*. Ja, so nannten unsere Anführer das. Es hieß, die Leute in der Gegend hätten sich nur zum Schein taufen lassen und den christlichen Glauben angenommen. Insgeheim würden sie immer noch ihren alten Göttern huldigen und weiterhin ihre Sonnenwendfeste feiern. Das kam öfter vor, das wussten wir inzwischen. Dann nannte man uns die Namen der Dörfer. Eines von ihnen war Mokre.«

»Oh mein Gott!«, entfuhr es Cristin.

»Was hätte ich tun sollen? Den Dienst quittieren? Ihr wisst nicht, wie es unter Söldnern zugeht. Im Zehnertrupp kreisten wir sie ein, kurz vor Morgengrauen. Unser Anführer erteilte die Anweisung, keine Seele davonkommen zu lassen.«

Cristin hielt gebannt den Atem an, doch der Blick des Erzählenden schien sich in der Weite zu verlieren.

»Plötzlich stand Anka vor mir, schön wie immer mit ihren langen blonden Haaren. Die Schreie der anderen hatten sie aus dem Schlaf geschreckt. Dann kam ihre Tochter Jeni herausgestürmt, um zu fragen, was los sei.«

»Ihr habt auch sie…?«, hörte Cristin Landsberg heiser flüstern.

Ulrych von Dormitz' Kehle entrang sich ein Stöhnen.

»Gott weiß, dass ich sie retten wollte. Ich habe sie angefleht zu verschwinden. Ich wollte sie irgendwo verstecken, um sie später aus dem Dorf herauszubringen. Doch sie schrie mich an, dies sei ihre Familie, ihre Heimat, die sie nicht im Stich lassen würde.«

Cristins Zunge klebte am Gaumen.

»Einen Mörder hat sie mich geschimpft. Mit Fäusten ist sie auf mich losgegangen wie eine Furie. Ich konnte es nicht, zögerte, obwohl sie meinen Dolch zog, damit ich sie und Jeni töte. Den Ausdruck auf ihren Mienen werde ich nie vergessen. Da wurde ich plötzlich zur Seite gestoßen. Einer meiner Kameraden war auf mich zugestürzt. Bevor ich irgendetwas tun konnte, hatte er Anka von hinten ergriffen, ihr den Dolch entrissen und mit einer einzigen Bewegung…« Er brach ab.

In Cristin stieg Übelkeit auf.

»Er hat ihr die Kehle durchgeschnitten. Ich sehe noch, wie

das Blut an ihrem Hals hinunterlief, höre noch ihr letztes Röcheln. Es verfolgt mich bis in meine Träume. Anka schrie nicht, sie sackte nur in die Knie. Der Laut, den sie ausstieß …«

»Und das Kind?«, hörte Cristin Bastian fragen.

»Jeni sah alles mit an und versuchte zu fliehen. Aber einer meiner«, er spie das Wort förmlich aus, »Kameraden, setzte ihr nach und tötete auch sie.«

Cristin sprang auf. Mit weichen Knien eilte sie davon, um sich in einem nahe gelegenen Gebüsch zu erbrechen. Während sie noch um Fassung rang und versuchte, ihre verwirrenden Gefühle zu sortieren, nahm sie ein Rascheln und das Knacken von Ästen hinter sich wahr.

»Bist du da, Cristin?«

Baldo. Sie raffte ihren Rock und trat zu ihm.

»Bitte, ich möchte ihn jetzt nicht sehen. Ich gehe zum Wagen.«

Sanft fuhr ihr Mann mit seinem Zeigefinger über Cristins Wange. »Geh nur«, nickte er und küsste sie. »Ich komme bald nach.«

Es war stürmisch an diesem Vormittag, und die Äste der Bäume bogen sich im Wind. Cristin mied den Blick des Söldners, wann immer es ihr möglich war. Ulrych von Dormitz. Dieses Scheusal, durchfuhr es sie wohl zum hundertsten Mal. Wie konnte ein einzelner Mensch fähig sein, ohne zu zögern oder den Hauch eines Zweifels zu morden? Frauen, Kinder und alte Menschen, die sich nicht zur Wehr setzen konnten?

Bastian hatte ihr erklärt, der Söldner sei am Tag nach dem schrecklichen Verbrechen desertiert. Nun sei ein Kopfgeld auf ihn ausgesetzt, und er müsse damit rechnen, eingefangen, zu seiner Truppe zurückgebracht und getötet zu werden.

»Du denkst noch immer an die Geschichte, die Ulrych uns erzählt hat, stimmt's?«, fragte Baldo.

»Er hat Menschen umgebracht, Baldo, viele Menschen!«

»Still, Weib, oder willst du, dass die anderen uns hören?«

Sie senkte die Stimme. »Vielleicht ist er sogar einer derjenigen, die Janeks Dorf niedergemetzelt haben!« Als Baldo sie wortlos an sich ziehen wollte, drehte sie sich zu ihm um. »Solltest du jemals fragen, ob ich diesem Mann eines Tages verzeihen könnte … die Antwort lautet Nein. Niemals!«

»Beruhige dich und denk an unser Kind.« Zärtlich streichelte er ihr Gesicht. »Ich hätte dich fesseln sollen, um dich an dieser Reise zu hindern, werte Frau Schimpf.«

»Das hättest du gern versuchen können.«

»Wie konnte ich nur an dich geraten, Cristin?« Er lachte leise. »Komm her, Weib.« Mit dem Mund liebkoste er die zarte Haut an ihrem Hals, bis sie leise seufzte.

»Ich liebe dich«, raunte er ihr ins Ohr. »Für deinen Sinn für Gerechtigkeit und für die Leidenschaft, mit der du die Deinen verteidigst und umsorgst.« Er verschloss ihre Lippen mit einem innigen Kuss.

Bald darauf hatte sich der Wind gelegt, und nur die vielen abgebrochenen Zweige und ein gelber Blätterteppich auf dem Waldboden zeugten noch vom Sturm der vergangenen Stunden.

Cristin rollte ihre Decke zusammen und verstaute sie auf einem der Wagen, denn sie wollten so bald wie möglich die Stadttore von Augsburg passieren. Landsberg und Baldo löschten währenddessen das Feuer. Sie warf von Dormitz, der das Tränken der drei Pferde übernommen hatte, einen vorsichtigen Blick zu. Vielleicht bereut er bereits, uns sein Geheimnis verraten zu haben und ist froh, dass unsere Wege sich nun trennen, dachte Cristin. Auch sie würde aufatmen, wenn sie sich erst voneinander verabschiedet hätten.

War es wirklich möglich, die Vergangenheit wie einen fadenscheinigen Umhang einfach abzustreifen? Gewiss nicht, und selbst der feste Wille, ein redliches Leben zu führen, schien ihr ein schwieriges Unterfangen zu sein, wenn doch die Familie und Nachbarn wussten, was er getan hatte. Waren

Bastian, Baldo und sie die Ersten, denen er sich anvertraut hatte? Welche Frau würde an seiner Seite leben wollen, wenn sie erst die ganze Wahrheit über ihn erfuhr?

Cristin fröstelte, außerdem war sie schon wieder hungrig. Wenn es nach dem Kind ging, das in ihrem Leib heranwuchs, hätte sie zum Frühstück mindestens die doppelte Ration verspeisen können, doch abermals hatte sie verzichtet, um nicht den Argwohn Landsbergs herauszufordern. Früher oder später würde sie es nicht mehr verheimlichen können, später wäre ihr jedoch erheblich lieber, denn wie Baldo würde auch der Bernsteinhändler alles andere als begeistert von ihrer Heimlichtuerei sein. Cristin hielt den Kopf gesenkt, um die aufsteigende Röte zu verbergen, während von Dormitz sich der erloschenen Feuerstelle näherte.

»Ich werde mich nun von Euch verabschieden«, sprach der Söldner.

Baldo erhob sich und reichte von Dormitz seine ausgestreckte Hand. »Was Ihr für uns getan habt, werden wir nie vergessen. Habt Dank und viel Glück.«

Der Söldner ergriff Baldos Hand. »Das wünsche ich Euch ebenfalls. Gott mit Euch!«

Unsicher stand Cristin auf und glättete ihr Gewand, um die Finger rasch daran abzuwischen. Von Dormitz hielt ihren Blick fest, und sie blinzelte. »Dürfte ich Euch etwas fragen, ich meine, wenn es Euch nicht zu neugierig erscheint.«

»Nur zu, Frau Schimpf.«

Cristin befeuchtete die Lippen. »Sagt mir bitte, wart Ihr jemals in der Gegend um Slupsk?«

»Slupsk? Wo soll das sein?«

Baldo, der sich hinter sie gestellt hatte, ergriff das Wort und beschrieb die Lage der Stadt, die sich im Norden des polnischen Königreichs befand, nur wenige Meilen von der Ostseeküste entfernt.

»Nein«, erwiderte von Dormitz. »Diese Stadt kenne ich nicht.«

Einen Moment starrte sie ihn reglos an. »Ihr ahnt nicht, wie froh es mich macht, das zu hören.«

Er nahm ihre Hand und hielt sie sacht in seinen. »Möge der Herr mit Euch sein und mit allen, die Ihr liebt.«

»Und mit Euch.« Cristins Sicht verschwamm, doch sie erwiderte den Druck seiner Hände. »Alles Gute.«

Bald darauf passierten Bastian, Baldo und Cristin das Stadttor von Augsburg und setzten, jeder in seine eigenen Gedanken vertieft, ihre Reise in Richtung Süden fort. Die Fahrt bis zu ihrer nächsten Station Innsprucke, das sie drei Tage später erreichten, verlief ruhig und ohne weitere Zwischenfälle.

6

Innsprucke

»Bei allen Heiligen!«

Cristins Augen weiteten sich bei dem Anblick, der sich ihr durch das kleine Fenster ihrer Kammer bot. Am Abend zuvor hatten sie unter der Führung eines Säumers den Inn auf einer schmalen Brücke überquert – beidem verdankte die Stadt ihren Namen –, wo sie den Zoll für die Ladung entrichtet hatten. Wenig später waren die Wagen durch ein breites Stadttor gerollt.

»Ihr werdet einen oder besser noch zwei kundige Führer brauchen, wenn Ihr über die Alpen wollt«, hatte der Mann, ein kräftiger Bauernsohn namens Josef, ihnen geraten, als ihm Bastian von ihrem Ziel erzählt hatte. »Auf sich allein gestellt schafft das niemand! Mein Bruder Sebald und ich könnten Euch hinüberführen.«

Sie waren sich handelseinig geworden und hatten sich für den nächsten Tag auf einem nahen Marktplatz verabredet.

Josef hatte ihnen eine Schänke empfohlen, in der sie die Nacht verbringen konnten, ehe sie am nächsten Morgen unter der Führung der Brüder zu ihrer beschwerlichen Reise über das Gebirge aufbrechen sollten.

Innsprucke war mit Wallfahrern überfüllt. Zahllose Männer und Frauen befanden sich auf Pilgerreise nach Rom, um in diesem Heiligen Jahr die Gräber der Apostel Petrus und Paulus zu besuchen und Sündenvergebung zu erlangen. Das hatte ihnen der vierschrötige Wirt erklärt, während er mit ihnen unter das Dach des Hauses gestiegen war, in dem sich noch zwei enge Kammern befanden. Die letzten, wie er mehrmals betonte. Ohne Abendessen waren sie schließlich in die Betten gefallen.

Doch nun, am Morgen darauf, bot sich ihnen ein überwältigendes Panorama, und Cristin hielt angesichts der Schönheit der Landschaft den Atem an. Steil ragten hinter den Kirchtürmen der Stadt die schneebedeckten Berge in den Himmel, so hoch, dass sie den Kopf in den Nacken legen musste, um die Gipfel sehen zu können. Doch die verbargen sich in den hellen Wolken, gegen die sich die Silhouetten einiger gleichsam auf dem Wind schwebender, großer Vögel abhoben.

»Was ist denn los?«, kam es von dem Lager her, auf dem sie sich nach dem Erwachen leidenschaftlich geliebt hatten.

»Sieh dir nur mal diese Berge an, Liebling«, antwortete sie. »Ist das nicht ein wunderschöner Anblick?«

Baldo schlug die Decke zurück, schwang die Beine aus dem Bett und trat neben sie. Er spähte durch die Scheibe und heftete den Blick auf das graue Bergmassiv. »Siehst du das dünne Band da oben?«

Sie schüttelte den Kopf.

»Etwa dort, wo der Adler fliegt.«

Schließlich entdeckte sie in der Nähe eines Kreise ziehenden Raubvogels eine feine Linie, die sich zwischen Bergen verlor. »Ist das die …«

»Die *Via Imperii*, ja«, nickte Baldo. »Sie wird uns mitten

durch die Alpen bis nach Italien führen. Aber ich kann nicht gerade behaupten, dass ich mich darauf freue.«

Nachdem sie ein reichhaltiges Frühstück zu sich genommen und sich in einer nahe gelegenen Badestube gewaschen hatten, kauften sie auf dem Markt noch einige Vorräte. Dort waren sie mit den beiden Bergführern zusammengetroffen, die sie über die Alpen bringen wollten. Die Männer hatten ihnen geraten, die braune Stute und den Rappen gegen zwei Ochsen einzutauschen, die über einiges mehr an Kraft und Ausdauer verfügten. Zunächst bekamen die Saumtiere *Ochsenschuhe*, einen Eisenbeschlag für die Hufe, damit sie auf dem unwegsamen Gelände trittsicherer waren. Dann legte der Säumer den Tieren Bastsättel an, um mit Hilfe des Tragegestells die Last gleichmäßig zu verteilen. Nachdem die Ballen und Säcke sorgfältig verschnürt und an dem Gestell festgezurrt worden waren, spannten sie Decken und eine Plane über die Lasten, um die Fracht vor Nässe zu schützen. Die Kisten sowie die Säcke mit Tierfutter luden sie auf die Karren.

Nun lenkte Baldo seinen Ochsenkarren über die alte, gekieste Reichsstraße, die an einigen Stellen kaum breiter war als die Fuhrwerke. Gleich dahinter rollte das zweite Gespann mit Bastian Landsberg auf dem Kutschbock. Von Zeit zu Zeit kamen ihnen andere Reisende entgegen, manche von ihnen erkannte Cristin an dem breitkrempigen Hut und dem mitgeführten Stab als Pilger. Andere waren mit schwer bepackten Mauleseln unterwegs, auch sie wurden von Säumern begleitet.

So verging Stunde um Stunde, und je länger sie unterwegs waren, umso steiler ging es zwischen den felsigen Bergwänden hinauf. Die kräftigen Zugtiere hatten nun sichtlich Mühe, die Steigung zu bewältigen. Josef und sein jüngerer Bruder waren längst abgestiegen und hatten ihre Reittiere mit Hanfstricken an die Wagen gebunden. Die beiden Männer gingen neben den Ochsen her und führten sie am Zaumzeug. Schließlich kletterten auch Bastian und Baldo von den Wagen, um den Ochsen die Arbeit zu erleichtern.

Die Zeit verging nur schleppend, denn die Lasttiere mussten immer häufiger eine Rast einlegen, um an Bächen oder anderen kleinen Wasserstellen zu trinken. Obendrein brauchten die Ochsen zwischendurch gutes Futter, damit sie bei Kräften blieben. Auch die Lasten mussten regelmäßig neu verteilt werden, um die Tiere zu schützen. Von Zeit zu Zeit räumten die Männer größere Steine beiseite, die von den umliegenden Felswänden gefallen waren.

Einmal vernahm Cristin einen schrillen Pfiff, als sie sich mit den Wagen inmitten einer Kurve befanden und erschrak. »Josef, habt Ihr es gehört? Ist da wem etwas zugestoßen?«

Der Säumer drehte sich zu ihr um und machte eine wegwerfende Handbewegung. »Nein, nein. Uns kommt ein größeres Fuhrwerk entgegen, und dies war nur ein Warnruf. Wir machen ihnen Platz, denn der Weg ist zu schmal für zwei Fuhrwerke.«

Also drückten sie sich eng an die Felswände und warteten, bis die Entgegenkommenden sich ihnen näherten. Die vierköpfige Gruppe führte ihren Ochsen dicht an ihnen vorbei. Da bemerkte Cristin, wie ein alter Mann, der nur einen *Klafter* vom Abgrund entfernt ging, ins Straucheln geriet. Sie schrie unterdrückt auf. Eine Anzahl größerer Steine hatte sich gelockert, und stürzte in die gähnende Tiefe. Der Greis konnte sich gerade noch fangen und umklammerte den Hals seines Ochsen. Cristins Knie waren weich, sie atmete erleichtert aus und beobachtete, wie die Gruppe aus ihrem Sichtfeld verschwand. Dann setzten sie ihre Reise durch die Berge fort.

Mit zunehmender Höhe nahmen die Schmerzen in Cristins Ohren zu, auch die Luft wurde merklich dünner. Zudem wehte ihnen ein eiskalter Wind entgegen. Ihre Augen brannten, und die Kälte drang selbst durch ihren dicken Umhang.

Sie mochten seit etwa vier Stunden unterwegs sein, als sich Josef zu Baldo umwandte, der ein Stück hinter ihm ging.

»Wir kommen nun bald an eine schmale Brücke«, erklärte er, »da müssen wir hinüber. Auch danach geht's auf der einen Seite so tief und steil hinab, dass sich schon so mancher Reisende vor Angst die *Bruche* nass gemacht hat. Ihr solltet Eurer Frau besser die Augen verbinden.«

»Muss das sein?«, begehrte Cristin auf, doch Baldo war schon zu ihr auf den Kutschbock geklettert und verschloss ihren Mund mit einem Kuss.

»Sei ausnahmsweise einmal ein gehorsames Weib. Der Mann weiß, was er tut. Wir sollten auf ihn hören.« Er schob ihr das Kopftuch über die Augen und knotete es fester. »Nur solange, bis der Weg wieder breiter wird«, versprach er und sprang zurück auf die Straße.

Ein Stück voraus erblickte er die schmale Brücke, die über eine tiefe Schlucht führte. Er beugte sich vor und starrte in den gähnenden, todbringenden Abgrund. Ich muss verrückt sein, schalt er sich selbst und fragte sich einmal mehr, warum er sich auf diese Reise eingelassen hatte.

Cristin spürte, wie die Wagenräder über Holzbohlen rollten.

Der Wind zerrte an ihrem Kopftuch. Allein der Gedanke, dass lediglich diese schmale Brücke sie vom gähnenden Abgrund fernhielt, trieb ihr das Blut schneller durch die Adern. Kalter Schweiß bildete sich auf ihrer Haut. Sie hörte jedes noch so leise Knarren der Bohlen, das Ächzen ihrer Begleiter und das Brausen von Wasser in der Nähe. Der scharfe Schweißgeruch des Säumers stieg ihr unangenehm in die Nase und verursachte ihr Übelkeit.

»Cristin, wir sind drüben«, vernahm sie endlich Baldos Stimme und zog sich das Tuch von den Augen.

Die plötzliche Helligkeit ließ sie blinzeln. Josef hatte den Ochsen zum Stehen gebracht. Von der grauen Felswand, die nur wenige Schritte neben der Straße steil in die Höhe ragte, rieselten Sand und kleine Steine herab. Cristins Blick flog zu Baldo, dessen Miene sich verdüstert hatte und der sich an Josef wandte. Auch dessen Gesicht spiegelte Besorgnis wider. Schon folgte ein faustgroßer Stein und landete direkt vor dem rechten Vorderrad des Karrens. Das Zugtier hob den massigen Kopf und schnaubte. Ein weiterer Stein löste sich und rollte die Felswand herab, größer noch als der erste. Mit einem lauten Krachen landete er zwischen den beiden Wagen und prallte gegen eines der Räder. Der Bergführer fluchte, gefolgt vom Brüllen des zweiten Ochsen.

Cristin erschrak. Das muskulöse Tier, das Sebald führte, warf den Kopf hin und her und schnaubte abermals mit weit aufgerissenen Augen. Es wollte den Hindernissen ausweichen und zog ruckartig den Wagen zur Seite. Aber da war nichts als der Steilhang. Rechts der Straße ging es bald fünfzig *Klafter* in die Tiefe. Scharf sog Cristin die kalte Luft in die Lungen. Von unten drang das Tosen eines Flusses an ihre Ohren.

Wie Landsberg musste auch Josefs Bruder hilflos mit ansehen, wie das Fuhrwerk hin- und herschwankte. Im nächsten Moment stand es nur noch auf zwei Rädern. Das schrille Brüllen des an den Wagen gebundenen Maultieres ging durch Mark und Bein. Sebald zog ein Messer aus dem Gürtel, sprang auf das schreiende Grautier zu und versuchte, den Strick zu durchtrennen, der es mit dem Wagen verband. Doch es war ein hoffnungsloses Unterfangen – zu sehr riss der Ochse das Gefährt mal zur einen, dann wieder zur anderen Seite.

Baldo war vom Kutschbock gesprungen. Mit langen Sätzen rannte er auf den zweiten Wagen zu, wollte wie Josef nach den Zügeln fassen. Vergeblich. Stattdessen musste er aufpassen, nicht von den Hörnern des Ochsen erfasst zu werden. Wieder zog er zur Seite, und schon gerieten die breiten Hufe in den matschigen Boden neben der Straße, rutschten ab.

Landsberg sprang hinzu und krallte die Hände in die Plane des Fuhrwerks. Cristin schlug die Hand vor den Mund.

Das Fuhrwerk schwankte jetzt so stark, dass sie jeden

Moment damit rechnete, es in die Tiefe stürzen zu sehen. Während Sebald, der es endlich geschafft hatte, den Strick durchzuschneiden, das Maultier fortzog und zu dem zweiten Ochsen lief, packte Baldo die Schultern des Freundes.

»Nehmt endlich Eure Hände weg, Landsberg!«, hörte Cristin ihn rufen. »Oder brennt Ihr darauf, schon heute Eurem Herrgott zu begegnen?«

Mit einem Satz sprang der Bernsteinhändler zur Seite – keinen Augenblick zu früh. Mit aufgerissenen Augen sah Cristin mit an, wie sich das Fuhrwerk über die Kante schob und in die Tiefe stürzte, gefolgt von dem entsetzlichen Todesschrei des Tieres und dem Geräusch des auf dem Boden zerschellenden Wagens.

»Geh vom Abgrund weg, Cristin!« Baldos Hand legte sich um ihre Taille und zog sie sanft, aber bestimmt zurück. Dann drehte er sich zu dem Bernsteinhändler um, der mit bleichem Gesicht gegen die an der anderen Seite der Straße aufragenden Felsen lehnte.

»Verdammt, was war nur los mit Euch, Landsberg?«, fuhr er den Freund an. Seine Augen funkelten. »Wolltet Ihr etwa den Helden spielen? Wenn Ihr noch einen Herzschlag länger gewartet hättet – ihr läget jetzt ebenfalls zerschmettert dort unten!«

»Ihr habt ja recht«, räumte der Bernsteinhändler ein. »Ich war für einen Moment wie betäubt.«

»Ich dachte, Ihr kennt Eure Bibel und wisst, dass man Gott nicht versuchen soll!«

Kopfschüttelnd trat Baldo an die steil abfallende Kante und spähte hinab. Cristin folgte ihm vorsichtig. Der Wagen war in mehrere Teile zerbrochen, der Ochse lag ein Stück weit entfernt und rührte sich nicht.

»Wenigstens hat das Tier nicht lange leiden müssen«, hörte Cristin ihren Mann flüstern.

Nicht nur der Wagen und das Zugtier, das Baldo gegen die wertvolle Stute eingetauscht hatte, auch einige ihrer kostbaren Stoffe, die sie in den letzten Monaten kunstvoll bestickt hatte, waren unwiederbringlich verloren. Lediglich eine kleine Kiste mit einigen kunstvoll gewebten und gestickten Werkstücken war übrig geblieben, ein kläglicher Rest, den sie dem Tuchhändler nun noch anzubieten hatte. Ob das genügte, um den Mann von ihrem Können zu überzeugen? Auch der in Innsprucke gekaufte Proviant war zum größten Teil den Abhang hinuntergestürzt. Was sollten sie während der Überquerung der Alpen nun essen und trinken? Schänken dürfte es in diesem unwirtlichen Gelände kaum geben, und sie hatten nicht einmal die Hälfte der Reise hinter sich.

»Dagegen ist niemand gefeit«, brachte Josef mit einem Gesicht, so bleich wie frisch gefallener Schnee, hervor.

Bastian nickte düster. »Niemand macht Euch einen Vorwurf.«

Mit bleischweren Gliedern erklomm Cristin den Kutschbock. Josef schnalzte mit der Zunge, doch das kräftige Tier setzte sich nur widerwillig in Bewegung. Etwa eine halbe Stunde später verbreiterte sich der Weg zusehends, und schon bald darauf erreichten sie eine ebene, schneebedeckte Fläche, die Reisenden wohl häufiger als Rastplatz dienen mochte. Davon zeugten jedenfalls der Unrat und die frischen Spuren, die Stiefelsohlen und Wagenräder im Schnee hinterlassen hatten.

»Seht nur.«

Cristins Blick folgte Baldos Handbewegung. Unweit des Platzes floss träge ein schmaler, an mehreren Stellen überfrorener Bach dahin, gesäumt von ein paar schlanken Bäumen.

»Dem Himmel sei Dank!«

Bastian verschwand unter der Plane und tauchte mit einem leeren Ziegenlederschlauch in den Händen wieder auf. Er lief zu dem Bach hinunter und tauchte den Schlauch in die Strömung, an der Sebald bereits Wasser in seinen eigenen Wasserbehälter laufen ließ.

Nachdem sich die fünf an dem eiskalten Wasser gelabt hatten und Baldo und Josef auch den Ochsen und die Maultiere ausgiebig hatten saufen lassen, wies der Säumer auf ein paar karge Büschel, die am Rand des Platzes aus der Schneedecke hervorlugten.

»Zu dieser Jahreszeit ist das Gras nicht besonders nahrhaft. Wenn die Tiere bei Kräften bleiben sollen, werden sie bald gutes Futter brauchen.«

Cristin sah von einem zum anderen, die Mienen ihrer Begleiter verrieten allzu deutlich ihre Gedanken, doch sie zog es vor zu schweigen. Auch ihr war nicht wohl dabei, die Nacht auf diesem menschenleeren und windumtosten Platz zu verbringen, besonders, da ihr Rücken schmerzte und die Füße von der Reise angeschwollen waren. Sie setzte sich auf die ausgebreitete Decke, um die Beine auszustrecken. Ihre Laune sank zunehmend, je eingehender sie über ihre derzeitige Lage nachdachte. Ihr Magen knurrte und erinnerte sie mit Nachdruck daran, dass die letzte Mahlzeit länger als einen halben Tag zurücklag und sie außer einer üppigen Ration Wasser nur noch Proviant für drei oder vier Tage besaßen.

Cristin wischte sich übers Gesicht. Da nahm sie im Augenwinkel eine Bewegung wahr. Vor einem Felsbrocken hockte ein graubraunes Tierchen. Seine krallenbewehrten Pfoten hingen vor der breiten Brust herab. Die dunklen Augen an den Seiten des flachen Kopfes schienen sie aufmerksam zu mustern. Der kleine Kerl erinnerte Cristin an ein anderes, wesentlich größeres Tier, das sie auf ihrer Reise durch Polen am Ufer eines Waldsees beobachtet hatte. Das Hinterteil des Tieres zierte allerdings keine breite, glatte Kelle, sondern ein langer, pelziger Schwanz. Als Cristin sich bewegte, stieß es einen schrillen Pfiff aus – und war ebenso plötzlich verschwunden, wie es aufgetaucht war.

Sie seufzte. Ihre Glieder waren verkrampft, und sie sehnte sich schmerzlich nach einer ausgiebigen Wäsche und einem frischen, weichen Strohbett. Überdies stand die Sonne schon tief, bald würde sie hinter den Bergmassiven verschwinden und die Dunkelheit sich rascher über das Tal senken, als ihnen lieb war. Cristin wendete sich um und betrachtete die Männer, die dicht beieinanderstanden und sich leise unterhielten. Als spürte er ihre Blicke im Rücken, drehte Baldo den Kopf, sah sie an und kam mit langen Schritten auf sie zu.

Zärtlich strich er über ihre Wange. »Bastian und ich werden uns etwas Gutes zu essen besorgen, Liebes. Du bist viel zu blass.«

»Ah ja«, erwiderte sie lakonisch, »ihr habt also hinter diesem Tal einen Markt entdeckt?«

»Sehr witzig, wirklich.« Mit einem gutmütigen Lächeln ließ er sich neben ihr nieder und legte den Arm um sie. »Bastian hat eine Schleuder bei sich, und Steine gibt es hier zuhauf. Also werden wir uns etwas Hübsches jagen.«

»Eine Schleuder? Das ist ja wunderbar!«

»Ich habe auch eine *Gnippe* zum Ausnehmen. Der Rest ist ein Kinderspiel. Bastian meint, hier gebe es reichlich Murmeltiere.«

»Murmeltiere?«

»Was hast du gegen Murmeltierfleisch?«

»Nichts, mein Lieber. Aber wenn das diese Tiere sind, die ich vorhin beobachtet habe … die sind flinker als ihr zwei zusammen.«

Zwei Stunden später saßen die fünf schweigend um ein kleines Feuer, die Kapuzen ihrer Umhänge zum Schutz vor dem beißenden Wind tief in die Stirn gezogen. Cristin hatte recht behalten. Nachdem Baldo und Bastian tatsächlich einige Murmeltiere erspähten, hatten sie schnell erkennen müssen, wie sinnlos dieses Unterfangen war. Kaum waren sie nahe genug an die pelzigen Tiere herangeschlichen, da huschten sie auch schon in ihre Bauten zurück.

Das Jagdglück war ihnen dennoch hold gewesen. Cristin lief das Wasser im Mund zusammen angesichts des Schneehuhnes, das die Männer schließlich erlegt hatten und das nun über dem Dreibein briet, wobei es einen verlockenden Duft verströmte. Sie konnte es kaum erwarten, ihre Zähne in das

Fleisch zu graben. Als es dann endlich so weit war, verzog sie das Gesicht, kaute und kaute, bis sie es in hohem Bogen ausspuckte. Es war zäh wie ein Stück Leder und nahezu ungenießbar.

7

Polen

Von Lódzia waren Piet und Marianka nach Czestochova weitergezogen, eine Stadt im Süden des Landes. Der Wallfahrtsort war für sein Kloster und das darin aufbewahrte Wunderbild der Gottesmutter in ganz Polen berühmt. Dort schlugen sie ihr Lager auf. Doch als Piet zwischen einer aus Backsteinen erbauten Kirche und den Häusern, die den Marktplatz säumten, mit seiner Vorstellung beginnen wollte, traten plötzlich zwei Männer in Priesterkleidern aus dem Portal des Gotteshauses und kamen auf ihn zu.

»Wir wollen hier kein Fahrendes Volk, das unserem Herrgott die Zeit stiehlt«, knurrte einer von ihnen, ein hagerer Kerl, dem der lange Bart bis auf die Brust fiel.

»Packt eure Sachen und verschwindet!«, setzte der andere, etwas kleinere Kleriker hinzu.

Piet wies auf die zahlreichen Zuschauer, die sich bereits um ihn und Marianka geschart hatten. »Schaut Euch um! Mein wertes Publikum scheint anderer Meinung …«

»Habe ich mich nicht klar ausgedrückt?«, unterbrach ihn der bärtige Kleriker brüsk. »Czestochova ist die Stadt der Heiligen Jungfrau! In der Kapelle, die unsere geliebte Königin – Gott hab sie selig – uns geschenkt hat, befindet sich das Gnadenbild der Mutter Gottes. Es zieht Pilger aus dem ganzen Land an.« Sein Blick wanderte zu Marianka, verweilte einen

Moment lang auf ihren vollen Brüsten und kehrte zu Piet zurück. »Euresgleichen dagegen ist hier nicht willkommen.«

Piet setzte zu einer scharfen Antwort an, da formierte sich eine Gruppe gut gekleideter Männer um sie.

»Bruder Stanislav, Bruder Mateusz, ich bitte Euch!« Ein stämmiger Herr in der Kleidung eines Kaufmannes hob die Hände und lächelte gewinnend. »Was habt Ihr gegen die Gaukler vorzubringen? Seht Euch doch nur mal um.« Er machte eine ausladende Handbewegung.

Von dem Tumult aufmerksam geworden, hatte sich inzwischen eine stetig wachsende Traube Zuschauer um den Wagen von Piet und Marianka gebildet.

»Wie es aussieht, wollen die Leute sehen, was die beiden zu bieten haben.«

Piet machte eine tiefe Verbeugung. »Sehr gern. Aber lasst mich Euch zuerst vorstellen. Victorius ist mein Name, und ich darf mit Fug und Recht behaupten, ein Könner meiner Zunft zu sein. Dies ist meine entzückende Partnerin Marianka, und wir sind in Eure wunderschöne, im ganzen polnischen Reich berühmte Stadt gekommen, um Euch, ehrenwertes Publikum, zu erfreuen.«

Der hagere Kleriker maß ihn abschätzig. Piet wollte sich aber nicht so schnell geschlagen geben. Er bedeutete seiner Frau, die noch auf dem Wagen saß, ihm seine Bälle zuzuwerfen. Gekonnt fing er sie auf und begann zu jonglieren.

»Ja, zeig uns, was du kannst«, schrie jemand aus dem Publikum, andere fielen ein.

Der Kaufmann trat zu den Priestern.

»Wie Ihr seht, sind die beiden nichts als zwei harmlose Gesellen, die uns nur erfreuen möchten«, vernahm Piet, während er weiter mit den Bällen jonglierte.

»Es ist nicht recht, guter Mann. Unsere verehrte Königin ist vor nicht allzu langer Zeit verschieden. Diese Gauklereien sind in höchstem Maße unpassend.«

Piet steckte die Bälle in eine Tasche seines Narrenkostüms.

»Ihr werdet es vielleicht nicht glauben, aber ich hatte die Ehre, die von Euch allen hochverehrte Königin kennenzulernen. Daher weiß ich, dass sie Musik und Tanz geliebt hat. So manches Mal lachte sie über meine Späße. Ich versichere Euch, ich werde ihr Andenken in Ehren halten.«

Die Priester warfen einander grimmige Blicke zu, dann ergriff der kleinere der beiden Männer das Wort: »Also gut, zeig was du kannst. Aber wir behalten dich im Auge, Narr, sei dir dessen gewiss!«

Als die beiden Männer sich zögernd umwendeten und sich dem Blickfeld der Zuschauer entzogen, klatschten die Leute begeistert.

»Denen hast du es aber gegeben, Tomasz«, hörte Piet einen anderen gut gekleideten Mann dem Kaufmann zurufen.

Der Narr konnte nicht verstehen, was dieser darauf entgegnete, doch sie lachten und schlugen sich gegenseitig auf die Schultern. Er drehte sich auf dem Absatz um und half Marianka vom Wagen. Da sie inzwischen weit genug vom Wawel entfernt waren, konnte er es wagen, eines seiner Lieder über die »schönste und tugendhafteste Königin« anzustimmen, die Polen je regiert hatte. Als er endete und sich mit einem wehmütigen Lächeln verbeugte, hatten nicht wenige der Männer und Frauen, die ihm aufmerksam zuhörten, feuchte Augen.

Ein junger Mann trat auf ihn zu. »Das war wunderschön«, brachte er sichtlich bewegt hervor. Ehe Piet es sich versah, zog der Mann ihn an sich und hielt ihn einige Augenblicke fest. »Entschuldige bitte, aber dein Lied hat mich sehr berührt.«

Dann ließ der Mann den Narr los, nickte ihm zu und verschwand in der Menge.

Auch die anschließende Vorstellung war von viel Beifall begleitet, und Piet zog seine Frau zufrieden an sich, als sich der Marktplatz allmählich leerte.

»Puh, da haben wir ja noch mal Glück gehabt, nicht wahr? Ich dachte schon, die Priester jagen uns von hier fort.« Er wirbelte Marianka herum, bis sie kicherte, hob sie hoch und setzte sie auf den Wagen. »Lass uns unsere Einnahmen zählen.« Er setzte sich zu ihr und griff an seinen Gürtel, an dem immer sein Leinensäckchen mit den Münzen hing. »Er ist weg.«

Mariankas dunkle Augen weiteten sich. »Aber, Piet, das kann nicht sein. Du hast die Münzen doch vorhin …«

»Denkst du, das weiß ich nicht?«, fuhr er sie an. »Er war hier, an meinem Gürtel.« Er fluchte.

»Was sollen wir jetzt tun?«

»Ich weiß es nicht, Liebes.« Geistesabwesend strich er ihr übers Haar. Einige Herzschläge standen sie da, wortlos vor Empörung. »Der Kerl, der sich so überschwänglich für mein Lied bedankt hat … Er muss mir den Beutel abgeschnitten haben«, brachte er schließlich hervor. Zum Glück haben wir noch unsere heutigen Einnahmen.« Er zählte die wenigen Münzen, die die Zuschauer ihnen in einen alten Hut geworfen hatten. »Davon kann ich uns wenigstens morgen ein Frühstück besorgen.«

Piet wischte ihr mit der Hand die Tränen von den Wangen, dann brachen sie auf. Sie hofften, noch vor Einbruch der Dunkelheit das nächste Dorf zu erreichen, doch vergebens. Die Nacht senkte sich über sie, kaum dass sie die ersten Meilen gefahren waren. Die Straße, der sie folgten, führte durch einen nicht enden wollenden Wald. Kaum ein Lichtstrahl des Mondes erhellte ihnen den Weg, und Marianka wurde zunehmend stiller. Nebel zog auf und erschwerte ihnen die Sicht. Schon nach kurzer Zeit drang die Feuchtigkeit durch ihre wollenen Umhänge und ließ sie frösteln.

Piet verfluchte sich insgeheim, Mariankas Drängen, sie mitzunehmen, nachgegeben zu haben, und schwor sich, seine Frau nie wieder in Gefahr zu bringen, ganz gleich, was das Schicksal noch für sie vorgesehen hatte. Schweigend fuhren sie durch die Nacht, bis sie endlich eine kleine Ortschaft erreichten. Während Piet den Eselkarren durch den Flecken lenkte, hielt er in der Dunkelheit Ausschau nach einer Herberge, aber in diesem winzigen Nest schien es keine Unterkunft zu geben. Außer dem gelegentlichen Blöken eines Schafes aus einem der Ställe und dem Flügelschlag eines Nachtvogels über ihnen herrschte vollkommene Stille. Sie waren bereits am Ortsausgang, als Piet den Karren zum Stehen brachte und vom Kutschbock stieg.

»Komm.«

Marianka folgte seinem Beispiel. Er legte den Arm um sie und führte sie zu einer Scheune, deren Tür offen stand.

»Wir können doch nicht…«

»Doch, wir können, Liebes. Wir brauchen ein paar Stunden Schlaf, und hier draußen ist es viel zu ungemütlich und kalt. Den Karren verstecken wir hinter dem Schuppen.«

Im Gegensatz zu der herbstlichen Kälte war es in dem Stall geradezu wohlig warm. Piet breitete seinen Umhang in einem Winkel hinter einigen Strohballen aus, und Marianka ließ sich widerstandslos darauf nieder. Von hier aus, so hoffte er, könnten sie am frühen Morgen unbemerkt hinausschlüpfen, denn er wusste aus Erfahrung, wie ungehalten die Bauern werden konnten, wenn Fremde – noch dazu Gaukler – bei ihnen Quartier suchten.

»Heute Nacht werden wir nicht frieren. Wie schön, dass wir noch unsere Umhänge besitzen, nicht wahr?« Nachdem Marianka nicht antwortete, bat er: »Zieh den deinen aus, Liebling, wir können uns damit zudecken.«

Mariankas Hände und Füße waren eisig kalt, doch Piet konnte spüren, wie die Angst und Erstarrung allmählich von ihr wichen und sie sich entspannte.

»Diese vermaledeiten Diebe! Nichts ist vor diesen Beutelschneidern sicher! Und wieso nur haben wir unseren Proviant schon aufgegessen?«, entschlüpfte es ihr.

Piet lachte leise. Wenn sie sich derart erboste, kehrte ihr alter Kampfgeist sicher bald zurück. Er tastete im Dunkel nach dem ledernen Schlauch.

»Wenigstens haben wir noch genügend Wasser bei uns.«

Während Marianka trank, stützte Piet sich auf die Ellenbogen und betrachtete ihre blonden, schulterlangen Haarsträhnen, die in der Dunkelheit wie eine Fahne wirkten.

»Wie schön du bist«, flüsterte er.

Sie legte den Wasserschlauch neben sich und schlang ihm die Arme um den Nacken. Piet fühlte ein Ziehen in seinen Lenden, wie immer, wenn er ihren festen Leib unter seinen Fingern spürte. Zärtlich strich er ihren Rücken entlang, bis seine Finger schließlich an ihrer Hüfte verharrten. Er grinste. Wenn er ihnen auch nichts zu essen anbieten konnte, so wollte er wenigstens dafür sorgen, dass sie beide ihren Hunger für eine Weile vergaßen.

Piet träumte. Hoch über endlose schwarze Wälder schien er zu schweben, immer höher. Ihm schwindelte, doch er verspürte eigenartigerweise keine Furcht. Kühler Wind blies ihm ins Gesicht, und seine Augen tränten vom hellen Sonnenlicht. Er sah nach unten, wo sich eine weite Seenlandschaft erstreckte. Das Wasser schimmerte grünlich, und die dazwischen liegenden Getreidefelder wirkten wie Lichtpunkte. Er war auf der Suche, doch er wusste nicht, wonach. Er musste sich beeilen, das war alles, was er mit Deutlichkeit erkannte.

Städte rauschten unter ihm vorbei, so schnell, dass sie mit dem nächsten Schlag seines Herzens schon vorüber waren. Vögel mit riesigen Schwingen glitten über ihn hinweg und stießen heisere Schreie aus. Sie schienen sich über ihm zu einem Schwarm zu formieren, ihre Rufe gellten ihm in den Ohren. Cristin. Sie schrien ihren Namen. Cristin, Cristin.

Die Angst kam jäh und raubte ihm schier den Atem. Dann wurden die krächzenden Töne der Vögel zur Stimme seiner Schwester, eine andere mischte sich hinzu. Piets Herz hämmerte in der Brust, als er ruckartig erwachte und in die Wirklichkeit zurückfand.

Was war mit ihr?

8

Nach einer beschwerlichen, fast zweiwöchigen Reise über steile Hänge und tiefe Täler öffnete sich das Tal der Etsch endlich vor ihnen. Tagelang waren sie dem gewundenen Fluss gefolgt, an dessen Ufer der Gebirgspfad verlief, zuletzt durch die engste Stelle des Tals, der *Berner Klause*. Meist hatten sie im Freien schlafen müssen, nur in den Städten Bozen und Brixen war es ihnen vergönnt gewesen, ihre müden Leiber in weiche, warme Betten sinken zu lassen.

Nun erkannte Cristin in der Ferne die Silhouette einer weitaus größeren Stadt. Das musste Verona sein, ihre letzte Station, bevor sie dann Venedig erreichten.

Josef nickte, als hätte er ihre Gedanken erraten. »Es sind etwa drei Meilen bis Verona. Das schaffen wir heute nicht mehr. Ich schlage vor, wir verbringen die Nacht in einer Herberge hier in der Nähe.«

Die anderen willigten ein.

Früh am nächsten Morgen brachen sie auf, nachdem sich die beiden Säumer von ihnen verabschiedet hatten, um nach Innsprucke zurückzukehren. Langsam rollte der Ochsenkarren der Stadt entgegen, deren Mauern und Türme Cristin nun erkennen konnte. Von Verona aus waren es dann nur noch drei, höchstens vier Tagesreisen zu ihrem Ziel. Bei dem Gedanken, nun bald die Stadt zu erreichen, von der Jadwiga ihr voller Begeisterung erzählt hatte, nahm Erregung von ihr Besitz.

Eine Stunde später lenkte Baldo den Wagen über eine dreibogige, zinnenbekrönte Steinbrücke, die über die Etsch in die Stadt führte. Durch enge Gassen ging es, vorbei an mehrstöckigen, aus Stein gebauten Häusern, aus denen ihnen die Menschen neugierig hinterhersahen, über Plätze, von denen sich Kathedralen und kleinere Kirchen in den winterlichen Himmel erhoben. Zahlreiche Palazzi mit kunstvoll verzierten Fassaden zeugten vom Reichtum der Veroneser. Bastian bat Baldo, den Wagen in eine Gasse unweit einer teilweise zerstörten, von Arkadenbögen umspannten Anlage zu lenken.

»Ich hätte Euch gern das Amphitheater gezeigt. Es ist etwas ganz Besonderes. Doch führt heute noch eine Prozession durch die Stadt. Ich fürchte, Verona wird bald einem Ameisenhaufen gleichen.« Er wies geradeaus. »In dem Wirtshaus da hinten lässt es sich vorzüglich speisen. Dort können wir die Nacht verbringen.«

Wenig später betrat das junge Paar die Kammer. Cristin riss sich das Tuch vom Kopf und ließ sich seufzend auf einen Stuhl sinken.

Baldo trat wortlos näher und strich seiner Frau eine Haarsträhne aus der Stirn. Sein Blick drang warm in ihren. »Wie lange glaubst du, kannst du deinen Zustand noch vor Bastian verbergen, Liebling? Ich hätte es dir ausreden müssen. Das hätte ich, verdammt.«

Cristin entdeckte eine feine, neue Linie an seinem Mund und konnte der Versuchung nicht widerstehen, zart darüberzustreicheln. Ihr Lächeln war matt, das spürte sie selbst. »Das hättest du ohnehin nicht gekonnt, mein Lieber.«

Baldo zog sie vom Stuhl hoch und schloss sie in die Arme, um ihren Kopf an seine Brust zu betten. »Ich weiß«, brummte er an ihrem Hals.

Trotz der Kühle klebte ihr das Reisegewand am Leib. Doch ihn schien es nicht zu stören, denn er fuhr mit seiner freien Hand unter den Stoff und ihr Rückgrat entlang. Sanft machte sie sich von ihm los.

»Ist etwas?«

Sie fühlte eine verräterische Röte in ihre Wangen steigen. »Nein, aber ich bin …« Sie krauste die Nase.

»Was?«

»Schmutzig und verschwitzt.«

Baldos Lachen verwandelte sein Gesicht und ließ seine Züge weicher erscheinen. »Und?«

»Du weißt genau, was ich meine.«

»Es stört mich nicht, Liebes.« Er zog sie erneut an sich. »Mach dir darüber keine Gedanken, ja?«

Sein Blick wanderte von ihren Schulterblättern weiter hinunter bis zu der Stelle, an der sich zwischen ihren Brüsten gewiss Schweißtropfen gesammelt hatten.

»Ich liebe es, an dir zu schnuppern, wenn dein Körper so warm und weich ist wie gerade jetzt.«

Sein Atem streifte ihren Hals, und sie erschauerte. Schon spürte Cristin seinen Mund an ihrer Haut. Unwillkürlich hielt sie die Luft an. Er fuhr mit der Zunge zu ihrem Ohrläppchen.

»Glaub mir, Weib, du willst es, willst es genauso wie ich«, flüsterte er ihr heiser ins Ohr.

Mit fliegenden Fingern nestelte er an der Verschnürung ihres Gewandes. In gespieltem Ernst sah sie zu ihm auf. Ihre Augen wirkten im Abendlicht dunkler.

»Jeder Widerstand ist zwecklos, oder?«

Statt einer Antwort fuhr er fort und löste den Knoten. Sie warf den Kopf zurück und bedachte ihn mit jenem herausfordernden Gesichtsausdruck, den er so gut an ihr kannte und zuweilen auch fürchtete. Sein Herz machte einen Satz, als sie mit einer einzigen fließenden Bewegung das Gewand abstreifte und achtlos zu Boden warf.

»Wenn also jeder Protest sinnlos ist, sollte ich mich meinem werten Gemahl wohl besser ergeben, wenn ich nicht seinen Unmut erregen möchte.«

Baldo brummte zustimmend. Sein Blick wanderte zu ihren vollen Brüsten mit den dunkel schimmernden Warzen. Ihre Haut war rosig, und er konnte die feinen Äderchen an ihrem Hals und zwischen ihren Brüsten erkennen. Er schluckte und streckte die Hand nach ihr aus. Es schien ihm, als würde er sie schon seit Ewigkeiten kennen und lieben, und dennoch kam es ihm vor, als berührte er sie zum allerersten Mal. Hitze schoss ihm durch den Leib und sammelte sich in seinen Lenden. Ihr Körper war so weich, so zart und doch voller Kraft. Was für eine unwiderstehliche Versuchung, dachte er noch flüchtig, bevor jener Rausch von ihm Besitz ergriff, der ihn immer befiel, wenn sie ihm so nahe war. Er hörte, wie Cristin scharf die Luft einsog. Ein Glücksgefühl rann ihm berauschend wie guter Wein durch den Leib. Sie gehörte zu ihm wie er zu ihr. Für alle Zeiten.

»Endlich wieder mit dir allein«, murmelte er.

Sie küsste ihn voller Leidenschaft, drängte sich an ihn, um ihn im nächsten Moment zu der schmalen Schlafstatt herüberzuziehen, die sich an der gegenüberliegenden Seite der Kammer befand. Er zögerte. Cristin blieb stehen und musterte ihn regungslos. Ihr Körper hatte sich verändert, die ehemals zierlichen Formen wirkten fraulicher. Er beobachtete, wie sich ihr Brustkorb unter ihrem schweren Atem hob und senkte. Unter ihren Augen konnte er noch Schatten erkennen, die von den erlebten Ängsten und Sorgen der Reise zeugten.

»Was ist, Baldo? Hast du es dir etwa anders überlegt, oder warum starrst du mich so an?«

Nur ein Schritt, und er war bei ihr und umschloss ihr Gesicht mit den Händen. Sanft schob er sie zum Strohbett und drückte sie nieder. »Liebling, was ich anfange, das führe ich auch zu Ende. Das solltest du wissen.«

Ihr kehliges Lachen begleitete ihn, während er sich, die Füße noch immer in den Stiefeln, zu ihr legte und sich von ihrer Wärme einhüllen ließ. Anders als vor einigen Wochen schien es sie diesmal nicht zu stören, dass Bastian Landsberg, der die Kammer nebenan zugewiesen bekommen hatte, sie bei ihrem Liebesspiel möglicherweise hören könnte.

Cristin lauschte den tiefen und gleichmäßigen Atemzügen ihres Geliebten, der sie selbst im Schlaf umfing, als hielte er einen wertvollen Schatz im Arm, den es im Traum noch zu beschützen galt. Ihre Haut prickelte nach wie vor von seinen zärtlichen Berührungen und der Erfüllung, die sie einander geschenkt hatten. Sie wagte sich kaum zu rühren, um Baldo nicht zu wecken. Ihre linke Hand ruhte auf ihrem leicht gewölbten Bauch. Sie spürte die ersten zarten Bewegungen ihres Kindes. Während ihrer Reise hatte sie alles versucht, um nicht Bastians Argwohn zu wecken. Die Zähne hatte sie zusammengebissen und versucht, sich ihre Mattheit nicht anmerken zu lassen, denn nicht nur Landsberg war stets aufmerksam, auch Baldo maß sie mit Argusaugen.

Der Rausch der Leidenschaft war verebbt, und eine bleierne Müdigkeit senkte sich über sie. Hart wie Stein schienen ihre Muskeln und Gelenke und schickten Schmerzwellen durch ihren Leib. Könnte sie doch nur einmal einen vollen Tag schlafen, bis die Kraft in ihre Glieder wiederkehrte. Diese Reise war weit zermürbender und anstrengender als alles, was sie bisher erlebt hatte. Selbst die Fahrt nach Polen war ein Kinderspiel gewesen gegen all die Widrigkeiten und bösen Erlebnisse, denen sie auf dem Weg nach Venedig ausgesetzt waren. Doch hatte sie eine Wahl gehabt?

Jetzt galt es, die guten Verbindungen der verstorbenen Freundin zu diesem de Gaspanioso zu nutzen, solange er sich an Jadwigas Empfehlung erinnerte. Eine innere Stimme jedoch mahnte sie zur Vorsicht, das Leben ihres Ungeborenen nicht zu gefährden. Die Stimme sprach ebenso davon, dass sie eine rücksichtslose Mutter sei, der ein prall gefüllter Geldbeutel wichtiger zu sein schien als das Wohl ihrer Tochter. Cristin konnte nur mit Mühe einen tiefen Seufzer unterdrücken. Ihre Gefühle schwankten wie ein Boot auf hoher See, und selbst das Wissen, dass Minna gut für Elisabeth sorgte, wollte sie nicht besänftigen.

Baldo brummte im Schlaf, und sie schmiegte sich enger in seine Umarmung, um Trost durch seine Wärme zu finden. Sein Atem streifte ihren Nacken. Vom Fenster her drang der fremdartige Gesang mehrerer Männer zu ihr herauf. Eine

Mücke kreiste um das Bett, umschwirrte Baldos Stiefel, die unter der Decke hervorlugten, und setzte sich schließlich auf ihren nackten Arm. Unwirsch scheuchte Cristin sie fort, um kurz darauf in einen unruhigen, von verwirrenden Träumen begleiteten Schlaf zu sinken.

9

Polen

Tierlaute rissen Piet aus dem Schlaf. Der Nachhall des beunruhigenden Traumes der letzten Nacht hatte ihn lange wach gehalten, doch nun holte ihn die Erinnerung mit einem wilden Schlag seines Herzens wieder ein. Was im Namen aller Heiligen hatte dieser Traum zu bedeuten? Er hatte eher einer seiner Visionen geglichen, aber ohne es benennen zu können, wusste Piet mit absoluter Klarheit, dass etwas daran völlig anders war als bei jeder anderen inneren Schau. Nur was?

Marianka drehte sich herum, öffnete die Augen und wollte sich an ihn schmiegen, doch er setzte sich auf und lauschte. Schwere, schlurfende Schritte näherten sich der Scheune. Wie gut, dass sie sich hinter einem Berg Strohballen versteckt hatten! Piet hielt den Atem an und legte den Zeigefinger auf Mariankas Lippen, um ihr zu bedeuten zu schweigen. Sie nickte. Weiter vorne erteilte eine tiefe, etwas brüchige Männerstimme einer zweiten Person Befehle. Soweit Piet verstand, forderte der Bauer den Stallburschen auf, die Strohballen gefälligst besser zu stapeln, eine derartige Schlamperei werde er nicht länger dulden. Dann entfernten sich die Schritte endlich, und einen Herzschlag lang war nur noch der Wind zu hören, der kräftig durch die Tür blies.

»Los, jetzt!« Piet zerrte seine Frau von dem Lager, raffte eilig die Umhänge zusammen und warf ihr einen davon über. »Hier entlang, bevor der Kerl zurückkommt.«

Gemeinsam schoben sie sich an den Stapeln vorbei und wichen einer Ratte aus, die offensichtlich ihre Jungen in einem der Strohballen aufzog. Eng aneinandergedrückt verharrten die beiden in der hintersten Scheunenecke.

»Piet, dein Haar!«, entfuhr es Marianka.

Tatsächlich waren seine Haare, die noch am vorigen Tag von einer bunten, zerknitterten *Gugel* bedeckt waren, ziemlich auffällig und leuchteten beinahe weiß im Halbdunkel. Marianka blickte sich suchend um, zog eine Hand voll Stroh aus einem der Ballen, und drapierte es auf seinem Kopf.

Gerade noch rechtzeitig, denn schon hörten sie, wie der Stallbursche zurückkehrte und eine wenig schmeichelhafte Bemerkung über den Bauern von sich gab. Besonders eilig schien der Junge es nicht zu haben, denn Piet und Marianka kam es wie eine halbe Ewigkeit vor, bis endlich alle Geräusche in der Scheune verstummt waren.

Einen bangen Moment warteten sie noch, dann schlichen sie zurück, um sich hinter dem weit geöffneten Tor zu verbergen. Vorsichtig lugte Piet nach draußen. Von den Ställen der Schafe waren Stimmen und Gelächter sowie das Blöken der Tiere vernehmbar, zu sehen war jedoch niemand. Er wies mit dem Kopf zum Ausgang, und das junge Paar huschte hinaus. Marianka raffte ihren langen Rock, und gemeinsam liefen sie die ungefähr zehn *Klafter*, bis sie den Esel und den Karren erreicht hatten. Sie saßen auf, und als sie sich in Sicherheit wähnten, blieben sie nach Luft schnappend sitzen.

»Das Stroh, Piet«, kicherte Marianka mit vom Laufen geröteten Wangen und zupfte ihm die restlichen Halme aus dem Haar. Sie musterte ihn kurz und wies auf seine Wangen. »Deine Schminke, du hast da noch …«

Auch Piet lächelte verlegen, denn er hatte nicht einen

Augenblick darüber nachgedacht, wie ungewöhnlich sein Aufzug anmuten mochte. »Lass uns hier verschwinden.«

Dem Stand der Sonne nach zu urteilen, mochte es später Vormittag sein, als sie sich unweit einer Ortschaft an einem von Trauerweiden gesäumten Weiher niederließen, um sich und ihrem Esel eine Ruhepause zu gönnen. Sie tranken den Rest aus dem kleinen Wassersack, den Piet gottlob in einer Innentasche seines Umhangs versteckt hatte, bevor die Priester sie festgehalten hatten.

Er und Marianka lehnten am knorrigen Stamm einer alten Weide, deren Äste mit den letzten gelben Blättern weit herabhingen, sodass sie beinahe die undurchsichtige, still daliegende Wasseroberfläche berührten. Nur ab und zu bildeten sich darauf ein paar Ringe, wenn sich ihr ein Fischlein näherte. Der Weiher war noch nicht zugefroren, doch lange konnte es nicht mehr dauern, bis Flüsse und Seen vom Eis bedeckt sein würden. Sie beobachteten ein Schwanenpaar, das in dem flachen Gewässer ruhig seine Kreise zog und nur ab und zu die langen Hälse ins Wasser tauchte, um nach Nahrung zu suchen.

Der seltsame Traum, in dem Piet wie ein Vogel geflogen war, kam ihm wieder in den Sinn. Irgendetwas an der Landschaft, die unter ihm vorbeigerauscht war, hatte nicht gestimmt. Wenn er doch nur wüsste, was es war! Gereizt trat er nach einem Spinnentier, das Anstalten machte, sich auf seinem Schuh niederzulassen. Nach einem langen Blick auf den Weiher erhob er sich und begann ungerührt seine Kleidung abzulegen.

Marianka beobachtete ihn mit wachsendem Entsetzen. »Willst du allen Ernstes baden gehen, Liebling?« Dabei zog sie sich den Umhang enger um den Leib.

Piet grinste, als er sah, wie sie die Nase rümpfte. »Ja, und du solltest es auch tun, wenn wir nicht wie die Schweine stinken wollen.«

»Bei der Kälte? Und was ist, wenn jemand vorbeikommt und uns sieht?«

»Ach was. Wer soll schon kommen?«

Nach kurzem Zögern legte auch Marianka ihre Kleider ab. Ich werde ihr von dem eigenartigen Traum erzählen müssen, dachte Piet, während sie langsam ins seichte Wasser wateten. Allerdings erst, wenn ich hinter das Geheimnis des Traumes gekommen bin. Das Wasser war eiskalt, und sie beeilten sich, den Schmutz der Reise abzuwaschen. Zum Abtrocknen hüllten sie sich in ihre Umhänge. Sie schwiegen lange, denn sie wussten beide, dass ihr restliches Geld nicht mehr für ein anständiges Abendessen ausreichte.

Piet schminkte sein Gesicht und verwandelte sich wieder in einen Narren. Während die beiden ihre bunten Gauklergewänder überstreiften, ging er in Gedanken alle Punkte seiner Vorstellung durch. Er brauchte eine neue Sensation, etwas, das die Menschen auf den Märkten überraschte. Aber mit ihrer spärlichen Ausrüstung und den paar Münzen, die sie noch besaßen, war daran nicht zu denken. Grüblerisch machten sich die zwei auf den Weg.

Auf dem Anger des Dorfes hatte sich eine Gruppe Gaukler eingefunden, vier an der Zahl und jeder von ihnen in die Gewänder burgundischer Junker gehüllt. Besonders der Minnesänger hatte es dem Publikum angetan. Mit seiner klaren, einschmeichelnden Stimme trug er Liebeslieder vor, die augenscheinlich jeden in seinen Bann zogen, wobei naturgemäß die Weiber geradezu an seinen Lippen hingen. Selbst Piet konnte sich der Darbietung kaum entziehen und musste neidlos anerkennen – der Mann verstand sein Metier. Ebenso wie seine Begleiter gab der Sänger vor, Franzose zu sein, doch Piet meinte, hinter dem weichen Singsang einen polnischen Akzent herauszuhören..

»He, was hast du hier verloren, Narr?«, hörte er jemanden auf Polnisch fragen.

Piet fuhr herum. Ein geringschätziger Blick von einem der Gaukler traf ihn. Unvermittelt war der Mann auf Marianka und ihn zugetreten. Sorgfältig geschminkt, haftete seinem fein geschnittenen Gesicht dennoch etwas Hochmütiges an. Im ersten Moment war Piet versucht, dem Mann eine kecke Antwort zu geben, besann sich jedoch eines Besseren.

»Gott mit dir. Ein schöner Tag heute, nicht wahr?« Er setzte ein freundliches Lächeln auf. »Was ich hier verloren habe, willst du wissen?« Piet zupfte einen Strohhalm von seinem Hemdsärmel. »Wie du siehst, bin ich ein Spaßmacher wie du und noch dazu ein Meister meiner Zunft.«

Der Mann setzte eine überraschte Miene auf. »So?« Er maß Piet von oben bis unten. »Ein feiner Narr bist du. Deine Maske wirkt mehr als lächerlich, und dein Kostüm ist schmutzig und zerknittert, als hättest du die letzten Nächte darin verbracht. Sag, wen willst du damit begeistern?« Seine Augen blitzten amüsiert. »Aber nur zu, werter Kollege. Wir werden es ja sehen. Einen schönen Tag dann noch.«

Piet blickte dem Gaukler verblüfft hinterher, der ein flottes Lied pfiff und zu seiner Truppe hinüberging, ohne ihn weiter zu beachten.

»Was für ein eingebildeter Zottel«, platzte es aus Marianka heraus. »Na warte, dem wirst du es zeigen.«

»Das ist nun schon das zweite Mal, dass du wie ein Kerl fluchst, mein Schatz«, erwiderte Piet mit gespielter Empörung und legte den Arm um sie. »Aber lass nur, der Mann hat nicht ganz unrecht, oder?«

Er deutete auf sein Narrenkostüm, das am Ärmel und an seiner Hose zahlreiche Flecken aufwies. Dann zog er eine Grimasse, als wäre er zu Tode erschrocken.

»Mein holdes Weib jedoch sieht auch nicht besser aus«, ergänzte er mit überspitzt hoher Stimme und zwinkerte ihr zu, sodass Marianka fröhlich auflachte.

Sie sahen noch eine Weile dem Treiben zu, beobachteten den Minnesänger und postierten sich nahe dem Eingang, damit jeder Besucher sie auch sogleich bemerkte. Piet schlug Purzelbäume, zauberte und jonglierte, während Marianka Tänze aus ihrer Heimat vorführte. Eins war ihm dabei mehr als bewusst: Stimmlich konnte er dem Minnesänger nicht das Wasser reichen, seine Töne gerieten oft genug ein wenig schief. Er presste die Lippen aufeinander. Wenn er es schon nicht mit der Schönheit seiner Melodien aufnehmen konnte …

Aus den Augenwinkeln bemerkte er, wie der angebliche Franzose sich formvollendet verbeugte und den Frauen in der Menge eine Kusshand zuwarf. Als eine Bauernfamilie sich langsam dem Ausgang näherte, warf Piet sich in die Brust und lächelte die Bäuerin an. Galant verbeugte auch er sich, achtete aber darauf, ein möglichst einfältiges Gesicht aufzusetzen. Dann stimmte er eine volkstümliche Weise an, allerdings mit einem abgeänderten Text, der die Reize und Küsse der polnischen Bauersfrauen anpries. Prompt blieb die Bäuerin mit dem ausladenden Hinterteil stehen, und ihr Blick, der zuvor ablehnend gewesen war, wurde weich.

Marianka, die jene Weise kannte, hob den Kopf und schielte zu ihrem Mann und der Polin hinüber, während sie das Seil aus einem ihrer Beutel zog. Sie wendete sich ab und hielt eine Hand vor dem Mund, um ihr Kichern zu verbergen. Eine kleine Münze flog in Piets *Gugel*. Die Bäuerin applaudierte, und Piet stimmte ein weiteres Lied an. Von den lachenden Zuschauern angezogen, blieben weitere Neugierige stehen, um dem Narren zu lauschen, der sich mit seiner Weise über die Pfeffersäcke der gehobenen Gesellschaft lustig machte und dabei allerlei Grimassen schnitt. Die Leute bogen sich vor Lachen und spornten Piet zu immer neuen Possen an.

Nachdem er sein Lied beendet hatte und Marianka ihre Darbietung auf dem Seil vorführte, hatte Piet Gelegenheit, die burgundische Gauklertruppe eingehend zu studieren. Obwohl die vier ihr Lächeln weiterhin beibehielten, beobachtete er, wie der Sänger sich des Öfteren und vorsichtig, um seine Maskerade nicht zu beschädigen, den Schweiß aus dem Gesicht wischte. Das Gelächter von Piets und Mariankas Zuschauern schien ihn gleichermaßen zu verunsichern und zu verärgern. Piet grinste und wandte seine Aufmerksamkeit wieder seiner Frau zu. Mit ihren grazilen Bewegungen und dem im Wind flatterten Blondhaar war sie eine Augenweide, und mehr als ein Augenpaar war wohlwollend auf sie gerichtet. Piet hielt seine *Gugel* hoch, und weitere Münzen fielen hinein.

Der Minnegesang war inzwischen verstummt, die Mitglieder der Gauklertruppe hatten offenbar die Vorstellung beendet, denn sie verstauten ihre Instrumente auf einem Wagen. Nur der Sänger stand unbeweglich da und musterte die Kontrahenten aus schmalen Augen, bevor auch er auf den Wagen stieg. Möglicherweise, so rief Piet ihm in Gedanken zu, reichen eine betörende Stimme und eine sorgfältige Maske nicht aus, um das Publikum zu fesseln, du Nasehoch! Er hatte Mühe, sich den Triumph nicht anmerken zu lassen. Aber sein Lachen klang nun heller und ihm war leichter zumute.

Am Ende des Tages zählten die beiden ausreichend Münzen, um sich eine einfache Mahlzeit kaufen zu können. Die folgende Nacht jedoch würden sie im Freien verbringen müssen. Nicht, dass ihn diese Aussicht schreckte. Er hatte in den letzten Jahren viele Nächte unter freiem Himmel verbracht und kannte die Gefahren. Doch das Blatt hatte sich gewendet. Nun hatte er ein Weib, für das er sorgen musste und das es zu beschützen galt.

»Dem komischen Gesellen hast du es aber gezeigt, Liebling. Zum Schluss hat ihm niemand mehr zugehört«, freute sich Marianka, während sie ihren Mann liebevoll betrachtete. »Wieso schaust du plötzlich so ernst?«

»Nichts, mein Liebes. Bald wird es dunkel, wir sollten langsam aufbrechen.«

Ihre Augen waren klar und voller Vertrauen auf ihn gerichtet. »Wohin gehen wir denn?«

Piet räusperte sich. »Hab vorhin ein altes Mütterchen sagen hören, sie komme aus einem Ort keine drei Stunden Weges von hier. Vielleicht finden wir dort einen Schlafplatz für die Nacht.«

Das war zwar gelogen, aber immerhin wahrscheinlich, innerhalb dieser Zeit auf ein Dorf zu stoßen. Schweigend verließen sie den Markt. Ein buckeliger Alter, der gerade einen offensichtlich schweren Beutel schulterte, kreuzte ihren Weg. Piet sprach ihn an, dankte ihm schließlich und atmete auf.

»Ein paar Meilen den Waldweg entlang«, sagte er zu Marianka. »Da soll es einen Schweinebauern geben. Vielleicht finden wir dort Unterschlupf.«

Sie waren etwa eine Stunde durch den Wald gefahren, als Piet den Karren anhielt. Waren da nicht Stimmen gewesen? Er horchte in die nächtliche Stille, die bisher nur vom gelegentlichen Rufen einer Eule und dem Rauschen der Bäume unterbrochen worden war. Nein, er hatte sich nicht geirrt. Ein Mann sprach, eine Frauenstimme antwortete. Dunkles Lachen und das Bellen eines Hundes drangen an seine Ohren.

Marianka griff nach Piets Hand. Sie stiegen von ihrem Karren, banden den Esel an einen jungen Baumstamm und lauschten. Der Narr lugte zwischen den Stämmen zweier in den Nachthimmel aufragender Tannen hindurch und gab seiner Frau ein Zeichen, ihm zu folgen. Etwa einen Steinwurf von ihnen entfernt befand sich eine Lichtung, auf der sie den hellen Schein eines Feuers ausmachten. Langsam gingen sie darauf zu. Im flackernden Licht der Flammen erkannte er mindestens ein Dutzend Gestalten – Männer, Frauen und ein paar Kinder –, die ihre Köpfe hoben und sie anstarrten. Einige der Männer griffen zu ihren Dolchen, ließen diese jedoch stecken, als sie erkannten, wen sie da vor sich hatten. Piet musterte die Männer mit ihren Turbanen auf den Köpfen und dem schulterlangen schwarzen Haar.

»Weißt du, was das für Leute sind, Piet?«, flüsterte Marianka neben ihm.

»Ich glaube schon. *Cygani*. Hab schon öfter von ihnen reden hören.«

»Richtig.« Sie blieb stehen. »Dann weißt du auch, dass sie *Heyden* sind. Mein *Ojciec* sagt, diese Leute bringen nicht nur Unheil, sondern sind auch ein arbeitsscheues Gesindel.«

»Bist du wohl still! Die können dich doch hören. Die meisten *Cygani* sind sicher ordentliche Leute.«

»Wollt ihr zwei vielleicht näher treten?«, unterbrach eine wohltönende Stimme ihren Wortwechsel.

Nur widerwillig folgte Marianka ihrem Mann, bis sie schließlich vor dem Feuer stehen blieben.

»Setzt euch«, lud der Fremde sie ein und erhob sich.

Piets Blick heftete sich auf die hoch aufgerichtete Gestalt, die sich gegen das Licht des Feuers abhob. Seine Hosen steckten in hohen Stiefeln, und über eine zugeschnürte Pelzweste fiel ein langer Vollbart, den einzelne graue Strähnen durchzogen. Die beiden taten, wie ihnen geheißen.

»Ich bin Joschka«, stellte sich der Mann vor. Er wies auf eine schlanke, deutlich jüngere Frau, die Marianka gegenüberhockte. Auf ihrem Schoß saß ein kleines Mädchen, das etwa in Elisabeths Alter sein musste, und schlief.

»Das ist Tamina, meine Frau. Und Shari, unsere Jüngste. Habt ihr Hunger oder Durst?«

Marianka nickte schüchtern. Verstohlen wanderten ihre Blicke zu den fremdartig aussehenden Menschen, die rings um das Feuer kauerten und sich miteinander unterhielten. Die meisten von ihnen waren Männer, einer bereits in hohem Alter. Auch ein paar Greisinnen wärmten sich die dürren Hände. Ein junges Mädchen streichelte selbstvergessen einen struppigen Hund. Anders als die Frauen in Krakow waren die *Cygani*-Weiber barhäuptig und trugen ihre schwarzen Haare offen. Keine anständige Frau tat so etwas. Genauso wenig, wie sich in den Schandfarben Rot und Gelb zu kleiden!

Eine junge Frau sah sie an und öffnete den Mund zu einem Lächeln, bei dem ihre ebenmäßigen Zähne weiß in der Nacht glänzten. Marianka wandte den Kopf. Piet trank aus einem Becher, den Joschka ihm reichte.

Die Frau mit dem schlummernden Kleinkind auf dem Schoß nickte ihr zu. »Möchtest du auch?«

Marianka griff nach dem Becher und nahm einen Schluck des erwärmten Weines, der ihr wohltuend durch die Kehle rann.

»Warum seid ihr des Nachts im Wald unterwegs?«, wollte Joschka wissen.

Piet streckte die müden Glieder. Dann erzählte er in wenigen Sätzen, was ihnen in Czestochova widerfahren war.

»So geht es *uns* fast überall, wo wir hinkommen. Auch uns versuchen sie aufzuhalten, damit wir ihre Städte nicht betreten. Manche geben uns allerdings auch Almosen. Allerdings nicht, um uns etwas Gutes zu tun, sondern damit wir schnell wieder verschwinden.« Die Lippen des *Cygan* verzogen sich zu einem spöttischen Lächeln. »Für die anständigen Menschen sind wir *Kalderash* nichts als Abschaum.«

»*Kalderash*?«, fragte Piet.

Der andere nickte. »Kesselflicker. So nennen wir uns, weil die meisten von uns damit ihr Geld verdienen. Auch wenn die ach so ehrbaren Kupferschmiede uns für Pfuscher halten!«

Im Schein der Flammen sah Marianka, wie sich ein bitterer Zug um seine Mundwinkel legte. Sie drehte den Becher mit dem wärmenden Getränk in den Händen. »Darf ich dich etwas fragen?«

»Nur zu.«

»Ich habe gehört, dass ihr aus dem Morgenland zu uns gekommen seid. Dort glauben die Menschen nicht an Jesus Christus, unseren Herrn. Nennt man euch deshalb *Heyden*?«

Der Mann verscheuchte eine Mücke, die sich auf seiner breiten Stirn niederlassen wollte. »*Heyden*? Glaube mir, auch wenn nicht alle *Cygani* zur Jungfrau Maria beten und eurem

Papst Gehorsam leisten, so sind wir doch keine Ungläubigen. Einige von uns beten fünfmal am Tag zu Allah und verehren den Propheten Muhammad, andere glauben schon seit Hunderten von Jahren an Gottes Sohn. Warum also sind wir in euren Augen *Heyden*?« Marianka schwieg, und ein leises Lachen kam von den Lippen des Mannes, der offenbar der Anführer der Gruppe war. »Habe ich dir etwas zum Nachdenken gegeben? Das ist gut.«

Er griff nach einigen Zweigen und warf sie ins Feuer, das nahezu heruntergebrannt war. Sogleich stoben die Funken in die klare Nacht empor.

»Ihr könnt die Nacht in unserem Lager verbringen, wenn ihr wollt«, wandte er sich an Piet. »Morgen ziehen wir weiter in die nächste Stadt, um unsere Dienste als Kesselflicker anzubieten.«

10

Hamburg

Ludewig hatte an einem Sonntag das angekohlte Spinnrad abgehobelt, sodass es zwar nicht wie neu aussah, aber wenigstens wieder zu gebrauchen war. Minna war ganz gerührt gewesen. Vielleicht konnte es der Deern, wenn sie zurück in Hamburg war und erfuhr, was in ihrer Abwesenheit geschehen war, ein Zeichen der Hoffnung sein. Wenn es doch nur eine Möglichkeit gäbe, den Schimpfs eine Nachricht zukommen zu lassen. Dies war allerdings ganz und gar unmöglich, sie wusste ja nicht einmal, wo sie sich inzwischen befanden. Außerdem, was sollte es den beiden helfen, wenn sie von dem Brand wüssten? So blieb Minna nur ein banges Warten auf den Tag, an dem die Planwagen mit den Schimpfs und deren Freund Landsberg durch die Tore der Hansestadt rollten.

Der Bader hatte tatsächlich drei junge Burschen gefunden, die sich redlich mühten und gemeinsam mit den Nachbarn auf der Brandstelle aufräumten, so oft es möglich war auch in Gesellschaft von Ludewig und Minna. Letztlich blieben nur zwei Hände voll Kleinigkeiten, die von den Flammen verschont geblieben waren und in einem einzigen Sack Platz fanden, darunter einige kupferne Trinkbecher und mehrere Töpfe. Inzwischen waren alle Überbleibsel des Unglücks beseitigt, selbst die Nachbarn schienen sich an den traurigen Anblick gewöhnt zu haben.

Am Abend, der erste Schnee war gefallen, saßen die Lohnarbeiterin und der Bader am Küchentisch und ruhten sich bei einem Krug warmem Würzwein und einem Teller Gerstenbrei von des Tages Mühen aus. Längst hatte Minna nicht allein das Kochen übernommen, sondern ging Ludewig auch bei seiner täglichen Arbeit zur Hand. Der Bader war erfreut, denn in den letzten Monaten war ihm die Arbeit in Praxis und Badehaus über den Kopf gewachsen. Eine patente Frau wie Minna um sich zu haben, war der reinste Gewinn.

»Ihr seid so still«, eröffnete Stienberg das Gespräch. Minna war schon den ganzen Nachmittag entgegen ihrer sonstigen Art schweigsam gewesen. »Gewiss macht Ihr Euch Sorgen um die Schimpfs. Oder gibt es etwas anderes, das Euch auf der Seele liegt?«

Minna beobachtete, wie Elisabeth auf allen vieren unter den Tisch krabbelte, um sich neben den schlafenden Hund zu setzen. Sie legte den hölzernen Löffel auf den Teller zurück und hob den Blick.

»Ihr habt recht, Herr Stienberg«, gab sie zu. »Wisst Ihr, es erscheint mir immer noch wie ein Wunder, wie schnell mein Fuß geheilt ist.«

Schon erhob sich der Bader von seinem Stuhl und kniete sich vor sie. »Lasst mich einmal sehen«, bat er und streifte

Minna den Schuh ab. »Unversehrt. Nicht mal Narben habt Ihr davongetragen.« Vorsichtig strich er mit dem Zeigefinger über die Stelle, an der sich zuvor dicke Brandblasen befunden hatten. »Wirklich erstaunlich. Die Haut ist hell und weich wie die eines Säuglings.« Ludewig zog ihr den Schuh wieder an und stand auf. »Während meiner ganzen Zeit als Bader ist mir so was noch nicht untergekommen. Ich sollte diese Salbe auf dem Markt verkaufen.«

»Mit Verlaub, lieber Herr Ludewig, es wird gewiss nicht allein Eure Salbe gewesen sein, die das bewirkt hat«, wandte Minna ein. »Im Grunde waren die Blasen ja schon vorher fast verschwunden.«

Minnas Gedanken wanderten zu Cristin Schimpf, und sie dachte an die Verhandlung zurück, in der man die Goldspinnerin des Mordes an ihrem Ehemann Lukas und der Zauberei angeklagt hatte, damals auf dem Lübecker Marktplatz. Sie hatte in der Menge gestanden, in einem dichten Kreis rings um das Podium. Was hatte einer der Zeugen behauptet? Cristin Schimpf habe ihr schon im Alter von zehn oder elf Jahren die Hände aufgelegt. Darauf seien die Bauchschmerzen der jungen Frau verschwunden.

Wenn etwas in der Art geschehen wäre, grübelte Minna, wenn die Deern ihre angeblich heilenden Hände auf mich gelegt hätte, könnte ich die schnelle Heilung verstehen. Wobei es ihr immer ein Rätsel bleiben würde, wie eine Wunde durch bloßes Auflegen von Händen heilen konnte. Außerdem hatte die Herrin ihr gegenüber nie auch nur ein Wort über dieses Gerücht verlauten lassen. Vielleicht war alles auch nur dummes Gewäsch?

»Worüber denkt Ihr nach, Minna?«, wollte der Bader wissen.

»Was haltet Ihr von«, sie zögerte kurz, »Spökenkram?«

»Spökenkram?« Ludewigs Miene zeigte Unverständnis. »Handlesen, Hände auflegen und all das«, fügte sie daher hinzu.

»Ich weiß, was Spökenkram ist, meine liebe Minna. Ihr

wollt wissen, wie ich darüber denke? Als ich noch ein Jungspund war, habe ich diese Leute belächelt, sie manchmal gar als gefährlich empfunden. Unter ihnen gibt es jede Menge Lügner und Betrüger, versteht Ihr?«

»Weiber, die Kranken vorgaukeln, ihre Gesundheit hinge von dem Stand der Gestirne ab und ähnlicher Unsinn«, bestätigte Minna düster. Dann stutzte sie. »Ihr sagtet eben: ›Als ich noch jung war.‹ Wollt Ihr damit andeuten, heute seht Ihr das anders?«

Der Bader wiegte den Kopf.

»Ich weiß nicht recht, Minna. In all den Jahren, seit ich meine Praxis eröffnet habe, sah ich manch wunderliches Ding geschehen. Schwerkranke, die nach einem Gebet gesund wurden, ohne dass ich eine Erklärung dafür gefunden hätte. Ebenso, wie Menschen über Nacht starben, obwohl sie noch am Tag zuvor vor Gesundheit strotzten.« Seine Miene nahm einen nachdenklichen Ausdruck an. »Aber Wunden, die innerhalb weniger Stunden praktisch vollständig verheilt waren, sind mir noch nie untergekommen.«

Minna lugte unter den Tisch. Die Kleine hatte die Arme um Lumps Hals geschlungen und lag ganz still da. Sie richtete ihre Aufmerksamkeit wieder auf das Gespräch und spielte verlegen mit einem Zipfel ihres neuen Gewandes, das der Bader ihr geschenkt hatte.

»Ja, es ist schon seltsam. Sagt, gab es in Eurer Praxis schon einmal den Fall, dass Kranke, bei denen jemand einfach nur die Hände auflegte, plötzlich schmerzfrei waren?«

»Nicht, dass ich wüsste.« Ludewig erwiderte ihren forschenden Blick. »Heraus damit. Eure Frage hat doch einen bestimmten Grund?«

»Na ja«, räumte sie ein. »Ich frage mich eben, ob an den Gerüchten von damals, als Frau Schimpf der Zauberei bezichtigt wurde, etwas dran sein könnte.«

Ludewigs Augen weiteten sich. »Das Mädel und zaubern? Unsinn!«

»Beim Prozess hieß es, es gibt Zeugen, die gesehen haben, wie sie mit bloßem Händeauflegen Menschen gesund gemacht hat.« Sie registrierte, wie sich Ludewigs Miene von Belustigung in Verblüffung wandelte. »Sagt nur, Ihr habt es nicht gewusst!«

Der Bader kratzte sich am Kinn. »Natürlich nicht, Cristin war doch des Mordes an ihrem Gatten angeklagt, wenn ich mich nicht irre.«

»Und der Zauberei, jawohl. Wenn diese Zeugen damals die Wahrheit gesagt haben sollten, Herr Ludewig, dann hat die Deern allen Grund, diese Fähigkeit für sich zu behalten, meint Ihr nicht auch?«

Ludewig fuhr sich mit den Händen übers Gesicht. »Aber Baldo und Cristin haben letztes Jahr längere Zeit in meinem Haus verbracht, bis der Junge nach dem Unfall wieder kräftig genug war. Hätte ich da nicht etwas merken müssen?« Er starrte auf den Teller mit dem kalt gewordenen Brei. Plötzlich sprang er auf, als hätte ihn etwas gebissen, und schlug mit der flachen Hand geräuschvoll auf den Tisch. »Potzblitz! Dass mir das vorher nie aufgefallen ist!«

Lump schreckte aus dem Schlaf hoch, während Elisabeth den Kopf hob und sich an Minnas Gewand klammerte. Nun war es an Minna, verwirrt zu sein. Sie nahm Elisabeth hoch und setzte sie auf ihren Schoß.

»Was ist Euch nicht aufgefallen?«

Ludewig sank auf seinen Stuhl zurück. »Der Junge hatte trotz der Schwere seiner Verletzungen zu keinem Zeitpunkt Fieber, und selbst in den großen Fleischwunden bildete sich kein Brand. Ich erinnere mich noch, dass ich die Deern darauf angesprochen habe, wie ungewöhnlich das ist. Doch sie meinte nur, dann hat Baldo wohl Glück gehabt.«

Minna weitete die Augen. »Und Ihr meint …?«

»Ja. Wenn Ihr tatsächlich recht haben solltet, Minna, dann muss Cristin damals probiert haben, Baldo zu helfen.« Ludewig schob seinen Teller beiseite.

»Aber wenn das alles so einfach wäre, warum hat sie den

Tod von Herrn Bremer dann nicht verhindern können?« Minna sah den Bader ruhig an. »Die beiden waren glücklich miteinander, wisst Ihr?«

»Wenn Cristin es gekonnt hätte, hätte sie es getan«, antwortete Ludewig entschieden. »Manche Geheimnisse bleiben uns eben verborgen, ist es nicht so?« Er unterdrückte ein Gähnen. »Ich glaube, ich lege mich jetzt hin.«

Minna lächelte und wünschte ihm eine gute Nacht. Nachdem der Bader die Küche verlassen hatte, blickte sie auf das Kind auf ihrem Schoß.

»Wir gehen auch in unsere Kammer, nicht wahr, Elisabeth?« Sie strich der Kleinen über die hellen Locken. »Wer beinahe unter dem Tisch einschläft, gehört ins Bett.«

Während sie das Kind die Treppe hinauftrug, bemächtigte sich ihrer plötzlich ein Gedanke, der sie den ganzen Abend nicht mehr loslassen sollte. Nachdem sie mit Elisabeth aus dem brennenden Haus gelaufen war, hatte das Mädchen kurz mit seiner kleinen Hand über ihren verletzten Fuß gestrichen. Danach war die Wunde innerhalb kürzester Zeit geheilt. Hatte die Kleine etwa die Gabe ihrer Mutter geerbt?

Der Gedanke ließ Minna frösteln, selbst nachdem sie längst unter ihre warme Bettdecke geschlüpft war.

11

Venedig

Nach weiteren drei Tagen erreichten die Reisenden endlich den Hafen von Mestre und waren damit fast am Ziel ihrer Reise angekommen. Von hier aus ging es mit dem Schiff weiter, denn Venedig war nur über den Wasserweg zu erreichen.

Baldo lenkte das Fuhrwerk über den großen, gepflasterten Platz an einer Lagerhalle vorbei auf den Kai zu. Die Umrandungen der Achterkastelle einiger großer Koggen waren von zahllosen Möwen belagert, die sich nur hin und wieder kreischend in die Luft erhoben, um sich dann erneut zu ihren Kameraden zu gesellen. Das Geschrei der Vögel vermischte sich mit den Rufen der Männer, die sich zwischen den Schiffen und dem Kai bewegten. Die meisten trugen prall gefüllte Säcke, die über ihren Schultern lagen, und verstauten ihre Fracht auf bereitstehenden Fuhrwerken. Auf einem Gerüst balancierten halb nackte, braun gebrannte Männer und dichteten den Rumpf eines weiteren Schiffes mit Pech ab. Ein paar schmutzige Jungen in zerrissenen Kleidern spielten Fangen, andere jagten unter lautem Geschrei einen struppigen Hund auf das Hafenbecken zu. Erst im letzten Augenblick konnte das Tier ihnen entkommen.

Cristin lächelte. Das muntere Treiben mit seinem Stimmengewirr glich einem geschäftigen Bienenstock. Tief sog sie die frische Meeresluft ein und genoss den Geschmack von Salz auf der Zunge. Baldo brachte den Wagen hinter einem langen, von zwei Ochsen gezogenen Karren zum Stehen. Ein gutes Dutzend Pferdewagen, Eselkarren und Ochsengespanne wartete bereits, um über eine breite Planke auf eines der im Hafenbecken liegenden Schiffe fahren zu können, die Venedig anliefen. Viele der Wagenbesitzer standen neben ihren Fuhrwerken und diskutierten, zum Teil gestenreich, mit in langärmelige Hemden und enge, knielange Hosen gewandeten Männern, die Tafeln und Federkiele in den Händen hielten. Cristin vermutete, dass es sich um Hafenangestellte handelte, die den Zustrom der Ankommenden regelten.

Einer von ihnen, ein stämmiger Kerl mit schwarzen Haaren, trat auf Bastian zu, der vom Kutschbock gestiegen war, und redete ihn in der Landessprache an. Baldo und Cristin sahen einander fragend an, während die beiden Männer sich angeregt unterhielten.

Kurz darauf wandte Bastian sich seinen Freunden zu. »Der Mann ist von der Aufsicht. Wir werden gebeten, uns auf dem direkten Wege zum Handelskontor der Deutschen zu begeben.«

»Zum Handelskontor?«, erwiderte Baldo gepresst. »Wir müssen zu diesem de Gaspanioso, was soll das also?«

Der Bernsteinhändler gab das Gespräch wahrheitsgetreu wieder. Alle Händler, die nach Venedig einreisen wollten, mussten sich zunächst beim Handelshof ihres Heimatlandes melden. Für sie war es der *Fondaco dei Tedeschi*, der Handelskontor der Deutschen. Dort würden die Waren zwischengelagert, und sie bekämen eine Unterkunft im Hause zugewiesen, bis sie ihre Geschäfte abgeschlossen hatten. Alles Weitere würde man ihnen dann erklären.

»Seht es einmal so, Freunde«, fügte Bastian mit einem Zwinkern hinzu, als betretenes Schweigen einsetzte, »um eine Herberge müssen wir uns nicht sorgen, und wir können uns dem Geschäft widmen.«

Cristin mochte Bastians Eigenart, in allem das Gute zu erkennen, und lächelte. »Das ist natürlich wahr. Wo genau müssen wir hin?«

Den Blick auf die Silhouette der Stadt gerichtet, die sich vor ihnen aus der Lagune erhob, standen die drei Freunde schweigend am Bug des Bootes, ein jeder in seine eigenen Gedanken versunken. Als Baldos Hand die ihre ergriff, umspielte ein leichtes Lächeln Cristins Lippen. Unweit der Barke, die sie nach Venedig hinüberbrachte, lenkte ein weiterer Steuermann ein zweites, breiteres Gefährt über das Wasser. In ihm befanden sich neben dem Eigentum und den Lasttieren der Reisenden auch der Ochsenkarren und die Stoffe, die er und Cristin so schnell wie möglich dem Tuchhändler präsentieren wollten. Über ihnen stieß ein großer Seevogel ein heiseres Krächzen aus.

Cristin hob den Kopf und sah ihm nach, bis er aus ihrem Sichtfeld entschwand. Zum Schutz vor dem kalten Wind schlug sie ihren Umhang enger um den Leib. Mit den Fingern fuhr sie über die Einkerbungen in der Brosche, die das Kleidungsstück zusammenhielt. Baldos Liebespfand hatte ihr bisher immer Glück gebracht.

Inzwischen hatten sich die Barken der breiten, von bunten Holzstäben eingerahmten Mündung der Wasserstraße so weit genähert, dass Cristin zahllose Männer und Frauen erkennen konnte, die die Ufer des *Canal Grande* bevölkerten. Das Wasser glitzerte im Sonnenschein, und die Fassaden der mehrstöckigen, kunstvoll gestalteten Häuser dahinter schienen geradewegs aus dem blaugrün schimmernden Meer emporzuwachsen. Wie war es nur möglich, eine Stadt innerhalb einer Lagune zu errichten? Die Venezianer mussten wahre Meister der Baukunst sein. Auch in einer großen Anzahl Kähne und eleganter Gefährte, auf denen sich vielfach kleine Kabinen befanden, konnte sie Gestalten ausmachen. Während der Bootsmann die Barke an einigen dieser Boote vorbeisteuerte, die kräftig gebauten Männer mithilfe langer Stangen geschickt fortbewegten, wandten die Passagiere den Neuankömmlingen ihre Gesichter zu.

Cristin konnte auf beiden Seiten der Wasserstraße schmale Durchgänge ausmachen, die sie an die Fleete Hamburgs erinnerten, auch wenn die venezianischen Seitenkanäle erheblich breiter waren. Sie ließ den Blick über die Prachtbauten links und rechts sowie die kunstvoll gestalteten, elegant geformten Boote schweifen und konnte sich kaum sattsehen an den Farben Venedigs. Ein frischer Wind kühlte ihre vor Erregung heißen Wangen. Wie es wohl Elisabeth erging? Wie gern hätte ich dich jetzt bei mir, mein Liebling, dachte sie. Wie schön es wäre, mit dir zusammen durch diese wunderschöne, in der ganzen Welt berühmte Stadt zu streifen.

Endlich legte der Schiffer an dem in Stein gebauten Ufer nahe einer Holzbrücke an, gefolgt von der Barke mit den Lasten, die sie begleitet hatte. Der Bootsführer bedeutete ihnen, das Gefährt zu verlassen, und Cristin trat hinter Baldo und

Bastian auf den Kai, wo die drei sich weiteren Neugierigen gegenübersahen. Die Schwangere schaute sich um und bewunderte die reich verzierte Holzbrücke über dem *Canal.*

»Die Rialtobrücke«, erklärte Bastian ihnen. »Hier ganz in der Nähe befindet sich der Handelshof der Deutschen.«

Indes brachten einige Arbeiter über breite Holzplanken die Habe der etwa zwei Dutzend zählenden Passagiere an Land. Als Letztes führte ein dunkelhäutiger Mann den vor den Karren gespannten Ochsen über die Planken aufs Festland. Während sich die Menge der Schaulustigen zerstreute und auch die Neuankömmlinge die Anlegestelle verließen, nahm Cristin den Geruch von Fisch und allerlei ihr unbekannten Gewürzen wahr. Von Ferne hörte sie Stimmengewirr, ganz in der Nähe musste sich ein Markt befinden. Sie schloss einen Moment lang die Augen, bis sie Baldo und Bastian sprechen hörte.

»Und nun, lieber Freund, wo geht es lang? Ihr kennt Euch in dieser Stadt aus, sagtet Ihr.«

Der Bernsteinhändler fuhr sich mit der Hand übers Kinn. »Zunächst sollten wir unseren Wagen mit Euren wertvollen Stoffen vom Kai wegführen. Hier tummeln sich zu viele Diebe.« Sein Blick wanderte zu Baldos Gürtel. »Passt nur gut auf Euren Geldbeutel auf.«

Dessen Gesicht verzog sich zu einem Grinsen. Seine Hand lag demonstrativ an der Gürteltasche. »Keine Sorge, Landsberg. Der Beutelschneider, der das versucht, landet schneller im Wasser, als er bis drei zählen kann.«

Kurze Zeit später fanden sie sich vor einem ehrwürdig wirkenden Gebäude wieder. Eine fünfbogige Pfeilerarkade markierte den Platz, an dem die Boote festmachen konnten. Auf dem Dach des dreistöckigen Komplexes waren Zinnen zu erkennen, die wie kleine Schwertspitzen aussahen und deren Bronzeüberzug die Sonnenstrahlen reflektierte. Vor dem Eingang angekommen, empfing sie sogleich ein Mann mittleren Alters. Bastian übernahm die Aufgabe, ihre Ankunft zu melden, daher bedeutete er ihnen, auf ihn zu warten, und folgte dem Uniformierten ins Innere. In der Zwischenzeit führte Baldo den Ochsen samt dem Gespann näher heran und band das Tier an einen Pfahl. Cristin ließ währenddessen ihre Fracht nicht aus den Augen. Wobei ihre besondere Aufmerksamkeit jener Kiste galt, in der sich neben ihren Werkstücken auch ihr bestes Kleid befand, das sie bei der Zusammenkunft mit Enrico de Gaspanioso tragen wollte.

Dicht neben ihnen eilte ein junger Italiener vorbei, der einen mit Fisch voll beladenen Handkarren hinter sich herzog und dabei lauthals ein Lied zum Besten gab. Cristin schmunzelte und sah zu ihrem Mann hinüber, der schon ungeduldig von einem Fuß auf den anderen trat. Hinter ihnen reihten sich mittlerweile weitere Reisende mit ihren Fuhrwerken ein, die Einlass nach Venedig begehrten.

»Na endlich«, kommentierte Baldo, als Bastian das Gebäude verließ und sich ihnen mit langen Schritten näherte. Er wedelte mit einem Pergament. Hinter ihm eilte der Uniformierte herbei und band den Ochsen los.

»Unsere Fracht wird in den Lagerräumen des Kontors untergebracht, um den Ochsen kümmert sich ebenfalls jemand«, beeilte sich der Bernsteinhändler zu erläutern. »Wir sollen nur unsere Habseligkeiten mitnehmen und auf den Mann warten. Er wird uns zu unseren Kammern begleiten.«

Es dauerte nicht lange, und der Uniformierte kehrte zurück und wendete sich sogleich an Bastian. Cristin und ihren Mann hingegen würdigte er keines Blickes, was dieser mit gerunzelter Stirn quittierte.

»Und? Was sagt der Kerl?«, wollte Baldo wissen.

Nachdem der Italiener geendet hatte, gab Bastian ihm ein Zeichen und übersetzte. »Wir werden gleich einen Dolmetscher zugewiesen bekommen.«

»Na, wunderbar«, fiel Baldo ihm sichtlich erfreut ins Wort, »dann können wir ja endlich auch an den Unterhaltungen teilnehmen.«

Bastian strich sich übers Kinn. »Ja, nur … ehrlich gesagt bin ich nicht sicher, ob Euch gefallen wird, was die Venezianer angeordnet haben.«

»Nun redet schon, Bastian«, sagte Cristin und warf dem allmählich ungeduldig werdenden Italiener einen vorsichtigen Blick zu.

»Wir bekommen damit nicht nur einen Dolmetscher, sondern auch einen Schatten, der uns rund um die Uhr bewacht.«

Cristin musterte den Freund. »Was? Soll das heißen, der Mann …«

»… wird Euch den ganzen Tag über begleiten und erst vor der Schlafkammer allein lassen«, vervollständigte Bastian den Satz und senkte dann die Stimme. »Glaubt mir, das gefällt mir ebenso wenig wie Euch. Aber ich fürchte, es bleibt uns nichts anderes übrig, als zu tun, was sie von uns verlangen.«

Bastian redete ein paar Sätze mit dem Italiener, um dann das Wort wieder an Baldo und Cristin zu richten.

»Wir sollen hier warten«, erklärte er ihnen. »Der Dolmetscher wird gleich da sein. Er wird uns zuerst unsere Kammern zeigen und dann zu einer *Trattoria* begleiten, wenn wir es wünschen.«

Wenig später trat ein schmalbrüstiger Mann mit dunklen, schütteren Haaren zu ihnen. Kurz redete sein Kollege mit ihm, dann wandte sich der Italiener an die drei und nickte ihnen kurz zu.

»Kommt bitte mit mir, *Signora e Signori*«, forderte er sie mit rauer Stimme auf.

Baldo, Bastian und besonders Cristin hatten Mühe, ihm zu folgen. Sie konnte nicht behaupten, dass der Mann, der sich ihnen bisher nicht einmal vorgestellt hatte, sonderlich sympathisch war.

Die Kammern, die er ihnen kurz darauf zuwies, waren klein, aber sauber. Bastian hat recht, dachte Cristin, als sie wenig später das Gebäude verließen, immer ihrem Aufpasser nach, wie sie den Mann inzwischen insgeheim getauft hatte. Wenigstens müssen wir uns nicht noch eine Bleibe suchen, überlegte sie.

Sie passierten eine Reihe von Backsteingebäuden, dann ging es über einen gepflasterten Platz mit einem kleinen Brunnen. Die junge Frau entzifferte mühsam ein Holzschild, das an einer Häuserwand angebracht war: *Campo di San Polo*. Von diesem Platz zweigten mehrere Gassen ab. Sie rümpfte die Nase ob des Unrats, den die Einwohner offenbar aus den Fenstern warfen. Als eine fette Ratte auf der Flucht vor einer noch fetteren Katze ihren Weg kreuzte, zuckte sie zusammen. Als Nächstes überquerten sie eine Brücke, die einen der schmalen Kanäle überspannte. Aus dem Wasser stank es noch erbärmlicher, als aus den Gassen zwischen den zu beiden Seiten aufragenden Häusern und Läden. Frauen lehnten sich aus den Fenstern und unterhielten sich lautstark über die Straße hinweg. Leinen waren zwischen den Häusern gespannt, an denen die Wäsche der Bewohner im Wind flatterte.

Endlich erreichten die vier ein einstöckiges Haus. Über der halb geöffneten Eingangstür prangte ein großes Holzschild mit dem Bild eines liegenden Löwen. Hinter dem Dolmetscher betraten sie die *Trattoria*, und der Duft von gebratenem Fisch und Gelächter hüllte sie augenblicklich ein. Am Ende eines langen Tisches, an dem einige Männer in Arbeitskleidung saßen, vor sich Becher mit rotem Wein, ließen sich die drei mit ihrem Begleiter nieder.

Wie anders diese Stadt ist, dachte Cristin, nachdem sie sich scheu umgeschaut hatte. Die Italiener schienen ein lebensfrohes Volk zu sein, denn sie unterhielten sich stets mit Händen und Füßen und laut genug, um alle Gäste mühelos unterhalten zu können. In ihrer Heimatstadt würde man ihnen sofort missbilligende Blicke zuwerfen, wenn sie die Stimmen auch nur annähernd so laut erheben würden. Sie lächelte bei der Vorstellung und begann den allgemeinen Trubel zu genießen. Schon näherte sich mit schwingenden Hüften eine junge

Schankmagd in einem farbenfrohen Rock und einer weißen Leinenbluse.

Der Übersetzer wechselte einige Worte mit ihr, um sich dann Cristin zuzuwenden. »Das Mädchen sagt, sie hätten heute Morgen frische Muscheln bekommen. Dazu empfiehlt sie *Spaghetti.*«

»Wisst Ihr, worüber ich mir schon die ganze Zeit Gedanken mache?«, bemerkte Cristin, als die leeren Teller abgeräumt wurden. »Wir sollten die Rückreise besser mit ein paar Maultieren antreten. Die scheinen mir im Gebirge geeigneter zu sein als so ein schwerfälliges Rindvieh.«

Bastian nickte. »Ihr habt recht. Ich habe auch schon darüber nachgedacht. Abgesehen davon dürften Euch der Ochse und der Karren einiges einbringen. Benötigen werden wir beides nicht mehr. Wir brauchen schließlich nur noch den Proviant für die Rückreise über die Berge mitzunehmen, wenn das Geschäft mit diesem Herrn de Gaspanioso zustande gekommen ist.«

Wenn es denn zustande kommt, überlegte Cristin zweifelnd und legte eine Hand auf ihren Bauch. Eine plötzliche Furcht, den Ansprüchen des Tuchhändlers nicht zu genügen, erfüllte sie.

»Wir sollen den weiten Weg nach Hamburg auf Maultieren zurücklegen?« Baldo verzog das Gesicht.

»Das bleibt natürlich Euch überlassen. Wir könnten sie ja später gegen einen Pferdewagen eintauschen.«

»Ich weiß nicht, Landsberg«, entgegnete Baldo, noch immer kauend. »Machen wir da nicht ein schlechtes Geschäft? Ihr wisst selbst, wie viel so ein Ochsenkarren wert ist.«

»Also gut«, beendete Cristin die Diskussion. Sie straffte den Rücken und bemühte sich, ihrer Stimme einen festen Klang zu geben. »Ich bin dafür, Ochs und Karren zu verkaufen. Vielleicht finden wir im deutschen Handelshaus jemanden, der uns einen guten Preis für beides bezahlt.«

Nachdem Bastian das Mädchen an den Tisch gewinkt und die Rechnung beglichen hatte, bat er es, den Wirt zu rufen.

»Vielleicht haben wir Glück, und er kennt diesen de Gaspanioso«, meinte er an Cristin gewandt und leerte seinen Becher, während der Dolmetscher ihn aufmerksam beobachtete.

Ein schlanker, bartloser Mann mit schwarzen Locken trat zu ihnen.

»*Posso fare qualcosa per voi?*«, hörte Cristin den Mann fragen.

»Was sagt er?«, wollte sie wissen.

»Er fragt, ob er etwas für uns tun kann«, übersetzte Bastian und nickte dem Wirt zu. »*Sì, oste.*«

Er und der Mann wechselten ein paar Worte, dann wandte sich dieser wieder seinen anderen Gästen zu.

Baldo beugte sich vor. »Weiß er, wo wir den Stoffhändler finden?«

»Enrico de Gaspaniosos *Casa* befindet sich am anderen Ende des *Canalazzo.*« Mit wenigen Worten gab Bastian wieder, wo genau sie den Tuchhändler finden würden.

Der Dolmetscher nickte. »Dorthin kommt Ihr nur mit einer Gondel.«

Sie erhoben sich und wollten die Trattoria verlassen, da trat ihnen ein beleibter Mann in einer teuren Schecke, engen Beinlingen und einem geöffneten Wollmantel in den Weg.

»Wartet«, redete er sie in ihrer Sprache an.

Baldo versteifte sich. »Was wollt Ihr?«

Der Mann, dessen breites Kinn ein sorgfältig gestutzter Bart zierte, hob die Hände. »Entschuldigt, aber ich wurde gerade Zeuge Eures Gesprächs«, erklärte er. »Ihr habt darüber gesprochen, einen Ochsenkarren verkaufen zu wollen. Den würde ich mir gerne einmal ansehen. Wenn es ein kräftiges, nicht zu altes Tier ist und ein Wagen in gutem Zustand, gebe ich Euch fünf Dukaten dafür. Das ist ein guter Preis.«

Cristin musterte den Mann von Kopf bis Fuß. »Wie viel soll das sein? Wir kommen aus dem Norden des Reiches und kennen diese Währung nicht.«

»Der venezianische Dukat entspricht Eurem Goldgulden«, erläuterte der Mann.

Fünf Goldgulden erschienen Cristin zu wenig, und sie wollte dem Mann eine abschlägige Antwort erteilen, doch dieser warf sich in die Brust.

»Lasst mich Euch erst einmal vorstellen, bevor wir in Geschäftsverhandlungen treten. Mein Name ist Albrecht Braunstein, und ich bin Gewürzhändler. Ein sehr erfolgreicher, wenn ich das sagen darf. Wie Ihr stamme ich aus dem Heiligen Römischen Reich und besitze Geschäfte in Nürnberg, Augsburg und München.«

»Ihr wollt also unseren Ochsenkarren kaufen«, kam Baldo, dem das großspurige Gehabe des Mannes nicht behagte, auf den Anfang ihres Gesprächs zurück. »Fünf Goldgulden, oder wie Ihr sie hier nennt, sagtet Ihr?«

Braunstein nickte. »Natürlich muss ich mir beides erst genauer ansehen.«

»Das versteht sich von selbst«, nickte Cristin. »Kommt heute Abend ins Handelskontor.«

Der Himmel hatte sich verdunkelt, und unter den grauen, schnell dahinziehenden Wolken, die von Regen kündeten, schossen Möwen auf der Suche nach einem Zufluchtsort dahin. Schon zerrte ein heftiger Windstoß an Cristins Kopftuch.

Die Schwangerschaft machte ihr dieser Tage arg zu schaffen, der Rücken schmerzte, und das Ungeborene bewegte sich oft allzu heftig in ihrem Leib. Während die vier die Gasse hinabeilten, einer der zahllosen Wasserstraßen zu, fielen die ersten Regentropfen. Im Nu waren die Freunde bis auf die Haut durchnässt.

»Wie weit ist es noch bis zu einer der Badestuben, von der Ihr gesprochen habt, Bastian?« Cristin sah den Freund an und drückte das Kreuz durch.

»Gleich hier, die nächste Gasse hinab«, antwortete er.

Doch die Suche gestaltete sich nicht so einfach, wie Landsberg gedacht hatte. Die meisten öffentlichen Badestuben seien aufgrund der Sorge, es könnten Krankheiten eingeschleppt werden, inzwischen geschlossen worden, erklärte ihnen der Dolmetscher. Endlich aber wurden sie fündig, und der Venezianer blieb vor dem Badehaus stehen, um auf sie zu warten.

Als sie eine gute Stunde später die Badestube verließen, regnete es immer noch, und das Wasser stand mittlerweile in großen Pfützen in den Gassen. Eigens für die Reise hatte Cristin ihr nachtblaues, samtenes Gewand mit den silbrigen Verzierungen an den Ärmeln mitgenommen, das ihr erster Ehemann Lukas ihr damals geschenkt hatte. Sie hatte es natürlich ein wenig ändern müssen, um die Rundung ihres Leibes zu verbergen, und obendrein noch einige Brokatverzierungen hinzugefügt. Immerhin wollte sie den Tuchhändler beeindrucken und gewiss nicht in ihrem staubigen Reisegewand vor ihn treten. Ihr glänzendes rotblondes Haar hatte sie hochgesteckt, sodass die Frisur ihr Gesicht betonte. Zum Schluss hatte sie den Umhang aus feiner Wolle umgelegt und ihn mit Baldos kupferner Brosche befestigt. Nachdem sie noch die neuen Schuhe übergestreift hatte, war Cristin zufrieden. Auch Bastian und Baldo hatten sich frische Kleider angezogen, die Haare gekämmt und die schmutzigen Sachen in einen Beutel verstaut.

Endlich tauchte das gemauerte Ufer des *Canal Grande* vor ihnen auf. Sie liefen auf eine der dort liegenden Gondeln zu. Der Bootsführer, ein junger Bursche von höchstens sechzehn Jahren, bedeutete ihnen gestenreich, an Bord zu kommen und sich vor dem Regen in die halb offene Kabine zu flüchten, während er selbst ans Ende des schmalen Bootes trat. Mit einer langen Stange stieß er es vom Kai ab und begann, die Gondel durch den *Canal* zu steuern.

So plötzlich, wie der Regen eingesetzt hatte, hörte er auch wieder auf, die Sonne eroberte sich ihren Platz am Himmel zurück und warf glitzernde Lichtpunkte auf die Pflaster und Dächer der Stadt. Der Anblick war bezaubernd, beinahe so, als läge über allem ein Hauch von Sternenstaub. Cristin wünschte, sie könnte sich das Bild für immer einprägen. Wenn sie erst wieder mit Elisabeth vereint war, wollte sie ihr alles berichten, von der Stadt im Wasser und ihren Farben, die selbst ein Maler kaum wiederzugeben vermochte.

Es ging vorbei an zahlreichen Gebäuden, die mit ihren prächtigen Fassaden eher an Fürstenpaläste als an die Wohnhäuser gewöhnlicher Bürger erinnerten, selbst wenn es sich dabei um gut betuchte Handelsherren handelte. Zwischendurch konnte sie immer mal wieder einen Blick auf die Türme verschiedener Kirchen und Kathedralen erhaschen, die sich hinter den Gebäuden rechts und links des *Canal Grande* an dem nun helleren Himmel abhoben. Kurze Zeit nachdem sie unter einer breiten, aus Holz gebauten Brücke hindurchgefahren waren, lenkte der Bootsführer die Gondel ans Ufer und legte direkt vor einem mehrstöckigen, kunstvoll gestalteten Gebäude an.

»*Casa de Gaspanioso?*«, rief Bastian und deutete auf die Fassade des Hauses.

Der Bootsführer nickte eifrig.

»*Sì, Signore*. Enrico de Gaspanioso.«

Landsberg entlohnte den Mann, sie stiegen aus der Gondel und standen vor dem ausladenden Tor des Hauses. Cristin staunte, denn einer der Torbogen war direkt über einem Seitenarm des *Canal Grande* gebaut. Zwei Boote lagen dort vertäut, und es war ein Siegel darauf angebracht. Schon öffneten sich die breiten, aus dunklem Holz geschreinerten Flügeltüren, und ein Mann von vielleicht fünfzig Lenzen trat ihnen entgegen. Das dünne, ölig wirkende Haar fiel ihm weit über den Kragen der einfachen Jacke, wahrscheinlich ein Diener. Der Dolmetscher klärte den Mann inzwischen über den Grund ihres Kommens auf. Eine Weile redeten die beiden miteinander, dann drehte sich der Mann mit einer Geste des Bedauerns um und verschwand wieder im Inneren des Hauses.

»Er sagt, sein Herr sei nicht anwesend«, erläuterte der Übersetzer. »Enrico de Gaspanioso befindet sich auf Reisen. Allerdings wird er in den nächsten Tagen zurückerwartet. Ihr müsst Euch also gedulden. Der Diener meinte, Ihr solltet es morgen wieder versuchen.«

»Wäre ja auch zu schön gewesen, wenn alles glattgegangen wäre«, murrte Baldo.

12

Im Handelskontor hielt man die Reisenden zunächst auf und erklärte ihnen, Venedig erhalte stets das Stapelrecht für jede Ware, die in die Stadt gebracht wurde. Also musste Cristin zusehen, wie zwei Männer ein Stoffpaket nach dem anderen sorgfältig in Augenschein nahmen und das schönste aussuchten. Der Preis, den sie für den aufwendig gestalteten Wollteppich erhielt, war anständig, dennoch ärgerte es sie, nun ein Stück weniger anbieten zu können. Auch Bastians Bernsteine betrachteten sie eingehend und wählten einen aus.

Als sie den Zahlraum des Kontors verließen, erwartete der Gewürzhändler sie bereits. Nachdem Albrecht Braunstein mit Baldo und Bastian Tier und Wagen begutachtet hatte, war er bereit, den Ochsenkarren zu kaufen. Doch als er in seinen Geldbeutel griff und fünf golden schimmernde Münzen zutage förderte, schüttelte Baldo den Kopf.

»Legt noch vier dazu, so viel sind der Ochse und der Karren allemal wert! Und das wisst Ihr.«

»Das ist… eindeutig zu viel!«, brachte der Mann mit empörter Miene hervor.

»Dann kommen wir nicht ins Geschäft. Lebt wohl.« Er wollte sich abwenden, doch der Mann fasste nach seinem Arm.

»Wartet… ich gebe Euch sechs Dukaten!«

Baldo bedachte den Mann mit einem missbilligenden Blick, sodass der seine Hand zurückzog und einen Schritt zurücktrat.

»Sieben, und beides gehört Euch.«

»Bei allen Heiligen, Ihr feilscht ja wie ein Jude! Also gut.« Braunstein griff erneut in seinen Beutel, kramte darin herum und ließ die ausgemachte Summe in Baldos Hand fallen.

Während der Mann ihm mit säuerlichem Gesichtsausdruck zu den Lagerhallen folgte, verzogen sich Cristins Lippen zu einem Lächeln.

Immer wieder begaben sie sich nun mit einer der zahllosen Gondeln zur *Casa* des Tuchhändlers, und jeden Tag erhielten sie dieselbe abschlägige Antwort: Nein, Signor de Gaspanioso sei noch nicht zurückgekehrt, man rechne jeden Tag mit ihm, sie sollten sich bitte in Geduld fassen. Also nutzten sie den Müßiggang, um Venedig zu erkunden. Cristin allerdings zähneknirschend, denn sie zählte insgeheim jeden Tag, bis sie wieder bei Elisabeth sein würde.

Täglich entdeckten sie unter Giacomo Dorias Führung – inzwischen hatte der Mann ihnen immerhin seinen Namen genannt – etwas Neues, das sie den Atem anhalten ließ. Die palastartigen Häuser der venezianischen Handelsherren, die die Ufer des sich durch die ganze Stadt windenden *Canal Grande* säumten, waren ihnen bereits am ersten Tag aufgefallen. Vor allem die kunstvoll gestalteten Fassaden und Arkaden faszinierten Cristin, gab es doch dergleichen in Lübeck und Hamburg nicht.

Am zweiten Tag betraten sie einen riesigen, von Hunderten von Tauben belagerten Platz. Nicht weit von einem aus roten Ziegeln gebauten Turm in der Mitte des Platzes erblickte Cristin eine prächtige Basilika, die Markuskirche, wie Bastian ihnen erklärte. Das Gotteshaus, in dem angeblich die Gebeine des heiligen Markus lagen, stand in unmittelbarer Nähe eines gewaltigen Palastes, der Residenz des *Dogen*, der zusammen mit dem Großen Rat die Stadt regierte. Seine Rückseite grenzte direkt an die gepflasterte Uferpromenade des *Canalazzo*, die wie die *Piazza San Marco* trotz des kühlen Wetters von zahllosen Menschen bevölkert war. Doch ihr Begleiter berichtete ihnen, dass die Stadt längst nicht mehr so viele Einwohner zählte wie noch vor einigen Jahren, denn die Pest hatte beinahe die Hälfte der Venezianer dahingerafft.

Während Bastian am dritten Tag nach ihrer Ankunft in Venedig alte Freunde und Glaubensgeschwister besuchte, fuhren Baldo und Cristin mit einer Gondel am sogenannten *Arsenale* im Norden der Stadt vorbei. Die weitläufigen, von Mauern und Türmen umgebenen Werftanlagen ließen sich nicht mit denen ihrer Heimatstadt Lübeck vergleichen. Das Arsenale schien eine Stadt innerhalb der Stadt zu sein, denn dicke Mauern und Türme riegelten das Gebiet ab. Uniformierte Männer bewachten das Eingangstor, das von der Statue eines liegenden Löwen geschmückt war. Cristin konnte sich der Frage nicht erwehren, was die Venezianer wohl für Geheimnisse hüteten, dass sie die Werftanlagen derart streng verriegelten.

Bastian Landsberg saß auf einer Bank nahe dem Handelskontor und streckte die langen Beine von sich. Die Nacht war hereingebrochen, nur der halbe Mond und der Sternenhimmel erhellten den Weg vor ihm. Natürlich hatte sich auch Giacomo Doria eingefunden, doch hielt er sich in diskretem Abstand und ließ ihn in Frieden.

Cristin. Seine Gedanken schweiften zu der Freundin, um die er sich insgeheim sorgte. Es war offensichtlich, dass die Strapazen der Reise noch immer an ihr zerrten, außerdem schien sie unter Heimweh zu leiden. In diesem Moment beruhigte ihn das sichere Wissen, selbst von niemandem erwartet zu werden. Frei wie ein Vogel war er, kam und ging, wie es ihm beliebte. Bernstein konnte er überall verkaufen.

Bastian dachte daran, wie Cristin ihm am Abend mit einem schmalen Lächeln eine gute Nacht gewünscht hatte. Sie hatte sich verändert, war oft in sich gekehrt, und wenn sie sprach, ließ sie die ihr eigene Fröhlichkeit und Lebendigkeit vermissen.

Natürlich waren ihm die Veränderungen ihres Körpers ebenso wenig entgangen, sie hatte vollere Hüften und Brüste bekommen. Das hatte ihn verblüfft, denn trotz der oft mageren Kost während ihrer Reise nach Venedig Speck anzusetzen, erschien ihm schon sonderbar. Trotzdem musste er gestehen, dass ihr sich allmählich rundender Leib bei ihm Fragen aufwarf. Nun gut, Cristin hatte laut den Erzählungen Baldos schon immer ihren eigenen Kopf besessen. Doch wie es ihr gelungen war, den gutmütigen, aber eigenwilligen Mann trotz ihrer Schwangerschaft von der Reise zu dem venezianischen Tuchhändler zu überzeugen, war ihm unerklärlich. Er grinste in sich hinein. Bei diesen Streitigkeiten hätte er gern Mäuschen gespielt. Wie er die beiden kannte, hatten sie unerbittlich miteinander gerungen, und dies gewiss lautstark. Im nächsten Moment wurde er wieder ernst. Baldo hätte sich nicht erweichen lassen dürfen, dachte Bastian.

Geistesabwesend ruhte sein Blick einige Lidschläge lang auf einer Ameise, die auf seinen Fußrücken gekrabbelt war und sich nun seinem nackten Schienbein näherte. Ich hätte viel eher erkennen müssen, dass Cristin in anderen Umständen ist, rügte er sich selbst. Spätestens als er ihren überaus gesunden Appetit bemerkt hatte, den sie mit bedauerndem Gesichtsausdruck zu zügeln versuchte, hätte er es wissen müssen. Die Ameise hatte mittlerweile sein Knie erreicht. Landsberg schnippte sie fort.

»Lauf nach Hause, zurück zu deinem Volk«, flüsterte er.

Ein Wort aus der Heiligen Schrift kam ihm in den Sinn. »Gehe hin zur Ameise, du Fauler«, hatte einst der weise König Salomo geschrieben. »Sieh an ihr Tun und lerne von ihr!«

Bastians Lippen hoben sich zu einem Lächeln. Er stand auf und ging auf das Handelskontor zu.

Cristin hingegen lag in ihrem Bett und wälzte sich von einer Seite auf die andere, obwohl das schlichte Lager im Handelskontor durchaus bequem war und Baldo und ihr genug Platz bot. Ihre innere Anspannung ließ dennoch nicht nach, zu viele beunruhigende Gedanken wirbelten unaufhörlich durch ihren Kopf und raubten ihr den Schlaf. Welche Mühen hatten sie auf sich genommen, um nach Venedig zu gelangen, wie viel Zeit war vergangen und würde noch vergehen, bis sie wieder daheim in Hamburg sein würden!

Inzwischen waren sie seit Monaten auf Reisen. Die Ungewissheit dessen, was auf sie zukommen würde, wenn sie endlich beim Tuchhändler de Gaspanioso vorsprach, war unerträglich. Sollten ihre Stoffe nicht seine Zustimmung finden, wären all diese Wochen nichts als vertane Zeit.

Während sie tagsüber die Gassen und Plätze erkundeten, fiel ihr immer wieder auf, wie gern sich die Venezianer in kostbare Tuche hüllten. Aufwendige Brokateinsätze, gewebte Seide und pelzene Kragen zierten ihre Gewänder und Hauben, und die Mäntel der Herren waren von ausgefallenen Motiven geschmückt. Die Bewohner der Lagunenstadt liebten offenkundig kräftige Farben, denn es war das königliche Burgunder und das satte Grün der Wälder, verwoben in komplizierte Lilien- und Granatapfelmuster, die sie bevorzugten. Beinahe erschien es Cristin, als wollten die Venezianer mit der majestätischen Pracht ihrer Heimatstadt, die sie so sehr verehrten, wetteifern.

Was also hatte sie, eine einfache Goldspinnerin aus dem fernen Lübeck, Venedig schon zu bieten? Wenn Cristin an diesem Punkt ihrer Überlegungen anlangte, wurde ihr Mund trocken, und jede Müdigkeit verflog. Auch Baldos Eigenart, seine geliebten Stiefel nur beim Waschen auszuziehen, trug nicht gerade zu einer erholsamen Nachtruhe bei. Anfangs hatte sie ja noch ein gewisses Verständnis für seine Marotte gehabt, aber nun, da seine Stiefel längst nicht mehr neu waren, ärgerte sie seine Sturheit. Auch in diesem Moment spürte sie die harte Sohle eines Stiefels wieder an ihrer Wade und seufzte.

13

Polen

Joschka hatte Piet den Vorschlag gemacht, sich den *Cygani* anzuschließen. Nach kurzer Beratung mit Marianka hatten die beiden das Angebot mit Freuden angenommen, schließlich war es als Gaukler sicherer, in einer Gruppe zu reisen, zumal der Winter mit Macht über das Land hereingebrochen war.

So waren sie nun schon seit einer Woche mit Joschka und den anderen im Westen des polnischen Königreichs unterwegs. In dieser Zeit hatte Marianka die meisten *Kalderash* besser kennengelernt, und ihre anfänglichen Vorurteile waren wie Schnee in der Sonne dahingeschmolzen. Selbst wenn es stimmte, dass es unter ihnen Betrüger, Diebe und arbeitsscheues Gesindel gab, die Leute, mit denen sie durch die Dörfer und Kleinstädte zogen, gehörten gewiss nicht dazu. Marianka schalt sich selbst, bei ihrer ersten Begegnung mit diesen gastfreundlichen Menschen so schlecht über sie gedacht und geredet zu haben.

Besonders mit Joschkas Frau, die ihr einen Platz in ihrem Planwagen angeboten hatte, verband sie schon bald eine Freundschaft, ganz so als würden sie sich schon jahrelang kennen. Wenn sie sich abends die kalten Hände am Feuer wärmten und die Kinder endlich selig schlummerten, erzählten sich Tamina und sie von ihrem Leben. Marianka sprach von Krakow und ihrer Familie, und Tamina berichtete, dass sie und Joschka erst vor zwei Jahren geheiratet hatten. Doch der hochgewachsene, fast zwanzig Jahre ältere Mann mit den pechschwarzen Locken war nicht Taminas erster Mann. Der Anführer der Gruppe hatte sie zur Frau genommen, nachdem sein Bruder Janusch in den Wäldern um Krakow von einem Bären getötet worden war.

Verwandtschaft und Familie spielten bei den *Kalderash* eine wichtige Rolle. Eigentum wurde geteilt und stand jedem Mitglied der Gruppe zur Verfügung. Die *Cygani* waren ein Volk ohne eigenes Land. Seit Hunderten von Jahren zogen sie durch die Welt, allerorten abgelehnt und von den Leuten als Gesindel verschrien. Dennoch hatten diese Erfahrungen die Mitglieder der Gemeinschaft nicht bitter gemacht, wie Marianka staunend feststellte. Besonders Joschka besaß einen feinen Sinn für Humor, oft umspielte ein Lächeln seine Lippen, wenn er mit ihr sprach.

Als Marianka Tamina danach fragte, wie sie es fertigbrachten, trotz all der Anfeindungen ein fröhliches Leben zu führen, erklärte ihr diese, dass die *Cygani* Stärke und Trost im Zusammenhalt und in den Geschichten fanden, die die Alten am Lagerfeuer erzählten. Genauso wie aus den ausgelassenen Tänzen und Melodien, welche die jungen Männer ihren Lauten, Fideln und Schalmeyen entlockten. Was sie zum Leben brauchten, kauften sie von dem, was sie auf den Marktplätzen mit dem Flicken von Kesseln und Pfannen verdienten.

Währenddessen führte Piet seine Zaubertricks vor, bis sie genügend Geld gespart hatten, um ein besseres Seil für Marianka und Stoffe für neue Kostüme kaufen zu können. Ein Erlebnis wie in Czechstochova widerfuhr ihnen nicht wieder, doch wenn seine Frau mit drei Eiern jonglierend auf dem Seil balancierte, hatte Piet stets ein Auge auf plötzlich auftauchende unliebsame Besucher in Priestertracht.

In einer Stadt namens Juveni Wladislawa boten die *Kalderash* zwei Tage lang ihre Dienste auf einem kleinen Marktplatz an, und zum ersten Mal führten Piet und Marianka ein neues Kunststück vor. Beide erklommen dickstämmige Bäume, zwischen die sie das Seil gespannt hatten, balancierten darauf hin und her und warfen sich gegenseitig Kusshände zu.

Am zweiten Abend lenkten die Männer die Pferdewagen und den Eselkarren durch die Tore der Stadt wieder hinaus. Die Stimmung zwischen Piet und Taminas Bruder Arva, einem kräftigen Mann von etwa fünfundzwanzig Lenzen, der den ersten Wagen lenkte und mit dem ihn inzwischen eine enge Freundschaft verband, war ausgelassen. Auf dem Kutschbock des Wagens, der hinter ihnen über die ungepflasterte Straße auf eines der zahllosen Laubwäldchen zurollte, saßen Joschka und Tamina. Unter der rissigen, von Wind und Wetter gegerbten Plane des Gefährts hockten zwei alte Frauen und das älteste Mitglied der kleinen Gemeinschaft, ein kahlköpfiger Greis von bald siebzig Jahren. Im letzten Fuhrwerk, das ein Mann namens Velky lenkte, saßen Marianka, ein paar junge Mütter und ihre Kinder. Zum Schluss kam der Eselkarren, auf dessen Kutschbock ein Junge, der eins der *Cygani*-Lieder pfiff, thronte.

Piet heftete den Blick auf das Ende der schmalen Straße, die geradewegs in das Wäldchen hineinführte, in dem sie die Nacht verbringen wollten. Es war kaum eine Viertelmeile entfernt. Da erregte eine Bewegung in der Ferne seine Aufmerksamkeit, und er kniff die Augen zusammen. Mehrere Männer kamen auf sie zugeritten. Die Erkenntnis traf ihn wie ein Schlag, als Piet begriff, um wen es sich bei den Reitern handelte, und er spürte, wie sich ihm die Nackenhaare aufstellten.

»Sieh mal, Arva«, rief er seinem Freund zu. »Das riecht ja förmlich nach Ärger.«

Die von einem schwarzen Bart umrahmten Lippen des Freundes wurden zu einer schmalen Linie.

Es waren sechs mit Langschwertern und Schilden bewaffnete *Deutschordensritter,* die ihnen entgegengetrabt kamen. Schon waren die Männer in den weißen, im abendlichen Wind flatternden Mänteln, auf denen schwarze Kreuze prangten, nur noch wenige *Klafter* entfernt. Hoch aufgerichtet saßen sie in den Sätteln ihrer wertvollen Pferde. Sie ritten jeweils zu zweit nebeneinander und nahmen auf diese Weise die gesamte Breite der schneebedeckten Straße ein. Arva fluchte in einer fremden Sprache, denn ihm blieb nichts anderes übrig, als das Fuhrwerk anzuhalten. Die beiden Männer vor ihnen machten keinerlei Anstalten, ihre Pferde um den Wagen herumzulenken und die Straße freizugeben, sondern hielten ihre Reittiere vielmehr darauf zu. Piet, der immer noch in seinem Narrenkostüm steckte, sog scharf die Luft ein, als sich ein kalter Blick aus eisgrauen Augen zuerst auf Arva und dann auf ihn heftete.

Es war nicht seine erste Begegnung mit Angehörigen des Ordens. Er erinnerte sich, als wäre es gestern gewesen, wie Baldo, Cristin und er einer Gruppe von acht Ordensrittern begegnet waren, kurz bevor sie das niedergebrannte Prußendorf in der Nähe von Slupsk erreicht hatten. Auch dort hatten Deutschritter ein Blutbad angerichtet. Janek hatte das Massaker als Einziger überlebt. Nur mühsam konnte Piet verhindern, dass auch seinen Lippen ein Fluch entwich. Blitzartig schien der seichte Wind an Stärke zu gewinnen und einen Hauch von Bedrohung mitzubringen.

Zwei der Ritter näherten sich ihnen, während die anderen zurückblieben. Einer der beiden Männer, ein dunkelhaariger Hüne mit kurz geschnittenem Kinnbart, beugte sich in seinem Sattel vor.

Sein Blick bohrte sich in Piets Augen. »Wen haben wir denn da?«

Der andere, bartlos und mit einer Nase, die dem gebogenen Schnabel eines Adlers glich, verzog das Gesicht zu einem verächtlichen Grinsen. »Einen Narren, würde ich sagen. Und die anderen sind genauso gottloses, stinkendes

Volk wie dieser Gaukler hier.« Er wies auf Piet und spie in den Schnee.

Arva streckte den Rücken. »Wir sind nicht gottlos«, stieß er hervor. »Außerdem ist diese Straße für jedermann befahrbar, oder? Und jetzt lasst uns weiterziehen!«

Piet spürte den kaum gezügelten Zorn seines Freundes und drückte warnend seinen Arm. Doch Arva schüttelte Piets Hand ab.

»Hört, hört.« Der Bärtige lenkte sein Pferd neben den Wagen. »Wenn mich meine Augen nicht trügen – und du kannst sicher sein, Bürschchen, das tun sie nie –, dann seid ihr *Cygani*, oder etwa nicht?«

Der Mann mit der Adlernase nickte mit einem selbstgefälligen Grinsen. »Was unschwer zu erkennen ist.«

»Wir sind *Kalderash*, Herr«, hörte Piet eine kühle, aber feste Stimme hinter sich.

Piet und sein Freund wandten die Köpfe. Es war Joschka, der vom Bock des zweiten Wagens gesprungen und neben sie getreten war. Arva nickte und hielt dem Blick des Ritters stand, dessen Brauen sich zusammenzogen.

»Willst du mich etwa belehren?« Die Stimme des Mannes nahm einen drohenden Tonfall an, seine rechte Hand ruhte auf dem Griff des Schwertes an seiner Seite.

»Wer gibt Euch das Recht dazu, uns zu beschimpfen?«, warf Joschka ungerührt ein.

»Vorsichtig, Freundchen«, knurrte der bärtige Ritter. »Wir dulden Leute wie euch hier nicht, schon gar nicht ein Pack, das so dreist ist wie ihr. Also seht zu, dass ihr verschwindet, sonst mach ich euch Beine!«

»Recht so, Eugen«, stimmte der Ritter mit der Adlernase ein.

Sein Kamerad stieß ein kehliges Lachen aus. Joschkas Augen funkelten, doch er hielt den Blicken der Ritter eisern stand.

»Habt Ihr ein Schriftstück vorzuweisen, in dem angeordnet

wird, dass wir hier nicht passieren dürfen?«, wollte er wissen, und als keiner beiden Männer etwas erwiderte, fügte er grimmig hinzu: »Also nicht. Dann lasst uns unserer Wege ziehen.«

Die Ritter beugten sich vor, der Bärtige mahlte mit den Kieferknochen und wollte sich auf Joschka stürzen, aber sein Kamerad hielt ihn zurück und flüsterte ihm etwas zu.

»Nun gut«, ließ der Bärtige mit unverkennbarem Widerwillen verlauten. »Zieht eures Weges, aber getraut euch nicht, irgendwo Ärger zu machen.« Sein boshafter Blick richtete sich zuerst auf Joschka und dann auf Arva. »Haben wir uns verstanden, Bursche?«

Als dieser dem Ritter eine Antwort schuldig blieb, krallte der Mann die Hände in Arvas Wams und riss ihn vom Kutschbock. Piets Freund stolperte und stürzte zu Boden.

»Nur zur Erinnerung, *Ziginer*!«

Die beiden Männer in den weißen Mänteln lachten heiser und ritten zu ihren wartenden Kameraden zurück. Dort drückten sie ihren Rössern die Sporen in die Flanken und sprengten in einer Schneewolke davon.

Joschka stürzte auf Arva zu. Tamina kletterte vom Wagen und kniete sich neben ihren Bruder. Der verzog den Mund zu einer gequälten Grimasse und erhob sich schwankend.

Piet ergriff Arvas Hand.

»Sind sie fort?«

Der Narr nickte.

»Diese Schweine«, stieß Joschka grimmig hervor und ballte die Fäuste, doch seine Frau erhob sich und legte ihm begütigend die Hand auf den Arm.

Sie griff nach einem der Wasserschläuche, die sie vor ihrer Abreise aus Juveni Wladislawa an einem Brunnen gefüllt hatten. Die *Cygani* öffnete den Verschluss und setzte ihn Arva an die Lippen.

»Trink, mein Lieber«, hörte Piet sie leise zu ihrem Bruder sagen.

14

Hamburg

Elisabeth schlief längst friedlich in ihrem Bett in einer Kammer im Obergeschoss, als Minna dem Bader zu später Stunde half, seine Instrumente gründlich mit heißem Wasser zu reinigen, denn Ludewig legte großen Wert auf Sauberkeit in seinen Behandlungsräumen. Am vergangenen Abend hatte er beiläufig erwähnt, dass er am folgenden Tag Geburtstag habe. Nicht irgendeinen, wie er auf Minnas Nachfragen zugab, sondern ein halbes Jahrhundert alt wurde der Bader.

Nach getaner Arbeit saßen sich die beiden nun am Tisch in der *Dornse* gegenüber. Lump lag mit geschlossenen Augen unter dem Tisch und zuckte von Zeit zu Zeit im Schlaf mit den Beinen.

»Die Kleine hat heute wieder viel geweint«, meinte Minna. »Die Trennung von ihren Eltern macht ihr im Moment schwer zu schaffen.«

»Ach, nun sorgt Euch mal nicht. Die Lütten sind zäh.«

Minna nickte. »Das stimmt sicher. Elisabeth hat schon so viel mitgemacht.«

»Ihr wisst gut mit Kindern umzugehen. Wer es nicht besser weiß, könnte meinen, Ihr wärt Elisabets *Ellermutter*.«

Ihre Lippen verzogen sich zu einem feinen Lächeln. »Das habt Ihr nett gesagt, Ludewig. Übrigens habe ich noch etwas für Euch.«

»Für mich?«

Sie fasste in die Falten ihres Gewandes. »Ich dachte, an Eurem Geburtstag habt Ihr ein kleines Geschenk verdient. Nehmt es als Zeichen meiner Dankbarkeit für alles, was Ihr für Elisabeth und mich getan habt.« Sie reichte ihm eine aus

Hirschhorn gefertigte Pfeife, die sie am Morgen im Laden eines Beinschnitzers hinter St. Jakobi erstanden hatte. »Und hier ist das Kraut dazu.«

»Ein Geschenk?« Des Baders Augen wurden groß. »Das hat mir schon lange niemand mehr gemacht.«

»Wollt Ihr nicht gleich ein Pfeifchen schmöken?«, bat Minna. »Ich rieche es so gern. Mein lieber Mann, Gott hab ihn selig, hat nach dem Essen auch immer…« Sie brach ab, und einen Augenblick lang herrschte Stille.

Dann griff sie nach dem Krug mit dem verdünnten Wein und schenkte zuerst Ludewig und dann sich selbst ein. Der Bader öffnete den Leinenbeutel und zupfte etwas von den getrockneten Kräutern heraus, stopfte sie in die Pfeife und hielt sie über die Flamme eines Talglichts. Schon erfüllte würziger Geruch die *Dornse*. Während draußen die Dämmerung einsetzte und der erste Nachtwächterruf zu hören war, hing jeder seinen eigenen Gedanken nach, bis Ludewig die Stille unterbrach.

»Ihr habt vorhin von Eurem Mann gesprochen. Er konnte sich gewiss glücklich schätzen, ein so wackeres Weib an seiner Seite zu haben. Seid Ihr schon lange Witwe, Minna?«

»Fünf Jahre«, erwiderte diese.

Der Bader legte seine Pfeife auf den Tisch. »Darf ich Euch noch etwas fragen?«

Sie nickte.

»Habt Ihr nie daran gedacht, noch einmal…«

Ihre Lippen bogen sich zu einem Lächeln. »Wer sollte denn ein Auge auf mich olles Weib werfen? Außerdem komme ich auch gut alleine zurecht.«

Auch Stienberg schmunzelte. »In meinen Augen seid Ihr jedenfalls kein *olles Weib*, Minna, sondern eine…« Er brach ab, fuhr sich mit der Hand über den Mund und schwieg.

»…was denn, Herr Ludewig?« Die Lohnarbeiterin beugte sich vor und musterte den kräftigen Mann. »Heraus damit. Was bin ich für Euch?«

»Eine ganz … großartige Frau.«

»Jetzt macht Ihr mich aber verlegen.«

»So? Steht Euch aber ausgezeichnet, Deern.«

Sie musste lachen. »Deern nennt Ihr mich, Herr Ludewig? Im nächsten Frühjahr werde ich zweiundvierzig Lenze alt!«

»Aufs Alter kommt's doch nicht an.«

Sie schüttelte den Kopf. »Ich glaube, ich gehe nach oben. Es war ein langer Tag, und ich bin rechtschaffen müde.«

»Ihr habt recht«, stimmte Ludewig ihr zu. »Ich lege mich auch hin. Und habt nochmals Dank für Euer schönes Geschenk. Ich werde es in Ehren halten.«

Venedig

Nachdem sie am Morgen des vierten Tages wieder vergeblich an des Tuchhändlers Tür geklopft hatten, fuhren die vier mit einer Gondel zum Hafen. Während sie zu dem kaum eine Meile entfernten Festland hinübersahen, sog Baldo die salzige, vom Geschrei etlicher Meeresvögel erfüllte Luft ein. Cristin zog den Umhang fester um die Schultern, denn der Wind, der von der Lagune herüberwehte, war empfindlich kalt. Ob in Hamburg schon Schnee lag?

»Wir können nur hoffen, dass dieser de Gaspanioso deine Stoffe auch wirklich für gut befindet«, sprach Baldo aus, was auch Cristin von Tag zu Tag mehr beschäftigte.

Am selben Nachmittag machte Bastian den Vorschlag, noch einmal bei Signor Adamo vorzusprechen, dem Diener des Tuchhändlers. Schon während ihre Gondel sich dem Anlegeplatz vor der *Casa* näherte, fiel Cristin ein ungleich prachtvolleres Boot mit einem Baldachin auf, das dort vertäut lag. Hastig glättete sie ihr samtenes Gewand. Als der Hausangestellte die Türen öffnete und Cristin, Baldo, Bastian und Doria erkannte, hellte sich seine Miene auf. Ungeduldig lauschte die

Goldspinnerin der kurzen Unterhaltung zwischen ihrem Dolmetscher und dem Diener.

Dann drehte sich Giacomo Doria zu ihr und Baldo um. »Signor de Gaspanioso ist seit heute Mittag zurück«, übersetzte er. »Und er ist bereit, Euch zu empfangen.«

Der Diener nickte, als hätte er verstanden, was Doria gesagt hatte. Er öffnete die Türen und bedeutete den Besuchern, ihm ins Innere des Hauses zu folgen, und ging eine breite Steintreppe hinauf. In dem großzügig geschnittenen Raum, in dem sie sich nun befanden, trat ihnen ein muskulöser Mann von etwa vierzig Lenzen entgegen. Die vollen, lockigen Haare reichten ihm bis in den Nacken, und seinen dunklen, wachen Augen entging gewiss nicht mehr als ein Wimpernzucken. Seine Kleidung verriet Wohlstand und Geschmack, und seine aufrechte Haltung sowie die Art, wie er leicht den Kopf neigte, um sie zu begrüßen, wiesen ihn als formvollendeten Geschäftsmann aus.

Während er mit einem Lächeln auf sie zuging und zuerst Cristin und dann den drei Männern die Hände zum Gruß reichte, sagte er, sich wieder dem weiblichen Gast zuwendend, in deutscher Sprache: »Enrico Raffaele de Gaspanioso. Ihr seid also Cristin Schimpf. Meine gute Freundin, die Königin von Polen, hat mir Euren Besuch bereits angekündigt.«

Cristin schluckte. Hatte der Tuchhändler noch keine Kunde davon erhalten, dass Jadwiga nicht mehr unter den Lebenden weilte?

Als hätte de Gaspanioso ihre Gedanken erraten, legte sich ein trauriger Zug um seine Lippen. »Ja, ich habe es inzwischen erfahren«, seufzte er. »Ihr Abscheiden ist ein großer Verlust. Für das polnische Volk, für mich und sicher auch für Euch. Ihr wart Ihrer Majestät sehr verbunden, das hat sie mir mitgeteilt.« Er wies auf eine Sitzgruppe in einer Ecke des mit gediegenen Möbeln und eisenbeschlagenen Truhen eingerichteten Raumes und zog an einer Kordel neben der Tür.

»Nehmt bitte Platz. Ich lasse Euch sogleich eine Erfrischung reichen.«

Eine junge Hausangestellte erschien. Der Tuchhändler erteilte ihr in italienischer Sprache eine Anweisung. Wenig später kehrte die Dienerin mit einem Tablett zurück, auf dem sich langstielige Gläser und ein ebenfalls aus Glas gefertigter Krug mit dunklem Wein befanden. Die junge Frau stellte die Gläser und den Krug auf den runden, mit Intarsien geschmückten Tisch und verließ leise den Raum.

Enrico de Gaspanioso schenkte seinen Gästen ein. »*Alla salute* – zum Wohl!« Er erhob sein Glas.

Was der Tuchhändler ihnen kredenzte, schmeckte wunderbar, stellte Cristin fest. Ganz anders als der warme Wein, den sie aus ihrer Heimat oder Krakow gewöhnt war, auch wenn es dort ebenfalls vorzügliche Weine gegeben hatte. Cristin hob das dünnwandige, farblose Glas, drehte es vorsichtig und betrachtete es bewundernd.

Als Enrico de Gaspanioso es bemerkte, nickte er ihr zu. »Dieses Glas stammt aus einer unserer Glasbläsereien auf der Insel Murano. Ich hoffe, der Wein findet Euer Gefallen.«

»Er ist ganz vorzüglich«, antwortete Bastian, der einen guten Tropfen zu schätzen wusste.

Ihr Gastgeber nickte zufrieden. »Der gute Adamo sagte mir, dass Ihr bereits seit einigen Tagen in der Stadt weilt.«

»Wir wohnen im deutschen Handelskontor«, erklärte Baldo.

De Gaspanioso schenkte ihnen nach. »Erzählt mir von unserer gemeinsamen Freundin, Signora Schimpf«, bat er. »Wart Ihr bei der Königin, als sie …« Wieder legte sich ein trauriger Zug über das fein geschnittene Gesicht.

»Ja, ich war zu der Zeit auf dem Wawel«, begann Cristin stockend, während sich vor ihrem inneren Auge die Bilder des königlichen Schlosses formten.

Der *Palas* mit dem Thronsaal, die Stallungen, die königlichen Gärten und schließlich die Kathedrale, in der die Totenmesse stattgefunden hatte. Zuerst für Liliana, die nur drei

Wochen alt geworden war, und dann für ihre Mutter. Je länger sie von den letzten Tagen und Stunden Jadwigas erzählte, desto schwerer wurde ihr das Herz.

»Die Königin hat die Geburt ihres Kindes um nicht einmal vier Wochen überlebt«, endete sie schließlich.

Nach einer Zeit des Schweigens straffte der Tuchhändler die Schultern.

»Es war der Königin ein Herzensanliegen, dass ich Euch helfe, Signora. Deshalb will ich alles in meiner Macht Stehende dafür tun.« Er lächelte entschuldigend. »Leider habe ich in einer Stunde ein Treffen mit einem Geschäftspartner. Wenn es Euch nichts ausmacht, kommt morgen früh noch einmal in mein Haus, dann werde ich mir in aller Ruhe Eure Stoffe ansehen.«

Die Reisenden erhoben sich.

»Selbstverständlich«, erwiderte Cristin sein Lächeln und reichte dem Tuchhändler die Hand. »Wir werden da sein.«

»Dürfte ich Euch noch etwas fragen, Signora?« Enrico de Gaspanioso hielt ihre Hand fest, seine Augen ruhten nachdenklich auf ihr.

»Gewiss.«

»Es ist äußerst waghalsig, in Eurem Zustand zu verreisen, nicht wahr? Wenn Ihr meine Tochter wärt …« Der Tuchhändler wiegte den Kopf.

»… hättet Ihr mich sicher daran gehindert?« Cristin bemerkte, wie de Gaspaniosos Mundwinkel zuckten. »Das mag für junge Mädchen gut und richtig sein, denn sie unterstehen der Fürsorge ihrer Eltern. Doch ich habe ein Geschäft zu führen.«

Sein Händedruck war fest. »Dafür habe ich das größte Verständnis. Außerdem weiß ich, dass gut auf Euch achtgegeben wird, nicht wahr?« Der Tuchhändler zwinkerte Baldo zu, dann geleitete er die vier hinaus.

15

Ihr seid wirklich eine außergewöhnliche Künstlerin, Signora«, lautete Enrico de Gaspaniosos Urteil, als er sich am nächsten Morgen die mit Goldfäden kunstvoll verzierten Stoffe aufmerksam ansah.

Ob dieses Komplimentes spürte Cristin, wie sich ihre Wangen röteten.

»Verkauft mir bitte diesen Umhang sowie den Wandbehang«, bat de Gaspaniosos, und Cristin kam der Bitte nur zu gerne nach.

Der Umhang aus elfenbeinfarbener Seide, dessen Rückseite ein in zarten Pastelltönen gehaltener Pfau zierte, war ihr besonders gut gelungen. Für diese Arbeit sowie für den Wandbehang, der eine Jagdszene zeigte – einen vom Licht des Vollmondes beschienenen Hirsch auf der Flucht vor einem Jäger zahlte de Gaspaniosos ihr fünf Dukaten.

Danach saßen sie mit ihrem Gastgeber an einem schweren Eichentisch im Speisezimmer der *Casa* und ließen sich das vorzügliche Mittagsmahl munden, das die Köchin des Venezianers zubereitet hatte. Es gab helles, frisch gebackenes Brot, gebratene Hühner, eingelegten Fisch und warmen Getreidebrei.

Während Baldo in eine Hühnerkeule biss, sagte der Tuchhändler: »Ich würde Euch gerne einem Mann vorstellen, der für Antonio Venier, unseren *Dogen*, arbeitet. Sebastiano Montebello ist wie ich Mitglied des *Maggior Consiglio*, des Großen Rates. Soweit ich weiß, will er im nächsten Jahr seine Tochter verheiraten. Ich bin mir sicher, er wird von Euren Arbeiten genauso angetan sein wie ich. Wie lange habt Ihr vor, in *Venezia* zu bleiben?«

Baldo griff nach einem Mundtuch und wischte sich die Lippen ab. »Wir wollen so bald wie möglich zurückreisen.«

Ihr Gastgeber nickte. »Natürlich. Dann werde ich Euch

noch heute in den *Palazzo Ducale* geleiten, um Euch mit Sebastiano bekannt zu machen. Versprechen kann ich natürlich nichts. Nehmt den Umhang und den Wandbehang bitte noch einmal an Euch, damit Ihr diese exquisiten Stücke auch meinem Freund und seiner Gattin zeigen könnt.«

»Ihr seid wirklich sehr großzügig«, antwortete Cristin, und ihr Herz schlug schneller.

Während die drei in Begleitung des Tuchhändlers und Giacomo Dorias über die *Piazza San Marco* dem Regierungsbezirk zustrebten, wurden Cristins Knie weich. Würde Signore Montebello sie, eine schwangere Frau aus dem fernen Lübeck, überhaupt anhören und ihre Arbeiten begutachten? Zufrieden sah sie an sich hinab. Selbst wenn sich ihr Gewand nicht mit denen vieler Venezianerinnen vergleichen ließ, sollten die ungewöhnlichen Stickereien an ihrem Kleid zumindest zeigen, wozu sie als Spinnerin imstande war. Trotzdem waren ihre Hände klamm.

Jäh drängten sich ihr Erinnerungen an die Worte ihrer Ziehmutter Gesche Weber auf: »Brust raus, Kinn hoch, Mädchen. Niemand muss sehen, was in dir vorgeht.« Genau das tat sie nun. Vielleicht konnte sie auf diese Weise das wilde Schlagen ihres Herzens ein wenig besänftigen.

Bastian und Baldo unterhielten sich offenbar angeregt mit de Gaspanioso und Doria, der den beiden gestenreich von Venedigs Geschichte erzählte. Cristin lenkte ihre Aufmerksamkeit mit Macht auf die vor ihr liegenden Bauten. Nun erst wurden ihr die gewaltigen Ausmaße des aus mehreren Gebäuden bestehenden *Palazzo Ducale* bewusst, der unmittelbar an die Markuskirche grenzte. All dies wollte in ihr den Eindruck verstärken, hier fehl am Platze zu sein. Der kaum drei *Klafter* breite Gang zwischen den Bauten mündete in einen großen Innenhof, auf dem reges Leben herrschte. Von ihm aus führten zahlreiche Treppen zu den verschiedenen Flügeln des *Palazzo* empor.

Wenn Cristin schon von der Größe des Palastes beeindruckt war, die Ausstattung der Räume, durch die sie nun schritten, war schier überwältigend. Nicht einmal das Innere des Wawels war von derartiger Pracht gewesen. Dutzende von Gemälden in prunkvollen Rahmen schmückten die mit Stuck verzierten Wände der langen Gänge, die sie auf ihrem Weg zu dem Arbeitszimmer des Ratsmitgliedes durchmaßen. Kaum jemand schenkte ihnen Beachtung, ausgenommen ein paar in feines Tuch gekleidete Männer, die Enrico de Gaspanioso kurz zunickten, als dieser mit Cristin, Baldo und Bastian und dem Dolmetscher, an ihnen vorüberging.

Sie stiegen eine Treppe aus feinstem Marmor empor und liefen einen Gang hinunter. Endlich blieb der Tuchhändler vor einer der vielen Türen stehen. Nach zweimaligem Klopfen ertönte aus dem Inneren eine tiefe Stimme, de Gaspanioso drückte die Klinke herunter und öffnete.

»Enrico.«

Hinter einem von Pergamenten und Schreibutensilien bedeckten Schreibtisch erhob sich ein Mann mittleren Alters. Das auf die Schultern fallende Haar glänzte schwarz, das Kinn zierte ein kurz geschnittener Bart. Wie die des Tuchhändlers verriet auch die Kleidung des hohen Beamten einen erlesenen Geschmack. Er trat auf die Besucher zu, nickte und wandte sich an de Gaspanioso. Die beiden Venezianer reichten sich die Hände und wechselten einige Sätze. Signor Montebellos Blick traf Cristins, und er wies auf einen einfachen Stuhl. Neben dem Schreibtisch und einem bis unter die Decke reichenden Regal voller weiterer Schriftstücke war er das einzige Möbelstück in dem Raum.

»Er bittet Euch, Platz zu nehmen, Signora«, übersetzte der Tuchhändler und nickte Bastian und Baldo zu, die mit den in Leinen eingeschlagenen Tüchern unter den Armen an der Tür standen.

Cristin gehorchte.

»Sebastiano möchte nun sehen, was Ihr mitgebracht habt.«

Dieser schob die Schriftstücke auf dem Schreibtisch zur Seite. Mit einem Lächeln bedeutete er den beiden Männern, näher zu treten. Bastian und Baldo legten die Pakete ab, Cristin öffnete die Verschnürung und schlug den Stoff auf, der ihre Proben vor Wind und Wetter schützen sollte.

Montebello griff nach einer Stegbrille, die auf dem Pergamentstapel lag, und hielt sie sich vor die Augen. Nachdem er eines der Werkstücke entfaltet hatte, musterte er den ersten Stoff und begutachtete jeden Stich. So jedenfalls erschien es Cristin, deren Hände unter der eingehenden Betrachtung zittrig wurden. Nur die Atemzüge der Anwesenden unterbrachen die einsetzende Stille. Montebello legte in aller Gemütsruhe den Stoff beiseite und entnahm einem weiteren Paket den Umhang aus elfenbeinfarbener Seide. Tief über den Tisch gebeugt und mit konzentrierter Miene fuhr er mit seinem Studium fort.

Schließlich ließ er die Stegbrille sinken, legte den Umhang sorgfältig zurück und reckte sich. Montebellos scharfe, aber nicht unfreundliche Augen ruhten einen Moment nachdenklich auf Cristin, dann wanderten sie zu Gaspanioso zurück. Die beiden Männer sprachen leise miteinander.

»Wo habt Ihr Euer Handwerk so meisterhaft gelernt?«, erkundigte sich Signor Montebello.

Doria übersetzte.

»Mein erster Mann besaß eine Goldspinnerei«, erklärte Cristin nach kurzem Zögern. »Damals habe ich diese Kunst erlernt.«

Doria gab wieder, was Cristin gesagt hatte. Eine Weile unterhielten sich die Männer, und die junge Frau fing Baldos und Bastians fragende Blicke auf. Sie hob die Schultern.

»Ich würde Euch gern meiner Frau vorstellen«, meinte Montebello dann. »Sie gehört zu den einflussreichsten Damen von *Venezia*. Wenn Ihr sie für Euch einnehmt, könnten sich so manche Türen für Euch öffnen.«

Cristin schwirrte der Kopf, und die Luft wurde ihr knapp,

doch sie zwang sich zu einem gleichmütigen Lächeln. Da bemerkte sie ein amüsiertes Funkeln in Montebellos Miene.

»Mein Freund wird Euch begleiten«, erklärte de Gaspanioso. »Ich hingegen wünsche Euch und Euren Begleitern von Herzen alles Gute, meine Liebe. Bitte kommt morgen noch einmal in meine *Casa*, damit wir das Geschäftliche regeln können. Ach ja, und wählt Eure Worte an die Signora klug.« Er verabschiedete sich formvollendet.

Nachdem die vier das Gebäude verlassen hatten, bestiegen sie eine Gondel und fuhren den *Canalazzo* hinauf. Diesmal hatte Cristin die Stoffpakete selbst an sich genommen und hielt sie fest an sich gepresst. Wenig später legte das Boot vor einem weiteren prächtigen Haus an. Montebello machte eine einladende Handbewegung und bat sie, ihm zu folgen. Die Goldspinnerin stieg hinter Bastian, Doria und Baldo, der ihr die Hand reichte, aus der Gondel. Sie fächelte sich Luft zu, denn ihr Bauch schien an diesem Tage überall im Weg zu sein und strengte sie an.

Insgeheim fragte sie sich, was de Gaspaniosos letzter Satz zu bedeuten haben mochte. »Wählt Eure Worte an die Signora klug.« Auch Montebellos amüsiertes Lächeln trug nicht gerade zu einer Erhellung bei. Alles hing nun von dem Urteil seiner Gattin ab.

Während Montebello die Tür aufschloss, zwinkerte Baldo ihr aufmunternd zu. Eine Dienstmagd öffnete, ihr Herr wechselte ein paar Worte mit ihr, und die Tür wurde ihnen aufgetan. Das Mädchen geleitete sie zu einem lichtdurchfluteten Raum mit einem Kamin, in dem ein Feuer angenehme Wärme verbreitete, während Montebello ihnen bedeutete, er werde seiner Gemahlin Bescheid geben. Cristin sah sich blinzelnd um. Auf dem Boden lagen wertvolle, orientalisch anmutende Teppiche, nirgendwo war auch nur ein Staubkörnchen zu entdecken. Da lächelte die Magd und wies auf eine Anzahl ausladender Sessel, die um mehrere Beistelltische aufgestellt waren. Doch die Schwangere winkte dankend ab.

»Setz dich um Himmels willen, Liebling«, raunte Baldo ihr zu. »Du bist so weiß um die Nase, dass mir angst und bange wird.«

Sie wollte widersprechen, schwieg jedoch, nahm auf einem der Sessel Platz und lehnte sich aufatmend zurück. Die Pakete legte sie auf einem der Tische ab. Als sie endlich Schritte auf dem Gang vernahm, erhob sie sich rasch und glättete ihr Gewand. Das Erste, was Cristin an Signora Montebello auffiel, waren ihre großen, ausdrucksvollen Augen und die ein wenig zu üppig geratene Gestalt. Sie überragte ihren Gatten beinahe um eine Haupteslänge und war nach der neuesten Mode gekleidet und frisiert. Alles an ihr strahlte Exklusivität aus. Kurz war Cristin versucht, aus dem Raum zu stürmen, allzu anmaßend und klein kam sie sich mit ihrem Anliegen vor. Doch das gewinnende Lächeln der Italienerin beruhigte sie ein wenig.

»Elena, darf ich Euch Signora Schimpf und ihre Begleiter vorstellen? Sie ist eigens aus dem fernen *Germania* hergekommen, um uns ihre ungewöhnlich schönen Spinnarbeiten zu zeigen.«

Doria, der sich neben Cristin gesellt hatte, übersetzte derweil im Flüsterton.

Elena Montebello senkte den Kopf zum Gruß, ließ Cristin dabei aber nicht aus den Augen und richtete sich zu ihrer vollen Größe auf. »Aber, Sebastiano, wenn uns ein Weber oder ein Spinner seine Waren präsentieren möchte, warum erscheint er dann nicht selbst?«

Cristin hatte Mühe, ihre Verwirrung zu verbergen, und schaute von Baldo zu Bastian, während Doria nach einem Räuspern das Gesagte übersetzte.

»Mein Herz, Ihr irrt Euch. Dies ist keine Arbeiterin, sondern eine Goldspinnerin aus der freien Reichsstadt Lübeck höchstpersönlich. Ihr solltet Euch ansehen, was sie anzubieten hat.«

Cristin lauschte angestrengt Dorias Worten und nickte

zum Zeichen, alles verstanden zu haben. Trotz Montebellos einschmeichelnder Stimme war ein leiser Unterton herauszuhören.

»So, ist sie das?« Der Blick der Dame war herablassend. »Dann sollte sie wissen, dass es sich für eine Frau nicht geziemt, einen Männerberuf auszuüben. Außerdem, mein lieber Sebastiano, schätzen wir schon seit Jahren die Arbeiten unserer Hausweberei. Ich wüsste nicht, warum ich mich mit niederwertigeren Stoffen als denen von Meister Pino zufriedengeben sollte.«

Cristin schnappte nach Luft, nachdem der Dolmetscher alles weitergegeben hatte, und kämpfte um Gelassenheit. Abermals kamen ihr die Worte ihrer Ziehmutter in den Sinn, und sie reckte das Kinn. Aus den Augenwinkeln registrierte sie, wie Baldo mit den Fingerspitzen auf einen der kleinen Tische klopfte, das Gesicht zu einer Maske erstarrt. Entschlossen trat sie einige Schritte vor und ignorierte das wilde Schlagen ihres Herzens. Ihr Mann wollte es ihr gleichtun, doch sie hielt ihn zurück.

»Wenn Ihr meinen Einwand gestattet, werte Signora: In meiner Heimat werden Frauen wegen ihrer Fertigkeiten geschätzt. Dort gibt es viele Spinnerinnen, manche führen gar ein eigenes Geschäft.«

Als Montebellos Frau hörte, was ihre Besucherin einzuwenden hatte, hob sie nur eine Braue.

»Die Gebräuche sind eben verschieden«, versuchte ihr Gemahl einzulenken. »Signora Schimpfs Proben sind, sagen wir mal … ungewöhnlich. Enrico war davon sehr angetan, meine Liebe. Wenn Ihr bitte einen kurzen Blick darauf werden würdet?«

Elena Montebello wiegte den Kopf mit dem hochgesteckten, dunklen Haar, trat ebenso einen Schritt vor und maß Cristin eindringlich.

»Gewiss gestattet Ihr mir die Frage, Signora Schimpf. Euer Gewand habt Ihr selbst gefertigt, nicht wahr? Es ist wirklich hübsch, doch soll dies alles sein, was Ihr mir zu bieten habt?«

Cristin hörte Doria aufmerksam zu. Ihr schwirrte der Kopf, und jäh kamen ihr de Gaspaniosos warnende Worte wieder in den Sinn. Allem Anschein nach war die Signora für ihre spitze Zunge bekannt. Da huschte der Hauch eines Gedankens durch ihren Geist. Sie sank mit leicht gesenktem Haupt in einen Knicks, während sie die Augenpaare aller Anwesenden auf sich gerichtet wusste. Selbst eine Stecknadel hätte man in der angespannten Atmosphäre des Raumes fallen hören können. Dann hob sie den Kopf wieder und begegnete dem Blick der Dame ungerührt.

»Natürlich nicht, Signora. Ich verstehe mich jedoch als eine Dienerin meiner Kunst und halte es daher für unschicklich, mich zu schmücken. Das allein vermögen nur meine Werke.«

Ein feines Lächeln umspielte daraufhin den Mund der Frau, und sie gab Cristin einen Wink, sich zu erheben. »Ich bin eine Liebhaberin aller Künste, Signora Schimpf. Nun gut, was habt Ihr mir zu zeigen?«

Unauffällig wischte sich Cristin die Hände an ihrem Gewand ab und bemerkte aus den Augenwinkeln die erleichtert wirkenden Mienen von Baldo und Signor Montebello. Doria und Bastian hingegen hatten offenbar Mühe, sich ein Grinsen zu verbeißen. Gemessenen Schrittes ging sie zum Tisch hinüber und nahm die Stoffpakete an sich, um sogleich das erste zu entfalten und es der Signora entgegenzustrecken.

16

Lübeck

Emmerik Schimpf zog die Tür der Schänke auf. Wie immer, wenn er um diese Abendstunde den *Hafenkrug* betrat, schlugen ihm Biergeruch und der Lärm der Zecher und Würfelspieler entgegen, die sich in der von zahlreichen Talglichtern erhellten Schankstube vergnügten. Zielsicher führte er Mirke zwischen den langen Tischen, an denen das Fallen der knöchernen Würfel lautstark kommentiert wurde, hindurch zu einer Nische am Ende des Raumes. Die im Dunklen liegende Ecke war dem Henker der Stadt vorbehalten.

Es war das erste Mal, dass die junge Frau ihn in das Wirtshaus am unteren Ende der Engelsche Grove begleitete, seit sie bei ihm eingezogen war. Selbst nach all der Zeit gab es immer noch etliche Bürger, die Mirke verächtlich ansahen, wenn sie durch die Gassen der prächtigen Hansestadt ging. Besonders seit man sie regelmäßig in Begleitung des Scharfrichters sah. Außerdem wussten einige, dass sie sich vor noch nicht allzu langer Zeit als Hübschlerin verdingt hatte. Und so trafen auch heute Abend scheele Blicke das ungleiche Paar. Emmerik sah sich in der Gaststube um. Die meisten Männer kannte er. So mancher hatte schon am Köpfelberg gestanden und zugesehen, wenn der Henker sein Handwerk verrichtete.

Emmerik hob den Kopf und hielt Ausschau nach dem Besitzer des *Hafenkrugs*. Er entdeckte Jakob Spieß am Tresen, winkte ihn heran und bestellte einen Krug Wacholderbier.

Der Abend war schon fortgeschritten, und dicke Rauchschwaden aus einigen Krautpfeifen hingen unter der niedrigen Decke und erfüllten den Raum. Mirke hatte mittlerweile drei Becher Würzbier geleert. Emmeriks Gedanken wanderten zurück zu Marie, der jungen Frau, die bis vor einigen Monaten mit ihm gelebt hatte. Die gute Marie hatte sich immer mit dem Bier zurückgehalten, sie mochte es nicht aufzufallen, und hatte ihm die kurze Zeit, die sie miteinander verbracht hatten, nur Freude bereitet. Traurigkeit erfüllte ihn, während er wieder vor Augen hatte, wie sie in seinen Armen ihr Leben ausgehaucht hatte. Mirke konnte der Verstorbenen nicht das Wasser reichen, sie mochte vielleicht geschickter in der Liebe sein, die Warmherzigkeit von Marie besaß sie jedoch nicht.

Der Henker sah zu seiner Gespielin auf.

»Vielleicht sollten wir nach Haus gehen?«, schlug er vor.

»Aber warum denn? Is doch grad so schön hier. Bestell uns lieber noch 'n Bier bei dei'm Freund Spieß.«

»Du hattest genug.« Emmerik trank seinen Becher leer. »Ich bezahle, und dann gehen wir, bevor du nicht mehr laufen kannst.«

Ihr Blick wurde einen Moment lang klar. »Mirke Pöhlmann mag zu viel getrunken ham, sie fällt vielleich auch manchma hin, aber sie … sie steht auch immer wieder auf, verstehste?«

»Ist ja gut. Mach hier kein Aufsehen, Mädchen.«

Er griff nach ihrem Arm, doch sie schüttelte seine Hand ab.

»Nur weil ich mit dir«, ein Rülpser entwich ihrer Kehle, »das Bett teile, brauchste mir noch längst nich zu sagen, was ich zu tun und zu lassen hab.«

Seine Stimme nahm einen drohenden Unterton an. »Nun werde mal nicht kiebig, Mädchen. Oder hast du schon vergessen, wer dich von der Straße geholt hat?«

»Wie könnte ich das vergessen? Der Henker von Lübeck, der Mann, dem die Leute ausweichen, wenn er ihnen …«

Emmeriks Hand schoss vor, fasste nach ihrem Kleid und zog sie dichter an sich heran, sodass sie ihm ins Gesicht sehen musste. »Was bildest du dir ein, verdammt?«, zischte er.

In ihrem leicht verschleierten Blick entdeckte er etwas Lauerndes.

»Vorsicht, mein lieber Emmerik, überleg dir besser, wie du mit mir sprichst.«

»Red kein dummes Zeug.« Er ließ sie los. »Schließlich meine ich es nur gut mit dir. Ich weiß ja, dass dir viel Unrecht geschehen ist.«

»Viel Unrecht, oh ja...« wiederholte sie langsam, um dann unvermittelt, die Hände zu Fäusten geballt, hervorzustoßen: »Diese Bremers sind die schlimmsten von allen!« Ihre grünen Augen sprühten vor Zorn. »Mit denen hat doch alles angefangen. Aber die Schimpf wird nie mehr froh, das sag ich dir.«

»Was meinst du damit?« Eindringlich betrachtete er sein Gegenüber.

Ihm war bewusst, dass Mirke nicht sonderlich klug war, doch dieser verschlagene Ausdruck auf ihrer Miene widersprach seiner Einschätzung. Cristin Bremer, dieses hübsche Frauenzimmer, mit dem sein nichtsnutziger Sohn einst geflüchtet war. Er sah sie wieder vor sich, wie sie mit hocherhobenem Haupt, gefesselt an Händen und Füßen, auf die Vollstreckung ihres Urteils gewartet hatte. Zu seiner eigenen Überraschung versetzten diese Gedanken ihm einen Stich.

»Wieso wird sie nie mehr froh?«

Als Mirke statt einer Antwort nur hell auflachte, umklammerte er ihr Handgelenk, und ihr entfuhr ein Schmerzensschrei.

»Lass mich los, du Grobian!«

Doch Emmerik verstärkte noch seinen Griff. »Jetzt hör mir mal gut zu. Du wirst mir auf der Stelle erzählen, was geschehen ist, oder du lernst mich von einer anderen Seite kennen, mein Liebchen.«

Mirke stöhnte unter dem Griff seiner Hand. Widerwillig gab er sie frei.

»Wird's bald, Mädchen? Oder soll ich es vor allen Leuten aus dir herausprügeln?«

Das Blut rauschte ihm in den Ohren, während sie ihn ungerührt musterte.

Sie drehte sich nach dem Wirt um.

»Noch zwei Becher, Spieß.« Dann wandte sie sich mit einem zuckersüßen Lächeln wieder dem Scharfrichter zu.

»Treib's nicht auf die Spitze, Mädel!«

Zähneknirschend wartete er, bis der Wirt die Becher an ihren Tisch gebracht hatte. Sie trank einen Schluck. Er konnte ihr ansehen, wie sehr sie dieses verflixte Spielchen genoss.

»In der Spinnerei der Bremers soll es gebrannt haben«, begann sie endlich.

Ein eiserner Ring schien sich um sein Herz zu legen. »Gebrannt? Was ist mit ... mit meinem Sohn und Cristin? Ist ihnen etwas zugestoßen?« Emmerik sprang auf, doch seine Knie waren zu weich, deshalb ließ er sich auf seinen Stuhl zurücksinken. »Rede!«

»Ach ja, die Arme. Jetzt hat sie nichts mehr. Aus, vorbei.«

Mit unsicheren Bewegungen wischte sie den Mund an ihrem Ärmel ab. »Alles nur noch Schutt und ... wie heißt das noch? Ja, Schutt und Asche, bis auf die Grundmauern niedergebrannt. War das ein schönes Feuerchen.«

Der Henker sog hörbar die Luft ein. »Solltest du auch nur eine leiseste Ahnung haben, wer dieses Feuer gelegt haben könnte, will ich es wissen. Auf der Stelle!«

Einen Moment lang betrachtete Mirke ihn mit einer Mischung aus Verblüffung und Vergnügen. Langsam erhob sie sich von ihrem Stuhl, trat zu Emmerik, strich ihm über die Wange und schnalzte mit der Zunge.

»Dafür, dass du den Ruf eines gnadenlosen Scharfrichters hast, bist du ganz schön schwer von Begriff.« Auf einmal wirkte sie stocknüchtern, als sie sich vertraulich zu ihm herunterbeugte. »Ich war's, Emmerik. Aber sei unbesorgt, weder deinem Sohn noch seinem schönen Weib ist etwas geschehen. Die Herrschaften waren auf Reisen. Nur diese dämliche alte Vettel und das Gör von der Schimpf waren da. Ach, ich hätte zu gern ihr Gesicht gesehen, als sie nach ihrer Rückkehr vor der Ruine standen.«

Erneut krallte er die Hand in ihr Gewand und riss sie nach vorn. »Du verdammtes Luder! Sie hätten im Feuer umkommen können!«

Fast berührten sich ihre Nasenspitzen. Ihre Miene verzerrte sich zu einer Fratze.

»Sind sie aber nicht, oder? Außerdem ... was gehen dich dieses Gör und die Alte an? Ist doch nicht mal Baldos Kind. Endlich, ja endlich konnte ich es dieser Cristin Schimpf heimzahlen.«

Emmeriks Mund füllte sich mit bitterer Galle. Er zog sie noch näher, spürte, wie die Schlagader an seinem Hals anschwoll. Rasend vor Zorn musste er an sich halten, um ihr nicht die Faust in das triumphierend grinsende Antlitz zu rammen. »Du hast meinem Sohn und seiner Familie nach dem Leben getrachtet, du verdammtes Miststück?«

Mirke schüttelte heftig den Kopf. »Nein, natürlich nicht! Ich wollte nur ...«

»Wann ... wann hast du das getan?«, unterbrach er sie, die Stimme kaum mehr als ein Flüstern, doch schneidend wie ein Messer.

»Damals, als ich gesagt habe, ich bin meinen Onkel in Ahrensborg besuchen, da war ich in Hamburg und habe die Goldspinnerei und das Haus dieser Hexe angezündet.«

»Die Hexe bist *du*!«, schäumte er. »Was sollte mich daran hindern, dich sofort den Bütteln zu übergeben, frage ich dich?«

»Ach, wer sollte uns beiden schon glauben«, winkte sie ab.

Emmerik fuhr von seinem Platz hoch, ohne sie loszulassen, und zog sie mit sich, vorbei an Jakob Spieß, der ihn unverhohlen neugierig musterte. »Ich zahl das Bier beim nächsten Mal«, rief er ihm zu, während er die Tür aufriss und Mirke ins Freie stieß. Sie schlug lang hin und landete auf dem gefrorenen, mit Straßendreck übersäten Boden.

»Ich nehme dich in mein Haus, biete dir ein Obdach, und zum Dank vernichtest du alles, was die beiden sich in Hamburg aufzubauen versucht haben?« Breitbeinig stand er über ihr. »Schwöre mir, dass Baldo und seinem Weib nichts passiert ist!«

»Ich schwör's«, brachte sie mit schmerzverzerrtem Gesicht hervor.

»Tritt mir nie, hörst du, niemals mehr unter die Augen«, presste er mühsam hervor.

Dann ging er davon.

17

Venedig

Cristins Finger zitterten, als sie Signora Montebello das Paket in die ausgestreckten Hände legte. Mit angehaltenem Atem beobachtete sie, wie die Hausherrin zunächst den grünlich schimmernden Samtstoff des Wandbehanges mit der Jagdszene entfaltete, dessen Kanten mit Brokateinsätzen verziert waren. Elena Montebello befeuchtete die Lippen und nahm die Arbeitsprobe genauer in Augenschein.

»Seht Ihr, meine Liebe«, mischte sich Sebastiano Montebello ein und zwinkerte Cristin unauffällig zu. »Je näher man hinschaut, umso mehr Details werden sichtbar. Wie ein Gemälde, dessen Betrachtung man nicht müde wird, habe ich nicht recht?«

»Jagdszenen langweilen mich.«

Doria hätte den Satz nicht zu übersetzen brauchen, die Miene der Italienerin sprach Bände. Cristin brach der Schweiß aus allen Poren. Sie biss sich auf die Unterlippe und griff nach dem zweiten Muster. Es war der Seidenumhang mit dem Pfauenmotiv.

Elena Montebellos Augen weiteten sich kurz. »Eine filigrane Arbeit.«

Cristin neigte zum Dank den Kopf. »Wie geschaffen dafür, an einem lauen Sommerabend getragen zu werden, nicht wahr?«

»Das würde unserer Giulia sicher ausgezeichnet stehen. Was verlangt Ihr für diese Arbeit?« Die Signora konnte den Blick nicht von dem feinen, von Goldfäden durchsetzten Motiv abwenden, und strich mit dem Finger darüber.

»Dieses Stück ist leider bereits an Enrico verkauft, Liebste«, gab Signor Montebello mit einem bedauernden Achselzucken zu verstehen. »Sie sollen nur als Beispiel der großen Kunst von Signora Schimpf dienen.«

In diesem Moment war Cristin dankbar dafür, dass sie sich an einen der kleinen Tische anlehnen konnte. Es hätte gewiss keinen guten Eindruck gemacht, just in diesem Augenblick vor Erleichterung ohnmächtig zu werden.

»Wie schade, Sebastiano.«

Elena Montebello musterte Cristin sowie ihre Begleiter eingehend. Ihre Miene wurde nachdenklich, und sie fuhr mit einer Hand sacht über den seidigen Stoff in ihrer Hand. Ihr Augenpaar traf auf Cristins und hielt es fest.

»Im nächsten Sommer soll unsere einzige Tochter Giulia verheiratet werden.« Sie machte eine bedeutungsvolle Pause. »Den Auftrag für den Brautstaat für sie und ihren künftigen Gemahl haben wir noch nicht vergeben. Wenn es Euch gelingen sollte, mir bis übermorgen am Abend drei Entwürfe vorzulegen, die mich von Euch und Eurer Kunstfertigkeit überzeugen, werde ich erwägen, Euch den Auftrag zu erteilen.« Sie hob einen Zeigefinger. »Lasst Euch gesagt sein, ich bin äußerst anspruchsvoll und erwarte nur das Beste.«

Cristins Herz machte einen Hüpfer, so heftig, dass sie meinte, Baldo, Doria und Bastian, der das Geschehen bisher stumm verfolgt hatte, müssten es hören. Wenn nur ihr Gesicht, in dem sich stets alle Emotionen abzuzeichnen pflegten, sie nicht verriet! Ein tiefer Atemzug, dann lächelte sie so gleichmütig, wie es ihr nur möglich war.

»Es ist mir eine große Ehre, Signora Montebello. Ich werde Euch gewiss nicht enttäuschen.« Ein Geistesblitz durchzuckte sie. »Wenn ich mir noch eine Frage erlauben dürfte, Signora?«

Diese gab das Lächeln zurück. »Nur zu.«

»Um Eure Tochter würdig zu kleiden, wäre es schön, wenn ich sie kennenlernen dürfte.«

Die Hausherrin unterbrach sie mit einer ausholenden Handbewegung. »Selbstverständlich, ich gehe sie holen. Begleitet Ihr mich, Sebastiano?«

Kurz darauf waren Cristin und die Männer allein. Der Boden unter ihren Füßen schwankte bedrohlich, doch da fühlte sie zwei starke Arme, die sie umfassten und auf einen der Stühle niederdrückten.

»Der hast du es aber gegeben, Liebling. Wie du das angestellt hast. Ach, ich liebe dich!« Ein zärtlicher Kuss Baldos folgte.

Bastian klopfte ihr anerkennend auf die Schulter. »Gut gemacht, Cristin. Aber sagt, wie wollt Ihr das anstellen … bis übermorgen?«

Sie sah von einem zum anderen. »Meine Güte, ich weiß es nicht. Ich habe nicht die geringste Ahnung.«

Als die Montebellos kurz darauf mit ihrer Tochter den Raum betraten, hatte Cristin ihre Fassung wiedergefunden. Allerdings war sie kaum zu einem klaren Gedanken fähig und konnte nur hoffen, vor Aufregung nicht ins Stottern zu geraten. Giulia Montebello war ein Mädchen von ungefähr sechzehn Lenzen und wie ihre Mutter ungewöhnlich groß, aber feingliedrig. Ihre helle Haut und die braunen, lockigen Haare verstärkten den puppenhaften Eindruck noch. Wache, dunkle Augen und ein schüchternes Lächeln begegneten Cristin. Die Hausherrin berichtete ihrer Tochter zunächst, was das Begehr der Gäste in der *Casa* war.

Cristin trat auf die junge Frau zu und senkte den Kopf zum

Gruß. »Ich wurde beauftragt, Entwürfe für Euren Hochzeitsstaat anzufertigen. Um Euch aufs Beste dienen zu können, ist es nicht nur wichtig, Maß zu nehmen, sondern auch zu erfahren, welche Farben und Stoffe Ihr bevorzugt. Schließlich soll kein Brautpaar in ganz Venedig je so schön und prachtvoll aussehen wie Ihr und Euer werter Bräutigam.«

Giulia Montebellos Wangen röteten sich, die junge Frau gab sich redlich Mühe, sich ihre Aufregung nicht anmerken zu lassen. Mit heller Stimme begann sie zu sprechen.

»Sie sagt, ihr stehen nicht alle Farben, weil sie sehr hellhäutig ist und rasch kränklich wirkt«, wiederholte Doria ihre Worte.

Cristin schenkte ihr ein verständnisvolles Lächeln. »Das geht mir ebenso. Trotzdem bin ich mir sicher, dass wir das Richtige finden werden.« Eingehend ließ sie den Blick über die schlanke Gestalt gleiten. »Ihr habt eine wundervolle Haut, sie steht in einem schönen Kontrast zu Eurem dunklen Haar.«

Geschickt verwickelte Cristin die junge Frau in ein Gespräch, und bald erzählte Giulia Montebello freimütig und mit glänzenden Augen von ihrer bevorstehenden Hochzeit. Ihr Bräutigam war ebenso dunkelhaarig wie sie, und die Lebhaftigkeit, mit der sie von ihm berichtete, verriet der Goldspinnerin, wie verliebt sie in den jungen, hoffnungsvollen Beamten war. Sie liebte schöne Kleider, am besten gefielen ihr Blautöne. Ja, und sie wünschte sich einen Schleier, aber nur halb durchsichtig, denn sie wollte ihren Bräutigam betrachten, wenn sie einander während der Zeremonie die Hände reichten.

Cristin hörte aufmerksam zu. Die junge Frau gefiel ihr, sie hatte offenbar die Liebenswürdigkeit ihres Vaters geerbt. Das Maßnehmen war rasch erledigt, und als die Schwangere alles erfahren hatte, was sie wissen musste, wandte sie sich der Signora zu.

»Danke«, entgegnete sie höflich, »das genügt mir schon. Eure Tochter wird wie eine Königin aussehen, Signora.«

Als sie die *Casa* der Montebellos verließen und mit einer Gondel den *Canal Grande* entlangfuhren, fragte Doria, wohin er sie nun begleiten dürfe. Die Blicke zwischen Bastian, Baldo und Cristin flogen nur so hin und her.

»Wie ich gehört habe, soll es in Venedig viele Webereien geben?«, erkundigte sich Cristin.

»Unzählige«, bestätigte Doria. »Was gedenkt Ihr nun zu tun?«

»Bitte führt uns zu den besten Webern der Stadt, damit ich mir einige Anregungen holen kann.« Sie sah an ihm vorbei in das sanfte Grünblau des Wassers und auf die kleinen Schaumkronen, die der Wind an die Ufer spülte.

18

Die ersten beiden Webereien hatten geschlossen, und an der dritten Tür wies man sie mit dem Hinweis, diese Werkstatt nehme vorerst keine Aufträge entgegen, höflich ab. Baldo erinnerte sich, dass Signora Montebello einen gewissen Meister Pino erwähnt hatte, und sie beschlossen, es bei ihm im Bezirk San Marco zu versuchen. Der Mann sei ihrer Sprache mächtig. Bereits der mit Schmiedeeisen kunstvoll gestaltete Eingang, ganz in der Nähe der Kirche *Santa Maria del Giglio*, zeugte von der Erlesenheit der Kunden, die hier ihre Gewänder fertigen ließen.

Bastian wollte draußen warten, deshalb nickten die drei einander zu und traten ein. Eine Glocke erklang, und sie standen in einem bescheiden eingerichteten Empfangsraum mit zwei Stühlen und einem Schreibtisch, auf dem sich unzählige Pergamente türmten. Ein kleiner, verhutzelter Mann trat ihnen eilig entgegen und wischte sich die Hände an seinem Kittel ab.

»*Scusi, Signori,* aber wir haben eigentlich schon geschlossen. Wie kann ich Euch weiterhelfen?«

Cristin öffnete den Mund, doch Baldo kam ihr zuvor und trat mit einem Lächeln auf ihn zu.

»Gott zum Gruße, Meister Pino. Ich möchte meiner Frau ein Gewand anfertigen lassen, aber es muss etwas ganz Besonderes sein.«

Cristin blinzelte ihn von der Seite an. Was hatte ihr Mann vor?

»Soll es für einen bestimmten Anlass angefertigt werden?«, erkundigte sich Meister Pino.

»Wir sind zu einer Hochzeit geladen.«

Der Weber machte eine auffordernde Handbewegung und bat sie in die Werkstatt. Im Laufe der folgenden Stunde zeigte er ihnen Stoffe jeder Art, bis Cristin meinte, ihr Kopf wäre ein Bienenstock. Der Weber erklärte ihnen mit ruhiger, leidenschaftsloser Stimme, welche Farben und Muster die Venezianerinnen bevorzugten, und schwärmte, wie wunderbar der schwere Brokatstoff mit dem orientalischen Muster die Signora kleiden würde.

»Ich danke Euch«, unterbrach Baldo ihn nach einer Weile. »Wenn wir uns entschieden haben, kommen wir wieder.«

Cristin ließ sich widerstandslos von ihm hinausführen.

»Habt Ihr etwas erreichen können?«, wollte Bastian wissen.

»Nicht viel, allerdings habe ich jetzt eine Vorstellung von den Kosten, die auf mich zukommen. Das ist immerhin ein Anfang.«

»Inzwischen ist es längst Mittagszeit. Wir sollten etwas essen, was meint Ihr?« Baldo strich sich vielsagend über den Leib und grinste.

»Ich lade euch ein, Freunde.«

Bastian führte sie in ein Gasthaus. Die Männer ließen sich die deftigen Gerichte schmecken, Cristin hingegen stocherte auf ihrem Teller herum. Zum ersten Mal, seit sie von der Schwangerschaft wusste, hatte sie nicht den geringsten Appetit. Nicht einer der kunstvollen Stoffe in Meister Pinos Werkstatt hatte in ihr auch nur den Funken einer Idee für die geforderten Stoffe entstehen lassen. Im Gegenteil, die kräftigen Farben und die komplizierten Muster taten ihren Augen noch immer weh.

»Nun iss schon, Weib«, riss Baldos strenge Stimme sie aus ihren Überlegungen. »Wenigstens das Gemüse.«

Gehorsam führte sie den gehäuften Löffel zum Mund, ohne jedoch etwas von dem Geschmack wahrzunehmen.

»Bitte«, brachte sie mühsam hervor und hoffte, die Männer bemerkten ihre feuchten Augen nicht, »ich muss an die frische Luft.«

Sie beschlossen, alle zusammen einen Spaziergang zu unternehmen. Also flanierten sie den *Canal Grande* entlang und genossen den Wind ebenso wie die Geräusche der belebten Stadt. Bastian und Baldo gaben sich alle Mühe, Cristin in ein angeregtes Gespräch zu verwickeln, doch sämtliche Versuche prallten an ihr ab. Obwohl sie die Stimmen und das Gelächter ihrer Begleiter sowie die Schreie der allgegenwärtigen Möwen wahrnahm, war es ihr, als würden sich diese Eindrücke mit dem Rauschen des *Canal Grande* zu einem Ganzen vermischen. Bis sie stehen blieben. In der Ferne erblickte Cristin einen winzigen grünen Fleck und schirmte die Augen vor dem Sonnenlicht ab.

»Dies ist eine der unzähligen Inseln der Lagune«, erwiderte Bastian, der ihrem Blick gefolgt war. »Murano, die Glasbläserinsel. Sie wird von einer Mauer umgeben.«

»Wenn ich Euch weiterhelfen dürfte?«, mischte sich Doria ein. »Ich kenne einige wunderbare Orte, an denen es sich herrlich flanieren lässt.«

»Nein, nein«, wischte Cristin seinen Vorschlag ungeduldig beiseite. »Das ist es nicht, wonach ich suche, vielen Dank.« Sie wandte sich zu den anderen um. »Ich möchte allein sein.«

Baldo umfasste ihre Taille. »Du glaubst doch nicht, dass ich dich in dieser fremden Stadt irgendwo allein lasse, oder?«

Cristin seufzte und lehnte sich gegen seine Brust.

Doria räusperte sich vernehmlich. »Ich denke, ich weiß, was Ihr sucht, Signora. Bitte folgt mir.«

Der Italiener sprach einen der Gondolieri an, die am Ufer auf Fahrgäste warteten. Dieser nickte und machte eine einladende Handbewegung, worauf sie in die Gondel stiegen. Als sie ablegten, hielt Cristin ihr erhitztes Gesicht in den Wind. In ihrem Kopf herrschte ein heilloses Durcheinander von Gedanken. Sie brauchte Ideen, und das so schnell wie möglich, denn die Stunden zerrannen so rasch wie der Sand in einem Stundenglas.

Inmitten der Lagune tauchte eine Insel auf, ein langer, schmaler Landstreifen, der von hoch angehäuften Steinen gesäumt war. Als würde das Ungeborene die innere Erregung seiner Mutter spüren, rührte es sich in ihrem Leib. Dann wurde die Gondel am Ufer vertäut, und die Passagiere betraten den Landstrich. Vor ihnen befand sich eine Siedlung, aus der allerlei Geräusche von Menschen und Tieren zu ihnen herüberdrangen. Sie gingen in südlicher Richtung weiter. Hohe, schlanke Bäume säumten nun den Weg, und ihre Zweige mit den herbstlich bunten Blättern tanzten im Wind. Nur wenig später gaben sie den Blick auf einen Küstenstreifen frei. Die Nachmittagssonne, die sich hinter träge ziehenden Wolken versteckt hielt, tauchte die Lagune in diffuses Licht. Um sie herum herrschte friedliche Stille.

Cristin atmete auf. »Baldo, hier möchte ich bleiben.«

»Gut«, erwiderte Doria, »wir warten dort hinten auf Euch.«

Baldo führte sie fort von Bastian und dem Übersetzer, dem Küstenstreifen zu, bis die beiden Männer aus ihrem Sichtfeld entschwanden. Auf einer Bank ließen sie sich nieder. Cristin lehnte sich zurück und schloss die Augen.

Dann waren da nur noch der Wind, der den Geruch des Meeres mit sich trug, und das Plätschern des Wassers, wenn die Vögel sich in die Luft erhoben. Ihr Herzschlag beruhigte sich allmählich, während sie ihre Hand in Baldos schob und versuchte, alle quälenden Gedanken fortzuschieben. Cristin wusste nicht, wie lange sie auf dieser Bank saß, die Nähe ihres Mannes fühlte und den Tönen der Natur lauschte wie einer leisen Melodie.

Irgendwann öffnete sie die Lider. In diesem Moment kämpfte sich die Sonne durch die Wolken und ließ ihre Strahlen verschwenderisch über die Lagune scheinen. Cristin entwich ein überraschter Laut, sie konnte kaum glauben, was sie vor sich sah. Der Lido war in ein unwirkliches, beinahe gleißendes Licht gehüllt. Unzählige Pflanzen und Gräser in allen Rosa- und Rottönen lugten aus dem seichten Wasser hervor und streckten ihre Hälse der Sonne entgegen, während das Grün ihrer Blätter wie Fächer wirkte. Kleine Kanäle schlängelten sich zwischen ihnen hindurch, einem Labyrinth gleich, und der Wind kräuselte leicht die Wasseroberfläche. Ein weißes Entenpaar landete auf einem der schmalen Wasserwege und zog gemächlich seine Kreise.

Die Einzigartigkeit der Farben und ihrer Schattierungen auf der bis zum Horizont reichenden Lagune drangen Cristin bis ins Innerste. Und über allem lag ein goldener Schimmer, als hätte Gott höchstselbst einen Schleier über diesen Küstenfleck gelegt. Goldene Punkte tanzten auf dem Wasser ebenso wie auf den Gräsern und Halmen, ja selbst das Ufer schien in dieses Licht getaucht zu sein.

Da vernahm die Schwangere eine Stimme aus der Erinnerung in ihren Ohren: »Ach, liebste Cristin, könnte ich das goldene Venedig doch nur malen, um es für immer festzuhalten.«

Jadwigas Worte hallten in ihr nach. In diesem Moment verstand Cristin, was vorher für sie nur ein begeisterter Ausruf der verstorbenen Freundin gewesen war. Diese Stadt besitzt einen eigenen Zauber, waren einst Jadwigas Worte gewesen. Wie recht sie gehabt hatte! Sie konnte sich nicht sattsehen an der zauberhaften Atmosphäre der Lagune, und als die Sonne sich wieder zwischen den Wolken verbarg, fühlte sie Bedauern in sich aufsteigen. Könnte ich doch nur diese Farben, dieses Gold einfangen.

Plötzlich sprang sie auf. Das könnte es sein! »Baldo, oh mein Gott! Ich glaube, ich habe eine Ahnung, was…« Ihre Wangen glühten vor Freude. »Wenn es mir gelingen sollte, diese Farben, diese Lagune in das Brautgewand hineinzuarbeiten, dann… dann könnte ich Signora Montebello vielleicht…«

Einen Augenblick lang starrte ihr Mann sie nur an und strich sich eine Haarsträhne aus der Stirn. »Ich weiß zwar nicht, wie du das anstellen willst, aber wenn es überhaupt jemandem gelingen sollte, dann dir.«

Sie hielten einander umfangen, bis Cristin sich von ihm löste.

»Ist es dir nicht auch aufgefallen, wie stolz die Menschen hier auf ihre Heimat sind? Wie sehr sie ihre Stadt verehren? So sehr, dass man meinen könnte, sie müssten sich ähnlich wie Venedig schmücken?«

»Ja!« Baldo umfasste sie und wirbelte sie im Kreis herum. »Du hast ja so was von recht! Mein Gott, du wirst diese hochnäsige Person entzücken!«

Cristin lachte. »Gut möglich. Lass uns zurückgehen. Auf mich wartet viel Arbeit.«

Doch kaum dass sie Baldo von ihrem Plan berichtet hatte und die erste überschäumende Freude einer stillen Zufriedenheit gewichen war, biss sie sich auf die Unterlippe. Ja, wäre sie jetzt zu Hause in Hamburg in ihrer Spinnerei, hätte sie sich mit Minna und dem Gesellen beraten können. Darüber, welches Material sie am besten für den Brautstaat verwendete, welche Farben dem Bild der Lagune entsprachen oder ihm zumindest sehr nahe kamen. Und natürlich, wo sie diese farbigen Garne herbekommen konnte, denn nicht jeder Färber hatte eine derart große Palette anzubieten. Aber hier, im fernen Italien, mit nichts als einer vagen Idee und einer Handspindel ausgerüstet, gestaltete sich das Anfertigen von Mustern eher schwierig.

Gewiss, nirgends sonst konnte sie feineres Garn kaufen als in Venedig, doch die fünf Dukaten, die sie von Enrico de Gaspanioso für die zwei Werkstücke erhalten hatte, waren sicher nicht genug. Also blieb ihr nur, eine Zeichnung anzufertigen. Im Geiste ging sie ihre Habe durch. In ihrem Gepäck befanden sich zwei Pergamentbögen, Federkiel und ein Tintenfässchen. Baldo hatte sie damals gefragt, wozu sie die Sachen benötigte, aber sie hatte sich nicht beirren lassen und die Schreibutensilien für alle Fälle eingesteckt. Mühsam riss sie sich von ihren Überlegungen los, und sie näherten sich mit raschen Schritten ihren Begleitern.

Cristin lächelte, während Baldo den anderen atemlos von ihrer Idee berichtete, doch in Gedanken stellte sie eine Liste der Farben zusammen, die sie für die Zeichnungen unbedingt benötigte. Zinnober, Grünspan, Ocker, Indigo und Knochenweiß, und mit etwas Glück bekam sie auch Azurit. Außerdem musste sie verschiedene Pinsel sowie goldene Tinte besorgen.

Obwohl – diese Töne würden nicht annähernd die wahren Farben der Lagune wiedergeben ... Egal, sie musste eben ihr Bestes versuchen. Sie blickte an den Männern vorbei auf den Weg, der sie zurück zu dem Anlegeplatz der Gondel führte. Inzwischen war es später Nachmittag, und die Sonne stand schon tief. Es kribbelte ihr in den Fingerspitzen, endlich mit der Arbeit zu beginnen, wenn sie übermorgen nicht unverrichteter Dinge und als elendige Versagerin vor den Montebellos stehen wollte.

»Signor Doria«, unterbrach sie das angeregte Gespräch, das zwischen den Männern nach Baldos Offenbarung entbrannt war, brüsk. »Bitte, ich muss Farben besorgen, außerdem Tinte und Pinsel. Rasch.«

Einige Zeit später saß Cristin in ihrer Kammer am Tisch und betrachtete zweifelnd ihre neuen Errungenschaften. Ob die Farben ausreichten? Sie zog die Stirn kraus. Es musste eben genügen, denn Pinsel, Tinten und ein zweiter Federkiel hatten ein beträchtliches Loch in ihrem Geldbeutel hinterlassen. Auch auf weitere Pergamentbögen musste sie verzichten. Einen würde sie zum Vorzeichnen benutzen, der zweite war für den endgültigen Entwurf gedacht.

Baldo, Bastian und den allgegenwärtigen Giacomo Doria hatte sie gebeten, sie allein zu lassen. Wahrscheinlich genehmigten sich die Männer einen Krug Wein in einem der vielen Wirtshäuser, während sie sich den Kopf darüber zerbrach, welches Material und welche Grundfarbe sie für das Brautkleid verwenden sollte. Sie stützte die Ellenbogen auf den Tisch und schloss für einen Moment die Augen. Der Bräutigam sollte nur einen auffälligen Umhang bekommen, sein Feststaat durfte allerdings nicht allzu bunt ausfallen, grübelte sie. Oder…

Cristin sprang auf und wanderte durch die Kammer. Ja, das könnte gelingen. Ihn wollte sie in derselben Grundfarbe einkleiden, einige fein gearbeitete Einsätze an den Ärmeln und am Kragen vielleicht, und den Umhang dann ebenfalls in den Farben der Lagune halten. Erregung erfasste sie. Mit einem Male entstand vor ihrem geistigen Auge ein genaues Abbild dessen, was sie soeben beschlossen hatte. Die feinste Seide musste es sein, dieser Stoff würde die zartgliedrige Gestalt der Braut am besten zur Geltung bringen.

Cristin sah es förmlich vor sich, ein schlichter Schnitt, flügelartige Ärmel sowie ein weit geschnittener Rock, damit das ungewöhnliche Muster gut zu erkennen war. Goldstickereien am Saum und im Schleier, aber nicht zu viele. Für diese Gewänder musste echtes Blattgold her, das um eine seidige Sehne gewickelt wurde, um es einsticken zu können. Das Häutchengold, das sie üblicherweise verwendete, erschien ihr für diesen Auftrag nicht gut genug. Doch wie sollte sie an das kostbare Material herankommen? Ihres Wissens nach gab es in Lübeck keine Goldschläger, aber Lukas hatte ihr einmal von einem Nürnberger berichtet, der sein Handwerk dort als Erster seines Faches ausgeübt hatte und sich vor Aufträgen kaum retten konnte.

Ihr Blick fiel auf das Pergament. Die goldenen Fäden für die Umhänge des Brautpaares könnte sie, Sonnenstrahlen gleich, schräg einfallen lassen. Sie setzte sich nieder und atmete tief durch. Ein Schauer überlief sie, als sie den Gänsefederkiel in azuritfarbene Tinte tauchte und begann, die Umrisse des Kleides zu zeichnen. Es war wie ein Rausch, der sie auf einmal erfasste. Ungeduldig schob sie ein Talglicht dichter heran, um trotz der einsetzenden Dunkelheit gut sehen zu können, und beugte den Kopf tiefer über das Pergament. Cristin vergaß Zeit und Raum, doch als sie mit dem Rohentwurf endlich fertig war, lächelte sie ins Halbdunkel des Raumes.

Im selben Moment wurde sie jedoch wieder ernst. Wie sollte sie Signora Montebello begreiflich machen, dass sie ihr nur *einen* anstelle von drei Entwürfen anzubieten hatte? Cristins Gedanken überschlugen sich. Wenn sie die ganze Nacht über arbeitete und Baldo bat, ihr zusätzliche Pergamentbögen zu kaufen… Nein, die Zeit war einfach zu knapp, obendrein war keines der anderen Brautkleider, die ihr im Kopf herumschwirrten, auch nur annähernd mit diesem hier zu vergleichen.

Cristin erhob sich und stemmte eine Hand in den Rücken. Das Ungeborene schien ihre Unruhe zu spüren und bewegte sich heftig in ihrem Leib – ein Grund mehr, dass sie kaum mehr einen klaren Gedanken fassen konnte. Ihr Körper allerdings zeigte ihr sehr deutlich, was er wollte, denn ihr Magen knurrte zum Gotterbarmen, und die Zunge klebte ihr am Gaumen. Sie trat an eine Schüssel, die auf einem kleinen Tischchen stand, und wusch sich mit dem kühlen Wasser Gesicht und Hände, dann machte sie sich auf die Suche nach ihren Begleitern. Sie fand sie vor dem Eingang des Handelskontors auf einer Bank sitzend, offenbar guter Dinge, denn sie unterhielten sich lebhaft.

Baldo sah sie als Erster und sprang auf, um sie zu umarmen. »Du siehst erschöpft aus, Liebes. Hast du geschafft, was du dir vorgenommen hast?«

Er führte sie zur Bank. Bastian rutschte etwas zur Seite, sie ließ sich aufatmend nieder und genoss die frische Luft, die vom Meer her herüberwehte.

»Ich habe einen Probeentwurf gemacht, den ich morgen nur noch ins Reine übertragen muss.« Sie blickte in den wolkenlosen Nachthimmel, an dem unzählige Sterne zu sehen waren. »Der Brautstaat ist das Ungewöhnlichste, was ich je angefertigt habe, allerdings auch das Schönste.« Sie sah von einem zum anderen. »Es gibt da nur ein Problem.«

»Und das wäre?«, fragte Bastian.

»Bis morgen Abend werde ich es niemals schaffen, drei Entwürfe anzufertigen, wie Signora Montebello es verlangt. Ich bin mir sicher, sie weiß das und will mich auf die Probe stellen.«

Baldos Augen verengten sich. »Das wäre ihr zuzutrauen. Sie ist klug und macht es dir absichtlich schwer.«

»Ich kann es ihr nicht einmal verübeln«, meinte sie nachdenklich.

»Ich höre wohl nicht richtig, Liebes?«

»Wenn ich etwas dazu sagen dürfte, *Signori*?«, wandte Doria ein. »Signora Montebello ist in ganz Venedig als zähe und harte Geschäftsfrau bekannt.«

Cristin nickte. »Das dachte ich mir. Warum also sollte sie sich mit einer kleinen Goldspinnerin wie mir abgeben?« Sie blickte in die Runde. »Sie wird nur dann mit mir Geschäfte machen, wenn sie einen Nutzen daraus ziehen kann. Entweder weil ich meine Waren günstiger verkaufe als andere, oder weil ich etwas anzubieten habe, was es in dieser Form in ganz Venedig nicht gibt. Deshalb prüft sie mich, um mir ihre Macht zu beweisen. Ich vermute, dass sie mit dieser Methode schon viele Händler eingeschüchtert hat.«

»Was gedenkt Ihr nun zu tun?«, wollte Bastian wissen. »Lasst Ihr sie gewinnen?«

Cristin lachte hellauf. »Gewiss nicht kampflos, keine Sorge.«

Baldo hatte den Arm um sie gelegt, und sie schmiegte sich in seine Umarmung.

»Morgen möchte ich de Gaspanioso noch einmal aufsuchen«, fügte sie hinzu und erntete einen überraschten Blick von Baldo.

»Was hast du vor, Cristin?«

Sie spielte mit dem Zipfel ihres Umhanges. »Ich muss erfahren, woher ich die feinste Seide in ganz Venedig bekomme. Wer, wenn nicht der Tuchhändler, kann mir diese Frage beantworten?«

»Ich sehe schon«, aus Bastians Stimme war ein Lächeln deutlich herauszuhören, »Ihr werdet es der feinen Dame auch nicht leicht machen. Recht so! Deshalb schlage ich vor, wir begeben uns jetzt zur Ruhe, ihr Lieben.«

19

Cristins Nacht war schlaflos verlaufen, und sie hatte einen Großteil damit zugebracht, Baldos gleichmäßigen Atemzügen zu lauschen. Sie bewunderte ihn dafür, auch in Zeiten größter Sorge friedlich schlafen zu können. So schälte sie sich schon vor dem Morgengrauen aus dem Bett und kleidete sich sorgfältig an. Auf Zehenspitzen schlich sie aus der Kammer und legte die wenigen Schritte zur Rialtobrücke zurück. Nebelschwaden hingen über dem *Canal Grande* und ließen die Lagunenstadt unwirklich erscheinen, wie in einem Traum. Noch war außer dem Plätschern des Wassers nichts zu hören, denn die Händler öffneten erst in einer Stunde ihre Läden. Dann allerdings würde die Stadt rasch erwachen und einem fleißigen Bienenstock gleichen.

Die Schwangere strich über die Rundung ihres Leibes. Alles in ihr war in Aufruhr, und der Gedanke, sie könnte am

Abend scheitern, trieb sie um. Es musste ihr gelingen, Elisabeth und dem Ungeborenen ein sicheres Zuhause zu bieten, eins, in dem sie nie Not oder Hunger leiden sollten. Dafür wollte sie kämpfen. Nun, da sie selbst Geschäftsfrau war, bekam sie eine Ahnung dessen, was ihr erster Gemahl Lukas zu Lebzeiten für sie getan hatte. Niemals hatte sie sich Sorgen machen müssen, seine Geschäftsangelegenheiten brauchten sie nicht zu kümmern, und wenn sie auf die Straßen Lübecks getreten war, hatte jedermann sie respektvoll und freundlich gegrüßt. Manchmal schämte sie sich dafür, dass sie die vielen kleinen Dinge des täglichen Lebens damals mit dieser Selbstverständlichkeit hingenommen hatte. Wie dumm und naiv sie doch gewesen war!

Einen Moment lang ließ Cristin die Stille auf sich wirken und trat dann den Rückweg zum Handelskontor an.

Baldo war gerade erwacht und rieb sich die Augen.

»Liebling, gib Ruhe«, erwiderte sie auf seine treuherzige Frage, ob er nicht wenigstens einen kurzen Blick auf ihre Zeichnung werfen dürfe. »Du bekommst den Entwurf zu sehen, wenn die Montebello mir den Auftrag erteilt, nicht vorher.«

»Kann ich dich nicht umstimmen?« Er zog sie in die Arme und strich ihr übers Haar.

»Nein, Baldo.« Sie küsste ihn auf die Nasenspitze.

Nachdem die Reisenden gefrühstückt hatten, machten sie sich erneut auf den Weg zu de Gaspanioso. Dort angekommen, bestand Cristin darauf, das Haus des Tuchhändlers allein zu betreten. Widerstrebend gab Baldo nach und küsste sie auf die Stirn. »Viel Erfolg, Liebling.«

Wenig später betrat sie die *Casa* des Venezianers. Der Diener hatte sie ohne Federlesen und mit einem Lächeln hereingebeten. Signore de Gaspanioso hob den Kopf von einer Pergamentrolle, als sie nach kurzem Zögern eintrat.

»Signora Schimpf«, begrüßte er sie erfreut. »Was führt Euch in mein Heim?«

»Ich hoffe, ich störe nicht?«

»Keineswegs, bitte nehmt Platz.«

Cristin ließ sich in den Lehnstuhl sinken und faltete die Hände, um ihr Zittern zu verbergen. Der Tuchhändler legte die Pergamentrolle beiseite und beugte sich vor.

»Bitte berichtet mir doch, was Signora Montebello zu Euren Stoffen gesagt hat.«

Nachdem sie geendet hatte, sah er sie aufmerksam an.

»Dann bleibt mir nur, Euch für den Abend alles Gute zu wünschen, Signora.«

Cristin blickte ihm offen ins Gesicht. »Ich könnte Eure Hilfe gebrauchen, wenn ich ehrlich bin.«

Er lachte. »Ich mag es, wenn jemand sogleich auf den Punkt kommt. Nur zu, womit kann ich dienen?«

Sie erzählte ihm von ihrem Plan, Signora Montebello am Abend ein Muster der schönsten Seide zu präsentieren.

»Wo könnte ich die wohl bekommen, Signore?«

»Nun«, sagte der Tuchhändler und griff nach einem Federkiel, um ihn zwischen den Händen zu drehen, »da *Venezia* nur Rohseide verkauft, haben wir ein Problem.«

Cristin stockte der Atem. »Das soll heißen, ich kann in ganz Venedig …«

»… leider keine gewebten Seidenstoffe kaufen.«

»Meine Güte, und was mache ich nun?« Sie hatte Mühe, sich ihr wachsendes Entsetzen nicht anmerken zu lassen. War damit nun ihr ganzer Plan zunichte?

»Am besten, Ihr verlasst Euch ganz auf mich, Signora Schimpf. Königin Jadwiga hat Euch gewissermaßen mir anvertraut. Und Ihr denkt hoffentlich nicht, dass ich mich so schnell geschlagen gebe?« Er erhob sich und zwinkerte ihr zu. »Wenn Ihr mir bitte in meine Werkstatt folgen würdet?«

Cristins Puls raste, während sie die Treppen zu de Gaspaniosos Geschäft hinabstiegen. Eine kleine, dunkelhäutige Frau trat ihnen eilfertig entgegen, ein italienischer Wortschwall folgte. Dann betraten sie einen nur schwach beleuchteten

Hinterraum. An beiden Seiten waren bis zur Decke Regale aufgebaut, in denen säuberlich verschnürte Pakete gestapelt waren.

Hamburg

»Ob die Herrschaften wohl inzwischen auf dem Rückweg sind?«, fragte sich Minna, während sie in der kleinen Küche des Baders stand und mit einem Holzlöffel die Kohlsuppe umrührte, die sie auf dem Herd erwärmt hatte.

»Ihr macht Euch Gedanken um die Schimpfs?«

Minna fuhr zusammen, denn wieder einmal hatte er sie bei einem Selbstgespräch ertappt.

Der Bader trat an den Herd und sog hörbar die Luft durch die Nase ein. »Riecht großartig, was Ihr da auf dem Feuer habt!«

»Wie schön«, gab Minna mit freudloser Stimme zurück und seufzte. »Ja, ich muss immerzu an Cristin und Baldo denken. Wenn sie bloß bald wieder da wären!« Sie verzog das Gesicht. »Vorige Nacht hab ich geträumt, dass Cristin ihr Kind verloren hat.«

»Nun malt mal nicht den Deibel an die Wand, Minna! Außerdem ist dieser Bernsteinhändler bei ihnen. Baldo und er werden schon auf die Deern achtgeben.« Er sah sich um. »Wo sind denn Elisabeth und Lump?«

»Beide im Garten, die Lütte hatte großen Hunger und hat schon gegessen. Und was die Schimpfs betrifft: Ihr habt gut reden.« Sie wiegte zweifelnd den Kopf. »Was weiß man denn schon von diesem Venedig?«

Ludewig lehnte sich gegen einen der Küchenspinde und verschränkte die Arme vor der Brust. »Ich habe vor Jahren einmal einen jüdischen Medicus kennengelernt, einen Wanderchirurgen, der weit herumgekommen war in der Welt, auch er kannte Venedig. Beim Essen kann ich Euch davon erzählen, wenn Ihr wollt.«

»Oh, gern. Die Suppe ist übrigens fertig. Würdet Ihr den Topf in die Stube tragen? Dann nehme ich Teller, Löffel und das Brot.«

Nachdem Stienberg ihr berichtet hatte, was er über die berühmte Stadt jenseits der Alpen wusste, fasste sich Minna ein Herz.

»Darf ich Euch etwas fragen?«

Der Bader schob seinen Stuhl zurück und streckte die Beine von sich. »Nur zu, Minna.«

Sie tat, als würde sie Brotkrumen vom Tisch auflesen, doch dann blickte sie ihm direkt in das gutmütige Gesicht. »Ich habe gesehen, wie Ihr Notizen über Eure Patienten machtet. Wo habt Ihr das Schreiben erlernt? Ich meine, Ihr seid kein Arzt, habt nicht studiert …«

»Nein, das brauchte ich zum Zahnreißen und Brüche richten auch nicht.« Stienberg lachte. »Und zum Haareschneiden erst recht nicht.«

»Verzeiht, ich wollte Euch nicht beleidigen.«

»Keine Sorge, das habt Ihr nicht. Der jüdische Medicus hat es mir beigebracht.« Er legte die Stirn in Falten. »Meine Güte, wie lange ist das jetzt schon her? Ich muss so um die dreißig Lenze alt gewesen sein. Der gute, alte Samuel meinte, ich sei ein gescheiter Bursche. Was wohl aus ihm geworden ist? Aber sagt, liebe Minna … wie kommt Ihr auf die Frage? Wollt Ihr es etwa auch erlernen?«

»Nein, Herr Ludewig, das geht doch nicht. Das steht Weibern nicht zu. Außerdem wäre ich dafür nicht klug genug.« Das hast du nun davon, was stellst du dem Mann auch neugierige Fragen, rügte sie sich. »Frau Schimpf«, fuhr sie fort, »sie hat das Lesen und Schreiben von ihrem ersten Mann gelernt. In dem Jahr, als er starb.«

Sie hielt inne, ließ ihre Gedanken zurückwandern in eine glücklichere Zeit. Der Lohnarbeiterin wurden die Augen feucht. Eine Hand legte sich auf ihre Schulter. Sie sah in die freundlichen Augen des Baders, der immer so gut zu ihr war. Auch Cristin und Baldo hatte er stets Gutes erwiesen, damals, als sie aus Lübeck geflohen waren und Minna nicht gewusst hatte, was aus ihrer einstigen Dienstherrin geworden war.

»Was ist mit Euch, Minna?«

Stumm schüttelte sie den Kopf, wollte sich erheben, doch Ludewigs Hand ruhte unverändert auf ihrer Schulter. Minna blinzelte zu den kräftigen Fingern hinüber, deren Wärme sie durch das Gewand fühlen konnte. Als der Bader es bemerkte, nahm er seine Hand rasch fort.

»Nun macht mal ein anderes Gesicht, liebe Minna«, gab er ihr betont forsch zu verstehen.

Sie hielt in der Bewegung inne und starrte ihn an.

Seine Stimme klang eigenartig heiser, als er sich erhob und sagte: »Ich will mal nach dem Kind sehen …« Er brach ab und ging hinaus.

Minna stand ebenfalls auf und begann den Tisch abzuräumen, doch ihre Gedanken verharrten bei dem Bader, den sie durch das geöffnete Fenster mit Elisabeth reden hörte. Mehrmals lachte die Kleine hell auf. Sie eilte in die Stube zurück, um den leeren Topf zu holen. Ihr verstorbener Ehemann, dem sie elf Kinder geboren hatte und mit dem sie sehr zufrieden gewesen war, hatte nicht so gut mit Kindern umgehen können wie Ludewig. Sie wusch die Teller mit einer Hand voll kalter Asche und Wasser ab. Ein Seufzen entwich ihr, während sie ein Leinentuch nahm und einen Teller abtrocknete. Von draußen drang erneut fröhliches Kinderlachen an ihre Ohren. Der Lohnarbeiterin wurde wehmütig zumute. Wie mochte es *ihren* Kindern gehen, den dreien, die ihr geblieben waren? Sie hatte sie lange nicht gesehen.

»Minna!«, riss die kräftige Stimme des Baders sie aus ihren Gedanken, der soeben die Küche betrat, die kleine Elisabeth im Schlepptau. »Blast Ihr etwa immer noch Trübsal? Setzt Euch doch zu mir.« Ludewig sank auf einen Stuhl, und hob Elisabeth kurzerhand auf seinen Schoß.

Minna wischte sich die Finger ab und leistete seiner Bitte Folge. Abwartend musterte sie ihn.

»Erinnert Ihr Euch noch an den Jungspund, dem ich neulich einen Zahn gezogen habe?«

»Sicher.«

Ludewig gab Elisabeth einen von den Keksen, die Minna gebacken hatte und die in einer Schale auf dem Esstisch lagen. »Er kam heute noch mal in die Praxis und brachte mir als Dank für die Behandlung eine gute Flasche Schnaps.«

»Das ist nett von ihm, Herr Ludewig.«

»Ja, das finde ich auch. Wusstet Ihr, dass der Junge nur eine Straße von der ehemaligen Spinnerei entfernt wohnt?«

Minna dachte nach. »Lebt er nicht noch im Haus seiner Eltern? Die wohnen dort in der Nähe, glaube ich.«

»Na, jedenfalls erzählte er mir, dass ihm gestern ein komischer Kauz mit dunklen, leicht ergrauten Haaren und einem langen Mantel über den Weg gelaufen sei. Der Mann habe eine ganze Weile vor der Brandstelle gestanden und ihn schließlich gefragt, ob er wisse, wo Baldo und Cristin Schimpf seien und wann sie wiederkämen.«

Minna beugte sich vor. »Tatsächlich? Wer war das denn?«

»Das hat er nicht gesagt.« Der Bader kratzte sich am Kinn. »Der Junge meinte nur, er wisse nicht, wann die Schimpfs wiederkommen. Daraufhin hat der Mann nur etwas gemurmelt wie: ›Dann ist es also wahr‹, und ist gegangen.«

»Das ist eigenartig, aber ich denke, wenn der Fremde etwas Wichtiges zu sagen hat, kommt er wieder.«

»Ganz richtig, meine Liebe. Was haltet Ihr von einer Runde Würfeln, bevor Elisabeth ins Bett geht?«

20

Lübeck

»Nun kommt schon rein, Mädchen, wir beißen nicht!« Der große, kahlköpfige Mann, der soeben die Tür des Armenhauses geöffnet hatte, bleckte die Zähne und machte eine Kopfbewegung zur Seite. Mirke folgte seiner Aufforderung und trat in den schmalen Flur. Der Gestank nach Schweiß und altem Fisch, der ihr entgegenschlug, nahm ihr einen Moment lang schier den Atem. Sie sah sich um. Eine Holztreppe führte nach oben, links und rechts davon gingen Türen ab.

So also sah es im Armenhaus aus. Natürlich war sie früher schon mal an dem zweistöckigen, lehmverputzten Gebäude vorübergegangen, hatte aber noch nie einen Fuß hineingesetzt. Im Gegenteil, sie hatte ihre Schritte beschleunigt, bevor eine der bedauernswürdigen Gestalten, die aus den Fenstern heraussahen, sie noch ansprach. Seufzend blickte sie zur Treppe hinauf. Im schwachen Licht tanzten Staubkörner in der stickigen Luft. Doch ihre Situation hatte sich geändert, und sie konnte es sich nicht leisten, zimperlich zu sein. Der Pfaffe, den sie nach der heutigen Morgenmesse vor der Jakobikirche um ein Almosen bat, hatte ihr geraten, nach St. Johanni zu gehen, dort werde man ihr sicher helfen.

»Ich bin Ewalt Falk, der Aufseher«, erklärte der Mann, und seine Augen verweilten einen Moment auf ihrem vollen Busen. »Bist du eine Hübschlerin?«

Warum glaubte nur jeder Kerl, der ihre Brüste sah, sie würde es für Geld tun? Mirke unterdrückte einen unfreundlichen Kommentar, der Mann konnte ja nicht ahnen, dass er mit seiner Bemerkung einen wunden Punkt getroffen hatte.

»Hab meine Arbeit verloren«, log sie.

»Du hast Glück, wir haben gerade ein bisschen Platz. Drei Weiber sind gestorben, letzte Woche.« Er wies auf die Treppe. »Komm mit nach oben, ich zeig dir den Schlafraum.«

Sie stieg hinter dem kräftigen Mann die Stufen empor. Oben öffnete er eine Tür. Mindestens zwei Dutzend Frauen lagen auf den schmalen Betten, und ebenso viele Kinder hockten auf dem schmutzigen Lehmboden, der mit allerlei Unrat übersät war. Fischgräten und -köpfe lagen ebenso achtlos herum wie Hühnerknochen und zahllose Schalen von Austern. Die Nahrung der Armen. Eine Wolke aus den Gerüchen menschlicher Ausscheidungen schien über dem Raum zu schweben. Während einige der Frauen sie mit unverhohlener Neugierde musterten, andere dagegen stumpfsinnig ins Nichts starrten, unterdrückte Mirke ein Würgen. Nicht einmal auf dem Abtritt stank es so entsetzlich wie hier.

Ein junges Ding erhob sich von ihrer Bettstatt und trat auf sie zu. Das flachsblonde Mädchen mit der frechen Stupsnase mochte vielleicht dreizehn Lenze zählen. »Ich bin Judith«, sagte sie. »Kannst bei mir schlafen, ich hab noch Platz.«

In den folgenden Tagen lernte Mirke die anderen Bewohnerinnen des Lübecker Armenhauses zwar etwas besser kennen, konnte jedoch nicht behaupten, dass ihr die Frauen besonders sympathisch waren. Vor allem von Hanna, einer jüdischen Metze, versuchte sie sich fernzuhalten.

Außer einer Hand voll Huren, teils im fortgeschrittenen Alter, beherbergte das Armenhaus von St. Johanni etliche junge Mütter mit ihren Kindern. Einige hatten zwar Männer, doch diese arbeiteten im fernen Dänemark oder im Süden des Landes, wie sie den Gesprächen der Frauen entnahm. Die meisten allerdings waren von den Kindsvätern sitzen gelassen worden. Das Leid und die Einsamkeit dieser Frauen standen ihnen ins Gesicht geschrieben. An manchen Tagen herrschte eine Grabesstille in dem überfüllten Saal, die nur von dem gelegentlichen jämmerlichen Geschrei der Säuglinge und dem Knistern und Knacken des Kamins unterbrochen wurde.

Falk mochte einen großen Anteil an der Ruhe haben, denn der Aufseher duldete keine Prügeleien oder lautstarke Auseinandersetzungen und teilte auch schon einmal Schläge mit dem Knüppel aus, wenn die Frauen aufeinander losgingen. Mirke verspürte allerdings auch kein Bedürfnis, sich mit den apathisch wirkenden Weibern zu befassen. Und der Kinderlärm dröhnte ihr allzu laut in den Ohren. Warum ließen die Frauen ihre Säuglinge schreien, statt sie in den Armen zu wiegen? Sie hätte ihr Kind gewiss nicht so behandelt. Eine gute Mutter wäre sie geworden, oh ja.

Wenn der Schmerz in ihrem Inneren zu stark wurde, verließ sie fluchtartig das Armenhaus, um vor der Tür frische Luft zu schnappen. Dem Aufseher gefiel das nicht, er hatte sie schon öfter wieder hereingeschickt. Er sagte, die reichen Kaufleute sollten das Elend der Stadt nicht zu sehen bekommen. Mirke schnaubte bei dem Gedanken. Wir sind denen nicht fein genug, da ist es besser, im Haus gehalten zu werden, dachte sie.

Die Tage zogen sich endlos hin. Einzig mit dem blonden Mädchen, das sie am ersten Tag angesprochen hatte, ließ sie sich auf Gespräche ein. Judith schien zumindest einen Funken Verstand zu besitzen und hielt sich einigermaßen sauber.

Eine Woche, nachdem Mirke in das Armenhaus gekommen war, legte Judith beim Frühmahl den Holzlöffel neben die Schale mit Brei und sah ihr offen ins Gesicht.

»Jetzt weiß ich, woher ich dich kenne.«

Mirke hielt den Atem an.

»Bist mir gleich irgendwie bekannt vorgekommen«, fuhr das Mädchen unbekümmert fort. »Du bist doch die, die sie an den *Kaak* gestellt haben. Ich bin damals dabei gewesen. Da standen ganz schön viele Leute rum und haben gegafft. Einem hab ich den Geldbeutel vom Gürtel geschnitten.« Sie wurde wieder ernst. »Die haben dich ausgepeitscht, weil du mit diesem Bremer gebuhlt …«

Mirke sprang ruckartig auf und schlug mit der flachen Hand auf den Tisch. »Halt die Klappe!«

Das Mädchen zuckte zusammen wie unter einer Maulschelle.

»Was regst du dich denn so auf?«, murmelte sie. »Hier kümmert es keinen Menschen, was du gemacht hast!«

Mirke beugte sich vor. »Du sollst still sein, verdammt!«

»Hört, hört.«

Sie fuhr herum. Die alte Jüdin stand hinter ihr und musterte sie aus zusammengekniffenen Augen.

»*Du* warst also das kleine Luder, das mit Cristin Bremers Schwager gehurt hat?«

Mirke schluckte. *Cristin Bremer.* Der verhasste Name, da war er wieder. »Lass mich in Ruhe«, presste sie hervor.

Die Alte sank auf einen Hocker. Sie raffte ihr fadenscheiniges Kleid und schob eine Hand zwischen die mageren Schenkel. »Totkratzen könnte man sich. Fürchte, ich hab mir irgendwo die Krätze geholt! Wenn ich auch nicht wüsste, bei wem ich mir die eingehandelt haben soll.« Ihre Hände wanderten höher, fuhren unter die schlaffen Brüste. »Bei der heiligen Maria Magdalena, die Juckerei macht mich wahnsinnig!«

Mirke wich zwei Schritte zurück. Die Hure zog eine Hand hervor, zeigte auf sie und warf ihr einen giftigen Blick zu.

»Vielleicht hast *du* sie ja mitgebracht.«

Voller Empörung setzte Mirke zu einer Antwort an, doch Judith sprang auf und trat zwischen sie und die Alte.

»Red doch keinen Unsinn, Hanna«, rief sie aus, während nun weitere Frauen in den Speisesaal traten. »Bei dem Dreck, in dem wir hier hausen müssen, ist es doch kein Wunder, wenn wir krank werden. Vielleicht hast du ja auch bloß Flöhe oder so was.« Sie trank ihren Becher mit lauwarmem Bier aus und wischte sich über die Lippen. »Ich geh mal zu Falk, er soll dir eine Salbe besorgen oder ein Kräuterweib holen! Und jetzt hör auf, dich zu kratzen, verdammt. Davon wird's auch nicht besser.«

21

Venedig

Enrico de Gaspanioso zog eine hölzerne Leiter zu sich heran, die an den Regalen lehnte, und stieg hinauf, um ein großes, verschnürtes Paket auszuwählen.

»Bitte kommt mit mir, Signora Schimpf«, schlug er vor, nachdem er wieder heruntergestiegen war.

Während Cristin dem Tuchhändler folgte, bemerkte sie, wie behutsam er das Paket auf dem Arm trug. Im Zahlraum angekommen, legte er es auf einem ausladenden Schreibtisch ab und löste vorsichtig die Verschnürungen.

»Wenn Ihr es Euch ansehen wollt, Signora«, er senkte die Stimme zu einem Flüstern. »Dies hier ist die feinste Seide, die Ihr jemals gesehen habt.« Mit diesen Worten zog er die schützende Lederhülle beiseite.

Cristins Augen weiteten sich unwillkürlich, als sie den reinweißen, matt schimmernden Stoff vor sich auf dem Tisch liegen sah.

»Mein Gott!«

»Der Herr hat zwar alles Leben geschaffen, meine Liebe, aber dieses Kunstwerk haben wir byzantinischen Seidenwebern zu verdanken. Der Allmächtige jedoch schuf die Seidenraupen.«

Ihr Herz schlug schneller, als sie mit Blicken den edlen Stoff streichelte. Cristin konnte nicht anders, musste ihn berühren. Nur ein Mal, dachte sie, nur ein Mal etwas derart Feines zwischen den Fingern spüren. »Byzantinische Seide also«, sagte die Goldspinnerin wie zu sich selbst. Ehrfürchtig strich sie über den weichen Stoff. Die Oberfläche des Materials war glatt und ohne Struktur, nirgends konnte sie Spuren arbeitender Hände entdecken.

»Der Stoff zeichnet sich durch eine neue Webtechnik aus, die bisher allerdings nur im Orient angewendet wird, Signora Schimpf«, erwiderte der Tuchhändler auf ihre unausgesprochenen Gedanken hin. »Das Geheimnis der Herstellung wird leider ebenso sorgsam gehütet wie die Glasbläserkunst hier bei uns auf Murano. Mehr weiß ich leider auch nicht darüber zu berichten. Den Preis pro Elle allerdings kann ich Euch nennen.«

Der Tuchhändler flüsterte ihr die mit dem orientalischen Händler vereinbarte Summe zu, und Cristin schnappte entsetzt nach Luft.

De Gaspanioso hob bedauernd die Schultern. »Leider kann ich Euch diese Seide nicht verkaufen, Signora, denn ich benötige sie für einen meiner wichtigsten Aufträge.« Als er sah, wie Cristin den Kopf senkte, tätschelte er ihr den Arm. »Aber da ich weiß, dass Ihr den Stoff wie einen Schatz hüten werdet, überlasse ich Euch eine Elle, damit Ihr ihn Signora Montebello präsentieren könnt.« Ein verschmitztes Lächeln überzog de Gaspaniosos Antlitz. »Meine guten Wünsche begleiten Euch.«

Cristin starrte ihn an, unfähig zu begreifen, was der Tuchhändler ihr soeben angeboten hatte. »Aber das geht nicht. Ihr könnt doch nicht einfach ein Stück abschneiden!«

»Seid ohne Sorge, ich habe genug davon. Keine Widerrede!«

Er wickelte den Stoff sorgfältig wieder ein und winkte die kleine, dunkle Frau zu sich, die im Hintergrund gewartet hatte. Er wechselte ein paar Worte mit ihr und überreichte ihr das Paket. Diese nickte und verschwand.

»Sollte Euer Vorhaben gelingen und Ihr könnt Signora Montebello für Euch gewinnen, biete ich Euch an, bei meinem äußerst vertrauenswürdigen Händler aus dem Orient Euren Stoff zu bestellen. Ich könnte bei ihm die doppelte Menge feinste Seide ordern und Euch den Stoff in Eure Heimat schicken lassen, denn ich bin sicher, Ihr werdet sie benötigen. Sollte ich mich täuschen und der Auftrag mit der Signora käme nicht zustande, gebt Ihr dem Boten Bescheid, und er bringt ihn mir wieder zurück. Nun, was sagt Ihr dazu?«

»Das wäre wunderbar, Signor de Gaspanioso«, entfuhr es ihr ein wenig atemlos.

Der Tuchhändler lächelte. »Dann ist es also abgemacht und Ihr gebt mir Bescheid, wenn Ihr mir die Leihgabe zurückbringt. Kann ich Euch noch anderweitig dienen, Signora Schimpf?« Er legte eine strenge Miene auf. »Ich habe nämlich den Wunsch, dass Ihr so bald wie möglich heimkehren könnt, damit Ihr Euch schont, bevor das Kindchen auf die Welt will.«

»Ich weiß nicht, was ich sagen soll«, stammelte Cristin mit feuchten Augen. Sie holte tief Luft. »Ich danke Euch von Herzen.« Sie hielt inne und wartete, bis sie sich wieder gefasst hatte. »Wenn es Euch nichts ausmacht, hätte ich noch eine Frage, Signor de Gaspanioso.«

»Ich höre.«

»Sollte ich den Auftrag bekommen, möchte ich reines Blattgold für die Stickereien verwenden.« Ihr Blick wanderte aus dem Fenster. »Nun liegt der Gedanke nahe, es hier in Venedig zu beziehen, nur darf ich keine hiesigen Waren ins Reich mitnehmen. Natürlich will ich nicht gegen das Gesetz verstoßen, das unsere Zunft uns auferlegt. Vielleicht wisst Ihr mir da zu raten?«

Er lachte laut und herzlich. »Hinter Eurem hübschen Äußeren verbirgt sich offenbar nicht allein ein messerscharfer Verstand, sondern Ihr seid zudem ein ehrlicher Mensch, Signora. Beides sind Eigenschaften, die ich zu schätzen weiß.« Die Falten um seine Augen vertieften sich und ließen ihn um Jahre jünger erscheinen, als er vermutlich war. »Klugheit und Ehrlichkeit, das hat sicher auch Königin Jadwiga an Euch geschätzt.«

Cristin spürte, wie ihr das Blut in die Wangen schoss.

»Hört mir gut zu, Signora Schimpf. Ihr wisst ebenso gut wie ich, dass ich ein Mann von Ehre bin, nicht wahr? Deshalb kann gewiss niemand etwas Verwerfliches daran finden, wenn ich einer Freundin ein Geschenk mache.«

Cristin stutzte. »Ich verstehe nicht.«

»Nun, ich werde es Euch erklären. Als Tuchhändler habe ich nicht im eigentlichen Sinne mit dem Verkauf von Blattgold zu tun, wie Ihr Euch gewiss denken könnt. Doch als Geschäftsmann, der sich einen guten Namen gemacht hat, habe ich so einige Kontakte knüpfen können, unter anderem auch zu Verkäufern von Blattgold. Deshalb schätze ich mich glücklich, meist auch dieses kostbare Gut zu besitzen, zum Beispiel, um eine kleinere Menge davon zu verschenken.«

Ihr stockte der Atem. »Ihr wollt mir etwas von Eurem kostbaren Blattgold … Nein, das kann ich unmöglich annehmen«, brach es aus ihr heraus.

Ein Schatten huschte über das Gesicht des Venezianers, und Cristin fragte sich, ob sie ihn durch ihre Ablehnung beleidigt hatte, aber dann hoben sich seine Lippen zu einem leichten Lächeln.

»Gut, so lasst uns ein Geschäft machen. Ich gebe Euch etwas von meinem Blattgold, und Ihr werdet es mir *bezahlen*. Gebt mir fünf *Denari* dafür.«

»Fünf De… das ist doch viel zu …«

»… zu wenig, ja. Aber da Ihr kein Geschenk von mir annehmen wollt, werdet Ihr mir das Blattgold für fünf *Denari* abkaufen und damit basta. Ich bin mir sicher, unsere gemeinsame Freundin hätte es so gewollt.«

Cristin nickte, während sich in ihrer Kehle ein Kloß bildete. Fünf *Denari* – das entsprach fünf Witten. Das Blattgold war ein Vielfaches davon wert. Schwindel erfasste sie.

»Schön, dann ist es also abgemacht. Ich werde das Blattgold einfach der Seidenlieferung beilegen. Hier in *Venezia* besiegeln wir Geschäfte mit einem Händedruck, Signora.«

Sie ergriff seine Rechte und drückte sie.

Beschwingten Schrittes verließ Cristin einige Zeit später die *Casa* des Tuchhändlers. Doch es war nicht allein die Freude über das großzügige Geschenk des Italieners, dass ihr das Lächeln nicht aus dem Gesicht weichen wollte, sondern das Wissen, einen neuen Freund gewonnen zu haben.

Sorgfältig übertrug Cristin die Muster für den Brautstaat auf den zweiten Pergamentbogen. Manchmal musste sie innehalten, denn ihre Finger wurden steif vor Anstrengung, ja keinen Fehler zu begehen. Wenn sie nur einmal mit dem Federkiel ausrutschte oder einen dicken Klecks Tinte auf der Tierhaut hinterließ, konnte sie neues Pergament kaufen und noch einmal von vorn beginnen. Die junge Frau hielt den Atem an und befeuchtete die Lippen, während sie einen kritischen Blick auf ihr Werk warf. Ob sich Signora Montebello anhand ihrer stümperhaften Zeichnungen überhaupt ein Bild machen konnte?

Wenn sie Eindruck schinden konnte, dann gewiss mit diesem Stoff aus feinster byzantinischer Seide, der auf einem Tischchen lag. Wie Enrico de Gaspanioso ihr versichert hatte, gehörte diese Seide zu einer seiner ersten Lieferungen. Es war also nicht anzunehmen, dass die Signora dergleichen schon gesehen hatte. Und Cristin zweifelte nicht im Geringsten am fachlichen Auge von Elena Montebello. Sie schüttelte ihre Finger, um die Verkrampfungen zu lösen, und blickte aus dem Fenster.

Im Handelskontor war es still, ihre Begleiter hatten sich nach ihrer Bitte, sie in Ruhe arbeiten zu lassen, leise murrend zurückgezogen. Von draußen her vernahm sie Möwengeschrei und den Gesang eines Mannes, der vermutlich auf der Rialtobrücke mit seinen Liedern die Menschen zum Kaufen seiner Waren verführen wollte. Der Himmel an diesem Tag war tiefblau, wie gern würde sie hinausgehen, um das erste Mal seit ihrer Ankunft in Venedig ziellos durch die verzauberte Stadt zu schlendern. Sie würde die frische Brise tief in ihre Lungen atmen und sich an Baldo lehnen, in der ruhigen Gewissheit, alles wäre gut.

Cristin riss sich mit Gewalt aus ihren Träumereien und wendete ihre Aufmerksamkeit wieder dem Pergament zu. Der Gedanke, schon in wenigen Stunden vor der *Casa* der Montebellos zu stehen, ließ ihr Blut schneller durch die Adern jagen. Sie fühlte, wie Schweißperlen ihr den Rücken hinabliefen, als sie zu den letzten Federstrichen ansetzte und die Tintenfässchen danach sorgsam verschloss. Dann stand sie auf und reckte ihre verspannten Muskeln.

Einige Momente lang verweilte sie noch am Fenster, um dem munteren Treiben zuzusehen. Nach und nach spürte sie, wie sie sich entspannte. Sie hatte alles getan, wozu sie fähig war, und ihre ganze Liebe in das Anfertigen dieses Musters gelegt. Alles Weitere lag nun nicht mehr in ihrer Hand.

Sonnenstrahlen fielen durch das Fenster und streichelten ihr Gesicht. Ist dies nicht ein gutes Omen?, überlegte sie. Die Begegnung mit de Gaspanioso, der sie in jeder Hinsicht unterstützte und zudem noch mit den Montebellos bekannt gemacht hatte, war allein schon Grund zur Dankbarkeit. Cristin bedachte das Pergament auf dem Tisch mit einem nachdenklichen Blick und warf sich den Umhang um. Bastian und Baldo warteten gewiss schon auf sie.

22

Am Nachmittag suchten die Reisenden ein Badehaus auf, und Cristin machte sich sorgfältig zurecht. Diesmal trug sie ihr kupferglänzendes Haar offen, und flocht an jeder Seite eine Strähne zu einem dünnen Zopf.

Bastian, Baldo und sie sprachen kaum, nur Doria schien die in der Luft liegende Spannung zwischen ihnen nicht wahrzunehmen. Munter plauderte er über das Wetter und die neuesten Klatschgeschichten der *Nobili*, der adeligen, einflussreichen Familien Venedigs. Cristin musste sich auf die Zunge beißen, um den Italiener nicht ungeduldig in seinem Redeschwall zu unterbrechen. Von dem Dogen Antonio Venier war die Rede und von seinem missratenen Sohn, der im Kerker saß und kränkelte und den der Doge nicht begnadigen wollte.

Cristin seufzte leise. In ihren Schläfen pochte der Schmerz, während sie ihr Gewand glättete und die blank geputzten Schuhe überstreifte. Sie holte tief Luft und sah von einem zum anderen. »Können wir jetzt bitte gehen?«

Baldo nickte und nahm ihren Arm.

Als die vier endlich vor der *Casa* der Montebellos ankamen, war die Sonne gerade im Begriff, hinter den Dächern und Palazzi der Stadt unterzugehen.

Mit einem Male überfielen Cristin Zweifel. »Baldo, sollten wir nicht lieber bis zum Abend warten? Ich meine… ist es vielleicht noch zu früh?«

»Ach was«, brummte er und betätigte den Türklopfer.

Kurze Zeit später fanden sie sich in dem luxuriösen Raum wieder, den sie vom ersten Treffen her kannten. Der Hausherr trat ihnen mit einem freundlichen Lächeln und ausgestreckten Händen entgegen.

»*Buona sera,* Signora Schimpf. Wie schön, Euch zu sehen!« Sein Händedruck war fest. »Meine Gemahlin ist schon ausgesprochen gespannt auf Eure Arbeiten, nicht wahr, meine Liebe?«

Elena Montebello nickte. »So ist es, Sebastiano. Guten Abend, Signora Schimpf.«

Giacomo Doria übernahm wieder die Übersetzung. Abermals war Cristin von der Eleganz der Hausherrin geblendet, während diese sie aus ihren ausdrucksvollen Augen unverhohlen neugierig musterte.

»Ich frage mich, was Ihr mir zeigen werdet. Habt Ihr die drei Entwürfe für mich dabei?«

»Wenn Ihr so freundlich wärt und Euch zunächst einmal diese Zeichnung hier ansehen würdet?«, antwortete Cristin und hoffte, die Signora würde das Beben ihrer Stimme nicht bemerken. »Ich bin mir sicher, sie wird Euch gefallen.«

Mit diesen Worten löste sie die Schnüre der Pergamentrolle, die sie in den Händen gehalten hatte, und übergab sie Elena Montebello. Diese nickte und entfaltete die Rolle auf einem der Tische. Schweigend beugten sich der Hausherr und seine Gattin über das Modell, während Cristin und Baldo über ihre Köpfe hinweg einen Blick wechselten. Doria verschränkte die Hände auf dem Rücken und sah aus dem Fenster. Bastian tat es ihm gleich.

In diesem Moment war Cristin dankbar, dass sie vor dem Treffen in der *Casa* nichts zu sich genommen hatte, denn eine heftige Welle der Übelkeit überrollte sie jäh. Schwer lehnte sie sich gegen einen der Tische und umklammerte das Holz, wartete.

Als Elena Montebello nach einer gefühlten Ewigkeit den Kopf hob, war ihrer Miene keine Gemütsregung zu entnehmen.

»Die Farbgebung ist etwas ungewöhnlich, gar blass im Gegensatz zu unseren kräftigen Rot- und Grüntönen beispielsweise. Ganz anders als jene, die ich für meine Gewänder bevorzuge. Weshalb habt Ihr dieses helle Blau gewählt? Warum habt Ihr Euch für diese verschiedenen rötlich braunen Töne auf den Umhängen entschieden? Und was haben diese schräg einfallenden Goldfäden zu bedeuten?« Sie hielt Cristins Blick beharrlich fest.

Sebastiano Montebello nickte ihr aufmunternd zu. Alle Aufmerksamkeit richtete sich nun auf sie. Cristin wischte sich unauffällig die Finger an ihrem Gewand ab. Ihre Gedanken wirbelten wild durcheinander. Auf dem Weg zu der *Casa* der Montebellos hatte sie sich ihre Worte sorgfältig zurechtgelegt, doch in diesem Augenblick schien in ihrem Hirn nur gähnende Leere zu herrschen. Sie befeuchtete ihre Lippen.

»Um ehrlich zu sein«, begann sie zögernd, »habe ich nach etwas Exquisitem gesucht, Signora. Wo auch immer ich hinsah, fand ich lediglich die schönen, wenn auch gewöhnlichen Strukturen, Stoffe und Farben. Das jedoch erschien mir zu einfallslos.«

Plötzlich wurde es Cristin heiß vor Aufregung, allerdings auch vor Freude, denn die Neugierde der Anwesenden konnte sie deutlich spüren. Also nahm sie einen tiefen Atemzug und weitete ihre kleine Kunstpause noch aus. Mit einem leichten Lächeln betrachtete sie zunächst die Signora, dann ihren Gemahl.

»Dieses Muster jedoch«, mit fliegenden Händen entfaltete sie das zweite Paket, strich ehrfürchtig über den seidigen Stoff und legte ihn Elena Montebellos in die Arme. »Dieses hier«, wiederholte sie betont langsam, »wäre nicht einfach nur ein prachtvoller Hochzeitsstaat, sondern zudem eine Liebeserklärung an Venedig, diese herrliche Stadt. Ich habe dem Brautkleid einen Namen gegeben.« Cristin verstummte einen Moment und sah der Hausherrin ins Gesicht. »Es heißt ›Das Gold der Lagune‹.«

Elena Montebello gab einen überraschten Ton von sich, während sie auf den Stoff starrte. »Und die Goldfäden … Oh ja, jetzt verstehe ich, Signora Schimpf.« In ihren Augen trat auf einmal ein Schimmer. »Gewiss sollen sie die Sonnenstrahlen darstellen, wie sie die Lagune in goldenes Licht taucht, nicht wahr?«

»So ist es«, erwiderte Cristin. »Nur diese besondere Seide in Euren Händen erscheint mir hierfür gut genug.«

»Ein wahres Kunstwerk«, murmelte Elena Montebello, ohne die Augen von dem Stoff zu wenden.

Cristins Herz klopfte schneller, als sie fortfuhr: »Wisst Ihr, ich habe die Lagune gesehen. Diese Farben, dieser Zauber ist an Schönheit und Liebreiz nicht zu übertreffen, und das, was ich beim Anblick in diesem Moment wahrgenommen habe, versuchte ich in diesem Modell festzuhalten.«

Niemand sprach ein Wort, und Cristin glaubte hören zu können, wie Bastian und Baldo die Luft anhielten.

Signor Montebello unterbrach schließlich die Stille mit einem Räuspern. »Ein Gemälde, dieser Entwurf ist wie ein wertvolles Gemälde, Signora Schimpf.«

Doria übersetzte im Flüsterton und mit gesenktem Kopf.

»Es ist überwältigend«, bestätigte Elena Montebello mit belegter Stimme. Vorsichtig legte sie den Stoff ab, trat auf Cristin zu und ergriff deren Hände. »Wollt Ihr unsere Hausspinnerin sein? Wir würden uns glücklich schätzen, einer Künstlerin, wie Ihr es seid, unsere Aufträge erteilen zu dürfen. Glaubt mir, wenn Ihr zu unserer Zufriedenheit arbeitet, werden wir Euch großzügig entlohnen.«

Cristin schluckte. Elena Montebellos Hände waren warm und weich. »Euer Angebot ehrt mich.« Sie sammelte sich kurz und kämpfte um den Mut, ihre Forderung auszusprechen, ohne dass ihr die Stimme versagte. »Für eine Summe von achtunddreißig Dukaten könnte ich den Brautstaat nach Euren Wünschen fertigen.«

Elena Montebello schlug die Hände über dem Kopf zusammen. »Aber, Signora, dieser Preis ist nun wirklich zu hoch! Ich bin sicher, bei unserer bisherigen Hausspinnerei würde ich dieselben Arbeiten für höchstens zwanzig Dukaten bekommen.«

Cristin erwiderte den Blick der Hausdame ungerührt. »Das mag sein, Signora Montebello. Nur bedenkt, dass ich ausschließlich die feinsten Materialien verwende und jeder Handgriff mit größtmöglicher Präzision ausgeführt wird. Obendrein muss ich eigens für Euch die kostbarste Seide aus dem byzantinischen Reich zu meiner Goldspinnerei nach Hamburg liefern lassen. Mir entstehen hohe Kosten.«

Die Italienerin zuckte mit keiner Wimper, als sie Cristins Blick erwiderte. »Zweiundzwanzig Dukaten.«

Cristin brach der Schweiß aus. »Fünfunddreißig. Dieser Preis ist mehr als angebracht.«

Signora Montebello lachte. »Bei aller Hochachtung, Verehrteste – achtundzwanzig Dukaten.«

Zwischen den beiden Frauen wurde es still. Sie ließen sich keinen Moment aus den Augen. Dann reckte Cristin das Kinn.

»Dreißig Dukaten. Das ist mein letztes Wort. Gewiss ließen sich für diesen Entwurf noch andere Kunden begeistern.«

Cristin konnte sehen, wie es in dem Gesicht der Hausherrin arbeitete.

»Na schön. Ich gebe Euch dreißig Dukaten.«

»Dann soll es so ein«, erwiderte Sebastiano Montebello und klatschte sichtlich zufrieden in die Hände. Mit langen Schritten trat er an einen feinen, mit Intarsien geschmückten Schrank heran, entnahm ihm eine Schatulle und öffnete sie. »Wir geben Euch fünfzehn Dukaten als Anzahlung, verehrte Signora. Die andere Hälfte erhaltet Ihr bei Lieferung der Ware.«

Cristins Herz machte einen Satz. Die Münzen klimperten, als der Hausherr sie ihr in die Hand legte, und sie schloss die Finger darum. Dreißig venezianische Dukaten, ein Vermögen! Sie bedankte sich, indem sie eine Verbeugung andeutete. Ihr Blick wanderte zu Elena Montebello, die sie zufrieden betrachtete.

»Unsere Giulia heiratet im September, sodass wir zwei Monate vorher einen Boten zu Euch aussenden würden, um den Brautstaat abzuholen. Ist Euch dies recht?«

Cristin nickte. Ihre Knie drohten nachzugeben, die innere Erregung der letzten Tage war wohl doch ein wenig zu viel für sie gewesen. Ihre Kehle war wie ausgetrocknet, und sie sehnte sich schmerzlich nach einem Sessel, in dem sie sich ausstrecken konnte. Und inmitten all dieser Empfindungen jagte ein Blitz der Erkenntnis durch ihren Geist. Dieser Auftrag, er sicherte die Existenz ihrer Familie für ein ganzes Jahr oder mehr…

Sie sah Elena Montebello an. »Mit Verlaub, um Euch gut

dienen zu können, müsste ich bei Euch und Eurem Gatten sowie bei dem künftigen Bräutigam Maß nehmen.«

»Selbstverständlich«, erwiderte der Hausherr.

Wenig später hatte Cristin alle Maße auf einem Stück Pergament notiert, das Sebastiano Montebello ihr zur Verfügung gestellt hatte. Lediglich die des Bräutigams fehlten, aber auch hierfür war bald eine Lösung gefunden. Die Hausherrin klingelte nach der Dienerin und bat sie, die Maße des jungen Beamten von Meister Pino persönlich zu besorgen, denn auch er war ein Kunde der Weberei.

»Ihr seid so bleich, darf ich Euch eine Erfrischung reichen, bis meine Dienerin zurück ist?«, riss die Stimme der Hausherrin sie aus den Gedanken. »Was kann ich Euch und Euren Begleitern anbieten?«

»Danke, das ist sehr freundlich, aber …«

»Wir wären für eine Erfrischung sehr dankbar«, fiel ihr Baldo ins Wort.

Elena Montebello kümmerte sich persönlich um die Getränke und stellte auch noch eine Schale Gebäck dazu. »Bitte bedient Euch.«

Der verdünnte Wein rann wohltuend durch Cristins Kehle. Sie nahm auch von dem Gebäck, um die Gastgeberin nicht zu beleidigen. Wenig später kehrte die Dienerin zurück und reichte Signora Montebello eine Pergamentrolle.

»Wunderbar, Meister Pino hat alles fein säuberlich niedergeschrieben. Es sollte nichts fehlen.« Sie reichte der Goldspinnerin die Unterlagen. »Da fällt mir noch etwas ein. Meint Ihr, Ihr könntet mir einen ebensolchen Umhang fertigen wie jenen, den Signore de Gaspanioso von Euch erworben hat? Den mit dem Pfauenmotiv.«

»Gewiss, Signora.« Cristin wurde plötzlich die Luft knapp.

Signora Montebello lächelte erfreut. »Mir würde es genügen, wenn er gemeinsam mit dem Brautstaat fertiggestellt wäre. Bei der Übergabe lasse ich Euch drei Dukaten für den Umhang geben.«

»Vielen Dank, das sollte sich machen lassen.« Cristin rechnete in Gedanken nach, während sie noch die letzten Details besprachen. Ob sie die viele Arbeit bewältigen konnte? Sie würde eine zusätzliche Spinnerin einstellen müssen, endlich hätte sie die Möglichkeit dazu. Freude wallte in ihr auf.

»Bitte entschuldigt uns, wenn wir uns jetzt verabschieden …«

»… aber wir haben noch einiges zu erledigen, denn morgen früh gedenken wir abzureisen«, kam ihr Baldo zu Hilfe, und sie fühlte seinen tröstlichen Arm um ihre Schultern.

»Natürlich.« Sebastiano Montebello reichte Cristin die Hand. »Dann bleibt uns nur, uns für Eure wundervolle Arbeit zu bedanken und Euch eine gute Heimreise zu wünschen.«

Als sie wenig später aus der *Casa* traten, wich endlich die Erregung von ihr, und sie fiel zuerst Baldo und dann Bastian in die Arme. Dem Freund gab sie einen schüchternen Kuss auf die Wange, was dieser mit einem verlegenen Räuspern quittierte. Doria stand daneben, seine Gestalt wurde schwach vom Schein der Lampen bestrahlt, die in den Fenstern der Montebellos für erlesene Gemütlichkeit sorgten. Er grinste breit. Mit einem Male fand Cristin ihn überhaupt nicht mehr unsympathisch.

»Ich gratuliere Euch, *bellissima*. Aber wisst Ihr, dass Ihr ebenso gewitzt seid wie Elena Montebello?«

»Bin ich das, Signor Doria?« Cristin musterte den Übersetzer amüsiert.

»Oh ja, das seid Ihr, wenn ich mir diese Bemerkung erlauben darf. Immerhin habt Ihr es geschafft, dass sie nicht einmal nach den beiden anderen Entwürfen gefragt hat.«

Cristin gluckste und presste eine Hand auf ihren Leib, denn das Ungeborene bewegte sich allzu heftig in ihr.

»Entwürfe, die es überhaupt nicht gibt«, fügte Baldo lachend hinzu, während er seiner Frau den Umhang über die Schultern warf.

»Nun ja, dann hätte ich wohl als jämmerliche Verliererin vor ihr gestanden, wenn sie es bemerkt hätte.«

»Ich habe keinen Moment daran gezweifelt, dass es Euch gelingt. Der Herr hält seine Hand über Euch, meine liebe Cristin«, sagte Bastian.

Sie tätschelte ihm wortlos den Arm. Ihr war, als breitete sich in ihrem Inneren ein warmes Licht aus, das hell und strahlend war wie eine Sonne. Sie betrachtete die Gesichter ihrer Begleiter, lächelte und blickte gen Himmel. Mittlerweile waren dort die ersten Sterne zu erkennen, und der kühle, aber seichte Wind spielte mit einer ihrer Haarsträhnen. Das Licht der Öllampen in den Fenstern der Palazzi spiegelte sich im Wasser und ließ die Rialtobrücke sowie die Prachtbauten auf der anderen Seite des *Canal Grande* wie verzaubert wirken. Von irgendwo her drang der Duft gebratenen Fisches zu ihr hinüber, Gelächter erklang aus einem der Wirtshäuser in unmittelbarer Nähe, wo sich die Händler nach getaner Arbeit einen Krug Wein und ein deftiges Essen genehmigten.

Baldo zog sie an sich. »Ich bin sehr stolz auf dich, Cristin Schimpf.« Ungeachtet der Gegenwart ihrer Begleiter küsste er sie zart auf den Mund.

Sie strich ihm über die Wange. »Danke, Liebling.« Dann wandte sie sich an ihre Begleiter. »Zunächst möchte ich mich von Signor de Gaspanioso verabschieden. Außerdem wird er wissen wollen, wie das Gespräch mit seinen Freunden ausgegangen ist.«

Wenig später stand sie vor Enrico Raffaele de Gaspanioso und berichtete ihm alles, was sich zugetragen hatte. Nachdem sie geendet hatte, schlug er sich auf den Oberschenkel. Sein tiefes Lachen hinterließ eine Reihe feiner Fältchen um seine Augen.

»Wunderbar, Signora Schimpf! Wie sehr ich mich für Euch freue!« Er griff nach einer Glocke, die auf einem Tisch in seinem Empfangsraum stand, und läutete. Auf Cristins fragenden Blick entgegnete er: »Wenn das kein Grund zum Feiern ist!«

Gleich darauf betrat eine Hausangestellte den Raum. Der

Tuchhändler sprach mit ihr, und das Mädchen entfernte sich.

»Ihr bleibt zum Essen, und ich möchte jetzt keinen Widerspruch hören, meine Liebe! Heute werdet Ihr das beste Mahl von ganz *Venezia* serviert bekommen!«

Es wurde ein fröhlicher Abend. Unzählige Wachskerzen brannten verschwenderisch im ganzen Raum, und der Tisch bog sich unter allerlei Köstlichkeiten. Gebratener Fisch, Früchte, die Cristin nie zuvor gesehen und gekostet hatte, sowie tiefroter Wein wurden gereicht.

Der Italiener bat sie, ihm alle Einzelheiten des Gespräches mit Signora Montebello wiederzugeben. Er schmunzelte, während sie erzählte, oder schlug mit der flachen Hand auf den Tisch, als Baldo zu fortgeschrittener Stunde die Stimme der Montebello nachäffte. Selbst Doria, der sonst eher zurückhaltend war, amüsierte sich offenbar köstlich. In den Straßen Venedigs war es längst still geworden, als die vier sich schließlich von de Gaspanioso verabschiedeten.

»Passt gut auf Euch auf, Signora.« Seine Stimme klang warm. »Und gebt mir bitte Nachricht, wenn das Kind auf der Welt ist.«

»Gern«, erwiderte Cristin gerührt und ließ es zu, dass der Tuchhändler sie in die Arme schloss und ihr auf jede Wange einen Kuss hauchte. »Gott mit Euch, Mädchen. Mögen sich unsere Wege bald wieder kreuzen.«

»Danke für alles, was Ihr für uns getan habt«, erwiderte sie. »Sollte Euch das Leben eines Tages nach Hamburg führen, seid Ihr uns jederzeit herzlich willkommen.«

In der folgenden Nacht schlief sie das erste Mal seit ihrem Aufbruch nach Venedig tief und traumlos.

23

Mestre

Am nächsten Vormittag verabschiedeten sie sich von Giacomo Doria, der ihnen ebenfalls eine gute Heimfahrt wünschte. Auch für Bastian hatte sich diese Reise ausgezahlt. Nach dem Frühstück war es ihm gelungen, einem Schmuckhändler in der Nähe des Handelshauses, in dem sie die Nacht verbracht hatten, seine Bernsteine zu verkaufen.

Gegen Mittag setzten die drei nach Mestre über. Auf dem Festland kauften die beiden Männer drei Maultiere und zwei große Satteltaschen für ihre Habseligkeiten sowie den Proviant für sie und die Tiere, außerdem Pelzmützen und Handschuhe. In Verona wollte sich Landsberg auf die Suche nach einem Säumer machen, der sie über die Alpen bis nach Innsprucke bringen sollte. Bis Nürnberg würden die drei noch gemeinsam weiterreisen, dann wollte Bastian sich von ihnen trennen.

Letzteres eröffnete er den Freunden, als Baldo und er die Lasttiere beluden, und offenbarte ihnen, Richtung Osten nach Pilsen weiterreiten zu wollen. In der böhmischen Stadt wollte er eine größere Gemeinschaft seiner Glaubensgeschwister besuchen. Dies war kein ungefährliches Unterfangen, hatte er doch in Venedig erfahren, dass ein neuer Inquisitor Roms in Böhmen unterwegs war, der mit äußerster Härte gegen die in seinen Augen vom wahren Glauben Abgefallenen vorging.

»Müsst Ihr denn wirklich dorthin?«, fragte Cristin den Freund besorgt, doch dieser nickte nur.

Der Gedanke, die Reise ab Nürnberg ohne ihn fortsetzen zu müssen, stimmte sie traurig. Aber bis die drei die Stadt an der Pegnitz erreichten, lagen noch etliche beschwerliche Wochen vor ihnen.

Ihr erstes Ziel war Padua. Am Ortsausgang von Mestre trafen sie auf eine Pilgergruppe, die ebenfalls nach Westen unterwegs war. Schnell wurde man sich einig, gemeinsam weiterzureisen. Cristin, Baldo und Bastian hofften, die Stadt, die etwa in der Mitte der Wegstrecke zwischen Verona und Venedig lag, bis zum Abend zu erreichen. Schon als die drei auf der Hinreise durchgefahren waren, hatte Bastian ihnen von der Universität erzählt, einer der ältesten des Landes, an der sowohl Italiener wie auch zahlreiche Ausländer studierten. Landsberg kannte zwei Männer, die dort das Fach Philosophie belegt hatten, bis sie mit Petrus Waldus' Lehren in Berührung gekommen waren, ihr Studium abgebrochen und der Kirche den Rücken gekehrt hatten. Seitdem gab es am Rande der Stadt eine kleine Waldensergemeinschaft, die bisher von der Kirche unbehelligt geblieben war. Ein Grund dafür war, dass eines der Mitglieder ein Verwandter des *podestà* war, des Mannes, der Padua regierte.

»Dort werden wir die kommende Nacht verbringen«, versprach Bastian ihnen nun, während sie die Mauern Mestres mit jeder Stunde, die verging, weiter hinter sich ließen.

Am Nachmittag – inzwischen hatte es leicht zu schneien begonnen – konnten sie in der Ferne bereits die ersten Vorläufer der Berge vor sich aufragen sehen, obwohl diese noch viele Meilen entfernt sein mussten. Einer der Pilger wandte sich an Bastian und wechselte einige Worte mit ihm.

»Was sagt er?«, wollte Baldo wissen, der hinter Landsberg ritt.

»Der Mann meint, wir müssten unbedingt ins Benediktinerkloster gehen, wenn wir in Padua sind. Dort sollen sich die Gebeine des Apostels Lukas befinden. Allerdings besitzen die Mönche nur den Körper, den Schädel soll Kaiser Karl schon vor langer Zeit nach Prag gebracht haben.« Er verzog das Gesicht. »Angeblich wirken die Knochen Wunder. Blinde sollen ihr Sehkraft wiedererlangt haben.«

Cristin wusste, der Waldenser lehnte die Verehrung von Reliquien ab. Auch Baldos Miene zeigte deutlich, was er von solchen Geschichten hielt.

Endlich, die Sonne stand bereits tief am Horizont, überquerten die drei eine aus uralten Steinen gebaute Brücke, die sich in drei Bögen über einen breiten Fluss spannte. Kurz darauf lenkten sie ihre Reittiere durch ein Stadttor, über dem sich ein wuchtiger Turm erhob.

Bastian führte sie zum Haus von Francesco Cambio, jenes Mannes, der die kleine Gemeinde von Waldensern leitete. Es befand sich in einer Gasse am Stadtrand unweit der Stadtmauer. Nachdem Landsberg und sein Glaubensbruder, ein kleiner Mann mit einem kurz geschnittenen, ergrauten Kinnbart, sich herzlich begrüßt und ein paar Sätze gewechselt hatten, wandte sich der Italiener Cristin und Baldo zu.

»Signora, Signore, herzlich willkommen in meinem Haus«, sagte er in ihrer Sprache und mit einem freundlichen Lächeln. »Bastians Freunde, wie sagt man, auch meine Freunde, verstehen?«

Cristin nickte. »Wir danken Euch, Signor Cambio.«

Dieser drehte sich zu einer Frau von etwa dreißig Lenzen um, und sprach mit ihr. »Meine Giuseppina wird Euch zeigen, wo Ihr nachher könnt schlafen. Aber zuerst Ihr sicher habt Hunger.«

Während die Hausfrau in der Küche verschwand, führte Cambio seine Gäste in einen großen Raum, in dem sich außer einem ausladenden Tisch aus dunklem Holz mindestens zwei Dutzend Stühle und andere Sitzgelegenheiten befanden. Cristin fiel auf, dass es – anders als im Haus von Enrico de Gaspanioso oder dem der Montebellos – keinerlei Zimmerschmuck, ja nicht einmal ein Kreuz an der Wand gab. Einzig eine Kerze stand auf dem blank polierten Tisch, deren Flamme ruhig brannte.

»Unser Versammlungsraum«, erklärte der Italiener und wies auf eine kleine Sesselgruppe nahe einem Kamin, der behagliche Wärme spendete. Cristin, Baldo und Bastian nahmen Platz. Schon öffneten sich die Flügeltüren, und Signora Cambio betrat mit einem Tablett mit Tellern und Bechern den Raum. Ihr folgte ein junges Mädchen, dessen Ähnlichkeit mit Giuseppina Cambio nicht zu übersehen war. Wie seine Mutter besaß das Mädchen eine hohe Stirn und ein herzförmiges Gesicht. Es trug eine Schale mit dampfendem Inhalt und stellte diese auf dem großen Tisch ab, um sich dann ein wenig schüchtern zurückzuziehen.

»Kommt.« Der Waldenserprediger erhob sich und nickte ihnen auffordernd zu.

Er sprach ein einfaches, kurzes Tischgebet, wie Cristin es schon von Bastian kannte. Das Essen, an dem außer ihnen und Cambios Familie auch zwei junge Männer teilnahmen, die auf dem Weg in die Lombardei waren, verlief in gedrückter Atmosphäre. Die beiden Handwerksburschen, die sich der Waldenserkirche erst vor kurzem angeschlossen hatten, waren am Morgen aus Ravenna angereist. Dort sei es in den letzten Wochen immer wieder zu heftigen Angriffen gegen die kleine Gemeinschaft gekommen. Daraufhin hätten sie beschlossen, die Stadt zu verlassen.

Während sich die Männer leise unterhielten, fasste Cristin gedankenverloren nach Baldos Brosche und ertastete die Einkerbungen der Kogge. Bald schon entspannte sich die Stimmung. Es war den Anwesenden anzusehen, wie viel Kraft ihnen die Gemeinschaft der Gläubigen schenkte. Signor Cambio holte eine aus Weidenholz geschnitzte Flöte hervor, Guiseppina tat es ihm gleich, und bald zauberte die einfache Melodie, die den Gesang der Waldenser begleitete, ein Lächeln in die Gesichter der Menschen, die sich um den Tisch versammelt hatten.

»Wovon handelt das Lied?«, wollte Cristin wissen.

»›Wir wollen nicht wanken, noch weichen. Wir wollen zusammenstehn‹«, übersetzte Bastian leise. »›Wolln stolz Waldenser heißen, für Jesus im Kampfe stehn. *Lux lucet in tenebris*, Licht leuchtet in der Finsternis, der Herr geht uns voran, der Herr geht uns voran. Wir wollen den Posten halten, auf dem wir jetzt trutzig stehn, im Glauben an Gottes Walten, in keiner Gefahr vergehn.‹«

24

Die Nacht nach ihrer Ankunft in Verona wollten die drei in demselben Gasthaus in der Nähe des verfallenen Gebäudes verbringen, in dem sie schon auf ihrer Hinreise genächtigt hatten.

»Sagt einmal, Bastian, wozu hat diese Anlage eigentlich einmal gedient?«, wollte Baldo wissen, während sie in der Gaststube ein einfaches Abendessen zu sich nahmen.

»Man nennt es Arena oder Amphitheater.« Landsbergs Stirn umwölkte sich. »Die Vorfahren der Italiener haben es gebaut, vor langer Zeit, als unser Herr auf Erden wandelte. In Rom soll es etwas Ähnliches geben. Damals diente es zur Unterhaltung des Volkes. Angeblich hat es Tausende Zuschauer gefasst.«

»Wirklich erstaunlich«, stieß Baldo hervor, doch die Miene seines Gegenübers hatte sich weiter verfinstert.

»Nichts, was unsere Bewunderung verdient. Hier sind Menschen gestorben, lieber Freund, viele Menschen. Sogenannte Gladiatoren traten gegeneinander an, Mann gegen Mann, bis einer von ihnen das Leben aushauchte. Andere mussten gegen Löwen oder Bären kämpfen, wenn sie nicht zerfleischt werden wollten.«

»Und heute?«, hakte Cristin nach. »Diese Arena sieht nicht aus, als ob sie noch genutzt würde.«

»Nur wenige Jahre, bevor ich geboren wurde, hat es im Süden des Reiches ein furchtbares Erdbeben gegeben. Mein Vater erzählte mir davon, als ich alt genug war, es zu verstehen. Es soll das schlimmste Beben gewesen sein, das die Welt jemals erlebt hat. Dazu kam die Pest, Feuer fiel vom Himmel und verbrannte ganze Städte. Die Menschen glaubten damals, die Welt ginge unter.« Langsam sprach Bastian weiter. »Das hier ist ein Ort des Todes. Es ist noch nicht lange her, seit hier die letzten Katharer verbrannt wurden. Fast zweihundert Männer und Frauen sollen es gewesen sein.« Als der Bernsteinhändler Baldos fragenden Blick bemerkte, setzte er hinzu: »In den Augen des Heiligen Vaters«, er verzog angewidert das Gesicht, »waren auch all die Männer und Frauen, die sich vom Papsttum abkehrten sowie das Verehren der Reliquien und das Töten und den Verzehr von Tieren ablehnten, nichts als Ketzer, die es auszurotten galt. Genau wie wir Waldenser. Und ich fürchte, inzwischen ist es Roms Bluthunden gelungen.«

Wieder einmal staunte Cristin über das Wissen des Bernsteinhändlers und Laienpredigers.

Als Cristin und Baldo am nächsten Morgen in die Gaststube hinuntergingen, um sich für die Weiterreise zu stärken, steuerte Bastian auf sie zu und ließ sich neben Baldo auf einer Bank nieder.

»Ich hoffe, Ihr beiden hattet eine angenehme Nacht?«

Cristin entging das leichte Lächeln nicht, das die Lippen des Freundes umspielte. Sie spürte, wie sie errötete, und dachte daran zurück, wie sie und Baldo sich damals geliebt hatten, von Bastian nur durch eine dünne Wand getrennt. Er hatte sie also gehört… Sie gab sich einen Ruck und entschied, dass es ihr gleichgültig sein sollte. Für Baldo und sie war es das Natürlichste von der Welt, sich den Freuden der Liebe hinzugeben.

Der Wirt trat herzu und stellte einen Krug Würzwein,

Suppe und einen Korb mit einem Laib Brot auf den Tisch. Während Bastian ein Stück davon abbrach, erzählte er, dass er nach dem Aufstehen auf dem Marktplatz gewesen sei. Dort war er auf der Suche nach einem Führer, der sie nach Innsprucke bringen würde, fündig geworden.

»Der Mann wartet draußen«, schloss Bastian seinen Bericht.

Der bereits ergraute Italiener trug eine Fellmütze auf dem Kopf. Pelzhandschuhe sollten die Hände vor der Kälte schützen, der sie in der eisigen Bergwelt ausgesetzt sein würden. An einem Strick führte der Säumer einen Maulesel mit sich. Als er ihnen seinen Namen, Paolo, nannte und dabei eine Reihe gelber Zähne entblößte, konnte Cristin sich nur mühsam ein Lachen verkneifen. Mit seinem langen Gesicht und dem vorstehenden Gebiss ähnelte der Mann seinem Reittier geradezu verblüffend.

Nachdem die Männer sich über den Preis einig geworden waren, half Baldo Cristin auf ihr Maultier, Bastian und er saßen ebenfalls auf. Wenig später ritten die drei hinter dem Bergführer her, durch das Stadttor auf die dreibogige Brücke zu. Sie überspannte die Etsch unweit einer gewaltigen Festung.

Bald darauf hatten sie Verona hinter sich gelassen. Cristins Blick heftete sich auf das Bergmassiv, das jetzt nur noch wenige Meilen entfernt vor ihnen aufragte. Vor ihrem inneren Augen tauchte Elisabeth auf, und ihr Herzschlag beschleunigte sich. Sie fühlte, wie sich das Kind in ihrem Leibe bewegte. Ob es diesmal ein Junge wird?, überlegte sie. Baldo würde sich bestimmt besonders freuen.

So vergingen die Stunden. Inzwischen war es Mittagszeit, und es hatte sachte zu schneien begonnen.

»Noch etwa eine halbe Meile«, rief Bastian, der vor ihr ritt und sich umgedreht hatte. »Dann erreichen wir ein Dorf, in dem wir eine Rast einlegen können. Sicher braucht Ihr etwas Zeit zum Ausruhen, Cristin.«

»Das wäre gut«, gab Baldo, der sein Maultier neben sie gelenkt hatte, nach einem besorgten Blick auf die zusammengepressten Lippen seiner Frau zurück.

Seine Pelzmütze trug bereits eine Haube aus Schnee, genau wie die ihre. Als ihr ein kalter Windstoß entgegenwehte, fasste Cristin mit einer Hand nach dem Kragen ihres wollenen Mantels und hielt ihn am Hals zusammen, während sie sich mit der anderen am Zaumzeug des Maultiers klammerte. Dessen Beine versanken inzwischen bei jedem Schritt bis zu den Fesseln im Schnee. Anders als während ihrer Hinreise, auf der ihnen immer wieder Pilger und Kaufleute begegnet waren, kamen ihnen diesmal nur wenige Reisende auf der *Via Imperii* entgegen, die an etlichen Stellen kaum breiter als ein Pfad war. Der Schneefall wurde heftiger und trieb dicke weiße Flocken vor sich her. Als das angekündigte Dorf endlich vor ihnen auftauchte, konnte Cristin es ebenso wie die Berge nur noch wie durch einen Schleier erkennen.

Polen

Schweigsam kauerten die *Kalderash* mit ihren neuen Freunden um ein Feuer. Die Nebelfelder, die nun mit der Abenddämmerung regelmäßig aufzogen, sorgten für klamme Umhänge und Mäntel. Außerdem hatte Väterchen Frost seine eisigen Hände längst ausgestreckt, und besonders die jungen Mütter hatten alle Hände voll zu tun, ihre quengeligen Kinder warm zu halten und zu besänftigen.

Kaum jemand schlief ruhig in dieser Nacht. Auch Piet hatte wach gelegen, was allerdings nicht an fehlenden Decken, sondern an seiner Furcht vor neuen, mysteriösen Träumen lag, die ihn seit einigen Nächten verfolgten. Obendrein nagte das schlechte Gewissen an ihm. Hätte er nicht seinen dummen Stolz beiseiteschieben können, als er entschieden hatte, im Spätherbst mit Marianka aufzubrechen? Sie hätten bis zum

Frühjahr bei ihren Eltern bleiben sollen. Stattdessen musste er nun allabendlich zusehen, wie sie mit vor Kälte geröteter Nase unter den Decken zitterte. Er betrachtete seine Frau von der Seite, wie sie neben ihm hockte und eins der kleineren Kinder auf dem Schoß hielt. Ebenso wie bei den anderen wirkte auch ihre Miene gedankenverloren. An diesem Abend wartete Piet vergebens darauf, dass Velky oder Arva die Stimme zu einem ihrer fröhlichen Lieder erhoben.

»Hört zu«, durchbrach Joschka das Schweigen und wandte sich an die Frauen. »Ich habe mich heute mit den Männern beraten, das wird euch nicht entgangen sein.«

»Sicher, ihr habt lange genug die Köpfe zusammengesteckt, während wir Weiber mühsam Holz für das Feuer gesammelt haben«, erwiderte eine der älteren Frauen gelassen.

Ein paar andere pflichteten ihr bei.

»Wir machen uns Sorgen, große Sorgen«, fuhr Joschka fort, ohne auf die Bemerkung einzugehen. »Mittlerweile versucht die Obrigkeit beinahe täglich, uns von den Marktplätzen fernzuhalten. Vermutlich stecken mal wieder die Kupferschmiede dahinter. Es wäre ja nicht das erste Mal, dass die Kesselschmiede uns als Bedrohung ansehen, weil wir ihnen die Kundschaft wegnehmen.«

Über die züngelnden Flammen hinweg wechselten die Männer und Frauen bestürzte Blicke.

Auch Piet hatte den Eindruck, dass die Ablehnung gegenüber den *Cygani* stark zunahm. Erst am vergangenen Tag hatte er vor dem Portal einer Kirche zwei Priester miteinander sprechen hören. Die Juden hätten Christus gekreuzigt, aber es seien die *Kalderash* gewesen, die die Nägel dafür geschmiedet hätten.

Joschka wischte sich die laufende Nase am Ärmel seines Mantels ab. »Es ist nur noch eine Frage der Zeit, bis sie die Bevölkerung des ganzen Landes gegen uns aufgewiegelt haben und sich ähnliche Situationen wie neulich mit den Rittern wiederholen werden.«

Tamina wandte sich vom Feuer ab und verbarg ihr Gesicht, aber Piet konnte sehen, wie ihre Schultern in stummem Schmerz zuckten.

Auch Joschka hatte die Reaktion seiner Frau verfolgt und räusperte sich. »Wie es aussieht, sind unsere Frauen und Kinder hier nicht mehr sicher.«

Nur das Knacken und Knistern der feuchten Holzstücke im Feuer unterbrach die bedrückende Stille, die auf seine Worte folgte.

Dann meldete sich Velky zu Wort und ließ den Blick über jeden Einzelnen der Gruppe schweifen. »Lange Zeit haben wir gehofft, hier tatsächlich eines Tages bleiben zu können.« Er lächelte verlegen. »Oder zumindest feste Plätze zu finden, an denen wir unsere Dienste anbieten können. Doch die Vorfälle der letzten Zeit belehren uns leider eines Besseren.«

Eine junge Frau mit einem Säugling auf dem Arm erhob sich und strich ihren Rock glatt. Im Schein der Flammen wirkte sie verhärmt und um Jahre älter, als sie gewiss war.

»Nenn mir nur einen Ort, an dem nicht mit Fingern auf uns gezeigt wird!« Ein Raunen ging durch die Gruppe. Die Augen der jungen Frau füllten sich mit Tränen. »Wir haben vier Kinder, unser Jüngster hängt noch an meiner Brust. Sag mir, Joschka, wo sind wir denn sicher? Wann werden wir endlich ohne Furcht sein?«

Piet, der das Gespräch bisher stumm verfolgt hatte, zog Marianka dichter an sich, um ihr ein wenig von seiner Wärme abzugeben. Seine Umgebung schien vor seinen Augen zu verschwimmen, als würde ein halb durchsichtiger Vorhang ihr die Konturen nehmen, und die Stimmen der *Kalderash* vermischten sich zu einem einzigen Summen. Leiser und leiser wurde es, bis es schließlich ganz verstummte. Und dann war da plötzlich dieses Rauschen in seinen Ohren, ein Rauschen wie von den Flügelschlägen riesiger Vögel über ihm. Sie schrien einen Namen.

Der Gedanke traf ihn wie ein Blitzschlag. In dem Traum

neulich war es Frühling gewesen. Mit Sicherheit waren es Bilder aus der Zukunft, die frisch erblühten Bäume, das schimmernde Sonnenlicht. Nun wusste er auch, in welche Richtung er geflogen war! Piet sprang auf. Mit einem Mal verstand er diesen verflixten Traum, alles lag so deutlich vor ihm, als blickte er durch einen Spiegel.

»Nach Westen, meine Freunde!« Er lächelte, denn reine Freude jagte durch seine Adern. »Wir sollten in westliche Richtung ziehen, ins Reich.«

»Nach Westen?«, rief Velky aus, und auch auf den Mienen der anderen zeigte sich Verblüffung.

Piet spürte Mariankas fragenden Blick auf sich gerichtet und erwiderte ihn ruhig.

»Wieso gerade jetzt? Und warum dorthin, Narr?« Ein Mann in den besten Jahren hatte das Wort ergriffen. Er machte eine ausladende Handbewegung. »Schau dich um, Piet. Mit uns reisen mehr Kinder, als ich an beiden Händen zählen kann. Also nenn uns *einen* guten Grund, warum wir zu dieser Jahreszeit in den Westen reisen sollten, oder behalte deine Fantasien besser für dich.«

Joschka legte dem Älteren, der neben ihm saß, eine Hand auf die Schulter. »Ich bin mir sicher, Piet wird uns gleich alles erklären, ist es nicht so?«

Dieser biss sich auf die Zunge. Er saß in der Klemme. Schließlich konnte er den *Kalderash* nicht von seinen seltsamen, drängenden Visionen erzählen, schon gar nicht von einer, die augenscheinlich nicht mit den neuen Freunden, sondern mit seiner Schwester zusammenhing. Piet spürte zwei Dutzend Augenpaare auf sich ruhen. Fieberhaft suchte er nach den richtigen Worten, dann seufzte er.

»Hört, Freunde, ich gebe zu, dass es noch mehr Gründe gibt, warum ich nach Westen ziehen möchte.«

»Wieso?«, hörte er Mariankas verdutzte Stimme neben sich.

Er gab ihr ein Zeichen, sich zu beruhigen, und sprach weiter. »Aber einer davon ist, dass ich in meiner Heimat niemals anderen *Kalderash* begegnet bin. Höchstens von einzelnen Angehörigen eures Volkes war manchmal die Rede, die als Gaukler unterwegs waren, und selbst die blieben immer unter sich.«

Joschka und Tamina beugten sich vor, ohne ihn aus den Augen zu lassen.

Der Anführer erhob die Stimme. »Du meinst also, dort schlägt uns keine Abneigung entgegen?«

»Das kann ich nicht mit Gewissheit sagen. Zumindest habe ich nie etwas darüber gehört.« Er rang um Gelassenheit. In den Zügen der *Kalderash* suchte er nach Argwohn oder Spott, doch er fand nur freundliche Aufmerksamkeit. Also sah er einen nach dem anderen an. »Es ist wichtig. Ihr müsst von hier fort, und zwar so schnell wie möglich!«

»Hast du eine Ahnung, wie beschwerlich und voller Gefahren eine Reise im Winter sein kann, Piet?«, fragte ihn Velky mit Nachdruck.

Einige andere stimmten lautstark zu.

»Natürlich weiß ich das, ich war selbst mehrmals im Winter unterwegs. Ich fürchte aber, wenn ihr bis zum Frühling wartet, könntet ihr es bereuen. Denkt doch nur an die Begegnung mit den Deutschrittern! Wie lange noch, bis …«

»Schweig!«

Taminas Gesicht schimmerte im Schein des Feuers wie Pergament, während ihre dunklen Augen angstvoll geweitet waren. Die *Kalderash* sahen auf.

»Piet sagt die Wahrheit.« Sie wischte sich über die Wangen. »Ich für meinen Teil nehme lieber eine beschwerliche Fahrt auf mich, als weiter dem Hass der Menschen hier ausgesetzt zu sein!«

»Dein Vorschlag will gut überlegt sein«, ließ sich Joschka vernehmen. »Wir werden darüber nachdenken.«

Piet setzte sich, und Marianka tastete nach seiner Hand.

Eine Weile starrte die Gruppe in die züngelnden Flammen,

nur ab und zu warf einer der Männer einen Ast oder ein paar Zweige hinein, um das Feuer am Leben zu erhalten. Um die Lichtung herum war es inzwischen stockdunkel. Als der heisere Schrei eines Nachtvogels die Stille durchbrach, zuckte Marianka zusammen und drückte Piets Finger. Danach war wieder nur das Rauschen des Windes in den Bäumen zu hören. Schließlich ergriff Aura das Wort, die junge Frau, die ihnen bei ihrer ersten Begegnung mit den *Cygani* ob ihrer strahlend weißen Zähne aufgefallen war.

»Unser Freund Piet spricht die Wahrheit. Wir müssen reisen.«

Alle Augen richteten sich auf die schöne *Kalderash,* die – wie Piet und Marianka inzwischen wussten –, die Gabe der Weissagung besaß.

»Hast du etwas gesehen oder gehört? So sprich weiter«, forderte Joschka sie auf.

Auras Blick schien sich in der Schwärze des Waldes zu verlieren.

»Ja, ich habe ein Wort des Herrn empfangen«, begann sie. »Er sagt: ›Im Polenland wird es für alle *Cygani* bald sehr schwer werden. Genau wie die Juden, mein auserwähltes Volk von alters her, wird man auch euch verfolgen. Viele werden leiden. Deshalb geht fort, bevor es zu spät ist!‹«

Nachdem Aura geendet und sich ihr Blick wieder geklärt hatte, nickte Joschka.

»Für mich gibt es keinen Grund, an dieser Prophetie zu zweifeln«, erklärte er mit fester Stimme. »Wir brechen morgen auf.«

25

In den Bergen, zwischen Verona und Trient

Bastian, Baldo und Cristin traten in die Gaststube des kleinen Wirtshauses, um sich an einem roh gezimmerten Tisch nahe einem Kaminfeuer niederzulassen, während Paolo sich um die Vierbeiner kümmerte. Dann folgte der Mann mit den vorstehenden Zähnen seinen Auftraggebern in die Schänke und schritt an einigen anderen Männern vorbei, die dem Bier und Würzwein zusprachen. Die drei hatten bereits etwas zu essen und zwei Krüge Wein bei einem schnauzbärtigen Wirt bestellt. Der Bergführer setzte die vom Schnee durchnässte Pelzmütze ab und ließ sich neben Bastian auf einer Bank nieder. Als Cristins Blick auf die großen, abstehenden Ohren des Mannes fiel, musste sie erneut schmunzeln.

Der Wirt brachte den Wein, zwei Brotlaibe und ein großes Stück Käse.

»Wärmt Euch erst mal auf«, sagte er und schenkte Cristin einen Becher ein. Dankbar nahm diese das dampfende Getränk entgegen.

»Wir möchten erst morgen weiterreisen«, wandte Baldo sich an den Mann. »Habt ihr noch zwei Kammern für die Nacht frei?«

Der Wirt machte eine Kopfbewegung zu einer schmalen Stiege hin, die unter das Dach des Hauses hinaufführte, und nannte ihnen den Preis.

»Gut«, nickte Baldo mit einem Blick auf ihre Habe, die sie neben dem Tisch abgelegt hatten. »Dann bringen wir nach dem Essen unser Gepäck nach oben.«

Den Rest des Tages verbrachten sie mit einem Würfelspiel, das Paolo bei sich trug und bei dem Baldo jedes Mal gewann, sowie einer weiteren kräftigen Mahlzeit. Bis Cristins Augen schließlich immer schwerer wurden, sie allen eine gute Nacht wünschte und sich in die ihr und Baldo zugewiesene Kammer zurückzog. Bastian und der Bergführer verbrachten die Nacht in einer zweiten Kammer.

Am nächsten Morgen war Cristin als Erste auf den Beinen und stieg auf Zehenspitzen die schmale Treppe hinab. In der Gaststube war noch niemand zu sehen. Sie rümpfte die Nase, denn es stank nach Wein, Bier und kaltem Rauch. Sie zog die Tür auf, denn sie sehnte sich nach klarer Luft. Das blendende Weiß frisch gefallenen Schnees empfing sie. Die Schwangere traute ihren Augen nicht und kniff sie zusammen, doch das Bild, das sich ihr bot, blieb. Die Bäume trugen schwer an der weißen Last, die mit dem frühen Morgenlicht um die Wette glitzerte. Bei jedem kleinen Windzug rieselte etwas von dem Schnee zu Boden. Der Weg, auf dem sie hergekommen waren, war nicht mehr auszumachen. Der Schnee musste ihr ungefähr bis zu den Waden reichen. Hinter sich hörte sie Schritte.

»Um Himmels willen!«, stöhnte Bastian auf. »Das hat uns gerade noch gefehlt! Ich fürchte, wir werden einige Tage hierbleiben müssen.«

Cristin starrte blicklos auf die weiße Pracht. »Noch vor kurzem hatte ich gehofft, zum Christfest wieder zu Hause zu sein. Nun liegt bereits der Jahreswechsel vor uns. Was meint Ihr, Bastian, werden wir morgen oder übermorgen weiterreisen können?«

Der Laienprediger legte den Arm um sie. »Leider sieht es nicht so aus«, prophezeite er mit ernster Miene. Sein aufmerksamer Blick kam auf ihrer Gestalt zur Ruhe. »Eine schwangere Frau gehört bei diesem Wetter ins Haus vor den Kamin.«

»Glaubt mir, auch ich hätte liebend gern einen anderen Zeitpunkt gewählt.«

Seine Stimme wurde weich. »Selbst einem einfachen Mann wie mir konnte nicht auf ewig verborgen bleiben, dass Ihr in anderen Umständen seid. Im Stillen habe ich allerdings immer auf ein offenes Wort gewartet.«

»Glaubt mir, ich wollte es Euch sagen, habe es mir immer wieder vorgenommen. Doch wenn sich mal eine gute Gelegenheit ergab, war ich zu feige.« Cristin befeuchtete ihren trocken gewordenen Mund. »Ich kann nur hoffen, Ihr nehmt mir mein Verhalten nicht übel.«

»Das habe ich nie getan.« Er suchte ihren Blick und lächelte. »Mir war sehr wohl klar, warum Ihr geschwiegen habt. Aber Ihr habt Euch geirrt, denn ich hätte Euch trotz Eurer Verrücktheit begleitet.«

Ihre Augen weiteten sich. »Wirklich?«

»Oh ja, jemand muss doch auf Euch aufpassen, oder?«

Sie tätschelte ihm den Arm. Einmal mehr fragte sie sich, womit sie die Freundschaft dieses Mannes verdient hatte.

»Danke für alles, Bastian.«

Ich fürchte, wir werden einige Tage hierbleiben müssen. Cristin dachte an die Worte des Bernsteinhändlers zurück. Aus einigen Tagen waren mehr als zwei Wochen geworden, denn der Schnee wollte nicht weichen und begrub die Wege unter sich. Die Enge der Kammer und die Ausweglosigkeit ihrer Situation machten ihr zu schaffen. Zusätzlich wuchs das Ungeborene rasch, das Reisegewand war ihr bald zu eng, und der Bauch schien überall im Weg zu sein.

Immer wieder schaute sie aus dem Fenster und warf sehnsüchtige Blicke in die Ferne, doch der Schnee wollte einfach nicht schmelzen. Im Gegenteil, an manchen Tagen schneite es ununterbrochen, sodass er inzwischen einen halben *Klafter* hoch lag. Nur selten wurde die Eintönigkeit unterbrochen, etwa wenn sich einer der Dörfler zu dem am Ortsrand liegenden Gasthaus durchkämpfte, um den Wirt und dessen unfreiwillige Gäste mit Lebensmitteln und Brennholz zu versorgen. Der Kamin in der Schankstube brannte ununterbrochen. Einzig die Freude auf das Wiedersehen mit Elisabeth konnte die trüben Gedanken vertreiben, die sich Cristins immer wieder bemächtigten.

Doch eines Nachts hörte es auf zu schneien, und die Sonne warf am nächsten Morgen ihre wärmenden Strahlen auf das kleine Tal. Langsam begann auch der Schnee zu schmelzen, und Baldo, Cristin und Bastian konnten zusehen, wie die Schneedecke dünner und brüchiger wurde, bis Paolo zwei Tage später endlich die erlösenden Worte sprach.

»Ich glaube, nun können wir es wagen. Morgen früh reisen wir weiter.«

Und so brachen sie auf und folgten dem Bergführer durch das Tal der Etsch über schneebedeckte Wege, ihrem nächsten Ziel entgegen, der Stadt Trient. Doch bis dahin waren es noch mindestens fünf, vielleicht auch sechs Tage, je nachdem, wie gut sie auf den mit knöcheltiefem Schnee bedeckten Wegen vorankamen. Der Bergführer ritt ihnen stets wenige Schritte voraus, und an besonders engen Stellen, an denen es kaum zwei *Klafter* neben ihnen in die Tiefe ging, stieg er von seinem Maulesel und forderte Bastian, Baldo und Cristin auf, es ihm nachzutun. Im Winter war es nahezu unmöglich, die Alpen innerhalb von zwei Wochen zu überqueren, das hatte Paolo ihnen noch am Tag ihrer Abreise mitgeteilt. Die Schwangere rechnete in Gedanken nach. Hamburg würden sie vermutlich nicht vor Ende Februar erreichen, nur wenige Wochen, bevor ihr Kind auf die Welt kommen sollte.

Tag um Tag verging, Woche um Woche. Die Reise über die Berge verlangte Cristin alle Kräfte ab. Manches Mal, wenn ihr der Wind entgegenwehte und ihr Gesicht von den feinen Schneekörnern schmerzte wie von tausend Nadelstichen, glaubte sie, es nicht mehr bis zur nächsten Herberge zu schaffen. Als sie nach über drei Wochen die Stelle erreichten, an der sie auf der Hinreise den Ochsen und den Karren verloren hatten, griff die Angst nach Cristin, doch sie zwang sich zur

Ruhe, um die furchtbaren Bilder abzuschütteln, die sich ihr aufdrängten.

Einige Stunden später verließen sie das Silltal, um ihre Reittiere in Richtung der Stadt zu lenken. Die kommende Nacht wollten sie in Innsprucke verbringen, sich von Paolo verabschieden und am nächsten Morgen gen Augsburg weiterreisen. Bastian, Baldo und Cristin hofften, die alte Bischofsstadt binnen zwei Tagen zu erreichen.

Es dämmerte schon, als sie an einem der Stadttore den Zoll bezahlten und ihre Reittiere hindurchtrieben. Auf der Suche nach einem Schlafplatz zogen die Reisenden mehr als eine Stunde lang durch die kalten, zugigen Gassen der Stadt, bis Landsberg, den sonst so schnell nichts aus der Ruhe brachte, der Kragen platzte.

»Dann gehen wir eben ins Spital«, stieß er grimmig und mit zusammengezogenen Brauen hervor. »Dort wird man es ja wohl hoffentlich nicht wagen, einer Schwangeren bei diesem Wetter die Tür zu weisen!« Er wandte sich an ein Paar, das ihren Weg kreuzte, und erkundigte sich nach dem Weg dorthin.

In dem außerhalb der Stadtmauern errichteten Heilig-Geist-Spital fanden die Reisenden gegen Bezahlung Aufnahme. Am nächsten Morgen verabschiedeten sie sich von Paolo und wünschten dem Mann, der sie sicher über die Berge geleitet hatte, eine gute und sichere Heimreise.

Während sie über die teilweise gefrorene Reichsstraße nach Norden ritten, kam Cristin Ulrych von Dormitz in den Sinn, der in der Bischofsstadt lebte. Immer noch bewegten sie zwiespältige Gefühle, wenn sie an den hochgewachsenen Mann mit der Narbe auf der Stirn dachte. Gewiss, er hatte Menschenleben – das ihre und das Baldos – gerettet, aber ebenso Blut vergossen. Wog das eine das andere auf, wenn der ehemalige Söldner dereinst vor seinem himmlischen Richter stand?

26

Augsburg

Am übernächsten Abend erreichten die drei Augsburg, und während sie langsam an einer Reihe vornehmer Patrizierhäuser vorüberritten, hoffte Cristin, nicht wieder in einem Spital um Aufnahme bitten zu müssen. Das Bett, in dem sie eine unruhige Nacht verbracht hatten, war hart gewesen und die Wäsche unsauber.

»Gott zum Gruße«, sprach Baldo einen Nachtwächter an, der ihn und seine Frau argwöhnisch beäugte. »Kannst du uns ein anständiges Gasthaus für die Nacht empfehlen?«

Der Mann nickte. »Der *Adler* ist nicht weit von hier. Dort findet Ihr ein weiches Bett, und die Küche soll gut sein. Geht einfach weiter in Richtung St. Jakobi, bis ihr zum Handelshaus der Fugger kommt. Das Gasthaus ist gleich gegenüber. Hans Fugger bringt seine Geschäftspartner dort unter, heißt es. Ihr könnt es gar nicht verfehlen.« Er tippte sich an die Mütze und ging weiter.

Während die drei ihre Maultiere über das von dünnem Pulverschnee bedeckte Pflaster dem Gasthaus zulenkten, fielen der Schwangeren ein halbes Dutzend Männer auf, die einer weiteren Gasse zustrebten. Sie trugen lange Mäntel und helle, spitze Hüte. Als sich einer von ihnen umwandte und sein Blick die Reisenden streifte, sah Cristin, dass sein grauer Spitzbart ihm fast bis zur Brust reichte. Auf dem Mantel des hageren Mannes prangte ein gelber Stoffring. Cristin wurde klar – es musste sich um Juden handeln, denn die waren verpflichtet, sich für alle Christen kenntlich zu machen.

»Ich glaube, dort ist das Handelshaus«, unterbrach Baldo ihre Gedanken.

Im schwachen Licht des Mondes entdeckte Cristin am Ende

einer Häuserzeile ein mehrstöckiges Gebäude und schräg gegenüber ein Fachwerkhaus, über dessen breiter Doppeltür ein Schild mit einem aufgemalten Raubvogel prangte.

Der Nachtwächter hatte nicht zu viel versprochen. Das saftige Bratenstück, das die Wirtin ihnen von einem über dem offenen Feuer gegrillten Spanferkel abschnitt, schmeckte ausgezeichnet, genauso wie das Bier, das sich die beiden dazu hatten bringen lassen. Als Baldo, Bastian und Cristin schließlich in ihrer Kammern verschwanden und unter die Decken schlüpften, dauerte es nicht lange, und sie fielen in einen tiefen Schlaf.

In Nürnberg, das sie vier Tage später erreichten, verkaufte Baldo zwei der Maultiere und erwarb für Cristin und sich einen zweirädrigen Pferdekarren, mit dem sie am kommenden Tag auf der alten, an vielen Stellen vereisten Reichsstraße in Richtung Bayreuth weiterfahren wollten. Sie war dankbar, nicht mehr auf dem Rücken eines Reittieres reisen zu müssen, denn ihr Rücken schmerzte inzwischen von Tag zu Tag heftiger.

Nachdem Baldo am nächsten Morgen die Kammern und das Essen bezahlt hatte, baten sie den Wirt um zwei Eimer Wasser und Heu, fütterten und tränkten das Pferd, ein schwarzes Kaltblut, sowie Bastians Maultier und machten sich auf den Weg. Allerdings nicht ohne noch ein paar Würste, einen Kohlkopf und zwei Laibe Brot als Reiseproviant eingekauft zu haben, die sie außerhalb der Stadt aufteilen wollten. Sobald sie das Stadttor passiert hätten, wollten die beiden und der Bernsteinhändler voneinander scheiden.

Die Luft roch nach Schnee, als sie auf ihrem Weg zur *Via Imperii* an der mächtigen Kirche mit den beiden Türmen vorbeifuhren, die Cristin schon auf der Hinreise aufgefallen war. Obwohl es nicht der Tag des Herrn war, hatte sich vor dem geschlossenen Portal des Gotteshauses eine Menschenmenge versammelt, und es herrschte eine geradezu ausgelassene Volksfeststimmung.

Während Baldo das Gespann kaum fünf *Klafter* von den Männern und Frauen entfernt über das holprige Pflaster lenkte, vernahm Cristin eine schrille, sich überschlagende Stimme.

»Sie soll ihre Strafe bekommen!«, meinte sie im Wirrwarr verschiedenster Geräusche zu verstehen. Andere stimmten ein.

Die hohen Flügeltüren der Kirche waren geöffnet, auf der obersten Treppenstufe erkannte sie eine hochbetagte Frau in einem einfachen, knöchellangen Gewand, auf dessen oberer Hälfte ein blaues Kreuz prangte. Ihr Rücken war gebeugt wie nach lebenslanger Feldarbeit. Das graue Haar hing offen auf die schmalen Schultern herab, ihre Miene wirkte zwar furchtsam, strahlte aber Würde und ungebrochenen Stolz aus. Sie trat einen Schritt zur Seite. Ein bartloser Mann von höchstens dreißig Jahren tauchte neben ihr auf, an seinem langen dunklen Gewand unschwer als Priester zu erkennen. Er streckte die rechte Hand aus, umfasste den dünnen Oberarm der Frau und schob sie unsanft vorwärts. Die Alte taumelte und fing sich erst im letzten Augenblick wieder.

Landsberg zügelte sein Maultier. Mit finsterer Miene starrte er ebenfalls zu dem ungleichen Paar hinüber, das langsam die steinernen Stufen hinabstieg. Reglos beobachtete Bastian das Geschehen, doch dann sprang er mit aschfahlem Gesicht von seinem Reittier und lief auf die Männer und Frauen zu, die ihm den Rücken zuwandten. Schon hatte er sich in den rasch größer werdenden Halbkreis von Leibern eingereiht. Inzwischen hatte auch Baldo das Gefährt angehalten.

Cristin kletterte herunter und trat zu Bastian Landsberg. »Was geht hier vor? Was hat die Frau getan?«

»Seht Ihr das Kreuz auf ihrem Kleid?«

Cristin nickte. »Es sieht aus wie aufgemalt.«

»Es soll sie als Ketzerin kennzeichnen.«

»Die alte Frau ist eine …?«

»Ja. Jedenfalls in den Augen der Kirche.« Unverwandt hielt

er den Blick auf die Frau und den Priester geheftet. Cristin sah, wie sich sein Adamsapfel bewegte. »Sie heißt Walburga.«

»Ihr kennt sie?«

»Ja. Sie gehört zu uns.«

Der Priester versetzte der Alten einen heftigen Stoß. Die Frau stürzte auf das Pflaster und schrie auf, was einige der Schaulustigen mit gehässigem Gelächter quittierten.

»Los!«, hörte Cristin den Kleriker rufen. »Auf Knien sollst du einmal um das Haus des Herrn rutschen.«

Jemand reichte ihm eine lange Rute. Er ergriff sie, holte aus und ließ sie auf den schmalen Rücken der Frau niedersausen. Wieder schrie sie auf, setzte sich aber in Bewegung, begleitet von weiteren Hieben und den Rufen der Menge, die sich an den Qualen der auf Händen und Knien über die Steine rutschenden Frau weidete.

»Wie schrecklich!«, entfuhr es Cristin.

Eine in einen teuren Fuchsfellmantel gekleidete Frau neben ihr musterte sie. »Habt Ihr etwa Mitleid mit diesem Weib? Die Ketzerin kann froh sein, wenn unsere geistlichen Herren sie nicht den Flammen übergeben! Man weiß doch, was diese Teufel im Verborgenen treiben!«

»Ihr nennt sie Teufel?«

»Wie soll man sie sonst nennen? *Wie der Herr, so sein Gescherr!* Wisst Ihr etwa nicht, was bei deren Zusammenkünften geschieht? Orgien feiern sie, nackt, wie unser Herrgott sie schuf. Die Weiber brauen ekelhafte Tränke und geben sie all jenen zu trinken, die noch nicht zu ihnen gehören, damit sie vom wahren Glauben abfallen und sich diesen Ketzern anschließen!«

»Schweigt«, stieß Bastian hervor. »Ihr wisst nicht, was Ihr da redet.«

»Hört, hört.« Die Frau spie die Worte förmlich aus. »Habt Ihr vielleicht mit dieser Brut zu tun?«

Inzwischen waren einige der Umstehenden auf sie aufmerksam geworden und drehten die Köpfe. Cristin sah, dass Landsberg zu einer scharfen Antwort ansetzte, daher legte sie ihm die Hand auf den Arm und bedeutete dem Freund zu schweigen.

»Komm«, vernahm sie Baldos Stimme hinter sich. Er zog sie fort und wandte sich dann Bastian zu. »Lasst uns hier verschwinden.«

»Ich soll meine Schwester im Stich lassen?«, brachte Landsberg tonlos hervor. »Eine treue Gefährtin, die ihren Glaubensgeschwistern ihr Lebtag lang Gutes getan hat?«

»Wir können es nicht riskieren, ihr zu helfen«, unterbrach Baldo. »Sie sind zu viele. Oder wollt Ihr ebenfalls auf allen vieren um die Kirche kriechen oder gar als Märtyrer sterben?«

»Mein Mann hat recht«, flüsterte Cristin dem Freund ins Ohr. »Wir brauchen Euch, Bastian.«

Sie konnte ihm an den scharf hervortretenden Wangenknochen ansehen, wie viel Kraft es ihn kostete, die Frau ihrem Schicksal zu überlassen. Cristin und Bastian, der den Kopf gesenkt hatte, wollten Baldo folgen. Da hallte ein triumphierender Schrei über den Platz.

»Das Licht scheint in der Finsternis!«

Cristin fuhr herum.

»Schweig, Ketzerin! Wie kannst du es wagen, das heilige Wort des Herrn in deinen sündigen Mund zu nehmen!«

Die Frau hatte sich aufgerichtet und sah ihrem Peiniger furchtlos in das vor Wut verzerrte Gesicht. Die Zeit schien stillzustehen. Auch die gaffende Menge hielt den Atem an. Da holte der Priester aus und versetzte der Alten einen Schlag mit der Rute, der sie mitten ins Gesicht traf. Die Frau stöhnte auf. Cristins Blick flog zu Bastian, der sich versteift hatte.

»Bitte nicht«, flehte sie, doch schon trat er vor, um sich an ihr vorbei durch die Umstehenden zu drängen und auf den Priester zu stürzen.

Zwei kräftige Hände legten sich um seine Oberarme und hielten ihn fest umklammert.

»Egal, was hier geschieht«, zischte Baldo. »Ihr werdet jetzt mit uns zurückkommen, und wir verlassen diese Stadt. Habt Ihr mich verstanden?«

Einige Herzschläge vergingen, bis Bastian langsam nickte. »Ihr könnt mich loslassen.«

Er folgte seinem Begleiter zu den Wagen und sah Cristin an.

»*Lux lucet in tenebris*«, kam es tonlos von ihm. Noch immer wirkten seine Züge wie versteinert. »›Das Licht scheint in der Finsternis‹. Dieser Vers aus dem Evangelium des Apostels Johannes ist die Losung der Waldenser. Daran erkennen wir einander in jedem Land.«

Ohne ein weiteres Wort schritt er an Baldo vorbei und stieg auf sein Maultier.

Nur das Knarren der Räder und das gelegentliche Schnauben der beiden Tiere unterbrachen die Stille, während sie auf das Stadttor zusteuerten. Cristin warf dem neben ihnen reitenden Freund einen verstohlenen Blick zu. Wie musste Bastian sich fühlen, nachdem er eine Glaubensschwester ihrem Schicksal überlassen hatte? Der Mann war von sanftem Gemüt und sein Herz erfüllt von dem Bedürfnis, seinen Mitmenschen helfend zur Seite zu stehen. Nicht eingegriffen zu haben, musste sein Gewissen furchtbar belasten.

»Ich danke Euch, mein Freund«, rief sie gegen den zunehmenden Wind an, der feine Schneeflocken mit sich brachte.

Landsberg wandte den Kopf. »Danken? Wofür?«

»Ihr habt es für uns getan, nicht wahr? Wärt Ihr allein gewesen, so hättet ihr gewiss eingegriffen, um die Frau zu befreien. Doch unsere Sicherheit war Euch wichtiger.«

»Euch entgeht wahrlich nichts«, erwiderte Bastian. »Hinter Eurem hübschen Aussehen verbirgt sich ein scharfer Verstand.« Sein Lächeln war dünn. »Soll ich Euch sagen, wie es um uns Menschen bestellt ist? Sobald uns Gefahr droht, ist es vorbei mit der christlichen Nächstenliebe.« Sein Blick verdüsterte sich. »Lippenbekenntnisse, Cristin, nichts als Lippenbekenntnisse. Ich wollte meine Haut retten, weil ich ein Feigling bin, ein Hasenfuß wie die meisten Menschen.«

Sie wollte widersprechen, doch was sollte sie auf seine bitter hervorgestoßene Antwort entgegnen?

Dann war der Moment gekommen, Abschied zu nehmen. Auf dem ausgedehnten Platz außerhalb der Stadtmauer hielt Baldo den Wagen an, und Cristin und er kletterten vom Kutschbock. Auch Landsberg stieg vom Rücken seines Reittieres.

»Wann werden wir uns wiedersehen?«, fragte Cristin, während die kräftigen Hände des Freundes die ihren umschlossen und der Bernsteinhändler ihr fest in die Augen sah.

»Das weiß nur …«

»… der Herr«, nickte sie. »Wie kommt es bloß, dass ich keine andere Antwort von Euch erwartet hätte, mein Freund?«

Landsbergs ergriff Baldos Rechte. »Ich schlage vor, wir sehen uns im Sommer. Dann habe ich gewiss wieder einige schöne Bernsteine für Euch, mein Freund. Außerdem möchte ich natürlich auch das neue Familienmitglied begrüßen. Passt gut auf Euch auf.« Er wies auf Cristins Leib. »Gott mit Euch beiden.«

»Und mit Euch.«

Eine letzte Umarmung, ein letztes Schulterklopfen, dann stieg der Bernsteinhändler auf sein Maultier und ritt davon.

Polen

Die Tatsache, dass Piet auf seinen früheren Reisen große Teile des polnischen Königreiches kennengelernt hatte, kam den *Cygani* nun zugute und machte Joschka die Entscheidung leicht, wer mit ihm zusammen den Zug anführen sollte. Ihr erstes großes Ziel war die Stadt Bresslau, die sich nach Piets Erinnerung etwa zwanzig Meilen westlich von Czechstochova befand. Für diese Strecke brauchten sie wegen der vielerorts gefrorenen Straßen mindestens eine Woche, hatte er ausgerechnet.

Obwohl sich Marianka und Piet den *Kalderash* erst vor wenigen Wochen angeschlossen hatten, kam es ihm inzwischen vor, als würde er Joschka und Tamina, Arva, Velky und die anderen Mitglieder der Gruppe schon seit Ewigkeiten kennen. Besonders Joschka und Arva waren ihm gute Freunde geworden. Piet hatte erfreut festgestellt, dass auch Tamila und Marianka sich gut verstanden, trotz der Unterschiede zwischen ihnen, die größer kaum sein konnten. Die eine, schon als Kind Waise und nie jemals irgendwo sesshaft geworden. Die andere behütet in einem Elternhaus mit mehreren Brüdern aufgewachsen, die ihre große Schwester abgöttisch liebten.

So, wie er *seine* Schwester liebte. Der Gedanke, dass Cristin etwas Schreckliches zustoßen könnte, verfolgte ihn nicht nur des Nachts, sondern holte ihn auch tagsüber immer wieder ein. Doch so sehr er sich auch bemühte, es gelang ihm nicht, weitere Bilder heraufzubeschwören, die ihm einen Hinweis darauf gaben, wer ihr derartig Angst einjagte und wo seine Schwester sich aufhielt.

Bis Piet eines Nachts aus unruhigem Schlaf erwachte und die Lider aufschlug. Schwindel, so stark, als säße er in einem sturmgepeitschten Boot, befiel ihn. Dieses Gefühl kannte er. Um ihn war tiefschwarze Nacht. Längst hatte einer der *Kalderash* das Feuer gelöscht, aus den Wagen und von den Lagern um ihn herum drang Schnarchen an sein Ohr. Vorsichtig, um Marianka nicht zu wecken, wollte er sich aufrichten, doch jäh erfasste ihn erneuter Schwindel, und er sank zurück auf sein Lager. Piet wartete, bis sich die Nebel vor seinen Augen lichteten.

Das vertraute Bild seiner Schwester drängte sich ihm auf. Er wartete, bis diese Eindrücke verebbten. Irgendetwas stimmte nicht, auch wenn er nicht auszudrücken vermochte, was es war. Piet fluchte leise, und sein Herz machte einen schmerzhaften Satz. Dabei hielt sie sich doch in Hamburg in der Spinnerei auf, Baldo war bei ihr, und nichts ließ darauf schließen, dass ihr Gefahr drohen könnte. Umso erleichterter war er nun, dass Marianka und er mit den *Cygani* zurück ins Reich zogen. Piet machte sich nichts vor. Solange er sich nicht von Cristins Wohlergehen vergewissert hatte, kam er ohnehin nicht zur Ruhe. Die Vergangenheit hatte ihm oft genug gezeigt, wie selten er sich täuschte. Er stieß die Luft aus und legte den Arm um die Hüfte seiner schlafenden Frau. Wie glücklich er sich schätzen konnte, mit Marianka ein Weib an seiner Seite zu wissen, das seine Verrücktheiten – wie seine Mutter es zu Lebzeiten genannt hatte – klaglos ertrug.

Im Laufe des nächsten Tages – die Wagen der *Cygani* rollten inzwischen über die Via Regia, eine alte Handelsstraße – ertappte sich Piet dabei, wie seine Gedanken wieder und wieder zu seiner Schwester schweiften. All diese Visionen hinterließen einen schalen Nachgeschmack in seinem Mund, und die Bedrohung verstärkte sich, je weiter sie sich Görlitz näherten, ihrem nächsten Ziel. Piet kannte die böhmische Stadt an der Neiße. Er war dort einmal vor drei oder vier Jahren gewesen. Die beleibte Tochter eines ebenso beleibten Fleischhauers, die ihn bei einer Vorführung auf einem der Marktplätze gesehen hatte, war hinter ihm her gewesen wie der Teufel hinter der armen Seele. Piet hatte schließlich bei Nacht und Nebel die Flucht ergriffen. Seine Mundwinkel hoben sich unwillkürlich bei dieser Erinnerung, aber gleich darauf kehrten seine Gedanken zu Cristin zurück. Wenn es ihm doch nur gelänge, Verbindung zu ihr aufzunehmen.

27

Hof

Vor zwei Tagen hatten Baldo und Cristin Bayreuth hinter sich gelassen und näherten sich nun einer weiteren Stadt, durch die sie die *Via Imperii* führte. Es war Nachmittag, und die Sonne stand schon tief am Himmel, als Cristin in etwa einer Viertelmeile Entfernung die Silhouette der Stadtmauern von Hof erkannte. Hinter ihnen ragte ein Kirchturm in den klaren, winterlichen Himmel. Etwa eine halbe Stunde später rollte der Karren durch ein breites Tor in die Stadt.

»In Hof gibt es ein Franziskanerkloster und in unmittelbarer Nähe eine Abtei der Klarissen. Dort könnt Ihr übernachten«, erklärte ihnen der Torwächter.

Der Mann beschrieb ihnen den Weg. Baldo half Cristin auf den Wagen und bestieg hinter ihr den Kutschbock. Dann lenkte er das Pferd durch die einsetzende Dämmerung in die genannte Richtung, einem großen, auf einem Hügel erbauten Gebäude zu. Unterhalb der Anhöhe erstreckte sich sowohl die von einer mehr als mannhohen Mauer umgebene Abtei der Nachfolgerinnen der heiligen Klara als auch die der Franziskanerbrüder. Vor der Pforte des Männerklosters hielten sie an. Baldo kletterte vom Kutschbock und zog an einem kurzen Glockenstrang. Im oberen Teil des Tores öffnete sich ein Fenster, und ein bärtiges Männergesicht wurde sichtbar.

»Was wollt ihr?«

»Ein Obdach für die Nacht«, gab Baldo ebenso knapp zurück. »Wir werden Euch natürlich gut entlohnen, falls Ihr Euch deshalb sorgen solltet.«

»Entschuldigt, so war es nicht gemeint. Wir Franziskaner sind kein reicher Orden, wie die Schwestern dort drüben.«

Baldo holte tief Luft. »Wir sind müde von der Reise, und meine Frau braucht Ruhe.«

»Schon gut. Allerdings …«

»Was ist denn noch? Nun macht schon auf. Es ist kalt.«

Baldo konnte hören, wie ein schwerer Riegel bewegt wurde.

»*Ihr* könnt gern hereinkommen«, erklärte der Torhüter, während er einen Flügel des Tores aufzog, »Euer Weib muss jedoch zu den *Klarissen* gehen. Wir nehmen nur männliche Gäste auf. Aber bei unseren Nachbarinnen ist sicherlich noch ein Lager frei.«

Der hagere Franziskanermönch öffnete den zweiten Torflügel.

»Lässt sich da nichts machen? Für zwei, drei zusätzliche Heller vielleicht?«

»Ich bedaure, Herr. So sind nun mal unsere Vorschriften.«

Baldos und Cristins Blick begegneten sich.

»Es ist ja nur für eine Nacht, Liebling«, flüsterte Cristin ihm zu.

Er nickte, fasste in den Beutel, den er unter dem Mantel am Gürtel trug, und ließ ein paar Münzen in ihre Hand fallen. Dann griff er nach dem Zaumzeug und zog Pferd und Wagen mit sich durch das geöffnete Tor.

Zur Pforte des benachbarten Frauenklosters waren es nur wenige Schritte.

»Kommt nur herein«, forderte die Türhüterin sie auf, nachdem Cristin der jungen Frau ihr Anliegen genannt hatte. »Ich werde eine der Schwestern rufen, damit sie Euch in unser Gästehaus begleitet.«

Sie griff nach dem Strang einer Glocke und zog daran. Kurz darauf erschien eine Frau in Cristins Alter. Die Türhüterin sprach kurz mit ihr, und die Nonne stellte sich als Schwester Caritas vor.

»Habt Ihr schon zu Abend gegessen?«, wollte die in eine dunkle Tunika gekleidete Frau wissen, während Cristin neben ihr über den von einer dünnen Schneeschicht bedeckten Innenhof schritt.

Die Schwangere verneinte.

»Es müsste noch etwas Eintopf übrig sein.«

Als die *Klarisse* sah, dass Cristin Mühe hatte, auf dem rutschigen Boden nicht auszugleiten, bot sie ihr den Arm. Dankbar hakte sich Cristin bei ihr ein. In dem Gebäude, das sie an der Seite der jungen Ordensfrau betrat, war es bereits still. Nur wenige Schwestern kamen ihnen auf den Gängen entgegen und grüßten den Gast mit einem Nicken. In der Küche erhitzte Schwester Caritas eigenhändig den Kessel mit dem wohlriechenden Eintopf und wies ihren Gast an, an einem Tisch in dem kleinen Nebenraum Platz zu nehmen. Dessen einziger Schmuck war das Bildnis einer Frau. Ihr Haupt umgab ein leuchtender Heiligenschein, in der erhobenen rechten Hand hielt sie eine weiße Lilie. *Liliana*, ging es Cristin schmerzhaft durchs Herz.

»Die Gründerin unseres Ordens«, ließ sich die Schwester vernehmen. »Klara von Assisi. Sicher habt Ihr schon von Ihr gehört.«

»Gewiss. Nur weiß ich nicht viel mehr über die Heilige, als dass sie eine Gefährtin des heiligen Franziskus war und wie er in Armut lebte.«

Schwester Caritas stellte eine irdene Schüssel vor Cristin auf den Tisch. »Lasst es Euch schmecken. Bitte bedenkt, Euer Kind braucht Kraft. Wann soll es denn zur Welt kommen?«

Der Goldspinnerin lief bei dem herzhaften Duft des Eintopfs das Wasser im Mund zusammen. Sie griff nach dem Löffel und tunkte ihn ein. »In einigen Wochen schon.«

»Möge der Herr bei der Geburt die Hände über Euch halten. Nach dem Essen zeige ich Euch Euer Nachlager.«

28

Plauen

Am nächsten Morgen erwachte Cristin schon früh, denn das Kind bewegte sich so heftig wie schon seit Tagen nicht mehr. Sie stand auf, ging in den Waschraum hinüber und reinigte sich. Das Frühmahl nahm sie hastig ein, verabschiedete sich von Schwester Caritas und gab ihr zwei Heller. Die Ordensfrau begleitete sie zum Tor, wo Baldo sie bereits erwartete. Er hatte dunkle Ringe unter den Augen.

»Hast du nicht gut geschlafen?« Sie legte eine Hand an seine Wange und küsste ihn leicht.

»Nicht besonders«, gab er einsilbig zurück. Seine Stimme klang tiefer als sonst.

Doch dann lächelte er, reichte ihr die Hand und zog sie auf den Kutschbock des Karrens.

»Wie heißt unser nächstes Ziel?«, erkundigte sich Cristin.

Baldo setzte das Pferd unterdessen durch einen leichten Hieb mit einem Stecken, den er sich unterwegs geschnitzt hatte, in Bewegung.

»Es ist Plauen, wenn ich mich recht erinnere. Die Stadt müsste etwa vier Meilen entfernt sein.« Er hustete und blickte zum Himmel. »Wenn kein weiterer Schnee fällt, sollten wir sie gegen Abend erreichen.«

Da sich das trockene Wetter hielt, kam der Pferdekarren auf der festgefrorenen Schneedecke gut voran. Innerhalb der folgenden Stunden brachten sie Meile um Meile hinter sich, bis sie endlich über eine steinerne Brücke auf die Stadtmauer von Plauen zurollten.

»Sieh nur, Baldo.« Cristin deutete auf die Eisfläche.

Trotz der einsetzenden Dämmerung vergnügten sich Dutzende Menschen auf aus Rinderknochen gefertigten Schlittschuhen beim Eislaufen. Am Ufer hatte man eiserne Körbe aufgestellt, in denen Feuer brannten und das fröhliche Geschehen beleuchteten, ganz so, wie Cristin es aus Hamburg kannte.

In Baldos Mundwinkeln zeigte sich ein Lächeln, das aber gleich wieder verschwand. Er hustete. Das Geräusch klang hohl, und seine Haut wirkte an diesem Morgen gräulich.

Der Wagen kam vor dem geöffneten Stadttor zum Stehen, und ein Mann mit einer Hellebarde trat zu ihnen.

»Wo können zwei müde Reisende die Nacht verbringen?«, fragte Cristin.

»Fahrt weiter zum *Komturhof*. Er befindet sich rund um die Johanniskirche. Ihr könnt ihn nicht verfehlen. Im *Deutschen Haus* wird man Euch eine Kammer zuweisen.«

Das weitläufige Gelände beherbergte neben dem erwähnten Gotteshaus eine Anzahl lang gestreckter Gebäude sowie mehrere Pferdeställe. Vor einem von ihnen brachte Baldo den Wagen zum Stehen. Aus den Augenwinkeln konnte Cristin erkennen, wie er unterdrückt hustete und einen Moment innehielt, bevor er auf den ungepflasterten Hof sprang. Plötzlich wurde eine breite Stalltür aufgeschoben, und zwei hochgewachsene Männer traten heraus. Auf dem weißen Stoff ihrer fast bis zum Boden reichenden Umhänge prangten schwarze Kreuze, lange Schwerter steckten in den ledernen Scheiden ihrer Gürtel.

Deutschritter! Ihr Blick flog zu Baldo, dessen Miene einer Maske glich.

»Hast du gesehen, was das für …?«

»Lieber suche ich die ganze Stadt nach einer Herberge ab, als mit diesen Kerlen …« Er brach ab, und ein Hustenkrampf begann ihn zu schütteln.

Cristin erschrak. »Das hört sich aber nicht gut an, Baldo. Du hast sicher auch Halsschmerzen, oder?«

»Kopfschmerzen habe ich auch, schon seit wir Hof verlassen haben.«

Besorgt musterte Cristin sein bleiches Antlitz. Auf Baldos Stirn entdeckte sie feine Schweißtropfen. Vorsichtig kletterte sie vom Wagen, trat zu ihm und legte ihm eine Hand an die Wange.

»Du hast Fieber, Liebling. Wir müssen versuchen, einen Medicus zu finden.«

»Meinst du wirklich, das ist nötig?«

»Ja, das meine ich«, gab sie energisch zurück. »Komm, ich helfe dir auf den Wagen. Ich werde ihn lenken.«

»Kann ich Euch behilflich sein?«

Cristin wandte sich um. Es war ein weiterer in das Gewand der Deutschritter gekleideter Mann, der den Blick unter buschigen Brauen auf sie gerichtet hielt. Unwillkürlich wich sie einen Schritt zurück.

»Wenn Ihr mir sagen könntet, wo wir in dieser Stadt einen Arzt finden, wäre uns sehr geholfen. Mein Mann hat Fieber und einen bösen Husten.«

Wie zur Bekräftigung ihrer Worte gab Baldo im nächsten Augenblick einen heiseren Ton von sich und presste sich ein Tuch auf den Mund.

»Hört sich ganz so an«, nickte der Mann. »Aber Ihr habt Glück. Es gibt einen Medicus auf dem *Komturhof*. Nun ja, eigentlich ist er ein Wundarzt, aber ich nehme an, er kann Euch dennoch helfen.«

Cristin setzte zu einer Antwort an, aber da hob der Deutschritter schon die Hand und winkte einen jungen Burschen heran, der soeben aus der Stalltür getreten war. Tiefschwarze Locken umrahmten das schmale Gesicht des Jungen.

»Kümmere dich um den Wagen dieser Leute hier«, befahl der Mann, »und versorge das Pferd.«

Der Stallbursche trat näher und legte die Hand an das Zaumzeug. »Jawohl, Herr.«

»Kommt mit mir hinein und ruht Euch aus, während ich

den Arzt holen lasse«, sprach der Mann in einem Tonfall, der keine Widerrede duldete.

Ohne sich nach ihnen umzusehen, schritt er auf den Eingang eines hohen, gemauerten Gebäudes zu, auf dessen Dach die Fahne des *Deutschen Ordens* im kühlen Wind wehte.

Cristin blickte sich in dem hohen, ungeheizten Raum um, in den der Deutschritter sie geführt hatte. Der Mann, der sich ihnen als Friedrich von Radeberg vorgestellt hatte, verabschiedete sich nicht ohne die Versicherung, dass der Arzt so bald wie möglich nach Baldo sehen werde. Doch zunächst erschien eine ältliche Magd mit zwei Bechern und einem Krug mit erwärmtem Kräutersud in den Händen. Mit einem kurzen Gruß und den Worten »Das wird Euch guttun«, stellte sie die Sachen auf den langen Buchenholztisch, an dem Cristin und Baldo sich niedergelassen hatten.

Als Baldo den Becher an die Lippen heben wollte, rutschte er ihm aus der zitternden Hand, landete auf dem steinernen Boden und zerbrach. Ihm entwich ein halblauter Fluch.

»Was bin ich für ein Tölpel.«

Cristin legte ihre Hand auf die seine. »Ach, Liebling, das ist doch nicht schlimm.«

»Das meine ich auch. Gott zum Gruße!« In der geöffneten Tür stand ein Mann von hagerer Statur. »Dann will ich mir den Kranken einmal ansehen.«

Der Wundarzt forderte ihn auf, ihm seine Beschwerden zu schildern. Nachdem der Patient geendet hatte, kratzte sich der Mann das bartlose Kinn.

»Ich werde Euch zunächst untersuchen. Bitte macht den Oberkörper frei.«

Cristin wurde trotz Baldos Protest hinausgeschickt. Als sich die Tür nach einer Weile wieder öffnete und der Wundarzt sie hineinbat, sprang sie auf und folgte ihm. Baldo saß wieder auf dem Stuhl, aber sie konnte erkennen, wie schwer es ihm fiel, sich auf den Beinen zu halten.

»Euer Gatte hat zu viele schlechte Körpersäfte in der Brust«, erläuterte der Wundarzt. »Üblicherweise lasse ich bei diesen Problemen zur Ader, doch scheint mir die körperliche Verfassung Eures Gemahls nicht stabil genug zu sein.« Er blinzelte in ihre Richtung. »Eure übrigens ebenso wenig, wenn ich mir die Bemerkung erlauben darf. Herr Schimpf hat mir von einer monatelangen Handelsreise berichtet. Das wird Eure Kräfte aufgebraucht haben. Deshalb möchte ich von einem Aderlass Abstand nehmen.«

»Damit wäre ich auch gewiss nicht einverstanden«, erwiderte Cristin mit einem Blick auf Baldo, der dem Gespräch offenbar nur mit Mühe folgen konnte.

»Ich werde dafür sorgen, dass Euer Gatte hier eine Kammer mit einem Kamin bekommt.«

»Das ist sehr freundlich. Ich werde bei ihm bleiben.«

»Gewiss, Frau Schimpf. Aber überanstrengt Euch nicht, das täte Euch in Eurem Zustand nicht gut. Ein Bote wird Euch einen Sud aus Spitzwegerich und Arnika bringen, der soll ihm helfen, die bösen Kräfte aus dem Körper zu treiben. Sollte er einen Ausschlag bekommen, lasst nach mir rufen. Ansonsten muss Euer Gatte schwitzen, schwitzen und noch mal schwitzen. Habt Ihr alles verstanden?«

»Natürlich«, erklärte Cristin, bedankte sich und blickte dem hageren Mann hinterher, der eilig den Raum verließ.

Die Kammer, in die sie ein Knecht geführt hatte, war spärlich eingerichtet. Trotzdem war Cristin unendlich dankbar, dass man ihnen beiden überhaupt ein warmes Dach über dem Kopf zur Verfügung gestellt hatte. Im Kamin brannte ein munteres Feuerchen, und die Kälte wich allmählich aus ihren Gliedern.

Baldos Fieber jedoch stieg, und seine Hustenanfälle häuften sich. Eine Weile später brachte ihr ein Bote des Wundarztes einen bauchigen Krug, in dem sich eine bräunliche Flüssigkeit befand. Schließlich gelang es Cristin mit viel Zuspruch, Baldo drei Becher davon einzuflößen, was er mit gemurmelten Flüchen quittierte. Erschöpft sank er in das dicke Federkissen zurück und hustete erbärmlich. Sie hauchte ihm einen Kuss auf die Stirn, zog die Bettdecke bis zum Hals hoch und legte noch eine Wolldecke darüber. Die Augen fielen ihm zu. Schon bald rann Baldo der Schweiß von der Stirn und über die Wangen. Immer wieder wischte Cristin sie ihm mit einem Tuch ab.

Irgendwann zog sie den Stuhl an das Fenster, setzte sich und blickte auf den schneebedeckten, rundum von gusseisernen Feuerkörben erhellten Hof hinaus. Hoch stoben die Funken in den dunklen Himmel. Rund um einen Brunnen in der Mitte des Platzes herrschte noch reges Treiben. Bei den meisten der Männer, die miteinander ins Gespräch vertieft waren, handelte es sich um Deutschritter. Worüber sie wohl reden?, überlegte Cristin bitter. Über ihren nächsten Überfall auf unschuldige Menschen im Polenland vielleicht?

Lautes Lachen drang bis zu ihr herauf, und sie ballte die Hände zu Fäusten. Niemals hätte sie gedacht, einmal Hilfe von diesen Widerlingen annehmen zu müssen. Noch bis vor kurzem waren diese Männer nichts als Teufel in Menschengestalt für sie. Und nun befand sie sich in einer ihrer Niederlassungen, genoss ihre Gastfreundschaft.

Was wusste sie eigentlich über die Deutschritter? Der Orden besaß zahlreiche Ländereien, ja ganze Städte, hatte Piet ihr erzählt. Im Morgenland hatten sie gegen die Muselmanen gekämpft und die einzige Obrigkeit, die sie anerkannten, war der Heilige Vater. Auf seinen Befehl hin zogen sie aus und zwangen die *Ungläubigen* dazu, den rechten Glauben anzunehmen. Einen Augenblick lang hatte sie die Erlebnisse, die Ulrych von Dormitz ihnen gebeichtet hatte, wieder vor Augen. Widerwillig musste sich Cristin eingestehen, dass Nächstenliebe und Mitgefühl offenbar doch nicht für alle Deutschritter Fremdworte waren.

Sie hob den Blick zu dem fahlen Mond. Der Schnee fiel in

immer dichteren Flocken. In der Ferne zuckte ein Blitz über den Himmel, und nur wenige Herzschläge später grollte Donner. Wie lange sie wohl noch bis Hamburg unterwegs sein würden? Wenn nur Baldo wieder gesund wurde. Endlich erhob sie sich, trat an das Bett und betrachtete das bleiche Gesicht ihres Mannes. Mit bangem Herzen streckte sie sich auf dem Matratzenlager aus, das ihr der Knecht neben der Schlafstatt bereitet hatte.

Cristins Leib fühlte sich prall und hart an, und sie wusste kaum, wie sie liegen sollte. Doch irgendwann übermannte sie die Erschöpfung, und sie fiel in einen tiefen, von unruhigen Träumen begleiteten Schlaf. Bald darauf wurde sie jedoch von einem eigenartigen Geräusch hochgeschreckt. Mühsam rappelte sie sich auf, blinzelte in die Dunkelheit und lauschte. Es hörte sich an wie Zähne, die aufeinanderschlugen. Mit einem Satz war sie an Baldos Schlafstatt.

»Mir ist so kalt«, kam es kaum verständlich von seinen Lippen.

Baldos Stirn war glühend heiß, während sein Körper von Schüttelfrost gepeinigt wurde.

»Warte einen Moment, Liebling. Ich mach uns Licht.«

Sie stolperte durch den finsteren Raum. Hatte sie nicht am vergangenen Abend ein Talglicht nahe dem Fenster gesehen? Endlich fand sie die Lampe, atmete auf und entzündete sie. Als sie sich herumdrehte bemerkte sie, wie Baldos Blick ihr folgte. Er machte Anstalten, ihr etwas zu sagen, aber die klappernden Zähne machten ihm das Sprechen nahezu unmöglich. Cristin nahm seine klamme Hand in ihre. Ihre Gedanken arbeiteten fieberhaft.

»Baldo, ich kann in der Kammer keine zusätzlichen Decken finden. Meinst du, du kannst ein wenig zur Seite rücken?«

Sein glasiger Blick nahm einen überraschten Ausdruck an, dann aber schob er sich langsam bis zum Rand des Bettes. Cristin löschte das Licht wieder, legte sich zu ihm und schlang die Arme um seinen kalten, bebenden Leib. Sein Atem rasselte, aber er strich ihr zart über den Rücken. Lange Zeit lag sie einfach nur da, hilflos, da sie ihm nichts weiter als die Wärme ihres eigenen Körpers zu bieten hatte. Doch mit der Zeit entspannte er sich, und die Hand, die sie eben noch gestreichelt hatte, fiel herab, während sein Atem tiefer wurde. Baldo war endlich eingeschlafen. Cristin wagte es nicht, sich aus seiner Umarmung zu befreien, starrte mit offenen Augen in die Nacht und lauschte auf die Herztöne ihres Mannes an ihrem Ohr.

Hatte sie tatsächlich nichts zu geben, außer ihre Wärme? Ihre Gedanken gingen auf Reisen. Ob jene geheimnisvolle Kraft in ihren Händen, mit der sie zuweilen Leiden lindern konnte, immer noch in ihr schlummerte? Leider war diese Gabe so launisch wie das Wetter im April, für die heilbringende Wirkung gab es keinerlei Sicherheiten. Mal war sie gescheitert, in anderen Situationen wiederum erfolgreich. Ja, und manchmal habe ich es nicht mal probieren können, grübelte Cristin. Wäre sie nach der Geburt der kleinen Liliana je mit Jadwiga allein gewesen, vielleicht hätte sie ihr helfen können. Aber die Königin war stets von Bediensteten und Ärzten umringt gewesen.

Und nun? Baldo schlief, wahrscheinlich würde er es nicht einmal bemerken, wenn sie ihm die Hände auflegte. Doch ein unbestimmtes Gefühl hielt sie zurück. Durfte sie es wagen, nun, da sie ein Kind unterm Herzen trug, das jede Kraft für sich beanspruchte? War es gar schädlich für ihr Ungeborenes? Wenn sie doch nur jemanden danach befragen könnte. Sie legte eine Hand auf Baldos Brust, wartete. Wartete auf das vertraute Kribbeln in ihren Fingerspitzen, das sich stets einstellte, wenn diese mysteriöse Verbindung zu dem Leib eines anderen entstand.

Nichts geschah. Cristin stellte sich vor, wie aus ihren Fingern wärmendes, heilendes Licht drang und auf Baldos Körper überging. Ihre Hände wurden warm, aber die Bilder, die sonst bei der Berührung eines Kranken vor ihrem inneren Auge entstanden, blieben aus.

29

Wie steht es heute Morgen um Euren Mann?«, erkundigte sich der Wundarzt, nachdem er am folgenden Tag an die Kammertür geklopft hatte.

»In der Nacht hatte er hohes Fieber«, antwortete Cristin. »Er hat abwechselnd geschwitzt und gefroren. Ich habe mich zu ihm gelegt und ihn gewärmt.«

Der Arzt trat an das Bett, legte die Hand auf Baldos Stirn und griff dann nach seinem Handgelenk. »Wie ist Euer Befinden, Herr Schimpf? Habt Ihr schlafen können?«

Baldo hustete. »Dank meiner Frau«, er brach einen Moment ab, um röchelnd Luft zu holen, »hat zumindest der Schüttelfrost im Laufe der Nacht nachgelassen. Jetzt fühle ich mich, nun ja, als hätte mir ein Gaul auf die Brust getreten.«

Der Wundarzt lachte. »Ihr habt ganz offensichtlich das Richtige getan, Frau Schimpf.«

»Den Eindruck habe ich auch.« Cristin atmete auf. »Ihr habt mir noch gar nicht Euren Namen genannt.«

»Habe ich mich Euch etwa gar nicht vorgestellt? Wie unhöflich von mir. Ich heiße Christian von Hohenstein.« Er deutete eine Verbeugung an.

»Ja, ich stamme aus einer adeligen Familie. Mein Vater hatte zwar etwas anderes für seinen einzigen Sohn geplant, aber mich hat das Chirurgenhandwerk mehr interessiert. So ging ich bei einem Bader in die Lehre und wurde Wundarzt. Drei Jahre zog ich als Wanderchirurg durch die Lande, dann nahmen mich die *Ordensritter* in ihre Dienste. Zunächst war ich auf der *Komturei* Königsberg, dann auf dem *Komturhof* hier in Plauen.«

Ein Hustenanfall Baldos unterbrach die Schilderung des Arztes, und er trat erneut an das Krankenbett. Aufmerksam musterte er den Kranken, dessen Lider kurz flatterten, um sich dann wieder zu schließen.

»Sagt mir Frau Schimpf, hat Euer Gatte auch Auswurf?«

Cristin verneinte.

»Das ist gut. Ich muss gestehen, dass ich zuerst an eine *Influenza* dachte, als ich Euren Mann untersuchte.«

»Was ist das?«, wollte Cristin wissen, die diesen Begriff nie zuvor gehört hatte.

»So nennen die Italiener eine Seuche, die sie dem Einfluss der Sterne zuschreiben«, erklärte von Hohenstein. »In Wahrheit dürfte extreme Kälte dafür verantwortlich sein, da diese Krankheit meist im Winter auftritt. Doch macht Euch bitte keine Sorgen, danach sieht es momentan nicht aus. Sollten sich seine Beschwerden nicht verschlimmern, wird sich sein Befinden im Laufe der nächsten Tage stabilisieren. Das gilt es abzuwarten, aber ich bin ganz zuversichtlich.«

Cristin atmete auf.

»Ihr seid auf dem Weg nach Hamburg, nicht wahr? Da habt Ihr noch mindestens vierzehn Tagesreisen vor Euch, möchte ich annehmen, wenn Euch das Wetter nicht zwingt, irgendwo längere Zeit auszuharren. Doch zunächst braucht Euer Mann jetzt absolute Ruhe.« Sein Blick heftete sich auf ihren Leib. »Wie lange habt Ihr noch bis zur Niederkunft, Frau Schimpf?«

»Unser Kind soll zur Osterzeit kommen.«

»Dann bleiben Euch nur noch wenige Wochen.«

Sie nickte.

Aus Baldos halb geöffneten Lippen drang leises Schnarchen. »Ich sehe morgen wieder nach Eurem Mann. Gebt ihm nur weiterhin von dem Kräutersud. Ich lasse Euch gleich noch einen Krug bringen. Das wird ihm helfen, schnell gesund zu werden.«

Wenig später erschien die Magd. Auf dem Tablett, das sie vorsichtig auf einem Tisch abstellte, stand neben dem Sud aus Spitzwegerich und Arnika diesmal auch eine Schüssel mit dampfender Hühnerbrühe. Deren aromatischer Geruch ließ Cristin das Wasser im Munde zusammenlaufen. Die kräftige Brühe schmeckte wunderbar. Nachdem sie einige Löffel davon gegessen und sich die Brühe etwas abgekühlt hatte, schob sie den Stuhl neben das Bett und flößte Baldo vorsichtig etwas davon ein.

»Liebes«, kam es zwischen zwei Löffeln von seinen Lippen. »Ich habe gehört, was der Arzt gesagt hat.« Er verzog das Gesicht. »Eine Woche, pah. Ich schwöre dir, in spätestens vier Tagen verlasse ich das Bett, steige wieder auf den Kutschbock und lenke unseren Wagen vom Hof dieser feinen Herren …« Ein Hustenanfall unterbrach seine stockend hervorgebrachten Worte.

Cristin strich ihm über die stoppelige Wange. »Die uns viel Gutes erwiesen haben, vergiss das nicht.«

»Oho, das sind ja ganz neue Töne.«

Cristin wollte ihm einen weiteren Löffel Brühe geben, doch er winkte ab.

»Jedenfalls will ich so bald wie möglich weiterziehen. Daran wird mich niemand hindern, auch nicht diese vermaledeite Krankheit.«

»Lass dir von deinem dich liebenden Eheweib eines gesagt sein, Baldo Schimpf: Du wirst dir so viel Zeit zum Gesundwerden nehmen, wie du brauchst. Vorher lenkt hier niemand seinen Wagen vom *Komturhof*.«

»Wie Ihr befehlt, meine Gebieterin.«

Ein neuer Hustenanfall zwang Baldo in die Kissen zurück.

»Gut, dann befehle ich Euch außerdem weiterzuschlafen.«

30

Vor den Toren Zwickaus

Vier Tage, nachdem Baldo und Cristin die kleine Kammer in der *Komturei* bezogen hatten, fühlte er sich erstmals imstande aufzustehen und einige Zeit auf den Gängen des Gästehauses umherzugehen. Zwei Tage später bedankten sie sich bei Friedrich von Radeberg und dem Wundarzt für deren Hilfe, bestiegen den Pferdewagen und brachen auf. Cristin hatte ihrem Mann unmissverständlich erklärt, sie werde den Wagen lenken, bis er kräftig genug sei, diese Aufgabe wieder zu übernehmen.

Stunde um Stunde verstrich. Da am Nachmittag heftiges Schneetreiben einsetzte, blieb Cristin nichts weiter übrig, als den Wagen von der *Via Imperii* herunter auf die Hauptstraße eines kleinen Dorfes zu lenken. Sie befänden sich in Cainsdorf, etwa eine halbe Meile vor den Toren der Reichsstadt Zwickau, erläuterte ihnen der Wirt des Gasthofes, in dem sie und Baldo die kommende Nacht verbringen wollten.

Erleichtert, in ein warmes Bett kriechen zu können, schlief dieser sofort ein, während Cristin noch lange wach lag. Ihre Gedanken wanderten zu Elisabeth und Minna. Nicht mehr lange, und sie konnte ihr Kind endlich wieder in die Arme schließen.

Am folgenden Vormittag erreichten sie einen weiten Talkessel, auf dem, einem riesigen frisch gewaschenen Leinentuch gleich, eine dichte Schneedecke lag. Hell glitzerte sie im Sonnenlicht. Zu beiden Seiten der Straße lagen Gehöfte, aus deren Schornsteinen Rauch aufstieg, und in einiger Entfernung erkannte Cristin einen zugefrorenen Fluss. Was für ein friedliches Bild, dachte sie, während sie sich den Mauern Zwickaus näherten.

Als sie das Zugpferd auf das offen stehende Stadttor zutrieb, verschlug es ihr einen Moment lang schier den Atem. Die mächtige Mauer war höher als jede andere Stadtbefestigung, die Cristin auf ihren Reisen bisher gesehen hatte. Sie musste mindestens sechs Manneslängen hoch sein. Doch ihr blieb nicht viel Zeit zum Staunen, denn schon traten die Zöllner an den Wagen. Nachdem sie die Stadtmauer passiert hatten, hielt Cristin den Wagen auf einem Marktplatz an und wandte sich zu Baldo um, der mit angezogenen Beinen und zum Schutz gegen den kalten Wind in zwei Decken gehüllt hinter ihr saß.

»Liebling, ich werde nach einer Badestube fragen«, rief sie. »Dort können wir uns aufwärmen. Danach fahren wir weiter nach Altenburg.«

Mit einem Nicken bedeutete Baldo ihr seine Zustimmung, denn ein weiterer Hustenanfall plagte ihn. Cristin kletterte vom Kutschbock und machte ein paar Schritte auf einen gut gekleideten Mann zu, der soeben auf einen prächtigen Schimmel aufsitzen wollte.

»Gott zum Gruße, mein Herr. Könnt Ihr mir helfen?«, sprach sie ihn an. »Wir suchen eine Badestube.«

»Einen Bader findet Ihr unweit der Lateinschule«, erklärte er, wünschte ihr noch einen schönen Tag und ritt davon.

Sie ging zum Wagen zurück und blickte über die Seitenwand. Baldo hatte die Arme um den Oberkörper geschlungen, seine Zähne schlugen klappernd aufeinander.

»Höchste Zeit, dass wir uns aufwärmen«, murmelte Cristin besorgt. Sie strich dem Zugpferd über die breite Stirn und stieg zurück auf die Sitzbank.

In einer gewundenen Gasse hinter dem Bau, der die Lateinschule beherbergte, fand sie schließlich das Haus des Baders. Cristin half Baldo vom Wagen herab und betrat mit ihm eine schmale Diele, in der ihnen ein Männlein entgegentrat. Sein dünnes Haar hatte es aus der Stirn nach hinten gekämmt.

»Seid Ihr der Bader?«, wollte Cristin wissen.

Der Alte bejahte.

»Mein Mann ist völlig durchgefroren. Erhitzt bitte genügend Wasser, damit er sich aufwärmen kann. Habt Ihr getrocknete Kräuter?«

»Thymian und Rosmarin.«

»Tut reichlich davon ins Wasser. Es soll Euer Schaden nicht sein.«

»Wie Ihr wünscht, Herrin«, nickte der Alte mit einem Blick auf Cristins Leib. »Wollt Ihr auch …?«

»Ja. Und nun eilt Euch.«

Der Bader hatte den Zuber bis zur Hälfte mit heißem Wasser aufgefüllt. Tief sog Cristin den wohltuenden Duft der hinzugefügten Kräuter ein. Ihre Hände und Füße waren eiskalt und stachen nun, da sie ins warme Wasser eintauchten, wie tausend Stecknadeln. Ihr Rücken schmerzte, aber was nützte es zu klagen?

Baldos Zustand besserte sich allmählich, und das Fieber sank glücklicherweise, doch zum Lenken des Fuhrwerkes war er längst noch nicht kräftig genug. Sie warf ihm einen nachdenklichen Blick zu. Er hatte den Kopf in den Nacken gelegt. Schatten zeichneten sich unter seinen Augen ab, und sein schmal gewordenes Gesicht wirkte ausgezehrt. Baldo musste ihren Blick bemerkt haben, denn er wandte sich ihr zu. »Mach dir bitte keine Sorgen. In ein paar Tagen bin ich wieder ganz der Alte«, erklärte er, um sich kaum einen Augenblick später unter einem neuen Hustenanfall zu krümmen.

»Ja, das sehe ich.« Sie fuhr ihm mit den Fingern durch das dichte, feuchte Haar. »Die Kräuterdämpfe werden dir helfen. Hab nur ein wenig Geduld.«

Der Bader steckte den Kopf zur Tür herein. »Möchtet Ihr, dass ich Euren Gatten nach dem Bad noch schröpfe? Es wird seiner Durchblutung guttun.«

Cristin warf Baldo einen fragenden Blick zu. Er nickte.

»Gut, dann erhitze ich inzwischen die Schröpfköpfe.«

Der Mann schloss die Tür, und Cristin hörte ihn nebenan mit seinen Utensilien hantieren.

Als das Wasser abkühlte, stiegen die beiden aus dem Zuber, trockneten sich ab und gingen hinüber in den Raum, wo ihre Sachen lagen. Rasch kleidete Cristin sich an, während Baldo in seine *Bruche* schlüpfte.

Im Behandlungszimmer nebenan wartete der Bader bereits auf sie und forderte Baldo auf, sich bäuchlings auf eine Bank zu legen. Cristin ließ sich auf einen Schemel nieder und sah zu, wie der Mann nacheinander ein halbes Dutzend der irdenen, über einem offenen Herdfeuer erhitzten Gefäße auf Baldo Rücken ansetzte. Einst war ihr allein beim Anblick von Schröpfköpfen speiübel geworden, erinnerte sie sich. Doch das war lange her. Sie stand auf und trat an ein kleines Fenster aus gelb gefärbtem Glas.

»Wie weit ist es bis Lipzic, Herr Bader?«, fragte sie, ohne sich umzudrehen.

»Im Winter? Bestimmt drei Tagesreisen.«

Auf der Gasse strebten einige junge, in dicke Wollmäntel gekleidete Burschen mit ernsten Gesichtern der Lateinschule zu. Cristin wandte sich um. Der Bader heftete den Blick auf sie.

»Wollt Ihr nur bis Lipzic oder noch weiter?«

»Wir wollen nach Hamburg. Kennt Ihr die Stadt?«

Er schüttelte den Kopf und löschte das Feuer in dem kleinen Herd.

Nachdem Baldo sich noch ein Weilchen ausgeruht und Cristin den Mann für seine Dienste entlohnt hatte, verließen sie die Badestube und machten sich auf die Weiterreise.

Das Schröpfen zeigte Wirkung. Als die beiden drei Tage später die Stadtmauern Lipzics passierten, hatte Baldos Gesichtsfarbe wieder einen rosigen Ton angenommen, und sein krampfartiger Husten ließ allmählich nach. Dick in warme Decken gehüllt saß er mit mürrischer Miene hinter ihr. Natürlich missfiel es ihm, den Wagen nicht selbst zu lenken, doch Cristin bestand darauf, dass er sich noch einige Tage schonte.

Es hatte aufgehört zu schneien, und die Nachmittagssonne ließ die Eiszapfen an den Fenstern der Kaufmannshäuser glitzern. Cristin staunte, während sie das Kaltblut durch die Gassen lenkte. Lipzic glich einem emsigen Ameisenstaat. Neben ihnen fuhren unzählige hoch beladene Fuhrwerke in die Stadt hinein, Räder knirschten auf den harschen Wegen. Überall eilten Menschen mit ihren Waren durch die Gassen, vermutlich auf dem Weg zu einem der Marktplätze, und riefen einander Befehle zu oder scherzten. Die Stadt kam Cristin nicht sonderlich groß vor, übertraf aber mit ihrer Geschäftigkeit und dem Lärm alle Städte, die sie bisher kennengelernt hatte. Sie ließ den Blick über die Häuserreihen schweifen.

»Hast du je so viel Gasthöfe und Herbergen gesehen, Liebling?«, rief sie Baldo zu.

»Nein«, kam es von hinten. »Aber solange wir etwas Anständiges zu essen bekommen und ein weiches, warmes Bett für uns zwei, soll es mir recht sein.«

Cristin stimmte ihm zu. Jeder einzelner Muskel in ihrem Körper schmerzte. Auch ihre Stiefel hatten auf der langen Reise gelitten und hielten die Nässe nicht mehr fern. Tatsächlich war die Stadt auf die vielen Händler offenbar gut vorbereitet, und die Aussicht auf ein gutes Abendessen und trockene Kleidung hob ihre Stimmung.

Etwas abseits des Trubels fanden sie einen Gasthof mit angrenzenden Ställen für die Reittiere. Der Rappe wurde von einem betagten, freundlichen Mann fortgeführt und mit Stroh abgerieben. In der Gaststube empfing sie wohlige Wärme und der Duft von Zwiebeln und Gegrilltem. Baldo und Cristin ließen sich an einem der Tische nieder. Nur wenige Gäste befanden sich in dem Wirtsraum, und die Schwangere atmete ob der wohltuenden Ruhe erleichtert auf.

Ein junger Bursche mit einem runden, fröhlichen Gesicht

fragte nach ihren Wünschen. Er schien nicht aus der Gegend zu stammen, denn er sprach mit einer Mundart, der ihr seltsam bekannt vorkam. Nachdem Baldo die Bestellung aufgegeben hatte, nickte Cristin dem Mann zu.

»Ihr kommt nicht von hier, habe ich recht? Ich meine, Euren Dialekt schon einmal gehört zu haben.«

»Das ist wahr«, erwiderte der Bursche. »Wir sind Franken. Mein Vater hat eine Waffenschmiede in Nürnberg. Vor einigen Jahren haben wir hier einen Zwischenhandel eröffnet, wegen der günstigen Verkehrswege in alle Herren Länder, Ihr versteht?« Als er Baldos und Cristins Verwirrung bemerkte, lächelte er. »Mein Bruder hat den Handel übernommen, und ich kümmere mich um den Gasthof. Hab kein Händchen fürs Handwerk, müsst Ihr wissen. So, ich bringe Euch jetzt erst mal ein gutes Bier.«

Sie sahen dem Wirt nach, der leise pfeifend auf einen anderen Tisch zusteuerte.

»Waffenschmiede«, sinnierte Cristin. »Das muss ein einträgliches Geschäft sein.«

»Wohl wahr, Liebes. In etwas mehr als einer Woche sind wir wieder zu Hause. Und ich schwöre dir, dann ist es an dir, dich auszuruhen. Oder du bekommst mit deinem Gatten den ersten Streit seit Langem.«

»Das möchte ich gewiss nicht riskieren«, erwiderte Cristin und strich sich über den prallen Leib. »Wären wir nur schon da.«

Nachdem sie beim Essen kräftig zugelangt hatten, begaben sich die beiden auf die Kammer und wuschen sich ausgiebig. Dann legten sie sich auf das weiche Strohbett. Baldo strich tastend über Cristins gewölbten Bauch. Sie nahm seine Hand und führte sie an eine Stelle unterhalb des Nabels, wo sie die Bewegungen ihres Ungeborenen spürte.

»Mein Gott, Liebes. Es hat sich bewegt.«

»Das müssen seine Hände sein. Pass auf. Wenn du ganz stillhältst, kannst du vielleicht…«

Eine Weile wurde es ruhig zwischen ihnen, dann nahm Baldos Miene einen überraschten Ausdruck an.

»Wie kräftig es ist!« Sein Blick drang forschend in ihren. »Was ist mit dir, Cristin? Tun dir die Bewegungen weh?«

Ihre Augen füllten sich mit Tränen. »Nein, Liebling. Aber ich habe das Reisen so satt. Ich bin müde und sehne mich nach unserem eigenen Bett. Ich möchte aufwachen und die Vögel in unserem Garten zwitschern und Elisabeths Stimme hören. Und das Klappern von Geschirr, wenn Minna das Frühstück zubereitet.« Sie wischte sich über die feuchte Wange.

Baldo beugte sich zu ihr hinunter und nahm ihr Gesicht in seine Hände. »Nur noch wenige Tage und wir sind zu Hause. Ab morgen werde ich den Wagen wieder lenken, und du machst es dir bequem, hast du mich verstanden?«

Sie nickte und ließ zu, dass er sie innig küsste.

Am nächsten Morgen bekam der Rappe erst noch neue Eisen, dann brachen sie auf. Als die Sonne aufging, hatten sie die Stadt bereits hinter sich gelassen. Cristin beobachtete, wie der Tag allmählich erwachte, und fühlte, wie ihr Herz schneller schlug, während sie sich Stund um Stund ihrer Heimat näherten.

31

Hamburg

Liebling, wach auf! Wir sind kurz vor Hamburg!«, drang Baldos Stimme durch die Nebel des Schlafes, in den sich Cristin hatte gleiten lassen, nachdem der Wagen endlich aus Lüneburg hinausgerollt war. »Dort ist bereits die *Roggenkiste.*«

Cristin schlug die Augen auf. Tatsächlich, kaum mehr als eine Viertelmeile vor ihnen konnte sie die Silhouette des Winserturms ausmachen – die *Roggenkiste*, wie die Hamburger den schmucklosen Turm nannten. In den vier Stockwerken saßen die Verurteilten in kleinen Verschlägen bei Wasser und Roggenbrot ihre Strafe ab. Unter dem Dach, in der sogenannten *Tollkiste*, waren die Wahnsinnigen untergebracht, wie Ludewig ihr erzählt hatte. Unwillkürlich schauderte es sie, wenn sie daran dachte, was innerhalb dieser Mauern so alles geschehen mochte. Cristin fror erbärmlich. Während Baldo den Wagen über die aufgeweichte Straße auf die Stadtmauern zulenkte, griff er nach ihrer Hand.

»Bald sind wir da, Liebes.«

Wenig später passierten sie die breite Brücke, die sich über die zugefrorene Elbe spannte, und fuhren auf das Winsertor zu. Er lenkte das Pferd zwischen den beiden mächtigen Türmen hindurch und kurz darauf über den Fischmarkt, vorbei am Heringshaus und den Schusterbuden, in denen an diesem Abend niemand seinen Geschäften nachging. Sie bogen in die Bäckerstrate ein, die auf den Dom zuführte. Auf dem von einer dünnen Schneeschicht bedeckten Platz vor St. Marien standen einige Männer und Frauen, die wohl in der Messe gewesen waren.

Als Baldo und Cristin an ihnen vorüberfuhren, schien es der Schwangeren, als würde eine der gut gekleideten Frauen ihr einen nachdenklichen Blick zuwerfen. Aber da waren sie auch schon vorüber und rollten durch das Viertel um St. Jakobi, wo die Fuhrleute, die Handwerker und die Wirte der zahllosen Pilgerherbergen wohnten.

Endlich bogen sie in die Breite Strate ein. Cristins Herz schlug höher, während sie die Gasse hinunterfuhren, der Goldspinnerei und ihrem Hause zu. Und dann sah sie es: Zwischen den beiden Gebäuden links und rechts des roten Backsteinhauses, das Baldo und sie vor über einem Jahr gekauft hatten, klaffte eine breite Lücke, nichts als ein kaum mannshoher Haufen Schutt und Holzbalken war mehr zu sehen. Cristin schlug die Hand vor den Mund, um den Schrei, der sich in ihrer Kehle formte, zu unterdrücken. Sie hörte, wie ihr Mann scharf die Luft einsog. Elisabeth!, durchfuhr es sie im nächsten Moment. Sie spürte, wie Baldo nach ihrem Arm griff und sie davor bewahrte, vom Kutschbock zu stürzen.

»Was ist hier geschehen?« Seine Stimme war kaum mehr als ein Flüstern.

Bewegungslos starrte er auf einen Haufen Steine und schwarzer Holzbalken, die wie Geisterhände aus der verbrannten Erde herausragten, während große Schneeflocken aus den tief hängenden Wolken herabwirbelten und den kläglichen Rest des Hauses gnädig bedeckten. Es war Cristin, die sich als Erste aus der Erstarrung löste. Ein Beben überlief ihren Körper, und sie strich über ihren gewölbten Leib. Wo waren Elisabeth und Minna?

Sie schnappte nach Luft, um den Druck zu lindern, der ihre Brust mit eisernen Reifen zu umklammern schien. Mühsam kletterte sie von dem Wagen und trat näher an die Stelle heran, an der sich einstmals ihr Haus befunden hatte. Die Zeit schien stillzustehen.

»Frau Schimpf, da seid Ihr ja endlich wieder!«

Die hastig hervorgestoßenen Worte ließen sie herumfahren. Hinter ihr stand eine ihrer Nachbarinnen, zu der sich rasch weitere Männer und Frauen gesellten. In ihren Blicken las Cristin Mitleid. Baldo war ebenfalls vom Kutschbock gestiegen. Die Blässe seines Gesichts ließ die mahlenden Kieferknochen noch schärfer hervortreten.

»Wo sind meine Tochter und meine Lohnarbeiterin?« Gellend hallte ihre Stimme durch die Gasse. Elisabeth. Das Haus. Minna. Alles verloren? Ein brennender Schmerz schoss wie ein Feuer durch ihren Leib. Ihre Knie wurden weich, und gnädige Schwärze empfing sie. Es waren Baldos Worte, die sie irgendwann in die Wirklichkeit zurückholten.

»Die Nachbarn sagen, Ludewig hat Minna und Elisabeth nach dem Brand in seinem Haus aufgenommen. Mach dir keine Sorgen, Liebling.«

Cristin atmete auf. Ihr Kind lebte, Minna auch.

Ihr Blick heftete sich erneut auf die Stelle, an der ihr Haus gestanden hatte. Sie schluchzte auf. Was sollte nun werden?

Die Edelsteine!, schoss es ihr durch den Kopf. »Jadwigas Juwelen müssen noch irgendwo hier liegen. Wir brauchen sie doch! Oder haben Diebe sie inzwischen… Oh, mein Gott, Baldo!«

Cristin warf sich an seine Brust, doch er legte ihr die Hand auf den Arm, hielt sie ein Stück von sich ab und räusperte sich.

»Ich glaube, ich muss dir etwas erklären, Liebes.« Mit wenigen Worten berichtete er ihr, wie er vor ihrer Abreise nach Venedig die Stiefel bestellt hatte, in denen er die ganze Zeit über die Edelsteine versteckt gehalten hatte.

»Ich weiß ja, wir hatten sie im Haus versteckt. Aber mir erschien es einfach zu unsicher, sie dort zu lassen. Wie du siehst, war mein Gedanke ganz vernünftig«, erklärte er grimmig.

Baldos zerknirschte Miene ließ ihn wie einen schuldbewussten Jungen wirken, dem etwas zerbrochen war und der nun auf die Schelte der Eltern wartete.

Cristin sah ihn unverwandt an, bis sie begriff. »Deshalb hast du diese Stiefel nie ausziehen wollen und mich mit deiner Sturheit an den Rand des Wahnsinns gebracht! Jetzt wird mir einiges klar, Baldo Schimpf«, stieß sie hervor und schlug ihm mit der flachen Hand auf die Brust. »Du Halunke!« Ihre Augen füllten sich mit Tränen. »Und ich dachte schon, wir hätten zu allem Unglück auch noch die Edelsteine verloren. Hast du sie immer noch in deinen Stiefeln?«

Er nickte. »Dort werden sie auch bleiben, bis wir ein sicheres Versteck für sie gefunden haben.«

Sie schlang ihm die Arme um den Hals und küsste ihn innig, während ihr Tränen aus den Augen schossen. »Meine Güte, wenn du sie nicht an dich genommen hättest…«

»Ich hab dir schon immer gesagt, das Weib sollte auf den Mann hören, oder?« Sein Lächeln misslang.

»Lass uns in die Johannisstrate fahren«, bat Cristin. »Ich will endlich Elisabeth wiedersehen.«

»Nicht nur du, Liebes«, erwiderte er und half ihr beim Erklimmen des Kutschbocks. Mit einem letzten Blick auf das, was einmal ihr Heim gewesen war, lenkte er den Wagen herum und die Breite Strate hinunter in Richtung Pferdemarkt.

32

Nachdem Cristin erleichtert zuerst Elisabeth und dann ihre Lohnarbeiterin in die Arme geschlossen hatte, berichtete Minna den Heimgekehrten stockend, was sich während deren Abwesenheit zugetragen hatte. Überglücklich, ihre Mutter endlich wiederzuhaben, war die Kleine kaum zu bändigen gewesen, inzwischen aber auf Baldos Schoß eingeschlafen. Cristin lauschte mit angehaltenem Atem Minnas Erzählung von den Ereignissen jener Nacht, die ihr Kind und ihre Lohnarbeiterin beinahe das Leben gekostet hätten. Vor ihrem inneren Auge liefen die schrecklichen Bilder der Ereignisse ab, die die beiden durchlebt hatten. Fast meinte sie sehen zu können, wie Elisabeth an der Hand ihrer Vertrauten – Lump immer dicht neben sich – durch die nächtlichen Gassen gelaufen war. Als Minna ihren Bericht schließlich beendete, durchflutete Cristin eine Welle der Dankbarkeit. Sie erhob sich und umarmte die Ältere erneut.

Als Ludewig mit einem Krug Wein den Raum betrat, brach

es heiser aus Cristin heraus: »Solange ich lebe, werde ich dir niemals vergessen, dass du mein Kind gerettet hast.«

Minna war sichtlich gerührt, winkte aber ab. »Ach, Deern, das hätte wohl jeder getan.« Sie wies auf Lump, der, nachdem er Baldo stürmisch begrüßt hatte, seinem Herrn nicht mehr von den Füßen wich. »Wenn jemand Eure Elisabeth und mich gerettet hat, dann war es Euer Hund. Und nun gebt mir mal die Kleine, ich bringe sie nach oben in ihre Kammer.«

Baldo, der noch immer ganz bleich um die Nase war, übergab ihr das schlafende Kind. Dann kniete er sich neben den Tisch und fuhr dem großen Hovawart zärtlich durch das dichte Fell. Erinnerungen an den Tag wurden in ihm wach, als sein Vater ihn losgeschickt hatte, um das Tier abzuholen und zu erschlagen. Er hatte es nicht übers Herz gebracht. Seitdem war Lump sein ständiger Begleiter. Was hatten sie nicht schon alles miteinander erlebt!

»Mein Bester«, murmelte er.

Als hätte der Hund ihn verstanden, öffnete er ein Auge, blinzelte kurz und bewegte die Schwanzspitze. Einen Moment lang kraulte er das Tier hinter den Ohren, und es gab einen Laut der Zufriedenheit von sich. Dann stand er auf und setzte sich wieder auf den Stuhl. Das Sprechen bereitete ihm sichtlich Mühe.

»Wir müssen darüber reden, wie es nun weitergehen soll.«

Ludewig schenkte von dem Würzwein nach. »Nun sorgt Euch mal nicht. Fürs Erste könnt ihr bei mir wohnen.«

»Wir wollen Euch auf keinen Fall irgendwelche Umstände machen«, wehrte Cristin ab.

»Wollt Ihr Euer ganzes Geld für eine Kammer in irgendeinem Gasthaus ausgeben?« Er musterte sie nachdenklich. »Wann kommt Ihr nieder, Deern? Ich schätze mal, es sind höchstens noch sechs Wochen, was?«

Cristin nickte.

»Das muss wirklich nicht sein«, erklärte Ludewig bestimmt. »Hier habt Ihr es in Eurem Zustand wesentlich bequemer.

Wenn wir alle ein wenig zusammenrücken, wird es schon gehen. Jedenfalls solange, bis Ihr ein neues Heim gefunden habt.«

Minna kehrte zurück und ließ sich auf einen Stuhl sinken. Cristin fröstelte, doch die Kälte kam aus ihrem Inneren und wollte nicht weichen.

»Wahre Freunde erkennt man in der Not«, stellte Baldo mit brüchiger Stimme fest und legte Stienberg die Hand auf die breite Schulter.

Dieser entblößte das lückenhafte Gebiss zu einem Grinsen. »Wir werden uns schon vertragen. Ist schließlich nicht das erste Mal, dass ich Euch beiden Obdach gewähre.«

»Wofür wir Euch stets dankbar sein werden«, versicherte Cristin und wischte sich über die Augen.

»Ist noch etwas von der guten Suppe übrig, die Ihr gestern aufgetischt habt, Minna?«, fragte Stienberg.

Während diese in die Küche verschwand, dachte Cristin daran zurück, als sie und Baldo mehrere Monate lang im Haus des Baders gelebt hatten. Es war die schwerste Zeit ihres Lebens gewesen, in der Ludewig Stienberg ihnen geholfen hatte und Baldo und ihr zu einem Freund geworden war, wie man ihn sich besser nicht wünschen konnte.

»Bitte entschuldigt. Ich muss einen Moment allein sein«, flüsterte Cristin. Als sie sich unsicher erhob und Baldos besorgten Blick auf sich ruhen fühlte, machte sie eine abwehrende Handbewegung. »Keine Sorge, ich komme zurecht.«

Sie nahm ihren Umhang vom Haken und trat vor die Tür. Ohne nachzudenken schlug sie den Weg zu Ludewigs Garten ein, der sich hinter dem Haus befand. Der Himmel war klar und wolkenlos, und ihr Atem hinterließ kleine Dampfwölkchen. Die kahlen Äste der Obstbäume ragten wie knorrige, weiß betupfte Finger in die Luft. Cristins Blick wanderte zu der Stelle, an der im Sommer die Rosenbüsche geradezu verschwenderisch blühten. Sie waren nun nicht mehr als ein Gewirr aus dürren Zweigen. Ein Sperling saß mit schief gelegtem Kopf auf einem der Äste und musterte sie neugierig. Er hatte sich zum Schutz vor der Kälte aufgeplustert.

Unvermittelt wurden Cristins Knie weich, und sie trat auf eine Bank zu, um sich darauf niederzulassen. Ihr war übel, unerträglich übel. Schützend legte sie eine Hand auf den Bauch und atmete tief ein. Doch in ihr war ein Brennen, das sich mit jedem Atemzug noch verstärkte. Baldo und sie, Elisabeth und das Kind, das bald auf die Welt kommen sollte – wo sollten sie leben? Haltlos begann sie zu schluchzen und ihre Schultern bebten, ohne dass sie etwas dagegen hätte unternehmen können. Ihr Körper schüttelte sich in stummem Schmerz, während ihr die Tränen ungehindert über die Wangen liefen. Sie spürte weder die Kälte noch den frischen Wind. Alle Anspannung, alle Ängste der vergangenen Monate brachen nun mit Macht hervor. Waren es nur Momente, die sie auf dieser Bank saß oder Stunden? Sie wusste es nicht zu sagen.

Bis sie eine Berührung an ihrem Bein wahrnahm. Etwas stupste Cristin an, und sie blickte direkt in Lumps dunkle Augen. Er legte seinen großen Kopf in ihren Schoß. Sie vergrub ihr Gesicht in sein dichtes Winterfell, und er hielt ganz still. Wie oft hatte sie sich schon an Lump geschmiegt, wenn sie traurig war oder sich keinen Rat wusste? Blitzschnell leckte er ihr über die Wange, und Cristin musste unwillkürlich schmunzeln. Seinen Namen trug er wahrlich zu Recht. Sie seufzte, machte sich von ihm frei und putzte sich die Nase mit einem Tüchlein, das sie stets in einer Tasche ihres Umhanges bei sich trug.

In diesem Moment hörte sie Schritte, die sich näherten. Baldo kam auf sie zugeeilt.

»Cristin, was suchst du hier auf dieser kalten Bank?« Er kniff die Augen zusammen und ging vor ihr in die Hocke. »Du hast geweint.«

Zärtlich fuhr er ihr mit den Fingern durchs offene Haar.

»Komm ins Haus, Liebes. Du erkältest dich.«

Sanft zog er sie hoch, legte den Arm um ihre Taille und

führte sie zurück ins Haus. Er befahl ihr, sich auf die Kammer zu begeben, die Ludewig ihnen zur Verfügung gestellt hatte, und ein wenig zu ruhen. Dann ging er zu Minna und dem Bader in die Küche und wünschte ihnen eine gute Nacht. »Cristin fühlt sich nicht wohl. Ich werde mich ein wenig um sie kümmern.«

»Ja, geht nur«, erwiderte Ludewig. »Sorgt dafür, dass die Deern vernünftig schläft.«

Als Baldo die Kammer betrat, lag Cristin still und noch vollständig bekleidet auf der Schlafstatt und starrte an die Decke.

»Mach dir keine Sorgen«, unterbrach er ihre Grübeleien und küsste sie zart auf die Stirn. »Ich werde mich so bald wie möglich erkundigen, ob es irgendwo ein Haus gibt, das wir kaufen können. Natürlich muss es genügend Platz für die Goldspinnerei bieten.«

»Und für deine kleine Werkstatt«, ergänzte Cristin und blickte ihn aus geröteten Augen an. Inzwischen hatte sie ihre Fassung wiedererlangt. Aber sie wusste, ein einziges Wort würde genügen, um die mühsam errichtete Beherrschung zu verlieren.

Sie schlüpfte aus ihren Kleidern und kroch unter die warmen Decken, während Baldo sich im Schein zweier Talglampen am Waschtisch rasierte. Eine Weile sah sie ihm noch zu, dann schloss sie die Augen. Allerdings war Cristin viel zu aufgewühlt, um einschlafen zu können. Sie dachte an die vergangenen Stunden zurück. Da Elisabeth während ihrer Unterhaltung mit Minna und Ludewig dabei gewesen war, hatte sie nicht allzu viele Fragen über den Brand stellen wollen, um die Kleine nicht unnötig zu ängstigen. Außerdem war ihr nicht entgangen, wie schwer es Minna gefallen war, über diese schrecklichen Stunden zu sprechen. Sie schien sich Vorwürfe zu machen. Dabei konnte sich Cristin beim besten Willen nicht vorstellen, dass die Vertraute nachlässig gewesen sein könnte. Minna hatte immer sorgsam darauf geachtet, alle Fenster und Türen zu schließen, bevor sie zur Ruhe ging. Sie fröstelte.

Wie hatte sich das Feuer nur so rasch ausbreiten können? Glücklicherweise hatte Lump angeschlagen und Minna geweckt.

Da unterbrach eine Bewegung sie in ihren Überlegungen, und die Decken wurden angehoben.

»Schläfst du schon?«, wisperte Baldo und legte sich neben sie.

»Nein, wie sollte ich?« Cristin schmiegte sich zitternd an seine nackte Brust. Sie hielten einander lange wortlos umfangen. Dann unterbrach sie das Schweigen. »Hast du gesehen, welche kümmerlichen Reste von unserem Haus übrig geblieben sind?«

Er küsste sie auf den Scheitel. »Ja«, antwortete er erstickt. »Mein Schuppen ist nur noch ein Häufchen Asche. Die Mauern des Brennofens stehen noch, aber was nützt uns das?«

»Elisabeths Wiege«, flüsterte Cristin. »Mein … mein Ziehvater hat sie anfertigen lassen, bevor ich geboren wurde, weißt du?«

Baldo zog sie enger an sich. »Unser Kind lebt, Liebling. Das ist alles, was zählt.«

»Ja, das ist wahr.« Es gelang ihr nicht, die Tränen zurückzuhalten. »Ich bin so froh, dass niemandem etwas zugestoßen ist. Dennoch … die Werkstatt, das neue Geschirr, der Mantel und der schöne warme Rock, den ich für Elisabeth gemacht habe.«

»Du wirst neue Kleider für sie weben.« Er strich ihr über die bebenden Schultern. »Auch ich bin traurig, Cristin. Aber wir haben uns, und unser zweites Kind kommt bald auf die Welt. Du glaubst gar nicht, wie froh ich bin, dass du die Reise unbeschadet überstanden hast, noch dazu mit erfolgversprechenden Aufträgen. Die es uns wiederum erlauben, ein neues Haus zu kaufen. Du siehst also: Wo Licht ist, da ist auch Schatten. Und umgekehrt.«

Cristin wischte sich über das Gesicht. »Du klingst schon beinahe wie Bastian, mein Lieber.«

»Ja, das färbt wohl ab.« Sie hörte Baldos leises Lachen. »Obendrein haben wir noch ein paar Freunde, auf die wir uns verlassen können, die dein Spinnrad sogar gerettet haben, oder?«

»Deine handgemachte Türglocke auch«, fügte sie hinzu und fühlte, wie ihr etwas leichter ums Herz wurde. Sie küsste ihn zärtlich.

Doch in dieser Nacht lag auch Baldo lange wach.

Am Tag darauf gingen Cristin und Baldo, der Elisabeth auf der Schulter trug, zum Markt, um sich nach zum Kauf angebotenen Häusern zu erkundigen. Schließlich wollten sie Ludewig nur solange wie unbedingt nötig zur Last fallen. Außerdem mussten der Brautstaat sowie die Aufträge von Signora Montebello fertiggestellt werden, immerhin hatte die Italienerin ihnen dafür bereits fünfzehn Dukaten als Anzahlung mitgegeben. Diese Summe sowie die fünf Dukaten, die sie von Enrico de Gaspanioso bekommen hatte, waren ihr einziger Besitz.

Gegen Mittag trafen die beiden auf Veit und Gerlin Schuster, die inzwischen von ihrer Rückkehr gehört hatten.

»Deine Stiefel haben mir gute Dienste geleistet«, lobte Baldo das Werk des Schuhmachers.«

»Ach ja, die *Gnippe*, richtig?«

Baldo konnte sich ein Grinsen nicht verkneifen, schwieg aber.

»Und wo werdet ihr nun wohnen?«, wollte Gerlin Schuster wissen, während sie ein paar Schritte nebeneinander hergingen.

Baldo berichtete ihnen, was sich zugetragen hatte, sowie von ihren Plänen, ein Haus zu kaufen.

»In der Deichstrate, nicht weit von meiner Werkstatt, ist vor einigen Wochen etwas frei geworden«, erzählte Veit Schuster.

»Der Besitzer, ein alter Schneider, ist gestorben, und ich habe gehört, dass der einzige Sohn das Haus verkaufen will, wenn es einen guten Preis erzielt. Ihr solltet es euch ansehen.«

Kurfürstentum Sachsen

Drei Tage nachdem sie Görlitz verlassen hatten, erreichten sie Dresden. In der kleinen Stadt an der Elbe war den *Kalderash* das Glück hold. Etliche der Bürger brachten ihre schadhaften Töpfe und Pfannen zum Marktplatz. Während Joschka, Velky und die anderen Männer sie ausbesserten, traten Marianka und Piet mit ihren Kunststücken auf und vertrieben den Leuten die Wartezeit.

Nicht nur die *Cygani* konnten zufrieden sein, auch Piets Beutel war prall gefüllt. Anders als in vielen Orten des Polenlandes waren sie hier keinen Anfeindungen durch die Priester oder Stadtoberen ausgesetzt. Dennoch verdüsterte sich seine Stimmung weiterhin, während sie durch eines der Stadttore der Handelsstadt Lipzic rollten. Es machte ihn traurig, Marianka immer weiter von ihrem einstigen Zuhause fortzubringen. Seine Frau litt sichtlich darunter, dass sie sich von Tag zu Tag weiter von ihrer Heimat und damit ihrer Familie entfernten.

Hamburg

Für das bescheidene Haus, das sie sich noch am selben Tag angesehen hatten, verlangte der Sohn des Schneidermeisters dreißig Gulden – zu viel, wie Cristin feststellte, während sie mit Baldo zur Werkstatt des Schuhmachers zurückging. Anschließend saßen sie noch mit Gerlin in der kleinen Küche zusammen. Veit war in seine Werkstatt hinuntergegangen, da ein Kunde erschienen war.

»So viel besitzen wir nicht«, erklärte Cristin bedauernd. »Wir haben zwanzig Dukaten, aber die benötigen wir, um neue Stoffe zu kaufen. Außerdem brauchen wir ja auch noch ein bisschen Geld fürs tägliche Leben.«

»Vielleicht könnt ihr etwas aus der Amtslade eurer Zunft bekommen«, schlug Gerlin Schuster vor. »Als Veit im letzten Jahr mehrere Wochen zu krank war, um zu arbeiten, hat unsere Zunft uns auch unterstützt.« Sie drehte sich um und nahm einen Topf vom Herd, in dem sie Würzbier erwärmt hatte.

Die Amtslade, natürlich, grübelte Cristin. In der großen, mit Eisenblech beschlagenen Truhe befanden sich das Namensverzeichnis der Zunftmitglieder, verschiedene Urkunden und die Kasse mit den Gebühren, die bei der Meisterprüfung anfielen. Geld, mit dem in Sterbefällen die Angehörigen eines Meisters unterstützt wurden, wie sie wusste.

Die Schwangere nickte. »Vielleicht tue ich das«, begann sie, »obwohl ich nicht gerne Schulden…« Cristin brach ab, denn sie hatte einen eindringlichen Blick Baldos aufgefangen.

Lautlos formten seine Lippen zwei Worte, und sie verstand. Natürlich, die Edelsteine. Bastian hatte den Wert des königlichen Geschenks auf dreißig Gulden oder mehr geschätzt. Doch dann schüttelte sie den Kopf. Lieber ging sie gleich morgen zum Zunfthaus der Goldspinner und bat Hinrick Hohusen um Hilfe.

Am folgenden Tag saß Cristin dem Zunftmeister gegenüber. Ihre Hände wurden feucht, während sie berichtete, was ihnen widerfahren war. Der Blick des Mannes mit dem fein geschnittenen Gesicht war voller Anteilnahme.

»Das tut mir von Herzen leid, Frau Schimpf. Weiß man inzwischen, wie es zu dem Feuer gekommen ist?«

»Mein Mann und ich sind erst vor zwei Tagen nach Hamburg zurückgekehrt«, erwiderte Cristin. »Weder unsere Lohnarbeiterin noch den Zunftknecht, den wir vor unserer Abreise eingestellt haben, trifft eine Schuld, so viel ist sicher.«

»Dann ist es ja gut.«

Hinrick Hohusen erhob sich aus dem gepolsterten Lehnstuhl. Er trat an eines der gelblichen Fenster, das aus einem Dutzend runder, in Blei gefasster Scheiben bestand, und sah hinaus auf die Dächer und Kirchtürme der Hansestadt. Er schwieg einige Augenblicke lang, dann sprach er weiter, ohne sich zu Cristin umzudrehen.

»Ihr müsst mir glauben, dass ich Euch gern mit einer gewissen Summe unter die Arme greifen würde. Allerdings kann ich das nicht allein entscheiden. Die nächste Versammlung unserer Mitglieder findet erst in einer Woche statt. Bis dahin müsst Ihr Euch gedulden.« Er wandte sich um. »Kommt einfach hinzu und tragt Euer Anliegen vor. Ich muss Euch allerdings mitteilen, dass unsere Kasse zurzeit«, er verzog das Gesicht zu einer säuerlichen Miene, »nicht gerade gut bestückt ist, um es vorsichtig auszudrücken.«

Cristin nickte, bemüht, sich die Enttäuschung nicht allzu sehr anmerken zu lassen.

»Ich werde dennoch kommen. Würdet Ihr wenigstens ein gutes Wort für mich einlegen?«

»Wie ich schon sagte, ich tue, was ich kann.« Der Zunftmeister reichte ihr die Hand. »Bis dahin lebt wohl.«

33

Eine Woche später betrat Cristin das zweistöckige Gebäude am Rödingsmarkt, in dem sich die Hamburger Goldspinner zu ihrer monatlichen Sitzung versammelt hatten. Sie stieg die schmale Treppe aus Eichenholz empor, atmete tief durch und legte die Hand auf die Klinke. Sie zögerte und lauschte auf die Männerstimmen, die aus dem Raum drangen. Schon einmal hatte sie den Mitgliedern der Goldspinnerzunft gegenübergestanden, als es darum ging, ob es ihr gestattet werden sollte, als Frau – noch dazu ohne einen Meisterbrief – eine Goldspinnerei zu führen. Die Tür öffnete sich, und sie sah sich einem vierschrötigen Mann mit längst ergrautem Vollbart gegenüber.

»Cristin Schimpf, kommt doch herein. Wir erwarten Euch bereits.« Sein Blick heftete sich kurz auf ihren gewölbten Leib, dann trat er zur Seite und gab den Weg frei.

Cristin ging an ihm vorbei und auf die Männer zu, die rund um einen großen, von Pergamenten bedeckten Buchentisch versammelt waren und sie aufmerksam musterten. Unter ihnen war auch Friedhelm Weber, der junge Geselle, den sie vor ihrer Abreise eingestellt hatte. Ob er inzwischen eine neue Anstellung gefunden hat?, fragte sie sich flüchtig und wandte ihre Aufmerksamkeit Hinrick Hohusen zu, der am Ende des Tisches saß und sich erhob. Die anderen Zunftmitglieder, gut zwei Dutzend Männer unterschiedlichen Alters, taten es ihm gleich.

»Gott zum Gruße, Frau Schimpf.« Der Zunftmeister deutete eine Verbeugung an und wies auf einen freien Stuhl.

Cristin ließ sich darauf nieder. Der Weg zu Fuß durch die halbe Stadt sowie die steile Treppe hinauf ins oberste Stockwerk des Zunfthauses hatten sie ermüdet.

Eine Magd kam herein und schenkte den Anwesenden den zünftigen Morgentrunk ein, um sich dann zurückzuziehen. Die Schwangere lehnte dankend ab. Nachdem die Magd den Raum verlassen hatte, griff der Zunftmeister nach einer kleinen Glocke und läutete zum Zeichen, dass die Sitzung nun begann. Die Männer erhoben sich und legten ihre Waffen ab, wie es Brauch war. Danach öffnete der Zunftmeister die auf einem Podest stehende Amtslade. Mit feierlichen Mienen nahmen die Anwesenden wieder Platz.

Cristins Geduld wurde auf eine harte Probe gestellt, widmeten sich die Zunftmitglieder doch zunächst anderen Angelegenheiten, die geregelt werden mussten. Ein Lehrling wurde von seinem Meister und den anderen freigesprochen, ein wandernder Geselle begrüßt. Schließlich jedoch war es so weit, und Hohusen forderte sie auf, ihr Ansinnen vorzutragen.

»Wie Ihr wisst, hat ein Feuer mir im letzten Jahr alles geraubt, was ich besessen habe.« Sie bemühte sich, ihre Stimme fest klingen zu lassen, und heftete den Blick auf Friedhelm Weber. »Weder Ihr noch Minna, meine treue Lohnarbeiterin, tragt daran irgendeine Schuld. Doch wir müssen noch einmal von vorn anfangen, ein neues Haus kaufen und eine Werkstatt einrichten. Deshalb bitte ich Euch«, sie sah zu Hinrick Hohusen, »uns Unterstützung zu gewähren.«

Dieser drehte sich zu seinem Nebenmann um, dem Zunftschreiber, der sogleich nach einem unbeschriebenen Stück Pergament und einer Feder griff und sie in ein tönernes Tintenfass tunkte. Während sich die Feder über die Tierhaut bewegte, fuhr Cristin fort.

»Ich habe mir bereits ein geeignetes Haus angesehen. Nur verlangt der Besitzer dreißig Gulden dafür.«

»Und die wollt Ihr aus der Zunftlade geliehen haben?«, unterbrach sie ein hagerer Mann.

Cristin hielt seinem stechenden Blick stand.

»Ganz richtig, es handelt sich lediglich um eine Leihgabe. Ich will schließlich kein Geschenk von Euch. Ist es wirklich zu viel verlangt, einem unverschuldet in Not geratenen Mitglied dieser Zunft, zu der ich nun schon seit einem Jahr gehöre, zu helfen? Habe ich nicht sogar Anspruch auf Eure Unterstützung? Meine Beiträge habe ich stets pünktlich bezahlt, auch habe ich einen Gesellen eingestellt, wie es die Zunftordnung gebietet…«

»Beruhigt Euch, Frau Schimpf«, unterbrach der Zunftmeister sie mit einem Lächeln. »Aufregung ist nicht gut in Eurem Zustand. Ihr habt natürlich recht, es ist eine unserer Pflichten, den Mitgliedern zu helfen. Nur muss ich es Euch noch einmal sagen: Unsere Amtslade ist momentan wirklich sehr knapp bestückt. Dennoch werden wir unserer Pflicht nachkommen.« Er sah zu dem vollbärtigen Mann hinüber, der Cristin die Tür geöffnet hatte und ihr gegenübersaß. »Meinard, welche Summe befindet sich in der Kasse?«

Der Angesprochene erhob sich, trat an die geöffnete Truhe und griff hinein. Mit einer Pergamentrolle kehrte er an den Tisch zurück und studierte kurz, was darin verzeichnet war, um sie danach dem Zunftmeister hinüberzuschieben.

Dieser kratzte sich am Kinn. »Gut, Frau Schimpf. Ich bin bereit, Euch, sagen wir, fünfundzwanzig Gulden zu leihen. Was meinen die anwesenden Meister dazu?«

Einige der Anwesenden nickten.

»Gut, dann ist es hiermit beschlossen«, fuhr Hohusen fort. »Das Geld zahlt Ihr binnen eines Jahres zurück. Ihr stellt Euren Gesellen wieder ein, und wenn Euer Geschäft gut läuft, werdet Ihr einen Lehrling ausbilden. Haltet Euch an die in unserer Ordnung festgesetzten Preise und Arbeitszeiten. Und verkauft keine Waren aus fremden Ländern.« Er schürzte die Lippen. »Wie ich hörte, wart Ihr in Venedig. Ich hoffe nicht, dass Ihr dort Stoffe eingekauft oder bestellt habt?«

Cristin schüttelte den Kopf und bedankte sich. Sie würde dem Mann doch nicht auf die Nase binden, dass sie für die Montebellos prächtige Gewänder anfertigte. Sie lächelte in die Runde der Anwesenden, die sie mit erwartungsvollen Mienen betrachteten.

»Mir ist nicht wohl, würdet Ihr mich bitte entschuldigen?«

Der Zunftmeister nickte. »Selbstverständlich. Wir sehen uns dann bei der *Quatemberversammlung* nach der Passionszeit.«

Erzbistum Magathaburg

In dieser Hansestadt war Piet in den letzten zwei Jahren schon mehrmals gewesen. Alljährlich fand auf dem Domplatz von Magathaburg die Herrenmesse statt. Eine Woche lang boten

Händler aus nah und fern ihre Waren dort feil, und Victorius, der Narr, hatte die sich um die Stände drängenden Besucher mit seinen Spottgesängen und Kunststücken unterhalten. Mit einem prall gefüllten Geldbeutel war er schließlich nach Aschersleben, ein kleines Städtchen im Süden, weitergezogen. Das war im Herbst gewesen, an den Tagen rund um Sankt Maurizius. Nun aber war es Anfang März, und es gab auf dem knöcheltief mit Schnee bedeckten Platz rund um das Gotteshaus kaum Menschen. Zu schmerzhaft brannte die eisige Luft in den Lungen. Und so mussten Piet, Marianka und die *Cygani* weiterziehen, ohne in dieser Stadt auch nur eine Witte verdienen zu können. Sie konnten nur hoffen, dass es ihnen in Brunswick, ihrem nächsten Ziel auf dem Weg in den Norden des Reiches, besser ergehen mochte.

Hier wollten die beiden sich von den *Kalderash* trennen, die nach Westen weiterzogen. Piet und Marianka wussten, sie würden Joschka und Tamina, Velky, Arva und all die anderen vermissen und noch oft an sie zurückdenken.

34

Hamburg

»Du wirst bei diesem Wetter nicht allein in die Deichstrate gehen«, brummte Baldo kopfschüttelnd. »Ich begleite dich und damit *basta!*«

Cristin, konnte sich ein Schmunzeln nicht verkneifen. Während der Wochen, die sie und ihr Mann in Venedig zugebracht hatten, hatte dieser sich einige Ausdrücke und Redensarten der italienischen Sprache angewöhnt.

Sie hatte ihm soeben eröffnet, dass sie am Nachmittag den Sohn des Schneidermeisters aufsuchen wollte, um den Preis für das Haus herunterzuhandeln. Aber zunächst wollte sie wie Baldo baden, um dem Hausverkäufer angemessen entgegenzutreten. Sie schloss die Tür, legte ihren Umhang ab und löste das Kopftuch.

Während ihr Mann das um die Lenden geschlungene Leinentuch zu Boden fallen ließ, um in seine Hose zu schlüpfen, betrachtete sie seine kräftigen Schenkel und den schlanken Oberkörper mit der nie ganz verheilten Narbe, die ihm das Wildschwein im Lübecker Wald zugefügt hatte. An seinem flachen Bauch glänzte es noch feucht. Cristin entkleidete sich, ohne den Blick von ihm zu abzuwenden, denn allzu verlockend war seine Nacktheit. Sie schlang sich ein Leinentuch um den bloßen Leib. Die Schwangere zögerte kurz, schalt sich dann selbst für ihre dummen Bedenken und trat auf ihn zu. Er hatte sich ihr halb abgewandt, die Hose in der Hand, als sie sich hinter ihn stellte, um ihre Finger spielerisch über seine kräftige Brust wandern zu lassen.

Baldo hielt in der Bewegung inne, und sie spürte, wie er die Muskeln anspannte. Die Hose fiel zu Boden. Er drehte sich mit undurchdringlicher Miene zu ihr um und räusperte sich.

»Liebling, mir wird… kalt, ich würde mich gern…«

Cristin legte ihm einen Finger auf den Mund und fuhr mit der zärtlichen Reise über seinen Körper fort. Baldo schloss die Augen und legte den Kopf in den Nacken, während sie die Hände über seine vom Wasser warme Haut gleiten ließ. Ein tiefer Ton drang aus seiner Kehle. Wortlos löste sie den Knoten, der das Leinentuch um ihren Leib zusammenhielt. Ihr Mann beobachtete sie aus schmalen Augen. In seinem Gesicht arbeitete es. Er streckte die Hand nach ihr aus und legte sie auf ihren gewölbten Bauch.

»Wenn ich ehrlich bin, fällt es mir doch sehr schwer, von dir zu lassen, wenn du wie eine schöne, runde Verlockung vor mir stehst«, presste er mühsam hervor. »Ich wäre dir wirklich dankbar, wenn du dich wie ein sittsames Weib benehmen würdest, weil ich sonst nicht versprechen kann…«

»Liebling, du meinst nicht, was du sagst. Das weiß ich genau.« Cristin legte ihre Hand auf die Baldos, die nach wie vor auf ihrem Bauch ruhte. »Ich mag vielleicht dick und unbeweglich wie eine Hummel sein, die auf dem Rücken liegt, aber«, sie nahm seine Hand fort und führte sie an ihren vollen, schweren Busen, »ich sehne mich nach dir, gerade jetzt. Oder bin ich etwa so hässlich, dass du mich nicht mehr begehrenswert findest?«

In seinen Augen war plötzlich ein Glitzern. »Nicht mehr begehrenswert…« Baldo schüttelte den Kopf und ließ den Blick langsam genießerisch über ihre Gestalt wandern. »Du weißt gar nicht, wie schön du bist, oder?«

Nun war es an ihr, überrascht zu sein. Sein Lächeln wirkte siegessicher.

»Oh nein, du weißt es nicht, Liebling.« Er nahm seine Hand fort und trat einen Schritt zurück. »Dann werde ich es dir erzählen.«

Cristins Puls beschleunigte sich, und sie streckte die Arme nach ihm aus, doch er wehrte ab.

»Nein, bleib, wo du bist, damit ich dich ansehen kann.«

Die Art, wie er sie aus halb geöffneten Augen musterte, ließ sie erschauern.

»Dein Haar… ich liebe es, wenn du es offen trägst, es ist so weich.« Seine Stimme nahm einen rauen Klang an. »Du solltest dich sehen, Liebes, alles an dir ist so rosig, und deine Brüste…« Er befeuchtete die Lippen und schwieg für einen Moment. »Ich will sie immer nur berühren, sie umfassen und küssen, bis du seufzt. Dann habe ich wieder Angst, nicht sanft genug zu dir zu sein, doch genau das muss ich, um dir und unserem Kind nicht wehzutun. Deshalb, ja deshalb halte ich mich zurück.«

»Ich weiß, Baldo.« Sie senkte ihren Blick in seinen. »Glaub mir, wir freuen uns über deine Zärtlichkeiten.«

Sie sah, wie sein Brustkorb sich hob und senkte, wie er um Beherrschung rang.

»Steig in den Waschzuber. Ich träume schon seit langer Zeit davon, dich dort zu lieben«, bat er kaum hörbar.

Sie wollte etwas erwidern, schwieg jedoch, denn der Zauber des Augenblicks hatte sie längst erfasst. Sie trat an den Zuber und ließ sich hineingleiten. Das Wasser war noch immer herrlich warm, kleine Dampfwölkchen stiegen empor und benetzten ihre ohnehin erhitzten Wangen.

Dann war Baldo bei ihr, er zog sie an sich und bedeckte ihren Hals mit Küssen. »Erinnerst du dich? Wir waren gerade auf dem Wawel angekommen, und die Dienerin hatte uns ein Bad bereitet.«

Bilder aus der Vergangenheit tauchten vor ihr auf. Sie wusste noch genau, wie peinlich berührt sie gewesen war, als sie Baldo und Piet im Waschzuber erblickt hatte. Lustig gemacht hatten die Männer sich über sie, weil sie sich geziert hatte, zu ihnen ins Wasser zu steigen. Immerhin hatte sie die beiden als ihre Brüder vorgestellt, weshalb es der Dienerin Ewa völlig natürlich erschienen war, sie gemeinsam baden zu lassen.

»Oh ja, Baldo, ich erinnere mich. Ich erinnere mich sogar sehr gut.« Mit den Lippen liebkoste er ihre Ohrläppchen.

»Damals schon habe ich mir gewünscht, dich im Wasser lieben zu können. Ich habe es kaum ertragen, dich so nahe bei mir zu wissen und dennoch nicht berühren zu dürfen«, flüsterte er ihr ins Ohr.

»Jetzt darfst du es, Liebling.« Cristin schlang die Arme um seinen Hals, fühlte, wie seine Hände Besitz von ihr ergriffen und alle anderen Gedanken in ihr auslöschten.

Sie blieben noch eine Weile im warmen Wasser, bis es allmählich abkühlte. Wie gut, dass Minna und Elisabeth in die Stadt gefahren waren, um Einkäufe zu erledigen. Cristin blinzelte träge zu Baldo hinüber, der inzwischen aus dem Zuber gestiegen war und Hemd und Hose angezogen hatte. Mit leisem Bedauern verließ auch sie das Wasser und kleidete sich an. Zuletzt nahm sie einen beinernen Kamm und fuhr damit durch ihr halblanges Haar, bis es glänzte.

Baldo griff nach seinem Wams. »Wollen wir?«

Sie musste zugeben, dass Baldo recht hatte. Den Weg durch die halbe Stadt sollte sie wirklich nicht allein gehen, zumal es wieder zu schneien begonnen hatte, als sie aus dem Zunfthaus auf die Gasse getreten waren. Schon auf dem Weg zurück zur Johannisstrate wäre sie auf dem glatten Pflaster zweimal beinahe ausgeglitten. Da halfen auch die hölzernen Trippen nichts, die sie sich unter die Schuhe geschnürt hatte.

»Fünfundzwanzig Gulden bietet Ihr mir?« Der Sohn des Schneiders wiegte den Kopf mit der dunklen Leinenkappe. »So kommen wir nicht ins Geschäft. Außerdem gibt es seit gestern noch jemanden, der das Haus kaufen will.«

»Für den von Euch verlangten Preis?«, wollte Baldo wissen. Der Mann schien zu zögern. »Für achtundzwanzig Gulden«, sagte er dann.

Cristin konnte sich des Eindrucks nicht erwehren, dass er log. »Fünfundzwanzig Gulden sind mein letztes Wort«, erklärte sie mit fester Stimme.

Als der Mann nicht antwortete, drehte sie sich auf dem Absatz um, um die *Dornse* zu verlassen. Baldo folgte ihr in den Flur. Sie legte die Hand auf die Türklinke.

»Wartet, Frau Schimpf.«

Cristin wandte sich um. »Ja?«

»Wann könnte ich das Geld bekommen?«

Lübeck

Emmerik Schimpf trat an das Fenster seines Hauses und blickte hinaus auf die enge Gasse. In der Nacht hatte es heftig geschneit, doch längst hatten die Leute die weiße Pracht zu schmutzig-grauem Matsch zertreten. Zwei Jungen näherten sich ihm. In sicherer Entfernung, nur einen Steinwurf vom Henkershaus entfernt, blieben sie stehen und steckten die Köpfe zusammen. Einer bückte sich, klaubte etwas Schnee zusammen und holte aus. Schon flog ein Schneeball gegen die trübe Scheibe und zerplatzte mit einem lauten Knall. Als der zweite Bursche Anstalten machte, es seinem Freund gleichzutun, lief der Henker zum Eingang und hob drohend die zur Faust geballte Hand.

»Macht, dass ihr weiterzieht, sonst komm ich raus!«

Erschrocken wirbelten die beiden Burschen herum und rannten davon. Lausejungen! An der Wand des Flures hingen – ordentlich aufgerollt über einem langen Haken – zwei fingerdicke Hanfstricke. Sein Arbeitszeug, neben dem zweischneidigen Scharfrichterschwert, das er in einer Truhe aufbewahrte.

Gedankenverloren ließ der Henker eines der Seile durch die Finger gleiten. Nach Lynhard Bremers Hinrichtung im September hatte er sie nicht mehr benutzen müssen. Seit er Mirke Pöhlmann aufgefordert hatte, aus seinem Leben zu verschwinden, dachte Emmerik Schimpf nur noch selten an die junge Frau. Nein, bei Gott, er vermisste diese Verrückte nicht, und es war ihm gleichgültig, ob sie sich wieder als Hübschlerin verdingte oder im Armenhaus lebte. Einmal noch war er ihr begegnet, in der Bleschhowerstrate, wenige Tage nachdem er aus Hamburg zurückgekehrt war. Der junge Bursche, den er in der Nähe der Brandstelle angesprochen hatte, konnte ihm nicht sagen, wo sich Baldo und Cristin aufhielten, und noch weniger, wann sie wiederkehren würden.

Während er in die kleine Stube zurückging, dachte er an seinen Sohn. Werkstatt und Haus verloren zu haben, musste furchtbar für Baldo und Cristin sein. Ob sie schon ein neues gefunden hatten? Auch wenn er es ungern vor sich selbst zugab: Er hing an dem Jungen, Baldos damaligem Verrat zum Trotz. Längst hatte Emmerik ihm verziehen. Der Gehilfe, der nun seinen Sohn ersetzte, machte seine Arbeit gut, besser als

Baldo, der wohl wirklich nicht zum Henker taugte. An den Zügen seines Sohnes waren stets neben der Wut den Verbrechern gegenüber auch Ekel und Widerwillen herauszulesen gewesen.

Der Henker setzte sich auf die roh gezimmerte Holzbank, trank einen Schluck aus dem Becher mit warmem Kräuterbier und wischte sich über die Lippen. Ob sein Sohn mit Cristin Bremer eine gute Ehefrau gefunden hatte? Eine Bürgerin und ein Mann aus dem niedrigsten Stand – ob das gut ging? Die beiden konnten nur eine *Friedelehe* führen. Was Cristin dazu berechtigte, sich von Baldo scheiden zu lassen, sollten ihre Gefühle für ihn einmal erkalten oder ein anderer, standesgemäßerer Mann in ihr Leben treten. Doch auch Baldo konnte sich jederzeit eine andere Frau suchen, wenn ihm danach war.

Emmerik wischte die trüben Gedanken fort. Mochten die beiden bis ans Ende ihrer Tage glücklich miteinander sein. Er wünschte es seinem Sohn und der Frau, die so viel Schlimmes durchgemacht hatte, von Herzen.

35

Hamburg, vier Wochen später

Seit Tagen streifte Mirke nun schon um das neue Haus der Schimpfs in der Deichstrate herum und beobachtete, wie Cristin die neue Spinnerei im Untergeschoss bezog. Herauszubekommen, wo sie und Emmeriks Sohn wohnten, war nicht schwer gewesen. Hamburg war längst nicht so groß wie Lübeck, und die beiden waren inzwischen vielen Leuten bekannt, hauptsächlich natürlich, weil sie ihr erstes Haus durch dieses *tragische Unglück* verloren hatten. Mirke hörte sich selbst kichern.

Inzwischen hatte der April Einzug gehalten, aber vom Frühling war weit und breit noch nichts zu spüren. Im Gegenteil, am vergangenen Abend hatte es wieder zu schneien begonnen, und der Boden unter der weißen Decke war immer noch gefroren. Die junge Frau hauchte sich in die Hände, denn die Kälte und die Feuchtigkeit drangen durch die Kleider und machten ihre Finger gefühllos. Sie wusste selbst nicht so genau, was sie hierhergetrieben hatte, doch was sie beobachten konnte, schürte nur noch mehr das in ihr lodernde Feuer. Mirke spie auf den Boden. Auf dem mit Pulverschnee bedeckten Pflaster balgten sich ein paar Sperlinge um die Körner in einem Haufen dampfender Pferdeäpfel, und sie sah den Vögeln ein Weilchen zu. Dann griff sie nach einem Stein, warf nach ihnen und nickte zufrieden, als sie einen der Spatzen traf, der daraufhin leblos zu Boden sank. Sie blickte an dem toten Vogel vorbei, und ihre Gedanken wanderten zurück zu Emmerik.

Dass er aufgebracht auf ihr Geständnis reagiert hatte, verstand sie ja noch, er schien sich große, wenn auch zu große Sorgen um seinen Sohn zu machen. Aber sie, die ihm monatelang das Bett gewärmt hatte, im ärgsten Winter fortzujagen, war nun wirklich herzlos. Was war denn schon geschehen, außer diesem kleinen Feuerchen? Sein Sohn und die Hochnase waren nicht zu Hause gewesen, niemandem war ein Haar gekrümmt worden. Die Schimpfs sind doch alle gleich!, durchfuhr es Mirke.

Aus dem Armenhaus hatte sie sich, als noch alles in tiefem Schlaf lag, heimlich davongestohlen. Nicht einen Tag länger wollte sie in dem Gestank und inmitten des Ungeziefers der anderen leben. Aber als sie sich am Hafen von Lübeck wiedergefunden hatte, wusste sie nicht, wohin sie sich wenden sollte. Mit einem Male war ihr bewusst geworden, dass sie in dieser verdammten Stadt keine Freunde hatte, keine Zuflucht, niemand, den es kümmerte, was sie tat. Warum hatte sie sich auch dazu hinreißen lassen, Emmerik die Wahrheit zu erzählen? Seitdem war in ihr dieses Brennen, das selbst die eisige Kälte nicht mildern konnte.

Seit dem Morgengrauen drückte sie sich nun an eine der Hauswände der Schimpfs, um unbemerkt hineinspähen zu können. Baldo hatte mit dieser alten Vettel vor etwa einer Stunde das Haus verlassen, und seine Frau war mit der Tochter allein. Dies war eine willkommene Gelegenheit, um ihrer früheren Herrin einen Besuch abzustatten. In ihrem Leib war ein Kribbeln, erwartungsvoll und erregend, und es steigerte sich, je länger sie diesen Gedanken weiterspann. Mirke blickte vorsichtig durch das Küchenfenster. Die Tochter betrat die Küche und streichelte einen großen Hund, der unter dem Tisch lag und sofort eifrig mit dem Schwanz wedelte. Die Schimpf lächelte, rief die Kleine zu sich und zog sie an. Die Art, wie sie dem Mädchen über den Kopf strich, versetzte Mirke einen schmerzhaften Stich ins Herz, und sie ballte die Hände zu Fäusten. Trautes Heim, Glück allein, wie rührend.

Ja, dachte sie mit aufeinandergepressten Lippen, es war Zeit, Cristin Schimpf ins Gesicht zu blicken, um darin zu forschen, ob sie wenigstens bereute. Entschlossen ging Mirke zur Tür und klopfte. Wenige Augenblicke später wurde ihr geöffnet, und sie sah die Frau vor sich, die einst ihre Herrin gewesen war.

»Was wünscht Ihr?« Cristin Schimpf musterte sie gleichmütig, während sie sich die Hände an einem Tuch abwischte.

Aus dem Inneren des Hauses drang wohlige Wärme, und der Hund schlug an. Mirkes Mund wurde trocken, als sie die rosigen Wangen ihrer früheren Herrin bemerkte.

»Erkennt Ihr mich denn nicht? Ich bin es, Mirke.«

Cristin Schimpfs Augen weiteten sich. »Oh, ja natürlich. Was führt dich hierher?«

Die junge Frau trat von einem Fuß auf den anderen. »Ich war hier in der Nähe und habe Verwandte besucht«, log sie und bemühte sich, ihrer Stimme einen sorglosen Klang zu geben. »Vielleicht dürfte ich einen Moment reinkommen und mich aufwärmen? Es ist schrecklich kalt heute, und ein Becher Würzwein würde mir guttun.«

Die Schimpf schien zu zögern, doch dann öffnete sie die Tür weit und bat den Gast herein.

»Setz dich«, forderte Cristin sie auf und wies auf die gemütliche Sitzecke in der Küche. Sie nahm einen Becher aus dem Schrank und stellte ihn auf den Tisch. »Ich muss den Herd erst wieder anheizen«, erklärte sie, während sich Mirkes Blick auf Elisabeth heftete, die sie ebenfalls aufmerksam musterte.

»Das Kind ist groß geworden«, stellte sie fest, ließ sich auf einen der Stühle fallen und streckte die Beine von sich.

»Ja, es ist lange her, seit wir uns das letzte Mal gesehen haben«, erwiderte Cristin und biss sich sogleich auf die Zunge. »Elisabeth, gehe bitte hinauf in deine Kammer«, sagte sie und legte etwas Reisig auf das nahezu heruntergebrannte Feuer. Als die dünnen Zweige lichterloh brannten, gab sie noch ein dickeres Stück Holz darauf.

Wie es Mirke wohl seitdem ergangen ist?, dachte sie, während Elisabeth die Küche verließ. Als Cristin sich umwandte und den finsteren Ausdruck in der Miene der jungen Frau entdeckte, erschrak sie.

»Es tut mir leid«, murmelte Cristin. »Ich wollte die Vergangenheit nicht wieder heraufbeschwören. Ich kann mir vorstellen, wie schrecklich das alles für dich gewesen sein muss.«

»So, könnt Ihr das?« Mirkes Lächeln wirkte spöttisch. »Ach ja, ich vergaß. Auch Ihr standet ja schon vor der Lübecker Gerichtsbarkeit und wurdet verurteilt. Zum Tode gar, vor dem Euch nur der Henkerssohn gerettet hat. Habt damals alles verloren, erst den Mann, dann Euer Kind, das Geschäft. Ihr konntet einen schon dauern.« Cristin wollte etwas erwidern, doch Mirke bedeutete ihr mit einer Handbewegung zu schweigen. »Heute geht es Euch ja wieder ganz prächtig, wie man sieht. Habt einen Mann… wenn's auch der Sohn eines Henkers ist… habt Euer Kind zurückbekommen, und ein zweites ist unterwegs, wie es aussieht.«

Die junge Frau blickte sich um. »Ein neues Heim und ein neues Geschäft habt Ihr Euch auch aufgebaut. Überhaupt scheint Ihr immer wieder auf die Füße zu fallen. Wie macht Ihr das eigentlich, Frau Schimpf? Seid Ihr am Ende doch mit dem Gottseibeiuns im Bunde, wie es damals hieß?«

Cristins Handflächen wurden feucht. »Was fällt dir ein, so mit mir zu reden? Verlass sofort mein Haus!«

Der ungewohnt scharfe Ton weckte den Hund, der sofort den Kopf hob und sich aufsetzte. Mit gespitzten Ohren verfolgte er das Gespräch.

Mirke beugte sich vertraulich vor und seufzte. »Früher wart Ihr gastfreundlicher. Ach, waren das schöne Zeiten! Ich erinnere mich noch gern an das schöne Fest, das wir gefeiert haben, kurz bevor Euer Mann starb.«

»Wobei du an seinem Tod nicht ganz unschuldig warst.«

Erneut verdüsterten sich Mirkes Züge. »Dafür habe ich einen hohen Preis bezahlt. Auch ich hätte heute ein Kind, werte Frau Schimpf.«

»Das tut mir leid, aber nun geh.« Cristin schielte mit wild klopfendem Herzen zur Tür. Wo blieb Baldo?

Mirke wandte den Kopf und sah zum Fenster hinaus. Der Wind wirbelte dicke weiße Flocken umher und trieb sie gegen die Scheibe.

»Seht nur, es schneit. Und bitterkalt ist es auch.« In ihren Augen war ein eisiges Funkeln, so eisig wie die Schneeblumen am Fenster. »Da scheucht man nicht mal einen Hund vor die Tür. Aber wer schert sich schon um eine kleine Lohnarbeiterin, noch dazu um eine, die am *Kaak* gestanden hat, nicht wahr?«

Unter dem Tisch ließ Lump ein tiefes Knurren hören.

Cristins Hände bebten, doch ihre Stimme blieb fest. »Wenn du nicht augenblicklich mein Haus verlässt, rufe ich die Büttel!«

»Oh, jetzt macht Ihr mir aber *richtig* Angst. Na gut, wie Ihr wollt.«

Doch schon im nächsten Augenblick überlegte Mirke es sich anders. Warum sollte sie es dieser Person so leicht machen? Wer hatte nach *ihr* gefragt, als *sie* am Boden gelegen hatte?

»Aber, Frau Schimpf, nun regt Euch doch nicht gleich so auf, das tut Euch in Eurem Zustand gewiss nicht gut. Hättet Ihr vielleicht einen zweiten Becher für mich?« Sie seufzte. »Ich fange gerade erst an, mich aufzuwärmen, wisst Ihr?«

Cristin Schimpf trat einen Schritt vor. »Nein, Mirke, es reicht! Geh jetzt bitte und wage nicht, hier noch einmal aufzukreuzen!«

Etwas im Inneren der jungen Frau zerbarst. Mit einem Ruck erhob sie sich und trat auf ihre frühere Herrin zu. Mit einem Seitenblick registrierte sie jedes Detail in der Küche. Die Feuerstelle und die Küchenspinde. Der Krug mit gewürztem Wein auf dem Schrank, ein hölzernes Brett, auf dem ein Messer lag.

Im nächsten Moment machte sie einen Satz darauf zu, ergriff es und wirbelte herum.

»Bist du von Sinnen?«, schrie Cristin.

Mirke stand vor ihr, einer Furie gleich. Ihre Augen hatten einen unnatürlichen Glanz, und das junge Gesicht war zu einer hässlichen Fratze verzogen. »Wie schnell Ihr ein neues Zuhause gefunden habt, nachdem Euer Haus niedergebrannt ist!«

Eine plötzliche Erkenntnis befiel Cristin und ließ ihr eine Gänsehaut über den Rücken laufen. »*Du* bist das gewesen«, kam es tonlos von ihren Lippen. »Du hast unser Haus und die Werkstatt angezündet.«

»Wie schlau Ihr doch seid!« Wie Gift tropften die Worte von Mirkes Lippen.

Cristin spürte Übelkeit in ihrer Kehle aufsteigen. »Mein Kind wäre beinahe verbrannt… mein Kind und Minna! Du musst wirklich von Sinnen sein!« Ihre Stimme war nur noch ein heiseres Flüstern.

Allein die auf sie gerichtete Klinge des Messers verhinderte, dass sie sich auf die Frau stürzte, die ihr mit einem triumphierenden Lächeln auf dem Gesicht gegenüberstand.

Diese trat einen Schritt vor. »Knie nieder und sprich ein Gebet, du eingebildete Kuh!«

»Was?«

»Du sollst beten! Bitte Gott, die Heilige Jungfrau und alle Heiligen um Verzeihung für all das Leid, das du mir angetan hast. Vielleicht verschone ich dich dann.« Mirkes Lippen verzogen sich. »Vielleicht …«

Cristin sog scharf die Luft ein. Die Spitze des Messers war keine Handbreit mehr von ihr entfernt. »Bitte! Sei vernünftig.«

»Auf die Knie, sag ich. Oder willst du, dass ich nachhelfe?«

»Ich bitte dich, denke an mein ungeborenes Kind.« Cristins Knie wurden weich.

»Ach ja?«, zischte Mirke. »Wer hat denn an *mein* ungeborenes Kind gedacht? Kein Hahn hat danach gekräht, als man mich an den Pranger band.«

»Niemand … niemand hat von dem Kind gewusst.«

»Na und?« Mirkes Augen sprühten vor Zorn. »Was habe ich denn schon verbrochen? Auf deinen feinen Schwager bin ich hereingefallen, das war meine einzige Schandtat. Im Höllenfeuer soll dieses Schwein für alle Ewigkeit brennen!«

»Lynhard hat mir weitaus mehr angetan als dir!«

»Soll ich etwa Mitleid mit dir haben? Ihr Bremers seid mein Unglück! Und jetzt bitte Gott um Vergebung für deine Schuld!«

Erneut wallte Übelkeit in Cristin auf, plötzlicher Schwindel erfasste sie und ließ sie wanken. Mit einem Keuchen streckte sie die Hand aus, um sich am Küchentisch festzuhalten. Ein tiefes Knurren erklang, gefolgt von Mirkes Aufschrei.

»Ruf die verdammte Bestie zurück!«

Der Boden unter Cristins Füßen schien sich zu heben, dann gaben ihre Beine unter ihr nach, und sie griff ins Leere. Ein fürchterlicher Schmerz durchzuckte ihren Hinterkopf. Das Letzte, was sie wahrnahm, bevor es dunkel um sie wurde, war das gequälte Aufjaulen des Hundes.

»Bannig kalt heute«, hörte Baldo Minna murmeln, als er den Wagen am Rödingsmarkt vorbeilenkte.

Er nickte und bog in die Deichstrate ein, an deren Ende, unweit von St. Nicolai, sich die Goldspinnerei befand. Cristin würde sich freuen. Hinter ihm auf dem Wagen lagen fünf Ballen Woll- und Seidenstoff von unterschiedlicher Farbe und Beschaffenheit sowie ein sorgfältig verschnürtes Päckchen Häutchengold. Von weitem erkannte er eine Gestalt, die in einen dunklen Mantel gehüllt war und eine Haube tief ins Gesicht gezogen hatte. Sie humpelte heftig. Er blinzelte durch die heftiger fallenden Schneeflocken. Die Person hatte es offenbar eilig, bog nun um eine Ecke und entzog sich seinen Blicken. Sie rollten an Veit Schusters Werkstatt vorbei, Baldo zog an den Zügeln und brachte das Pferd zum Stehen.

»Seht nur.«

Minna wies auf die Fassade des Hauses. Die Haustür der Schimpfs stand zwei Handbreit offen. Cristin hielt sie stets verschlossen, oft vergewisserte sie sich mehrfach, ob die Riegel auch wirklich vorgeschoben waren. Mit einem Satz sprang Baldo vom Kutschbock. Nur zwei Schritte, und er war an der Tür, um sie vollends aufzustoßen. Doch dies war nicht möglich. Irgendetwas oder irgendjemand lag dahinter! Er fluchte und stemmte sich gegen das schwere Eichenholz. Nur mit äußerster Kraftanstrengung ließ sich die Tür ein Stück weiter öffnen, damit Baldo den Kopf hindurchstecken konnte.

»Nein!«, hörte er sich selbst zwischen zusammengebissenen Zähnen hervorstoßen.

Lump lag winselnd in einer Blutlache hinter der Tür. Vorsichtig schob er sie so weit auf, dass er in den Flur gelangen konnte. Mit angehaltenem Atem beugte er sich über den massigen Körper des Tieres.

»Lump«, flüsterte er, »wer hat dir das angetan?«

Er richtete sich auf und starrte auf eine Spur von Blutflecken, die sich über den Flurboden zog. Cristin! Er musste zuerst zu ihr. Tränenblind stürzte Baldo auf die Küchentür zu und riss sie auf. Ein Stöhnen entrang sich seiner Kehle und vermischte sich mit Minnas Aufschrei, die ihm gefolgt war und die Hände vor den Mund schlug.

Cristin lag neben dem Tisch. Ihr Haar war blutverschmiert, die Augen geschlossen. Er warf sich neben sie, legte das Ohr an ihre Brust. Gott sei Dank, sie lebte.

»Ich sehe nach Elisabeth!«, hörte er Minna rufen.

»Und nach dem Hund«, rief Baldo ihr nach.

Gleich darauf polterten schwere Schritte die Treppe hinauf.

»Verdammt, was ist …«, stammelte er, während er immer wieder über Cristins Stirn und Wangen strich.

Plötzlich flatterten ihre Lider. »Baldo«, kam es leise zwischen den blutleer wirkenden Lippen hervor.

Er schluckte. »Ich bin da, mein Liebling. Alles wird gut.«

»Bitte hilf mir.«

Cristin ergriff seinen Arm, und er zog sie auf die Füße. Sie taumelte, holte tief Luft.

Baldo unterdrückte das Zittern seiner Glieder ebenso eisern wie seine drängenden Fragen. Er sah sich in der Küche um, registrierte das Blut auf dem Fußboden und an den Küchenspinden. Sanft drückte er seine Frau auf einen der Stühle, nahm einen Becher aus dem Schrank, füllte ihn mit Brunnenwasser und hielt ihn ihr an die Lippen.

»Geht es wieder, Liebling?«

Sie nickte und nahm einen tiefen Schluck.

Wo, verflixt noch mal, bewahrte seine Frau nur die Küchentücher … Er riss ein Leinentuch aus einem der Schränke und tupfte damit das Blut an ihrer Kopfverletzung ab.

»Tut dir sonst noch was weh?«

Ihre Augen waren noch vom Schock verhangen, doch sie schüttelte den Kopf. »Nichts weiter, nur der Rücken, ich muss… muss beim Fallen auf dem Rücken gelandet sein.«

Baldo befeuchtete ein zweites Tuch mit Wein aus dem Krug, den er auf den Tisch gestellt hatte, und legte es auf die noch immer blutende Wunde.

»Schau nicht hin, Liebes, ich will nicht, dass du wieder ohnmächtig wirst.«

Cristin lächelte mühsam. Sie verstand die Andeutung nur allzu gut, denn sie konnte kein Blut sehen. Sie schwiegen eine Weile, während Baldo sich um ihre Kopfwunde kümmerte. Da nahm ihre Miene plötzlich einen angestrengten Ausdruck an, und ihre Lippen wurden schmal. Eine Hand auf ihren Leib gepresst, verlor ihr Gesicht auf einmal jede Farbe. Mit geweiteten Augen starrte sie ihn an.

»Dieser Schmerz«, stieß sie hervor. »Ich glaube nicht«, ihre Züge verzerrten sich, »dass es der Sturz war. Das sind Wehen.«

»Bist du sicher?« Er rieb sich übers Gesicht.

»Es ist wie damals, wie bei Elisabeth«, kam es noch über ihre Lippen.

In diesem Moment stürmte Minna in den Raum, Elisabeth auf dem Arm, die sofort die Arme nach ihrem Vater ausstreckte. Er erhob sich und drückte die Kleine an sich, deren Blick sich auf ihre Mutter richtete. Ihre Augen wurden groß.

»Mama, bist du krank?«

»Alles wird gut«, erklärte Baldo erneut, und an Minna gewandt: »Hol eine Wehfrau! Rasch!«

»Was? Jetzt? Ihr meint?«

»Ja, und nun lauf so schnell, wie du noch nie gelaufen bist.«

»Bei allen Heiligen!«

Die Lohnarbeiterin machte auf dem Absatz kehrt und stürzte aus der Küche. Baldo setzte Elisabeth ab und beugte sich über seine Frau, deren Lippen sich lautlos bewegten.

»Liebling, geht es wieder? Kannst du reden? Was ist hier passiert?«, fragte er. »Wer hat dir das angetan?«

Ihr Blick spiegelte das Grauen des Erlebten wider. Baldo konnte sehen, wie sich ihr Bauch anspannte. Furcht wallte in ihm auf.

»Mirke Pöhlmann.«

Er brauchte einen Augenblick, um zu begreifen. »Mirke? Wieso?«

»Sie wollte mich umbringen.«

»Umbringen«, echote er verwirrt. »Aber warum?«

»Sie ist irre, sie hasst mich.« Cristin presste die Hände auf den vorgewölbten Leib, eine neue Wehe schien zu nahen. Als sie nach einer Weile verebbte, bemerkte Baldo die Schweißperlen auf ihrer Stirn. Sie befeuchtete ihre trockenen Lippen.

»Lump! Ich habe ihn winseln gehört. Was ist mit ihm?«

»Er… es geht ihm gut«, log er. »Cristin, du kannst hier nicht bleiben. Ich werde dich in die Kammer tragen.«

Und dann nach meinem Hund sehen, fügte er in Gedanken hinzu. Bitte, er darf nicht sterben! Lump ist nicht nur ein Hund, er ist unser Freund!

Während er seine Frau die Treppe hinauftrug, hörte er es unten an die Haustür klopfen. Er stieß die Kammertür mit dem Fuß auf, legte Cristin auf das Bett und küsste sie auf die Stirn. Dann lief er, jeweils zwei, drei Stufen auf einmal nehmend, die Treppe hinunter und riss die Haustür auf.

»Was ist denn bei euch los?« Schon schob sich Gerlin Schuster an ihm vorbei in den Flur. »Minna ist gerade an mir vorbeigelaufen, als wäre der Teufel hinter ihr her.«

Ihr Blick traf den reglos in seinem Blut liegenden Hund, und die junge Frau mit dem runden, von dunkelbraunen Haaren umrahmten Gesicht schrie auf.

Baldo fasste nach ihrem Arm und zog sie mit sich in die Küche, wo Elisabeth still auf einem Stuhl saß.

»Was ist geschehen?«, stieß Gerlin kreidebleich hervor.

»Das erkläre ich dir später«, antwortete er düster. »Ich könnte deine Hilfe gebrauchen. Hast du etwas Zeit?«

Sie hielt ihn fest. »Ist etwas mit Cristin?«

Er überlegte kurz. »Hör zu, Gerlin. Es sieht so aus, als ob das Kind kommen will. Ich habe Minna nach der Wehfrau geschickt. Wenn du helfen willst, dann setz dich zu Cristin. Ich kümmere mich solange um Elisabeth und Lump.«

Veit Schusters Frau nickte und eilte die Stufen ins Obergeschoss hinauf. Baldo trat zu seiner Tochter und hockte sich neben sie. Wortlos schlang die Kleine die Ärmchen um ihn, und er drückte sie ein paar Herzschläge lang an sich.

»Mein Schatz, Papa muss jetzt nach Lump sehen«, erklärte er sanft. »Kann ich dich hier in der Küche allein lassen?« Elisabeth nickte ernsthaft. »Ist Lump sehr krank?«

Ein Kloß bildete sich in seiner Kehle. »Ja, Schatz.«

Mehr brachte er nicht heraus. Er erhob sich und durchmaß die Küche mit drei schnellen Schritten. Als er sich im Flur neben den Hund kniete und dessen breite Stirn tätschelte, öffnete das Tier die Augen und winselte. Sein Blick berührte Baldo bis ins Innerste.

»Bleib bei uns«, flüsterte er. Minna stürmte in Begleitung einer Frau herein, deren Rücken krumm von jahrzehntelanger Arbeit war. Sie trug ein Bündel in der Hand, das ebenso wie die Mäntel, Hauben und Stiefel der beiden Frauen mit einer feinen Schneeschicht bedeckt war.

»Hier ist die Wehfrau, Herr Schimpf«, stieß Minna atemlos hervor. »Wie geht es der Deern?«

»Gerlin Schuster ist bei ihr«, gab Baldo zurück, dann wendete er sich der Hebamme zu. »Die Kammer ist oben, macht schnell!«

Ein erschreckter Blick der Frau traf den Hund, dann eilte sie die Stufen hinauf. Minna folgte ihrem Herrn in die Küche, wo Elisabeth am Fenster stand und in das Schneetreiben hinausblickte. Als Baldo näher trat, sah er, dass dicke Tränen über ihre Wangen kullerten. Das Mädchen stürzte auf ihn zu. »Was ist mit Mama und mit Lump? Papa, ich hab Angst!« Der kleine Körper bebte.

»Elisabeth«, sprach Minna das Kind atemlos an, »ich muss

noch einiges auf dem Markt besorgen. Kommst du mit?« Sie streckte die Hand nach dem Mädchen aus und warf Baldo einen eindringlichen Blick zu. »Und Ihr geht zu Lump und seht zu, was Ihr für den armen Hund tun könnt.«

Minna und Elisabeth verließen die Küche, und Baldo eilte zu Lump. Die Lohnarbeiterin hatte eine Decke über das Tier gebreitet. Der Hund hob den Kopf, als er seine Schritte hörte. Baldo sprach leise auf ihn ein, während er ihn vorsichtig abtastete. Weder die Pfoten noch die Rippen schienen verletzt. Die Wunde an Lumps Flanke hatte aufgehört zu bluten, doch rund um die Stichwunde war das Fleisch rot und geschwollen. Baldo strich dem Hund über die Schlappohren.

»Unsere Cristin wüsste jetzt genau, was zu tun ist, mein Freund.« Er hörte selbst, wie seine Stimme zitterte. »Andererseits, warum soll das Zeug nicht auch dir helfen?« Sein Blick fiel auf den Küchentisch, auf dem noch immer der Krug mit Wein stand, die blutgetränkten Tücher achtlos daneben. Unsicheren Schrittes griff er nach einem sauberen Lappen, klemmte sich das halb volle Gefäß unter den Arm und ging zu Lump zurück, um die Wunde zu versorgen.

Nachdem er auch die Blutflecken vom Boden entfernt hatte, richtete sich Baldo auf und stellte eine Schüssel mit Wasser neben den Hund, der die Augen geschlossen hatte. Schwer ließ Baldo sich auf einen der Stühle sinken, stützte die Ellenbogen auf den Tisch und vergrub das Gesicht in den Händen. Nur das leise Stöhnen des Hundes unterbrach von Zeit zu Zeit die Stille der Küche. Bei dem Gedanken, was Cristin in der oberen Etage durchmachen musste, brach ihm der Schweiß aus allen Poren. Er kannte sich mit dem Weiberkram ja nicht aus, aber was er bisher davon gehört hatte, erschien ihm grauenvoll. Die Frauen, die er kannte, hatten stets von furchtbaren Schmerzen bei der Geburt gesprochen. Und davon, dass längst nicht alle Frauen und Kinder am Leben blieben. Das ist eben so, der Herr gibt und nimmt, wie es ihm gefällt, hatten sie ihm erklärt.

Auf einmal hielt es ihn nicht mehr auf seinem Sitz. Er sprang auf, bemerkte kaum, wie Cristins Becher mit einem dumpfen Klang zu Boden fiel und zerbrach. Einem Impuls folgend stürzte er zur Treppe, blickte nach oben und lauschte. Alles nur, um im nächsten Moment wieder kehrtzumachen. Hinter sich vernahm er eilige Schritte auf der Treppe.

»Baldo, wir brauchen frische Leinentücher, eine ganze Hand voll. Außerdem könntest du Wasser erhitzen. Aber bitte Brunnenwasser, wenn es geht. Ach ja, und Essig… wir brauchen Essig. Kannst du mir das beschaffen?«

Schon schickte sich Gerlin Schuster an, das Haus wieder zu verlassen, da hielt er sie am Ärmel fest.

»Wie geht es meiner Frau? Und wo verdammt noch mal willst du hin?«

Sie tätschelte ihm flüchtig die Wange. »Cristin hält sich tapfer. Aber es geht alles so schnell, die Wehfrau sagt, die Geburt ist nicht mehr aufzuhalten. Jetzt lass mich bitte gehen, ich muss einiges besorgen.«

Gerlin drängte sich an ihm vorbei. Baldo sah ihr einen Augenblick lang wie betäubt hinterher. Bis er sich zur Ordnung rief und mit langen Sätzen auf die Küche zusteuerte, um Wasser auf dem Herd zu erhitzen und einen tönernen Topf mit Essig aus dem Schrank zu holen. Das war allerdings alles andere als einfach, wenn die Knie weich und die Hände so fahrig waren, dass ihm der Topf fast entglitten wäre. Nicht mehr aufzuhalten. Blicklos starrte er auf den Herd, wartete, bis sich das Wasser erwärmt hatte. Dann nahm er einige saubere Tücher aus dem Schrank und stellte den Essig und den Topf dazu. War das alles, was er für Cristin tun konnte? Er schnaubte. Wie jämmerlich Hilflosigkeit sein konnte.

Unwillkürlich fiel sein Blick auf einen der Küchenspinde. Die vage Erinnerung an einen Besuch Ludewig Stienbergs zur Einweihung der neuen Werkstatt ließ ihn leise lächeln. Er entnahm dem Schrank eine bauchige Flasche, dann zögerte er und stellte sie entschieden zurück. Den feinen Schwedenschnaps wollte er sich erst genehmigen, wenn Frau und Kind wohlauf waren. Das Untätigsein brachte Baldo beinahe um den Verstand. Wenn er nur wüsste, wie er seine Finger beschäftigen sollte, wobei sie ihm ja ohnehin nicht gehorchen wollten.

Vor längerer Zeit hatte Cristin ihm von den Schwierigkeiten ihrer ersten Geburt erzählt. Was, wenn sich alles wiederholte und sie dieses gottverfluchte Fieber erneut überfiel? Baldo wanderte durch die Küche, die Hände zu Fäusten geballt, das Hemd schweißnass. Ein Geräusch schreckte ihn auf. Gerlin Schuster betrat erneut das Haus, ein Päckchen unter dem Arm. Mit wenigen Schritten war er bei ihr.

»Nun spuck es schon aus, verdammt noch mal! Wieso warst du solange fort?«

Das Gesicht der Bekannten nahm einen überraschten Ausdruck an. »Ich war doch nur …«

Er umklammerte ihre Schultern. »Was hast du besorgen müssen?«

»Schweinefett, mein Lieber. Falls das Kind noch etwas klein sein sollte, braucht es viel Wärme.« Ihre Miene wurde weicher. »Nun beruhige dich, Baldo, ich muss wieder nach oben.«

Sein Griff wurde fester. »Lass mich wenigstens für einen kurzen Moment hochgehen. Ich muss doch zu ihr.«

»Nein. Männer haben bei einer Geburt nichts verloren. Hast du die Tücher, den Essig und das Wasser?«

Baldo reichte ihr alles und konnte nur regungslos mit ansehen, wie Gerlin mit den Habseligkeiten die Stufen ins Obergeschoss hinaufeilte. Er blickte ihr nach und schlug mit der Faust auf den Küchentisch. Schwer sank er auf einen Stuhl und barg den Kopf auf der Tischplatte. Es war viel zu ruhig im Haus, nicht einmal Schritte oder leise Stimmen waren zu hören. Die Zeit schien nicht vergehen zu wollen. Er musste raus, an die frische Luft.

Baldo riss seinen Umhang vom Haken und stürzte ins Freie. Schneeflocken rieselten lautlos hinab, benetzten Haare und Gesicht. Die Luft war frostig kalt und stach beim Atmen in der Lunge. Doch ihm half es, seine Gedanken zu ordnen. Alle Tage wurden Kinder geboren, wie nur hielten seine Leidensgenossen es aus, wenn ihre Weiber das fünfte oder sechste Mal ein Kind zur Welt brachten? Gewöhnten sie sich gar an diese lähmende Furcht, oder war dieser Vorgang für sie eines Tages ebenso alltäglich wie das Feuermachen oder das Scheuern der Fußböden? Baldo schauderte, und er kaute auf seinem Daumennagel herum. Eine lästige Angewohnheit, die er eigentlich längst abgelegt hatte.

Er wusste jedenfalls, er würde verrückt werden vor Sorge, aber vielleicht waren seine Gefühle für Cristin auch allzu tief. Allein die Vorstellung, welchen Schmerz sie möglicherweise erlitt, tat ihm körperlich weh. Ihn fröstelte plötzlich. Oh mein Gott, durchfuhr es ihn, der Kamin! Das Feuer ist bestimmt heruntergebrannt. Ich muss es schüren. Baldo lief zurück und war schon im Begriff, die Treppe hochzustürzen. Da drang ein spitzer, durchdringender Schrei an sein Ohr, und er verharrte mitten in der Bewegung. Der Laut hallte in ihm nach, schien ihm jeden Blutstropfen aus dem Gesicht zu treiben. Im nächsten Moment war er an der Tür und hämmerte gegen das Holz. Sie öffnete sich nur wenige Augenblicke später.

»Was … geht es ihr gut? Bitte …«

Gerlin warf ihm einen strafenden Blick zu. »Warte eine kleine Weile, Baldo, ja? Bald darfst du zu ihr.«

Die Tür wurde ihm mit einem dumpfen Geräusch vor der Nase zugeschlagen, und er presste das Gesicht dagegen. Dann ein zweiter, lang gezogener Schrei. Sein Innerstes krümmte sich zusammen. Baldo entfuhr der gröbste Fluch, den er jemals über die Lippen gebracht hatte. Doch was sollte es ihn kümmern, da ja offensichtlich niemand auf seine Gefühle Rücksicht nahm? Mit zusammengepressten Lippen lehnte er sich gegen die kühle Wand und horchte, aber mehr als das Murmeln einer Frauenstimme drang nicht zu ihm herüber. Ein dritter Schrei, doch diesmal klang es eher wie das Meckern eines protestierenden Zickleins. Baldo erstarrte, er getraute sich kaum zu atmen. Als Gerlin endlich wieder vor ihm stand, musterte er ängstlich ihre Miene.

»Ein kleiner Junge. Herzlichen Glückwunsch!« Sie strahlte übers ganze Gesicht.

Unvermittelt wurde ihm schwarz vor Augen. Das Nächste, was er wahrzunehmen imstande war, war ein Klatschen gegen seine Wange.

»Du bist mir ja ein Held!«, hörte er Gerlins leises Lachen dicht über ihm. Er fand sich auf dem Fußboden wieder und rappelte sich hoch, wollte etwas erwidern, doch sie schnitt ihm das Wort ab. »Es ist alles bestens. Cristin und der Kleine sind wohlauf. Die beiden werden jetzt fein gemacht, damit du sie gleich besuchen kannst.«

Ungestüm riss er die Freundin in die Arme, die Brust wurde ihm weit und wollte bersten vor Freude, doch sie machte sich kichernd von ihm los.

»Nicht so stürmisch, sonst liegst du gleich wieder am Boden. Das kann ich nun wirklich nicht gebrauchen!«

»Gut, aber verrate es bitte nicht Cristin, ja?«

36

Das Herz klopfte Baldo bis zum Hals, als er endlich durch die Tür schritt. Einen Moment lang blieb er reglos stehen, um die besondere Schönheit des Augenblicks tief in sich aufzunehmen. Cristin lächelte, ihre Augen blitzten, und ihre Wangen waren sanft gerötet. Das schöne kupferfarbene Haar hing ihr wirr um den Kopf. Unversehens wanderte sein Blick zu dem Bündel, das sie im Arm hielt und das leise schmatzende Geräusche von sich gab. Er blinzelte.

»Komm ruhig näher, Liebling.«

Zögernd trat er auf das Bett zu, weniger aus Vorsicht denn aus Angst, die Beine könnten ihm erneut den Dienst verweigern. Schon lagen Cristins Lippen auf seinen, und er fuhr zärtlich mit den Fingern die Linien ihres Gesichts nach.

»Wie geht es dir?«

»Wunderbar. Es war alles so einfach, ganz anders als beim ersten Mal. Wo ist Elisabeth?«

»Noch nicht wieder mit Minna zurück«, murmelte er, den Blick auf das kleine Bündel gerichtet. »Mein Sohn!«

Vorsichtig strich er über das dichte schwarze Haar des Neugeborenen, das emsig an Cristins Brustwarze saugte.

»Ihr habt einen gesunden Sohn, meinen Glückwunsch! Der Kleine ist kräftig, Herr Schimpf«, vernahm er die Stimme der älteren Wehfrau, die am anderen Ende des Bettes stand und ihm freundlich zunickte. »Ich habe ihn zwar in Schweinefett gewickelt, damit er es schön warm hat, aber ich glaube nicht, dass dies länger als ein oder zwei Tage nötig sein wird.«

»Wie schön«, murmelte Baldo mit brüchiger Stimme. »Darf ich ihn gleich mal halten?«

Wortlos nahm Cristin das Kind, das in warme Decken gehüllt war, von ihrer Brust und legte es in seine ausgestreckten Arme.

»Mein Sohn«, flüsterte er abermals.

Der Kleine war überraschend schwer und hielt die Augen geschlossen, sodass Baldo die langen Wimpern gut erkennen konnte. Er hatte eine kleine Stupsnase. Wie Elisabeth, dachte er gerührt und konnte nicht anders, als die winzige Wange zart zu berühren. Da öffnete der Junge die Lider. Große blaue Augen sahen ihm mitten ins Herz. Vater und Sohn betrachteten einander einige Wimpernschläge lang. »Möge Gott dich schützen«, flüsterte Baldo und hauchte einen Kuss auf die Stirn des Kindes. Dann wandte er sich Cristin zu, die ihn liebevoll musterte. »Mein Sohn braucht einen Namen.«

»Oh ja, den braucht er.« Cristins Blick schweifte in die

Ferne. »Ich würde ihn gern Rafael nennen, nach dem zweiten Vornamen von Enrico de Gaspanioso. Ich … wir haben ihm so viel zu verdanken.«

»Was für ein schöner, ungewöhnlicher Name«, ließ sich Gerlin vernehmen, die sich etwas abseits gehalten hatte. »Er bedeutet: *Gott heilt*, soweit ich weiß.«

»Was könnte besser zu ihm passen als dieser Name?« Baldo schluckte die Tränen der Rührung hinunter.

Der Kleine fing leise zu jammern an, und er gab das Kind seiner Mutter zurück.

Gerlin wandte sich der Wehfrau zu. »Ich denke, Ihr könnt jetzt gehen«, sagte sie. »Minna wird gleich zurück sein. Wir kümmern uns dann um Mutter und Kind.«

Die Alte warf Cristin einen fragenden Blick zu.

Diese nickte. »Es geht mir gut. Gerlin und meine Lohnarbeiterin sind ja da. Geht nur, mein Mann wird Euch für Eure Dienste entlohnen.«

»Wie Ihr wünscht, Frau Schimpf. Aber denkt daran, das Kind in den nächsten Tagen taufen zu lassen.«

Nach einem letzten prüfenden Blick auf das Neugeborene raffte die Hebamme ihr Bündel und folgte Baldo die Treppe hinunter. Dieser griff in seinen Geldbeutel und gab der Frau die verlangte Summe sowie zwei Witten extra. Blitzschnell ließ sie das Geld in ihrer Börse verschwinden.

»Habt Dank, Ihr seid sehr großzügig. Bitte zögert nicht, mich zu holen, sollte irgendetwas …«

Baldo nickte. Schon hatte er den Fuß auf die erste Treppenstufe gesetzt, um wieder hinaufzulaufen, als er draußen aufgeregte Stimmen hörte.

»Hier muss es sein«, rief ein Mann, und eine Frau erwiderte: »Bist du dir sicher, Liebling?«

»Ich klopfe mal an.«

Dann pochte es laut gegen das Holz. Die schlaksige Gestalt und die Stimme kamen ihm bekannt vor. Blaue Augen, in denen der Schalk blitzte, senkten sich in seine. Auf dem Bock eines Eselkarrens saß eine junge Frau mit vom Frost geröteten Wangen. Die Kleidung der beiden war schmutzig und abgetragen, sie mussten eine weite Reise hinter sich haben, doch die Züge und Stimmen waren ihm nur allzu vertraut.

»Piet! Marianka! Wie kommt ihr denn hierher?«

»Du siehst ja aus, als hättest du ein Gespenst gesehen«, erklärte Piet. »Willst du uns nicht hereinlassen? Wir haben einen langen Weg hinter uns!«

»Bitte entschuldigt.« Baldo fuhr sich über die brennenden Augen. »Cristin hat mich gerade zum Vater eines Sohnes gemacht«, stieß er hervor.

Mariankas Augen weiteten sich. »Was sagst du da?« Mit einem Satz sprang sie vom Kutschbock.

»Ja, ihr habt richtig gehört. Ein gesunder, kräftiger Junge. Die Frau, die eben das Haus verlassen hat, war die Hebamme.« Er trat zur Seite.

Piet drückte ihn an sich und klopfte ihm mit einem breiten Grinsen auf die Schultern. »Das ist aber eine Überraschung! Dürfen wir zu ihr?«, wollte er wissen, während er und Marianka Baldo in den Flur folgten.

»Ich denke nicht, dass Cristin etwas dagegen hat. Sie wird sich freuen, euch zu sehen, denn sie hat euch vermisst. Aber zunächst wärmt ihr euch ein wenig auf, denn auch wenn sie es nicht zugibt, Cristin ist ziemlich erschöpft, und ein Moment der Ruhe wird ihr guttun.«

Der kleine Rafael zog im Schlaf die Nase kraus, als behagte ihm etwas nicht. Oder er träumte den ersten Traum seines Lebens im Arm seiner Mutter. Cristin musste ihn immerzu ansehen, staunend, ehrfürchtig. Beinahe atemlos war sie durch die Geburt gehastet, selbst überwältigt von der Macht, mit der das Kind auf die Welt gedrängt hatte. Nun küsste sie ihren Sohn ganz sanft, um ihn nicht zu wecken. Ob er ebenso neugierig auf die Abenteuer des Lebens war wie Elisabeth? Cristin lächelte, als sie sich an so manche Begebenheit mit ihrem ersten Wirbelwind erinnerte. Oder eiferte Rafael seinem Vater nach, der seine Gefühle gern hinter einer undurchdringlichen Maske verbarg, wenn er verletzt war? In diesem Augenblick sah er mit seinem dunklen, dichten Haarflaum und dem angestrengten Gesichtsausdruck aus wie Baldo, wenn er schlief.

Die junge Mutter ließ sich tiefer in die Kissen sinken. Eigenartigerweise war sie überhaupt nicht müde, ganz im Gegenteil. Ihr schien, als würde jede ihrer Poren neue Kraft atmen. Eine Weile war nur Rafaels leises Schmatzen im Schlaf zu hören, und sie genoss die Stille. Dann drängte sich ein weiteres Geräusch in ihr Bewusstsein. Jemand kam die Treppe herauf, schon waren die Schritte mehrerer Personen auf dem Flur zu hören. Sie runzelte die Stirn. Hatte Minna etwa einen Medicus gerufen? Es klopfte, im nächsten Augenblick flog die Tür auf.

Cristin entrang sich ein Laut der Überraschung. »Piet! Marianka! Wie kommt *ihr* denn hierher?«

Cristins Bruder durchmaß mit zwei Schritten den Raum, ergriff ihre Hand und küsste sie. »Es geht dir gut, dem Himmel sei Dank!«

Seine Worte glichen eher einem Stammeln. Wieso nur war er so erregt? Dann richteten sich seine Augen auf das Kind in ihrer Armbeuge. Marianka trat ebenfalls neben Cristins Bett, beugte sich über sie und küsste sie auf beide Wangen. Cristin blickte von einem zum anderen und strich der Schwägerin über den Arm.

»Wie kommt es nur, dass ihr gerade jetzt auftaucht? Eben habe ich noch gedacht, wie schön es wäre, wenn ihr bei uns wärt und ich euch meinen Rafael zeigen könnte.«

Mariankas Augen waren umschattet und die Wangen eingefallen, aber sie lächelte. »Du hast einen schrecklichen Zwillingsbruder, Liebes. Einen, der schon seit vielen Wochen nichts anderes im Sinn hat, als so schnell wie möglich zu euch nach Hamburg zu fahren.« Sie schnitt eine Grimasse, doch ihre Mundwinkel zuckten dabei. »Aber wie du siehst, liebe Cristin, hat er mit seinen Ahnungen mal wieder recht behalten.«

Piet zuckte nur die Achseln, ohne jedoch den Blick von dem Säugling wenden zu können. »Wie winzig er ist. Dürfte ich ihn mal halten?«

Cristin ignorierte seine Worte und musterte ihn stattdessen mit gespielter Strenge. »Alles zu seiner Zeit.« Sie hielt ihren Bruder fest. »*Ahnungen*, Piet? Du willst mir doch nicht etwa ausweichen, oder? Sag mir, was ist geschehen?«

Ihr Bruder machte eine wegwerfende Handbewegung, aber seine Ohren röteten sich beinahe unmerklich.

»Ich werde dir alles erzählen, Liebes. Aber ich denke, das hat etwas Zeit, oder wollt ihr etwa zwei frierende Reisende noch heute aus dem Haus jagen?«

Cristin lachte herzlich und umarmte ihn so stürmisch, wie es mit dem Kind im Arm eben möglich war.

»Bleibt, solange ihr möchtet. Unsere Gästekammer ist klein und bescheiden, aber Minna wird sie euch gern herrichten, wenn sie mit Elisabeth nach Hause kommt.« Sie übergab Piet den Kleinen. »Und jetzt seht zu, dass ihr zwei euch miteinander bekannt macht.« Cristin wendete sich an Marianka, während ihr Bruder das Kind im Arm wiegte und es verzückt betrachtete. »Wo ist Baldo?«

»Er sagte etwas davon, dass er zu einem Bader gehen wolle, um ihm die freudige Botschaft zu überbringen. Er wollte sich beeilen. Der frisch gebackene Vater wirkte ziemlich aufgelöst.«

»Ich weiß.« Wieder war da diese Wärme in ihr, die ihr ganzes Inneres erfüllte. »Es ist viel geschehen, seit wir uns das letzte Mal gesehen haben, Marianka.«

Diese nickte. »Bei uns ebenfalls.« Sie wies mit dem Kopf auf ihren Mann und senkte die Stimme zu einem Flüstern. »Lass Piet etwas Zeit. Nicht alles, was er zu berichten hat, wird ihm leichtfallen.«

Ihre Blicke begegneten sich.

»Natürlich«, erwiderte Cristin.

Kurze Zeit später war sie wieder allein in der Kammer. Piet hatte das Feuer im Kamin geschürt und gemeinsam mit Marianka darauf bestanden, auf Rafael zu achten, damit sie ruhen konnte. Ihren Protest hatten die beiden einfach mit einem Lachen fortgewischt. So lag sie nun in weiche Decken gehüllt und lauschte dem Knistern des Feuers und dem stürmischen Wind, der die Fensterläden ihres Hauses klappern ließ.

Vor Cristins innerem Auge zogen die Ereignisse des Tages noch einmal vorbei. Mirkes zu einer Fratze verzogenes Gesicht drängte sich ihr auf, das Messer, das plötzlich in der Hand der jungen Frau aufblitzte, dann der stechende Schmerz am Hinterkopf. Unwillkürlich tastete sie nach der Wunde, Baldo hatte sie jedoch gut versorgt, sie würde rasch heilen. Dieser ungezügelte Hass in Mirkes Augen hatte sie vollends erschüttert, und selbst bei der Erinnerung an diese Momente schüttelte es sie abermals. Wie Giftpfeile hatten Mirkes Worte sie getroffen.

Was war nur aus dem jungen Mädchen geworden, das einst in ihrer Lübecker Spinnerei gearbeitet hatte? Cristin zweifelte nicht daran, dass Mirke sie ernsthaft verletzt oder gar umgebracht hätte, wenn Lump sich nicht auf sie gestürzt hätte. Sie biss sich auf die Lippen. Nun, da die Aufregung sich etwas gelegt und ihr Sohn das Licht der Welt erblickt hatte, holten die Schreckensbilder sie mit all ihrer Grausamkeit wieder ein. Cristin schloss gequält die Augen und wartete, bis das Entsetzen allmählich nachließ. Nachdem Baldo sie auf dem Boden liegend vorgefunden hatte, war er im Begriff gewesen, die Büttel nach der Geflüchteten ausschicken zu lassen, aber sie hatte ihn gebeten, es nicht zu tun.

In diesem Moment fragte sie sich allerdings, ob es die richtige Entscheidung gewesen war. Wer sagte ihr, dass diese Verrückte nicht wiederkam? Ihre Gedanken schweiften zu dem Hund zurück, ihrem Retter. Lump. Seit dem Morgen hatte er nicht ein Mal gebellt. Das sah ihm gar nicht ähnlich, der Hund wäre normalerweise längst zu ihr ins Obergeschoss gelaufen.

Unzählige Gedanken gingen ihr durch den Kopf, während

sie still in ihrem Bett lag. Ihr von der Geburt erschöpfter Leib schrie nach Ruhe, doch ihr Geist arbeitete fieberhaft. Obwohl Piets und Mariankas Besuch sie über alle Maßen freute, sorgte sie sich auch insgeheim. Es konnte nicht allein die Sehnsucht nach ihr gewesen sein, die ihren Bruder mit seiner Frau mitten im Winter dazu getrieben hatte, die weite Reise von Polen hierher anzutreten. Während der kalten Jahreszeit fanden im Wawel regelmäßig Feste statt, an denen Gaukler, Akrobaten und Minnesänger dem Hofstaat mit ihren Attraktionen die Zeit vertrieben. Wieso war Piet, der allerorts bekannte Narr, nicht dort?

Baldo hatte gerade seinen mit Schnee bedeckten Umhang an den Haken gehängt und die Stiefel zum Trocknen nahe dem Kamin in die Küche gestellt, als die Lohnarbeiterin und Elisabeth heimkehrten. Wie Minna trug auch das Mädchen einen kleinen Korb mit frischem Gemüse und Brot im Arm. Ihr kleines Gesicht strahlte, und sie stellte ihn ab, um Baldo zu begrüßen.

»Wo ist Mama? Geht es ihr gut?«

Er gab ihr einen innigen Kuss. »Oh ja, mein Schatz. Aber ich nehme an, du möchtest deinen kleinen Bruder begrüßen?«

Elisabeths Augen wurden groß. »Einen … einen Bruder?«

»Ja, Schatz. Er heißt Rafael und ist noch ganz klein.«

Minna, die das Gespräch verfolgt hatte, klatschte in die Hände. »Das Kindchen ist schon da?« Ihre Stimme überschlug sich beinahe. »Oh, Herr Schimpf, wie schön! Die beiden sind hoffentlich wohlauf?«

Entgegen seiner Gewohnheit zog er die Ältere in die Arme und tätschelte ihr die Schulter. »Es ist alles bestens, Minna. Cristins Bruder und seine Frau sind überraschend zu Besuch gekommen, sie werden einige Tage bleiben. Die beiden werden dir gefallen. Und wir werden etwas Gutes zu essen brauchen, denn ich habe Ludewig für morgen Abend eingeladen. Immerhin gibt es einen Grund zu feiern, oder?«

Minna lächelte breit. »Ja, und ob! Wie gut, dass wir noch eingekauft haben, nicht wahr, Elisabeth?« Ihr rundes Gesicht nahm einen erschrockenen Ausdruck an. »Ach, dann muss ich unseren Gästen ja auch noch die Kammer herrichten. Herrje! Und verflixt noch mal – wann kann ich zu der Deern?«

Baldo hob seine Tochter hoch, die ihn unverwandt musterte. Dass sie mit ihren Stiefelchen feuchte Spuren auf dem Boden hinterließ, kümmerte ihn in diesem Moment wenig.

»Nun mal langsam, Minna«, zwinkerte er ihr zu. »Piet und Marianka sind gerade bei den beiden oben. Es hat alles noch Zeit.« Er wendete sich Elisabeth zu. »Was hältst du davon, wenn wir gemeinsam mit Minna zu Mama gehen?«

Die großen blauen Augen des Mädchens blickten derart ernsthaft, dass Baldo sich abermals über die Reife der Dreijährigen wunderte.

»Ich will gern zu Mama. Aber«, sie wies mit dem Zeigefinger zur anderen Seite des Flurs, »Lump ist krank und ganz allein.«

Sie zupfte Baldo entschlossen am Hemdsärmel, bis er sie freigab und auf dem Boden absetzte. Er sah ihr hinterher, wie sie mit kleinen, schnellen Schritten um die Ecke des Flurs bog und vor dem Hund in die Hocke ging.

»Lump hat zumindest etwas Wasser getrunken, aber seine Schnauze ist trocken und warm, und er liegt immer noch da und rührt sich kaum«, sagte er zu Minna.

»Lump ist noch kein alter Hund.« Beruhigend legte sie Baldo die Hand auf den Arm. »Er schafft das schon, Herr Schimpf.«

Er seufzte. An diesem Tage lagen Freude und Schrecken so nahe beieinander, dass es ihm wie eine nicht enden wollende Berg-und-Talfahrt vorkam und er Mühe hatte, seine Emotionen im Zaum zu halten. Er schluckte den Kloß in seinem Hals hinunter und schickte Minna zu Cristin, während er mit Elisabeth doch noch ein Weilchen bei Lump bleiben wollte.

Die Kleine, die dem Hund wieder und wieder über das weiche Fell strich und dabei beruhigende Worte murmelte, sah nicht auf, als er sich zu ihr gesellte. Dafür hatte Lump den Kopf angehoben und begrüßte seinen Herren mit einem leisen Fiepen. Baldo kraulte ihn hinter den Ohren und betrachtete Elisabeth, die völlig versunken zu sein schien. Dieser entrückte Ausdruck in ihrem Gesicht, der Mund, der unentwegt wisperte – all dies erinnerte ihn unbestimmt an etwas, aber es wollte ihm nicht einfallen.

»Elisabeth?«, flüsterte er, doch sie reagierte nicht.

Da formte sich allmählich ein Bild aus längst vergangenen Tagen in ihm. Cristin, mit einem straff gebundenen Kopftuch, die sich über ihn beugte, als sie die Beinwunde, die ihm ein Wildschwein zugefügt hatte, begutachtete. In diesen Momenten hatte er an ihr ebenfalls diesen nach innen gerichteten Blick bemerkt. Eine zweite Erinnerung schob sich in seinen Geist. Cristin, als sie der schmerzgeplagten Königin Jadwiga damals in dem polnischen Spital die Hände gehalten hatte, nachdem diese ohnmächtig geworden war. Er wusste noch genau, wie fasziniert er währenddessen die entrückte Miene seiner Frau beäugt hatte. Mit ihren empfindsamen Händen hatte sie den Schmerz der Regentin nachempfunden und später auch heilen können.

Ihm stockte der Atem, und er schielte zu Elisabeth hinüber, die nun über Lumps Bauchwunde strich. Der Hund verharrte regungslos, tat ihm die Berührung denn nicht weh? Baldo holte tief Luft und erhob sich steif. Er hatte ja nie viel von diesem Spökenkram verstanden, wollte es auch besser nicht. Aber dies hier war eigenartig genug, um es nicht mit einer banalen Erklärung einfach fortwischen zu können.

Da hob Elisabeth den Kopf. »Lump ist müde, will schlafen.«

Er nickte und streichelte über ihr rotblondes Haar. »Gut, lassen wir ihn in Ruhe und gehen zu Mama, ja? Sie wird schon auf uns warten.«

Nachdenklich blickte er ihrer kleinen Gestalt nach, wie sie die Treppe hinaufeilte, und folgte ihr.

Rot glühend versank die Sonne hinter den Dächern Hamburgs, und bald senkte sich Dunkelheit über die Goldspinnerei. Minna hatte noch eilig ein gutes Bratenstück vom Rind bei einem Fleischhauer in der Nähe besorgt, und nun saßen sie einträchtig um den Esstisch und ließen sich das Festmahl schmecken. Cristin hatte darauf bestanden, beim Essen dabei zu sein, also hatte Baldo die Wiege in die Küche gebracht. Rafael schlummerte friedlich, während Elisabeth glücklich auf dem Schoß ihres Onkels saß und immer wieder neugierige Blicke auf den kleinen Bruder warf.

Cristin hatte Minna Anweisungen erteilt, dem Hund einen Sud aus Schafgarbenblüten zu bereiten. Wenn sie nicht mehr genug davon im Hause haben sollten, könne sie auch noch einige Ringelblumen hinzufügen. Sie sollte die Kräuter leicht kochen und sie danach etwas ausdrücken, auf Lumps Wunde legen und ihm einen sauberen Verband anlegen. Der Sud schien Lumps Schmerz tatsächlich zu lindern, denn vom Flur her drangen seine leisen Schnarchgeräusche zu ihnen herüber.

Nachdem alle satt und zufrieden waren, eröffnete Cristin das Gespräch. Mit leiser Stimme erzählte sie von dem Haus, in das sie damals, nachdem sie Lübeck verlassen hatten, eingezogen waren. Wie wohl sie sich dort gefühlt hatten und wie groß die Freude gewesen war, als die ersten Aufträge für die Goldspinnerei eingegangen waren.

»Die Zeit war nicht einfach, denn wir konnten uns noch keinen Gesellen leisten«, fügte sie nachdenklich hinzu. Dann fuhr sie fort, berichtete von Jadwigas Vermächtnis und dem Empfehlungsschreiben für den Tuchhändler aus Venedig.

»Ihr wart in Venedig?«, staunte Marianka. »Wusstest du denn da noch nicht, dass du guter Hoffnung warst?«

»Oh doch.« Baldo schürzte die Lippen. »Aber ihr wisst

sicher, wie schwer es ist, diesem Weib etwas auszureden? Allerdings sind wir nicht allein gereist.« In kurzen Sätzen fasste er die Ereignisse während ihrer Abwesenheit zusammen. »Als wir endlich Hamburg erreicht hatten, waren wir heilfroh über die Aufträge von de Gaspanioso und der Familie Montebello und freuten uns auf unser Zuhause. Doch dann standen wir vor unserem niedergebrannten Heim.«

Mit Entsetzen in der Miene lauschten Piet und Marianka seinem Bericht. Als Cristin mit brüchiger Stimme auf den unverhofften Besuch Mirkes und dessen Folgen an diesem Tage zu sprechen kam, sprang Piet jäh auf. Seine Lippen waren nur noch ein dünner Strich.

»Dieses Weibsbild ist ja irre! Erst brennt sie euer Haus ab, und dann trachtet sie Cristin nach dem Leben. Dem Himmel sei Dank, dass alles ein gutes Ende genommen hat! Ihr habt hoffentlich sofort die Büttel benachrichtigt?«

»Nein, das haben wir nicht«, gab Cristin kleinlaut zu verstehen und sah zu Boden. »Ich konnte es einfach nicht.«

Baldo suchte ihren Blick. »Aber ich hab's getan, bevor ich zu Ludewig gegangen bin. Jetzt sieh mich nicht so an, Liebes. Was zu viel ist, das ist zu viel!«

»Gut, dann bin ich beruhigt.« Piet schüttelte den Kopf, als Cristin etwas einwerfen wollte. »Nein, kein Wort, Schwester. Diese Person gehört bestraft.«

Zwischen ihnen wurde es still, und Marianka, die neben ihrer Schwägerin saß, streichelte ihr wortlos die Hand. Elisabeth machte sich von Piet los, schlich zur Wiege hinüber und spähte hinein, dann eilte sie zu Lump, um sich neben ihn zu hocken.

Piet unterbrach schließlich das Schweigen. Er raufte sich die Haare, während er, den Blick starr aus dem Fenster gerichtet, mit knappen Worten erzählte, was ihnen im Laufe der letzten Monate wiederfahren war.

Cristin war fassungslos. »Aber ihr wart doch dabei, euer Haus zu bauen. Was soll denn nun werden?«

Marianka ergriff das Wort. »Eines Tages werden wir zurückkehren und es fertig bauen, bis dahin verdienen wir unser Geld eben mit Gauklereien, zum Beispiel hier in Hamburg.«

Sie wirkte gefasst, doch hinter ihrem tapferen Lächeln erkannte Cristin die verborgene Traurigkeit. Piet holte tief Luft und fuhr mit seinem Bericht fort. Als er bei seinen Visionen während ihrer Zeit bei den *Cygani* angelangt war, räusperte er sich vernehmlich.

»All die Träume und Bilder, die mich nicht mehr losließen, waren meist verschwommen und nur schwer zu deuten. Aber eins spürte ich genau: Du warst entweder in Gefahr oder würdest es bald sein. Das konnte ich nicht ertragen, weißt du?« Er ließ den Blick über ihre Gestalt wandern, entdeckte die Spuren des Schocks und der Erschöpfung des vergangenen Tages in ihrem Gesicht, und zwang sich zu einem Lächeln, das jedoch schief geriet.

»Ich wäre zu spät gekommen, Liebes. Dass es dir gut geht…«

»…verdanken wir Lump, jawohl«, mischte sich Minna ins Gespräch. Sie schlug mit der flachen Hand auf den Tisch. »Schluss damit! Was gewesen ist, lässt sich nicht mehr ändern. Wir sollten dankbar sein und uns freuen, findet Ihr nicht?« Sie hob ihren Becher. »Auf Rafael, unseren Sonnenschein. Und auf den Lebensretter!«

Als Elisabeth das hörte, lief sie zurück und hob ihren Becher, der allerdings mit Milch statt Wein gefüllt war. »Ja, auf Lump!«

Bald darauf brachte Minna das Mädchen zu Bett und zog sich in ihre Kammer zurück, während Baldo, Cristin, Piet und Marianka es sich noch in der Küche gemütlich machten. Baldo schürte das Feuer, denn der Abend war frostig und windig. Der warme Schein mehrerer Talglampen erhellte die Gesichter der vier, und der Duft warmen Würzweins erfüllte die Luft.

»Was habt ihr für Pläne?«, fragte Cristin ihren Bruder und schenkte ihm noch von dem guten Wein nach.

Sie warf einen prüfenden Seitenblick in die Wiege, die neben ihr stand. Der kleine Rafael rührte sich in seinem Bettchen und schien allmählich zu erwachen.

Piet drehte seinen Becher in der Hand. »In Hamburg gibt es eine Menge Marktplätze, denke ich«, erwiderte er mit einem Zwinkern, doch gleich darauf wurde er wieder ernst und nahm ihre Hände in seine. »Hör zu, Schwesterherz, wo wir unsere Künste zeigen, ist einerlei. Aber ihr … ihr habt noch eine Menge zu tun, bevor die neue Goldspinnerei fertig sein wird. Immerhin hast du mit den Kindern genug zu tun und musst dich schonen.«

Sie strich über seinen Handrücken. »In der nächsten Woche werde ich wieder arbeiten, mein Lieber. Den Kleinen nehme ich mit in die Werkstatt, es wird schon gehen.«

Seine Miene wurde grimmig. »Sicher. Und wie hast du dir das gedacht, ohne einen Kamin in der Spinnerei?«

Cristin senkte den Kopf. »Wir bauen eben einen, so schnell es geht.«

»Genau, meine Liebe! Baldo und ich werden einen bauen und alles herrichten. Außerdem«, er senkte die Stimme und beugte sich über den Tisch, »hatte Baldo damals einen kleinen Schuppen, in dem er seine Kupferschmiedearbeiten machen konnte. Wäre es nicht schön, wenn er wieder einen kleinen Raum hätte, um seine Schmuckstücke herzustellen? Ohne seine Kunst wird der Gute schnell ungnädig, meinst du nicht? In der Zwischenzeit könnte Marianka Minna und dich unterstützen. Es wäre uns eine Freude.«

Cristin verharrte in der Bewegung. Sie starrte ihn unbeweglich an. »Du willst mir damit sagen, dass …«

»Dass wir gern noch ein wenig bei euch bleiben würden, bis alles gebaut und erledigt ist. Natürlich nur, wenn es euch recht ist.«

Sie schüttelte den Kopf. »Aber was ist mit eurem Haus?«

Piet lachte herzhaft, sodass Marianka und Baldo, die sich ebenfalls leise unterhielten, ihn erstaunt ansahen.

»In Polen herrscht tiefster Winter. Solange Väterchen Frost die Erde noch in seinem eisigen Griff hält, können wir nur die Hände in den Schoß legen.« Er blickte zu seiner Frau, die ihm zunickte. Dann wandte er sich wieder seiner Schwester zu. »Also, was meinst du, Cristin?«

»Ja, wenn das so ist, wie könnte ich euch das abschlagen?«, entgegnete sie und erwiderte sein Lächeln.

37

Lübeck

Zwei Tage lang war sie nun schon durch den Norden der Stadt gestreift, wo niemand sie kannte. Zu groß war Mirke Pöhlmanns Angst, die Schimpfs könnten Büttel ausgeschickt haben, um sie suchen und gefangen nehmen zu lassen, nachdem sie aus Hamburg geflohen war. Der Schlutuper Fischhändler, ein einstiger Freier aus ihrer Zeit mit Alheyd, war inzwischen verheiratet, und sein Weib hatte sie mit derben Worten fortgescheucht. Die Nacht hatte sie in einem schmutzigen Hinterhof zugebracht. Mäuse und Ratten waren ihr über die Füße gelaufen, während sie sich in eine schneefreie, aber eisig kalte Ecke gekauert hatte, um nicht entdeckt zu werden. Am vergangenen Abend dann war Mirke im Schutze der Dunkelheit in die Stadt zurückgekehrt. In einer billigen Schänke an der Wakenitz, von der sie wusste, dass Emmerik dort nicht verkehrte, hatte sie sich Mut angetrunken. Wenn er herausbekam, was sie getan hatte, würde er seine Drohung wahrmachen und sie umbringen, daran zweifelte sie keinen Augenblick.

Nachdem sie das Wirtshaus verlassen hatte, schlugen ihre Füße wie von selbst den Weg zum Hüxterdamm ein. Mirke Pöhlmann verzog das Gesicht, denn der Fluss, den man hier für die Bierbrauer aufgestaut hatte, roch brackig. Seit einigen Tagen war die Wakenitz nicht mehr von Eis bedeckt, nur am Ufer lagen noch einige frostige Reste und erinnerten an den langen Winter. Langsam ging sie weiter, zögerte kurz und lauschte in die Stille der Nacht, um sich dann die Kapuze des Umhangs überzuwerfen und ihren Weg fortzusetzen.

In einiger Entfernung erkannte sie im fahlen Licht des Mondes das große Rad der Brauerwasserkunst. Bei Tag beförderten seine breiten Schaufeln das von den Bierbrauern benötigte Wasser in einen Behälter, von dem aus es durch hölzerne Leitungen in den Süden der Stadt weiterfloss. Einen Moment lang blieb sie stehen, drehte sich um und starrte blicklos auf die Silhouette der Hansestadt.

Erinnerungen bemächtigten sich ihrer, Stunden voller Leid und Scham, aber auch der Genugtuung zogen wie rasch ziehende Wolken an ihrem inneren Auge vorbei, bis ihr das Herz wie Hammerschläge in der Brust pochte. Ein Schluchzen stieg in ihrer Kehle auf. Warum sollte sie sich ihrer Tränen schämen, wo doch niemand in der Nähe war, den es kümmerte? Sie machte sich nicht die Mühe, sie fortzuwischen, und schritt weiter durch die Dunkelheit, dem Ufer der Wakenitz zu, und trat auf das schlickige Gras.

Als ihre Füße in das eiskalte Wasser eintauchten, zuckte sie zusammen und hielt einen Lidschlag lang die Luft an. Unwillkürlich wich sie zurück, denn die Kälte ließ sie erzittern. Mirke atmete tief ein und machte einen Schritt vorwärts, in das jetzt knöcheltiefe Wasser hinein, dann einen zweiten, obwohl ihre Zähne heftig aufeinanderschlugen. Niemand würde es bemerken, wenn sie jetzt umkehrte. Der kräftige Wind blähte ihren Umhang und riss ihr die Kapuze vom Haupt, während ein durch ihre Geräusche aufgeschrecktes Vogelpaar vor ihr Reißaus nahm und irgendwo in der Nacht verschwand.

Sie zwang sich weiterzugehen. Schon reichte ihr das Wasser bis zu den Knien. »Weiter«, zischte sie sich selbst zu. »Bring es zu Ende. Nur noch ein paar Schritte, dann ist es vorbei.«

Ein bitterer Zug legte sich um ihre Lippen. Ihr Leben war vertan. Einerlei, was auf sie zukommen würde, das Höllenfeuer war ihr ohnehin sicher. Inzwischen reichte ihr das Wasser bis zur Brust. »Weiter!« Doch das war gar nicht so einfach, denn je tiefer sie in den Fluss hineinwatete, desto schwerer zog das Wasser sie hinab. Dazu kam die Kälte, die ihr die Luft aus den Lungen presste und ihren zitternden Leib lähmte. Noch ein Schritt. Bitte vergebt mir! Und noch einer. Dann spürte sie keinen Grund mehr unter ihren Füßen.

Ein Schiffer entdeckte die Leiche, die seicht stromabwärts dahintrieb, zwei Tage später. Unrat und ein paar dünne Zweige umgaben den schmalen Leib der jungen Frau. Gräser hatten sich in ihren aufgelösten langen Haaren verfangen und lagen wie ein Schleier um ihren Kopf. Das Gesicht mit dem aufgerissenen Mund war fahl, und die Augen starr gen Himmel gerichtet.

Als Mirke Pöhlmann auf dem Schindacker beigesetzt wurde, dort wo man erschlagene Hunde und Selbstmörder verscharrte, hatten sich nur wenige Menschen um die am Abend ausgehobene Grube eingefunden. Allein das fröhliche Zwitschern der Vögel unterbrach die beklemmende Stille. Kein Priester hielt eine Grabrede, niemand sprach einige Worte der Erinnerung und des Abschieds. Einzig der Mann, der den Leichnam in die ungeweihte Erde gelegt hatte, blieb noch einige Augenblicke länger an dem flachen Hügel stehen.

Emmerik Schimpfs Gedanken wanderten zu der Zeit zurück, in der Mirke Pöhlmann in seinem Haus gelebt hatte. Dann wandte auch er sich ab und schritt davon.

38

Hamburg

Als Minna zwei Tage nach Rafaels Geburt aufstand und in Elisabeths Kammer ging, um sie anzukleiden und mit ihr in die Küche hinunterzugehen, lag das Mädchen nicht in seinem Bett. Wahrscheinlich ist sie schon nach unten gegangen, um sich etwas zu trinken zu nehmen, dachte die Lohnarbeiterin, während sie in ihre eigene Kammer zurückging und eine wollene Jacke über das lange Leinenhemd zog. Doch auch in der Küche war nichts von Elisabeth zu sehen. Sie fand das Kind in der *Dornse*, wo Baldo den Hund am Abend in der Nähe des Ofens auf eine Decke gebettet hatte. Ihre Hände lagen auf Lumps Rücken und streichelten ihn unablässig. Als sie Minna bemerkte, hob sie den Kopf und schaute die Lohnarbeiterin mit ernstem Blick an.

»Was machst du hier?«, wollte diese wissen.

Elisabeth erhob sich und kam auf Minna zu. »Ich habe für Lump gebetet, damit er schnell wieder gesund wird«, gab sie treuherzig zurück.

Der kindliche Glaube des Mädchens rührte Minna an, und sie konnte nur hoffen, dass dieses Vertrauen in die Hilfe des Himmels nicht enttäuscht wurde.

Um die Mittagszeit legte Minna Lump frischen, erwärmten Sud auf die Schnittwunde und wechselte den Verband. Dabei stellte sie fest, dass seine Schnauze wieder kalt und feucht war.

»Sieh nur, mein Schatz«, sagte sie zu Elisabeth, die sie aufmerksam beobachtete, »deine Gebete wurden erhört. Lump hat kein Fieber mehr.«

Das Mädchen strahlte und umfasste den Hundekopf, um ihm einen Kuss auf die Stirn zu drücken. »Mein Lump, bald bist du wieder gesund.« Sie lachte und klatschte in die Hände. »Manchmal hilft auch streicheln, oder, Minna?«

Diese betrachtete das Kind nachdenklich. Bereits zum zweiten Mal war ihr aufgefallen, dass Wunden schneller heilten als üblich, wenn die Kleine ihre Hand darauflegte. Minna erinnerte sich, wie rasch damals ihre eigenen Brandwunden verschwunden waren, nachdem Elisabeth sie unvermittelt berührt hatte. Das konnte kein Zufall sein. Meine Vermutung bestätigt sich also, dachte sie. Elisabeth muss die Gabe ihrer Mutter besitzen. Gott schütze dieses Kind. Sie lächelte das Mädchen an.

»Das scheint mir auch so, Elisabeth. Wir sollten das gleich deinem Vater erzählen, er wird sich freuen.«

So war es, und als Lump sich sogar mühsam aufrappelte und einen wackeligen Schritt zur Tür machte, tätschelte Baldo den Hund mit feuchten Augen.

»An die Luft möchtest du also, mein Guter? Gut, aber nur ganz kurz.«

»Du wirst sehen, es kommt alles wieder in Ordnung, mein Schatz«, meinte Minna. »Ich muss noch einiges für heute Abend vorbereiten, Herr Ludewig kommt zu Besuch. Da könnte ich etwas Hilfe gut gebrauchen.«

Elisabeth sah sie mit ihren großen blauen Augen unverwandt an. »Machst du dich dann wieder so hübsch wie beim letzten Mal, als Onkel Ludewig kommen wollte?«

Plötzlich wusste Minna nicht, wo sie ihre Finger lassen sollte, und spürte, wie ihre Wangen heiß wurden. »Hab ich das etwa getan?«

»Oh ja, hast du. Du hast dein gutes Kleid getragen und dir einen schönen Zopf gemacht. So!« Elisabeth tat, als würde sie sich die Haare flechten.

Minna räusperte sich. »Mal sehen, kleine Deern. Aber jetzt hilf mir erst mal, ja?«

Als Ludewig Stienberg am Abend in der Tür stand, trug er seine edelsten Beinlinge und einen neuen Mantel. Bester Laune und mit dröhnender Stimme begrüßte er Cristin und Baldo, die ihm die Tür öffneten. Er hob Elisabeth hoch und gab ihr einen herzhaften Kuss auf die Stirn.

»Meine Lieben, herzlichen Glückwunsch!« Er trat näher an Cristin heran und betrachtete sie mit zusammengekniffenen Augen. »Ehrlich, Deern, wie geht es dir?«

Ohne nachzudenken, war er einfach zum vertraulichen Du übergegangen. Doch ihr schien es zu gefallen, denn sie lächelte warm.

»Mir geht es gut, und dem Kleinen auch, Ludewig.«

»Nun kommt aber herein, es ist kalt«, fügte Baldo hinzu und machte eine einladende Geste ins Innere des Hauses.

»Ich hätte da noch was«, brummte der Bader und nahm ein gut verschnürtes Paket auf, das er an die Tür gestellt hatte. Er reichte es Cristin. »Ein Schaffell für den Lütten, damit er es schön warm hat. Und jetzt zeig mir endlich den Kleinen.«

Eine Weile später saß der Bader in der Küche und hielt Rafael etwas unbeholfen in den großen Händen, um ihn eingehend zu mustern, während Cristin ihn schmunzelnd beobachtete. Rafael verzog das Gesicht und weinte zum Gotterbarmen.

»Kräftige Stimme, muss ich schon sagen.« Der Bader reichte den Säugling an die Mutter weiter. Sofort verstummte das Weinen. Ludewig kratzte sich am Kinn. »Sag mal, Mädel, hat Minna dir von diesem Mann erzählt, der vor einigen Wochen an der Brandstelle war?«

»Nein, wer war das denn?«

»Weiß ich nicht. Ein dunkelhaariger Kerl mit einem langen Mantel. Er soll um die vierzig oder älter gewesen sein, hat euch offenbar gesucht und wollte wissen, wo ihr seid. Ein früherer Nachbar von euch wusste darauf keine Antwort, meinte nur, ihr wärt auf längere Zeit verreist. Der Fremde sagte nur so etwas wie: ›Dann ist es also wahr‹, und ging wieder.«

Cristin zog die Stirn kraus. »Er könnte Baldos Vater sein, aber das ist nur eine Vermutung.«

Der Bader nickte. »Wollt es dir nur erzählt haben. Vielleicht kommt er ja wieder.«

Ein Klopfen an der Tür riss Cristin aus ihren Grübeleien. Als Ludewig zurückkehrte, hielt er ein weiteres Paket im Arm, nur dass dieses um einiges größer war.

»Da war ein Bote, Mädel. Mit Grüßen von einem Gaspanioso, oder so ähnlich.«

Cristins Augen weiteten sich. Sie legte den Kleinen in die Wiege und nahm das Bündel an sich. »Gaspanioso? Aber dann kommt der Bote von weit her. Hast du ihn nicht hereingebeten?«

»Er wollte nicht, sagte, er übernachte ganz in der Nähe und breche gleich morgen früh wieder auf.«

Behutsam öffnete sie eine Verschnürung, gerade weit genug, um durch eine kleine Öffnung des ledernen Einschlages hineinsehen zu können. Zartblaue Seide schimmerte im schwachen Licht einer Lampe. Auf der Seide lag noch ein weiteres Päckchen. Es war das Blattgold, das de Gaspanioso ihr für fünf *Denari* überlassen hatte.

»Was ist das, Deern?«, wollte der Bader wissen.

»Unsere Zukunft, Ludewig.« Wärme breitete sich in ihr aus, während sie das Paket an sich drückte und ein Dankesgebet murmelte für all das Glück und die Freundschaften, die ihnen geschenkt worden waren.

Glossar

Bader: mittelalterlicher Heilberuf, der das Badewesen (Badehäuser), die Körperpflege und das Rasieren umfasste. Der Arzt der kleinen Leute. Hauptbehandlungsmethoden waren Aderlass und Schröpfen.

bannig: norddeutsch für sehr, in hohem Maße.

basta: italienisch für genug, es reicht, Schluss

Blutbann: auch Blutgericht. Bezeichnet Strafen, die mit dem Tode, also blutig, ausgehen konnten.

Bördelandschaft: fruchtbare Niederung

Brunswick: alter Name der Stadt Braunschweig

Büttel: auch Fronbote, mittelalterlicher Gerichtsdiener, Hilfspolizist

Bruche: mittelalterliche Unterhose des Mannes aus Leinen

Casa: italienisch für Haus

Deern: plattdeutsch für Mädchen

Denar: Kupfermünze

Deutschritter: auch Deutscher Orden. Eine katholische Ordensgemeinschaft, die sich ab dem 13. Jahrhundert an der Christianisierung und Kolonisierung des Ostens beteiligte und im Baltikum einen eigenen Staat, den Deutschordensstaat, gründete, der bis 1561 bestand.

Dornse: mittelalterlicher Begriff, meistens eine Schreibstube in Kaufmannshäusern, die vom Kamin in der Küche mit beheizt wurde.

Ellermutter: auch Eldermutter. Altes Wort für Großmutter

Fiskal: lateinisch *fiscalis* = die Staatskasse betreffend. Im 14. und 15. Jahrhundert in vielen Teilen des Reiches die Bezeichnung eines öffentlichen Beamten, der die finanziellen

Interessen des Rates wahrnahm und in Kriminalprozessen als Ankläger auftrat.

Fleet: Entwässerungsgraben in Hamburg, die im Mittelalter dem Warenverkehr dienten. Deshalb wurden die Häuser der Kaufleute mit der Rückfront zum Fleet gebaut, während die Vorderfront an der Straße lag.

Friedelehe: Eheform des Mittelalters, in der der Ehegatte nicht zum Vormund seiner Frau wurde. Bei dieser Eheschließung stand der Frau das einseitige Scheidungsrecht zu.

Franckfurde: mittelalterlich für Frankfurt a.d. Oder

Gnippe: kleines Klappmesser

Fürsprecher: auch Vorsprecher. Im Hoch- und Spätmittelalter der Vertreter eines Menschen vor Gericht, der darauf achten sollte, dass dieser nicht durch unbedachte Äußerungen einen Rechtsstreit verlor.

Großer Rat: ein Gremium von Männern aus venezianischen Adelsfamilien, das unter anderem die Behörden einsetzte, Gesetze erließ, den Rat der Zehn und den Dogen wählte.

Gugel: mittelalterliche Kopfbedeckung, eine Art Kapuze, deren langen »Schwanz« man sich um den Hals legen konnte.

Gulden: Bezeichnung für den von deutschen Fürsten im 14. Jahrhundert nachgeprägten *Florenus*, einer Goldmünze, die im 13. Jahrhundert in Florenz geprägt wurde.

Gropengrove: heutige Gröpelgrube in Lübeck

Hanse: eine vom zwölften Jahrhundert bis Mitte des 17. Jahrhunderts bestehende mächtige Vereinigung niederdeutscher Kaufleute mit dem Ziel, die Sicherheit der Handelsschiffe zu gewähren und gemeinsame wirtschaftliche Interessen im Ausland zu vertreten.

Heller: auch Häller oder Haller. Beliebte Zahlungsmünze seit dem 13. Jahrhundert. 2 Heller etwa 1 Pfennig.

Hennin: mittelalterliche, kegel- oder walzenförmige Kopfbedeckung.

Hübschlerin: mittelalterlich für Prostituierte, Hure. So bezeichnet, weil eine ehrbare Frau sich nicht herausputzen durfte.

In Lübeck mussten die Huren als Erkennungszeichen ein schwarzes Band an der Mütze tragen, in anderen Städten Schleier, Hüte oder Tücher in den Schandfarben Gelb, Grün oder Rot.

Hundsfott: Bezeichnung für einen schlechten Menschen, Lumpen.

Hutmacherkrankheit: Gliederzittern, Lähmungen und geistige Störungen waren eine typische Berufskrankheit der Hutmacher infolge der Behandlung von Schafwolle und Kaninchen-, Hasen- und Biberhaaren mit quecksilber- und arsenhaltigen Mixturen.

Innsprucke: mittelalterlicher Name der Stadt Innsbruck

Kaak: Pranger, Schandpfahl

Kalesche: von einem, zwei oder vier Pferden gezogener Reisewagen

Katharer: »die Reinen« (von *katharos*), eine als Ketzer verfolgte Glaubensbewegung, vom zwölften bis 14. Jahrhundert im Süden Frankreichs, Italien und Teilen Deutschlands.

Klafter: alte Hohl- und Maßeinheit. Je nach Gegend etwa 1,70 bis 1,80 Meter, die Breite der ausgestreckten Arme eines Mannes.

Klarissen: Frauenorden, von Klara von Assisi gegründet

Kogge: Einmaster, bis Ende des 14. Jahrhunderts wichtigster Schiffstyp der Hanse.

Komturei: Niederlassung der Deutschritter

Komturhof: Sitz des Befehlshabers der Deutschritter

Lipzic: mittelalterlicher Name der Stadt Leipzig, seit 1190 fanden hier Handelsmessen statt.

Lohnarbeiter: im Mittelalter ein ehrbarer Beruf. Sie verkauften ihre ständige Arbeitskraft und erhielten dafür Lohn oder einen Tauschwert.

Magathaburg: mittelalterlicher Name der Stadt Magdeburg

Marstall: Gebäude an Fürstenhöfen für Pferde, Wagen, Kutschen.

Matka: Mutter auf Polnisch

Meile: mittelalterliches Längenmaß, im deutschsprachigen Raum circa 7,5 Kilometer. Reisende legten damals pro Tag etwa fünf Meilen – zwischen 30 und 35 Kilometer – zurück.

Nobili: adelige, einflussreiche Familien Venedigs

Ojciec: polnisch für Papa

Palas: Hauptgebäude der mittelalterlichen Burg

Pergament: Beschreibstoff aus Esel-, Schweine- oder Kälberhaut

Pomesanien: Landschaft östlich der Flüsse Nogat und Weichsel, bedeutendste Stadt war Marienburg, wo sich die gleichnamige Ordensburg der Deutschen Ritter befand. Die Pomesanen waren einer der zwölf Prußenstämme.

Prußen: auch Pruzzen. Zwölf Volksstämme im Baltikum mit eigener Kultur und Religion, in der die Gestirne, die Schöpfung und heilige Haine verehrt wurden und die dem Glauben der Germanen ähnelte. Die meisten Prußen waren Bauern und Bernsteinfischer. Ab 1234 erfolgte eine Zwangschristianisierung durch den Deutschritterorden und seine Söldner. Wer die Taufe verweigerte, wurde gefoltert oder öffentlich geköpft.

Quatemberversammlung: vierteljährliche Zusammenkünfte in Zünften, bei denen die Vierteljahresraten, das *Quatembergeld,* eingefordert wurde.

Rat der Zehn: Venedigs 1310 gegründete oberste Polizeibehörde und Gerichtshof, bestehend aus zehn Personen, die vom Großen Rat aus dem Senat gewählt wurden.

Richteherr: mittelalterlicher Rechtssprecher in Städten wie Hamburg und Lübeck. Dort hießen sie Vögte.

Schecke: kurze, die Taille betonende Männerjacke mit Knopfverschluss

Säumer: oft Landwirte bzw. deren Knechte. Sie geleiteten auf eigene Rechnung Reisende über die Alpen und transportierten noch bis ins 19. Jahrhundert – meist auf Maultieren, Eseln und Ochsen – Salz und Wein, Stoffe und andere Waren über die Pässe.

Schöffe: ehrenamtliche Richter in der Strafgerichtsbarkeit

Schusters Rappen: alter Ausdruck für Menschen, die zu Fuß unterwegs waren, weil sie sich kein Pferd oder Wagen leisten konnten.

Spaghetti: Nudeln waren bereits im antiken Rom bekannt, Nudelrezepte sind bereits aus dem zwölften Jahrhundert belegt. Spaghetti soll Marco Polo (1254-1324) von einer Reise aus China nach Venedig mitgebracht haben.

Spilman: zum Fahrenden Volk und den Gauklern Gehörender, ein von der Kirche zumeist verachteter »Berufsstand«

Spökenkieker: niederdeutscher Ausdruck für Spuk-Gucker, Geisterseher

Stapelrecht: das Recht einer Stadt, von durchziehenden Händlern zu verlangen, dass diese ihre Waren als Erstes in dieser Stadt zum Kauf anboten. Durch das sogenannte Stapelgeld konnten sich die Händler von der Stapelpflicht befreien.

Surcot: hauptsächlich von Frauen über der Tunika getragenes Gewand, im 14. Jahrhundert ärmellos

Schwäher: frühere Bezeichnung für den Schwiegervater

Studia Generalia: mittelalterliche große Schulen

Collegium Maius: ältestes Gebäude der Jagellonischen Universität in Krakow, die 1364 von König Jagiello und Königin Jadwiga gegründet wurde.

Twiete: enge, nicht befahrbare Gasse zwischen den Häusern norddeutscher Städte

Via Imperii: von den Römern gebaute Handelsstraße, die von Leipzig über Zwickau, Plauen, Hof, Bayreuth, Nürnberg, Augsburg und Innsbruck bis nach Venedig führte.

Vitalienbrüder: Seeräuber auf der Nord- und Ostsee während der Hansezeit

Waldenser: von der katholischen Kirche als Ketzer verfolgte, frühe reformatorische Glaubensgemeinschaft, gegründet von dem Lyoner Kaufmann und Wanderprediger Petrus Waldus (oder Valdes), gest. ca. 1218.

Wams: frühe Form der Weste. Darüber wurde meist ein Mantel getragen.

Wehfrau: altes Wort für Hebamme

Witte: auch Wittenpfennig. In Lübeck, Hamburg, Wismar und Lüneburg geprägte Silbermünze im Wert von vier Pfennigen. Um 1400 bekam man für eine Witte etwa 60 Eier, für drei Witten eine gemästete Gans.

Wundarzt: seine Behandlungsmethoden beschränkten sich im Wesentlichen auf den Aderlass, das Einrenken von Gliedmaßen und Amputieren. Die meisten Wundärzte waren beim Militär angestellt, wo sie Feldscher genannt wurden.

Zunft: eine von der Obrigkeit anerkannte Vereinigung von Handwerkern zur Wahrung gemeinsamer Interessen. Im norddeutschen Raum hießen die Zünfte meist Amt oder Gilde.

Schlussbemerkung der Autoren

Das von Bastian in Verona erwähnte Erdbeben fand 1348 im alpenländischen Raum statt, der damals politisch, materiell und geistig wichtigsten Region Europas. Mit etlichen Nachbeben hielt es vom 25. Januar bis zum 5. März an und hatte eine Magnitude von 7 bis 8. Wahrscheinlich kamen etwa 10 000 Menschen um, davon allein 5000 in Villach, das völlig zerstört wurde. Auch der Lübecker Franziskanermönch Detmar verschaffte sich 1395 mithilfe seiner Brüder in Kärnten einen Überblick von der Katastrophe, deren Auswirkungen in einem Gebiet von der Pfalz bis Ungarn, von Ravenna bis Prag zu spüren waren. Zahlreiche Zeugen zwischen Florenz, Lübeck und Krakau berichteten später von dem Beben. Da es von anderen in der biblischen Apokalypse erwähnten Zeichen begleitet wurde, nahmen viele Menschen an, das Ende der Welt sei gekommen.

Die bei ihrem Volk außerordentlich beliebte polnische Königin Jadwiga (Hedwig von Anjou) wurde am 3. Oktober 1373 geboren. Sie ließ Kirchen erbauen, gründete Klöster und setzte sich für die Kranken- und Armenpflege ein. Jadwiga war verheiratet mit dem litauischen Fürsten Jagiello, der sich nach seiner Taufe Wladyslaw II. nannte. Jadwiga starb nach Geburt und Tod ihres ersten Kindes – einer Tochter, der wir den Namen Liliana gegeben haben – am 17. Juli 1399. Im Jahr 1986 wurde sie zunächst selig- und ein Jahr darauf heiliggesprochen.

Die Zigeuner (oder Ziginer, um 1430) ist eine seit dem 15. Jahrhundert belegte abwertende Bezeichnung für die ethnische Volksgruppe der Sinti, Roma und *Kalderash*. In Polen hießen sie *Cygani*. Von Völkerkundlern anerkannt ist die These einer Herkunft vom griechischen Wort *Athinganoi*, das eine religiöse Bewegung aus dem heutigen Westanatolien mit dem Namen *Athinganen* bezeichnete.

Ihre Anwesenheit in Ungarn ist seit dem späten 14. Jahrhundert belegt, ihr erstes Auftauchen im Norden des Römischen Reiches erwähnt eine Urkunde 1407 in Hildesheim. Nach Angaben der deutschen Sinti-Allianz sind Sinti bereits seit 1000 Jahren in Westeuropa heimisch. »In Polen wahrscheinlich unter Wladyslaw Jagiello eingewandert, werden sie zuerst 1501 erwähnt«, heißt es in Meyers Konversationslexikon von 1888 über »ein rätselhaftes Wandervolk, das über ganz Europa, einen großen Teil Asiens und über Nordafrika verstreut lebt.«

Zunächst galten die Zigeuner noch als Pilger und genossen als solche den Schutz des deutschen Kaisers. Von der Bevölkerung wurden sie durch Almosen unterstützt. Doch schon im 15. Jahrhundert vertrieb man sie aus immer mehr deutschen Städten. Wie Gaukler und anderes »fahrendes Volk«, wurden sie diskriminiert, bis sie 1497/98 für vogelfrei erklärt wurden. Daraufhin kam es in ganz Europa immer wieder zu gewaltsamen Übergriffen, was über vierhundert Jahre später schließlich im Massenmord der Nationalsozialisten an etwa 500 000 Sinti und Roma gipfelte.

Im 14. und 15. Jahrhundert hatte jeder Arbeitsschritt z. B. beim Anfertigen von Gewändern seinen eigenen Beruf. Es gab Tuchscherer zum Zuschneiden und Sticker zum Besticken der Stoffe. Ob sich bei Spinnern die Arbeitsschritte zuweilen vermischten, wissen wir nicht. Wir nahmen uns jedoch die Freiheit, Cristin auch das Zuschneiden und Anfertigen ihrer Waren zu überlassen.

Danksagung

Wie schon bei unserem ersten Buch standen uns auch diesmal einige Leute zur Seite, bei denen wir uns ganz herzlich für ihre Hilfe bedanken möchten.

Ein dickes Dankeschön geht an unsere Testleserinnen Claudia Hermann und Gabriele Schermer, die uns während des Schreibprozesses mit ihren Hinweisen und kritischen Anmerkungen bereicherten.

Toddy Schermer für seinen unermüdlichen Einsatz mit der Kamera während unserer Venedig-Reise.

Ein ebenso herzliches Dankeschön auch allen Teilnehmerinnen unserer bisherigen Leserunden in *Nethas Schmökerkiste*. Eure Begeisterung ist unglaublich!

Ein besonderer Dank gilt Frau Dr. Susanne Kunz-Saporano, Stadtführerin und Historikerin aus Venedig, die all unsere Fragen zu dieser Stadt geduldig und ausführlich beantwortete und uns so manch wertvolle Einsicht bescherte. Den ansässigen Archäologen der Insel Lazzaretto Nuovo verdanken wir nicht nur lehrreiche Stunden über die Geschichte und Natur dieser Insel, sondern auch den einzigartigen Anblick der Lagune, der uns zu einem besonderen Entwurf für einen Brautstaat sowie zu der Idee zu dem Titel unseres Buches inspirierte.

Ein Dank auch an den Verein für Lübeck'sche Geschichts- und Altertumskunde für die wunderbaren, informativen Führungen und Vorträge.

Dr. Michael Holweg, Gynäkologe aus Lübeck, für seine Informationen bezüglich der Behandlung von drohenden Frühgeburten im Mittelalter.

Unseren Ehepartnern Gislind und Michael für ihre Unterstützung und Motivation.

Schlussendlich vielen herzlichen Dank an unsere Agentin Frau Lianne Kolf sowie Frau Ingeborg Castell und allen Mitarbeiterinnen der Literaturagentur Kolf. Unserer Lektorin Eléonore Delair und allen anderen Mitarbeitern und Mitarbeiterinnen vom Blanvalet Verlag sowie Frau Angela Troni für die wunderbare Zusammenarbeit.